KNAUR

Im Knaur Taschenbuch Verlag sind bereits folgende Bücher des Autors erschienen:

Die Julia-Durant-Reihe:
Jung, blond, tot
Das achte Opfer
Letale Dosis
Der Jäger
Das Syndikat der Spinne
Kaltes Blut
Das Verlies
Tödliches Lachen
Das Todeskreuz
Mörderische Tage

Außerdem von Andreas Franz:
Der Finger Gottes
Die Bankerin

Die Peter-Brandt-Reihe:
Tod eines Lehrers
Mord auf Raten
Schrei der Nachtigall
Teufelsleib
Das Todeskreuz

Die Sören-Henning-Reihe:
Unsichtbare Spuren
Spiel der Teufel
Eisige Nähe

Von Andreas Franz und Daniel Holbe:
Tödlicher Absturz
Teufelsbande
Todesmelodie

Über den Autor:
Andreas Franz' große Leidenschaft war von jeher das Schreiben. Bereits mit seinem ersten Erfolgsroman »Jung, blond, tot« gelang es ihm, unzählige Krimileser in seinen Bann zu ziehen. Seitdem folgte Bestseller auf Bestseller, die ihn zu Deutschlands erfolgreichstem Krimiautor machten. Seinen ausgezeichneten Kontakten zu Polizei und anderen Dienststellen ist die große Authentizität seiner Kriminalromane zu verdanken.
Andreas Franz starb im März 2011. Er war verheiratet und hatte fünf Kinder.

ANDREAS
FRANZ

Teuflische Versprechen

Kriminalroman

KNAUR

Bei dem vorliegenden Buch handelt es sich um einen Roman.
Jede Ähnlichkeit mit lebenden
oder verstorbenen Personen wäre rein zufällig.

Besuchen Sie uns im Internet:
www.knaur.de

FSC
www.fsc.org
MIX
Papier aus verantwortungsvollen Quellen
FSC® C083411

Originalausgabe August 2005
Knaur Taschenbuch

Ein Imprint der Verlagsgruppe
Droemer Knaur GmbH & Co. KG, München

Redaktion: Dr. Gisela Menza
Umschlaggestaltung: ZERO Werbeagentur, München
Umschlagabbildung: FinePic®, München
Druck und Bindung: CPI books GmbH, Leck
ISBN 978-3-426-62831-7

22 24 26 25 23

Für Natascha, Swetlana, Tatjana, Ivana …
und alle missbrauchten, misshandelten und
versklavten Frauen dieser Welt.

Freitag, 21. Dezember 2001

Zlatko und Goran hatten ihre Schicht beendet und befanden sich auf dem Weg nach Hause zu ihrer kleinen, spartanisch eingerichteten Zweizimmerwohnung in Seckbach. Sie waren bei einem Busunternehmen in Höchst angestellt, holten morgens behinderte Kinder und Jugendliche ab, um sie zur Schule oder in die Behindertenwerkstätten zu fahren, unternahmen aber auch Ausflugstouren mit Senioren, Schulklassen und Firmen für Betriebsfeiern. Alles in allem ein Beruf, der für die beiden Männer aus Kroatien, die schon seit 1992 in Frankfurt lebten, wie ein Segen war. Sie hatten für dieses Jahr den letzten Arbeitstag hinter sich und würden morgen früh gemeinsam in die Heimat fahren, worauf sie sich schon seit Wochen freuten und auch vorbereitet hatten.

Als sie an diesem kalten Winterabend mit ihrem vierzehn Jahre alten Opel Kadett an einer Ampel standen und ein eisiger Wind durch die Straßen fegte, sagte Goran, den Blick nach rechts aus dem Fenster gerichtet: »Ich steige übrigens aus. Ich habe keine Lust mehr, da mitzumachen.«

»Wovon sprichst du?« Zlatko sah seinen Freund fragend von der Seite an.

»Du weißt genau, wovon ich spreche. Ich werde eine Familie gründen, und das kann ich nicht tun, so lange ich diesen Job mache. Ich habe schon mit dem Boss darüber gesprochen.«

»Und was hat er gesagt?«, fragte Zlatko misstrauisch.

»Nichts weiter. Er hat nur gemeint, dass es meine Entscheidung ist, und mir meinen Lohn gegeben. Und er hat mir viel Glück für die Zukunft gewünscht.«

»Was hat er?«, stieß Zlatko ungläubig hervor. »Das glaube ich dir nicht. So leicht lässt der dich doch nicht gehen. Der lässt niemanden einfach so gehen.«

Goran holte aus der Innentasche seiner Lederjacke einen Umschlag heraus und hielt ihn Zlatko hin. »Hier, zähl nach, zweitausendfünfhundert Mark. Wie vereinbart.«

»Warum hast du mir vorher nichts davon gesagt?«

»Weil du nur versucht hättest mich davon abzubringen. Es tut mir leid, aber ich kann das nicht mehr tun.«

»Ich verstehe dich nicht. Wir machen das jetzt schon, seit wir in Frankfurt sind. Wie stellst du dir deine Zukunft vor? Du wirst nicht einmal mehr die Hälfte verdienen.«

»Das ist mir egal. Ich werde auf jeden Fall nicht mehr so was machen. Wenn es sein muss, bleibe ich auch in Kroatien. Ich habe schon mit meinem Vetter gesprochen, er hat eventuell eine Arbeit für mich.«

»Du bist verrückt, das alles aufzugeben. Ich dachte immer, wir wären Freunde.«

»Wir sind Freunde, daran wird sich nie etwas ändern. Aber Sanya kann ich das nicht antun, ich könnte ihr nicht mehr in die Augen schauen. Ich kann es jetzt schon kaum noch. Ich will heiraten und Kinder haben. Vier oder fünf. Sanya will es auch.«

»Ich kann noch immer nicht glauben, dass der Boss dich einfach so hat gehen lassen. Wir müssen es immer zu zweit machen.«

»Er hat gesagt, ich brauche mir darüber keine Gedanken zu machen, er hätte schon einen Ersatz für mich. Hätte mich auch gewundert, wenn der keinen finden würde.«

»Es ist deine Entscheidung. Wenn du das Geld nicht

brauchst, ich jedenfalls brauche es und werde weitermachen. Und solltest du in Kroatien bleiben, werden wir uns nur noch selten sehen, das weißt du.«

»Ich habe doch nur gesagt, vielleicht bleibe ich dort. Aber nicht gleich, sondern in einem halben oder einem Jahr, wenn überhaupt. Ich habe genug gespart, um für eine Weile über die Runden zu kommen.«

»Du bist verrückt. Aber gut, du musst wissen, was du tust.«

»Ich habe es mir lange überlegt.«

»Und das erzählst du mir einen Tag, bevor wir in die Heimat fahren«, sagte Zlatko beleidigt. »Du bist ein Idiot, wenn du auf das ganze Geld verzichtest!«

»Dann bin ich eben ein Idiot. Aber Sanya ist meine große Liebe, das musst du doch verstehen.«

»Es ist dein Leben.«

Sie kamen zu Hause an und gingen in ihre Wohnung im sechsten Stock des Hochhauses, wo man anonym lebte, weil kaum einer den andern kannte. Die Koffer hatten sie bereits am Abend zuvor gepackt. Sie holten sich jeder eine Flasche Bier aus dem Kasten, der neben der Spüle stand, und machten den Fernseher an. Während sie die erste Flasche leerten, unterhielten sie sich über den bevorstehenden Urlaub, den sie während der nächsten drei Wochen in dem vom Bürgerkrieg fast zerstörten Osijek verbringen würden, wo sie gemeinsam aufgewachsen und zur Schule gegangen waren. Mit Ausbruch des Kriegs waren sie nach Deutschland gekommen, doch wirklich heimisch hatten sie sich hier nie gefühlt. Es war eine andere Kultur, ein anderes Leben, sie hatten nur wenige Bekannte und lebten sehr zurückgezogen.

Sie machten sich drei Dosen Ravioli auf, erhitzten sie in einem alten Topf auf dem kleinen Herd, aßen Cabanossi und Weißbrot dazu, tranken Bier und Sliwowitz und rauchten und sahen sich eine Nachrichtensendung aus Kroatien an. Goran strich sich nach dem Essen über den Bauch und fragte: »Wollen wir noch rüber zu Milan gehen?«

»Wir müssen morgen sehr früh raus, denk dran«, sagte Zlatko mahnend.

»Nur auf ein oder zwei Bier. Nicht länger als bis zehn.«

»Von mir aus. Aber dann jetzt gleich.« Er stand auf und zog sich die Schuhe und seine Jacke an, während sein Freund noch einmal auf die Toilette ging.

Goran kam aus dem winzigen Bad und wollte sich gerade anziehen, als es klingelte. Er schaute verwundert seinen Freund an, denn nur sehr selten kam jemand zu Besuch. Zlatko betätigte die Sprechanlage, doch keiner meldete sich. Stattdessen klingelte es erneut. Er warf einen Blick durch den Spion, und als er das ihm bekannte Gesicht sah, öffnete er die Tür.

»Hallo«, sagte er. »Komm rein. Sliwowitz?«

»Gerne.«

»Setz dich. Willst du uns einen guten Urlaub wünschen?«

»Das auch«, antwortete der kleingewachsene, dunkelhaarige Mann mit den stechend braunen Augen und dem schwarzen Ledermantel und den schwarzen Lederhandschuhen, während er auf einem Stuhl Platz nahm. Zlatko und Goran zwängten sich auf den schmalen Zweisitzer und füllten drei Schnapsgläser mit Sliwowitz. »Aber ich soll euch auch vom Chef schöne Grüße ausrichten.« Er trank seinen Pflaumenschnaps und fuhr fort: »Und ich soll euch auch noch etwas für die Reise mitgeben, eine kleine Aufmerksamkeit für die gute Arbeit in diesem Jahr. Ein bisschen Geld könnt ihr doch immer gebrauchen, auch wenn Goran jetzt nicht mehr dabei ist. Aber der Chef ist nicht sauer, keiner versteht deine Entscheidung besser als er.« Er griff unter seine Jacke, Zlatko und Goran sahen ihn erwartungsvoll an.

Sie hatten nicht einmal mehr die Zeit, etwas zu erwidern, als die Kugeln erst blitzschnell zwischen ihre Augen und dann in die Brust drangen. Fast lautlos, leiser, viel leiser als das Plop eines Champagnerkorkens. Ihre Köpfe fielen nach hinten, die Augen weit aufgerissen.

Der kleine Mann sah mit unbeweglicher Miene auf Goran und Zlatko, durchsuchte ihre Sachen, fand den Umschlag mit dem Geld und ein Notizbuch, in dem mehrere Namen verzeichnet waren, die die Polizei besser nicht kennen sollte. Nachdem er alles durchsucht hatte und sicher war, auch nichts übersehen zu haben, warf er einen letzten Blick auf die Toten und sagte leise und höhnisch lächelnd: »Jetzt könnt ihr fahren, ihr werdet sogar sehr komfortabel reisen.«

Er verließ die Wohnung, bestieg den Aufzug und fuhr nach unten, wo sein Partner bereits im Auto auf ihn wartete. Sein Auftrag war erledigt.

23. Dezember 2001 bis 31. Dezember 2002

Der Fall der beiden ermordeten Kroaten wurde von der Frankfurter Mordkommission K 11 bearbeitet. Julia Durant und ihre Kollegen Frank Hellmer, Peter Kullmer und Doris Seidel waren an diesen Ermittlungen nicht beteiligt, da sie sich auf den Fall eines seit zwei Monaten vermissten siebzehnjährigen Mädchens konzentrierten, von dem jedoch trotz Bildung einer zwanzig Mann starken Sonderkommission nach wie vor jede Spur fehlte. Allerdings verdichteten sich mit jedem Tag länger, den die Suche andauerte, die Anzeichen, dass Sabine einem Verbrechen zum Opfer gefallen war, denn zuletzt wurde sie gesehen, als sie nach einem Discobesuch in ein Auto mit einem ausländischen Nummernschild gestiegen war. Die weiteren Ermittlungen ergaben, dass das Mädchen bereits ein Jahr vor seinem Verschwinden begonnen hatte sich zu prostituieren, um damit seinen – von den Eltern anscheinend unbemerkt – aufwendigen Lebensstil zu finanzieren. Mehrere Zeugen behaupteten zwar, sie im Amsterdamer Rotlichtmilieu gesehen zu haben, doch auch diese Spur führte ins Nichts. Es konnte aber auch bedeuten, dass Sabine mittlerweile ihren Aufenthaltsort gewechselt hatte. So gibt es bis heute weder ein Lebenszeichen von Sabine noch ihre Leiche. Und solange es keine Leiche gibt, so lange wird, wenn auch in gedrosseltem Tempo, weiterermittelt, wobei die Abteilung von Julia Durant nicht länger in die Ermittlungen einbezogen ist, da das LKA diese weiterführt.

Auch ein Jahr nach den Morden an Zlatko und Goran fand sich trotz intensivster Recherchen nicht der geringste Hinweis auf einen oder mehrere Täter, alles, was man aufgrund des Tathergangs und eines von einem Polizeipsychologen erstellten Täterpsychogramms herausgefunden hatte, war, dass die beiden Männer ganz offensichtlich von einem Auftragskiller getötet wurden. Darauf deuteten die jeweils zwei Einschüsse in Kopf und Brust hin, die aus einer Entfernung von knapp einem Meter abgefeuert worden waren. Die von der Spurensicherung sichergestellten Fingerabdrücke konnten keiner in der Datei gespeicherten Person zugeordnet werden. Außer den Fingerabdrücken der Ermordeten fanden sich nur noch die Abdrücke einer anderen Person, die aber laut Aussage des Spezialisten für Daktyloskopie vom BKA von einer Frau stammten, woraufhin einer der Beamten lakonisch bemerkt hatte, dass die Ermordeten wohl des Öfteren einen flotten Dreier in ihrer kleinen Bude geschoben hätten. Ansonsten hatten die Männer zurückgezogen gelebt und offensichtlich wenig Kontakte zu anderen Personen gehabt. Sie gingen unauffällig ihrer regelmäßigen Arbeit als Busfahrer nach, galten im Betrieb als freundlich, hilfsbereit und äußerst zuverlässig und waren bei ihrem Chef und den Arbeitskollegen beliebt. Doch über ihr Privatleben konnte keiner von ihnen auch nur das Geringste sagen.

Lediglich in einer Kneipe, in der vorwiegend Kroaten verkehrten, wusste man etwas mehr über sie, doch sie erschienen dort grundsätzlich zu zweit und nie in Begleitung von Frauen oder Freunden, und über ein Geheimnis ihr Privatleben betreffend hatten sie mit keinem gesprochen. Alle von den Beamten verfolgten Spuren verliefen im Sand, und doch schien es – anders war ihre Ermordung nicht zu erklären – etwas in ihrem Leben gegeben zu haben, das sie für andere so gefährlich werden ließ, dass sie beseitigt werden mussten. Aber welche Spur die Polizei auch verfolgte, sie fand nichts, weshalb der Fall nach einem halben Jahr an andere Kollegen abgegeben wurde, die das Rätsel um den Tod von Goran und Zlatko auch nicht zu lösen vermochten. Und so wurden die Akten nach einem Jahr vorläufig geschlossen, gab es doch für die Männer und Frauen vom K 11 aktuellere Fälle, mit denen sie sich befassen mussten.

Vier innerhalb eines Monats vermisste Personen, darunter ein Kind, eine fast unkenntlich gemachte Leiche, die in unmittelbarer Nähe der Staustufe Griesheim gefunden worden war und dort laut Aussage der Rechtsmediziner bereits seit mindestens einem Jahr gelegen hatte.

Zwei offensichtlich unbescholtene Männer waren einem heimtückischen und geplanten Verbrechen zum Opfer gefallen, ohne ein ersichtliches Motiv. Dennoch würden die Akten eines Tages wieder geöffnet werden, denn niemand wird von einem Auftragskiller umgebracht, ohne dass es dafür einen triftigen Grund gibt. Doch welches dunkle Geheimnis trugen Goran und Zlatko mit sich herum und nahmen es mit ins Grab? Vielleicht wird dieses Geheimnis noch gelüftet. Irgendwann.

Montag, 3. November 2003

Maria Volescu, zwanzig Jahre alt, Moldawierin mit rumänischen Vorfahren, unterhielt sich mit drei anderen jungen Frauen. Sie war mittelgroß, sehr schlank, hatte eine ausgesprochen weibliche Figur mit sanften Rundungen, wo nichts zu viel und nichts zu wenig war, lange blonde Haare, grüne Augen und einen sinnlichen, erotischen Mund. Wenn sie lachte, was nicht sehr häufig vorkam, höchstens, wenn sie etwas zu viel getrunken hatte, entblößte sie makellos schöne und weiße Zähne, als hätte sie in einem Spot für Zahnpastawerbung Modell gestanden. Sie war von allen Mädchen und Frauen, mit denen sie zusammen in diesem Haus wohnte und arbeitete, die hübscheste und auch begehrteste, doch sie gehörte einem Mann fast ganz allein, nur wenigen anderen war es vorbehalten, sich mit ihr zu vergnügen. Maria hielt eine Zigarette in der Hand, als Carlos, ein knapp dreißigjähriger drahtiger und muskelbepackter Mann, sich zu ihnen stellte und in unmissverständlichem Befehlston sagte: »Mach die Zigarette aus, wir gehen einkaufen.«

Wortlos kam sie der Aufforderung nach, zog sich eine Lederjacke mit Pelzbesatz über den weißen Pulli, zu dem sie eine hellblaue, sehr körperbetonte Jeans und hellbraune Sneakers trug. Sie warf Carlos einen nichtssagenden Blick zu und folgte ihm bis zum Eingang, wo bereits ein zweiter Mann auf sie wartete, Mischa, der Chauffeur, und neben Carlos einer von drei weiteren Aufpassern. Sie gingen direkt zur Garage. Maria nahm auf der Hinterbank des Mercedes 300 SE Platz. Die hinteren Scheiben waren dunkel getönt, so dass keiner von außen hineinsehen konnte. Innen waren Vorhänge angebracht, die ihr die Sicht nach draußen verwehrten. Zwischen ihr und den beiden Männern war eine ebenfalls dunkle Trennscheibe, die von vorne bei Bedarf runtergelassen werden konnte und durch die Maria nur schemenhaft wahrnahm, wo sie entlangfuhren. Selbst nach zwei Jahren wusste sie noch nicht, wo in Frankfurt sie untergebracht war. Sie kannte die Stadt nur von dem Blick, den sie aus dem Fenster ihres Zimmers hatte, vor dem ein graues Eisengitter angebracht war, so grau, dass es praktisch mit der Farbe der Fassade des alten Hauses verschmolz, aber sie konnte in einiger Entfernung den Fluss sehen, und sie hatte sich oft gefragt, wo er wohl hinführte. Die Innenstadt, wo sie einmal im Monat hingefahren wurde, war von ihrem Haus in nur etwa zehn Minuten zu erreichen.

Einkaufen bedeutete Kleider, Dessous, Schuhe. Sie durfte sich stets das Beste und Schönste aussuchen, schließlich zahlten die Kunden horrende Summen, um mit ihr zusammen sein zu dürfen, doch von diesem Geld sah Maria nie etwas. Sie bekam zu essen, zu trinken, ihre Zigaretten und Schminkutensilien. Das Haus durfte sie nur selten verlassen, um im fast parkähnlichen Garten ein wenig spazieren zu gehen. Doch auch dann war immer einer ihrer Bewacher in der Nähe, obwohl auf der einen Seite ein hoher Zaun mit messerscharfen Spitzen und zur Straße hin eine Mauer das Grundstück umrahmten und jeder Millimeter selbst um das Grundstück herum bis auf die anderen Straßenseiten mit Videokameras überwacht wurde, die aber so klein und versteckt angebracht waren, dass nur ein sehr geübtes Auge sie sehen konnte.

Sie kauften immer in denselben drei Boutiquen ein, wo die Verkäuferinnen sehr höflich und zuvorkommend waren, schließlich gehörte sie mittlerweile zu den gern gesehenen Stammkundinnen. Das Einzige, was bei diesen Einkäufen störte, waren ihre beiden Begleiter, die sie auf Schritt und Tritt wie lauernde Raubtiere beobachteten. Begleiter, die nicht nur bei ihr dafür sorgten, dass sie keine Dummheiten machte, nicht mit Fremden redete und vor allem nicht versuchte abzuhauen. Maria war im Club etwas Besonderes, und Marco, der alles kontrollierte, hasste nichts mehr, als etwas, das ihm gehörte, zu verlieren. Carlos und Mischa wachten deshalb bei jedem Einkauf argwöhnisch darüber, dass Maria auch nichts Unbedachtes oder Verbotenes tat.

Sie hielten in der Goethestraße, Mischa zog einen Parkschein aus dem Automaten und legte ihn hinter die Windschutzscheibe. Es war fast dunkel, der Himmel bezogen, unzählige Menschen liefen und hetzten an ihnen vorbei, einige sahen sich die Auslagen der Geschäfte an, und manch einer träumte wohl davon, einmal so viel Geld zu besitzen, um dort einkaufen zu gehen. Maria betrat mit Carlos die erste Boutique, während Mischa scheinbar teilnahmslos und doch wachsam wie ein Hofhund davor stehen blieb. Außer der Inhaberin war wie meistens niemand sonst im Geschäft. Sie kam lächelnd auf sie zu, mit Abstand die freundlichste Frau, die Maria bisher getroffen hatte, eine Frau, die sie stets mit Respekt behandelte und die zumindest ahnte, was mit Maria war. Maria hatte ihr beim letzten Besuch, als sie ein Kleid anprobierte, in einem günstigen Augenblick schnell zugeflüstert: »Helfen Sie mir.«

»Guten Abend«, begrüßte sie das Pärchen. »Ich habe Sie bereits erwartet. Was kann ich heute für Sie tun?«

»Meine Freundin möchte sich mal wieder ein paar Kleider

aussuchen und meine Kreditkarte entsprechend belasten«, sagte Carlos lachend.

»Mit Vergnügen. Wir haben gerade eine neue Kollektion hereinbekommen, ich werde sie Ihrer Freundin gerne zeigen.«

»Ich überlasse es Ihrem guten Geschmack«, erwiderte er nur.

Die elegant gekleidete Dame, die von Maria auf fünfunddreißig, maximal vierzig Jahre geschätzt wurde, führte sie zu einem Ständer, an dem genau zehn Kleider hingen, mit viel Platz zwischen den einzelnen, so dass sie sich nicht berührten. Die Inhaberin betrachtete Maria wie bei jedem Besuch eingehend und sagte schließlich: »Also, da hätten wir dieses wunderschöne bordeauxfarbene Kleid, das hervorragend zu Ihrer Figur und Ihrem Teint passen würde. Wollen Sie es gleich anprobieren?«

»Ja«, sagte Maria, nahm es und begab sich zur Umkleidekabine. Die Inhaberin machte unauffällig mit dem Kopf und den Augen ein Zeichen, das Maria sofort verstand, und wandte sich gleich darauf Carlos zu, der seine Finger über den edlen, glänzenden Stoff eines nachtblauen Kleides mit Spaghettiträgern gleiten ließ.

»Schön, nicht? Darf ich Ihnen etwas ganz Ausgefallenes zeigen? Es wurde gerade in Mailand vorgestellt, und es gibt bestimmt nur eine Hand voll Frauen auf der ganzen Welt, die es tragen. Hier in Frankfurt wäre Ihre Freundin …«

»Verlobte«, wurde sie von Carlos unterbrochen.

»Wäre Ihre Verlobte mit Sicherheit die Einzige«, sagte sie zu ihm, und ohne eine Erwiderung abzuwarten, ging sie auf einen anderen Ständer zu, der sich in einer Ecke befand, von der aus man keinen Blick auf die Umkleidekabinen hatte, und nahm ein nachtblaues Kleid mit unterschiedlichen Blaumusterungen in die Hand. »Hier, bitte schön. Fühlen Sie doch nur diesen

Stoff, reine Seide. Und der Clou, es zeigt nicht zu viel und nicht zu wenig.« Als Carlos keine Anstalten machte, näher zu kommen, lächelte sie ihm aufmunternd zu. »Keine Scheu, es muss Ihnen doch schließlich auch gefallen. Wie gesagt, es ist praktisch ein Unikat.«

Zögernd begab er sich zu der Frau, den Blick noch einmal kurz zur Kabine hin gerichtet. Er berührte den Stoff, nickte anerkennend und fragte: »Und was kostet der Spaß?«

»Das Außergewöhnliche ist nie billig. Und für eine außergewöhnliche Frau sollte das Beste gerade gut genug sein, da werden Sie mir doch wohl zustimmen.«

»Da haben Sie völlig Recht. Wenn es meiner Verlobten gefällt, dann soll sie es haben. Wenn Sie es ihr bitte bringen würden.«

»Ich sehe, Sie haben Geschmack.« Sie begab sich zur Umkleidekabine, tat einen Moment, als würde sie stutzen, und sagte mit gerunzelter Stirn: »Wo ist Ihre Begleiterin?«

»Das müssen Sie doch wissen. Vielleicht auf der Toilette?«

»Kann sein. Ich schau mal nach, ihre Schuhe sind jedenfalls noch hier.«

Carlos folgte ihr bis zur Tür. Sie rief hinein, keine Antwort. »Merkwürdig«, sagte sie. »Ist sie vielleicht nach draußen gegangen?«

»Gibt es hier einen Hinterausgang?«, fuhr er die Inhaberin barsch und mit einem Mal nervös an.

»Natürlich, aber der ist mit einer Alarmanlage gesichert. Da kommt niemand raus, ohne dass der Alarm losgeht.«

»Maria?!«, rief er. Wieder keine Antwort. »Maria, verdammt noch mal, wo steckst du?«

Er ging nach draußen und fragte Mischa nervös, ob er Maria gesehen habe. Der schüttelte den Kopf. »An mir ist sie nicht vorbeigekommen.«

»Verdammte Scheiße, wo ist dieses Miststück?!« Er rannte zurück ins Geschäft und fragte aufgeregt: »Wo ist der Hinterausgang?«

»Moment, ich zeige es Ihnen.« Sie liefen mit schnellen Schritten nach hinten, Carlos stieß sie zur Seite und blieb vor der angelehnten Tür stehen.

»Wie kann sie da rausgekommen sein? Los, sagen Sie es mir! Ich denke, die Tür ist mit einer Alarmanlage gesichert. Das haben Sie mir doch selbst gerade gesagt.«

»Ich weiß es nicht, ich weiß es wirklich nicht«, erwiderte sie mit überzeugend gespieltem Erschüttern. »Das ist mir ein großes Rätsel. Hatten Sie Streit?«

»Nein, verdammt noch mal! Wohin kommt man von hier aus?«

»Rüber zur Freßgass oder zur Hauptwache oder …«

»Na toll! Sie sollten Ihre verdammte Alarmanlage überprüfen lassen! Hat sie irgendwas mitgenommen?«

»Nein, das Kleid hängt in der Kabine.«

»Okay, okay. Ich werde sie schon finden. Und ja, Sie hatten Recht, wir haben uns gestritten, weil sie mit einem Mal Angst vor der Hochzeit hat«, log Carlos. »Tut mir leid.«

»Mir auch, aber ich kann Ihnen leider nicht helfen. Ich habe keine Erklärung, warum die Anlage nicht losgegangen ist.«

»Lassen Sie sie schnellstens überprüfen, sonst kann ja jeder hier reinspazieren.«

»Werd ich machen, aber …«

Er hörte nicht mehr zu, rannte zu Mischa und sagte wütend: »Sie ist weg. Diese kleine gottverdammte Hure ist abgehauen. Los, wir müssen sie suchen. Sie kann nur rüber zur Freßgass gelaufen sein. Los jetzt!«

Es war nur ein kurzes Stück, aber um diese Zeit war diese Einkaufsstraße voller Menschen. Sie warfen einen Blick in jedes Geschäft, in Hauseingänge, suchten in drei Arztpraxen und bei einem Rechtsanwalt nach Maria. Schließlich gaben sie die Verfolgung nach einer Stunde auf.

»Die machen uns kalt«, sagte Carlos nervös und steckte sich mit zittrigen Fingern eine Zigarette an. »Wenn Marco das erfährt, sind wir tot.«

»Komm, reg dich ab. Die machen gar nichts. Aber was ist mit der Alten?«, fragte Mischa und deutete auf die Boutique.

»Gar nichts. Die denkt, dass Maria und ich uns gestritten haben. Wir dürfen nicht auffallen, klar? Wir fahren zurück, heute finden wir die sowieso nicht mehr. Wo zum Teufel kann die sich verstecken? Sie kennt doch keine Sau hier! Scheiß Weiber!«

Montag, 17.25 Uhr

Maria hatte sich die Schuhe ausgezogen. Sie trug keine Strumpfhose und auch keine Socken. Sie lauschte aus der Kabine, was draußen gesprochen wurde. Dann warf sie einen kurzen Blick durch einen Spalt des Vorhangs und sah, wie die Inhaberin Carlos in eine Ecke des Geschäfts lockte, um ihm ein Kleid zu zeigen. Sie atmete einmal tief durch, schlich blitzschnell und lautlos auf Zehenspitzen zur Hintertür, die sich beinahe geräuschlos öffnen ließ.

Und dann rannte sie. Sie rannte und rannte und rannte, schnell und immer schneller, als wäre der Teufel hinter ihr her. Der Boden war trocken, aber kalt, doch das spürte sie nicht. Sie wollte nur so schnell wie möglich weg von hier. Die Menschen, denen sie begegnete, an denen sie vorbeirannte, schienen gar nicht zu bemerken, dass sie barfuß war, sie selbst merkte es nicht einmal. Keiner schien Notiz von der jungen

Frau zu nehmen, die um ihr Leben lief. Ihre Lungen schmerzten schon nach wenigen Minuten, aber sie würde diesen Schmerz ertragen, sie hatte schon ganz andere, schlimmere Schmerzen ertragen müssen. Maria wusste nicht, wo sie sich befand, sie kannte sich ja in Frankfurt nicht aus, alles war fremd, die Straßen, die Häuser, die Menschen. Sie befand sich inmitten einer breiten Einkaufsstraße mit vielen kleinen Geschäften, passierte ein Gebäude, das wie eine Oper aussah, und kam in eine um diese Zeit stark befahrene, nicht sehr breite Straße. Nachdem sie schier unendlich lange gerannt war, blieb sie erschöpft stehen, warf einen Blick auf ein silberfarbenes Schild, das neben einem Hauseingang angebracht war, auf dem »Verena Michel, Psychotherapeutin, alle Kassen« stand, trat durch die Tür und hastete in den ersten Stock. Sie hatte das Gefühl, ihre Beine nicht mehr zu spüren und gleich zusammenzubrechen. Sie klingelte Sturm, wartete und wollte schon einen Stock höher gehen, als sie Schritte hörte, die Tür aufgemacht wurde und eine Frau, die vielleicht doppelt so alt war wie sie, vor ihr stand. Diese wollte gerade etwas sagen, als sich Maria an ihr vorbeizwängte, sie am Arm packte und in den Raum zog. Sie machte leise die Tür zu, lehnte sich mit dem Rücken dagegen und schloss für einen Moment die Augen. Ihr Herz raste, das Blut pochte in ihren Schläfen, ihr Mund war wie ausgetrocknet, ihr Hals kratzte. Maria keuchte und hustete, bis die Frau sagte: »Was ist los mit Ihnen? Meine Praxis ist geschlossen.«

»Ich brauche Hilfe«, stieß Maria mit heiserer Stimme hervor. »Bitte, helfen Sie mir!«

»Kommen Sie mit nach hinten«, sagte die Frau, die instinktiv begriff, dass Maria nicht log. »Sie haben Glück, dass Sie mich noch antreffen, mein letzter Patient ist vor zwanzig Minuten gegangen.« Und nach einem weiteren Blick auf Maria:

»Sie sind ja barfuß und völlig außer Atem. Setzen Sie sich erst einmal hin. Möchten Sie etwas zu trinken haben?«

»Nein. Wo bin ich hier?«

»In meiner Praxis, ich bin Psychotherapeutin. Sie brauchen keine Angst zu haben, hier kann Ihnen niemand etwas tun. Ich schließe aber sicherheitshalber vorne ab, damit wir ungestört sind.«

Maria sah ihr ängstlich nach und war erleichtert, als die ihr fremde Frau gleich darauf zurückkehrte.

»Ich möchte mich erst einmal vorstellen, mein Name ist Verena Michel.« Sie reichte Maria die Hand, die sie zögernd nahm. »Sie brauchen wirklich keine Angst zu haben, hier sind Sie sicher. Und jetzt hole ich uns etwas zu trinken.« Verena Michel kam mit einer Flasche Wasser und zwei Gläsern, schenkte ein und reichte eines davon Maria, die ihre Ellbogen auf die Oberschenkel gestützt hatte, die Beine eng geschlossen. Sie trank in langsamen Schlucken und hielt das Glas wie einen Rettungsanker umklammert. Ihr Gesicht war von der Anstrengung gerötet, sie sah Verena Michel an, die sich einen Stuhl herangezogen hatte und sich neben sie setzte.

»Erzählen Sie, was passiert ist. Sie können mir vertrauen, als Psychologin unterliege ich der Schweigepflicht. Verraten Sie mir bitte, wie Sie heißen?«

Maria holte noch ein paar Mal tief Luft und sagte mit leicht slawischem Akzent und flehendem Blick: »Ich will nicht zur Polizei, bitte, keine Polizei.«

»Jetzt beruhigen Sie sich erst mal. Wenn ich Ihren Akzent richtig deute, stammen Sie nicht aus Deutschland. Wo kommen Sie her?«

»Aus Moldawien.«

»Moldawien? Klären Sie mich bitte auf, ich bin in Geographie nicht sonderlich gut.«

»Es grenzt an Rumänien und die Ukraine.«

»Okay. Möchten Sie mir jetzt nicht doch wenigstens Ihren Vornamen verraten?«, fragte Verena Michel freundlich lächelnd, die die Angst, die Maria hatte, förmlich spürte. Angst davor, ihren Namen zu nennen und dadurch einen Teil ihrer Identität preiszugeben.

Schließlich überwand sie sich und antwortete zaghaft und schüchtern: »Maria.«

»Maria. Ein sehr schöner Name. Was machen Sie in Deutschland?«, fragte Verena Michel behutsam weiter.

»Das kann ich nicht sagen.«

»Hören Sie, wenn ich Ihnen helfen soll, müssen Sie mir vertrauen. Ich tue Ihnen nichts, ich werde die Polizei nicht einschalten, dafür müssen Sie mir aber auch alles erzählen. Ich gebe Ihnen mein Ehrenwort, dass alles, was hier besprochen wird, unter uns bleibt. Glauben Sie mir, ich werde nichts tun, was Sie nicht wollen.« Als Maria schwieg und Tränen über ihr Gesicht liefen, sagte Verena Michel: »Ich mache Ihnen einen Vorschlag. Ich nehme Sie mit zu mir nach Hause, dort erzählen Sie mir die ganze Geschichte. Ich lasse Ihnen ein heißes Bad ein, und dann bestelle ich uns etwas zu essen. Was halten Sie davon?«

Zum ersten Mal, seit sie in der Praxis war, lächelte Maria, auch wenn es eher gequält wirkte. »Aber keine Polizei.«

»Wie oft soll ich Ihnen noch versichern, dass ich nichts tun werde, was Sie nicht wollen. Es wird uns schon etwas einfallen. Aber erst einmal müssen Sie zur Ruhe kommen.«

»Und was ist mit Ihrem Mann?«

»Ich lebe allein. Und jetzt kommen Sie, mein Auto steht direkt vor der Tür.«

Maria Volescu erhob sich und musste sich gleich darauf am Tisch abstützen, weil sie Mühe hatte zu stehen.

»Das müssen Sie jetzt leider noch durchhalten, so stark bin ich nicht, dass ich Sie tragen könnte. Aber wir können ja langsam gehen, außerdem sind es nur ein paar Meter.«

Sie sah noch einmal nach, ob der PC auch ausgeschaltet war, löschte das Licht und schloss die Tür hinter sich ab. Maria setzte vorsichtig einen Fuß vor den andern. Sie musste sich vorhin beim Rennen irgendwo geschnitten haben und konnte sich auch erinnern, auf etwas Spitzes getreten zu sein. Sie stützte sich auf Verenas Schulter ab und setzte sich auf den Beifahrersitz.

»Ich wohne nicht sehr weit von hier.«

Verena Michel startete den Motor und fuhr los. Maria sah aus dem Seitenfenster. Auch wenn sie sich im Moment ein wenig sicherer fühlte, die Angst war noch immer da, als würde sie neben dem Auto herlaufen und sie verfolgen. Sie rieb ihre wunden, schmerzenden Füße aneinander, ihr Herzschlag hatte sich wieder normalisiert, ihre Lungen brannten nicht mehr. Sie bogen von einer großen, breiten Straße ab und kamen in ein Wohngebiet mit lauter hübschen Häusern, einige davon neu, andere etwas älter, so weit Maria das in der Dunkelheit erkennen konnte. Verena hielt vor einem älteren gelb gestrichenen Haus, stieg aus und machte das Tor auf, von wo aus sie den Wagen in die Garage fahren konnte, deren Tor sich wie von Geisterhand öffnete.

»So, wir sind da. Kommen Sie.«

Mit langsamen Schritten begaben sie sich direkt von der Garage ins Haus, Maria eher humpelnd, denn der rechte Fuß tat zunehmend weh.

»Ich werde mir Ihren Fuß gleich mal anschauen. Es ist bestimmt nichts Schlimmes, vielleicht nur ein Splitter.« Sie machte das Licht an. Maria blickte sich um und sah einen großen Flur mit hohen Wänden. Es erinnerte sie auf eine gewisse

Weise an das Haus, in dem sie gefangen gehalten worden war, aber dieses Haus war freundlicher eingerichtet, auch wenn das andere, ihr Gefängnis, sehr luxuriös ausgestattet war, überall teure Bilder an den Wänden, Ledergarnituren und im Hauptaufenthaltsraum, wo sich alle trafen, bevor sie mit den Frauen auf die Zimmer gingen, zusätzlich eine Bar und ein mächtiger Kristalleuchter. Im Untergeschoss waren ein Schwimmbad und ein Whirlpool, eine Sauna und ein türkisches Bad und eine weitere Bar. Selbst die Zimmer der Frauen waren exklusiv eingerichtet, alles war auf die betuchte Klientel abgestimmt. Zimmer, in denen die Männer alles verlangen konnten und die Mädchen und Frauen zu gehorchen hatten. Widersetzten sie sich Befehlen, wurden sie bestraft.

Sie durchquerten den Flur und kamen in ein großes, gemütliches Zimmer.

»Nehmen Sie doch Platz, ich zieh mir nur schnell etwas anderes an.«

»Keine Polizei, bitte«, flehte Maria noch einmal, die fürchtete, Verena Michel könnte von einem Nebenraum aus zum Telefon greifen.

Verena, die bereits auf der ersten Treppenstufe stand, drehte sich wieder um und kam zurück und sah Maria einen Moment an, ohne etwas zu sagen, aber ihr Blick drückte mehr aus, als tausend Worte es vermocht hätten. Dann sagte sie ernst und doch fürsorglich: »Hören Sie mir jetzt bitte gut zu. Hätte ich Sie mit zu mir nach Hause genommen, wenn ich die Polizei rufen wollte? Ich hätte vorhin genauso gut an einem Revier anhalten können, wenn ich das vorgehabt hätte. Ich gehe nur nach oben ins Schlafzimmer und ziehe mich um. Wenn Sie möchten, können Sie mitkommen.«

»Ich würde mir gerne das Haus anschauen«, sagte Maria.

»Sicher, schauen Sie sich um«, entgegnete Verena verständnisvoll lächelnd. Sie ging vor ihr die Treppe hinauf. Maria hielt sich an dem Holzgeländer fest, die Stufen knarrten unter ihren Schritten.

»Das ist mein Schlafzimmer. Wir können Ihnen auch gleich etwas Bequemeres zum Anziehen raussuchen, wir haben zum Glück in etwa die gleiche Größe. Und danach steigen Sie in die Badewanne, und ich bestelle uns beim Italiener etwas zu essen. Und dann erzählen Sie mir alles. Einverstanden?«

»Ja.«

Verena Michel machte den Kleiderschrank auf, holte einen Hausanzug heraus, legte ihn aufs Bett und begann sich umzuziehen.

»Darf ich fragen, wie alt Sie sind?«

»Natürlich dürfen Sie das. Ich bin siebenunddreißig. Und Sie?«

»Zwanzig, fast einundzwanzig. Sie haben eine sehr gute Figur.«

»Danke. Das hat mir schon seit Ewigkeiten keiner mehr gesagt. Tja, so vergehen die Jahre. Aber ich treibe auch viel Sport, ich laufe sehr viel, ich habe sogar schon einmal an einem Marathonlauf teilgenommen.«

»Wer ist der Mann dort auf dem Foto?«, fragte Maria und deutete auf den Nachtschrank.

»Das ist mein Mann.«

»Sie haben aber vorhin gesagt, dass Sie allein leben.«

»Er ist vor drei Jahren gestorben. Krebs. Seitdem arbeite ich nur noch und wohne ganz allein in diesem viel zu großen Haus, das ich mir mehr aus Frust gekauft habe. Ich habe noch ein anderes Haus, von dem ich mich aber nicht trennen kann. Es hängen einfach zu viele Erinnerungen daran. Schöne Erinnerungen.«

»Das tut mir leid.«

»Wir haben uns seit unserer Kindheit gekannt, und ich habe ihn geheiratet, als ich achtzehn war. Und nach sechzehn Jahren war alles vorbei, weil die Krankheit stärker war.«

»Wollen Sie nicht wieder heiraten?«

»Nein. Ich glaube, es gibt keinen Mann, der Wolfgang ersetzen könnte. Ich komme auch so ganz gut zurecht.« Und nach einer kurzen Pause: »Suchen Sie sich etwas aus. Ich hätte noch einen Hausanzug in Blau, der würde Ihnen bestimmt sehr gut stehen. Übrigens, ich heiße Verena.«

Sie reichte Maria die Hand. Allmählich wurde sie zutraulicher, wie eine scheue Katze, die erst einmal aus angemessener Distanz einen fremden Menschen beschnuppern muss, bevor sie sich von ihm streicheln lässt. Sie spürte instinktiv, dass Verena eine einsame Frau war, froh, für eine Weile, ein paar Stunden, vielleicht auch ein paar Tage jemanden in diesem großen Haus zu haben, der ihr Gesellschaft leistete. Maria hatte im Laufe der letzten Jahre die Menschen kennen gelernt, Männer wie Frauen, und sie konnte sofort einschätzen, wer im Innern gut war und wer nicht. Sie hatte einige Kunden gehabt, unter ihnen auch Frauen, die ihre Bisexualität ausleben wollten, die keinen harten Sex verlangten, nur nach ein wenig Zärtlichkeit suchten, die sie offensichtlich nirgendwo sonst fanden und bekamen. Manche sprachen über ihre intimsten Dinge mit ihr und erzählten, dass sie am liebsten diesem Leben entfliehen würden, irgendwohin, wo sie keiner kannte. Auf der andern Seite gehörten sie aber auch zu jenen, die es duldeten, dass Frauen wie Maria ausgenutzt wurden.

Es hatte Zeiten gegeben, da hatte sie mit dem einen oder andern sogar so etwas wie Mitleid verspürt, auch wenn sie wie eine Sklavin gehalten wurde, aber irgendwann war es auch mit dieser Empfindung vorbei gewesen. Da dachte sie nur noch an sich und den Tag, an dem sie selbst endlich diesem Grauen entfliehen konnte. Jeder von den Menschen, die gekommen waren und Sex oder Gespräche verlangt hatten, konnte hinterher wieder nach Hause fahren und tun und lassen, was er wollte. Etwas, das Maria in den vergangenen beinahe vier Jahren verwehrt worden war, das sie härter und bitterer werden ließ. Was jedoch blieb und ihr keiner nehmen konnte, war dieser unbändige Überlebenswille, der sie davon abhielt, ihrem Leben ein Ende zu setzen oder sich einfach in ihr Schicksal zu ergeben, die Perversionen unterschiedlichster Art über sich ergehen zu lassen. Und irgendwann war in ihr der Gedanke gereift zu kämpfen. Und deshalb hatte sie ihren Fluchtplan seit längerem geschmiedet, ohne auch nur eine von den anderen gefangenen Frauen einzuweihen, auch wenn sie sich mit einigen von ihnen angefreundet hatte, weil sie alle das gleiche Schicksal teilten. Und heute war der entscheidende Tag gekommen, von dem sie vorher nicht wusste, wie er enden würde, aber es blieb ihr keine Wahl, als es zu versuchen, denn schlimmer als in den letzten Jahren konnte es nicht werden.

Sie war in einem religiösen Elternhaus groß geworden, auch wenn der Sozialismus vor allem ihre Eltern und Großeltern daran gehindert hatte, ihren Glauben so zu leben, wie sie es gerne gewollt hätten. Alles war bis zur Öffnung der Grenzen im Geheimen geschehen, und doch hatten sie diesen ihren Glauben nie verloren. Ihr Vater hatte einmal gesagt, was immer auch passiere, wie immer auch das Leben verlaufe, Gott habe einen Plan für jeden Einzelnen, und wenn man sich auf Gott verlasse, werde man nicht im Stich gelassen.

Sie hatte in den zurückliegenden Tagen und Wochen mehr denn je gebetet, hatte um Hilfe gefleht, und jetzt hier bei Verena glaubte sie allmählich, dass Gott ihr Flehen erhört hatte. Er hatte ihr diese Inhaberin der Boutique, die sie kaum kannte, geschickt, damit sie ihr half. Und wenn es ihr irgendwie möglich wäre, würde sie sich dafür revanchieren. Aber noch war längst nicht alles ausgestanden, noch lag eine lange Strecke vor ihr, bis sie endgültig frei war. Und frei sein bedeutet, zu Hause bei ihren Eltern und ihren Geschwistern zu sein.

»Ich zeige Ihnen das Bad und lasse dann auch gleich Wasser einlaufen«, sagte Verena. »Aber vorher werfe ich noch einen Blick auf Ihren Fuß. Setzen Sie sich aufs Bett.«

Nach einer kurzen Begutachtung meinte sie: »Das ist nicht weiter schlimm, wahrscheinlich nur eine Prellung oder Stauchung. Ich kann Ihnen nachher einen Verband drum machen, wenn Sie möchten.«

»Nein, das ist nicht nötig. Wenn ich nicht laufe, tut es auch nicht weh.«

Sie begaben sich ins Bad, das sich schräg gegenüber vom Schlafzimmer befand. Verena Michel drehte die beiden Wasserhähne auf, fühlte die Temperatur und gab etwas Schaumbad dazu.

»Kann ich Sie jetzt allein lassen?«

»Macht es Ihnen etwas aus, bei mir zu bleiben?«, fragte Maria.

»Sie haben noch immer Angst, ich könnte ...«

»Nein. Ich möchte nur nicht allein sein, das ist alles.«

»Natürlich. Soll ich uns eine Flasche Rotwein aufmachen?«

»Gerne«, antwortete Maria, während sie sich auszog.

»Du meine Güte, Sie haben ja eine perfekte Figur«, sagte Verena anerkennend. »Ich glaube, darum beneiden Sie viele.«

»Das ist mir egal«, erwiderte Maria lapidar und stieg ins Wasser. »Manchmal habe ich meine Figur gehasst, sie hat mir viel Unglück gebracht.«

»Entschuldigen Sie. Ich hole schnell den Wein, wir unterhalten uns ein bisschen, und nachher bestelle ich das Essen.«

Maria drehte die Wasserhähne zu, lehnte sich zurück und schloss die Augen. Allmählich floss die Wärme des Wassers durch ihren ganzen Körper. Zum ersten Mal seit einer scheinbar unendlichen Zeit fühlte sie sich gelöst von den unerträglichen Fesseln der Gefangenschaft. Verena kehrte nach wenigen Minuten mit einer Flasche und zwei Gläsern zurück, zog den Sessel, der in dem großen Bad neben dem Schminkspiegel stand, zur Badewanne hin und setzte sich. Sie schenkte die Gläser halbvoll und stieß mit Maria an.

»Auf Ihr Wohl, und dass sich alles zum Guten wendet«, sagte Verena.

»Danke, dass Sie mir geholfen haben.« Maria nahm einen kleinen Schluck und stellte ihr Glas auf den Wannenrand.

»Keine Ursache. Hier ist übrigens die Karte von dem Italiener.« Verena zog das gefaltete Papier aus der Jackentasche ihres Hausanzugs und legte es neben das Glas.

»Was essen Sie denn am liebsten?«, fragte Maria, ohne in die Karte zu schauen.

»Ich bestelle mir meistens Spaghetti mit Knoblauchsauce. Aber nur, wenn ich am nächsten Tag nicht arbeiten muss«, antwortete Verena lachend. »Und natürlich einen Salat dazu.«

»Dann nehme ich das Gleiche.«

»Ich müsste eigentlich morgen arbeiten«, sagte Verena mit nachdenklicher Miene. »Es kann aber auch sein, dass ich meine Termine absage. Es kommt drauf an.«

»Auf was kommt es an?«, wollte Maria wissen.

»Wie es mit Ihnen weitergeht. Glauben Sie mir, ich will und werde Ihnen helfen. Sie haben mein Wort darauf.«

»Ich glaube Ihnen.«

Maria badete so ausführlich wie lange nicht mehr, wusch sich die Haare, trocknete sich ab, fönte die Haare und zog sich an, während Verena telefonisch die Bestellung aufgab. Als Maria fertig war, begaben sie sich nach unten ins Wohnzimmer. Verena legte eine CD ein, die leise im Hintergrund lief, und ließ die Rollläden herunter.

Nach dem Essen setzte sich Maria aufrecht hin, die Füße, die kaum noch schmerzten, unter ihrem Po. Verena sah sie an und sagte: »Und jetzt erzählen Sie mir von sich, ich will die ganze Geschichte hören, um mir ein Bild machen zu können.«

»Ich bin eine Prostituierte«, begann Maria leise, die Hände gefaltet, den Blick zu Boden gerichtet.

»Ich habe mir so etwas Ähnliches schon gedacht. Wo haben Sie gearbeitet?«

»Ich weiß es nicht. Irgendwo in Frankfurt.«

»Was heißt, Sie wissen es nicht? Sie müssen doch wissen, wo Sie gearbeitet haben.«

»Es war in einem Haus. Wir durften es nie verlassen, außer in Begleitung. Ich kenne mich in Frankfurt nicht aus. Ich weiß nicht einmal, wo ich jetzt bin.«

»In Eschersheim, das ist ein Stadtteil von Frankfurt. Wenn ich Sie eben richtig verstanden habe, waren Sie nicht freiwillig in diesem Haus. Wie haben Sie es geschafft zu fliehen?«

»Ich bin weggerannt, eine Frau hat mir geholfen.«

»Von wo sind Sie weggerannt?«

»Eine Boutique, ich weiß aber nicht, wie die Straße heißt. Wir sind einmal im Monat dort einkaufen gegangen.«

»Wer ist wir?«

»Carlos und Mischa. Mischa hat immer draußen gestanden und aufgepasst, dass ich nicht weglaufe, und Carlos hat so getan, als wäre er mein Freund.«

»Aber dieser Carlos ist nicht Ihr Freund, sondern Ihr Zuhälter, richtig?«

»Nein, er ist kein Zuhälter. Er, Mischa und noch zwei andere passen auf, dass keine von uns Dummheiten macht, wie er immer sagt. Sie führen die Befehle aus, die man ihnen gibt.«

»Wer gibt die Befehle?«

»Es sind drei Männer.«

»Und wie heißen diese Männer?«

»Marco, Rufus und Pietro. Doch das sind nicht ihre richtigen Namen, keiner dort benutzt seinen richtigen Namen. Aber eigentlich ist Marco derjenige, der der Taipan ist. So mussten wir ihn zumindest immer nennen.«

»Taipan? Was bedeutet das?«

»Er hat nur gesagt, dass er große Macht hat. Ich weiß aber nicht, was Taipan wirklich bedeutet.«

»Wie sind Sie überhaupt nach Deutschland gekommen?«

Maria sah Verena an. Mit einem Mal füllten sich ihre Augen mit Tränen. Verena schob wortlos ein Päckchen Papiertaschentücher über den Tisch, Maria putzte sich die Nase und berichtete mit stockender Stimme: »Ein Bekannter hat mich in meiner Heimatstadt Kagul angesprochen und gefragt, ob ich nicht gerne im Westen arbeiten würde. In Deutschland oder Frankreich oder der Schweiz. Sie würden dort immer Frauen suchen, die sich um die Kinder von reichen Leuten kümmern. Er hat mir gesagt, dass er mir eine solche Stelle als Aupairmädchen besorgen kann. Wissen Sie, wie es in Moldawien aussieht?«

»Nein, tut mir leid, das weiß ich nicht. Ich wusste ja bis vorhin nicht einmal, wo es liegt.«

»Es weiß fast keiner, weil es keinen interessiert«, sagte Maria bitter. »Die meisten Menschen dort sind sehr arm, weil es kaum Arbeit gibt. Und ich hätte wahrscheinlich auch nie eine Chance gehabt, eine Arbeit zu finden, obwohl ich nicht dumm bin. Ich dachte damals nur, ich will weg hier, und habe nicht lange überlegt. Ich war ja erst knapp siebzehn. Ich habe ja gesagt, es konnte schließlich alles nur besser werden, als in der Wohnung zu sitzen oder mit Freundinnen auf der Straße rumzustehen und immer nur über die gleichen Dinge zu reden. Ich wollte wirklich nur weg und meinen Eltern und Geschwistern jeden Monat Geld schicken, damit sie genug zu essen haben. Sie wohnen in einem kleinen Haus, und im Winter ist es dort meist sehr kalt und …« Sie hielt inne und fing wieder an leise zu weinen. Die Verzweiflung stand ihr deutlich ins Gesicht geschrieben.

»Ihre Eltern haben kein Geld, um das Haus zu heizen?«

Maria nickte nur.

»Und was haben Ihre Eltern zu Ihrem Entschluss gesagt?«

»Sie waren nicht sehr begeistert, aber ich konnte sie überzeugen, dass es besser für uns alle wäre. Mein Vater hat mir trotzdem seinen Segen gegeben und noch gesagt, ich solle gut auf mich aufpassen. Das Seltsame ist, als ich mich von ihnen verabschiedet habe, hatte ich das Gefühl, dass es ein Abschied für immer sein würde.«

»Sie werden Ihre Familie wiedersehen, das verspreche ich Ihnen …«

»Ich glaube es erst, wenn ich bei ihnen bin«, sagte sie mit monotoner Stimme. »Na ja, nur drei Tage später hat mich ein Freund meines Bekannten abgeholt und mich zusammen mit acht anderen Frauen über mehrere Grenzen nach Jugoslawien gebracht. Und dort habe ich dann erfahren, was ich wirklich tun sollte.« Sie hielt erneut inne. Verena nippte an ihrem Wein und sagte nichts, weil sie spürte, dass Maria noch etwas hinzufügen wollte. Kurz darauf fuhr Maria fort: »Eine innere Stimme hat mich damals gewarnt, nicht auf diese Versprechungen zu hören, sondern in meiner Heimat zu bleiben. Ich hatte sogar einen schrecklichen Traum, bevor ich wegging. Und dieser Traum ist leider auch wahr geworden.«

»Und in Jugoslawien hat man Ihnen gesagt, dass Sie als Prostituierte arbeiten sollen. Wie alt waren Sie, als Sie nach Deutschland kamen?«

»Ich war gerade achtzehn geworden. Aber davor habe ich fast ein Jahr in einem Luxusbordell in Jugoslawien gearbeitet, wo auch nur reiche Typen hinkamen, mit teuren Autos, Goldketten und goldenen Uhren und so weiter. Viele von denen waren aber einfach nur brutal.«

»Wurden Sie misshandelt?«

Maria antwortete ruhig: »Man gewöhnt sich daran. Ich habe das Gefühl, dass das alles schon eine Ewigkeit her ist.«

»Also ja. Man hat Sie misshandelt, und ich nehme an, auch vergewaltigt.«

»Sie haben mich geschlagen, sie haben mich vergewaltigt«, Maria verzog kaum eine Miene, während sie weitersprach, »und das immer dann, wenn ich einen Wunsch eines Freiers nicht zu seiner Zufriedenheit erfüllt habe oder irgendetwas gesagt habe, was ihnen nicht gefallen hat. Es sind einfach nur böse Menschen. Nein, das sind keine Menschen«, verbesserte sie sich mit abfällig heruntergezogenen Mundwinkeln, »das sind wilde Tiere. Sie machen einfach kaputt, wenn sie etwas kaputtmachen wollen.« Maria nahm ein weiteres Taschentusch, um sich die Nase zu putzen.

»Ich will nicht zu indiskret erscheinen, aber waren Sie noch Jungfrau, als …«

»Ja. Ich hatte vorher noch nie etwas mit einem Mann gehabt. Meine Eltern haben gesagt, ich solle damit warten, bis ich verheiratet wäre. Aber das ist jetzt auch egal.«

»Und wie ging es weiter? Nach einem Jahr sind Sie also nach Deutschland gekommen. Gleich nach Frankfurt?«

»Ja.«

»Aber Sie wissen nicht, wer Sie hergebracht hat, oder?«

»Nein. Wir sind übers Meer gefahren und dann in einen Lastwagen geladen worden. Wir haben nichts gesehen.«

»Hm. Das heißt, Sie werden seit fast vier Jahren gezwungen, als Prostituierte zu arbeiten. Wie viele Frauen sind außer Ihnen noch in diesem Bordell?«

»Wir waren insgesamt fünfzehn. Wenn eine ausgefallen ist, kam ein, zwei Tage später gleich eine Neue.«

»Was heißt, wenn eine ausgefallen ist?«

»Manche sterben einfach.«

»Wie meinen Sie das?«, fragte Verena entsetzt, die nach dem bisher Gehörten ahnte, was Maria meinte, es aber aus ihrem eigenen Mund hören wollte.

»Eine von den andern hat es mir erzählt. Anfangs habe ich immer gedacht, wenn eine weg war, dass sie dann wieder nach Hause durfte. Doch dann hat sie mir in einem Moment, als wir ungestört waren, gesagt, dass keine von uns jemals wieder nach Hause darf. Und da wusste ich, dass das, was ich die ganze Zeit über gefühlt habe, stimmte. Aber ich habe trotzdem immer gehofft, meine Familie wiederzusehen. Ich habe seit fast vier Jahren nichts von ihnen gehört. Ich weiß nicht, wie es meinen Eltern, meinen Großeltern und meinen Geschwistern geht, ich weiß überhaupt nichts mehr. Sie machen sich bestimmt große Sorgen, weil sie ja auch nicht wissen, wo ich bin.« Mit einem Mal sprudelte es nur so aus ihr heraus: »Schon in Jugoslawien haben sie gesagt, ich würde jetzt ihnen gehören, und wenn ich nicht genau das tue, was sie sagen, würde es mir schlecht gehen. Aber wenn ich brav bin, darf ich bald nach Hause, doch das war eine Lüge. Ich musste innerhalb von einem halben Jahr Deutsch lernen, damit ich mit den feinen Herren auch kommunizieren kann. Aber diese feinen Herren sind nur Dreck, die meisten zumindest, sie haben die schmutzigsten Gedanken und wollen immer nur ficken. Ein paar Minuten reden und dann ficken. Es sind solche Schweine dabei. Ich habe mich zu Anfang fürchterlich geekelt, denn die meisten von ihnen tragen zwar die teuersten Anzüge und Schuhe, aber Sie glauben gar nicht, wie viele von ihnen sich nicht einmal richtig waschen. Von außen sehen sie gut aus, doch sobald sie nackt sind … Aber irgendwann lässt man die Dinge einfach geschehen, ohne noch darüber nachzudenken. Na ja, jedenfalls hat Marco mir gedroht, dass er, sollte ich fliehen, meine Familie umbringen lassen würde. Ich hoffe und bete, er tut es nicht.«

»Nein, das wird er nicht, er hätte ja nichts davon«, sagte Verena mit beschwichtigender Stimme, setzte sich zu Maria und nahm sie in den Arm, was sie sich widerstandslos gefallen ließ, im Gegenteil, zum ersten Mal seit einer Ewigkeit fühlte sie sich beschützt und geborgen. »Er wollte Sie bloß einschüchtern. Man wird Ihrer Familie nichts tun, machen Sie sich keine Sorgen. Ist Marco der Anführer einer Bande oder Ihr Zuhälter?«

Maria lachte hart und bitter auf. »Marco! Er ist einer der schlimmsten Menschen, denen ich je begegnet bin. Er ist ein Teufel in Menschengestalt. Sehr gepflegt, sehr gebildet, aber eiskalt. Wenn ich in seine Augen sehe, sehe ich den Teufel. Ich habe mir als Kind immer vorgestellt, wie der Teufel wohl aussehen mag, aber seit ich Marco kenne, weiß ich es.«

»Und Sie haben nie herausgefunden, wie er mit richtigem Namen heißt?«

»Nein, ich kenne nicht einen einzigen mit richtigem Namen. Jeder, der Mitglied im Club ist, hat einen Decknamen. Und die sind alle so vorsichtig. Selbst wenn sie etwas getrunken oder Kokain genommen haben, hat sich keiner von ihnen bis jetzt verraten.«

»Und wieso? Wenn die Frauen doch sowieso eingesperrt sind?«

»Ich weiß es nicht. Ich glaube, die machen das, weil sie etwas Verbotenes tun. Ich habe keine andere Erklärung dafür.«

»Aber es sind alles reiche Männer, wenn ich Sie Recht verstehe.«

»Nein, es sind nicht nur Männer, die in den Club kommen, sondern manchmal auch Frauen. Jeder von ihnen scheint irgendetwas Besonderes zu sein. Einer hat sich mal versprochen und gesagt, dass er gerade jemanden lebenslänglich ins Gefängnis gebracht hat. Ich habe ihn zwar nicht gefragt, aber ich glaube, er ist ein Richter.«

»Oder ein Staatsanwalt«, murmelte Verena. »Sind Sie auch hier oft geschlagen worden?«

»Ein paar Mal, aber andere meiner Kolleginnen wurden viel öfter geschlagen und vergewaltigt, wenn sie nicht artig waren, und das kann schon sein, wenn man den Herren nicht so dient, wie sie es verlangen. Von Ivana, einer Ukrainerin, weiß ich, dass sie sich in ihrem Zimmer umgebracht hat, nachdem sie wieder einmal bestraft worden ist. Sie hat eine Glasscherbe genommen und sich die Pulsadern aufgeschlitzt, obwohl alle Zimmer mit einer Videokamera überwacht werden. Aber sie hat es trotzdem geschafft. Normalerweise lassen sie einen nicht freiwillig sterben, sondern sie bestimmen, wann jemand stirbt. Uns andern haben sie weisgemacht, sie wäre nach Hause geschickt worden.«

»Das hört sich sehr grausam an ...«

»Es ist grausam, viel, viel grausamer, als Sie es sich vorstellen können. Ich weiß, wenn ich nicht geflohen wäre, hätte ich nicht mehr sehr lange gelebt. Irgendwann hätte ich mir vielleicht auch das Leben genommen.«

»Wenn ich Sie kurz unterbrechen darf, aber Ihren Schilderungen zufolge gehe ich davon aus, dass Sie illegal in Deutschland sind. Hat man Ihnen einen Pass und andere Papiere gezeigt, die echt ausgesehen haben?«

»Ja, aber das war ganz am Anfang. Sie haben mir sogar ein Bild von einer Familie gezeigt, bei der ich arbeiten sollte. Es war alles eine große Lüge, um mich zu beruhigen.«

»Können Sie das Haus beschreiben, in dem Sie untergebracht waren?«

»Es ist groß, es muss schon älter sein, doch von außen sieht es aus wie viele andere Häuser auch. Ich kann aber nicht sagen, wo es ist.«

Maria erzählte noch einiges über ihre Kindheit und Jugend, über ihre Eltern und Großeltern, ihre beiden Schwestern und ihren Bruder, ohne dass sie von Verena unterbrochen wurde, aber während sie erzählte, bekamen ihre Augen bisweilen einen verklärten Ausdruck. Sie fragte zwischendurch, ob sie rauchen dürfe, woraufhin Verena nur aufstand, einen Aschenbecher holte und ihn auf den Tisch stellte. Maria ging nach oben, nahm die Schachtel Zigaretten aus ihrer Jeans und kam gleich darauf zurück. Sie erstarrte, als Verena zum Telefonhörer griff und eine Nummer eintippen wollte.

»Wen rufen Sie an?«

»Nur eine Freundin. Ich werde sie fragen, ob sie herkommt. Vielleicht weiß sie Rat, was wir mit Ihnen machen können.«

»Was ist das für eine Freundin?«

»Sie ist Rechtsanwältin, und glauben Sie mir, ich bin seit vielen Jahren sehr eng mit ihr befreundet.«

»Es ist doch aber schon so spät«, bemerkte Maria.

»Manchmal telefonieren wir bis nachts um zwei oder drei, weil wir beide einsam sind. Außerdem wohnt sie nicht weit von hier. Brauchen Sie noch Zigaretten? Sie könnte Ihnen gleich welche mitbringen.«

»Das wäre sehr nett, aber ich habe kein Geld.«

»Ich werde dadurch nicht arm«, entgegnete Verena milde lächelnd. Sie wählte die Nummer, und als am andern Ende abgenommen wurde, meldete sie sich: »Hallo, Verena hier. Du, ich hab ein Riesenproblem und wollte dich fragen, ob du kommen kannst. Es ist wirklich sehr wichtig.«

»Um diese Zeit noch? Ich bin ziemlich kaputt …«

»Das glaub ich dir, doch ich möchte auch nicht in deine Kanzlei kommen. Frag mich aber um Himmels willen nicht, warum. Tu mir einfach den Gefallen. Bitte. Und bring zwei oder besser drei Schachteln Marlboro mit.«

»Also gut, ich bin in einer Viertelstunde da.«

Verena legte auf und sagte: »Sie kommt gleich. Wenn uns jemand helfen kann, dann sie.«

Maria war wieder nervös. Sie rauchte hastig, drückte die Zigarette aus und steckte sich gleich eine neue an.

»Maria, bitte, ich kann mir vorstellen, was Sie jetzt durchmachen …«

»Nein, das können Sie nicht. Sie wissen ja nicht, was ich mir für Gedanken mache. Es geht um das Leben meiner Familie und um mein Leben. Sie werden mich jagen, und wenn sie mich finden, werden sie mich umbringen.«

»Warum sollten sie Sie umbringen?«

»Ich gehöre Marco, und vielleicht denken sie, ich wüsste zu viel über das, was sie treiben. Er hat gesagt, dass er mich, sollte ich jemals versuchen abzuhauen, umbringen würde. Ganz langsam. Er streichelt mir übers Gesicht und sagt: ›Kleines, solltest du mich reinzulegen versuchen, dann bringe ich dich um. Und wenn ich jemanden umbringe, dann geht das nicht schnell, merk dir das. Ich schneide dich in ganz kleine Stücke und werfe sie den Hunden zum Fraß vor.‹ Er hat es nicht nur einmal gesagt, sondern oft. Ich kenne seine Worte auswendig. Wenn er spricht, dann eher leise, aber sehr deutlich. Dieser Mann hat keine Gefühle, er ist so kalt. Wenn er mich gestreichelt hat, habe ich gefroren. Und wenn er andere Dinge mit mir gemacht hat, dann habe ich an alles Mögliche gedacht, an zu Hause, an meine Eltern und Geschwister, an die Ruinen in unserer Stadt, sogar an die armen Menschen. Ich habe aber nicht an das gedacht, was er mit mir gemacht hat. Er ist einfach nur pervers.«

»Das mit dem Umbringen hat er nur so gesagt, um Sie einzuschüchtern.«

»Nein, Marco sagt so etwas nicht, um jemanden einzuschüchtern. Er tut, was er sagt. Ich weiß es.«

Verena lief bei den letzten Sätzen ein kalter Schauer über den Rücken. Sie fröstelte, obwohl es warm im Zimmer war. »Können Sie ihn beschreiben?«

»Er ist nicht sehr groß, vielleicht einssiebzig, hat schwarzes Haar und fast schwarze Augen. Aber er hat einen kleinen Schwanz«, fügte sie mit einem Mal lächelnd hinzu.

Verena musste ebenfalls schmunzeln, vor allem, weil Maria zusehends lockerer wurde und von Minute zu Minute freier zu werden schien, was sicher auch am Alkohol lag. »Hat er Ihnen jemals körperliche Gewalt angetan, ich meine, hat er sie geschlagen?«

»Nein, er würde sich nie die Hände schmutzig machen, das überlässt er den andern. Marco gibt nur die Befehle.«

»Aber er ist ein Deutscher, oder?«

»Ich denke schon.« Sie überlegte einen Moment und sagte dann: »Nein, ich bin sogar sicher, dass er ein Deutscher ist.«

»Und Sie haben in nur einem halben Jahr so perfekt Deutsch gelernt? Ich kann das nicht begreifen.«

»Marco wollte es so. Er hat mich in Jugoslawien gesehen und gesagt, dass er mich haben will. Aber bevor ich nach Deutschland kam, musste ich auf seinen Befehl hin die Sprache perfekt lernen. Doch ich habe schon vorher ziemlich gut Deutsch und Englisch gesprochen. Mein Vater ist Lehrer, und meine Großmutter stammt aus Deutschland …«

»Wie viele Sprachen sprechen Sie denn? Sie sind noch so jung?«

Maria lächelte etwas verschämt und antwortete: »Russisch, Rumänisch, Englisch, Deutsch und einigermaßen Französisch.«

»Du meine Güte, damit könnten Sie hier in Deutschland als Dolmetscherin eine Menge Geld verdienen. Schauen wir mal, was die Zukunft bringt. Aber ich habe Sie unterbrochen.«

»Na ja, in diesem halben Jahr habe ich nur gelernt und fast überhaupt nicht als Prostituierte arbeiten müssen. Das einzig Gute ist, dass ich die Sprache so gut gelernt habe, während viele der andern Frauen sich oft nur sehr mühsam verständigen können.«

»Wo kommen die andern Frauen her?«

»Die meisten aus Weißrussland und der Ukraine, aber auch aus Estland, Lettland, Litauen, nur eine kommt noch aus meiner Heimat. Sie werden aber auch sehr häufig ausgetauscht und woanders hingebracht.«

»Sie haben doch vorhin gesagt, dass manche einfach verschwinden. Woher wissen Sie dann, welche Frauen ausgetauscht werden und welche verschwinden?«

»Manchmal ist eine Frau einfach weg, und eine andere kommt erst einen oder zwei Tage später. So eine hat man umgebracht. Aber wenn sie ausgetauscht werden, dann ist die neue schon da, bevor die andere geht. Ich habe erfahren, dass sie dann in ein anderes Bordell gebracht wird. Aber genau weiß ich es natürlich nicht.« Sie schüttelte den Kopf, trank einen Schluck von ihrem Rotwein und fuhr mit Resignation in der Stimme fort: »Na ja, eigentlich weiß ich überhaupt nichts.

Ich weiß nicht, wer die Männer sind, ich weiß nicht, was mit den Frauen geschieht, wenn sie abgeholt werden … Nein, ich weiß nichts.«

»Doch, Sie wissen eine ganze Menge. Sie haben zum Beispiel gesagt, dass Sie Marco gehört haben. Vielleicht ist Ihnen an ihm ja etwas aufgefallen, was wichtig ist. Trägt er Schmuck oder besondere Kleidung? Hat er körperliche Auffälligkeiten wie ein Muttermal oder eine Narbe oder irgendetwas anderes?«

Maria überlegte und antwortete: »Sie fragen wie eine Polizistin …«

»Das bringt mein Beruf mit sich. Als Psychologin bin ich gewohnt, Fragen zu stellen.«

»Natürlich, entschuldigen Sie. Er trägt einen Ring mit einem schwarzen Stein an der linken Hand. Aber ansonsten trägt er keinen Schmuck. Und Narben habe ich keine gesehen.«

Verena wollte gerade etwas sagen, als es klingelte. Sie ging zur Tür und kam kurz darauf mit einer mittelgroßen Frau wieder, die in etwa in Verenas Alter war. Sie hatte halblanges dunkelblondes gewelltes Haar, große hellblaue Augen und machte auf den ersten Blick einen sympathischen Eindruck auf Maria.

»Darf ich vorstellen, das ist Maria, ihren Nachnamen kenne ich leider noch nicht, und das ist Rita Hendriks, meine Freundin.«

»Angenehm«, sagte Rita Hendriks und reichte Maria die Hand. »Tja, um was geht's?«, fragte sie, legte eine Stange Zigaretten auf den Tisch und nahm in einem Sessel Platz.

Während der folgenden Stunde erzählte Verena Marias Geschichte. Als sie geendet hatte, meinte Rita Hendriks: »Jetzt brauch ich erst mal was zu trinken. Hast du einen Cognac?«

»Natürlich. Sie auch?«

Maria nickte nur. Sie hatte die Hände gefaltet und saß

schüchtern wie ein junges Mädchen da. Die Ungewissheit und Angst waren ihr noch immer deutlich anzumerken. Ab und zu hatte sie in das nachdenkliche Gesicht von Rita Hendriks geschaut. Verena holte drei Schwenker aus dem Schrank und eine Flasche Cognac und stellte alles auf den Tisch. Sie schenkte ein, prostete den beiden andern Frauen zu, und sie leerten die Gläser gleichzeitig in einem Zug.

»Das tut gut«, meinte Rita, steckte sich eine Zigarette an und sagte zu Maria: »Geben Sie mir bitte eine Nacht, ich muss überlegen, wie wir am besten vorgehen können. Ich garantiere Ihnen, dass ich mit niemandem darüber sprechen werde. Ich werde mich weder an die Polizei noch an irgendjemand anders wenden, ohne Sie vorher davon zu informieren.«

»Ich glaube Ihnen.«

»Das ist schon mal eine gute Voraussetzung. Ich brauche wirklich Zeit.« Und an Verena gewandt: »Du hast gesagt, dass Maria vorerst bei dir bleiben kann. Dir ist aber klar, dass das nur befristet möglich ist, sonst machst du dich strafbar. Wir müssen eine Lösung finden, und zwar bald.«

»Das weiß ich selbst. Aber du hast jetzt noch überhaupt keinen Plan, wie …«

»Nur eine Idee. Das würde allerdings bedeuten, dass ich doch mit jemandem sprechen müsste. Wenn ich im Straf- oder Ausländerrecht bewandert wäre, wäre alles einfacher, aber ich befasse mich nun mal ausschließlich mit Familienrecht. Und bevor ihr jetzt irgendwas sagt, ich habe einen ziemlich guten Freund, der mir vielleicht weiterhelfen kann. Er ist Journalist und arbeitet freiberuflich für die Presse und das Fernsehen. Er hat schon mal einen Bericht über Wirtschaftskriminalität gedreht und ist dadurch bei einigen Leuten in Ungnade gefallen, was ihn aber nicht umgehauen hat. Wenn Sie möchten, spreche ich mit ihm.«

Maria zuckte mit den Schultern. »Ich habe sowieso keine andere Wahl. Sie haben Recht, ich kann mich nicht ewig verstecken.«

»Also gut, dann ruf ich ihn gleich morgen an. Ich hoffe nur, dass ich ihn auch erreiche und er nicht wieder irgendwo unterwegs ist. Er hat mit Sicherheit einige Tipps auf Lager. Möchten Sie denn überhaupt nach Moldawien zurück?«

»Natürlich. Aber was ist, wenn Marco meiner Familie oder mir etwas antut? Bin ich denn dort vor ihm sicher?«

»Ich kann Ihre Bedenken verstehen, aber das deutsche Recht ist leider so, dass jeder, der sich illegal hier aufhält, abgeschoben wird. Und die Gesetze sind in den letzten Jahren sogar noch verschärft worden.«

»Was soll ich denn tun?«, fragte Maria unter Tränen und mit hilflosem Blick. »Ich bin doch nicht freiwillig hier …«

»Das weiß ich, das wissen Sie, aber die Polizei und vor allem die Richter interessiert das herzlich wenig. Das ist traurig, aber wahr. Es hat jedoch auch keinen Sinn, wenn wir jetzt noch lange hier rumsitzen. Ich werde mit meinem Bekannten sprechen. Möglicherweise bin ich morgen schon schlauer.« Rita Hendriks drückte ihre Zigarette aus und erhob sich. »Ich fahr wieder nach Hause und melde mich morgen. Und Sie versuchen zu schlafen. Es kann sein, dass ein paar sehr anstrengende Tage oder sogar Wochen auf Sie zukommen. Aber hier sind Sie im Moment in Sicherheit. Tschüs und Kopf hoch, ich will nämlich auch nicht, dass diese Schweine ungeschoren davonkommen.«

»Danke.«

»Für was denn? Danken Sie mir erst, wenn alles vorüber ist. Und du, Verena, pass gut auf Maria auf.«

»Keine Sorge. Wenn ich dich nicht hätte.«

»Schon gut. Ich find's einfach zum Kotzen, wenn ich solche

Geschichten höre. Bisher hab ich von so was nur in der Zeitung gelesen. Macht's gut.«

Verena begleitete Rita zur Tür und sagte leise: »Meinst du, es gibt eine Chance, dass sie unbeschadet aus der Sache rauskommt?«

»Gib mir einfach Zeit, ich muss das alles erst mal verarbeiten.«

»Ich lass morgen meine Praxis geschlossen, ich sag alle Termine ab. Und wenn's sein muss, bleibe ich die ganze Woche zu Hause.«

»Du nimmst ganz schön was auf dich.«

»Das ist das erste Mal seit Jahren, dass ich mich wirklich um jemanden kümmern kann. Und Maria braucht Hilfe, und mir kommt die Galle hoch, wenn ich mir vorstelle, was die alles mit ihr gemacht haben. Und jetzt hau ab, du siehst müde aus. Ich kann ja morgen ausschlafen.«

»An deiner Stelle würde ich wie bisher weiter in die Praxis gehen. Du kannst nicht einfach deine Patienten versetzen. Außerdem könnte das auffallen, und du willst doch kein Risiko eingehen, oder?«

»Was meinst du damit?«

»Keine Ahnung, tu mir einfach den Gefallen. Maria muss eben in Kauf nehmen, den Tag allein hier zu verbringen. Und lass während deiner Sitzungen den Anrufbeantworter ausgeschaltet, damit ich dich immer erreichen kann.«

»Wie du meinst. Wahrscheinlich hast du sogar Recht. Ich hoffe nur, Maria spielt mit.«

Verena wartete, bis ihre Freundin ins Auto eingestiegen war, und begab sich wieder ins Wohnzimmer.

»Wir sollten jetzt am besten auch ins Bett gehen.«

»Wo soll ich schlafen?«, fragte Maria.

»Bei mir, wenn es Ihnen nichts ausmacht. Außerdem sollten

wir endlich dieses blöde Sie weglassen. Ich bin Verena und du Maria. Okay?«

»Okay.«

Montag, 19.50 Uhr

Was seid ihr bloß für gottverdammte Arschlöcher?! Wie konnte das passieren?«, schrie Marco Carlos und Mischa an. »Ausgerechnet Maria! Ihr wisst, wie ich normalerweise auf so was reagiere. Eigentlich wollte ich heute gar nicht herkommen, aber als ich das erfahren habe … Verdammt, verdammt, verdammt!«

»Es tut uns leid«, sagte Carlos mit Schweiß auf der Stirn und einem leichten Zittern in der Stimme. Obwohl er sich vorgenommen hatte, ganz ruhig zu bleiben, denn jeder, der sich vor Marco eine Blöße gab, musste damit rechnen, ein toter Mann zu sein, schaffte er es nicht ganz, sich unter Kontrolle zu halten, was Marco jedoch nicht wahrzunehmen schien. »Sie ist durch den Hinterausgang raus. Ich weiß auch nicht, wie sie das geschafft hat. Vielleicht hat die Boutiquenbesitzerin ihr geholfen.«

»Ach ja, wie denn? Außerdem, woher sollte die Dame wissen, dass Maria nur eine kleine Hure ist und nicht deine Freundin? Das war dilettantisch! Ihr hättet wissen müssen, dass sie nur auf eine Gelegenheit wartet, abzuhauen, schließlich habe ich es euch oft genug eingebleut! Aber ich gebe euch noch eine Chance. Sollte euch allerdings noch einmal ein solcher Fehler unterlaufen, habt ihr jeden Kredit verspielt, und was das heißt, brauche ich wohl nicht zu erklären. Und kein Wort zu den andern Mädchen. Maria ist weg, und wenn dumme Fragen gestellt werden, ihr wisst, wie ihr damit umzugehen habt.«

»Und was ist jetzt mit Maria?«, fragte Carlos vorsichtig nach.

»Was soll mit ihr schon sein? Ihr werdet sie finden. Sollte sie bei ihren Eltern auftauchen, holen wir sie uns wieder. Zur Polizei kann sie nicht gehen, weder hier noch in Moldawien, und das weiß sie auch. Glauben würde ihr sowieso keiner, zumal sie nicht einmal sagen könnte, wo sie untergebracht war. Oder hat einer von euch ihr das verraten?«, fragte Marco mit durchdringendem Blick aus seinen fast schwarzen Augen, die vor allem viele Frauen erotisch und sexy fanden, wieder andere sahen in ihnen den Vorhof zur Hölle.

»Nein, natürlich nicht. Chef, wir arbeiten seit vier Jahren für Sie, und das ist das erste Mal, dass …«

»Es hätte dieses erste Mal nie geben dürfen, klar?! So, und jetzt Schluss mit dem Thema. Kümmert euch um die Mädchen, ich muss weg und komme erst morgen wieder. Und denkt an meine Worte, keinen Fehler mehr, sonst war's euer letzter. Findet Maria! Und auch kein Wort zu Pietro und Rufus, das übernehme ich persönlich.«

Marco ging grußlos zur Garage, stieg in den gepanzerten Mercedes 500, wo sein Chauffeur und gleichzeitig Leibwächter mit dem Ausfüllen eines Kreuzworträtsels beschäftigt war, das er sofort auf den Beifahrersitz legte, als er seinen Chef erblickte. In Marco arbeitete es. Er fragte sich, wo sich Maria verstecken könnte. Sie kannte niemanden in Frankfurt, es sei denn, einer der Gäste hatte heimlich mit ihr den Fluchtplan geschmiedet. Sollte es so sein, dann werde ich dich finden. Und dann gnade dir Gott, dachte er. Maria ist mein Eigentum, und das nimmt mir keiner ungestraft weg.

Er gelangte in die Innenstadt, wo er ein Penthouse in der Holzhausenstraße bewohnte. Seine Lebensgefährtin Julie Bernaux, eine Französin, mit der er seit über drei Jahren zusammenlebte, hatte gekocht, einem Hobby, dem sie neben ihrer Tätigkeit als Auslandskorrespondentin eines französischen Nachrichtenmagazins gerne frönte. Es entspannte sie, und sie freute sich jedes Mal, wenn sie ein neues Rezept ausprobierte und es ihr gelang. Der Tisch war festlich gedeckt, obwohl sie nur zu zweit waren, eine Kerze stand in der Mitte, im Hintergrund lief leise Musik.

Sie empfing ihn mit einem Kuss und einem strahlenden Lächeln. »Hattest du wieder einen anstrengenden Tag?«

»Same procedure as every day«, antwortete er, wobei er den Mund ebenfalls zu einem Lächeln verzog. »Was duftet denn hier so köstlich?«

»Lass dich überraschen. Ach ja, danke für die wunderschönen Blumen. Der Kurier hat sie vorhin gebracht. Du lässt dir immer wieder etwas Neues einfallen«, sagte sie in fast akzentfreiem Deutsch, lediglich ein leicht provenzalischer Akzent verriet ihre Herkunft, und deutete auf den Ring an ihrer linken Hand. »Blumen und ein Ring. Ist das ein Antrag?«

»Ich gehe mit kleinen Schritten voran, mein Schatz«, erwiderte er und nahm sie in den Arm. »Ich liebe dich, und deshalb gibt es nichts, was ich nicht für dich tun würde. Aber im Moment lassen wir's noch so, wie es ist. Wozu brauchen wir einen Trauschein?«

»Da hast du auch wieder Recht. Machst du bitte den Wein auf?«

»Gleich, ich muss nur schnell ins Bad. Und wenn ich zurück bin, machen wir uns einen gemütlichen Abend.«

»Denk dran, es wird für die nächsten zwei Wochen der letzte sein«, sagte sie.

»Ich weiß nicht, ob ich das überleben werde«, entgegnete er lachend. »Es ist schließlich dein Beruf, und den machst du sehr, sehr gut.«

»Wir beide machen unsern Beruf gut. Nur, dass du mehr in der Öffentlichkeit stehst. Aber zum Glück bist du ja nur einmal im Monat auf Sendung, sonst würde ich das gar nicht aushalten, du Erfolgsmensch.«

»Das ist doch nur Kinderkram.«

»Ach ja, Kinderkram? Und die unzähligen Kolumnen? Manchmal habe ich das Gefühl, du hast noch gar nicht so richtig begriffen, wie sehr die Menschen auf dich hören, weil du Themen behandelst, vor denen andere kapitulieren würden, da ihnen einfach der Verstand dazu fehlt. Und ganz ehrlich, irgendwie bin ich stolz auf dich. Ich meine, wer hat schon einen Mann, der so angesehen und gleichzeitig so bescheiden ist? Und Schluss mit der Lobhudelei, sonst wirst du noch größenwahnsinnig. Mach dich endlich frisch, damit wir essen können.«

Sie holte das Essen aus der Küche, ein indisches Gericht, das sie zum ersten Mal gekocht hatte. Hühnchenbrust mit einer scharfen Currysauce, dazu Naturreis und asiatisches Gemüse. Und als Getränk einen Weißwein. Julia Bernaux freute sich auf den Abend zu zweit, gab es doch nicht sehr viele Abende, die sie zusammen mit ihrer großen Liebe verbrachte. Aber sie hatte sich daran gewöhnt, einen Mann zum Freund zu haben, der beruflich viel unterwegs war, von Termin zu Termin hetzte und der ihr trotz all des Stresses fast jeden Wunsch von den Augen abzulesen schien. Er war der Mann ihrer Träume, und wenn sie auch nicht in den nächsten Wochen oder Monaten heiraten würden, so war es doch nur eine Frage der Zeit, bis sie vor dem Traualtar standen.

Er kam aus dem Bad, entkorkte die Flasche Wein und ließ die geöffnete Flasche noch einen Moment auf dem Tisch stehen, damit der Wein sein volles Bouquet entfalten konnte.

»Wann musst du morgen los?«, fragte er, nachdem er sich gesetzt hatte.

»Meine Maschine geht um halb neun. Das heißt, ich muss spätestens um Viertel vor acht am Flughafen sein.« Sie zog einen Schmollmund und sagte mit gespielt weinerlicher Stimme: »Und dann sehen wir uns ganze zwei Wochen nicht. Ich weiß gar nicht, wie ich das aushalten soll.«

»Es gibt ja zum Glück die moderne Kommunikation«, erwiderte er und schenkte ein, nachdem der Wein lange genug geatmet hatte. »Und vielleicht komm ich dich ja mal in Hamburg besuchen. Lass dich überraschen.«

»Du sollst dich nicht übernehmen. Mach es nur, wenn es dein Terminplan auch zulässt.«

»Versprochen. Schmeckt hervorragend«, sagte er nach dem ersten Bissen. »Kompliment. Ich denke, ich werde dir doch …«

»Was?«

»Na ja, eine schöne Frau, die auch noch so gut kochen kann«, sagte er lächelnd. Sie wusste, was er damit meinte, und trank von dem Wein.

Dienstag, 7.30 Uhr

Julia Durant war seit einer Stunde wach, hatte ihre Morgentoilette erledigt und gefrühstückt. Ihre Laune war eher mittelmäßig, als sie sich auf den Weg zum Präsidium machte, diesem grauen Gebäudekomplex, der nicht nur von außen, sondern auch von innen unpersönlich und kalt wirkte und in dem sie sich noch immer so unwohl fühlte wie am Tag des Einzugs. Sieht aus wie das Hauptquartier der Stasi, hatte sie gedacht, als sie den Bau zum ersten Mal gesehen hatte, und das empfand sie noch immer so. Sie hatte sich ihr Büro zwar so persönlich gestaltet wie möglich, war aber dennoch froh um jeden Moment, den sie im Außendienst tätig war, was zum Glück häufig vorkam. Andererseits, das neue Präsidium war notwendig geworden, vereinigte es jetzt doch sämtliche Abteilungen der Frankfurter Kriminalpolizei unter einem Dach. Es verfügte über eine Einsatzzentrale, die auf höchstem technologischem Stand war, über einen modernen Zellentrakt und einen Hubschrauberlandeplatz, aber es hatte bei weitem nicht die Atmosphäre des alten Präsidiums mit den alten Gängen, dem alten Gemäuer, den Spuren, die die Vergangenheit hinterlassen hatte. Viele ihrer Kollegen, unter ihnen Berger und Hellmer, fühlten sich hier nicht sonderlich wohl, lediglich Kullmer und Seidel hatten sich relativ schnell an die neue Umgebung gewöhnt. Der vergangene heiße Sommer war eine Tortur gewesen. Zwar gab es allen technischen und technologischen Schnickschnack, den sich die Polizei nur wünschen konnte und der die Arbeit erleichterte, aber an eine Klimaanlage hatte keiner der Planer gedacht. Nicht einmal an Aufzuggondeln für die Fensterputzer, und jeder fragte sich, wie wohl die unzähligen Fenster geputzt werden würden. Es machte schon der Witz die Runde, man würde Fassadenkletterer oder Bergsteiger engagieren.

Ihr Büro ging zum Süden hin, und war es schon im alten Präsidium im Sommer bisweilen stickig und heiß gewesen, so hatte Durant es in diesem Jahrhundertsommer im neuen kaum ausgehalten, als die Sonne vor allem im August Tag für Tag unbarmherzig auf die Scheiben gebrannt und der große Standventilator die heiße Luft nur umhergewirbelt hatte und klare Gedanken nicht mehr zu fassen waren.

Glücklicherweise war dieser Jahrhundertsommer Geschichte, die Tage waren kühl, die Nächte bisweilen sogar kalt, aber der große Regen ließ noch immer auf sich warten, die Pegelstände der Flüsse waren so niedrig wie noch nie zuvor seit Beginn der Messungen, viele Fische waren wegen Sauerstoffmangels eingegangen.

Durant passierte die Kontrolle am Eingang und begab sich in ihr Büro. Sie warf einen Blick bei Berger hinein, der hinter seinem Schreibtisch saß und in der *Frankfurter Rundschau* blätterte, die *Bild*-Zeitung lag bereits ausgelesen neben ihm.

»Morgen«, begrüßte er Julia Durant und faltete die Zeitung zusammen. »Bereit fürs Gericht?«

»Auch guten Morgen. Und Ihre Frage erübrigt sich wohl, oder? Tschuldigung, aber es stinkt mir gewaltig, um ehrlich zu sein. Ich bin mir fast sicher, dass er's nicht war. Aber der liebe Herr Staatsanwalt beruft sich eben auf die ersten Aussagen. Und wenn's hart auf hart kommt, zerpflückt er mich in meine Bestandteile, ohne dass ich auch nur das Geringste dagegen machen kann. Ich hätte eben doch Urlaub nehmen sollen.«

»Das hätte Sie auch nicht vor dem Termin bewahrt, das wissen Sie so gut wie ich. Was macht Sie denn so sicher, dass er's nicht war?«

»Wir haben doch oft genug darüber gesprochen«, seufzte sie und setzte sich. »Er ist ein geistig zurückgebliebener Geschichtenerzähler, der einfach zu viel Phantasie hat. Wir haben bis heute keine Leiche, kein Kleidungsstück, nicht einmal eine winzige Spur. Und Sie wissen so gut wie ich, dass einer wie er nicht in der Lage ist, derart clever vorzugehen, eine Leiche so verschwinden zu lassen, dass weder unsere Leichenspürhunde noch die Tornados, noch mehrere Hundertschaften sie finden. Vor mehr als drei Jahren ist Larissa spurlos verschwunden, wir haben wochenlang jeden Quadratzentimeter in einem Umkreis von zehn Kilometern durchkämmt.« Sie fuhr sich mit einer Hand durch ihr volles dunkles Haar. »Ich gehe immer noch davon aus, dass sie entführt wurde. Gestern habe ich noch einmal die Akten studiert, da sind mir einfach zu viele Ungereimtheiten drin. Es gibt zwei Zeugen, die unter Eid ausgesagt haben, zum Zeitpunkt des Verschwindens einen blauen Golf mit einem ausländischen Kennzeichen gesehen zu haben. Und dann mit einem Mal wird uns von Nachbarn gesteckt, dass unser Mann dafür bekannt sein soll, sich in der Vergangenheit an Jungs rangemacht zu haben. An Jungs, nie aber an Mädchen. Doch wir haben nur einen Jungen, der behauptet, dass er sich von ihm belästigt fühlte, aber er wurde nie von ihm angerührt. Nur die Presse hatte plötzlich jemanden, an dem sie sich festbeißen konnte, wir wurden damit unter Druck gesetzt, und die Staatsanwaltschaft hat sich diesem Druck gebeugt. Es ist ein einfaches, aber effektives Spiel. Man hat den üblichen Verdächtigen, in Wirklichkeit ist er nur ein Bauernopfer.«

»Aber er hat doch Details geschildert, die eigentlich nur der Täter wissen kann, zum Beispiel, was die Kleine an dem Tag anhatte«, warf Berger ein, der selbst Zweifel hatte, ob dieser bullige junge Mann, der Probleme hatte, sich auszudrücken, der manchmal bei den Verhören gar nicht richtig mitbekommen hatte, was er eigentlich gefragt wurde, wirklich ein Mörder war. Doch er war bekannt dafür, dass er sich gerne in der Nähe von Kindern aufhielt, und er hatte ein Geständnis abgelegt, das er allerdings später widerrief.

»Ja und? Er hat sie vielleicht gesehen und sich einiges gemerkt. Außerdem wurde er während der ersten Verhöre, die von keinem aus unserer Abteilung durchgeführt wurden, massivst unter Druck gesetzt, das hat mir unser Kollege Käffler berichtet, der dabei war und inzwischen ebenfalls Zweifel anmeldet. Sie kennen doch dieses Spiel mit den Suggestivfragen und den stundenlangen Verhören, denen im Ernstfall auch der Stärkste nicht gewachsen ist. Mein Gott, im ersten Moment wollte er sich wichtig machen, was typisch für einen wie ihn ist, dem sonst kaum einer Beachtung schenkt. Er stand auf einmal im Mittelpunkt, war sich aber der Tragweite seiner Aussage nicht im Klaren. Kein Wunder bei einem IQ von kaum achtzig. Erst als sein Anwalt ihn darauf aufmerksam gemacht hat, hat er alles abgestritten. Ich kann Ihnen sagen, wie das ausgeht. Man verurteilt ihn zu lebenslänglich, um die Öffentlichkeit zu beruhigen, und steckt ihn vermutlich in die Klapse, wo er den Rest seines Lebens verbringen wird. Dass er sich in der Vergangenheit nur an Jungs rangemacht hat, was nicht einmal erwiesen ist, wurde vom Gericht bis heute nicht zur Sprache gebracht, und wenn der Verteidiger darauf hinwies, wurde das praktisch unter den Tisch gekehrt. Der hatte noch nie auch nur das Geringste mit Mädchen im Sinn. Außerdem wird ihm von zwei unabhängigen Gutachtern ein eher unterdurchschnittliches Aggressionspotential bescheinigt, im Gegenteil, er wird sogar als gutmütig und hilfsbereit bezeichnet. Wenn aber einem eine geringe Gewaltbereitschaft attestiert wird, warum sollte er dann ein Kind umbringen, noch dazu ein Mädchen? Und wo hat er sie verschwinden lassen? Hier passt einfach nichts zusammen. Er war's nicht, und dabei bleibe ich.«

»Aber Sie haben ihn damals doch auch mehrfach verhört und anfangs geglaubt, er könnte es gewesen sein.«

»Das stimmt nicht ganz, ich habe gesagt, ich würde es nicht ausschließen, aber so recht geglaubt habe ich eigentlich nie daran. Doch leider existiert das auf Band gesprochene erste Geständnis, und darauf beruft sich die Staatsanwaltschaft. Wir sind doch jetzt nur noch die Deppen.«

»Aber …«

Julia Durant winkte ab. »Ich weiß genau, was Sie jetzt sagen wollen. Aber ich mag nicht mit den Wölfen heulen und sagen, der Fall ist abgeschlossen. Für mich ganz persönlich ist ein Fall erst dann endgültig abgeschlossen, wenn wir eine lückenlose

Beweiskette beziehungsweise ein klares und unwiderrufliches Geständnis vorliegen haben und wenn wir vor allem das Opfer oder zumindest Teile davon haben. Sie wissen so gut wie ich, dass viel zu oft bei den Ermittlungen geschlampt wird oder Beweise getürkt werden. Aber ich wollte mir die Arbeit nie leicht machen, und ich habe einen Eid abgelegt, dem Gesetz zu dienen.«

»Frau Durant, Ihr Engagement in allen Ehren, und ich weiß auch Ihre Verdienste zu schätzen, doch es gibt Kräfte, die stärker sind als Sie und ich ...«

»Und? Ich lasse es gerne immer wieder auf Kraftproben ankommen. Sie kennen mich doch«, sagte sie schmunzelnd.

»Ja, ich kenne Sie, und deshalb mache ich mir auch Sorgen. Wie wollen Sie sich denn heute vor Gericht verhalten?«

»Ich werde die Fragen beantworten, sonst nichts. Das Urteil steht doch sowieso längst fest. Ich hab mir ein paar Mal gewünscht, wir hätten damals schon die Gebietsreform gehabt und unsere Kollegen aus Wiesbaden und Hofheim wären für den Fall zuständig gewesen. So aber haben wir den Schwarzen Peter oder besser gesagt die Arschkarte gezogen.«

»Hören Sie, das Urteil ist noch nicht gesprochen ...«

Julia Durant lachte kehlig auf und meinte: »Das ist gesprochen, es ist nur noch nicht ausgesprochen. Wer sagt uns denn, dass Larissa nicht doch ins Ausland verschleppt wurde? Mädchenhandel ist ein blühendes Geschäft, und je jünger, desto besser. Bestes Beispiel dafür ist doch Tschechien. Dort werden sogar Babys für ein paar Euro angeboten und missbraucht. Die Pädophilen nehmen überproportional zu, die Nachfrage steigt, auf dem Schwarzmarkt werden Hunderte von Millionen Euro mit Kinderpornos verdient, und ich würde mich nicht wundern, wenn eines Tages Larissa in einem dieser Filme zu sehen wäre. Irgendwas sagt mir, dass sie noch am Leben ist, doch ich wüsste nicht, wo wir sie suchen könnten. Aber egal, der Fall ist sowieso abgeschlossen, und sobald das Urteil gefällt ist, wird kein Schwein mehr nach ihr suchen. Es sind so viele Fakten, die nicht berücksichtigt wurden, zum Beispiel, dass er eine halbe Stunde vor dem vermutlichen Verschwinden von Larissa noch zu Hause war und zu Mittag gegessen hat. Und um vierzehn Uhr war er auch schon wieder zu Hause, das bezeugen seine Eltern und sein Bruder. Er besitzt keinen Führerschein, also müsste die Leiche in einem relativ kleinen Radius zu finden sein. Doch auch das interessiert keinen. So, und jetzt geh ich rüber in mein Büro und lenke mich noch ein bisschen ab, indem ich ein paar Akten wälze, bevor ich zum Gericht fahre, und ob ich danach noch mal ins Büro komme«, sie zuckte mit den Schultern, »wer weiß.«

»Frau Durant«, sagte Berger, »ich bin auf Ihrer Seite, wenn Sie das beruhigt. Sehe ich Sie morgen?«

»Warum nicht?«, fragte sie zurück, obwohl sie genau wusste, was Berger mit seiner Frage meinte. Ihren großen Tag, an den sie lieber nicht denken wollte. Für die andern war es vielleicht ein großer Tag, aber nicht für sie, im Gegenteil. Vierzig Jahre, seit zehn Jahren geschieden und keine Aussicht, dass ihr eintöniges Leben allein sich ändern würde. Sie würde den morgigen Tag begehen wie jeden anderen auch, sie würde ins Büro kommen, die Glückwünsche der Kollegen über sich ergehen lassen und versuchen, gute Miene zum bösen Spiel zu machen, denn als solches empfand sie ihr Leben seit geraumer Zeit. Bisweilen erging sie sich in Selbstmitleid, vor allem wenn der Herbst und der Winter kamen, die Nächte lang und kalt waren und sie niemanden hatte, an dem sie sich wärmen konnte. Sie würde am Donnerstag für ein verlängertes Wochenende zu ihrem Vater fahren und einmal mehr über alte Zeiten reden, dabei Tee oder Bier trinken, dem Knistern des brennenden Holzes im Kamin lauschen und die wenigen erholsamen Tage einfach nur genießen. Sie hoffte inständig, dass nichts dazwischenkam, aber die vergangenen Wochen waren relativ ruhig gewesen, sie hatte sich viel im Büro aufgehalten, um den Aktenstapel, der sich seit dem Sommer auf ihrem Schreibtisch aufgetürmt hatte, allmählich abzuarbeiten, und wenn sie sich ranhielt, würde sie bis Ende November auch mit der letzten Akte fertig sein. Vorausgesetzt, man ließ sie in Ruhe, auch wenn sie diese Arbeit eigentlich hasste. Das Einzige, was sie im Moment aus dem Büro trieb, war der Mord an einem bislang unbescholtenen Kaufmann aus Münster, der in einem Stundenhotel in der Münchener Straße vor einer Woche erstochen worden war. Hellmer und Kullmer hatten bisher die Hauptarbeit übernommen, sie selbst war nur einmal am Tatort gewesen, um mit dem Inhaber des Hotels zu sprechen, der sich jedoch verschlossen wie eine Auster zeigte.

»Hi, Julia«, sagte Hellmer, den sie nicht hatte kommen hören, weil sie zu sehr in Gedanken versunken war. »Wie geht's?«

»Gut, warum?«

»Nur so. Es interessiert mich eben, wie's meiner Lieblingskollegin geht.«

»Du hast wohl heute besonders gute Laune. Wie kommt's?«, fragte sie leicht schnippisch, denn ihre Stimmung war seit dem Gespräch mit Berger an einem Tiefpunkt angelangt, was nicht an Berger lag, sondern daran, dass sie sich hilflos fühlte, wenn sie an ihren Termin dachte und an morgen.

»Einfach so«, entgegnete er mit einem Unterton, der Julia Durant aufhorchen ließ, während er sich auf die Schreibtischkante setzte, wobei er tat, als hätte er das Schnippische in ihrer Frage nicht wahrgenommen.

Sie lehnte sich zurück und drehte den Kuli zwischen den Fingern. »Einfach so? Komm, spuck's aus, was ist los?«

»Du bist die Erste, die's erfährt«, antwortete er leise. »Nadine ist wieder schwanger.«

»Gratuliere. Seit wann wisst ihr's?«

»Seit gestern. Sie ist schon im dritten Monat, obwohl sie vor vier Wochen noch ihre Tage hatte. Aber der Arzt hat gemeint, das sei nicht ungewöhnlich, das würde häufiger vorkommen. Sie ist erst stutzig geworden, als ihr morgens immer übel war und sie Heißhunger auf alles Mögliche bekam. Ich freu mich jedenfalls drauf. Aber behalt's bitte vorläufig für dich.«

»Was es wird, wisst ihr noch nicht, oder?«

»Nee, interessiert uns auch gar nicht. Wir lassen uns einfach überraschen, genau wie bei Stephanie. So, ich muss rüber in meine Bude, ein paar Telefonate führen. Viel Glück bei Gericht.«

»Haha! Und jetzt verschwinde, ich hab zu tun.« Sie deutete auf den Aktenberg und zwang sich zu einem Lächeln. Als Hellmer ihr damals von Nadines erster Schwangerschaft erzählte, hatte es ihr einen Stich versetzt, weil sie wusste, niemals dieses Glück verspüren zu dürfen. Mittlerweile hatte sie sich damit abgefunden, keine Kinder zu bekommen. Sie wollte auch gar keine mehr, denn dazu hätte ein Mann gehört, aber Männer spielten nur noch eine untergeordnete Rolle in ihrem Leben. Sie war allein und würde es auch bleiben. Und irgendwie hatte sie sich mit dieser Situation arrangiert.

Um Viertel vor zwölf verließ sie das Präsidium, holte sich an einem Imbiss einen Hamburger und eine Portion Pommes mit Ketchup, bevor sie sich auf die Fahrt zum Gericht machte. Ihr graute vor diesem Termin, besonders vor dem Staatsanwalt, zu dem sie ein mehr als gespaltenes Verhältnis hatte. Insgeheim hatte sie sich für den Prozess eine junge Staatsanwältin gewünscht, Anfang dreißig, recht hübsch, um nicht zu sagen eine Schönheit, nicht sehr groß, dafür enorm durchsetzungsfähig und mit einem extrem ausgeprägten Gerechtigkeitssinn. Wer immer sie sah und nicht kannte, hätte niemals vermutet, eine Staatsanwältin vor sich zu haben, und vor allem Männer drehten jedesmal die Köpfe nach ihr um, wenn sie an ihnen vorbeiging. Sie vorverurteilte niemanden, sondern hörte des Öfteren auch, was für Staatsanwälte eher ungewöhnlich war, auf ihre innere Stimme. Sie waren schon ein paarmal essen gewesen und irgendwie war eine kleine, aber feine Freundschaft zwischen ihnen entstanden, auch wenn sie sich höchstens einmal im Monat sahen, und auch dann meist nur dienstlich.

Dienstag, 9.50 Uhr

Rita Hendriks hatte kaum geschlafen, zu sehr hatte sie die Begegnung mit Maria Volescu beschäftigt. Es war nicht das erste Mal, dass sie von verschleppten Frauen hörte, aber sie war noch nie einer von ihnen persönlich begegnet. Eine ausgesprochen hübsche junge Frau, der die Unsicherheit und das Misstrauen und vor allem die Angst deutlich ins Gesicht geschrieben standen. Eine junge Frau, entwurzelt, ihrer Familie und ihrem vertrauten Umfeld entrissen, als sie noch nicht einmal erwachsen war. Und jetzt war sie erwachsen und hatte in vier Jahren mehr erlebt als die meisten Menschen in einem ganzen Leben.

Rita hatte zum Frühstück nur eine Tasse Kaffee getrunken und eine Zigarette geraucht und war in die Kanzlei gefahren, wo sie um neun einen Termin mit einem Klienten hatte. Als dieser nach einer guten Dreiviertelstunde gegangen war, griff sie zum Telefon und wählte die Nummer von Dietmar Zaubel, einem angesehenen und von vielen gefürchteten Journalisten, der mit seinem investigativen Journalismus schon einigen hohen Tieren schwere Wunden zugefügt hatte. Ein Mann, der sich vor nichts und niemandem fürchtete, nicht einmal vor dem Teufel, so schien es, der seit über dreißig Jahren in diesem Geschäft tätig war und den so leicht nichts mehr erschüttern konnte. Sie hatte ihn vor zwei Jahren auf einem Empfang kennen gelernt und war fasziniert von seiner ruhigen, besonnenen Art und seiner Gelassenheit, auch wenn er an jenem Abend von einem der Gäste, der allerdings ziemlich angetrunken war, aufs Übelste beschimpft wurde. Sie waren Freunde geworden, trafen sich hin und wieder zum Essen, telefonierten, wenn es die Zeit erlaubte, aber über eine reine Freundschaft war es nie hinausgegangen, dazu waren ihre Auffassungen vom Leben zu unterschiedlich. Zaubel war wie ein rast- und ruheloser Wolf, viel unterwegs, und er zog es vor, allein zu arbeiten, während sie eine gewisse Regelmäßigkeit und Ordnung brauchte.

Für seine Arbeiten war er mehrfach ausgezeichnet worden, aber in einem Gespräch mit ihr hatte er einmal gesagt, dass diese Preise ihm so viel bedeuteten wie ein leeres Blatt Papier. Und zynisch hatte er hinzugefügt, dass man ihn mit Ehrungen wohl in eine bestimmte politische Richtung lenken wolle, aber er würde sich nie einer aufgezwungenen Meinung anschließen, sondern weiter seinen ganz eigenen Weg gehen, so lange er ihn für richtig halte. Er schwamm gegen den Strom, hasste es, sich der Meinung anderer einfach anzuschließen, es sei denn, deren Meinung war auch seine, und er liebte die Konfrontation.

Sie ließ es achtmal klingeln und wollte bereits auflegen, als er sich mit verschlafener Stimme meldete.

»Hallo, Rita hier. Hab ich dich etwa geweckt?«

»Wie spät ist es?« Er kratzte sich am Kinn, was leise durch die Muschel zu hören war.

»Gleich zehn.«

»Ach du meine Güte, so spät schon! Was gibt's denn?«

»Ich müsste dich sprechen, und zwar so schnell wie möglich. Ich hatte inständig gehofft, dass du zu Hause und nicht irgendwo in der Weltgeschichte unterwegs bist.«

»Du hast tatsächlich Glück, dass du mich erreichst. Was ist denn so wichtig?«

»Nicht am Telefon. Können wir uns heute Abend treffen? Ich lade dich zum Essen ein.«

»Angenommen. Wann und wo?«

»Beim Vietnamesen am Zoo? Um acht?«

»Einverstanden. Bis nachher dann.«

Sie legte auf und machte sich noch ein paar Notizen, die sie für den Abend benötigte, da sie so gut wie möglich vorbereitet sein wollte. Nach dem Telefonat rief sie in der Praxis von Verena Michel an, um sich nach Maria zu erkundigen, der es den Umständen entsprechend gut ging, vor allem aber, um ihr mitzuteilen, dass sie sich mit Zaubel treffen würde.

Rita Hendriks hatte an diesem Tag noch drei Klienten, alles Scheidungsfälle, alle Mandanten noch relativ jung. Irgendwann hatten sie sich in ihren Partner verliebt, irgendwann hatten sie verliebt geheiratet, und doch war irgendwann schon nach wenigen Jahren die Luft raus, man hatte sich kaum noch etwas zu sagen, man schlief nicht mehr miteinander, man suchte sich andere Spielplätze, um sich auszutoben, zumindest war es bei zwei dieser Klienten so.

Der Fall der Klientin, die gleich kommen würde, war jedoch etwas anders geartet, eine Frau Anfang dreißig, mit achtzehn den Mann ihrer Träume geheiratet, doch bereits in der Hochzeitsnacht hatte er ein Gesicht gezeigt, das sie nie an ihm vermutet hätte, war er doch vorher immer rührend und aufmerksam um sie bemüht gewesen. Als wäre mit der Hochzeit ein Schalter bei ihm umgelegt worden, wurden die folgenden vierzehn Jahre zu einer einzigen Irrfahrt durch die Hölle, mit Prügeln, Vergewaltigungen, Drohungen. Drei Kinder waren aus dieser Ehe hervorgegangen, die mitbekamen, was mit ihr geschah. Zweimal war sie ins Frauenhaus geflohen, zweimal war sie wieder zu ihrem Mann zurückgekehrt, nachdem er hoch und heilig versprochen hatte, sich zu ändern. Bis sie schließlich den Absprung geschafft und jetzt die Scheidung eingereicht hatte. Sie lebte wieder im Frauenhaus, terrorisiert von ihrem Mann, einem biederen Beamten, dem keiner ansah, was für ein Monster sich hinter seiner sauberen Fassade verbarg. Die älteste Tochter, dreizehn, war seit einem halben Jahr wie vom Erdboden verschluckt. Man ging davon aus, dass sie entweder nicht mehr lebte oder, was wahrscheinlicher war, im Drogensumpf verschwunden war, denn es gab einige Zeugen, die sie angeblich im Bahnhofsviertel gesehen hatten, ein anderer wollte sie sogar auf dem Berliner Kinderstrich erblickt haben. Die beiden anderen Kinder wohnten mit im Frauenhaus, in einem Zimmer mit der Mutter, und die Situation wurde von Tag zu Tag unerträglicher. Ob diese noch junge, aber gebrochene Frau wirklich die Kraft besaß, diesen Scheidungskrieg durchzustehen, bezweifelte Rita. Aber sie würde ihr helfen, so gut es ging.

Ihre eigene Ehe war scheinbar glücklich gewesen, bis ihr eine Bekannte steckte, dass ihr Exmann ein notorischer Fremdgänger war, der mehrere Affären gleichzeitig laufen hatte. Sie hatte ihm auf diesen Schock hin keine Szene gemacht, sondern einen Brief geschrieben, wortlos seine Koffer gepackt und vor die Tür gestellt und das Schloss ausgetauscht. Er hatte danach mehrere Tage immer wieder versucht, Kontakt zu ihr aufzunehmen, aber für sie war der Fall erledigt gewesen, vor allem, als sie erfuhr, dass er es auch mit ihrer damaligen Freundin getrieben hatte. Doch dies war Schnee von gestern, lag fünf Jahre zurück. Sie hatte das meiste aus ihrem Gedächtnis gestrichen (zumindest redete sie sich das ein), sowohl die guten als auch die schlechten Tage. Jetzt lebte sie allein, Sex nahm sie sich, wie er sich gerade anbot, aber unter all jenen, mit denen sie schlief, war keiner, mit dem sie zusammenleben wollte. Die Arbeit war ihr ein und alles, und manchmal hielt sie sich bis nachts um zehn, elf in der Kanzlei auf, um am nächsten Morgen um sieben oder halb acht schon wieder im Büro zu sein. Der einzige Luxus, den sie sich gönnte, waren jedes Jahr vier Wochen Urlaub, mal in der Karibik, mal auf Hawaii, sie war sogar schon auf Tahiti gewesen, und das jeweils mit ihrer besten und einzigen Freundin Verena Michel. Und am 22. Dezember würde sie wieder für vier Wochen dem Winter in Deutschland entfliehen (vor allem aber Frankfurt und ihrem elenden Dasein, als das sie ihr Leben empfand, auch wenn sie dies nie zugeben würde, nicht einmal ihrer besten Freundin gegenüber) und diesmal auf die Seychellen fliegen. Alles war gebucht, der Flug, das Hotel, selbst der Mietwagen. Einen Monat lang die Seele baumeln und sich treiben lassen.

Um siebzehn Uhr verließ sie die Kanzlei in der Schillerstraße, ging zum Parkhaus Börse und fuhr nach Hause, um zu duschen (es gab Tage, und die waren nicht selten, da fühlte sie sich nach acht oder neun Stunden in der Kanzlei schmutzig von all dem Gehörten, was ihr die Mandanten anvertrauten) und sich etwas anderes anzuziehen, denn auch Zaubel kam zu jedem Treffen im Anzug und mit Krawatte. Er gehörte nicht zu den Journalisten, die ausschließlich in Jeans und Schlabberpulli rumliefen, drei Schachteln Zigaretten am Tag rauchten und sich abends in eine Kneipe verzogen und Bier und Whiskey in sich hineinschütteten, denn auch davon kannte Rita Hendriks einige. Zaubel war eine Ausnahmeerscheinung, abgesehen von jenen Fernsehreportern, die sich vornehmlich im Studio aufhielten und auch eine entsprechende Kamerapräsenz zeigen mussten.

Um halb acht machte sie sich auf den Weg, fand einen Parkplatz in unmittelbarer Nähe und betrat fünf Minuten vor der verabredeten Zeit das Restaurant. Zaubel war noch nicht da, erschien aber um Punkt acht. Er hatte sein typisch jungenhaftes Lächeln auf den Lippen, obwohl er bereits fünfundfünfzig war, aber irgendetwas war ihm in die Wiege gelegt worden, das ihn nicht altern und mindestens fünfzehn Jahre jünger aussehen ließ. Sein Gesicht war fast faltenlos, seine Augen wach und neugierig, an seinem beinahe asketischen Körper kein Gramm Fett. Er war nie verheiratet gewesen, hatte nur hin und wieder lose Beziehungen gehabt, die jedoch nie lange hielten, da keine Frau es auf Dauer mitmachte, wenn der Mann, den sie liebte, manchmal ein halbes Jahr oder länger unterwegs war und sich nur ab und zu übers Telefon meldete. Als Kriegsberichterstatter hatte er von ’73 bis ’75 in Vietnam gearbeitet, danach einige Male in Krisengebieten in Afrika, bis er sich auf den investigativen Journalismus verlegte, nachdem er mitbekommen hatte, welche wahren Interessen hinter den meisten Kriegen und Konflikten steckten.

Er setzte sich Rita Hendriks gegenüber und sagte: »Du siehst heute wieder mal verdammt bezaubernd aus.« Bei jedem andern hätte dieses »verdammt« einen Touch von Ordinärem gehabt, doch wie er dabei lächelte und sie ansah, steckte dahinter weder etwas Anzügliches noch Gewöhnliches.

»Danke für das Kompliment, aber du hast dich auch ganz schön in Schale geworfen.«

Der Kellner brachte die Speisekarte, sie bestellten jeder einen Aperitif und wählten aus. Währenddessen und auch nachdem sie die Bestellung aufgegeben hatten und auf das Essen warteten, unterhielten sie sich über ihre Arbeit, doch als schließlich serviert wurde, sagte Zaubel: »So, und jetzt raus mit der Sprache, was gibt es so Dringendes?«

»Eine ganz heiße Geschichte. Kennst du dich mit Menschenhandel aus?«

»Warum willst du das wissen?«

»Antworte einfach nur mit Ja oder Nein.«

»Es ist schon komisch, dass du mich das ausgerechnet jetzt fragst, aber ich recherchiere gerade in diesem Bereich, also denk ich schon, dass ich mich zumindest einigermaßen damit auskenne. Warum fragst du?«

»Weil eine Freundin von mir eine junge Frau bei sich aufgenommen hat, die bis gestern als Sexsklavin gehalten wurde. Sie ist ohne Papiere oder vielleicht auch mit gefälschten Papieren hier …«

»Moment, nicht so schnell. Wie ist diese junge Frau an deine Freundin gelangt?«

»Zufall. Sie ist bei einem Einkaufsbummel ihren Aufpassern entkommen. Eine Boutiquenbesitzerin hat ihr geholfen.«

Anschließend erzählte Rita Hendriks alles, was sie wusste. Zaubel hörte zu, unterbrach sie nur einige Male, um bei Unklarheiten Fragen zu stellen. Als sie geendet hatte, sagte er: »Das ist in der Tat eine heiße Geschichte. Und was erwartest du jetzt konkret von mir?«

»Ich wollte dich fragen, ob du weißt, was wir am besten machen können. Zur Polizei will Maria auf gar keinen Fall, was ich auch verstehen kann, denn sie hat Angst, dass sie sofort abgeschoben wird. Und ihre größte Angst besteht darin, dass man ihr oder ihrer Familie etwas antut.«

Zaubel lehnte sich zurück, machte ein nachdenkliches und zugleich hochkonzentriertes Gesicht und schüttelte den Kopf. »Moldawien wäre nicht das größte Problem. Frauen, die wieder zurückkehren, ob sie nun geflohen sind oder zurückgeschickt werden, sind in der Regel sicher.«

Als Zaubel nicht weitersprach, sagte Rita Hendriks, während sie eine Zigarette aus ihrer Handtasche fischte: »Was heißt in der Regel?«

»Na ja, das Problem ist die Polizei. Ich habe leider bei meinen bisherigen Recherchen die Erfahrung machen müssen, dass die meisten Gesetzeshüter dort und in den andern Armenhäusern des Ostens es mit dem Gesetz nicht so genau nehmen, was irgendwie auch verständlich ist, wenn man bedenkt, mit welchen Hungerlöhnen die abgespeist werden. Die sind für jeden Euro, vor allem aber jeden Dollar dankbar. Und wenn diese Maria wirklich die Lieblingshure von so einem stinkreichen Typ war, dann hat der mit Sicherheit auch seine Leute an den entsprechenden Stellen, sprich der Polizei oder sogar noch weiter oben sitzen. Das ist das eigentliche Problem. Wie gesagt, die meisten Frauen sind sicher, aber die, von der du erzählt hast, müsste unter Umständen schon mit dem Schlimmsten rechnen, denn die Häscher lauern überall. Trotzdem, es muss eine Lösung gefunden werden, und mir fällt da ad hoc nur eine Person ein, der ich bedingungslos vertrauen würde. Nur ist die bedauerlicherweise bei der Mordkommission. Aber sie ist die Einzige, an die ich mich an deiner Stelle wenden würde. Für sie lege ich meine Hand ins Feuer, auch wenn sich das ausgerechnet aus meinem Mund sehr gewagt anhören mag.«

»Und wie heißt die Dame?«

»Julia Durant. Ich kenne sie seit ein paar Jahren. Sie ist unglaublich kompetent und hat einen Fall gelöst, der auch mit dem organisierten Verbrechen zu tun hatte, obwohl das gar nicht in ihren Kompetenzbereich fiel. Ruf sie an.«

»Hast du ihre Durchwahl?«

»Klar.« Er holte sein kleines Notizbuch aus der Innentasche seines Sakkos und schrieb die Nummer und den Namen auf eine Serviette. »Hier, mach's am besten gleich morgen. Wenn dir jemand helfen kann, dann sie. Sie kennt alle möglichen Tricks und Wege und ist vor allem verschwiegen. Sie hat mir einmal Informationen zukommen lassen, die ich von keinem andern bekommen hätte, und hat mich auch an zwei andere Leute weiterverwiesen, die sich ebenfalls kooperativ gezeigt haben, die ich aber nicht gut genug kenne, um sagen zu können, ob auf die Verlass ist oder nicht. Manche wechseln von jetzt auf gleich die Fronten. Ich sag dir, ich hab die guten und die bösen Bullen kennen gelernt. Und mit einigen der letzteren Sorte war nicht zu spaßen. Nach einer Reportage über das organisierte Verbrechen in Deutschland, die um Mitternacht ausgestrahlt wurde und die kaum jemand gesehen hat, habe ich mehrere Drohungen erhalten, mein Auto ist angezündet worden, man ist bei mir eingebrochen und hat die gesamte Wohnung verwüstet, na ja, eben das, was sich gewisse Leute einfallen lassen, um einen einzuschüchtern. Nach ein paar Tagen war aber wieder Ruhe.«

»Und du meinst wirklich, dass ich dieser Frau Durant trauen kann?«

»Wenn nicht ihr, wem dann? Du traust doch auch mir, also solltest du auch meinem Rat vertrauen. Außerdem kannst du dich ja auf mich berufen, was ich dir übrigens empfehlen würde.«

»Gut, dann ruf ich sie morgen an. Maria kann sowieso nicht ewig bei meiner Freundin bleiben. Du glaubst gar nicht, wie froh ich bin, dich zu kennen. Wenn ich mal irgendwas für dich tun kann, sag Bescheid.«

»He, Freunde helfen sich doch, ohne Bedingungen zu stellen. Hast du schon mit irgendjemand anderem gesprochen?«

»Nein.«

»Dann tu's auch nicht, bevor du nicht mit der Kommissarin gesprochen hast.«

»An was arbeitest du eigentlich gerade?«, fragte Rita Hendriks.

»Es gab da vor knapp zwei Jahren einen Mordfall an zwei Kroaten in Seckbach. Die beiden wurden regelrecht hingerichtet, doch bis heute gibt es angeblich keine Spur zu dem oder den Tätern. Ich bin aber sicher, dass bei einigen Stellen der Polizei wesentliche Fakten unter Verschluss gehalten werden, und das hat bestimmt seine Gründe. Das Witzige ist, nein, witzig ist das nicht, aber ich habe rausgefunden, dass die zwei sich wahrscheinlich in genau dem Geschäft ein ordentliches Zubrot verdient haben …«

»Was für ein Geschäft?«

»Menschenhandel. Ich muss das noch verifizieren, doch es deutet alles darauf hin. Wenn es aber stimmt, was mir mein Kontaktmann gesteckt hat, dann sind einige Größen nicht nur der Frankfurter Gesellschaft in die Sache verstrickt. Doch wie gesagt, ich muss es noch genauer überprüfen, noch reicht mein Material nicht aus, um das in meinem Buch über die Strukturen des organisierten Verbrechens zu verwerten.«

»Du schreibst ein Buch?«, fragte Rita Hendriks erstaunt.

»Ja, aber darin geht es um die Globalisierung und Vernetzung des organisierten Verbrechens und der verschiedenen Gruppierungen. Deshalb reise ich auch in drei Wochen nach Thailand und in das berühmte goldene Dreieck, um dort mit ein paar Leuten zu sprechen. Danach geht's weiter nach Japan und Hongkong, anschließend rüber nach Kolumbien und Chile und wieder zurück nach Frankfurt. Ich werd so an die sechs bis acht Wochen unterwegs sein.«

»Und die Kosten, wer übernimmt die?«

»Zum Teil ich, zum Teil der Verlag, der schon die Rechte gekauft hat. Das heißt, der Verlag übernimmt den größten Teil.«

»Und wie kommst du darauf, dass diese beiden Kroaten Menschenhändler waren?«

»Na ja, sie waren nicht Menschenhändler in dem Sinn, dass sie selbst mit Frauen gehandelt haben, sie haben lediglich die Transporte übernommen. Zumindest deutet alles darauf hin. Als ich in ihrer Vita gekramt habe, ist mir aufgefallen, dass die beiden immer zur selben Zeit für zwei, drei Tage weg waren, manchmal haben sie auch eine Woche Urlaub genommen, sind aber nur selten in die Heimat gefahren, das haben mir die Verwandten bestätigt. Schließlich hab ich rausbekommen, dass der Busunternehmer selbst alles andere als ein Saubermann ist. Gegen ihn wird angeblich schon seit längerem ermittelt, ohne dass jedoch bis jetzt konkret etwas unternommen wurde, was natürlich auch wieder ins Bild passt ...«

»In welches Bild?«

Zaubel beugte sich nach vorn und antwortete leise: »Da wird von ganz oben einfach gesagt, bis hier und nicht weiter. Wir hatten doch in Frankfurt in der Vergangenheit und haben auch heute noch die großen Immobilienhaie. Du kennst doch die Namen – Baker zum Beispiel, von den andern Namen ganz zu schweigen.«

»Ist nicht dein Ernst, oder?«, sagte Hendriks mit ungläubigem Blick.

»Zig Ermittlungsverfahren wurden gegen die diversen Leute eingeleitet, und fast alle wurden eingestellt.« Er winkte ab. »Aber zurück zu diesem Busunternehmer. Ich glaube, dass der ebenfalls in dem Geschäft drinsteckt. Und so reiht sich eben eins zum andern.«

»Und du hast keine Angst um dein Leben?«

»Ach was«, winkte er lachend ab. »Wenn ich Angst hätte, wäre ich für diesen Beruf nicht geeignet. Natürlich habe ich manchmal ein mulmiges Gefühl, aber bis jetzt ist immer alles glimpflich abgelaufen. Man muss einfach die Grenze ausloten, wie weit man gehen kann. Wenn ich mit jemandem spreche, bin ich immer erst sehr vorsichtig und sondiere die Lage, bevor ich meine wahren Absichten preisgebe. So läuft das ab. Und ich kenne einige Kollegen, die wagen sich auch an die vorderste Front. Sie nennen in ihren Büchern Namen von Personen, sie werden mit dem Tod bedroht und so weiter, aber bis heute leben sie alle noch. Ich sag nur, wenn wir alle den Mund halten würden, dann würde in der Öffentlichkeit keiner je erfahren, welche dreckigen Geschäfte im Namen des Gesetzes und der Politik getätigt werden. Ich seh's einfach als meine Berufung, die ich zum Beruf gemacht habe. Und wenn man mich auch noch so sehr dafür angreift, ich werde weitermachen wie bisher.«

»Ich kann dich schon irgendwie verstehen, trotzdem hätte ich nicht den Mut, so was zu machen. Ich hab schon Bammel, wenn ich an das Gespräch mit dieser Frau Durant denke.«

»Also vor der brauchst du nun wirklich keine Angst zu haben. Die kann zwar ziemlich hart sein, aber wenn sie von dem Fall hört, wird sie dir mit Sicherheit helfen. Wenn du willst, kann ich auch vorher mit ihr reden.«

»Nee, lass mal, ich krieg das schon hin. Ich werde deinen Namen nennen und dann …«

»Tu das. Und jetzt beenden wir das Thema und trinken noch ein Bier. Oder möchtest du lieber einen Wein?«

»Gegen einen guten Roten hätte ich nichts einzuwenden.«

Fast bis Mitternacht blieben sie in dem vietnamesischen

Restaurant. Sie verabschiedeten sich vor der Tür mit einem Kuss auf jede Wange voneinander und fuhren nach Hause. Rita Hendriks würde am Vormittag bei Julia Durant anrufen und sehen, ob Zaubel mit seiner Einschätzung, was ihre Person anging, Recht hatte.

In ihrer Wohnung holte sie aus dem Barfach eine Flasche Cognac und aus ihrer Handtasche eine Schachtel Tabletten. Sie drückte zwei heraus und spülte sie mit dem Alkohol hinunter. Schon nach wenigen Augenblicken stellte sich das erwünschte gute Gefühl ein. Sie trank noch zwei Gläser und machte sich fürs Bett fertig. Sie würde vier Stunden schlafen, sie schlief selten mehr, denn auch zum Wachwerden hatte sie ihre Pillen. Ihr Leben war aus dem Ruder gelaufen, nichts funktionierte so, wie sie sich das irgendwann einmal gewünscht hatte, es war ein immer wiederkehrender Trott, und sie fragte sich in letzter Zeit öfter, was dieses Leben überhaupt noch für einen Sinn hatte. Es hatte Phasen gegeben, da sprühte sie geradezu vor Lebenslust. Jetzt war sie nur noch einsam, allein, und nicht selten fing sie aus unerklärlichen Gründen an zu weinen, bevor sie einschlief.

Mittwoch, 8.00 Uhr

Julia Durant kam wie gewohnt ins Büro und wurde von Berger begrüßt, der ihr zum Geburtstag gratulierte und mit sichtlichem Bedauern in der Stimme sagte: »Sie hatten ja darauf bestanden, dass nichts Besonderes an Ihrem Ehrentag veranstaltet wird. Trotzdem alles, alles Liebe, und bleiben Sie, wie Sie sind. Und ich möchte noch eines hinzufügen – ohne Sie wäre diese Abteilung nicht mal die Hälfte wert.«

Julia Durant lächelte etwas verschämt und erwiderte: »Danke, aber die andern sind genauso wichtig. Wir sind halt ein eingespieltes Team.«

»Sehen Sie, das macht eben Ihre Qualitäten aus, dass Sie nicht einmal ein Lob zulassen«, bemerkte Berger schmunzelnd.

»Entschuldigung, aber …«

»Schon gut. Wie war's denn gestern bei Gericht?«

»Wie ich vorhergesagt hatte. Der Täter ist gefasst und überführt, obwohl die Indizienkette löchriger als ein Schweizer Käse ist, aber irgendwie flickt man die schon zusammen, und egal, was ich auch sage, der Staatsanwalt dreht mir das Wort im Mund rum. Und heute soll ich diesen ganzen Mist noch mal über mich ergehen lassen. Doch vorher mach ich einen Abstecher in die Münchener Straße in das Stundenhotel, um mir den Besitzer noch einmal vorzuknöpfen. Irgendwas an der Geschichte stimmt nicht, aber ich komm nicht drauf, was.«

»Hellmer und Kullmer bearbeiten doch den Fall. Und warum wollen Sie sich das ausgerechnet heute auflasten?«

»Weil es irgendwie auch mein Fall ist. Die Nutte ist angeblich nicht mehr auftreibbar, der Pächter hat sie angeblich am Dienstag letzter Woche zum ersten Mal überhaupt gesehen, aber der Tote wurde mit einem einzigen Stich ins Herz ermordet. Und genau deshalb werde ich noch ein paar sehr unangenehme Fragen stellen, und sollte er nicht kooperieren, lass ich ihn herbringen. Notfalls verliert er seine Lizenz. Mal sehen, ob wir ihn nicht so bei den Eiern packen können.«

»Seien Sie vorsichtig, das ist eine gefährliche Ecke. Am besten nehmen Sie Verstärkung mit.«

»Nein, ich will allein mit ihm sprechen. Wenn er redet, ruf ich von unterwegs an, wenn nicht, bringen ihn unsere Leute vom 4. Revier her. Dann kann sich Hellmer oder Kullmer weiter mit ihm beschäftigen.«

»Kommen Sie denn heute noch mal rein?«, wollte Berger wissen.

»Nach dem Gericht. Es wird aber bestimmt nicht vor fünf sein, gestern wurde es sogar halb sechs, bis ich aus diesem Höllenloch raus war.«

»Okay, wir sehen uns dann später. Viel Glück.«

Julia Durant war froh, vor Hellmer und den andern wieder aus dem Präsidium rauszukommen, und sie würde sich überlegen, ob sie am Nachmittag noch einmal zurückkehren oder besser gleich nach Hause fahren würde, um es einen Abend wie jeden andern werden zu lassen. Mit Salamibrot, Tomatensuppe, zwei, vielleicht auch drei Dosen Bier und in die Glotze stieren und mit ihrem Vater telefonieren, obwohl der schon um sieben angerufen hatte, um ihr zu gratulieren. Oder vielleicht doch in ihre Bar gehen, einen Typen aufreißen, den Hormonhaushalt auf Vordermann bringen, und morgen würde heute schon wieder gestern sein und der ganz normale Alltag seinen ganz normalen Lauf nehmen. Es ist doch nur heute, es ist doch nur diese verdammte Zahl an diesem verdammten Tag! Sicher, andere feierten ihren Vierzigsten, bis die Schwarte krachte. Hellmer würde es nächstes Jahr so machen, das hatte er bereits angekündigt, und Kullmer hatte vor zwei Jahren eine Riesensause steigen lassen, und er hatte in Doris Seidel nicht nur eine Partnerin im Job gefunden, sondern auch privat, und überhaupt war dieses Leben so gottverdammt ungerecht in ihren Augen. Warum hatte sie niemanden, der sie oder den sie abends empfing, keinen, der Tisch und Bett mit ihr teilte, keinen, bei dem sie sich anlehnen konnte, wenn ihr danach war, keinen, bei dem sie sich auskotzen konnte (ihren Vater ausgenommen, aber ein Vater war kein Ersatz für jemanden, dessen

Zärtlichkeit sie brauchte), keinen, der ihr all das gab, wonach sie sich seit Jahren sehnte? Sie hätte heulen können vor Wut und Trauer und Selbstmitleid über ihr verkorkstes Privatleben, aber dafür war jetzt kein Platz. Ein anstrengender und sicher auch nervenaufreibender Tag lag vor ihr, und für sentimentale Gefühle war dies so ziemlich der ungeeignetste Moment. Und das war auch gut so. Obwohl sie im Auto wieder jener Weltschmerz überkam, der sie veranlasste, die Lautstärke ihres CD-Spielers fast bis zum Anschlag hochzudrehen, und die Stimme von Axl Rose fast ihr Trommelfell zum Platzen brachte. Ablenkung.

Mittwoch, 8.10 Uhr

Rita Hendriks hatte eine unruhige Nacht mit einem unerklärlichen düsteren Traum hinter sich, an den sie sich nur noch schemenhaft erinnern konnte, der ihr aber Unbehagen bereitet hatte, während sie träumte, und als sie nach dem Aufstehen in den Spiegel sah, schüttelte sie nur den Kopf. Sie war blass, und die Augen waren klein. Sie hätte heute noch zwei, drei Stunden länger im Bett bleiben wollen, doch die erste Klientin hatte sich für neun Uhr angemeldet, und vorher musste sie noch zwei Telefonate erledigen, eines mit einem Mandanten, vor allem aber mit ihrer Freundin Verena, um ihr einen kurzen Abriss über ihr Treffen mit Zaubel zu geben und einen Termin für den Abend auszumachen.

Als sie um kurz nach acht in die Kanzlei kam, war bereits ihr Kompagnon da, der in ein Gespräch mit ihrer gemeinsamen Sekretärin vertieft war, die beide mehr als nur die Arbeit verband, obwohl er seit sieben Jahren verheiratet war. Aber sie war jung und hübsch, dazu recht intelligent, und wenn beide nach außen hin auch versuchten ihre heimliche Affäre, so gut es ging, zu verbergen, so hatte Rita längst ihr kleines Geheimnis durchschaut, glaubte sie zumindest. Manchmal war sie sicher, dass die zwei was miteinander hatten, dann wieder zweifelte sie an ihrer Menschenkenntnis und sagte sich, sie rede sich da nur was ein, weil sie selbst am liebsten jemanden gehabt hätte, mit dem sie ihr ungeordnetes Leben verbringen konnte (was sie jedoch weit von sich wies, wenn sie darauf angesprochen wurde), und wenn es mit einem verheirateten Mann gewesen wäre. Sie hätte schon einige Male die Gelegenheit gehabt, sich mit anderen Männern einzulassen, allesamt verheiratete Männer, doch sie war jedes Mal davor zurückgeschreckt, denn sie wusste aus ihrer Berufserfahrung um die Tücken solcher Beziehungen. Sie begrüßte beide so freundlich wie immer und bat Michael Knoblauch (ein Name, dessentwegen er des Öfteren aufgezogen wurde, was Mike, wie sie ihn nannte, aber längst nichts mehr ausmachte), ihn kurz unter vier Augen sprechen zu dürfen. Obgleich Zaubel gesagt hatte, sie solle mit niemandem außer mit Julia Durant über Maria Volescu reden, so gab es eigentlich nichts, worüber sie mit Mike nicht sprechen konnte. Sie kannten sich seit ihrer Studienzeit, und er war stets ein treuer und loyaler Partner gewesen, auch wenn privat nie etwas zwischen ihnen gelaufen war. Sie hatten gemeinsam vor zehn Jahren diese Kanzlei übernommen, sie hatte sich auf Familien-, er auf Wirtschafts- und Steuerrecht spezialisiert.

Nachdem er die Tür zu seinem Büro hinter sich zugemacht und sich dagegen gelehnt hatte, fragte er: »Probleme?«

»Wie kommst du darauf?«

»Du siehst übermüdet aus, das ist alles.«

»Es geht schon«, erwiderte sie ausweichend. »Ich hab nur

eine Frage an dich. Was ich dir jetzt sage, bleibt aber unter uns, okay?«

Knoblauch legte die rechte Hand auf die linke Brust. »Habe ich schon jemals etwas ausgeplaudert, was du mir anvertraut hast? Ich bin genauso an meine Schweigepflicht gebunden wie du. Habe ich damit deine Frage beantwortet?«

»Sicher, Entschuldigung. Wie würdest du dich verhalten, wenn eine junge Frau zu dir käme und dir eine Geschichte erzählt, die du erst nicht glauben willst, aber je mehr sie erzählt, desto glaubhafter wird alles? Um es kurz zu machen, ich habe so eine junge Frau kennen gelernt. Sie kommt aus Moldawien und wurde bis vorgestern gezwungen, als Prostituierte in einem Edelpuff zu arbeiten. Sie fürchtet sich vor der Polizei, sie fürchtet sich aber auch davor, abgeschoben und in ihrer Heimat vielleicht umgebracht zu werden.«

»Wieso bis vorgestern? Was ist jetzt mit ihr?«

»Sie ist abgehauen oder besser gesagt, sie hat ihre Bewacher ausgetrickst.«

»Ist sie bei dir?«

»Nein.«

»Wo dann?«

»Das ist unwichtig. Sie ist jedenfalls in Sicherheit, vorerst zumindest. Sag mir einfach, was du tun würdest.«

»Keine Ahnung, ich habe mit so was noch nie zu tun gehabt. Sie muss zur Polizei gehen, andererseits gibt's auch dort ein paar werte Damen und Herren, die es mit dem Gesetz nicht so genau nehmen. Du kennst ja die Polizei heutzutage, man weiß nie, wem man trauen kann. Aber wer zu der einen und wer zur andern Sorte zählt, erfährt man meistens erst, wenn es zu spät ist. Sorry, doch ich kann dir in diesem speziellen Fall auch keinen Rat geben. Aber du hast doch noch andere Kontakte, dein Freund Zaubel zum Beispiel. Vielleicht kann er dir weiterhelfen.«

»Ich hab ihm schon alles erzählt. Er hat mir ein paar Tipps gegeben.«

»Na also. Er kennt sich da bestimmt besser aus als ich. Tut mir leid, wenn ich dir keine große Hilfe bin, aber …« Er zuckte mit den Schultern und kam lächelnd auf Rita Hendriks zu. »He, das wird schon alles gut werden. Und denk dran, lass solche Sachen nie zu dicht an dich rankommen, es behindert nur das klare Urteilsvermögen. Es wird schon alles gut werden.«

»Hoffentlich. Sagt dir der Name Julia Durant etwas? Sie ist bei der Kripo.«

»Nee, nie gehört. Warum willst du das wissen?«

»Sie ist mir von Zaubel empfohlen worden. Angeblich ist sie unbestechlich. Na gut, ich wollte nur mal deine Meinung einholen. Danke.«

»Wofür?«, erwiderte er lachend und legte einen Arm um ihre Schulter. »Dass ich dir nicht weiterhelfen konnte? Du schaffst das schon, und wenn irgendwas ist, ich bin rund um die Uhr für dich zu erreichen. So, und jetzt muss ich rüber in mein Büro, die Arbeit ruft, hörst du's?« Er zwinkerte ihr noch einmal aufmunternd zu und verließ den Raum.

Rita Hendriks sah ihm hinterher, stellte sich ans Fenster und schaute gedankenverloren hinunter auf die Schillerstraße, die sich allmählich mit Menschen füllte, obwohl die Geschäfte erst um halb zehn, manche sogar erst um zehn öffneten. Sie fragte sich, ob es ein Fehler gewesen war, Knoblauch einzuweihen, sie fragte sich aber auch, warum er nicht gesagt hatte, dass sie etwas Illegales tat. Natürlich war es illegal, aber manchmal war es notwendig, die Gesetze zu umschiffen, um einen Menschen zu retten. Und Maria war ihr vom ersten Moment an sympathisch gewesen, und selbst wenn sie das Erzählte noch zu gut im Ohr hatte, so konnte sie sich doch nicht wirklich vorstellen, was Maria in den letzten Jahren durchleiden musste. Sie selbst lebte in einer heilen, behüteten Welt, auch wenn ihr Dasein hauptsächlich aus Arbeit bestand. Sie hatte nie Not leiden müssen, sie hatte genügend Geld, ein schönes Zuhause, ein geregeltes Leben.

Rita Hendriks hatte schon von den Zuständen in Ländern wie Rumänien und Moldawien gelesen und gehört, sie wusste, dass dort manche Kinder von ihren Eltern verstoßen wurden und auf beziehungsweise unter der Straße in der Kanalisation hausten und allein auf sich gestellt dahinvegetierten, ohne die geringste Aussicht, dass sich ihr Leben irgendwann zum Besseren wenden würde. Aber Rumänien und Moldawien, die Ukraine und Weißrussland waren eine andere Welt, weit entfernt, doch jetzt, mit Maria, auf einmal zum Greifen nah. Eine junge Frau, die allein aufgrund ihrer Schönheit zum Opfer geworden war. Nur ein wenig unansehnlicher oder gar hässlich, wenn es denn überhaupt hässliche Menschen gab, und keiner hätte auch nur einen Gedanken daran verschwendet, sie zu verschleppen und als Prostituierte zu benutzen und zu missbrauchen. Eine junge Frau, deren Leben völlig aus den Fugen geraten war und die es verdient hatte, endlich menschenwürdig behandelt zu werden.

Sie wandte sich um, ging zu ihrem Schreibtisch, nahm im Stehen den Telefonhörer in die Hand und wählte die Nummer ihrer Freundin.

»Hi, ich bin's«, sagte Rita. »Ich wollte nur kurz Bescheid geben, dass ich mich gestern mit Zaubel getroffen habe. Aber das besprechen wir alles heute Abend. Ich schätze, dass ich so gegen acht bei euch bin, denn vorher muss ich noch mit einer Kommissarin telefonieren …«

»Hat Zaubel …«

»Ja, ich hab ihren Namen von ihm. Ich will versuchen mich so bald wie möglich mit ihr zu treffen, wenn's geht heute noch.

Sollte es später als acht werden, ruf ich auf jeden Fall an. Ich fahr nach Hause, mach mich frisch und komm dann zu euch. Wie geht's Maria?«

Verena lachte auf und antwortete: »Du wirst es nicht glauben, aber sie wirbelt seit gestern wie eine Wilde durchs Haus und macht sauber. Ich glaub, wenn die fertig ist, werd ich meine eigene Wohnung nicht wiedererkennen. Bin mal gespannt, wie's aussieht, wenn ich nachher nach Hause komme. Ich lass sie einfach machen, dadurch wird sie wenigstens abgelenkt.«

»Hat sie geschlafen?«

»Sie behauptet, ja. Ich hab mich jedenfalls die letzten beiden Nächte nur rumgewälzt, weil mir tausend Gedanken auf einmal durch den Kopf gegangen sind.«

»Kann ich verstehen. Ich muss jetzt Schluss machen, ich melde mich auf jeden Fall, sollte es später werden. Bis dann.«

Sie legte auf, setzte sich und fuhr sich mit einer Hand über die Stirn. Sie schwitzte, obgleich es nicht sonderlich warm im Büro war. Seit zehn Jahren arbeitete sie als Anwältin, hatte schon einige heikle Fälle, wenn auch nur Familienstreitigkeiten, über die Bühne gebracht, aber diese neue, ungewohnte Situation zerrte an ihren Nerven. Sie erhob sich wieder, wühlte in ihrer Handtasche und fluchte leise, weil sie ihre Zigaretten vergessen hatte. Sie begab sich zu Frau Zimmermann ins Vorzimmer und fragte sie, ob sie eine Zigarette für sie habe.

»Natürlich. Wenn Sie möchten, hole ich Ihnen auch welche.«

»Das wäre ganz lieb von Ihnen.«

Regina Zimmermann hielt ihr die Schachtel hin, gab ihr Feuer und sah sie prüfend an, ohne jedoch etwas zu sagen oder gar eine Frage zu stellen, auch wenn sie brennend interessierte, warum ihre Chefin sich heute anders verhielt als gewöhnlich.

»Danke.« Sie inhalierte tief, die Nervosität schwand allmählich. Als sie zu Ende geraucht hatte, drückte sie die Zigarette im Aschenbecher aus und begab sich zurück in ihr Büro, während Regina Zimmermann nach unten ging, um Zigaretten zu holen.

Sie tätigte den Anruf bei einem Mandanten, mit dem sie einen neuen Termin vereinbarte, und wartete auf die Klientin, die sich für neun angemeldet hatte. Um zehn vor neun griff sie erneut zum Telefon und tippte die Nummer von Julia Durant ein. Sie wollte nach dem fünften Läuten bereits auflegen, als am andern Ende abgenommen wurde.

»Berger, Apparat Durant.«

»Hendriks hier. Könnte ich bitte Frau Durant sprechen?«

»Tut mir leid, aber sie ist unterwegs und kommt erst am Nachmittag irgendwann zwischen halb fünf und sechs wieder ins Büro, genau kann ich es nicht sagen. Kann ich ihr vielleicht etwas ausrichten?«

»Nein, aber wenn Sie ihr bitte meine Büro- und auch meine Handynummer geben könnten.«

Berger notierte den Namen und die genannten Nummern. »Ich lege den Zettel auf Frau Durants Schreibtisch. Sie wird sich bei Ihnen melden, sobald sie wieder im Haus ist.«

»Danke.« Rita Hendriks legte auf, warf einen Blick auf die Uhr und wartete auf ihre Klientin, die in zwei Minuten kommen müsste. Sie war nervös, ohne dass sie eine Erklärung dafür hatte, warum. Sie half doch nur einer jungen Frau, die diese Hilfe bitter nötig hatte. Aber wovor habe ich dann Angst, dachte Rita Hendriks, als es klopfte und eine Frau von sechsundfünfzig Jahren zur Tür hereinkam, die nach dreißig Jahren Ehe von ihrem Mann verlassen worden war. Das übliche Spiel, er hatte eine Jüngere kennen gelernt, eine, die ihn angeblich besser verstand, eine, mit der er sich unterhalten konnte, die ihm intellektuell ebenbürtig war und ihn als erste Frau so akzeptierte, wie er war. Doch dies, das wusste Rita Hendriks zur Genüge, waren nur fadenscheinige

Begründungen, denn eigentlich war es der Körper, das noch unverbrauchte Fleisch, das ihn wie so viele andere Männer, die sich vom Leben betrogen fühlten oder mit dem Älterwerden nicht zurechtkamen, anzog. Frauen werden alt und Männer interessant. Über die Midlife-Crisis war er jedoch längst hinaus, er ging auf die sechzig zu und versuchte anscheinend verzweifelt seine verlorene Jugend zurückzugewinnen. Seine neue Flamme, mit der er seit einem halben Jahr zusammenlebte, die er mit aufwendigen Geschenken verwöhnte, Geschenke, die er seiner Frau nie gemacht hatte, mit der er regelmäßig in Urlaub fuhr, war erst Mitte zwanzig und gab vor, ihn zu lieben. Dabei, das hatte ein Detektiv mittlerweile herausgefunden, war sie weniger an ihm als an seinem Geld interessiert, das er zuhauf auf seinen diversen Konten hatte, denn neben ihm hatte sie noch einen jungen Geliebten, mit dem sie sich vergnügte. Die Klientin hatte ihren Mann darauf angesprochen, ihn angefleht, nicht diesen am Ende für alle fatalen Weg zu gehen, doch er schien blind und taub zu sein. Er, ein gewiefter Topmanager, stellvertretender Direktor eines weltweit agierenden Elektronikunternehmens, einer, der alle Tricks kannte, verschloss in diesem speziellen Fall die Augen wie ein kleines Kind, das das Schlechte nicht sehen wollte. Und nun, da alles nichts half, würde er bluten für das, was er seiner Frau, die ihm vier Kinder geboren und ihm bei seiner Karriere den Rücken freigehalten hatte, angetan hatte. Dafür würde Rita sorgen.

Mittwoch, 17.10 Uhr

Julia Durant hatte um kurz vor fünf das Gericht verlassen, nachdem sie eine halbe Stunde lang vom Staatsanwalt und dem Verteidiger befragt worden war. Sie hatte den jungen Mann während der Verhandlung beobachtet und war sich immer sicherer geworden, dass er mit dem Verschwinden und dem vermeintlichen Mord an dem Mädchen nicht das Geringste zu tun hatte. Es war nur ein Gefühl, aber wenn sie sich auf etwas verlassen konnte, dann darauf. Jetzt war sie ausgelaugt und müde. Sie hasste Gerichtssäle und die damit verbundene muffige Atmosphäre und war froh, in ihr Auto steigen zu können. Sie zündete sich eine Zigarette an, schaltete ihr Handy ein, eine Nachricht von Hellmer. Sie solle bitte nach der Verhandlung ins Büro kommen, es hätten sich neue Hinweise bezüglich des Mordes an dem Freier ergeben. Man habe jemanden verhaftet, der sich jedoch als störrisch erwies. Als sie am Vormittag in dem Stundenhotel in der Münchener Straße gewesen war, um den Pächter zu befragen, hatte dieser nur wenig zu sagen gehabt, und irgendwie glaubte sie ihm sogar seine Geschichte, dass er die Hure, die unauffindbar war, nicht kannte. Es würde ein hartes Stück Arbeit werden, diesen Fall zu lösen, wenn er denn überhaupt zu lösen war. Es gab viele Huren, die in den einschlägigen Hotels mit ihren Freiern regelmäßig ein- und ausgingen, aber es gab auch einige, die nur einmal kamen und sich dann nie wieder blicken ließen. Deshalb hatte sie es auch unterlassen, die Beamten vom 4. Revier zu verständigen, um den Pächter aufs Präsidium bringen zu lassen. Sie brauchte andere Zeugen. Allerdings war jene Gegend nicht gerade berühmt dafür, dass die Leute viel sahen oder gar mitteilungsbedürftig waren. Das Bahnhofsviertel war eine eigene Welt, mit zum Teil seltsamen Kreaturen. Es schien in bestimmten Bereichen ein gesetzloser Raum zu sein, zu dem selbst die Polizei keinen Zutritt fand.

Auf der Fahrt ins Büro dachte sie an den zurückliegenden Tag und hoffte gleichzeitig, dass er nicht so trist und trüb endete, wie er begonnen hatte. Sie nahm den Aufzug, und gerade als sie ihr Büro betreten wollte, kam ihr Hellmer entgegen und bat sie, gleich mit ins Verhörzimmer zu kommen.

»Der Typ will einfach nicht die Klappe aufmachen, vielleicht kriegst du ja was aus ihm raus«, sagte er.

»Wieso habt ihr ihn festgenommen, und wie seid ihr überhaupt auf ihn gekommen?«

»Ein anonymer Hinweis«, antwortete Hellmer nur. Er machte die Tür auf, Durant kniff die Augen zusammen, der Raum war vollkommen abgedunkelt. Bevor sie etwas sagen konnte, ging das Licht an, eine Girlande, in deren Mitte in riesigen bunten Lettern *»Herzlichen Glückwunsch zum Geburtstag«* stand, zog sich von einer Wand zur andern, zwei aneinandergestellte Tische mit einer großen Torte und einem opulenten Büfett, ein paar Flaschen Champagner, Wein und Bier befanden sich an der hinteren Wand, davor ein kleinerer Tisch mit allerlei Geschenken. Fast alle Beamten der vier Abteilungen der Mordkommission und einige Kollegen aus diversen anderen Dezernaten waren versammelt und stimmten auf ein Zeichen von Berger »Happy birthday to you« an. Durant stand wie versteinert da, nicht, weil sie entsetzt war, sondern gerührt, und schaffte sie es auch meist, ihre Tränen vor den andern zurückzuhalten, so gelang es ihr diesmal nicht. Hellmer nahm sie in den Arm, drückte sie fest an sich und sagte, nachdem sie zu Ende gesungen hatten: »He, altes Haus, nochmals alles, alles Liebe und Gute zum Geburtstag. Auch wenn du darauf bestanden hast, nicht zu feiern, uns kannst du es nicht verbieten. Und ich glaube, ich spreche jetzt im Namen aller hier, du bist und bleibst einfach unersetzlich. Ich arbeite mit niemandem so gerne zusammen wie mit dir. So, und jetzt genieß den Abend, er gehört ganz alleine dir.«

Sie wischte sich mit dem Handrücken die Tränen aus dem

Gesicht und stammelte: »Ich weiß gar nicht, was ich sagen soll, aber …«

»Herzlichen Glückwunsch«, sagte Berger. »Vergessen Sie mal für einen Augenblick die Arbeit, und lassen Sie uns zusammen feiern. Es ist schließlich Ihr Ehrentag. Und wenn Sie vielleicht denken, dass Sie heute eine magische Grenze überschritten haben, dann sehen Sie mich alten Knochen an, fünfundfünfzig und fit wie ein Turnschuh. Ich kann Herrn Hellmer nur beipflichten, Sie sind eine Spitzenermittlerin und damit einfach unersetzlich. Und wenn gleich alle mit dem Gratulieren fertig sind, trinken wir erst ein Glas Champagner und danach machen Sie bitte die Geschenke auf, denn wir warten schon begierig darauf, uns mit Macht auf die Torte und das Büfett stürzen zu dürfen. Ach ja, bevor ich's vergesse, da wartet noch eine Überraschung auf Sie. Dazu müssen Sie aber bitte die Augen schließen. Nur für einen Moment.«

Sie machte die Augen zu, bis sie jemand von hinten umarmte und mit dieser unverkennbar markanten Stimme sagte: »Auch von mir alles, alles Liebe zum Geburtstag.«

»Papa!«, stieß sie mit ungläubigem Blick hervor und drehte sich um. »Was machst du denn hier? Wir haben doch heute früh erst …«

»Tja, wenn ich sonst schon nie in Frankfurt bin, an diesem Tag konnte und wollte ich es mir einfach nicht nehmen lassen. Und dabei hab ich endlich auch einmal deine Kollegen kennen gelernt. Und jetzt stoßen wir auf dich an.«

»Ich glaub's einfach nicht«, stammelte sie, »ich kann's einfach nicht glauben. Danke, danke, danke.«

Kullmer und Hellmer hatten die Gläser gefüllt, und alle prosteten Julia Durant zu, die noch immer meinte, sich in einem Traum zu befinden, einem zugegeben schönen Traum. Sie hatte mit allem gerechnet, aber nicht damit. Auch wenn sie ausdrücklich darauf bestanden hatte, nicht zu feiern, so war sie jetzt doch mehr als froh, dass die andern sich diesem Wunsch widersetzt hatten.

Es war doch ihr Tag, und wenn sie in die Gesichter ihrer Kollegen sah, wurde ihr zum ersten Mal so richtig bewusst, dass sie doch nicht nur ein winziges Rädchen in einem riesigen Getriebe war. Nachdem sie ausgetrunken hatte, machte sie ihre Geschenke auf, Parfum, zwei CDs, zwei Bücher, ein hochwertiges Schreibset und einige andere Kleinigkeiten, die sie gut gebrauchen konnte. Hellmer reichte ihr einen Umschlag. »Das ist von Nadine und mir.«

»Ihr spinnt doch, oder«, sagte sie leise, als sie den Inhalt herausholte und betrachtete. »Das kann ich nicht annehmen.«

»Kannst du. Es ist alles schon mit dem Boss abgesprochen, im Januar nehmen wir uns eine Woche Urlaub von unseren unzähligen Überstunden und fliegen zu viert nach Teneriffa. Und die Premierenkarten sind zwar erst für Mitte Dezember, aber es wird toll werden. Du wirst dich wundern, wen du da alles treffen wirst. Ich bin auch ganz sicher, dass wir an diesem Tag keine Bereitschaft haben werden, und ganz gleich, was auch passiert, die Kollegen werden unsere Arbeit übernehmen. Auch das ist schon geklärt. Sonst noch irgendwelche Fragen?«

»Nein, natürlich nicht. Ich weiß gar nicht, was ich sagen soll, aber …«

»Du sollst gar nichts sagen, sondern einfach nur genießen. Okay, altes Haus?«, fügte er hinzu und legte einen Arm um ihre Schulter. »Und jetzt bist du dran. Mal sehen, ob du so viele Kerzen in einem Zug ausblasen kannst.«

Sie begab sich zur Torte, holte tief Luft und schaffte etwa die Hälfte der Kerzen auszupusten. Für den Rest musste sie noch einmal Luft holen.

»Also gut, liebe Kolleginnen und Kollegen. Normalerweise bin ich ja nicht auf den Mund gefallen, wie ihr sicherlich alle schon mitbekommen habt, aber diesmal fehlen mir tatsächlich die Worte. Nur so viel, ich freue mich unheimlich über diese Überraschung, sie ist euch rundum gelungen. Und meinen Vater habt ihr ja auch schon kennen gelernt, aber ich will euch vorwarnen, passt bloß auf, was ihr sagt, er ist Pfarrer, und jedes Wort wird direkt nach oben geleitet«, sagte sie lachend. »Und jetzt haut rein.«

Sie aßen, tranken, lachten und unterhielten sich, bis um neunzehn Uhr dreiundzwanzig ein Beamter von der Einsatzzentrale in die Feier platzte und Berger eine kurze Nachricht übermittelte. Seine Miene verfinsterte sich schlagartig, ohne dass Durant etwas davon mitbekam. Er ging zu Kullmer und Seidel und flüsterte ihnen etwas ins Ohr.

Mittwoch, 19.20 Uhr

Rita Hendriks schloss, nachdem sie bis um zehn vor sieben auf den Rückruf von Julia Durant gewartet und zwischen fünf und sechs noch zweimal vergeblich versucht hatte sie zu erreichen, die Kanzlei ab und ging zu ihrem Wagen. Sie war verärgert und enttäuscht und fragte sich, ob Zaubel ihr wirklich den richtigen Namen genannt hatte. Sie rief von unterwegs bei Verena Michel an, um ihr mitzuteilen, dass sie erst kurz nach Hause fahren und sich frisch machen würde und es durchaus halb neun werden könnte. Sie wollte schnell duschen, eine Kleinigkeit essen und den weiteren Abend mit Verena und Maria verbringen. Rita fragte sich, warum der Kontakt zu Julia Durant nicht zustande gekommen war. Sie würde morgen ins Präsidium fahren und versuchen sie dort persönlich zu erreichen. Zwanzig Minuten nachdem sie die Kanzlei verlassen hatte, langte sie vor dem Haus in Ginnheim mit den vier großzügig geschnittenen Eigentumswohnungen an. Ihre lag im ersten Stock. Wie zumeist begegnete ihr auch diesmal keiner der anderen Bewohner. Sie kannte sie alle, wusste aber auch, dass zwei von ihnen beruflich stark eingespannt und häufig im Ausland unterwegs waren. Die andere der vier Wohnungen wurde von einem älteren Ehepaar bewohnt, das sich aber seit der Pensionierung des Mannes jedes Jahr vom 1. November bis 31. März in ihrem Haus auf Fuerteventura aufhielt.

Die portugiesische Putzfrau, die dreimal in der Woche kam, hatte gründlich sauber gemacht, eine Perle, die seit drei Jahren für sie arbeitete und die Zuverlässigkeit in Person war. Rita liebte es, in eine aufgeräumte und wohlduftende Wohnung zu kommen, wo sie einfach nur entspannen konnte. Sie stellte ihren Aktenkoffer wie jeden Abend neben den Schreibtisch in ihrem Arbeitszimmer und zog die Schuhe aus. Ihre Handtasche ließ sie auf die Couch fallen. Auf dem Anrufbeantworter war keine Nachricht. Sie stellte den Fernseher an und verfolgte, während sie sich ein Glas Wodka einschenkte und einen Schluck davon nahm, den Wetterbericht im ZDF, der für die kommenden drei Tage erneut recht milde Temperaturen vorhersagte. Wir gehen eben auf eine Klimakatastrophe zu, dachte sie und wollte sich bereits für die Dusche fertig machen, als es klingelte. Sie stellte das noch halbvolle Glas auf den Tisch, warf verwundert einen Blick auf die Uhr und fragte sich, wer das um diese Zeit sein könnte, denn normalerweise verbrachte sie die Abende allein oder in einer Bar oder einem Club oder mit Verena Michel. Sie drückte den Knopf der Sprechanlage und sagte: »Ja, bitte?«

»Fleurop-Service. Ich habe hier einen Strauß für Frau Hendriks.«

Wer schickt mir denn Blumen?, fragte sie sich, woraufhin ihr nur Dietmar Zaubel einfiel, der ihr vielleicht ein kleines Abschiedsgeschenk machen wollte, bevor er für längere Zeit ins Ausland verschwand.

»Erster Stock«, sagte sie und öffnete die Haustür. An der Wohnungstür blieb sie stehen und hörte den Mann mit eiligen Schritten heraufkommen. Er war mittelgroß, vielleicht dreißig Jahre alt und hielt einen Strauß bunter Blumen, die in Cellophanpapier eingewickelt waren, in der Hand. Zwischen den Blumen steckte ein Umschlag mit einer Karte darin.

»N'Abend«, sagte der Mann freundlich lächelnd und überreichte ihr den Strauß und hielt ihr einen Zettel hin. »Ich brauche bitte hier, wo das Kreuz ist, Ihre Unterschrift.«

Rita nahm den Stift und wollte bereits unterschreiben, als sie einen kräftigen Schlag gegen den Kopf verspürte. Sie hatte Mühe, nicht das Gleichgewicht zu verlieren. Der Stift fiel ihr aus der Hand. Sie sah ihr Gegenüber mit ungläubigem Blick an, unfähig, etwas zu sagen. Der Mann drängte sie brutal in die Wohnung und machte leise die Tür hinter sich zu. Er zog die dünnen Lederhandschuhe noch einmal straff und sagte: »Wenn du schreist, bring ich dich um. Haben wir uns verstanden? Meine Ohren sind nämlich sehr empfindlich.«

»Was wollen Sie von mir?«

»Von dir will ich gar nichts, du bist nicht mein Typ«, antwortete er emotionslos. »Ich brauche nur eine Adresse, und schon bin ich wieder weg. Wo ist sie?« Seine Stimme klang ruhig und doch gefährlich. Er kam ihr vor wie eine giftige Schlange, und sie war das Kaninchen, das keine Ahnung hatte, wann der tödliche Biss erfolgen würde.

»Was meinen Sie?« Sie zitterte, ihre Augen waren auf den

Mann gerichtet, der mit kaltem Blick etwa einen Meter vor ihr stand.

»Komm, wir wissen alles. Also, wo ist sie? Sag's, und ich bin gleich wieder weg. Dein Leben oder ihr Leben, was ist dir lieber?«

Rita Hendriks wurde plötzlich auf unerklärliche Weise ruhig. »Ich weiß wirklich nicht, was Sie meinen. Ich glaube, Sie haben sich in der Hausnummer geirrt.«

Sie sah den ansatzlos geführten Schlag mitten in ihr Gesicht nicht kommen, meinte aber zu spüren, wie ein Knochen brach. Sie fiel zu Boden, mit dem Kopf gegen die Couch, und keuchte. Er stand breitbeinig vor ihr und zog langsam den Nietengürtel aus den Schlaufen seiner Jeans. »Also gut, dann eben auf die andere Tour. Wir wissen, dass du weißt, wo Maria ist, und mein Boss kann es auf den Tod nicht ausstehen, wenn man ihm sein Eigentum wegnimmt. Sie gehört ihm, und ich bin hier, um sie ihm zurückzubringen.« Er hatte den Gürtel so zusammengelegt, dass die Nieten, die zum größten Teil scharfe Spitzen hatten, nach außen zeigten, und schlug sich damit ein paar Mal leicht in die Handfläche. »Wie gesagt, du hast die Wahl, dein Leben oder ihr Leben.«

Rita Hendriks schmeckte erst jetzt das Blut, ihre Unterlippe war aufgesprungen, ihre Nase, aus der ebenfalls Blut lief, schien gebrochen zu sein. Überhaupt war ihr ganzer Körper ein einziger Schmerz, doch seltsamerweise hatte sie keine Angst.

»Selbst wenn ich es wüsste, würde ich es Ihnen nicht verraten. Sie bringen mich ja sowieso um, oder?«

»Sehe ich etwa so böse aus?«, fragte er schmierig grinsend, auch wenn er seinen Mund dabei nur unwesentlich verzog. »Ich will nur Maria.«

»Dann müssen Sie sie schon suchen. Schauen Sie doch

nach, ob sich Ihre Maria hier irgendwo in der Wohnung versteckt.« Das Blut aus der Nase tropfte auf den Teppich und wurde von ihm aufgesogen.

»Weißt du was, du verdammte Hure, ich hab meine Zeit nicht gestohlen, also machen wir's kurz. Zum letzten Mal – wo ist sie?«

Rita Hendriks schüttelte nur den Kopf, trotzig und stolz zugleich. Mit einem Mal beugte sich der Mann nach unten und peitschte Rita den Gürtel mehrfach mit voller Wucht ins Gesicht, auf den Rücken, die Arme und die Beine. Sie versuchte sich, so gut es ging, zu schützen, doch es gelang ihr nicht. Der Schmerz war übermächtig, sie wusste, sie würde die folgenden Minuten nicht überleben, und dennoch verspürte sie noch immer keine Angst. Sie hatte in den letzten Monaten öfter als einmal an den Tod gedacht, an ihr tristes Leben, sie hatte angefangen zu trinken und Tabletten zu nehmen und immer häufiger auch Kokain. Und sie hatte mittlerweile viele Nächte in einschlägigen Clubs verbracht und sich einem Trieb hingegeben, den sie noch zu den Zeiten, als sie verheiratet war, nie in sich vermutet hätte. Nach jeder dieser Nächte fühlte sie sich schmutzig und entwürdigt, und trotzdem zog es sie immer wieder wie magisch dorthin. Keiner wusste etwas von ihrem Doppelleben, nicht einmal Verena. Ein Cocktail aus Alkohol, Drogen und Sex, der über kurz oder lang ihr Ende bedeutet hätte. Erst neulich war sie einer Vergewaltigung nur knapp entronnen, weil sie dem Angreifer mit der Schuhspitze in die Genitalien getreten hatte. Doch dies hier hatte eine andere Qualität, dies war eine andere Dimension der Gewalt. Hatte sie des Öfteren an das Sterben und den Tod gedacht, so war dieses Ende nun zum Greifen nah. Sie schrie nicht, sie wollte diesem Bastard nicht den Gefallen tun, und außerdem hätte sie ohnehin niemand gehört, in einem Haus, in dem nur selten jemand zu Hause war.

»Wo?«, zischte er, wobei er seine Lippen kaum bewegte. »Ich weiß, dass du allein im Haus bist, die andern Vöglein sind alle ausgeflogen. Also, nur du und ich. Nun sag schon, und ich versprech dir …«

»Vergessen Sie's«, stieß Rita Hendriks mühsam hervor. »Ich habe keine Ahnung, was Sie von mir wollen.«

Er riss sie an den Haaren hoch und rammte ihr das Knie in den Bauch. Sie bekam kaum noch Luft, alles drehte sich um sie. Er ließ sie los, sie fiel erneut zu Boden, wo sie hustete und krampfhaft versuchte wieder einigermaßen normal zu atmen.

»Okay, dann wollen wir doch mal die Bude auseinander nehmen.« Er stülpte die Handtasche um, und der gesamte Inhalt fiel heraus – Schminkutensilien, Taschentücher, zwei Stifte, ein kleiner Block, das Handy und ein Notizbuch. Als er das Notizbuch sah, blätterte er kurz darin und steckte es ein. Anschließend durchwühlte er den Schreibtisch in Ritas Arbeitszimmer, fluchte ein paar Mal leise, fegte die Bücher aus dem Regal und las die Notizen auf drei Zetteln, die auf dem zusammengeklappten Notebook klebten.

Rita sah wie durch einen Schleier das Handy, dem der Unbekannte bisher keine Beachtung geschenkt hatte, direkt vor ihrem Gesicht liegen, drückte wie in Trance die Wahlwiederholung und schob es mit letzter Kraft unter die Couch. Sie bekam nicht mit, wie am andern Ende abgenommen wurde, krächzte aber trotzdem mehrmals mit heiserer Stimme »Hilfe«.

»Rita?« Und nach einem kurzen Augenblick noch einmal: »Rita? Was ist los mit dir?« Keine Antwort. Der Mann kam zurück, verzog das Gesicht zu einem sardonischen Lächeln und hielt ein Klappmesser in der Hand, das aufschnappte, als er auf einen kleinen Knopf drückte. »Was willst du denn mit deinem Hilferuf erreichen? Wer außer mir kann dich schon hören? Also gut, machen wir einen weiteren Versuch. Zieh dich aus.«

Rita nestelte an ihrer Bluse, er begab sich in die Hocke und riss sie einfach auseinander, genau wie ihren BH und den Slip, den Rock zerschnitt er. »Du bist doch noch nicht so alt und siehst auch irgendwie gut aus, warum also willst du für eine kleine Hure sterben?«, fragte er in seltsam mildem Ton.

»Damit ich Arschlöcher wie dich nicht mehr sehen muss. Sie kriegen dich, verlass dich drauf«, spie sie aus.

»Tz, tz, tz! Du bist kein braves Mädchen, du hast überhaupt keine Manieren, ganz im Gegensatz zu Maria. Aber gut, du wolltest es ja nicht anders«, sagte er und schlug immer und immer wieder auf Rita Hendriks ein, bis sie vor Schmerzen wimmernd und zusammengekrümmt dalag. Schließlich stellte er noch einmal die Frage, wo Maria sei. Rita schüttelte nur den Kopf. Er fuhr sich mit der Zunge über die Lippen und legte langsam das Messer an Ritas Gesicht, die keine Kraft mehr hatte, sich zu wehren. Jede Faser ihres zerschundenen Körpers schmerzte. Sie merkte, wie ihre Sinne schwanden, und trotzdem wollte sie nicht das Bewusstsein verlieren. Dann ein Schnitt, ein kurzer, spitzer Schrei und Blut, das von ihrem Gesicht auf die Brust tropfte und langsam nach unten floss.

»Das war nur der linke Nasenflügel, als Nächstes schneide ich dir vielleicht ein Ohr ab, ich wollte nämlich früher mal Schönheitschirurg werden. Leider hat's nicht geklappt. Also, zum letzten Mal, ich hab meine Zeit nämlich auch nicht gestohlen – wo ist Maria?«

»Fahr zur Hölle, Arschloch!«, quetschte sie mit letzter Kraft hervor und sah ihn von unten herauf verächtlich an.

»Los, steh auf!«, herrschte er sie an, und als sie keine Anstalten machte, seinem Befehl nachzukommen, packte er sie wieder bei den Haaren und zog sie hoch, bis sie endlich stand. Er hielt sie fest, weil sie ohne Hilfe nicht mehr stehen konnte, drehte sie, legte den Gürtel von hinten um ihren Hals und stellte noch einmal die Frage, wo Maria sei. Als er wieder keine Antwort bekam, zog er den Gürtel langsam zu, wobei Ritas Gesicht zum Spiegel gewandt war, damit er sehen konnte, wie der qualvolle und schier endlose Todeskampf (er genoss solche Szenen, sie waren für ihn auf- und erregend) die Augen hervorquellen ließ, der Mund sich wie zu einem Schrei formte und die Zunge heraushing. Rita versuchte bis zum letzten Moment mit ihren Fingern zwischen Gürtel und Hals zu gelangen, wobei sie sich ein paar Fingernägel abbrach. Schließlich fiel ihr Kopf schlaff nach vorn. Ihr Mörder gab ihr noch einen Tritt und verzog zynisch den Mund. Dann wusch er den Gürtel ab, an dem sich Blut befand, band ihn wieder um und machte ihn zu. Bevor er ging, zerschnitt er Ritas Gesicht, Brüste und Bauch und schlitzte ihr den Hals auf, ohne die Schlagadern zu treffen. Er warf noch die beiden Sessel und die Couch um, bemerkte das Handy, hob es auf und drückte die Wahlwiederholung, aber niemand meldete sich. Auf dem Display waren die Nummer und der dazugehörige Name zu lesen. »Du heißt also Verena«, murmelte er. »Dann wollen wir dich doch mal finden.« Ehe er die Wohnung verließ, nahm er das Notebook und den Aktenkoffer an sich. Es würde nicht lange dauern, bis er auch den Nachnamen dieser Verena hatte, er musste nur im Notizbuch von Rita Hendriks nachsehen, wo Unmengen an Telefonnummern verzeichnet waren. Als er im Auto saß, fand er den Eintrag, die dazugehörige Adresse fehlte jedoch. Aber es würde nur eine Frage von Minuten sein, bis Carlos auch diese Information hatte. Vielleicht bin ich Maria ein Stück näher gekommen, dachte er und verzog die schmalen Lippen zu einem diabolischen Lächeln.

Mittwoch, 19.25 Uhr

Was ist los?«, fragte Julia Durant, als Kullmer und Seidel ihre Gläser beiseite stellten und auf die Tür zugingen.

»Nichts weiter, nur ein Einsatz.«

»Um was geht's?«

»Ein Toter in der Taunusanlage«, antwortete Kullmer lapidar. »Wir schauen uns das an. Vielleicht sind wir ja rechtzeitig wieder hier, um noch ein bisschen mitzufeiern.«

»Wer?«

»Keine Ahnung, sieht aus, als ob da einer von 'nem Junkie abgestochen wurde. Kennst ja die Gegend dort. Doris und ich regeln das schon.«

»Alles klar. Und nochmals danke.«

»Wofür denn? Und jetzt hör auf, drüber nachzudenken, was wir tun, und damit basta«, entgegnete Kullmer und gab Seidel mit dem Kopf das Zeichen zum Aufbruch.

Durant wandte sich wieder den andern zu, aß ein paar Happen von den belegten Broten, trank zwei Gläser Champagner und ein Glas Rotwein. Sie war immer noch überwältigt von dem, was sich hier abspielte, besonders aber freute sie sich, ihren Vater hier zu sehen. Er hatte sie zwar schon einmal besucht, doch das war nur für ein Wochenende und lag fast fünf Jahre zurück. Ein Kollege wollte ihr Glas bereits wieder füllen, als die Tür ein weiteres Mal aufging und jener Beamte von der Einsatzzentrale, der erst vor wenigen Minuten hier war, auf Berger zukam und ihm noch etwas mitteilte. Bergers Gesicht verdüsterte sich zum zweiten Mal an diesem Abend. Er fuhr sich mit einer Hand übers Kinn und wirkte ratlos. Nachdem der Beamte sich entfernt hatte, ging Durant zu ihm und fragte: »Was ist los?«

Berger schüttelte den Kopf, wobei er versuchte so gleichmütig wie möglich zu erscheinen. »Nichts weiter, ich lass das von andern bearbeiten.«

»Hören Sie, wenn Sie so ein Gesicht machen, stimmt doch irgendwas nicht. Also, raus damit.«

»Bitte, wenn Sie's unbedingt wissen wollen. Es scheint, als wäre eine Frau in ihrer Wohnung umgebracht worden. Es ist eben ein anonymer Anruf von einer Frau eingegangen, die offenbar alles mitgehört hat.«

»Was? Wie …?«

»Über Telefon«, antwortete Berger schnell, bevor Durant die Frage aussprechen konnte.

»Was, da hat jemand über Telefon mitgehört, wie eine Frau umgebracht wurde?«

»Scheint so.«

»Wie heißt die vermeintliche Tote, und wo wohnt sie?«, fragte Durant in diesem unmissverständlichen Ton, den Berger nur zu gut kannte.

»Rita Hendriks, Gustav-Freytag-Straße.«

»Das ist ja gleich um die Ecke. Frank und ich übernehmen das«, sagte sie entschlossen. »Schon jemand vor Ort?«

»Nein, aber Sie werden eventuell jemanden brauchen, der Ihnen die Tür aufmacht.«

»Das kriegen wir schon hin. Und findet so schnell wie möglich raus, wer die anonyme Anruferin war. Ist noch was?«

Berger druckste herum, bis er es aussprach, den Blick schuldbewusst leicht gesenkt. »Ich hab das vorhin ganz vergessen, aber heute Morgen hat eine Frau Hendriks auf Ihrem Apparat angerufen und wollte Sie sprechen. Sie hatten zum Glück auf meinen Apparat umgestellt. Der Zettel liegt auf Ihrem Schreibtisch. Ich habe ihr gesagt, dass Sie erst am späten Nachmittag wieder zu erreichen sind, doch ihrer Stimme nach klang es auch nicht sonderlich dringend. Ich hab sie noch gefragt, ob ich irgendwas ausrichten könne, aber sie hat mit Nein geantwortet. Mein Gott, wenn ich gewusst hätte …«

»Kann jedem mal passieren, wir sind auch nur Menschen. Und wenn es wirklich dringend gewesen wäre, hätte sie's auch Ihnen sagen können. Offensichtlich hat sie nicht damit gerechnet, in Lebensgefahr zu schweben. Komm, Frank, bringen wir's hinter uns.«

»Um was geht's denn?«, fragte Hellmer, der bis eben in ein Gespräch mit Durants Vater vertieft war.

»Erklär ich dir draußen.« Und an ihren Vater gewandt: »Paps, hier ist mein Schlüssel, Herr Berger wird dich nach Hause fahren. Ich klingle dreimal kurz hintereinander, damit du weißt, dass ich es bin.«

»Nein, ich warte hier auf dich«, entgegnete er ruhig. »Ich werde schon jemanden finden, mit dem ich mir die Zeit vertreiben kann. Mach dir um mich keine Gedanken, sind doch lauter nette Leute hier.«

»Wie du willst. Das ist Frankfurt, eben ein bisschen anders als das beschauliche München.«

»Geh nur«, sagte er verständnisvoll.

Auf dem Weg zum Auto berichtete Durant Hellmer: »Heute Morgen hat hier jemand angerufen und wollte mich sprechen. Unser Boss hat das Gespräch entgegengenommen und mir eine Notiz auf den Schreibtisch gelegt. Kann sein, dass diese Frau jetzt tot ist.«

»O Scheiße!«, stieß Hellmer hervor. »Zwei Morde innerhalb weniger Minuten. Und das ausgerechnet an deinem Geburtstag.«

»Ihr habt mir alle eine Riesenfreude bereitet, und dafür danke ich euch. Nur wenn es um Mord geht, wird alles andere mit einem Mal so unglaublich unwichtig. Aber noch wissen wir ja gar nicht, ob es überhaupt einen Mord gegeben hat. Manche Leute erlauben sich …«

»Wenn die Frau, die angeblich tot sein soll, heute Morgen bei uns angerufen hat, dann ist sie tot. Ich glaube nicht an solche Zufälle.«

»Ich ja auch nicht«, seufzte sie.

Sie fuhren über die Bertramstraße am Hessischen Rundfunk vorbei bis zum Marbachweg, bogen links ab und kamen nur fünf Minuten später in der Gustav-Freytag-Straße an, wo sie einen Parkplatz in unmittelbarer Nähe des Hauses, in dem Rita Hendriks wohnte, fanden. Nur im ersten Stock des viergeschossigen modernen Blocks brannte Licht, das durch die zugezogenen Vorhänge schimmerte. Hellmer klingelte, wartete, und als sich niemand meldete, versuchte er es erneut. Die Haustür war verschlossen. Er klingelte bei den anderen drei Parteien, von denen aber offensichtlich niemand zu Hause war.

»Wir müssen wohl oder übel rein, doch bei diesem Schloss versagen selbst meine Künste.« Er griff zum Handy und forderte einen Schlüsseldienst an. »In spätestens zehn Minuten ist jemand hier. Mal gespannt, was uns erwartet.«

Um sieben Minuten nach acht traf endlich der Mann vom Schlüsseldienst ein. Für die Haustür benötigte er fast fünf Minuten, die Wohnungstür hatte er in wenigen Sekunden geöffnet. Hellmer unterschrieb den Auftrag und gab ihm noch seine Karte, bevor der Mann sich verabschiedete. Vor dem Betreten der Wohnung zogen sich Durant und Hellmer Handschuhe und blaue Plastikgamaschen über, um keine Spuren zu hinterlassen und zu verwischen und der Spurensicherung die Arbeit nicht zu erschweren.

»Mein Gott«, murmelte Hellmer, der sich mit der Zunge über die trockenen Lippen fuhr, als er das Chaos sah, »da hat jemand ganze Arbeit geleistet.«

Durant erwiderte nichts darauf, ihr stockte der Atem. Sie hatte schon viele Tote gesehen, aber dieser Anblick prägte sich ihr ganz besonders ein. Rita Hendriks lag auf dem Boden, die blutunterlaufenen Augen weit aufgerissen, als würden sie auf einen imaginären Punkt an der Decke starren, das Gesicht und ein Großteil des fast nackten Körpers mit Schnittwunden übersät. Im Fernsehen lief eine Serie, auf dem Wohnzimmertisch stand ein halbvolles Glas mit einer klaren Flüssigkeit. Durant schnupperte daran und meinte: »Riecht nach Wodka. Sie muss von ihrem Mörder überrascht worden sein.«

»Wie kommst du darauf?«

»Nur ein Glas. Sie hat keinen Besuch erwartet.«

»Und was ist mit den Blumen?«, fragte Hellmer und deutete auf den noch in Cellophan verpackten Strauß.

»Da ist eine Karte drin, hol sie mal vorsichtig raus und lies, was draufsteht.«

Nach einer Weile sagte Hellmer: »Da scheint jemand einen sehr makabren Humor zu haben. ›Schöne Grüße von einem lieben Freund. Hoffentlich halten sie bis zu deiner Beerdigung.‹ Keine Unterschrift, logisch.«

»Also ist sie überrascht worden, wie ich schon vermutet hatte«, bemerkte Durant nachdenklich. »Unser Mann hat sich allem Anschein nach als Bote vom Fleurop-Service ausgegeben. ’ne ganz simple Masche, es klingelt, sie geht an die Sprechanlage, draußen steht der Bote mit den Blumen, und sie ahnt natürlich nicht, dass er ihr Mörder sein könnte. Das war eine eiskalt geplante Tat.« Sie beugte sich über die Tote und betrachtete den zerschundenen Körper. »Was hast du heute Morgen von mir gewollt?«, fragte sie leise, als könnte Rita Hendriks sie hören. »Und wieso wolltest du ausgerechnet mich sprechen? Du kennst mich doch gar nicht. Also, was wolltest du von mir?«

»Sie wird dir keine Antwort mehr geben können, es sei denn, du bist ein Medium«, meinte Hellmer lapidar, während er sich in der Wohnung umsah. »Kennst du die Frau wirklich nicht? Überleg mal genau, vielleicht hast du sie ja doch schon mal gesehen.«

»Nein, definitiv nicht. Außerdem habe ich ein exzellentes Personengedächtnis. Ihr Gesicht oder zumindest das, was noch zu erkennen ist, sagt mir gar nichts. Die ist ziemlich langsam gestorben, sieht fast so aus, als hätte man sie gefoltert. Verflucht grausam. Aber sie ist noch warm, das heißt, sie kann noch nicht lange tot sein. Maximal eine Stunde. Ruf unsere Leute an, die sollen sich auf den Weg machen.«

»Hast du auch schon eine Theorie, wie sie gestorben sein könnte?«

»Vielleicht erdrosselt. Zumindest deutet einiges darauf hin, die punktförmigen Blutungen in den Augen, der Hals ist ein einziges Hämatom, abgesehen von dem Schnitt unter der Kehle. Aber der war nur zur Zierde, genau wie die andern Schnitte. Und sie hat sich bis zum Schluss gewehrt, ein paar ihrer Fingernägel sind abgebrochen. Die muss wahnsinnig gelitten haben.«

»Und wer ist die Frau, die alles mitgehört hat?«

»Das kriegen wir hoffentlich bald raus, selbst wenn unsere Unbekannte von einem Handy aus angerufen haben sollte.« Sie schürzte die Lippen und schüttelte kaum merklich den Kopf. »Ihr Mörder hat was gesucht«, wechselte Durant das Thema. »Er hat ihre Handtasche ausgekippt, und auch sonst schaut's nicht so aus, als ob Frau Hendriks in dieser Unordnung gelebt hätte, auch wenn ich schon in Wohnungen war, die wie eine Müllhalde aussahen. Mich interessiert, was sie von Beruf ist. Ihre Kleidung hat sie jedenfalls nicht bei C&A gekauft. Und die Wohnung war bestimmt auch nicht billig, ist es in dieser Gegend sowieso nicht. Allein wenn ich mir die Einrichtung angucke.« Sie suchte zwischen den Utensilien, die auf dem Boden lagen, und fand eine Karte. »Sie war Rechtsanwältin. Familienrecht. Hier«, sagte sie leise und reichte Hellmer die Karte.

Der warf einen kurzen Blick darauf und meinte: »Hm, da hat man meistens mit Scheidungsfällen zu tun. Vielleicht ein Scheidungsopfer, das sich jetzt gerächt hat.«

»Frank, ich bitte dich!«

»Hältst du das für so ausgeschlossen? Wir haben doch schon die unmöglichsten Sachen erlebt.«

Durant entgegnete nichts darauf. Hellmer wählte Bergers Nummer und forderte die Spurensicherung, einen Fotografen sowie einen diensthabenden Rechtsmediziner und die Männer vom Bestattungsinstitut an. »Die Jungs und Mädels sind unterwegs, die eine Hälfte in der Taunusanlage, die andere Hälfte gleich hier. Wenn jetzt noch ein dritter Mord passiert, haben wir keine Leute mehr«, erklärte er trocken.

»Das in der Taunusanlage interessiert mich nicht.«

»Auch gut.«

Julia Durant stellte sich wieder hin und sagte, nachdem sie noch ein paar Eindrücke von der Wohnung aufgenommen hatte: »Wir können jetzt nichts mehr tun, nur warten. Wer ist dieser Sadist, der das getan hat? Und was war sein Motiv? Das mit dem Scheidungsopfer lassen wir mal außen vor, okay? Wenn es so jemanden geben sollte, haben wir ihn spätestens morgen.«

»Vielleicht ein verschmähter Liebhaber, der sich auf eine ganz besondere Weise von seiner Geliebten verabschiedet hat.«

»Ausschließen können wir im Moment noch gar nichts, trotzdem halte ich nichts von dieser Theorie. Frag mich aber nicht, warum.«

»Auch wenn's dich nervt: Warum?«

»Also gut. Für mich sieht das alles eher inszeniert aus. Womöglich sollen wir auf eine falsche Fährte gelockt werden. Ich bin ziemlich überzeugt, dass dieser Mord einen ganz anderen Hintergrund hat, auf keinen Fall ein Beziehungsdrama oder was Berufliches. Fragt sich nur, was es sonst sein könnte.«

»Und wenn doch ein abgewiesener Lover durchgedreht ist?«, meinte Hellmer, während er mit den Augen den Boden nach Spuren absuchte.

»Das ist vielleicht genau das, was man uns glauben machen möchte.« Sie schüttelte den Kopf und fuhr fort: »Das erinnert mich an einen Tatort, den wir ähnlich schon mal gesehen haben. Weißt du noch? Friedberger Landstraße?«

»Du meinst den vom April letzten Jahres. Du hast gar nicht mal so unrecht, sieht sogar verdammt ähnlich aus. Und den Killer haben wir bis heute nicht, und er hat sich ebenfalls als Fleurop-Kurier ausgegeben … Ein und derselbe?«

»Könnte hinkommen. Nur wurde die Dame damals nicht erdrosselt, sondern erstochen. Was aber nichts heißen will. Was fehlt?«

»Nichts, so weit ich das überblicken kann. Portemonnaie liegt auf dem Boden …«

»Aber warum diese Unordnung? Alle Bücher aus den Regalen gerissen, das Sofa umgeworfen … Hat er etwas gesucht? Gezielt, meine ich.«

»Sieht so aus, sonst hätte er ja nicht dieses Chaos veranstaltet.«

Durant fuhr sich mit der Hand durchs Haar und sagte: »So, wie die angezogen ist, ist sie aller Wahrscheinlichkeit nach erst kurz vor dem Überfall nach Hause gekommen, denn zu Hause läuft man normalerweise nicht so rum. Vielleicht ist sie von der Arbeit aus schon verfolgt worden, der Mörder hat unten gewartet, bis sie in der Wohnung war, und hat dann geklingelt. Ich glaube, wir sehen erst klarer, wenn wir die Vita der Hendriks überprüft haben, und vor allem, wenn wir unsere Anruferin ausfindig gemacht haben.«

»Und einen ganz normalen Überfall schließt du aus?«

»Was verstehst du unter ganz normal?«, fragte Durant zurück und begab sich ins Arbeitszimmer. »Nichts ist normal, wenn jemand so bestialisch umgebracht wird. Wer immer das war, er ist sehr gezielt vorgegangen. Aber wie gesagt, wir müssen erst mal mehr über sie rauskriegen.« Sie deutete auf den Schreibtisch. »Ich wette, hier hat ein Notebook gestanden. Ringsum etwas Staub und die Größe der Fläche kommt auch hin. Hast du hier irgendwo was gesehen, das wie ein Computer ausschaut?«

»Nein. Wie kommst du darauf, dass sie einen PC hatte?«

»Frank, ich bitte dich, wer ein solches Arbeitszimmer hat, hat auch einen PC. Und viele Anwälte arbeiten auch noch zu Hause weiter, aber heutzutage schreibt doch kaum noch jemand mit der Hand. Ein paar Notizen vielleicht … Außerdem liegt hier das typische ISDN- oder DSL-Kabel auf dem Boden. Meinst du, die hat das nur zur Zierde gehabt?«, sagte sie bissig, um Hellmer gleich darauf entschuldigend anzusehen. »Sorry, war nicht so gemeint. Gehen wir raus und warten auf die andern, die müssten ja jeden Moment antanzen.«

Sie hatte es kaum ausgesprochen, als fast zeitgleich mehrere Fahrzeuge vor dem Haus hielten. Hellmer gab die Anweisungen an den Fotografen und die Spurensicherung, die Einzige, die noch fehlte, war Dr. Andrea Sievers von der Rechtsmedizin, die in dieser Nacht Bereitschaft hatte. Eine zierliche junge Frau Anfang dreißig, die aber schon jetzt bei ihren gestandenen Kollegen, allen voran Prof. Bock und Prof. Morbs, großen Respekt genoss. Sie hatte eine charmante, offene Art, mit der sie scheinbar jeden um den Finger wickeln konnte, und sie sah dazu noch gut aus. Jedenfalls gehörte sie zu dem Typ Frau, der Männer einfach hinterhersahen. Doch sie war Single, auch wenn das Gerücht die Runde machte, es gäbe jemanden in ihrem Leben, nur wer das war, konnte keiner sagen. Sie kam knapp zehn Minuten nach dem Rest und begrüßte Durant und Hellmer: »Hi, ihr beiden. Schwer was los heute, was? Ich komm gerade von der Taunusanlage, war eigentlich schon auf dem Weg zurück in mein Refugium. Wen hat's denn diesmal erwischt?«

»Eine Frau, schau sie dir einfach an«, antwortete Durant, die sich blendend mit Andrea Sievers verstand. »Was war denn in der Taunusanlage?«

»Da ist jemand abgestochen worden. Ein sehr gezielter Stich mitten ins Herz. Deine Kollegen vermuten zwar einen Junkie dahinter, doch für mich sieht das mehr nach einem geplanten Überfall aus. Aber Näheres erst nach der Obduktion.«

»Wie kommst du darauf?«

»Der Tote saß auf einer Parkbank und sah aus, als würde er schlafen. Ich glaube, wenn da nicht jemand näher hingeguckt hätte, der hätte noch bis morgen früh dort gesessen. Ist ja nicht besonders hell um die Zeit. Der ist dorthin plaziert worden. Deshalb glaub ich nicht an einen Junkie.«

»Weiß man schon, wer der Tote ist?«, fragte Durant, hellhörig geworden.

»Nee, er hatte keine Papiere dabei. Aber seinen Klamotten nach zu schließen war er kein Penner und gehörte deshalb nicht zu jenen, die auf einer Parkbank übernachten müssen. Außerdem kommt mir sein Gesicht irgendwie bekannt vor, aber ich kann nicht sagen, woher. Doris hat übrigens auch gemeint, dass sie ihn von irgendwoher kennt. Das ist eben die Crux mit den Gesichtern und den dazugehörigen Namen.«

»Dann schauen wir uns nachher mal die Fotos an, vielleicht

können wir ihn identifizieren, oder es liegt im günstigsten Fall schon eine Vermisstenmeldung auf dem Tisch.«

»Also, wenn ihr nichts dagegen habt, geh ich nach oben und …«

»Wir kommen mit, dann kannst du uns auch gleich deine ersten Eindrücke schildern«, sagte Hellmer.

»Jaja, ungeduldig wie immer. Aber ich kenn das ja inzwischen von euch Bullen«, entgegnete Sievers nur und sah Hellmer mit charmantem Lächeln von der Seite an.

Durant ging voran, Hellmer folgte ihr zusammen mit Sievers in zwei Meter Abstand. Er flüsterte ihr zu: »Sie hat heute Geburtstag, ihren vierzigsten. Ist vorhin mitten aus 'ner Feier rausgeholt worden.«

»Die Ärmste«, sagte Sievers bedauernd und so, dass Durant es nicht hören konnte. »Werd sie gleich mal kräftig drücken. Außerdem hättest du mir auch mal sagen können, dass sie Geburtstag hat, ich kenn eure Daten ja nun nicht auswendig. Und hellsehen hab ich auch noch nicht gelernt.«

»Und ich dachte immer, das wär dein Spezialgebiet«, meinte Hellmer grinsend, während sie über die Hände und Füße wieder die Plaste, wie er es nannte, zogen.

Julia Durant war bereits in der Wohnung und besprach sich kurz mit den drei Männern und zwei Frauen von der Spurensicherung. Hellmer und Sievers traten näher. Sie stellte ihren Koffer ab, begab sich in die Hocke, warf einen ausführlichen Blick auf Rita Hendriks und sagte: »Sieht ganz so aus, als hätten wir's mit einem ausgemachten Sadisten zu tun. Zu was manche Menschen doch fähig sind. Da war das vorhin geradezu human. Und jetzt wollt ihr bestimmt wissen, wie lange sie schon tot ist. Also …«

»Irgendwann zwischen sieben und halb acht«, sagte Durant schnell.

»Und wozu braucht ihr mich dann?«, fragte Andrea und sah Durant von unten herauf an.

»Wir haben einen anonymen Anruf erhalten, und außerdem ist sie noch ziemlich warm.«

»Hat der Mörder euch angerufen?«, fragte Sievers eher beiläufig, holte das Thermometer aus ihrem Koffer und maß erst die Raumtemperatur und danach die Körpertemperatur von Rita Hendriks.

»Nein, eine Frau, die vermutlich alles gehört hat.«

»Oh, oh, das muss ja ein ziemlicher Schock für die Dame gewesen sein.« Nach der dritten Messung sagte sie: »Du hast Recht, sie ist höchstens ein bis anderthalb Stunden tot.« Sie leuchtete mit einer Taschenlampe in die Augen und an den Hals und fuhr fort: »Ziemlich eindeutig Tod durch Strangulation. Ob ihr die Schnitte vor oder nach ihrem Ableben zugefügt wurden, kann ich erst bei der Autopsie sagen. Schnappt euch diesen Saukerl, bevor er noch mehr Unheil anrichtet.«

»Heißt das, er könnte sie auch gefoltert haben?«

»Ich kann's zumindest nicht ausschließen. Wenn, dann ist er extrem pervers veranlagt, und Gewalt scheint bei ihm zum Alltag zu gehören. Es gibt ihm sozusagen den ultimativen Kick, so wie ein Orgasmus, nur, dass der normalerweise für beide Beteiligten schön ist. Der Schnitt in den Hals wäre jedenfalls nicht tödlich gewesen. Wahrscheinlich wollte er verhindern, dass Blut an seine Kleidung kommt.« Und nach einer weiteren Begutachtung: »Der hat sie wirklich ganz schön zugerichtet. Aber trotzdem kann ich hier nicht allzu viel sagen, ich brauch sie auf meinem Tisch.« Sie erhob sich, zog ihre Handschuhe aus und schloss den Koffer. »Das wird 'ne lange Nacht. Ach ja, bevor ich's vergesse«, sie ging auf Julia Durant zu und umarmte sie, »herzlichen Glückwunsch zum Geburtstag. Wie wär's, wenn wir mal wieder essen gehen würden? Natürlich lade ich dich ein.«

»Gerne. Aber erst, wenn wieder ein bisschen Ruhe eingekehrt ist. Im Moment ist ja die Hölle los. Mainhattan, die Hauptstadt des Verbrechens, macht ihrem Namen alle Ehre.«

»Tja, dann bringt sie mal rüber in mein zweites Zuhause. Ich mach mich vom Acker und genieße den angebrochenen Abend. Ciao.« Sie winkte Durant und Hellmer zu, lächelte noch einmal und lief mit schnellen Schritten zu ihrem Wagen, während die beiden Männer in den grauen Anzügen Rita Hendriks in den Leichensack packten und diesen zu ihrem Auto trugen.

»Gehen wir«, sagte Durant, »wir stören hier nur. Ich will sehen, ob wir den großen Unbekannten aus der Taunusanlage kennen.«

»Optimistin.«

»Irgendwer wird ihn doch wohl kennen, oder?«

»Manche kommen nach Frankfurt und sterben hier, ohne dass man weiß, wer diese Personen sind. Hatten wir doch auch schon.«

»Aber wenn Andrea und auch Doris sagen, dass ihnen der Typ bekannt vorkommt, dann ist er kein Durchreisender gewesen. Lassen wir uns doch einfach überraschen.«

Es war kühl geworden, die Nacht sternenklar. Durant holte ein paar Mal tief Luft, warf einen langen Blick in den Himmel, seufzte auf und setzte sich zu Hellmer ins Auto. Er startete den Motor und fuhr zurück ins Präsidium.

Mittwoch, 21.05 Uhr

Kullmer und Seidel waren in Bergers Büro und sahen sich die Fotos an, die vom Tatort in der Taunusanlage gemacht worden waren. Durants Vater hielt sich nebenan auf und hörte leise Musik aus dem kleinen Radio, das auf dem Aktenschrank stand.

»Da bin ich wieder«, begrüßte sie ihn und fuhr gleich darauf fort: »Wenn du dich bitte noch ein bisschen geduldest, ich muss rüber zum Chef, Bericht erstatten.«

»Einen Moment, Julia. Ich glaube, es wäre besser, wenn ich morgen wieder nach Hause fahren würde. Ich bin hier nur im Weg.«

»Blödsinn. Wir fahren nachher zu mir, machen uns noch einen gemütlichen Abend, und morgen schauen wir weiter. Ich weiß, dass das alles heute ziemlich dumm gelaufen ist, aber …«

»Du brauchst dich nicht zu entschuldigen, es ist deine Arbeit. Aber gut, schlafen wir eine Nacht drüber.«

»Das gefällt mir schon besser. Bis gleich.«

»Und«, sagte Berger, nachdem Durant die Tür hinter sich zugemacht hatte, »was haben Sie für mich?«

»Frank weiß genauso viel wie ich«, entgegnete sie schulterzuckend. »Wir haben eine tote Frau, die ziemlich brutal misshandelt und getötet wurde, aber wir haben bis jetzt kein Motiv. Wir wissen bisher lediglich, dass sie Rechtsanwältin war und dass aller Wahrscheinlichkeit nach ihr Notebook mitgenommen wurde. Ansonsten scheint auf den ersten Blick nichts weiter zu fehlen, das heißt, ich schließe Raubmord eher aus.«

»Ist das alles?«

»Was soll ich groß sagen, aber wir müssen die Frau finden, die uns benachrichtigt hat. Sie hat vermutlich alles mitgehört, wie auch immer das passieren konnte.« Sie stockte, griff sich an die Stirn und schloss für einen Moment die Augen. »Mann, bin ich blöd! Frank, hast du ein Handy gesehen?«

»Nein.«

»Die Hendriks hatte mit Sicherheit keine Gelegenheit, eine

Freundin oder Bekannte anzurufen, während sie von ihrem Mörder misshandelt wurde. Ich meine, sie kann unmöglich vom Festnetz aus eine Nummer gewählt haben, das Telefon stand viel zu weit weg, falls du dich erinnerst. Vielleicht hatte sie vorher mit dieser Freundin oder Bekannten über Handy telefoniert und in einem vom Täter unbemerkten Moment die Wahlwiederholung gedrückt. Frank, du hast die Visitenkarte, steht die Handynummer drauf?«

Hellmer holte die Karte aus seiner Jackentasche und nickte. »Glück gehabt. Büro- und Handynummer.«

»Okay, wir müssen sofort wissen, wen sie zuletzt darüber angerufen hat. Sollte der Täter das Handy mitgenommen haben, dann könnte auch er den Namen der Mithörerin kennen, wenn der letzte Anruf denn ihr gegolten hat. Damit befände sich diese andere Frau ebenfalls in allergrößter Gefahr.«

»Aber nur, wenn unsere geheimnisvolle Unbekannte nicht vorher aufgelegt hat«, bemerkte Hellmer. »In dem Moment, wo ein Festnetzhörer aufgelegt wird, geht auch automatisch das Handy aus.«

Berger griff wortlos zum Hörer, rief in der Einsatzzentrale an und gab die Anweisung, unverzüglich zu ermitteln, mit wem Rita Hendriks zuletzt telefoniert hat. »Und ich brauche sämtliche Nummern der Unbekannten«, fügte er noch hinzu. »Zufrieden?«, fragte er und blickte in die Runde.

»Nein, erst wenn ich weiß, wer diese andere Frau ist. Sie hat vermutlich panische Angst, traut sich aber aus irgendwelchen Gründen nicht, uns noch einmal zu kontaktieren. Wir müssen sie finden, sonst ist sie das nächste Opfer.«

»Ein klein bisschen Geduld, in ein paar Minuten haben wir die Informationen«, versuchte Berger sie zu beschwichtigen.

»Was ist mit dem Toten in der Taunusanlage? Weiß man schon, wer er ist?«, fragte Durant.

»Nein, er hatte keine Papiere bei sich, oder sie wurden ihm abgenommen, um die Identifizierung zu erschweren.«

»Seit wann nimmt ein Junkie seinem Opfer die Papiere weg? So einer will Geld oder Wertsachen, sonst nichts. Kann ich die Fotos sehen, oder sind die noch nicht fertig?«

»Hier.« Berger schob sie über den Tisch. »Das Gesicht wird Ihnen aber auch nicht viel sagen.«

Durant nahm die gestochen scharfen Fotos in die Hand, atmete einmal tief durch und schüttelte entgeistert den Kopf. »Das darf nicht wahr sein.« Sie setzte sich langsam hin, den Blick unverwandt auf ein ganz bestimmtes Foto gerichtet, das deutlich das Gesicht des Toten zeigte.

»Sag bloß, du kennst den Mann.« Kullmer sah sie mit gekräuselter Stirn an. Durant nickte nur. »Woher?«

»Der Mann heißt Dietmar Zaubel, Journalist, ihr kennt ihn mit Sicherheit alle, auch wenn euch sein Gesicht vielleicht nichts sagt, weil er eben nicht so medienpräsent war wie ein Scholl-Latour oder Kronzucker. Aber er war seriös. Zaubel hat sich nicht mit Kleinkram zufriedengegeben, der war immer an den großen Storys interessiert. Wir sind uns vor ein paar Jahren mehr zufällig über den Weg gelaufen, ich habe ihm ein paar Informationen für eine Reportage gegeben, danach haben wir uns einige Male zum Essen getroffen. Der hat fürs Fernsehen und die Presse gearbeitet und reichlich Preise eingeheimst, und trotzdem würde ihn kaum einer auf der Straße erkennen.«

»Jetzt weiß ich, woher er mir bekannt vorkam«, sagte Seidel.

»Und, steht die Theorie mit dem Junkie immer noch?«, fragte Durant mit einem leicht spöttischen Unterton in die Runde.

Seidel schüttelte den Kopf. »Eigentlich nicht. Das war für meine Begriffe ein inszenierter Tatort. Sollte wohl so aussehen, als wäre er ein Penner und würde seinen Rausch ausschlafen …«

»Inszeniert wie bei der Hendriks. Das …«

Durant hob die Hand und unterbrach den Redefluss ihres Kollegen: »Ich hab Zaubels Adresse in meinem Computer gespeichert. Wir müssen da hin …«

»Sie müssen heute nirgendwo mehr hin«, sagte Berger und deutete auf Durants Büro. »Ihr Vater ist extra aus München gekommen und sitzt dort drüben und wartet auf Sie. Herr Kullmer und Frau Seidel bearbeiten den Fall, Sie sind weiter für Hendriks zuständig, und zwar morgen. Aber …«

»Nichts aber. Ich werde hier nicht weggehen, bevor ich nicht weiß, mit wem die Hendriks telefoniert hat. Es gibt keine andere Möglichkeit, denn als wir im Haus waren, war niemand sonst dort. Also kann auch keiner der andern Bewohner etwas gehört haben. Ich hol mal schnell die Adresse von Zaubel.«

Als sie die Tür öffnete, musste sie automatisch schmunzeln. Ein bekannter Duft erfüllte den Raum. Ihr Vater stand am Fenster, eine Hand in der Hosentasche, die Pfeife in der rechten.

»Tut mir leid, aber es dauert noch einen Augenblick. Ich muss nur schnell was raussuchen.«

»Ich habe Zeit.«

»Aber dass dieser Mist ausgerechnet heute passieren musste«, sagte sie bedauernd und notierte die Adresse von Zaubel auf einem Zettel. Sie warf einen kurzen Blick auf das Display ihres Telefons, zwei Anrufe in Abwesenheit. Sie würde sich morgen drum kümmern.

»Man kann sich im Leben nie aussuchen, wann genau etwas passiert«, entgegnete er mit vielsagendem Lächeln.

»Bis gleich.« Zurück in Bergers Büro, reichte sie Doris Seidel die Anschrift. »Würde mich nicht wundern, wenn schon jemand vor euch da war.«

»Mich auch nicht«, erwiderte Kullmer. »Heute würde mich sowieso gar nichts mehr wundern.«

Bergers Telefon klingelte, er nahm ab, schrieb zwei Nummern auf, fuhr sich mit der Zunge über die Lippen, sagte »Danke« und legte den Hörer wieder auf die Einheit. »Sie hatten Recht, die Hendriks hat es offensichtlich geschafft, eine Freundin oder Bekannte anzurufen, und zwar stand die Verbindung zwischen neunzehn Uhr siebenundzwanzig und neunzehn Uhr vierunddreißig, also vermutlich, während der Mörder in der Wohnung war. Der Name unserer Unbekannten ist Verena Michel, Lupinenweg, das ist am Frankfurter Berg. Ich hab hier ihre Festnetz- und Handynummer.«

»Ich ruf da an«, sagte Durant. Sie ließ es klingeln, bis sie enttäuscht auf die Gabel tippte, den Hörer aber in der Hand behielt. »Zu Hause ist sie nicht, auch kein Anrufbeantworter. Dann probier ich's eben auf dem Handy.« Sie wollte bereits auflegen, als sich eine zaghafte Stimme mit »Ja?« meldete.

»Frau Michel, legen Sie bitte nicht auf. Mein Name ist Julia Durant von der Kriminalpolizei. Sie haben vorhin angerufen und …«

»Woher weiß ich, dass Sie von der Polizei sind?«, sagte Verena Michel mit unsicherer Stimme, obwohl sie versuchte sich ihre Angst nicht anmerken zu lassen.

»Rufen Sie mich im Präsidium an, ich gebe Ihnen meine Durchwahl. Aber bitte tun Sie's gleich, es ist enorm wichtig. Haben Sie etwas zu schreiben?«

»Ja.« Und einige Sekunden später: »Ich melde mich gleich bei Ihnen.«

Für einen Augenblick herrschte gespannte Stille im Büro, bis das Telefon klingelte.

»Durant.«

»Was ist mit Rita?«

»Frau Michel, wo sind Sie jetzt?«

»Sagen Sie mir erst, was mit Rita ist. Ich habe zuerst gedacht, das wäre ein Scherz, aber dann habe ich begriffen …«

»Nein, es war kein Scherz, Ihre Freundin ist tot. Und es könnte sein, dass Sie sich ebenfalls in großer Gefahr befinden. Deshalb ist es wichtig, dass Sie mir verraten, wo Sie im Augenblick sind. Bitte, es ist zu Ihrer eigenen Sicherheit.«

»Kommen Sie allein?«

»Wenn Sie es wünschen.«

»Ja, ich möchte es. Seien Sie in einer halben Stunde in der Havanna Lounge in Bad Homburg, das ist eine Bar. Wie kann ich Sie erkennen?«

»Ich habe halblange dunkelbraune Haare, trage eine hellblaue Jeans und eine braune Lederjacke. In der rechten Hand werde ich eine Zigarette halten und mich an den Tresen setzen und einen Caipirinha bestellen. Aber rennen Sie nicht gleich weg, wenn ich mich um fünf Minuten verspäte, ich war noch nie in dieser Bar.«

»Ich warte auf Sie«, sagte Verena Michel und beendete das Gespräch.

»Also los, ein Telefonbuch von Bad Homburg. Sucht mir die Straße raus, wo sich diese Havanna Lounge befindet. Die Frau hat Todesangst und will, dass ich alleine komm. Habt ihr endlich die Adresse?«, fragte sie ungeduldig und zündete sich nervös eine Zigarette an.

»Nicht so hektisch. Moment, hier haben wir's doch«, sagte Hellmer und gab ihr die Anschrift.

»Und wie komm ich da am schnellsten hin?«

»Ich fahr dich und warte im Wagen. Was ist mit deinem Daddy?«

»Irgendjemand muss ihn in meine Wohnung bringen. Ich sag ihm schnell Bescheid, dass es bei mir doch später wird.« Sie kehrte nach kaum einer Minute zurück. »Alles klar. Chef, Sie kümmern sich drum?«

»Hauen Sie schon ab, ich regle das. Und seien Sie vorsichtig.«

Sie rannten nach unten zu ihrem neuen Dienstfahrzeug, einem BMW 525, den sie quasi mit dem Einzug ins Präsidium bekommen hatten, wie überhaupt ein Großteil der Dienstwagen gegen neue und mit hochmoderner Technologie ausgestatteter ausgetauscht worden war.

»Hoffentlich ist sie da«, sagte Durant und steckte sich eine weitere Zigarette an.

»Schalt runter. Sie wird da sein, schließlich weiß sie, dass sie sich nicht ewig verstecken kann. Und zu einer Frau hat sie nach der Erfahrung von heute Abend bestimmt mehr Vertrauen als zu einem Mann.«

»Dein Wort in Gottes Ohr.«

Um Viertel nach zehn, sechs Minuten vor der ausgemachten Zeit, hielten sie vor der Havanna Lounge und sahen Männer und Frauen kommen und gehen. Hellmer und Durant schwiegen, während das Radio leise spielte. Sie blickte immer wieder auf die Uhr, bis sie schließlich sagte: »So, drück mir die Daumen, dass sie da ist.«

»Sie ist da, glaub's mir. Und ich rühr mich nicht von der Stelle. Viel Glück.«

Mittwoch, 21.52 Uhr

Maria Volescu lief aufgeregt durch das geräumige Wohnzimmer. Sie rauchte seit ihrer überhasteten Flucht vor über zwei Stunden eine Zigarette nach der andern, ihr rechter Daumen blutete, weil sie die Haut vor Nervosität abgepult hatte, und sah Verena an. »Willst du dich wirklich mit dieser Polizistin treffen? Was ist, wenn sie mich gleich wieder zurückschickt?«

»Maria, hör mir jetzt gut zu«, sagte Verena und fasste sie mit beiden Händen an den Schultern. »Wir haben keine andere Wahl. Ich werde genau aufpassen, ob diese Kommissarin alleine ist. Falls nicht, werde ich die Bar einfach wieder verlassen, denn sie kennt mich ja nicht. Hier bist du im Augenblick jedenfalls noch in Sicherheit ...«

»Kann ich nicht mitkommen?«

»Das wäre zu gefährlich. Dieses Haus kennt keiner, nicht einmal Rita war jemals hier, sie kannte auch nicht die Adresse. Es gilt, jetzt einen klaren Kopf zu behalten, und ich weiß, dass unsere einzige Chance im Moment diese Polizistin ist. Vertrau mir, bitte!«

»Ich habe furchtbare Angst ...«

»Maria, das hatte Rita vorhin auch, und jetzt ist sie tot. Meine beste Freundin ist tot, hörst du. Ich will, dass dieses verfluchte Dreckschwein für den Rest seines Lebens hinter Gittern verschwindet, hast du mich verstanden?«

Maria schluckte schwer und nickte. »Es tut mir leid.«

»Braucht es nicht. Aber wie besprochen, du rührst dich nicht von der Stelle, das heißt, du gehst nicht vors Haus, die Rollläden bleiben unten, tu einfach so, als ob niemand hier wäre. Am besten legst du dich hin und versuchst ein wenig zu schlafen. Oder mach den Fernseher an, aber nicht zu laut. Ich hoffe, dass ich in spätestens zwei Stunden wieder zurück bin.«

»Du bringst sie aber nicht mit, oder?«

»Nein, keine Sorge. Doch ich muss ihr trotzdem einiges erzählen, ich kann sie nicht anlügen. Versprichst du mir, keine Dummheiten zu machen?«

»Hm.«

»Ich habe mindestens genauso viel Angst wie du, aber wir müssen da beide durch. So, und jetzt mach ich mich auf den Weg, und bitte tu mir einen Gefallen, lauf nicht weg. Wir haben es bis hierher durchgestanden, und wir stehen es auch weiter durch. Okay?«

»Okay«, sagte Maria, setzte sich und drückte das Kissen fest an sich, als böte es ihr Schutz vor dem unsichtbaren, nicht greifbaren Bösen.

Mittwoch, 22.21 Uhr

Verena brauchte neun Minuten, bis sie an der Bar ankam. Sie ging hinein und nahm an einem Tisch in einer eher schummrigen Ecke Platz. Von hier hatte sie einen guten Blick auf den Eingang. Sie bestellte sich einen Tequila Sunrise, der hoffentlich ihre strapazierten Nerven ein wenig beruhigen würde, obwohl sie schon drei Gläser Rotwein und einen Cognac getrunken hatte, aber seltsamerweise war die erwünschte Wirkung nicht eingetreten. Um zweiundzwanzig Uhr einundzwanzig betrat eine Frau die Bar. Sie hielt eine Zigarette in der rechten Hand, begab sich zum Tresen und bestellte einen Caipirinha. Verena stand auf und setzte sich auf einen freien Hocker neben Julia Durant.

»Kein besonders schöner Abend, nicht?«, sagte Verena und sah Durant von der Seite an.

»Nein, wirklich kein schöner Abend. Und die Nächte werden immer kälter. Darf ich Ihnen einen ausgeben?«

»Nein, danke, ich habe bereits bestellt.«

»Wollen wir uns irgendwo hinsetzen, wo wir ungestört sind?«

»Ich sitze dort hinten in der Ecke. Kommen Sie.«

Nachdem sie Platz genommen hatten, sagte Durant: »Also, Sie sehen, ich habe mein Versprechen gehalten und bin allein. Jetzt sind Sie an der Reihe.«

»Was wollen Sie wissen?«

»Das fragen Sie?! Sie haben mit angehört, wie Ihre Freundin – ich gehe zumindest davon aus, dass es Ihre Freundin war – umgebracht wurde. Was genau haben Sie gehört?«

Verena hatte Tränen in den Augen, sie hatte Mühe zu sprechen. Durant ließ ihr Zeit. Schließlich, als Verena sich einigermaßen gefangen hatte, sagte sie mit schleppender, leiser Stimme: »Es war furchtbar. Mein Telefon hat geklingelt, ich habe ihre Handynummer auf dem Display gesehen, weil wir uns für den Abend verabredet hatten, aber alles, was ich gehört habe, war ein … es klang wie … na ja, wie ein ersticktes Hilfe. Danach habe ich fast immer nur dieses verfluchte Schwein gehört, wie er Rita gequält und umgebracht hat, und natürlich auch diese Schreie. Und immer wieder hat er gefragt, wo Maria ist, aber Rita hat es ihm nicht verraten. Das ist Rita, stolz bis zum Gehtnichtmehr … Irgendwann kurz vor ihrem Tod hat sie gesagt: ›Fahr zur Hölle, Arschloch.‹ Und danach hat er sie … Es war einfach schrecklich, das war schlimmer als im schlimmsten Horrorfilm. Und ich konnte nichts tun, ich konnte ihr nicht helfen. Das war ein einziger Alptraum.« Sie zitterte am ganzen Körper, während sie sprach, trank ihr Glas leer und drehte es zwischen den Händen.

»Ich kann in etwa nachvollziehen, wie Sie sich fühlen, aber …«

»Nein«, stieß sie hervor und sah Durant an, »das können Sie nicht, denn Sie haben so etwas ganz sicher noch nie erlebt. Sie haben bestimmt schon einige Tote gesehen, aber noch nie miterlebt, wie Ihre beste Freundin langsam umgebracht wird, während Sie hilflos ein paar Kilometer weiter am Telefon stehen und nichts tun können. So etwas kann sich keiner vorstellen. Und Rita war meine beste Freundin!« Sie schluchzte, nahm ein Taschentuch und wischte sich über die Augen und die Wangen und putzte sich leise die Nase.

»Frau Michel, Ihre Freundin hat heute Vormittag auf meinem Apparat angerufen, aber ich war nicht im Büro. Mein Chef hat das Gespräch entgegengenommen, weil ich auf ihn umgestellt hatte. Sie hat ihm jedoch nicht sagen wollen, um was es ging. Können Sie sich vorstellen, was sie wollte, und können Sie sich auch vorstellen oder wissen Sie vielleicht sogar, woher sie meine Nummer hatte, denn sie hat nicht über die Zentrale angerufen, dann wäre sie nämlich direkt mit meinem Vorgesetzten oder einem anderen Mitarbeiter verbunden worden?« Noch während sie den letzten Satz sprach, durchfuhr es sie, ohne es sich anmerken zu lassen. Sie dachte unwillkürlich an die beiden Anrufe in Abwesenheit, die in ihrem Telefon gespeichert waren. War das vielleicht auch Rita Hendriks gewesen? Hatte sie womöglich versucht mich zu erreichen, während wir meinen Geburtstag gefeiert haben? Verena Michel senkte den Blick und nestelte an ihrem Taschentuch. Sie wirkte nach der Frage noch nervöser.

»Frau Michel, haben Sie meine Frage verstanden?«

»Ja«, kam es kurz und zögerlich zurück.

»Und? Hören Sie, normalerweise rufen die Leute nicht zum Spaß bei mir an. Ich will den Mörder haben, damit er nicht noch mehr Unheil anrichten kann. Aber dazu brauche ich Ihre Hilfe.«

»Das ist eine lange Geschichte.«

»Dann erzählen Sie sie mir, ich habe Zeit. Wenn es sein muss, die ganze Nacht. Und ich garantiere Ihnen, dass ich vorerst mit niemandem darüber sprechen werde, wenn Sie es nicht wünschen. Ich kann Ihnen nur so viel sagen, dass ich für die Kollegen in meiner Abteilung die Hände ins Feuer legen würde.«

»Vergessen Sie's, ich würde für niemanden mehr meine Hände ins Feuer legen!«, stieß Verena bitter hervor. »Wir haben uns da auf etwas eingelassen, das jetzt außer Kontrolle geraten ist.«

»Auf was haben Sie sich eingelassen?«, fragte Durant behutsam nach. »Etwas Illegales?«

Verena hob das leere Glas hoch und signalisierte damit der Bedienung, ihr noch einen Tequila Sunrise zu bringen. »Vielleicht ist es illegal, aber ist es das, wenn man einem Menschen in Not hilft? Rita und ich haben es zumindest versucht, und jetzt ist Rita tot. Wir werden nie mehr hier sitzen und bis zum Morgengrauen quatschen, wir waren nämlich öfter hier …«

»Ich unterbreche Sie nur ungern, doch wovon reden Sie genau? Ich kann Ihnen nicht ganz folgen. Wem haben Sie zu helfen versucht?«

Verena Michel sah Durant traurig an, und doch wirkte ihr Blick, als wollte sie herausfinden, was für eine Frau ihr gegenübersaß. Schließlich überwand sie sich, beugte sich weit nach vorn und sagte langsam und bedächtig und so leise, dass niemand mithören konnte: »Es geht um eine junge Frau, fast noch ein Mädchen, die vorgestern in meine Praxis gestürmt kam und mich bat, ihr zu helfen. Ich habe sie mit zu mir nach Hause genommen und dort erfahren, dass man sie seit beinahe vier Jahren zur Prostitution zwingt. Sie wollte aber unter gar keinen Umständen, dass die Polizei eingeschaltet wird, Sie können vielleicht verstehen, warum …«

»Sie sind Ärztin?«, fragte Durant, ohne auf das Letzte einzugehen.

»Nein, Psychotherapeutin. Aber das ist unwichtig. Jedenfalls habe ich überlegt, was wir tun können, bis mir als einzige Lösung Rita eingefallen ist. Schließlich ist sie Anwältin und würde uns vielleicht ein paar Tipps geben können. Ich rief sie an, sie kam noch am selben Abend, wusste aber auf die Schnelle auch keinen Rat. Sie sagte mir jedoch, dass sie sich mit einem Freund in Verbindung setzen wolle, um sich mit ihm zu besprechen. Ein Journalist …«

»Halt«, unterbrach Julia Durant sie mit zusammengekniffenen Augen. Ihre Pulsfrequenz erhöhte sich schlagartig, als sie das Wort Journalist hörte. »Hat Frau Hendriks gesagt, wie dieser Journalist heißt?«

»Erst heute Morgen, nachdem sie sich gestern mit ihm getroffen hat. Ich kann mich nicht mehr genau an den Namen erinnern, aber es klang wie Zauner oder Zauber oder so ähnlich.«

»Vielleicht Zaubel?«

»Ja, kann sein. Kennen Sie ihn etwa auch?«

»Ich kannte ihn. Er war ein großartiger Mann.«

Verena Michel neigte den Kopf leicht zur Seite, die Augen zu Schlitzen verengt. »Was meinen Sie mit ›er war ein großartiger Mann‹?«

»Er wurde heute Abend ebenfalls ermordet.«

»Was?«, sagte Verena mit ungläubigem Blick. »Das kann doch nicht sein, oder?«

»Leider ja. Und ich fürchte, dass, nach dem, was Sie mir bisher geschildert haben, beide Morde in direktem Zusammenhang stehen. Wer ist diese junge Frau, und wo kommt sie her?«

»Sie heißt, wie gesagt, Maria und stammt aus Moldawien. Sie spricht aber perfekt Deutsch.«

»Und wo ist sie jetzt?«

»In meinem Haus gleich hier in der Nähe.«

»Ich denke, Sie wohnen in Eschersheim.«

»Erst seit dem Tod meines Mannes. Vorher haben wir in

der Hardtwald-Siedlung gewohnt. Doch ich konnte dort nicht mehr bleiben, zu viel hat mich an ihn erinnert. Ich habe aber trotzdem alles so belassen, wie es war, als er noch gelebt hat. Als Therapeutin müsste ich eigentlich über den Dingen stehen, aber wie Sie sehen, bin ich auch nur ein ganz normaler Mensch. Ich wollte es schon ein paar Mal verkaufen, bin aber jedes Mal wieder davor zurückgeschreckt, weil … Na ja, das tut nichts zur Sache. Mein Gott, wenn ich mir vorstelle, dass Rita und dieser Zaubel wegen Maria umgebracht wurden … In was bin ich da nur hineingeraten?! Ich begreife das alles nicht.«

»Das möchte ich auch zu gerne wissen. Ich muss mit dieser Maria sprechen, sie ist die Einzige, die mir weiterhelfen kann.«

»Ich habe ihr versprochen, dass …«

»Hören Sie, was immer Sie ihr versprochen haben, bedenken Sie eines, man wird Sie beide über kurz oder lang finden. Glauben Sie mir, ich möchte Ihnen helfen, aber das geht nur, wenn auch Sie mir helfen. Wer immer für den Tod Ihrer Freundin verantwortlich ist, der oder die schrecken vor nichts zurück, das haben Sie selbst mitbekommen. Es ist möglich, sogar wahrscheinlich, dass eine Organisation dahintersteckt. Und es kann auch sein, dass sie über gute Verbindungen zu höchsten Dienststellen verfügen, weshalb es nicht lange dauern dürfte, bis man zum Beispiel Ihr Handy geortet hat. Haben Sie es bei sich?«

»Ja, hier in meiner Handtasche.«

»Ist es eingeschaltet?«

»Ja, Sie haben mich ja schließlich über diese Nummer erreicht. Ich wurde übrigens ein paar Minuten nach dem schrecklichen Erlebnis angerufen, und als ich Ritas Nummer sah, habe ich mich gemeldet, aber am andern Ende wurde gleich wieder aufgelegt.«

»Sie wurden auf Ihrem Handy angerufen?«

»Ja. Aber da waren Maria und ich schon auf dem Weg hierher.«

»Und danach gab es keinen Anruf mehr, außer meinem?«

»Nein.«

»Und bei Ihnen zu Hause ist ein Anrufbeantworter an?«

»Nein.«

»Das ist schon mal ganz gut. Okay, Sie und Maria müssen trotzdem dringend aus dem Haus weg. Am besten fahren wir gleich hin, und ich bringe Sie beide an einen sicheren Ort. Bitte glauben Sie mir, ich stehe auf Ihrer Seite. Und bitte, schalten Sie das Handy aus, damit nur die Mailbox anspringt.«

»Warum?«

»Es könnte immerhin sein, dass heute Nacht noch einmal jemand versucht bei Ihnen anzurufen, das ist alles.«

»Wenn Sie es sagen. Und wo soll dieser sichere Ort sein, wenn Sie selbst meinen, dass diese Verbrecher uns finden werden?«

»Man wird Sie nicht finden, wenn Sie sich mir anvertrauen, das verspreche ich Ihnen. Ich habe auch schon eine Idee.« Julia Durant hielt kurz inne und sah Verena nachdenklich an. »Allerdings muss ich ganz ehrlich sagen, dass ich es für das Beste hielte, wenn Sie ganz normal weiterleben würden. Das heißt, Sie gehen morgen früh wie gewohnt in Ihre Praxis …«

»Und wenn die kommen und mit mir das Gleiche machen wie mit Rita?«, entgegnete Verena mit weit aufgerissenen Augen.

»Das wird nicht geschehen, denn Sie sagen ja selbst, dass Frau Hendriks nichts verraten hat. Sie hat Sie zwar angerufen, aber wenn die Verbindung zwischen Handy und Festnetz unterbrochen wird, gibt es auch keinen Signalton mehr und auch keine Nummer auf dem Display, also kann er nicht wissen, dass Sie alles mitgehört haben. Sie hatten ja, nachdem Ihre Freundin umgebracht wurde, längst aufgelegt und waren unterwegs nach Bad Homburg. Wenn der Täter die Wahlwiederholung gedrückt hat, dann wurde zwar Ihre Nummer gewählt, aber Sie waren nicht zu Hause und auch kein Anrufbeantworter ist angesprungen, das heißt, der oder die müssen davon ausgehen, dass Sie zum Zeitpunkt des Geschehens gar nicht zu Hause waren.«

»Ich habe eine verfluchte Angst.«

»Das kann ich verstehen. Wir werden aber ein Auge auf Sie haben und Sie nicht allein lassen. Kommen Sie, wir haben keine Zeit zu verlieren.«

»Und was wird mit Maria? Wird sie abgeschoben?«

»Im Moment auf gar keinen Fall. Wir brauchen sie schließlich als Zeugin. Wenn es gut läuft, wird sie sogar in ein Zeugenschutzprogramm aufgenommen und bekommt eine neue Identität, von der nur einige wenige auserwählte Personen Kenntnis haben werden. Aber bis dahin vergeht noch einige Zeit. Als Erstes müssen wir eine andere Bleibe für sie finden. Genügt Ihnen diese Antwort?«

»Also gut, mir bleibt wohl nichts anderes übrig.« Verena Michel erhob sich zusammen mit Durant, schaltete ihr Handy aus und verstaute es in ihrer Jackentasche.

Sie bezahlten ihre Getränke und begaben sich zum Ausgang. An der Tür sagte Durant: »Damit Sie nicht gleich einen großen Schreck kriegen, mein Kollege und zugleich bester Freund hat mich hergefahren und wartet draußen im Wagen auf mich. Ich möchte Sie ihm gerne vorstellen.«

»Sie hatten mir doch zugesagt, alleine zu kommen …«

»Bitte haben Sie Verständnis, aber bei der Brisanz des Falles …«

»Ich habe schon verstanden. Gehen wir.«

Hellmer lehnte eine Zigarette rauchend am Wagen und kam auf Durant und Michel zu, als er sie erblickte.

»Frank, das ist Frau Michel, Frau Michel, mein Kollege Herr Hellmer.«

»Hallo«, sagte Hellmer mit aufmunterndem, offenem Lächeln, um ihr die Scheu zu nehmen, und reichte ihr die Hand, während sie ihn nur durchdringend ansah, wie sie es zuvor schon bei Durant gemacht hatte.

»Wo haben Sie Ihr Auto stehen?«, fragte Durant.

»Gleich dort drüben.«

»Gut, ich fahre mit Ihnen, Herr Hellmer wird uns folgen.«

»Denken Sie vielleicht, ich könnte versuchen abzuhauen?«, fragte Verena Michel müde. »Keine Sorge, ich habe eingesehen, dass ich keine andere Möglichkeit habe, als mich in Ihre Hände zu begeben. Ich hoffe, es ist kein Fehler.«

»Beeilen wir uns«, sagte Durant, ohne auf die letzte Bemerkung einzugehen, und überquerte mit Verena Michel die Straße. Sie fuhren bis zu dem Haus in der Heinrich-von-Kleist-Straße, das eingebettet zwischen hohen Hecken und Bäumen wie ein Refugium vor den Blicken von außen verborgen lag. Die Rollläden waren runtergelassen, doch durch ein paar Ritzen schimmerte Licht. Sie fuhren in die Garage, und als sie ausstiegen, sagte Verena: »Maria wird sich sehr erschrecken, wenn sie Sie gleich sieht.«

»Tut mir leid, aber darauf können wir jetzt keine Rücksicht nehmen.«

»Maria?«, fragte Hellmer stirnrunzelnd, der den BMW auf der Straße geparkt hatte und zu den Frauen kam.

»Sie ist vermutlich der Grund für das alles. Erklär ich dir später.« Und zu Verena: »Sie wird einsehen, dass es für alle das Beste ist. Ich wollte Ihnen übrigens noch sagen, dass ich Sie für das bewundere, was Sie getan haben. Die meisten andern hätten Maria im Stich gelassen.«

»Danke, aber zwei Menschen haben schon jetzt einen sehr hohen Preis dafür gezahlt. Einen viel zu hohen. Verdammtes Pack! Kommen Sie, bringen wir's hinter uns.«

Mittwoch, 21.30 Uhr

Gute Arbeit, Jungs«, sagte Marco Martini anerkennend, der im Club diesen Decknamen verwendete, wie überhaupt alle, die hier verkehrten, sich niemals beim richtigen Namen nannten, und klopfte Carlos und Mischa auf die Schultern. »Und ihr seid sicher, keine Spuren hinterlassen zu haben?«

Carlos antwortete nur: »Mich hat keine Sau gesehen, und außerdem kennen mich die Bullen bis jetzt nicht. Diese blöde Kuh hat mir aber ums Verrecken nicht verraten wollen, wo Maria ist.«

»Das ist unwichtig …«

»Aber Sie haben doch gesagt, dass wir Maria zurückbringen sollen«, entgegnete Carlos verwundert.

»Jaja. Du hast doch das Handy mitgenommen. Vielleicht weiß die Person, mit der die Hendriks zuletzt telefoniert hat, wo Maria ist. Hast du schon dort angerufen?«

»Hab ich, aber da hat sich keiner gemeldet.«

»Auch kein Anrufbeantworter?«

»Nein. Ich hab durchklingeln lassen, bis die Verbindung automatisch getrennt wurde. Dann hab ich's auf ihrem Handy probiert, sie ist auch drangegangen, ich hab aber gleich wieder aufgelegt.«

»Gut so. Wem gehört die Nummer?«

»Einer Verena Michel, wohnt im Lupinenweg, hab ich schon gecheckt. Soll ich sie mir vornehmen?«

»Immer schön piano, wir wollen schließlich nicht zu viel Unruhe auf einmal verbreiten. Zwei an einem Abend reichen. Außerdem dürfen wir die Polizei nicht unterschätzen. Es könnte immerhin sein, dass einer dort auf die fixe Idee kommt, einen Zusammenhang zwischen den beiden tragischen Todesfällen herzustellen. Aber das soll uns jetzt nicht weiter kümmern. Und wenn die doch irgendwas spitzkriegen, dann sind wir so ziemlich die Ersten, die das erfahren«, sagte er mit einem kaum merklichen Lächeln. »Und wie ist es bei dir gelaufen?«, fragte er Mischa.

»Easy. Zaubel hat tatsächlich geglaubt, ich würde ihm ein paar Infos zukommen lassen. Tja, und dann ging alles ganz schnell. Er hätte eben nicht so gutgläubig sein dürfen«, sagte er schulterzuckend und ohne eine Miene zu verziehen. »Was ist mit der Festplatte, den Disketten und den CDs?«

»Das übernimmt ein Spezialist. Zaubel war eine Ratte, er hat in der Vergangenheit nur Ärger gemacht und Unruhe gestiftet, und er hat auch wieder was vorgehabt, wie Rufus erfahren hat. Ich bin froh, dass dieses Stück Scheiße endlich aus dem Weg ist. So, und jetzt kümmert euch um die Mädchen und die Gäste, ich habe noch eine Besprechung.«

Carlos und Mischa verließen das Zimmer, Marco wartete, bis sie die Tür hinter sich geschlossen hatten, und schenkte sich einen Whiskey ein. Er lächelte still vor sich hin und war gespannt auf die Reaktionen seiner beiden Freunde, die in wenigen Minuten eintreffen würden. Er trank sein Glas leer und stellte es auf einen silbernen Untersetzer auf dem blankpolierten Schreibtisch aus feinstem Nussbaum, auf dem sich außer einem Telefon nur noch eine kleine Goldstatue befand, die er für seine Verdienste um die Völkerverständigung zwischen

Russen und Deutschen vor zwei Jahren aus den Händen des Bundespräsidenten erhalten hatte, den er genau wie seine beiden Vorgänger persönlich sehr gut kannte. Alle anderen Auszeichnungen und Medaillen bewahrte er in seinem Penthouse in einer Vitrine auf, gut sichtbar für jeden Gast, der ihn besuchte, auch wenn er dort nur selten jemanden empfing.

Er war prominent, manch einem ein Dorn im Auge (aber welcher Prominente war dies nicht?), doch mit seiner Eloquenz und weit überdurchschnittlichen Intelligenz und seinem geschliffenen Intellekt hatte er es geschafft, dass selbst die Neider und Missgünstigen ihm, wenn auch bisweilen zähneknirschend, Anerkennung zollten. Natürlich gab es auch welche, die ihm trotz all seiner Verdienste die Pest an den Hals wünschten, die ihn als aalglatt und undurchschaubar bezeichneten. Und sie hatten sogar Recht, gestand er sich ein, war sogar stolz darauf, denn er hatte bereits als Kind gelernt, wie man sich am besten durchsetzt. In der Schule, vor allem auf dem Gymnasium, wo er anfangs Schwierigkeiten mit seinen Mitschülern hatte, brachte er sich selbst das Grundwissen bei, wie man andere effektiv und ohne dass sie es merkten manipulierte. Erst wurde er Klassen-, in der Oberstufe sogar Schulsprecher. Später kultivierte er diese Fähigkeit des Manipulierens, stieg in jungen Jahren in die Politik ein, wobei er nie an der Spitze stand, dafür aber umso besser die Fäden aus dem Hintergrund zu ziehen vermochte. Viele der großen Politiker seiner Partei wären ohne seine Hilfe nie zu Lichtgestalten geworden.

Er saß in mehreren Aufsichtsräten, darunter ein großer Rundfunk- und ein Fernsehsender, beide eher konservativ orientiert, was sich auch in der politischen Berichterstattung widerspiegelte, und er war Mitherausgeber einer großen Wochenzeitung, in der er regelmäßig eine Kolumne auf Seite zwei hatte, aber er schrieb auch für andere Zeitungen und Magazine.

Er stammte aus guten Verhältnissen. Seine Großeltern besaßen ein alteingesessenes Juweliergeschäft im Herzen von Frankfurt, das sie kurz vor dem Zweiten Weltkrieg verloren und erst 1950 wiedererlangt hatten, es aber nur zwei Jahre später an ihren ältesten Sohn weitergaben, der es im Laufe von nur zehn Jahren schaffte, in ganz Deutschland zwanzig exklusive Filialen aufzubauen. Marco selbst zeigte keinerlei Interesse am Geschäftsleben. Er überließ die Führung des sich mittlerweile in der fünften Generation befindlichen Familienbetriebs seinem älteren Bruder, der die Geschäftsleitung 1985 übernahm, und ließ sich stattdessen ausbezahlen.

Er wollte höher hinaus, in den Mittelpunkt der Öffentlichkeit. Er studierte Germanistik, Anglistik und Jura, wobei ihm seine enorme Auffassungsgabe mehr als hilfreich war, trat nach dem Studium in eine große Kanzlei ein, arbeitete nebenbei aber noch als Journalist und gründete bereits mit achtundzwanzig eine eigene Kanzlei für Straf- und Wirtschaftsrecht. Inzwischen hatte er vierzehn Kompagnons, allesamt juristische Kapazitäten für die unterschiedlichsten Bereiche, und im Laufe der Jahre kamen Dependancen in Düsseldorf, Hamburg, Berlin und München sowie in London, Paris, Moskau und New York hinzu. Obwohl er noch immer der unumstrittene Herrscher dieses Anwaltsimperiums war, so verbrachte Marco kaum noch Zeit in der Kanzlei, zu sehr nahmen ihn die öffentlichen Auftritte in Beschlag, die juristischen Beratertätigkeiten für Unternehmen, die Vorträge im erlauchten Kreis von Industriellen, Unternehmern und Topmanagern, nicht zu vergessen seine journalistische Arbeit. Seine Wirtschafts- und Politsendung zur Primetime, die einen Ratgeberteil enthielt, in der er aber auch auf gesellschaftliche Missstände hinwies, war ein

Quotenrenner und würde es, so lange nichts dazwischenkam, auch noch einige Zeit bleiben, denn an ihm rieben sich die Zuschauer vor den Fernsehapparaten. Er polarisierte wie kaum ein anderer, und doch waren fast alle fasziniert von seiner Ausstrahlung und Persönlichkeit. Er war ein Charismatiker, einer, der andere in seinen Bann zog, der hart und charmant zugleich sein konnte, aber nie die Contenance verlor. Doch irgendwann würde er eine neue Sendung machen, denn sich zu lange mit einer Sache zu beschäftigen lag ihm nicht. Eine Talkshow schwebte ihm vor, aber nicht eine der üblichen Krawallshows, in der die Gäste sich anpöbelten, nein, eine der anderen Art, mit Gästen nicht nur aus Politik und Wirtschaft, sondern auch aus Kultur, Sport und vielleicht auch mit ganz normalen Bürgern, die Besonderes geleistet hatten. Menschen, die vielleicht seinen Großeltern und Eltern ähnelten, die nach dem Krieg Stiftungen ins Leben gerufen hatten, um vor allem Vertriebenen und Heimatlosen zu helfen, Menschenfreunde, geachtet und angesehen.

Auch Marco gab sich als Philanthrop, nicht uneigennützig, versteht sich, denn nichts von dem, was er tat, tat er selbstlos, auch wenn er nach außen hin den Anschein erweckte. Und die wenigen, die ihn wirklich näher kannten, wussten, dass sich hinter seiner scheinbar makellosen Fassade eine eiskalte und jeden Schritt kühl kalkulierende Persönlichkeit verbarg, die aus dem angeblichen Mitleid für andere den größten Profit zog. Sich mit ihm anzulegen konnte den beruflichen, privaten oder gar persönlichen Tod bedeuten, ohne dass jemals irgendjemand ihn mit irgendeinem Verbrechen in Verbindung gebracht hätte (Rufus und ein paar andere Auserwählte ausgenommen), dafür war er zu schlau und gerissen.

Er zahlte seine Steuern auf Heller und Pfennig, spendete großzügig für Wohltätigkeitsorganisationen und verstand es bestens, sich jeweils zum richtigen Zeitpunkt ins rechte Licht zu rücken, obwohl er, wie bereits erwähnt, die wesentlichen Geschäfte aus dem Hintergrund heraus tätigte, von der Öffentlichkeit und den Medien unbemerkt, wie er die Fäden zog, an denen andere wie Marionetten hingen. Er wurde hofiert, es gab Stimmen, die stetig lauter wurden und sagten, einen wie ihn würde Deutschland als nächsten Kanzler brauchen, er würde endlich aufräumen und Deutschland aus dem wirtschaftlichen und politischen Jammertal führen und es wieder zu dem machen, was es zu Zeiten von Adenauer und Erhard und noch bis in die siebziger Jahre gewesen war. Solche Berichte schmeichelten ihm, bestätigten sie ihn doch in seinem Tun, aber er hatte nicht vor, dieser Aufforderung nachzukommen, dafür hatte er seine Lakaien, die ihm die Füße küssten, wenn sie sich einen Vorteil davon versprachen. Er war ein Rhetoriker allererster Güte und konnte jeden um den Finger wickeln oder in Grund und Boden reden. Im Laufe der vergangenen zwanzig Jahre hatte er ein Vermögen angehäuft, von dem allein er wusste, wie groß es wirklich war. Und das geringste davon hatte er auf rechtmäßige Weise erworben.

Marco war einseinundsiebzig groß oder klein, es kam darauf an, von welcher Warte man es betrachtete, weder schlank noch dick, auch wenn er kaum etwas mehr hasste als Sport, hatte dunkelbraunes Haar, das allerdings nie so wirkte, als käme er gerade vom Friseur. Einmal in der Woche ließ er eine Maniküre und Pediküre kommen, denn er legte großen Wert auf ein gepflegtes Erscheinungsbild und war geradezu verliebt in seine Hände, die nicht verrieten, dass er sich bereits mit Riesenschritten auf die fünfzig zubewegte. Er stand regelmäßig vor dem Spiegel und übte seine Mimik und Gestik beim Sprechen, ein Narziss, als den er sich selbst jedoch nicht sah.

Marco schürzte die Lippen und begab sich nach draußen, um

nach dem Rechten zu sehen. Es war der übliche Mittwochabendbetrieb, bis auf Swetlana waren alle Mädchen ausgebucht, Carlos, Mischa sowie Richie und Hammer, die beiden anderen Beschützer, hielten sich im Hintergrund auf, wachsam wie Krokodile, die man erst sieht, wenn es zu spät ist. Dezent gekleidet in dunkelgrauen Anzügen, blauen Hemden und roten Krawatten, kaum zu unterscheiden von den Gästen. Zusätzlich gab es noch einen kleinen Nebenraum, in dem ein weiterer Mitarbeiter auf mehreren Monitoren die Aktivitäten vor und im Haus überwachte. Selbst in den Zimmern der Mädchen waren winzige Kameras versteckt, die alles aufzeichneten und von denen die Gäste nicht einmal etwas ahnten und die Mädchen dachten, sie wären nur eingeschaltet, wenn sie allein waren. Die Bänder dienten Marco lediglich als Sicherheit für den Fall, dass einer der Kunden eine Dummheit vorhatte, die Marco schaden könnte.

Er erblickte die erwarteten Besucher, die auf einer roten Ledercouch saßen und sich unterhielten. Aus unsichtbaren Lautsprechern klang die typisch sinnliche, stimulierende Musik. Während Marco auf sie zuging, begrüßte er schnell noch zwei Stammkunden. Schließlich gesellte er sich zu seinen Freunden (zumindest gab er vor, ihr Freund zu sein) und sagte mit jovialem Lächeln: »Hallo, da seid ihr ja. Gehen wir ins Büro, ich hab was mit euch zu besprechen.«

»So geheimnisvoll?«, sagte Rufus und erhob sich zusammen mit Pietro.

»Ihr werdet's gleich erfahren, aber nicht hier.« Er deutete mit dem Kopf in die Runde der Versammelten.

Rufus war einszweiundachtzig groß, sehr schlank, drahtig und durchtrainiert, was jedoch unter seinem Anzug verborgen blieb. Er hatte kurze hellblonde Haare und einen stechenden Blick aus stahlblauen Augen. Und er war gefährlich. Marco bezeichnete ihn als einen Tiger, der seinen Opfern, wenn er sie einmal hatte, keine Chance mehr ließ, weil er ihnen sofort ins Genick biss. Aber er war auch freundlich, zuvorkommend und hilfsbereit und achtete sehr auf sein Äußeres, auch wenn er es des Öfteren veränderte, weil sein Job es so verlangte. Er war praktisch die rechte Hand von Marco und so ziemlich der Einzige, dem Marco mit Achtung begegnete, denn Rufus, der nicht nur diesen, sondern viele Decknamen, Ausweise und Pässe hatte, war zudem hochintelligent und wie Marco überaus eloquent. Er konnte witzig sein, eine ganze Gesellschaft unterhalten, doch wenn es ums Geschäft ging, hörte bei ihm der Spaß auf. Rufus ernährte sich vegetarisch, hatte niemals in seinen achtunddreißig Jahren Alkohol angerührt und rauchte nicht. Dafür schwitzte er, sofern es seine Zeit erlaubte, mindestens eine Stunde täglich im Kraftraum, joggte und schwamm sehr viel. Sein Zuhause war die Welt, er pendelte ständig zwischen Frankfurt, München und Berlin hin und her, hielt sich aber auch häufig in den Balkanstaaten auf, seinen Wohnsitz hatte er jedoch in Frankfurt. Obwohl noch keine vierzig, hatte er doch schon den größten Teil des Globus bereist, war mit hochrangigen Persönlichkeiten zusammengetroffen, hatte an geheimen Verhandlungen an noch geheimeren Orten teilgenommen und kannte sich auf dem diplomatischen und geschäftlichen Parkett bestens aus. Er lebte allein, jede Form festen Zusammenlebens mit einer Frau hätte sich mit seinem Beruf nicht vereinbart, auch wenn es eine Frau gab, für die er mehr als nur Freundschaft empfand und mit der er so oft wie möglich das Bett teilte und auch hin und wieder essen oder ins Theater ging.

Pietro hingegen war nur unwesentlich größer als Marco, leicht untersetzt, hatte braunes Haar, eine Stirnglatze und kleine grünbraune Augen, mit denen er durch seine Nickelbrille alles um ihn herum genauestens beobachtete. Er war Geschäftsmann, doch vor zehn Jahren entdeckte er seine Liebe für die Politik, schloss sich einer der großen Parteien an und hatte es mit Marcos Hilfe in null Komma nichts bis in die oberen Positionen geschafft. Er war ein exzellenter Redner, allerdings nur, wenn sein Ghostwriter ihm die Reden schrieb, aber bisweilen blitzten bei ihm während einer Rede ein Improvisationstalent und auch eine Schlagfertigkeit auf, die jeden Zuhörer und auch Marco überraschte.

Pietro war seit über zweiundzwanzig Jahren verheiratet, hatte drei Kinder, von denen zwei das Gymnasium besuchten, während der Jüngste, ein unerwarteter, doch nicht unerwünschter Nachzügler, im Sommer eingeschult worden war. Pietro war kein spontaner Mensch, alles musste seine Ordnung haben, sein Tagesablauf war akribisch durchgeplant, und wenn er sich ein-, zweimal in der Woche abends im Club aufhielt, dann war seine Frau überzeugt, dass er eine geschäftliche Verabredung hatte. Das war auch oftmals so, aber hier verband er dies mit dem Vergnügen. Zweiundzwanzig Jahre Ehe hatten ihre Spuren hinterlassen. Er schlief schon seit langem nicht mehr mit seiner Frau, und sie hatten sich auch kaum noch etwas zu sagen, obwohl sie in der Öffentlichkeit weiterhin das liebende und immer noch glückliche Paar spielten. Sie gab ebenfalls vor, ihn zu lieben, und unterstützte ihn, und er revanchierte sich dafür mit aufwendigen Geschenken. Doch im Gegensatz zu vielen andern Frauen, die den Liebesentzug nicht einfach hinnahmen, sondern ihre körperlichen Bedürfnisse anderweitig befriedigten, blieb sie ihm treu. Sie engagierte sich für wohltätige Zwecke, hatte schon vor Jahren eine Institution ins Leben gerufen, die misshandelten und missbrauchten Kindern, Jugendlichen und Frauen half, eine Tätigkeit, die ihr Befriedigung bereitete, auch wenn sie bisweilen an die Grenzen ihrer Belastbarkeit geführt wurde. Aber jeder noch so kleine Erfolg verschaffte ihr ein Gefühl von Ruhe und Frieden, etwas, das ihr keiner nehmen konnte und das ihr unbefriedigendes Privatleben einigermaßen kompensierte.

Marco machte die Tür hinter sich zu und deutete mit der Hand auf die beiden schwarzen Ledersessel, während er selbst stehen blieb und sich gegen den Schreibtisch lehnte und mit beiden Händen abstützte.

»Möchtet ihr was trinken?«

»Ich nicht«, antwortete Rufus und schlug die Beine übereinander. »Jetzt mach's nicht so spannend.«

»Also gut. Ich wollte euch nur sagen, dass Maria verschwunden ist.« Er blickte in ihre Gesichter. Rufus verzog nur leicht den Mund und nickte, während Pietro schlagartig kalkweiß wurde.

»Du spinnst, oder? Ausgerechnet Maria! Wie zum Teufel konnte das bloß passieren? Die rennt doch sofort zu den Bullen, und dann …«

Marco unterbrach ihn mit einer eindeutigen Handbewegung. »Halt den Mund! Du solltest vielleicht doch besser etwas trinken, deine Phantasie geht mit dir durch. Maria ist weg, aber sie wird nicht zu den Bullen rennen. Und falls doch, ist das auch kein Problem, weil wir so ziemlich die Ersten sein werden, die davon erfahren. Stimmt doch, Rufus, oder?«

Rufus nickte. »Noch bevor sie anfangen kann, dumme Fragen zu beantworten, krallen wir sie uns und machen sie mundtot. Aber das ist nicht alles, was du uns zu sagen hast, stimmt's?«, fragte er, wobei seine Miene undurchdringlich wie immer war.

Marco lächelte versonnen und antwortete: »Ich sehe, du kennst mich. Es könnte sein, aber das müssen wir wirklich erst in aller Ruhe verifizieren, dass sie sich einer gewissen Verena

Michel anvertraut hat, denn diese werte Dame hatte eine Freundin namens Rita Hendriks, eine Anwältin, die ich selbst ziemlich gut kannte …«

»Was heißt hier kannte?«, fragte Pietro mit hochgezogenen Brauen.

»Das erklär ich gleich«, entgegnete Marco gelassen. »Diese Hendriks hat mit Zaubel Kontakt aufgenommen und ihn gefragt, an wen sie sich bei der Polizei wenden könne, und er hat ihr wohl einen Namen genannt. Um es kurz zu machen, die Hendriks und Zaubel sind heute Abend leider unter tragischen Umständen verstorben. Gott sei ihrer armen Seele gnädig. Carlos und Mischa haben sich drum gekümmert.«

»Aber …«

»Lass mich ausreden!«, herrschte Marco Pietro an. »Es musste sein, ich musste ein Exempel statuieren. Zaubel war mir sowieso schon lange ein Dorn im Auge, das wisst ihr, doch es war schwer, an ihn ranzukommen oder ihn gar gerichtlich zu belangen. Aber er hat an einer Sache gearbeitet, die uns unter Umständen in Schwierigkeiten gebracht hätte. Nur hat er sich diesmal eine Idee zu weit aus dem Fenster gelehnt. Das war's, was ich euch mitzuteilen hatte. Er wäre auch ohne Maria fällig gewesen, das nur nebenbei.«

»Welchen Namen hat Zaubel denn genannt?«, wollte Rufus wissen.

»Durant, Hauptkommissarin beim K 11. Soll ziemlich tough sein.«

»Nie gehört«, sagte Rufus, »aber es kostet mich einen Anruf, und ich weiß alles über sie.«

»Tu das.«

»Und woher hast du erfahren, dass die Hendriks …«

»Rufus, wir sind beide Profis und haben überall unsere Leute sitzen, du deine, ich meine. Das ist doch auch der Grund, weshalb wir bisher so ungestört arbeiten konnten und es auch in Zukunft tun werden. Oder siehst du das anders?«

Rufus schüttelte nur den Kopf.

»Hast du dir schon mal Gedanken darüber gemacht, dass Maria uns alle beschreiben kann?«, fragte Pietro aufgebracht. »Die kann uns fertig machen.«

»Keiner kann uns fertig machen, kapier das endlich! Schon gar nicht so eine kleine Hure. Auch wenn die Kleine mir irgendwie fehlen wird. Ich hoffe, du bekommst keine kalten Füße. Tust du doch nicht, oder?«, sagte Marco in einem Ton, den jene, die ihn näher kannten, sehr wohl zu deuten wussten.

»Hör zu, das ist mein Haus. Wir machen es dicht und irgendwo ein neues auf. Die Sache ist verdammt heiß …«

»Falsch, das ist nicht dein Haus, du bist lediglich als Eigentümer eingetragen. Hier wird nichts geschlossen, alles bleibt, wie es war und ist. Wir sind ein Kunst- und Kulturverein, wir halten hier regelmäßig unsere Meetings ab, und außerdem, wie sollen wir erklären, dass unser Verein aufgelöst wird?« Marco hob die Augenbrauen und wandte sich an Rufus: »Und du finde raus, wer diese Durant ist und welche Fälle sie bisher bearbeitet hat. Ich weiß jedenfalls, dass die Hendriks sie schon heute Vormittag kontaktiert hat. Am besten gleich, ich möchte noch kurz mit unserm Freund unter vier Augen sprechen.«

Rufus stand auf und sagte: »Was ist mit dieser Michel? Wenn du ihren Namen hast, dann weißt du doch auch, wo sie wohnt. Warum beauftragst du nicht einfach Carlos oder Mischa, sich mit aller gebührenden Höflichkeit zu erkundigen, ob sie was von Maria weiß?«

»Hätte ich beinah vergessen zu erwähnen. Diese Michel ist die letzte Person, mit der die Hendriks vor ihrem Ableben telefoniert hat. Vielleicht weiß sie was, vielleicht auch nicht. Wir sollten sie im Augenblick nur beobachten.«

»Okay, ich werde zwei Leute dafür abstellen.«

»Gut. Jedenfalls hat Carlos direkt danach bei der Michel angerufen, sie aber nicht erreicht. Entweder ist Maria bei ihr, und die beiden haben sich irgendwo verkrochen, oder sie hat die Polizei informiert, oder, und das erscheint mir im Moment am plausibelsten, diese Michel weiß von gar nichts. Ich meine, sollte die Michel heute Abend beziehungsweise Nacht nach Hause kommen, allein oder in Begleitung, dann ist sie sauber, und dann sollten wir sie auch in Ruhe lassen. Sollte Maria allerdings bei ihr sein, wird's eng für die Dame. Ich weiß es, und ihr wisst es auch, meine kleine Süße kann nicht ewig untertauchen, sie hat nichts zum Anziehen außer den Klamotten, die sie auf dem Leib trägt, und sie hat vor allem kein Geld. Wir finden sie.«

»Das wird ja immer toller!«, stieß Pietro mit dicken Schweißperlen auf der Stirn hervor. »He, ich …«

»Du bist gleich dran, okay! Also, du weißt, was du zu tun hast. Wir brauchen sämtliche Infos über diese Durant und vor allem über die Michel. Und wenn Maria zwischenzeitlich bei den Bullen aufgetaucht ist, dann hol sie raus, was ja für dich kein Problem darstellen sollte.«

Rufus schaute auf die Uhr und meinte: »Es ist ziemlich spät, aber ich kenne da jemanden, der mir bestimmt gerne Auskunft gibt, schließlich geht es auch um seinen Kopf. Und gib mir auch gleich die Adresse von der Michel mit, ich schick einen meiner Leute so gegen Mitternacht hin.«

Marco schrieb die Adresse auf und reichte sie ihm. »Wann lässt du mir die Informationen zukommen?«

»Spätestens gegen Mittag. Wenn's weiter nichts gibt, hau ich ab, die letzten Nächte waren ziemlich kurz.«

Nachdem Rufus die Tür hinter sich zugemacht hatte, setzte sich Marco neben Pietro. »Und jetzt zu dir. Das ist ein sicheres

Haus, aber du schaust aus, als würden gleich die Bullen reingestürmt kommen, um hier alles hochgehen zu lassen. Wenn du dich sehen könntest, jämmerlich! Die Polizei wird zwei Mordfälle bearbeiten, aber sie wird dabei niemals auf uns stoßen. Mein Wort drauf.«

Pietro rann der Schweiß übers Gesicht, als er erwiderte: »Du hast gut reden, du stehst ja auch nicht vor dem großen politischen Durchbruch.«

»Und wem hast du diesen Durchbruch zu verdanken? Ohne mich würdest du immer noch in der Wurstfabrik deines lieben Frauchens rumeiern. Ich kann dir nur eins raten – behalt die Nerven. Kein Mensch kann dir irgendetwas anhaben, die einzige Gefahr für dich bist du selber. Du kennst doch das Sprichwort – jeder ist sich selbst der größte Feind. Hast du mich verstanden?«

»Ich kann alles verlieren …«

»Das ist das Spiel des Lebens, man gewinnt und man verliert. Aber so lange man positiv denkt, gewinnt man. Sieh mich an, bin ich etwa ein Verlierer? Meinst du, wegen dieser kleinen Schlampe geht hier gleich alles den Bach runter? Geh doch mal raus und sieh dir an, wer da alles versammelt ist. Das sind ausnahmslos Leute mit Einfluss, allesamt sitzen sie an den Quellen der Macht, und jeder profitiert irgendwie vom andern. Du machst dir viel zu viele Gedanken, aber das war schon immer dein Fehler. Nur, du hast dich auf das Spiel eingelassen und wirst es jetzt auch schön zu Ende spielen. Kapiert?«

»Warum können wir das Haus nicht aufgeben?«, sagte Pietro, als hätte er die Worte von Marco nicht wahrgenommen.

»Weil an diesem Haus ganz persönliche Erinnerungen hängen, ganz einfach.«

»Und wieso bin ich dann als Eigentümer eingetragen?«

»Denk drüber nach, vielleicht kommst du ja drauf«, entgegnete Marco zynisch. »Ich kann es dir auch jederzeit wieder wegnehmen, es kostet mich nur ein Fingerschnippen. Aber ich werde einen Teufel tun.«

»Was soll das heißen?«

»Hast du noch immer nicht begriffen, wie das hier läuft?«

»Willst du mich erpressen?«

»So ein hässliches Wort«, sagte Marco kopfschüttelnd. »Nein, das habe ich nicht vor, es sei denn …«

»Was?«, fragte Pietro mit zittriger Stimme.

»Du wirst dich ab sofort genau an meine Anweisungen halten. Du wirst weiter so leben wie bisher und deinen Verpflichtungen nachkommen. Vergiss nie, wer dich zu dem gemacht hat, der du heute bist. Auf dich allein gestellt würdest du noch immer von einer Karriere träumen und jammern: Was könnte ich doch für ein toller Kerl sein, wenn ich nur wollte. Es gibt Millionen Menschen, die genauso sind – sie träumen und könnten sich eigentlich ihren großen Traum erfüllen, das Problem ist nur, sie machen nicht den ersten Schritt, weil sie sich fürchten, über den Tellerrand zu schauen. Die meisten fürchten sich vor dem Unbekannten und bringen es deshalb zu nichts. Es sei denn, jemand wie ich kommt daher und hilft ihnen auf die Sprünge. So, wie ich es bei dir gemacht habe. Ich habe dich aus deinem drögen Alltag rausgeholt, und jetzt zahlst du deine Schulden zurück. Ich habe dir nie versprochen, dass alles superglatt läuft, aber ich habe dir versprochen, dich ganz groß zu machen. Ich stehe nach wie vor zu meinem Versprechen und erwarte von dir im Gegenzug nichts weiter als Loyalität. Du stehst in meiner Schuld, und *ich* sage dir, wann du die Schulden zurückgezahlt hast. Klar?«

»Du hast mir das Haus überschrieben, weil du mich damit in der Hand hast. Jetzt begreife ich es erst …«

»Herrje, wenn du immer so auf dem Schlauch stehst, wirst

du es nie nach oben schaffen. Ich war überzeugt, du hättest es damals schon begriffen. Sagen wir es so – dein Name verbunden mit dem Haus ist nur ein Pfand. Weißt du eigentlich, was diese alte Villa wert ist? Über vier Millionen mit allem Drum und Dran, Euro, versteht sich. Glaubst du allen Ernstes, ich verschenke ein solches Prunkstück einfach so? Aber wir wollen doch nicht über Peanuts sprechen. Ich werde dir weiterhin helfen, auf der Karriereleiter nach oben zu klettern, und du tust das, was ich dir sage.«

»Wir werden alle untergehen …«

»Ich sage es jetzt zum letzten Mal – keiner wird untergehen, es sei denn, einer von uns wird schwach oder tanzt aus der Reihe, und damit meine ich dich, Rufus und mich. Und da du mich von vornherein ausschließen kannst, bleibt nur ihr beide. Und für Rufus, na ja, du weißt schon … Ich hoffe, du verstehst, was ich damit sagen will.« Er legte eine Hand auf Pietros Schulter und fuhr fort: »Du gibst dich doch sonst immer so kämpferisch, warum also ziehst du jetzt auf einmal den Schwanz ein? Wie gesagt, du hast dich auf das Spiel eingelassen und kannst nicht mehr aussteigen. Es ist ein nie endendes Spiel. So, und jetzt gönnen wir uns etwas ganz Exquisites, und danach gehen wir raus und genießen den verbleibenden Abend.« Er stand auf, holte aus der obersten Schublade des Sekretärs zwei Tütchen mit Kokain und hielt sie hoch. »One for you, one for me. Das vertreibt bekanntlich die Sorgen. Los, komm.«

Pietro erhob sich wie in Trance und ging zum Schreibtisch, wo Marco zwei Glasplättchen hingelegt hatte. Er streute das Pulver aus den beiden Tüten darauf, formte mit einer goldenen Rasierklinge zwei Linien und reichte Pietro einen kurzen Strohhalm. Anschließend rieb er sich die Nase und sagte: »Verdammt guter Stoff, der beste, den man momentan bekommen kann. Und, geht's jetzt besser?«

»Schon okay. Ist Swetlana frei?«

»Swetlana ist immer für dich frei. Fick sie richtig durch, und danach sieht die Welt gleich viel rosiger aus. Tu mir nur einen Gefallen, besauf dich nicht, du weißt, warum.«

»Keine Sorge, nur ein Glas Wodka.«

»Genehmigt. Und wenn dich irgendwo der Schuh drückt, ich bin jederzeit für dich da. Ach ja, sollte dieses Haus doch aus irgendeinem Grund hochgehen, du bist der Eigentümer und ich nur ein Gast«, fügte Marco lapidar hinzu.

»Scheiß drauf, ist doch nur ein Spiel«, entgegnete Pietro mit gekünsteltem Lachen.

»Ich meine es ja nur gut mit dir. Auf meine Loyalität und Integrität kannst du jedenfalls immer zählen. Kopf hoch, ich sehe dich schon, wie du in drei, spätestens aber sieben Jahren ganz oben stehst.«

»Bis nachher«, sagte Pietro daraufhin nur und verließ den Raum.

Marco sah ihm nach, seine Miene sprach Bände. Er griff, ohne lange zu überlegen, zum Telefon und wählte eine Nummer. Nach dem Gespräch lächelte er still in sich hinein und mischte sich wenig später unter die Gäste.

»Wo ist Maria?«, wurde er gefragt.

»Wir mussten sie leider austauschen, obwohl es mir in der Seele wehtut. Aber es wird bald Ersatz da sein. Wann genau, weiß ich noch nicht, doch es kann sich nur um Tage handeln. Übrigens werden alle Mädchen gegen frisches Fleisch ausgetauscht, sie wissen es nur noch nicht. Ist euch doch Recht, oder?«

Das war nicht einmal gelogen, denn Marco hatte bereits am Montagabend ein paar neue Mädchen geordert. Schönes, junges Fleisch. Die älteste war gerade einmal zweiundzwanzig. Genau die Ware, die seine Gäste bevorzugten. Die Lieferung befand sich bereits auf dem Weg nach Belgrad, von wo aus sie Anfang nächster Woche Richtung Frankfurt starten würde.

Marco wurde von hinten auf die Schulter getippt, drehte sich um und sah in das Gesicht eines großgewachsenen, sehr schlanken Mannes.

»Hast du einen Moment?«, fragte er.

»Natürlich. Gehen wir in mein Allerheiligstes.«

Dort sagte der Mann mit dem Decknamen Parvus, was klein bedeutete, obwohl er mit seinen einsneunzig die meisten andern überragte: »Wie sieht's mit meiner Lieferung aus? Meine Patienten machen's nicht mehr lange, und du hast mir versprochen ...«

Marco unterbrach ihn mit einer Handbewegung. »Und ich pflege meine Versprechen zu halten. Dreimal Leber und einmal Herz, richtig? Die Formalitäten sind bereits erledigt, die Kinder untersucht und für gesund befunden. Sie treffen in spätestens vier Tagen hier ein. Zufrieden?«

»Sehr gut. Und das Alter stimmt auch?«

»Wie du's mir gesagt hast. Augenblick ...« Marco blätterte in ein paar Unterlagen. »Hier, zwei Jungs, dreizehn und fünfzehn Jahre, und zwei Mädchen, vierzehn und siebzehn. Du kannst spätestens Anfang nächster Woche die Operationen durchführen. Wer übernimmt das Herz?«

»Bonita.«

»Oh, hat sie es endlich eingesehen. Ich sag's ja immer – *pecunia non olet.* War's das?«

»Bestens. Ich werde gleich morgen meinen Patienten Bescheid geben. Bis dann, ich muss los, hab morgen in aller Herrgottsfrühe eine hochkomplizierte Transplantation. Also, mach's gut und vielen Dank noch mal.«

»Wofür denn? *Manus manum lavat* oder *quid pro quo,* wie der alte Lateiner oder auch Arzt so schön zu sagen pflegt.«

Mittwoch, 23.10 Uhr

Maria zuckte erschrocken zusammen, als sie Verena mit Julia Durant und Hellmer hereinkommen sah. Sie kauerte sich in den Sessel, ein Kissen fest an ihre Brust gedrückt, den Blick entsetzt, beinahe panisch auf die Eintretenden gerichtet. Verena ging sofort zu ihr, legte eine Hand auf ihre Schulter und sagte mit fürsorglicher Stimme: »Maria, beruhig dich bitte, ja? Das ist …«

»Hallo«, wurde Verena von Durant unterbrochen, die Maria die Hand reichte, »ich heiße Julia Durant und arbeite bei der Mordkommission. Das ist mein Freund und Kollege Herr Hellmer. Wir sind hier, um Sie an einen sicheren Ort zu bringen.«

»Wieso an einen sicheren Ort? Ich dachte, das hier ist sicher«, sagte Maria misstrauisch. »Und was ist mit Frau Michel?«

»Es ist wesentlich besser, wenn Frau Michel wieder in ihr Haus nach Frankfurt zurückkehrt. Sie muss so tun, als wüsste sie von nichts. Wir sollten aber trotzdem so schnell wie möglich fahren. Haben Sie irgendetwas, was Sie noch einpacken müssen?«

Maria schüttelte den Kopf.

»Sie werden Kleidung zum Umziehen brauchen. Haben Sie hier etwas, das Sie Maria mitgeben können?«, fragte Durant Verena.

»Ja, ich hab noch einiges oben im Schrank.«

»Dann packen Sie etwas ein, wir warten so lange.«

»Wo bringen Sie mich hin?«, wollte Maria wissen.

»An einen Ort, wo Ihnen niemand wehtun wird. Und jetzt würde ich gerne kurz mit Herrn Hellmer sprechen, unter vier Augen.«

»Natürlich. Maria und ich sehen mal nach, was wir so zum Anziehen finden.«

Als Durant mit Hellmer allein war, sagte sie: »Frank, ich tu das nur ungern, aber wäre es vielleicht möglich, dass Maria wenigstens bis morgen bei dir bleibt?«

»Bei mir?! Aber sonst geht's dir noch danke. Ich …«

»Frank, frag mich nicht, warum, doch ich will sie nicht ins Präsidium bringen.«

»Ich frag dich aber trotzdem.«

»Also gut, es ist zwar nur ein Gefühl, aber ich glaube nicht, dass sie dort gut aufgehoben wäre.«

»Aha, sie wäre also bei uns nicht gut aufgehoben«, bemerkte Hellmer ironisch. »Wenn nicht bei uns, wo dann?«

»Frank, bitte, du weißt doch genau, was ich meine. Ich würde sie ja mit zu mir nehmen, aber meine Bude ist nicht so groß, und außerdem ist mein Vater da. Bitte.« Sie sah Hellmer mit diesem unwiderstehlichen Blick an und lächelte. »Mir zuliebe.«

»Du brauchst gar nicht so zu gucken, ich kenn dich inzwischen. Okay, aber nur bis morgen. Und was sagen wir Berger und den andern?«

»Ich lass mir was einfallen …«

»Um was geht's hier eigentlich? Wer ist diese Maria überhaupt, und wieso ist sie der Grund für die Morde?«

»Sie wurde verschleppt und hier als Zwangsprostituierte gehalten. Ihr ist vorgestern die Flucht gelungen. Reicht dir das fürs Erste?«

»Und wie ist sie ausgerechnet bei der Michel gelandet?«

»Zufall.«

»Ich denke, es gibt keine Zufälle. Sagst du doch immer.«

»Mein Gott, dann eben Fügung, auch wenn zwei Menschen dafür ihr Leben lassen mussten. Ich werd mal meinen Vater fragen, ob … Ach was, wir haben keine Zeit für große philosophische Ergüsse, und außerdem ist es verdammt spät.«

»Deine Begründung gegenüber unserm Chef möchte ich hören. Die beiden sind Zeuginnen in einem Mordfall, ist dir das eigentlich klar?«

»Natürlich. Aber da steckt viel mehr dahinter, als wir uns im Moment vorstellen können, deshalb bin ich so vorsichtig. Und das weißt du genauso gut wie ich. Und genau das werde ich Berger auch zu verstehen geben. Ich will nicht, dass zum jetzigen Zeitpunkt irgendwer außer uns und den andern in der Abteilung weiß, dass wir die beiden haben. Und ich werde alles versuchen, das auch so lange wie möglich geheim zu halten. So, und jetzt Schluss mit Diskutieren, wir haben keine Zeit mehr. Über alles Weitere unterhalten wir uns morgen in Ruhe. Ich geh mal nach oben.«

Ihr Handy klingelte, Berger. Sie warf einen Blick auf die Uhr, verwundert, dass er noch im Büro war.

»Ja?«

»Wo sind Sie?«, fragte er.

»Auf dem Weg nach Hause«, log sie.

»Und was ist mit dieser Michel?«

»Sie ist nicht zum Treffen erschienen.« Du meine Güte, dachte sie, was tu ich da nur?! Ich lüge meinen Chef an und muss ihm morgen doch die ganze Wahrheit sagen.

»Da kann man nichts machen. Dann schick ich eben eine Fahndung nach ihr raus …«

»Nein, warten Sie. Sind Sie allein?«

»Ja. Um was geht's?«

»Ich bin gerade bei Frau Michel. Und bevor Sie jetzt an die Decke gehen, ich entschuldige mich für meine Lüge von eben, aber hören Sie mir bitte zu. Ich tue jetzt etwas, das ich eigentlich nicht tun dürfte, aber ich erklär Ihnen das alles noch.«

»Ich weiß zwar nicht, was Sie vorhaben, doch ich hoffe für Sie, dass Sie sich nicht auf zu dünnem Eis bewegen. Ihr Vater ist übrigens noch hier, er wollte unbedingt auf Sie warten. Holen Sie ihn ab, oder soll ich …«

»Nein, ich komm vorbei.«

»Und Herr Hellmer?«

»Er ist schon auf dem Weg nach Hause.« Sie schloss die Augen und fragte sich, ob sie wirklich das Richtige tat. Lügen haben kurze Beine, dachte sie, verdammt kurze Beine. Hellmer schüttelte nur den Kopf und tippte sich an die Stirn.

»Wann sind Sie hier, ich möchte nämlich auch mal Feierabend machen?«

»In spätestens zwanzig Minuten.« Sie drückte die Aus-Taste und wollte das Handy schon wieder in ihre Jackentasche stecken, als sie innehielt. »Du brauchst gar nichts zu sagen, ich weiß, das eben war nicht richtig. Und bitte, bring Maria morgen früh nicht mit ins Präsidium. Ich erklär's dir, wenn alle dabei sind. Und jetzt ruf ich Peter an. Irgendjemand muss heute Nacht vor dem Haus der Michel Wache schieben. Nur der Vorsicht halber.«

»Aus dir soll noch einer schlau werden. Was ist das wieder – deine berühmte Intuition?«

»Soll bekanntlich mit dem Alter immer stärker werden. Am stärksten ist sie, wenn man vierzig ist«, entgegnete sie lächelnd. Sie wählte Kullmers Nummer, er meldete sich, als hätte er nur auf einen Anruf gewartet. »Peter, hör mir bitte genau zu. Ich brauche deine Hilfe. Eine Nacht im Auto, und dafür hast du auch was gut bei mir.«

»Könntest du vielleicht ein bisschen deutlicher werden?«, fragte er leicht ungehalten.

»Das Haus von Frau Michel muss bewacht werden. Ich habe ihr gesagt, dass sie ganz normal weiterleben soll, so als wüsste sie von noch gar nichts. Es könnte aber sein, dass die Leute, die Zaubel und die Hendriks auf dem Gewissen haben, auch hinter ihr her sind.« Für einige Sekunden herrschte Stille am andern Ende. Durant sagte: »Peter, bist du noch da?«

»Ja. Weißt du, dass du verdammtes Glück hast? Wenn du mich nach Mitternacht angerufen hättest, wäre dein Geburtstag vorbei gewesen. Ich frag mich nur, wie ich den morgigen Tag überstehen soll. Eine ganze Nacht ein Haus zu observieren gehört nicht zu meinen Lieblingsbeschäftigungen, und eigentlich bin ich gerade auf dem Weg zu mir und wollte ein paar Stunden schlafen.«

»Ich danke dir und revanchier mich bei Gelegenheit. Wenn mein Vater nicht da wär, würde ich's selber machen, aber …«

»Ist ja schon gut, ich nehm einfach Doris mit, da können wir uns abwechseln. Ich brauch noch mal die Adresse.«

Durant gab sie ihm durch, und er versprach: »Wir sind in ein paar Minuten dort.«

Sie bedankte sich noch einmal, bevor sie ihr Handy in die Jacke steckte.

»Peter hat sich bestimmt riesig gefreut, was?«, konnte sich Hellmer nicht verkneifen zu sagen.

»In unserm Job muss jeder mal Opfer bringen. Ich hab mir schon oft genug die Nächte um die Ohren geschlagen. Außerdem hat er Doris dabei.«

Sie stieg die Treppe in den ersten Stock hinauf. Verena und Maria saßen auf dem Bett im Schlafzimmer. Maria weinte, ihren Kopf an Verenas Schulter gelehnt.

»Können wir?«, fragte Durant. »Ein Kollege und eine Kollegin von mir werden heute Nacht Ihr Haus observieren, ich habe eben angerufen. Sie gehören zu meiner Abteilung und sind absolut zuverlässig. Sie brauchen also keine Angst zu haben.«

»In Filmen gewinnen am Anfang meistens die Gangster«, erwiderte Verena nüchtern und mit leerem Blick.

»Das ist zum Glück kein Film, und Herr Kullmer ist einer unserer erfahrensten und kompetentesten Beamten. Es ist zu Ihrem eigenen Besten, wenn Sie so tun, als wüssten Sie von nichts.«

»Ihr Wort in Gottes Ohr. Komm, Maria, wir haben keine Wahl. Die Leute, die Rita auf dem Gewissen haben, sind auch hinter dir her. Wir sollten tun, was Frau Durant sagt.« Sie streichelte Maria über den Kopf und lächelte ihr aufmunternd zu. »Glaub mir, es wird alles gut. Du bist ab sofort in sicheren Händen, ich spüre das.«

Mittwoch, 23.35 Uhr

Berger sah Durant forschend und leicht säuerlich an, Durant warf ihm einen entschuldigenden Blick zu und sagte, bevor er ansetzen konnte: »Tut mir leid wegen vorhin, aber ich ... Nun ja, das ist nicht so einfach ... Die Sache ist nämlich sehr kompliziert, und ich möchte vorerst niemanden außerhalb unserer Abteilung einweihen.«

»Was ist so kompliziert, dass Sie mir nicht gleich sagen können, was los ist?«

»Morgen. Ich bin hundemüde und muss das alles auch erst mal verdauen.«

»Wo ist die Michel jetzt?«, hakte Berger beharrlich nach.

»In Sicherheit.«

»Könnten Sie bitte etwas konkreter werden?«, fuhr Berger

sie sichtlich verärgert an. »Ich dachte, wir hätten hier eine Vertrauensbasis aufgebaut, aber …«

»Wieder zu Hause«, sagte Durant schnell, die merkte, wie verletzt Berger war. Sie hätte sich selbst dafür ohrfeigen können, schließlich war er es, der ihr in der Vergangenheit stets den Rücken freigehalten hatte und es immer noch tat.

»Also gut, weil es bald Mitternacht ist und ich ebenfalls müde bin und auch keine Lust mehr habe, Ihnen alles aus der Nase ziehen zu müssen … Morgen früh um spätestens neun Uhr will ich einen kompletten Bericht von Ihnen haben. Haben Sie das verstanden?«

»Natürlich. Und entschuldigen Sie, ich wollte Sie nicht übergehen, aber das alles stinkt gewaltig zum Himmel.«

»Was meinen Sie?«, fragte Berger, hellhörig geworden.

»Na ja, die beiden Morde von heute Abend hängen allem Anschein nach zusammen.«

Berger, der bereits im Aufbruch begriffen war und seine Jacke in der Hand hielt, zog die Stirn in Falten und sah Durant mit diesem Jetzt-rücken-Sie-schon-endlich-mit-der-Sprache-raus-Blick an. »Wiederholen Sie das bitte.«

»Sie haben schon richtig verstanden.«

»Und wie kommen Sie darauf?«

»Weil die Hendriks und Zaubel sich gekannt und gestern getroffen haben. Von ihm hatte sie meine Telefonnummer.«

»Hat die Michel Ihnen das gesagt?«

»Ja.«

»Haben Sie schon eine Vermutung, wer dahinterstecken oder was das Motiv sein könnte?«

»Wer dahinterstecken könnte, keine Ahnung«, entgegnete Durant schulterzuckend. »Wir werden es herausfinden, das verspreche ich.«

»Und die Michel ist wieder zu Hause? Ist das nicht ein großes Risiko?«

»Peter und Doris werden das Haus heute Nacht unauffällig observieren, ich hab schon mit ihnen gesprochen. Was haben die eigentlich bei Zaubel erreicht?«

»Irgendjemand war in seiner Wohnung, deswegen haben wir auch keinen Schlüssel bei ihm gefunden. Derjenige oder diejenigen haben die Festplatte des Computers sowie sämtliche Disketten und CDs mitgenommen.«

»Das passt ins Bild. Wir besprechen das alles morgen in Ruhe. Gute Nacht.«

»Nacht. Ach ja, tun Sie mir nur einen Gefallen – bitte keine Alleingänge mehr.«

»Versprochen.«

Sie ging in ihr Büro, wo ihr Vater im Sessel eingeschlafen war. Sie fasste ihn leicht an der Schulter, woraufhin er die Augen aufschlug und sich aufrecht hinsetzte. »Das war eine ziemlich turbulente Geburtstagsfeier. Ich hab deine Geschenke alle eingepackt.«

»Danke. Ich hätte mir auch nicht träumen lassen, dass der Abend so enden würde. Gehen wir.«

»Aber im Auto erzählst du mir, was los ist.«

»Natürlich. Und jetzt erheb dich, alter Mann«, sagte sie lachend und half ihm aus dem Sessel.

»Ich bin kein alter Mann, ich sehe viel jünger aus, als ich bin.«

»Aha, und wer sagt das?«

»Du denkst wohl, ich hätte keinen Schlag mehr bei den Frauen, was?«

»Hab ich da was nicht mitgekriegt?«, fragte Durant mit gerunzelter Stirn.

»Mein kleines Geheimnis. Auf geht's.«

Mittwoch, 23.50 Uhr

Nadine Hellmer saß vor dem Fernseher und sah sich *Stern TV* mit Günther Jauch an, als ihr Mann mit Maria hereinkam. Sie machte ein überraschtes Gesicht, stellte den Ton leise und sagte: »Du hast Besuch mitgebracht?«

»Hallo, Schatz«, begrüßte er sie und gab ihr einen Kuss. »Darf ich vorstellen, Frau Volescu. Sie bleibt über Nacht bei uns und auch noch mindestens morgen Vormittag, bis ich sie hole.«

»Kein Problem. Und ich will auch gar nicht wissen, was los ist. Kommen Sie, ich zeige Ihnen Ihr Zimmer. Oder möchten Sie vielleicht vorher noch etwas essen und trinken?«

»Ich will Ihnen wirklich keine Umstände machen …«

»Das sind keine Umstände. Ich kenne meinen Mann, er hätte Sie nicht mit hierher gebracht, wenn es nicht gute Gründe dafür gäbe. Ich mache Ihnen schnell eine Kleinigkeit. Was möchten Sie trinken? Wasser, Orangensaft, Bier, Wein, Cola?«

»Darf ich ein Bier haben?«, fragte Maria schüchtern.

»Setzen Sie sich doch, ich bin gleich zurück. Frank, holst du das Bier aus dem Keller? Für mich bitte auch eins.«

Sie blieben bis um Viertel vor eins im Wohnzimmer, bis Hellmer sagte: »So, ich hau mich aufs Ohr, in sechs Stunden klingelt mein Wecker. Ihr könnt ja noch ein bisschen quatschen.«

»Ich komm auch gleich nach«, meinte Nadine, die eingeschenkt hatte und ihr Glas in der Hand hielt. Nachdem Hellmer den Raum verlassen und ins Bad im ersten Stock gegangen war, sagte sie: »Ich habe nichts dagegen, wenn Sie länger bleiben als bis morgen. Es ist nur ein Angebot.«

»Nein«, entgegnete Maria kopfschüttelnd, »ich möchte Sie nicht unnötig belästigen.«

Nadine winkte ab. »Sie belästigen mich nicht. Außerdem, was glauben Sie, was ich schon alles erlebt habe. Wie gesagt, es ist ein Angebot.«

»Ihr Mann wäre damit nicht einverstanden …«

»Bei uns gilt auch mein Wort eine Menge. Manchmal ist er etwas mürrisch, aber er meint es nicht so.«

»Das werde ich wohl nicht können, aber danke für Ihr Angebot. Ich glaube, ich sollte jetzt besser schlafen gehen. Vielen Dank für Ihre Hilfe.«

»Keine Ursache. Wir frühstücken, nachdem ich Stephanie in den Kindergarten gebracht habe, also so gegen neun. Wir haben zwei Bäder, wo Sie sich frisch machen können, eine Gästetoilette ist hier unten im Vorflur. Gute Nacht.«

»Gute Nacht.«

Nadine ließ alles stehen, sie würde morgen aufräumen. Als sie einen Blick ins Schlafzimmer warf, lag ihr Mann im Bett, die Arme hinter dem Kopf verschränkt, und starrte an die Decke. Sie schloss die Tür hinter sich und setzte sich zu ihm.

»Jetzt würde mich doch interessieren, was los ist. Die Kleine ist ja völlig durch den Wind, als hätte sie was ganz Schlimmes durchgemacht. Ich meine, ist nur so ein Gefühl.«

»Dein Gefühl trügt nicht. Sie hat einen Horrortrip erlebt.« Hellmer erzählte in knappen Worten, was den Frauen widerfahren war, Nadine schüttelte nur entsetzt den Kopf.

»Ich habe ihr angeboten, dass sie auch länger bleiben kann, ich denke, es ist relativ sicher hier.«

»Vergiss es. Deine Hilfsbereitschaft in allen Ehren, aber wir bringen sie schon woanders unter. Ich werde meine Familie nicht in diese Sache mit reinziehen, und das tue ich, wenn sie hier bleibt. Und mach dich auch schon mal darauf gefasst, dass ich die nächsten Tage und Wochen sehr viel arbeiten muss.«

»Jaja, typisch«, seufzte Nadine mit ernstem Blick. »Denk

dran, wir kriegen unser zweites Kind, und ich möchte nicht eines Tages als alleinerziehende Witwe dastehen. Hörst du?«

»Ich bitte dich, das klingt ja gerade so, als wäre ich in permanenter Gefahr. Du liest und siehst zu viele Krimis. Ich kenne meine Grenzen.«

»Da bin ich mir nicht so sicher. Das«, sie deutete auf einen imaginären Punkt außerhalb des Schlafzimmers, wo sich Maria aufhielt, »sieht nach einer verdammt gefährlichen Sache aus. Sei bitte, bitte vorsichtig. Ich würde es nicht ertragen, dich zu verlieren.«

Hellmer setzte sich auf und nahm sie in den Arm und streichelte ihr übers Haar, dessen Duft er so liebte. »Mach dir keine Sorgen, sobald ich merke, dass es zu riskant wird, überlasse ich das Feld den andern. Großes Ehrenwort. Ich habe Julia schon gesagt, dass du schwanger bist.«

»Und, wie hat sie reagiert?«, fragte Nadine neugierig.

»Sie hat sich gefreut, zumindest hat sie so getan. Manchmal komme ich mir richtig schäbig vor, wenn ich unser Leben mit ihrem vergleiche. Wir können uns alles leisten, haben Glück ohne Ende …«

»Beschrei's nicht zu laut. Wir haben ein schönes Leben, aber das kann von einer Minute zur andern zerstört werden. Ich genieße jeden Tag und will nicht über morgen und übermorgen nachdenken. Was hat sie eigentlich zu unserem Geschenk gesagt?«

»Was wohl? Es war ihr wie immer peinlich, du kennst sie ja.«

»Klar kenn ich sie, aber trotzdem hat sie sich gefreut. Und wie hat sie reagiert, als sie ihren Vater gesehen hat?«

»Die hat sich kaum noch eingekriegt. Und dann kommt so'n Scheiß dazwischen und verdirbt die ganze Feier.«

»Was soll ich dazu sagen.«

»Gar nichts, komm lieber ins Bett.«

»Gleich, muss nur noch mal schnell ins Bad.«

Wenig später legte sie sich zu ihm und kuschelte sich in seinen Arm. Während sie fast sofort einschlief, lag Hellmer noch lange wach. Ihm ging das sorgenvolle Gesicht von Julia Durant nicht aus dem Kopf, ein Gesicht, das sie immer machte, wenn ein besonders schwerer Fall zu knacken war. Und seltsamerweise hatte sie beinahe immer Recht.

Donnerstag, 0.10 Uhr

Was willst du jetzt mit dieser Maria machen?«, fragte Durants Vater, als sie in ihrer Wohnung waren.

»Ich weiß es nicht, ich weiß es wirklich nicht. Irgendetwas sagt mir, dass sie im Präsidium nicht gut aufgehoben ist. Ich wüsste aber auch nicht, wo ich sie sonst hinbringen sollte, ohne dass es auffällt. Übrigens, tut mir leid, wie es hier aussieht, aber wenn ich gewusst hätte, dass du kommst, hätte ich natürlich vorher aufgeräumt.«

»Ich find's gemütlich«, erwiderte er und ließ sich auf der Couch nieder.

»Haha, höchstens gemütlich wie in einem Schweinestall.« Sie ging zum Kühlschrank und fragte ihren Vater, ob er auch eine Dose Bier wolle.

»Ausnahmsweise, obwohl ich eigentlich kein Biertrinker bin, wie du weißt. Aber vielleicht gibt mir das die nötige Bettschwere. Warum glaubst du, dass sie im Präsidium nicht sicher ist?«

»Keine Ahnung, vielleicht schlechte Erfahrungen aus der Vergangenheit. Es gibt einfach zu viele Kollegen, denen ich misstraue.«

»Das ist aber nicht gut, auch wenn du schlechte Erfahrungen gemacht hast. Ich habe jedenfalls heute den Eindruck gewonnen, dass deine Kollegen sehr gute Polizisten sind.«

»Papa, ich fühl mich einfach beschissen, wie ausgekotzt, die letzten Tage waren schon unter aller Kanone, aber das vorhin hat mir den Rest gegeben. Ich hatte mich so sehr gefreut, dich zu sehen, und dann … Warum ausgerechnet heute?«

Durants Vater beugte sich nach vorn, die Hände gefaltet, die Arme auf den Oberschenkeln. Er sah seine Tochter an und antwortete mit ruhiger Stimme: »Sieh's doch mal wie einen Autounfall – wenn man nur zwei oder drei Sekunden später an eine Kreuzung oder an eine bestimmte Stelle gekommen wäre, wäre ein verheerender Unfall nicht passiert, kommt man aber genau diese zwei oder drei Sekunden zu früh, hat ein Mensch sein Leben verloren. Oder vielleicht sogar viele. Nenn es Schicksal oder höhere Gewalt, aber darauf hat kein Mensch Einfluss. Es mag nach dem heutigen Tag wie Hohn in deinen Ohren klingen, doch Gottes Wege sind niemals mit dem menschlichen Verstand ergründbar. Er lässt sich nicht in die Karten schauen. Vielleicht mussten diese beiden Menschen sterben, damit diese Bestien in Menschengestalt endlich zur Strecke gebracht werden.«

»Aber warum ist es in Frankfurt passiert und nicht in Berlin oder München oder Hamburg? Warum ausgerechnet hier?«

Durants Vater sah sie lange an, bevor er antwortete: »Weil *du* in Frankfurt arbeitest.«

Julia Durant hob langsam den Kopf, ihr Blick war seltsam verschleiert, als sie ihren Vater schweigend anschaute. »Meinst du das ernst?«

»Hätte ich es sonst gesagt? Julia, du weißt, ich wollte damals nicht, dass du zur Polizei gehst, aber ich habe mich damit abgefunden, und inzwischen bin ich sogar stolz auf dich und das, was du bisher geleistet hast. Du bist genau an der richtigen Stelle, glaube mir. Ich sage doch, Gottes Wege sind unergründlich«, meinte er lächelnd.

»Paps, bitte jetzt sag nicht, dass Er da oben mich zur Polizei gebracht hat …«

»Frag Ihn doch, Er da oben gibt dir schon die passende Antwort, wenn du Ihn nur darum bittest. Aber dazu bist du wahrscheinlich zu stolz.«

»Nein, bin ich nicht. Und du weißt, dass ich schon an Gott glaube, aber wenn du jeden Tag diese …« Sie stockte, fuhr sich mit der Hand übers Gesicht und nahm einen Schluck von ihrem Bier.

»Diese was? Scheiße? Du kannst es ruhig aussprechen. Aber soll ich dir was sagen, auch ich habe über drei Jahrzehnte lang diese ›Scheiße‹ erlebt, ich habe in die tiefsten Abgründe der menschlichen Seele blicken dürfen, ja, ich *durfte* hineinblicken, um zu erkennen, wie unterschiedlich Menschen sind. Und soll ich dir noch was sagen, ich empfinde es als eine Gnade, so wie es eine Gnade ist, dass du das ebenfalls tun darfst, zwar nicht als Pastorin oder Seelsorgerin, aber als die vielleicht beste Polizistin, die es gibt, ich meine, ich als Vater sehe das so. Du bist mit einer Gabe gesegnet, einer großartigen Gabe, denn du triffst viele Entscheidungen nicht mit dem Kopf, sondern aus dem Bauch heraus. Den meisten Menschen heutzutage ist diese Fähigkeit abhanden gekommen. Rationales Denken ist in, wie es so schön heißt. Aber nur mit der Ratio verpasst man viele wertvolle Momente im Leben.«

»Na toll! Und warum funktioniert dann in meinem Privatleben so gar nichts? Warum kann ich zum Beispiel nicht endlich mal einen Mann kennen lernen, der mich nicht hintergeht oder betrügt? Sag es mir. Wo ist dein Gott, wenn ich ihn brauche?«

»Bei dir, denn Er ist auch dein Gott. Er ist immer bei dir, du musst nur zulassen, ihn auch zu spüren. Und ich garantiere dir eines, du wirst noch jemanden treffen, der es ernst mit dir meint. Glaub es mir einfach.«

»Dein Wort in … Gottes Ohr. Aber ich frage mich immer noch, wo er war, als Mutter gestorben ist, warum er sie einfach so hat sterben lassen.«

»Das habe ich dir schon ein paar Mal zu erklären versucht, aber du willst es offensichtlich nicht wahrhaben. Deine Mutter hat, seit ich sie kannte, und das waren immerhin zweiunddreißig Jahre, Tag für Tag mehr als zwei Schachteln Zigaretten geraucht, und später hat sie sogar noch angefangen mehr zu trinken, als ihr gut tat. Ihr früher Tod war vorprogrammiert, sie hatte sich entschieden, gegen die Naturgesetze und damit gegen ihren Körper zu leben. Dennoch habe ich sie bis zuletzt geliebt, und glaub mir, ich habe mich nicht nur einmal gefragt, inwieweit ich mit schuld an ihrem Tod bin. Sie war eine wunderbare Frau, und eines Tages werden wir uns wiedersehen, und dann werde ich erfahren, was sie bedrückt hat.«

»Mutter hat getrunken?«, fragte Julia Durant zweifelnd. »Davon hast du mir bisher nie etwas gesagt. Warum nicht?«

»Sie hat damit angefangen, kurz nachdem du das Haus verlassen und nach München zur Polizei gegangen bist. Das Haus war mit einem Mal leer, ich habe zu viel gearbeitet und dabei übersehen, wie einsam sie war. Aber ich weiß auch, dass es nicht allein meine Schuld ist oder deine, sie hat einfach nicht über ihre Probleme reden wollen oder können. Und ich habe es nicht gewagt, sie darauf anzusprechen. Ich konnte mit jedem sprechen, nur mit deiner Mutter nicht. Was immer es auch war, da war eine Blockade, die weder sie noch ich überwinden konnte.«

»Das habe ich alles nicht gewusst.«

»Nein, warum auch, es hätte dich nur unnötig belastet. Außerdem war das eine Sache zwischen deiner Mutter und mir.

Ich wollte ihr helfen, ich wollte immer für sie da sein, aber zwischen wollen und tun liegt bisweilen eine unüberbrückbare Schlucht. Nun weißt du es. Aber so wahr ich hier sitze, ich habe sie geliebt und tue es noch immer. Manchmal, wenn ich mir unsere alten Fotos anschaue, meine ich ihre Hand auf meiner Schulter zu spüren, ihr Haar zu riechen, und alles ist voller Wärme. Wir waren füreinander bestimmt, und nur Gott allein weiß, warum es so enden musste. Sie war gutmütig bis zur Selbstaufgabe, sie wollte nie etwas für sich, sondern hat immer nur gegeben. Das ist ein Zug, den du von ihr hast. Behalt ihn bei, aber lerne auch zu nehmen. Wenn du das tust, wirst du auch einen Mann finden, der dich so akzeptiert, wie du bist.«

»Aber wenn ich früher übers Wochenende zu Hause war oder ein paar Tage frei hatte, war sie doch nie betrunken.«

»Dann war ja auch alles in Ordnung, dann brauchte sie keinen Alkohol. Wenn ich ihr gesagt habe, dass sie bitte nicht so viel trinken soll, hat sie immer nur gemeint, dass ich mir da etwas einbilde. Also habe ich irgendwann meinen Mund gehalten. Sie war ja nie so betrunken, dass sie nicht mehr den Haushalt führen konnte oder … Trotzdem hat sie sich damit kaputtgemacht. Manchmal habe ich Angst, dass auch du …«

»Nein, bitte vergiss das ganz schnell wieder. Ich geb's ja zu, ich trinke gerne das eine oder andere Bier, aber mehr als zwei nach der Arbeit fast nie. Und die harten Sachen rühre ich sowieso nicht an. Ich habe zu oft gesehen, was der Alkohol aus Menschen machen kann. Ich schwöre dir, es kann mir noch so dreckig gehen, ich würde nie meine Sorgen ertränken.«

»Du brauchst nicht zu schwören, ich glaub's auch so. Und jetzt habe ich dummer alter Mann dir die Ohren voll gequatscht und …«

»Nein, nein, Papa, du hast mir überhaupt nicht die Ohren voll gequatscht, im Gegenteil. Ich bin froh, dass du so offen mit mir geredet hast. Ehrlich. Du bist und bleibst für mich der beste Vater. Das ist vielleicht deine Aufgabe, auch wenn ich schon vierzig bin«, sagte sie lächelnd.

»Vater ist man bis zum Ende. Und was hab ich denn noch außer meiner einzigen und liebsten Tochter. Entschuldige das, was ich gleich sagen werde, aber reiß diesen verdammten Kerlen den Arsch auf, denn wenn das einer kann, dann du. Deshalb und nur deshalb bist du in Frankfurt.«

»Jetzt lass aber mal die Kirche im Dorf. Wenn ich nicht hier wäre, würde es auch keiner merken. Und jetzt hören wir auf, es ist spät, und ich will nur noch ins Bett. Möchtest du mit drüben bei mir schlafen oder auf der Couch?«

»Wenn es dir nichts ausmacht, deinen Vater schnarchend neben dir zu haben.«

»Du schnarchst doch gar nicht, das wüsste ich. Wer geht zuerst ins Bad?«

»Du, schließlich musst du früh raus. Ich denke auch, dass es besser wäre, wenn ich heute wieder fahren würde, ich wäre dir doch nur im Weg.«

»Ach nee, komm. Ich hab mich so gefreut, als ich dich gesehen hab. Bleib doch bis zum Sonntag. Bitte, bitte, bitte! Ich versuch auch alles, damit ich spätestens um sechs zu Hause bin und wir die Abende für uns haben.«

»Wie kann ich nein sagen, wenn du mich so bittest. Also gut, ich werd die Tage schon rumkriegen. Und jetzt ab ins Bad.«

Donnerstag, 1.10 Uhr

Pietro alias Hans verließ den Club, setzte sich in seinen Wagen und startete den Motor. Er wollte nur noch nach Hause und schlafen, auch wenn er wusste, dass es eine unruhige Nacht werden würde. In den vergangenen drei Jahren war immer alles glatt gelaufen, doch an diesem Abend war er zum ersten Mal in eine Dimension vorgedrungen, die er eigentlich niemals sehen wollte. Zwei Menschen ermordet, und wie er Carlos und Mischa kannte, waren sie bestimmt nicht zimperlich vorgegangen. Während er wie benebelt durch die Stadt fuhr und schließlich in die Straße kam, in der er wohnte, dachte er nach, wie er heil aus dieser Sache rauskommen konnte. Am liebsten wäre er ausgestiegen, am liebsten hätte er sich aus der Politik zurückgezogen, um wieder als Geschäftsführer in der Wurstfabrik seiner Frau zu arbeiten. Bisher hatte er mit Mord noch nie etwas zu tun gehabt, nicht indirekt und schon gar nicht direkt. Und nun auf einmal war er in zwei Morde verstrickt, wie Marco alias Ulrich ihm deutlich zu verstehen gegeben hatte. Hans verfluchte sein Leben, seine Gier, dass er sich überhaupt auf die fatalen Versprechungen von Ulrich eingelassen hatte. Er war in Gedanken versunken, als er nach links in die Garageneinfahrt einbiegen wollte, und sah erst in letzter Sekunde einen schwarzen BMW ihm den Weg versperren. Hätte er jetzt gehupt, wären womöglich seine Frau und einige der Nachbarn geweckt worden, also stieg er aus, um den Fahrer zu bitten, die Einfahrt frei zu machen. Noch bevor er an das Fenster klopfen konnte, wurde es heruntergelassen, und er blickte in das Gesicht von Rufus alias Thorsten.

»Steig ein, ich hab mit dir zu reden.«

»Was machst du denn um diese Zeit hier?«

»Los, steig schon ein, ich hab nicht ewig Zeit. Oder soll ich dir etwa auch noch die Tür aufhalten?«

Hans ging um den Wagen herum und stieg ein. Thorsten fuhr ein paar Straßen weiter und in einen Feldweg. Er machte den Motor aus und drehte sich zu Hans.

»Ulrich erwartet dich morgen um Punkt zehn in seinem Büro. Ich würde dir raten hinzugehen.«

»Was soll das?«

»Hör zu, ich erklär dir ein paar Details, die du vielleicht noch nicht bedacht hast. Wir sind mächtig, sehr mächtig und können jeden, aber auch wirklich jeden wie eine Wanze zertreten. Ich hoffe, du verstehst mich.«

»Willst du mir drohen?«, fragte Hans, dem schon wieder der Schweiß ausgebrochen war, weil er genau wusste, worauf Thorsten hinauswollte.

»Du solltest wissen, dass wir nicht drohen, sondern handeln, wenn es nötig ist«, sagte Thorsten kalt. »Und du weißt auch, wem du dein Ansehen und deinen Wohlstand zu verdanken hast. Ich meine, ohne dein liebes Weib wärst du nur ein armseliger Angestellter mit einem mickrigen Gehalt. Aber irgendwann hat sie sich in dich verliebt, ihr habt geheiratet und habt drei entzückende Kinder. Wie alt ist Jasmin? Fünfzehn? Aber ohne Ulrich hättest du nie den Sprung aus deinem eintönigen Leben geschafft, das geht nur mit Protektion. Keiner schafft es von allein, das solltest du dir gut einprägen.«

»Aber …«

»Lass mich ausreden. Dein Töchterlein ist fünfzehn, und du vögelst mit Mädchen, die nur unwesentlich älter sind als sie. Was immer heute Abend auch passiert ist, es hat dir am Arsch vorbeizugehen, kapiert? Du wirst weiter deine Aufgaben erledigen wie bisher und dir vor allem nichts anmerken lassen, denn du hängst voll mit drin. Und wenn du meinst, ich würde nicht sehen, wie du schwitzt«, er lachte kurz auf, »dann hast du dich getäuscht. Ich bin der Profi in diesem Geschäft, und wer sich nicht professionell verhält, ist raus. Und was das bedeutet, weißt du. Noch Fragen?«

»Warum droht ihr mir? Was habe ich euch getan?«, fragte Hans mit zittriger Stimme.

»Ich wiederhole mich nur ungern, aber wir handeln, bevor wir drohen«, sagte Thorsten kalt und emotionslos. »Wer wie du erst einmal hinter die Kulissen geschaut hat, für den gibt es kein Zurück mehr. Und du willst doch sicherlich nicht, dass dein schönes, beschauliches Leben völlig aus den Fugen gerät. Denk an dein liebes Frauchen und an deine Kinder. Dein Leben und das deiner Familie liegt allein in deinen Händen. Ich bin nur dazu da, aufzupassen, dass du auch in der Spur bleibst. Alles andere kümmert mich so viel wie ein Kuhfurz. Also, wir sehen uns morgen bei Ulrich, er hat dir noch einiges zu sagen. So, du bist entlassen und darfst dein Weib beglücken, falls du dazu überhaupt noch in der Lage bist.«

»Ich habe doch schon gesagt, dass ich hinter euch stehe«, erwiderte Hans, der die letzten Worte gar nicht mehr mitbekommen zu haben schien.

»Menschen sagen viel, auch du, wenn du deine verlogenen Reden schwingst. Ich bin nur dazu da, hin und wieder eine Überprüfung vorzunehmen.« Er startete den Motor und fuhr Hans zurück zum Haus. »So, und jetzt verschwinde, ich wollte eigentlich schon längst im Bett liegen.«

Hans verließ das Auto wortlos, ging zu seinem Wagen und fuhr ihn in die Garage. Er hatte zum ersten Mal richtige Angst, aber es gab niemanden, mit dem er darüber sprechen konnte, nicht einmal mit seiner Frau. Er hatte sich auf ein Spiel eingelassen, von dem er bis vor wenigen Stunden überzeugt gewesen war, es kontrollieren zu können. Dabei waren es die andern, die längst die Kontrolle über ihn hatten, bevor er überhaupt eingestiegen war. Und nun war es zu spät. Und er würde weiter mitspielen, allein schon, um seine Familie zu schützen. Und auch sich selber. »Denk positiv, schon bald wirst du ganz oben stehen, und dann hast du die Kontrolle«, redete er sich leise Mut zu, während er mit müden Schritten ins Haus ging.

Donnerstag, 7.30 Uhr

Verena Michel hatte ausgiebig geduscht und nach dem Ankleiden nur eine Tasse Tee und eine trockene Scheibe Toastbrot gegessen. Sie hatte keinen Hunger und schon gar keinen Appetit. Dennoch sagte sie sich, sie dürfe sich nichts anmerken lassen, sollte sie doch jemand beobachten. Sie verließ ihr Haus um Punkt halb acht und ging zu ihrem Wagen. Ihr Herz schlug schnell, doch sie versuchte ihr Unbehagen zu unterdrücken und so zu tun, als hätte es den gestrigen Abend gar nicht gegeben. Eine Nachbarin, die wie jeden Morgen um diese Zeit mit ihrem Hund Gassi ging, grüßte sie freundlich, und sie erwiderte den Gruß. Sie kannten sich, wechselten hier und da ein paar Worte auf der Straße, doch mehr als dieser oberflächliche Kontakt war nie zustande gekommen. Nun wünschte sie sich, mit dieser netten alten Dame zu plaudern, sie zu fragen, ob sie nicht Lust habe, einmal zum Kaffee vorbeizukommen. Stattdessen stieg sie ein, startete den Motor und fuhr aus der Garage. Sie stellte das Radio lauter als gewöhnlich, um sich abzulenken. Immer wieder warf sie einen unauffälligen Blick in den Rückspiegel, ob ihr auch niemand folgte, doch sie konnte nichts erkennen. Um zwei Minuten nach acht schloss sie die Tür zu ihrer Praxis auf. Sie schaute sich ausgiebig in den Räumen um, aber alles lag noch so an seinem Platz, wie sie es gestern hinterlassen hatte. Zum ersten Mal an diesem Morgen wich die Beklemmung, sie holte einmal tief Luft, sah auf den Anrufbeantworter, keine neuen

Nachrichten. Ihre erste Sitzung begann um neun. Sie kochte sich eine Kanne Tee, legte die Unterlagen der Patientin auf den Schreibtisch und wählte aus einem unerklärlichen Impuls heraus die Nummer der Kanzlei, in der Rita Hendriks bis gestern tätig gewesen war. Noch war keiner da. Sie sprach auf den Anrufbeantworter und bat Rita um einen Rückruf. Nachdem sie aufgelegt hatte, lehnte sie sich zurück und war noch erleichterter als zuvor. Sie werden denken, ich wüsste noch nichts von Ritas Tod, ja, das werden sie. Gut gemacht, Verena.

Donnerstag, 8.45 Uhr

Polizeipräsidium. Lagebesprechung.

Julia Durant kam als letzte ins Büro, Hellmer war in ein Gespräch mit Berger vertieft, während Kullmer und Seidel sich im Nebenzimmer unterhielten. Sie warf ihnen einen kurzen Blick zu und sagte: »Wie war die Nacht?«

»Wir hätten uns das auch sparen können. Totenstille.«

»Sorry, aber es hätte ja immerhin sein können, dass …«

»Laber nicht so viel, abgehakt. Sie hat um halb acht das Haus verlassen und ist in die Myliusstraße gefahren. Was arbeitet die denn?«

»Psychologin. Kommt ihr mit rüber, damit wir gleich anfangen können?«

»Morgen«, begrüßte sie Berger und Hellmer, zog ihre Jacke aus und hängte ihre neue Handtasche über den Stuhl.

»Guten Morgen«, wurde sie von Berger ungewohnt ernst empfangen, als wäre er immer noch sauer oder enttäuscht wegen ihres Verhaltens am Vorabend. »Dann lassen Sie uns gleich anfangen.«

»Einen kurzen Augenblick noch, ich muss nur mal schnell rüber in mein Büro, bin in einer Sekunde wieder zurück.«

Sie ging zu ihrem Telefon, um nachzusehen, von welchem Apparat die beiden Anrufe in Abwesenheit gekommen waren. Es war ein und dieselbe Nummer, Durant schrieb sie auf. Eine Nummer aus der Innenstadt, den ersten Ziffern nach zu urteilen. Sie tippte sie ein, und eine weibliche Stimme meldete sich mit »Kanzlei Knoblauch und Hendriks, Zimmermann«. Sie legte schnell wieder auf und begab sich zurück zu den andern und setzte sich.

Nachdem alle Platz genommen hatten, nur Hellmer blieb wie bei den meisten Besprechungen an den Türrahmen gelehnt stehen, begann Berger: »Der gestrige Tag ist sicher anders gelaufen, als wir uns alle das vorgestellt hatten, besonders Frau Durant, aber wir sind nun mal in erster Linie dem Gesetz verpflichtet, und da haben alle privaten Dinge hintanzustehen. Ich habe vor einer halben Stunde die ersten Ergebnisse der KTU sowie der Rechtsmedizin erhalten, die alles andere als ermutigend klingen. Fangen wir mit Dietmar Zaubel an. Prof. Bock und Prof. Morbs haben die Autopsie vorgenommen. Demzufolge wurde er durch einen einzigen gezielten Stich ins Herz getötet und, den Fotos nach zu schließen, auf die Parkbank gesetzt, um ihn wie jemanden aussehen zu lassen, der ein Nickerchen hält oder seinen Rausch ausschläft, aber das haben wir ja bereits gestern besprochen.«

»Moment«, wurde er von Hellmer unterbrochen, »soll das heißen, er wurde umgebracht und erst danach auf die Parkbank gesetzt?«

»Das lässt sich nicht genau sagen, aber wie es aussieht, ist Fundort gleich Tatort. Die bislang gesicherten Spuren sind, um es kurz zu machen, nicht oder kaum verwertbar. Das Gleiche gilt für den Mord an Rita Hendriks, die von Dr. Sievers und Dr. Maier obduziert wurde. Als Todesursache wird Tod durch Strangulieren attestiert, allerdings weist ihr Körper zahlreiche, zum Teil großflächige Hämatome, mehrere Rippenbrüche, eine gebrochene Nase und Schnittwunden auf. Fingerabdrücke einer uns bekannten Person konnten an der Toten nicht festgestellt werden, da der Täter bei Frau Hendriks mit allergrößter Wahrscheinlichkeit Handschuhe getragen hat, wie Lederpartikel belegen. Die Spurenauswertung sowohl der KTU als auch der Rechtsmedizin läuft noch in beiden Fällen, die endgültigen Ergebnisse werden wir voraussichtlich erst morgen oder übermorgen erhalten. Nur eins noch zu Frau Hendriks. Unsere Leute haben bei ihr mehrere Päckchen Kokain sichergestellt, und sie scheint auch dem Alkohol gegenüber nicht abgeneigt gewesen zu sein, wie ihre Bar beweist. Ich denke aber, dass das mit dem Mord nichts zu tun hat, sonst hätte der Täter den Stoff wohl mitgenommen. So, nun Ihre Berichte. Wer möchte beginnen?«

Kullmer schlug die Beine übereinander und sagte: »Ja, ich hab dem eigentlich nicht viel hinzuzufügen. Als wir an den Tatort kamen, sah es tatsächlich so aus, als würde Zaubel schlafen. Der Mann, der ihn gefunden hat, hat uns sofort verständigt. Er hat Zaubel angefasst, weil es ihm merkwürdig vorkam, dass einer wie er im November auf einer Bank sitzt und scheinbar schläft, und hat dabei bemerkt, dass er tot ist. Laut Dr. Sievers dürfte der Tod zwischen achtzehn Uhr dreißig und neunzehn Uhr eingetreten sein, also zu einer Zeit, als sich in der Innenstadt und auch in der Taunusanlage noch zahlreiche Menschen aufgehalten haben. Unsere erste Vermutung, dass es sich bei dem Täter um einen aus der Drogenszene handeln könnte, kann mit größter Wahrscheinlichkeit ausgeschlossen werden. Der wäre nicht so subtil vorgegangen. Doris und ich sind später zu Zaubels Wohnung in Berkersheim gefahren. Die

Tür war nur angelehnt, vom Schlüssel fehlt jedoch jede Spur. Mitgenommen wurden die Festplatte vom PC sowie sämtliche Disketten und CDs. Was sonst noch fehlt, können wir noch nicht sagen. Wir brauchen seine Vita, ob es irgendwelche Verwandte gibt et cetera, denn er hat, wie es aussieht, alleine gewohnt. Wir haben zwar ein Foto gefunden, das ihn zusammen mit einer Frau und drei Kindern zeigt, doch ob es sich dabei um seine Frau und seine Kinder handelt, entzieht sich bis jetzt noch unserer Kenntnis. Das Haus liegt in einer reinen Wohnsiedlung, wo, wie nicht anders zu erwarten, keiner etwas Auffälliges bemerkt hat. Wir konnten jedoch nicht alle Nachbarn befragen, das holen wir aber heute nach. Offensichtlich wurde gezielt nach dem Computermaterial gesucht, und da Zaubel ein bekannter Journalist war, besteht immerhin die Möglichkeit, dass sein Tod mit seiner beruflichen Tätigkeit zusammenhängt. Aber das ist nur eine Vermutung von Doris und mir, der Mord kann auch einen ganz anderen Hintergrund haben. Wir werden uns jedenfalls gleich nach der Besprechung beim Hessischen Rundfunk nach ihm erkundigen, die können uns bestimmt etwas über ihn sagen. Mehr gibt's im Augenblick noch nicht zu berichten.«

Durant wartete, bis Kullmer geendet hatte, und meldete sich dann zu Wort. »Also erstens, Zaubel war nie verheiratet, und zweitens, er hat sich nur an die brisanten Themen rangewagt. Der war so ein richtiger Haudegen, der kein Risiko scheute. Wir müssen unbedingt rauskriegen, in welchem Metier und Milieu er gerade recherchiert hat. Dazu kommt, dass er sich am Dienstagabend mit der Hendriks getroffen und ihr dabei meine Telefonnummer gegeben hat. Hier«, sagte sie und legte den Zettel auf den Tisch, »das ist die Büronummer der Hendriks. Sie hat versucht mich gestern Abend zu erreichen, während wir meinen Geburtstag feierten …«

»Bitte was?«, entfuhr es Kullmer. »Die beiden kannten sich?«

»Ganz genau. Damit wird aus zwei scheinbar unabhängigen Mordfällen einer. Und da beide in einem sehr kurzen zeitlichen Abstand umgebracht wurden, haben wir es mit mehreren Tätern zu tun. So, und was ich jetzt sage, darf diesen Raum vorerst unter gar keinen Umständen verlassen. Verstanden?« Sie blickte in die Runde und sah in die erwartungsvollen und gespannten Gesichter. »Gut. Wie ihr wisst, habe ich mich gestern Abend noch mit unserer unbekannten Anruferin getroffen, dieser Verena Michel. Dabei habe ich auch eine sehr nette, aber auch sehr verängstigte junge Frau namens Maria Volescu kennen gelernt, die am Montag aus einem illegalen Bordell geflohen ist, wo sie als Sexsklavin gehalten wurde. Ich habe mit ihr selbst noch nicht weiter sprechen können, dazu war's gestern einfach zu spät, ich werd's aber gleich nach unserem Meeting machen. Sie hat bei Frau Michel Unterschlupf gefunden, diese hat ihre Freundin Rita Hendriks um Rat gebeten, und die wiederum hat sich an Zaubel gewandt. Und damit schließt sich der Kreis. Die Frage ist nur, wer außer Zaubel, der mit Sicherheit keine vertraulichen Informationen weitergegeben hätte, wusste, dass die Hendriks und Zaubel sich getroffen haben? Derjenige kannte aber nicht den Aufenthaltsort von Maria, denn sonst hätte er nicht die Hendriks umgelegt, sondern die Michel und sich anschließend Maria gekrallt. Logisch, oder? Aber er war sicher, das Versteck über die Hendriks rauszukriegen, nur, sie hat geschwiegen, denn sie hat genau gewusst, dass sie, ganz gleich, ob sie es sagt oder nicht, sterben würde. Deshalb ist es ungeheuer wichtig, das Umfeld der Hendriks zu durchleuchten. Sie hat schließlich in einer Anwaltskanzlei gearbeitet und sich möglicherweise dort noch jemandem anvertraut oder um Rat gefragt. Vielleicht versteht ihr jetzt, warum ich will, dass vorerst alles, was mit diesem Fall zusammenhängt, unter uns bleibt. Sollte die Staatsanwaltschaft Fragen stellen, wir tappen im Dunkeln. Kapiert?«

»Das muss ich erst mal verdauen«, sagte Kullmer und steckte sich einen Kaugummi in den Mund. »Wenn ich jetzt zwei und zwei zusammenzähle, könnte das bedeuten, dass wir es hier mit Menschenhändlern zu tun haben. Oder?«

»Mit ziemlicher Sicherheit sogar«, erwiderte Durant. »Und wenn wir die Vorgehensweise bei den Morden etwas genauer betrachten, können wir davon ausgehen, dass es sich um Auftragskiller handelt, von denen einer besonders sadistisch veranlagt ist. Möglich ist, dass er aus einem ost- oder südosteuropäischen Land stammt. Berüchtigt für ihre Brutalität sind bekanntlich die Rumänen, die Bulgaren, die Russen, die Jugos und die Albaner.«

»Alles schön und gut, aber das bringt uns im Augenblick auch nicht weiter«, warf Kullmer ein. »Verrat uns lieber, wo diese Maria Soundso jetzt ist.«

»Bei mir«, sagte Hellmer wie selbstverständlich.

»Bei dir zu Hause?! Das ist nicht dein Ernst.«

»Mann, reg dich ab. Wir haben auf die Schnelle keine andere Lösung gefunden. Aber wir kümmern uns heute noch um eine andere Bleibe für sie.«

»Und wie willst du das anstellen, ohne dass andere Kollegen aus den entsprechenden Abteilungen davon Wind bekommen?«

»Lass das mal meine Sorge sein. Wichtig ist, dass Maria am Leben bleibt«, antwortete Hellmer.

»Aber wenn es um Menschenhandel geht, sind unsere Leute vom K 65 zuständig …«

»Im Moment geht es ›nur‹ um Mord«, bemerkte Durant.

»Zwei Morde, von denen wir vorerst behaupten werden, dass sie nicht zusammenhängen. Peter und Doris, ihr behandelt offiziell weiterhin den Fall Zaubel, Frank und ich den Fall Hendriks. Wir werden Meldungen streuen, dass Zaubel vermutlich von einem Junkie ermordet wurde und bei der Hendriks alles auf einen Raubmord hindeutet, was gar nicht mal so gelogen ist. Das gibt uns erst mal den nötigen Freiraum für unsere Ermittlungen.«

»Und warum willst du die Staatsanwaltschaft da raushalten?«, fragte Kullmer.

Julia Durant lachte kehlig auf und erwiderte: »Das fragst du allen Ernstes? Denk mal so dreieinhalb Jahre zurück und an die Erfahrungen, die wir da gemacht haben. Ich will so was nicht noch mal erleben. Ich werde mit Maria reden und mir ihre Geschichte anhören, und dann sehen wir weiter. Mir ist natürlich klar, dass wir die Staatsanwaltschaft nicht ganz außen vor lassen können, aber wir müssen ihnen ja auch nicht alles auf die Nase binden, was wir in Erfahrung bringen. Das nur nebenbei. Frank und ich werden uns in der Kanzlei umsehen und die Mitarbeiter befragen. Dazu will ich alles über die Hendriks und über Zaubel wissen, das heißt, wir brauchen die komplette Vita von beiden. Ich kannte ihn zwar, aber das letzte Mal, dass wir uns gesehen haben, liegt bestimmt schon ein Jahr zurück. Er hat mich vor ein paar Monaten mal angerufen und zum Essen eingeladen, aber da hatte ich keine Zeit. Mich interessiert vor allem, was er in letzter Zeit so getrieben hat, an was er dran war und so weiter. Meint ihr, wir kriegen das hin?«

»Du verlangst viel«, sagte Seidel und kaute auf der Unterlippe. »Aber verdammt noch mal, ja, wir kriegen das hin. Das Problem ist nur, wir könnten dabei in ein Wespennest stechen, wenn wir's nicht schon getan haben.«

»Wir sind doch berühmt dafür«, bemerkte Hellmer grinsend. »Gehen wir's an.«

»Frau Durant«, sagte Berger, beugte sich nach vorn und spielte mit einem Kugelschreiber, »Ihr Engagement in allen Ehren, aber wenn es wirklich um großangelegten Menschenhandel geht, können wir das unmöglich allein bewältigen. Es gibt nun mal klar abgesteckte Kompetenzbereiche, und die Kollegen aus den zuständigen Abteilungen werden alles andere als erfreut sein, wenn wir uns in deren Angelegenheiten mischen. Außerdem dürfen wir nicht alle unsere Kollegen über einen Kamm scheren. Die meisten reißen sich den Arsch auf, auch wenn's oft nichts bringt, und stehen zu ihrem Versprechen, dem Gesetz zu dienen. Das wollte ich nur mal gesagt haben, bevor hier der Eindruck entsteht, bei der Polizei sind alle korrupt, nur wir nicht. Schwarze Schafe gibt es überall, aber noch sind sie nicht in der Überzahl.«

»Das habe ich doch gar nicht behauptet, ich will lediglich verhindern, dass andere Kollegen zu früh eingeweiht werden. Sorry, wenn ich mich in meiner Wortwahl vergriffen habe. Aber vorerst ermitteln wir in zwei unabhängigen Mordfällen, mehr nicht«, entgegnete Durant lächelnd, woraufhin Berger sich ein Schmunzeln nicht verkneifen konnte.

»Mit dem Kopf durch die Wand, wie immer. Aber gut, hören Sie sich an, was diese Maria zu sagen hat, danach entscheiden wir über die weitere Vorgehensweise. Wir können unmöglich vor der Staatsanwaltschaft plausibel begründen, dass wir mit fünf Leuten zwei Mordfälle bearbeiten. Wir brauchen zusätzliche Kräfte …«

»Ich weiß«, fuhr ihm Durant ins Wort, »aber diese Leute werden mit Routineaufgaben betraut, wie zum Beispiel Nachbarn befragen, ob die irgendwas bemerkt haben, sie werden Telefondienst machen und so weiter und so fort. Das eben Besprochene aber bleibt vorläufig unter uns. Erst wenn ich sichergehen kann, dass auf diese Kollegen Verlass ist, werden sie eingeweiht. Wenn es sein muss, nehme ich diese Entscheidung auf meine Kappe.«

»Das können Sie gar nicht, das wissen Sie so gut wie ich. Ich bin Kommissariatsleiter, und am Ende bleibt doch alles an mir hängen. Aber das soll nicht Ihr Problem sein. Noch Fragen oder Anmerkungen? Wenn nicht, ist die Besprechung hiermit beendet. Ich erwarte Sie um siebzehn Uhr wieder hier, und sollte irgendetwas dazwischenkommen, lassen Sie es mich rechtzeitig wissen.«

Durant, Seidel und Kullmer erhoben sich, Durant zog ihre Jacke über und gab Hellmer mit dem Kopf ein Zeichen. Zusammen mit den andern begaben sie sich zu ihren Dienstwagen, wechselten noch ein paar Worte miteinander und fuhren dann nach Hattersheim.

Donnerstag, 10.05 Uhr

Nadine hatte mit Maria gefrühstückt und saß noch mit ihr am Tisch, als Frank Hellmer und Julia Durant hereinkamen.

»Hi«, sagte Nadine und umarmte Durant, »auch von mir alles, alles Liebe und Gute zum Geburtstag.«

»Danke, aber …«

»Was immer du sagen willst, ich höre es gar nicht. Ihr wollt bestimmt mit Maria sprechen. Wir sind gerade mit dem Frühstück fertig. Geht ihr in dein Arbeitszimmer?«, fragte sie ihren Mann.

»Hatten wir vor.«

»Kommen Sie«, wandte sich Durant an Maria, »umso

schneller haben wir's hinter uns.« Maria erhob sich und folgte Durant und Hellmer in den ersten Stock.

»Nehmen Sie Platz«, sagte Hellmer, nachdem er die Tür hinter sich zugemacht hatte, und deutete auf einen Sessel.

Maria setzte sich, die Hände gefaltet, den Blick zu Boden gerichtet.

»Gut«, meinte Durant, »fangen wir an. Erzählen Sie uns, wo Sie herkommen, wie Sie nach Deutschland gekommen sind und was genau Sie hier gemacht haben. Wenn wir Fragen haben, unterbrechen wir Sie. Einverstanden?«

Maria nickte, aber es vergingen etliche Sekunden, bevor sie begann. Es schien, als müsste sie erst ihre Gedanken sortieren, um auch nichts Falsches zu sagen. Erst kam es zögernd über ihre Lippen, doch dann sprudelte es nur so aus ihr heraus. Nach einer Dreiviertelstunde endete sie abrupt und sah Durant und Hellmer beinahe erwartungsvoll an, als würde sie hoffen, von ihnen erlösende Worte zu hören, die ihre Sorgen und vor allem die Angst wegwischten. Durant stellte ihren Stuhl vor Maria, nahm ihre Hände und sagte: »Das ist eine traurige Geschichte. Würden Sie gerne wieder zurück in Ihre Heimat?«

»Natürlich. Aber dort gibt es niemanden, der mich beschützen könnte, nicht einmal meine Eltern oder meine Geschwister. Sie können sich ja nicht vorstellen, wie es dort aussieht. Ich weiß nicht, wo ich hin soll. Am liebsten möchte ich einfach nur sterben«, sagte sie unter Tränen. »Ich möchte einschlafen und nicht mehr aufwachen.«

»Nein, das möchten Sie nicht wirklich, dafür sind Sie noch viel zu jung. Und wenn Sie hätten sterben wollen, dann wären Sie nicht geflohen. Ich kann auch verstehen, dass Sie sich sehr unwohl fühlen und sich fürchten, aber ich versichere Ihnen, wir werden alles in unserer Macht Stehende tun, um Ihnen zu helfen. Doch dazu müssen Sie uns jetzt noch ein paar Fragen beantworten. Können Sie zum Beispiel die Männer beschreiben, allen voran diesen Marco und seine Aufpasser? Am besten wäre es natürlich, wenn Sie mal einen Blick in unsere Kartei werfen würden.«

Maria machte ein fragendes Gesicht. »Ich verstehe nicht, was Sie damit meinen.«

»Wir haben in unserem Computer eine große Kartei mit Fotos von Verbrechern. Vielleicht ist ja einer dabei, den Sie kennen.« Durant war nach dem Gehörten entsetzt und musste sich zurückhalten, Maria nicht in den Arm zu nehmen, weshalb sie auch vermied, den sonst üblichen Satz aufzusagen: Ich möchte Sie bitten, sich Fotos anzusehen von Personen, die in solchen Bereichen schon einmal straffällig geworden sind. Nein, diese Leute waren in ihren Augen Schwerstkriminelle, Menschenhändler, Vergewaltiger, Mörder und Totschläger. Und sie würde alles daransetzen, diese Bestien hinter Schloss und Riegel zu bringen.

»Ich kann es versuchen.«

»Gut. Dazu müssen Sie aber mit aufs Präsidium kommen. Ich garantiere Ihnen jedoch, dass das so geschieht, dass Sie nicht erkannt werden. Und wir finden auch einen Ort, wo wir Sie sicher unterbringen können.«

»Was passiert, wenn Sie die Männer fangen? Muss ich dann vor Gericht aussagen?«

»Ich will Ihnen nichts vormachen, das wird sich nicht vermeiden lassen. Aber ich möchte noch einmal auf das zurückkommen, was Sie erzählt haben. Es sind also immer fünfzehn Frauen in dem Haus untergebracht. Wie alt sind diese Frauen? So alt wie Sie?«

»Die jüngste ist im Moment sechzehn, die älteste vierundzwanzig.«

»Und was passiert mit den Frauen, wenn sie nicht mehr gebraucht werden?«

»Das weiß ich nicht. Angeblich werden sie zurück in ihre Heimat geschickt, aber ich habe auch schon andere Dinge gehört. Ich glaube, kaum eine geht wieder zurück.«

»Was meinen Sie damit?«

»Sie kommen in andere Häuser, oder sie sterben«, antwortete Maria beinahe gelassen, die Hände gefaltet, und für einen Moment schweifte ihr Blick unruhig durchs Zimmer.

»Woran sterben sie?«

Maria zuckte nur mit den Schultern.

»Sie wissen doch mehr, als Sie jetzt sagen wollen. Also, woran oder wie sterben sie? Werden sie umgebracht?«

»Ich glaube, manche ja. Aber ich habe es nie gesehen.«

»Und wie kommen Sie dann darauf?«

»Swetlana hat einmal zufällig mitgehört, wie Marco und Rufus sich darüber unterhalten haben. Ich weiß nicht, ob es stimmt. Aber ich denke schon, dass es stimmt, denn Marco und Rufus sind Teufel. Für sie ist ein Menschenleben nur Dreck. Hauptsache, ihnen geht es gut.«

»Hat dieser Marco auch einen Nachnamen?«

»Ja, alle haben Nachnamen. Marco heißt Martini, wie das Getränk. Seinen wirklichen Namen kenne ich aber nicht.«

»Wenn ich jetzt mit Ihnen durch Frankfurt fahren würde, würden Sie dann das Haus wiedererkennen, in dem man Sie gefangen gehalten hat?«

»Nein, Frankfurt ist viel zu groß, und ich habe ja nie etwas gesehen, wenn wir zum Einkaufen gefahren sind.«

»Erinnern Sie sich vielleicht, ob Sie über eine Brücke gefahren sind?«

»Ich weiß es wirklich nicht, ich habe ja immer hinten gesessen, und die Vorhänge waren zu, und nach vorne konnte ich auch nichts sehen, weil eine dunkle Scheibe zwischen mir und Carlos und Mischa war.«

»Okay. Passen Sie auf, Sie bleiben noch hier, bis Herr Hellmer und ich einen anderen Platz für Sie gefunden haben. Das dürfte spätestens heute Abend der Fall sein.«

»Frau Hellmer hat gesagt, dass ich auch hier bleiben könnte …«

»Nein, das ist unmöglich. Sie meint es sicherlich gut, aber alles, was wir jetzt tun, ist mit einem gewissen Risiko verbunden, und ich will Frau Hellmer nicht unnötig in Gefahr bringen. Sie hat eine kleine Tochter und ist wieder schwanger. Ich bitte Sie, das zu verstehen.«

»Und wo bringen Sie mich hin?« Die Angst, die Unsicherheit und die Zweifel in ihrer Stimme waren nicht zu überhören, dazu war Maria schon zu oft in ihrem jungen Leben irgendwo hingebracht worden, und immer waren es Orte gewesen, wo man sie missbraucht und misshandelt hatte.

»An einen Ort, wo Sie absolut sicher sind.«

»Und muss ich dort allein sein?«

»Nein, es wird immer jemand in Ihrer Nähe sein, der auf Sie aufpasst. In Deutschland sagt man, wir werden Sie hüten wie unseren Augapfel. Wir möchten schließlich nicht, dass Ihnen etwas zustößt.«

Hellmer sagte mit Blick auf die Uhr: »Wir sollten allmählich los.«

»Ja, gleich. Maria, ich weiß, dass Sie nach allem, was Sie durchgemacht haben, keinem Menschen mehr vertrauen, und glauben Sie mir, ich kann Sie verstehen. Aber denken Sie daran, Sie haben es geschafft, aus Ihrem Gefängnis zu fliehen, Sie haben in Frau Michel eine Frau gefunden, die Ihnen geholfen hat …«

»Aber eine andere Frau und ein Mann sind wegen mir tot!

Das habe ich nicht gewollt. Jeder wird sagen, dass ich daran schuld bin.«

»Nein, nicht Sie sind schuld, sondern diejenigen, die diese Morde begangen haben. Sie haben keinen Menschen umgebracht.«

Mit einem Mal umarmte Maria Durant und fing hemmungslos an zu weinen. Hellmer stand betroffen da und wandte seinen Blick zum Fenster und hinaus auf den Sterntalerweg, der fast menschenleer war. Er konnte Frauen nicht weinen sehen, er hatte es noch nie gekonnt, und besonders nicht Maria, die so hilflos und fragil wirkte, die allein war in einer fremden Stadt, wo ihr nur Leid zugefügt worden war, und die, das wusste er auch, so schnell ihre Heimat nicht wiedersehen würde. In ihm kroch eine unbändige Wut hoch, die er vor wenigen Minuten so noch nicht verspürt hatte. Und er wusste ebenfalls, dass Maria nur eine von Tausenden war, denen das Gleiche widerfuhr. Julia Durant streichelte Maria über die blonden Haare. Was haben diese Schweine bloß mit dir gemacht?, dachte sie voller Zorn. Ich kriege euch, das schwöre ich bei allem, was mir heilig ist.

Nachdem Maria sich einigermaßen beruhigt hatte, sah sie Durant entschuldigend an und zog ein Taschentuch aus ihrer Jeans, um sich die Nase zu putzen und die Tränen abzuwischen.

»Es tut mir leid, ich …«

»Es braucht Ihnen nicht leid zu tun, wirklich nicht. Außerdem ist es manchmal besser, wenn man weint. Es heißt, es reinigt die Seele.«

»Ich habe lange nicht geweint, das erste Mal bei Frau Michel. Davor konnte ich es einfach nicht, ich wollte Marco und seinen Leuten nicht zeigen, dass ich schwach bin. Das hat mich am Leben gehalten.«

»Geht es wieder?«

»Ja, aber das ist alles wie ein böser Traum.«

»Es wird bald vorbei sein, das verspreche ich Ihnen. Und Sie werden auch Ihre Familie wiedersehen.«

»Warum sagen Sie das? Es kann noch so viel passieren. Wissen Sie, Marco und die andern sind wirklich zu allem fähig, das haben Sie doch selbst gemerkt. Ich glaube erst, dass alles vorbei ist, wenn ich meine Eltern und Geschwister wiedersehe und weiß, dass mir keiner mehr etwas tun kann.«

Julia Durant sah Maria lange an, fuhr ihr mit einer Hand über die gerötete Wange und sagte mit aufmunterndem Blick: »Glauben Sie einfach fest daran, dass alles gut wird. Glauben Sie bitte einfach nur daran. Tun Sie mir den Gefallen?«

Maria lächelte leicht gequält und nickte.

»Gut so, Sie dürfen den Kopf jetzt nicht hängen lassen, wir brauchen Sie schließlich noch. Und noch was: Sie dürfen vorerst unter gar keinen Umständen versuchen Kontakt zu Ihrer Familie aufzunehmen. Haben Sie mich verstanden?«

»Ja. Aber warum brauchen Sie mich?« Maria sah Durant verwundert an.

»Na ja, wenn wir die Typen haben, brauchen wir Sie, um sie zu identifizieren. Aber keine Angst, da ist eine Glasscheibe, durch die Sie sie sehen können, die aber nicht Sie.«

Mit einem Mal schoss ihr ein Gedanke durch den Kopf. Sie blickte zu Hellmer, der noch immer regungslos auf die Straße schaute, die Hände in den Hosentaschen vergraben.

»Maria, würden Sie uns bitte einen Moment allein lassen? Sie können wieder zu Frau Hellmer runtergehen, ich muss mit meinem Kollegen noch etwas besprechen. Ich sag Ihnen dann auch gleich, was es ist.«

Maria erhob sich wortlos und verließ das Zimmer. Hellmer drehte sich um und meinte: »Das ist eine Scheißsituation, ich kann so was nicht so gut ab. Die ist so verdammt hübsch, aber noch so jung. Was tun manche Menschen bloß andern an?! Ich würde gern mal einen von denen ganz allein im Wald treffen. Glaub mir, der liegt dann für eine ganze Weile auf der Intensivstation … Was gibt's denn zu besprechen?«

»Mir ist da eine Idee gekommen, und jetzt halt mich bitte nicht für verrückt …«

»Das bist du doch sowieso schon«, unterbrach er sie, wobei lediglich seine Augen kurz aufblitzten, denn zum Scherzen war ihm im Augenblick ganz und gar nicht zumute. »Also?«

»Es geht doch darum, dass wir Maria unterbringen, aber wir haben bis jetzt noch keine Bleibe für sie. Ich hab da an meinen Vater gedacht …«

»Was?!« Hellmer sah seine Kollegin entgeistert an. »Soll er sie vielleicht mit in dieses bayrische Kaff nehmen? Wir …«

»Lass mich doch erst mal ausreden. Ich werde ihn einfach bitten, länger hier zu bleiben, er hat doch sowieso nichts weiter zu tun. So ist Maria nicht allein, und ich kann mir keinen besseren Zuhörer und Seelsorger vorstellen als ihn. Wenn irgendeiner Maria wenigstens ein bisschen aufrichten kann, dann er. Was hältst du davon?«

Hellmer fuhr sich mit der Hand übers Kinn und meinte schließlich nach kurzem Nachdenken: »Klingt abgedreht und vernünftig zugleich. Bleibt nur noch die Frage, wo wir sie unterbringen.«

»Auch da hätte ich eine Idee, dazu müsste ich allerdings noch ein Telefonat führen. Wenn das klappt, brauchen wir nicht mal einen Kostenantrag zu stellen, denn dann würde Maria umsonst wohnen.«

»Aha, und wo soll das sein?«

»Erst das Telefonat. Und außerdem muss ich sowieso mit meinem Vater reden, ob er überhaupt mitmacht.«

»Bin nur mal gespannt, wie Berger auf deinen Vorschlag reagiert.«

»Er wird einverstanden sein. Gehen wir runter. Moment noch, das mit den Fotos im Präsidium lassen wir doch erst mal, ich kann mir nicht vorstellen, dass in der Kartei jemand ist, den Maria kennt. Und irgendwie ist mir das auch zu gefährlich, da braucht uns nur einer über den Weg zu laufen, der Maria schon mal gesehen hat. Was meinst du?«

»Hab ich selbst schon drüber nachgedacht und wollte es dir eigentlich auch gleich sagen.«

»Umso besser.«

Nadine räumte den Geschirrspüler aus, Maria half ihr dabei, und sie unterhielten sich. Julia Durant setzte sich zu ihnen und sagte: »Maria, ich glaube, wir haben eine Lösung gefunden. Mein Vater ist zurzeit in Frankfurt, und ich werde ihn bitten, sich um Sie zu kümmern, damit Sie nicht allein sind. Er weiß natürlich noch nichts davon, aber wie ich ihn kenne, wird er es machen. Und wir bringen Sie an einem garantiert sicheren Ort unter.«

Zum ersten Mal, seit Julia Durant Maria kannte, huschte ein zaghaftes Lächeln über ihr Gesicht.

»Mein Vater ist Lehrer, aber er hat keine Arbeit, weil es in Moldawien fast keine Arbeit gibt. Sie können sich nicht vorstellen, wie es ist, dort zu leben. Die meisten Menschen sind sehr arm, zumindest war es so, als ich von dort wegging. Wie es heute dort aussieht, weiß ich nicht, aber ich glaube nicht, dass sich viel verändert hat. Und trotzdem möchte ich gerne wieder zurück.«

»Kann ich verstehen. Herr Hellmer und ich müssen jetzt aber los. Wir sehen uns später.«

Nadine schloss die Spülmaschine und schaltete sie ein. »Maria und ich werden uns einen netten Nachmittag machen. Ich hol gleich Stephanie vom Kindergarten ab, dann essen wir und quatschen einfach nur. Passt auf euch auf«, sagte sie, gab ihrem Mann einen Kuss und warf ihm, bevor er die Tür hinter sich zumachte und sich noch einmal umdrehte, einen langen, ernsten Blick zu.

»Wir passen auf, keine Sorge.«

»Mann o Mann«, sagte er im Auto, »wie die Zeit vergeht. Es ist gleich halb zwölf, wir müssen noch in die Kanzlei der Hendriks, und du willst noch mit deinem Vater reden. Und wenn im Augenblick auch alles so glatt aussieht, ich hab ein verdammt mulmiges Gefühl in der Magengegend, aber frag mich nicht, warum.«

»Da bin ich wenigstens nicht allein.«

»Mir geht die Hendriks nicht aus dem Kopf. Die hat gekokst, und allem Anschein nach hat sie ein Doppelleben geführt, von dem vermutlich nicht einmal ihre beste Freundin etwas wusste.«

»Was glaubst du, wie viele in dieser Stadt ein Doppelleben führen. Es interessiert mich ehrlich gesagt nicht, was die Hendriks in ihrer Freizeit getrieben hat. Es hat jedenfalls nichts mit ihrem Tod zu tun.«

»Noch mal zu Maria und deinem Vater. Je länger ich drüber nachdenke, desto besser gefällt mir die Idee. Ein älterer Herr mit seiner Tochter. Meinst du wirklich, er spielt mit?«

»Du kennst meinen Vater nicht«, entgegnete sie. »Der war zwar damals nicht sonderlich erbaut darüber, dass ich zur Polizei gegangen bin, aber in Wirklichkeit ist er nur neidisch, weil er selber ein verkappter Bulle ist. Na ja, er kommt mir zumindest manchmal so vor. Das ist bekloppt, was wir vorhaben, oder?«

»Unsere ganze Aktion ist bekloppt, liebste Julia. Wir bearbeiten zwei ganz normale Mordfälle, obwohl wir wissen, dass sie auf das Konto einer kriminellen Organisation gehen. Wir müssten normalerweise sowohl die Staatsanwaltschaft als auch unsere Leute vom OK einweihen. Aber dann, so fürchte ich, werden wir den Fall nie lösen, weil man ihn uns wegnehmen wird. Die da oben finden doch immer einen Grund, wenn wir Fälle bearbeiten, in die die sogenannte ehrenwerte Gesellschaft verwickelt sein könnte. Entweder wird das LKA eingeschaltet, oder die beauftragen gar das BKA. Scheiß drauf, wir ziehen das durch. Jetzt muss nur noch dein alter Herr seine Einwilligung geben. Ruf ihn doch einfach an.«

»He, denk nach, bevor du so was sagst. Ich werde ihn nicht anrufen, denn es könnte immerhin sein, dass jemand mithört. Sollte nämlich eine große Organisation dahinterstecken, werden sie vermutlich auch schon wissen, dass wir die Mordfälle bearbeiten. Also fahre ich nachher zu mir, lade meinen Daddy ein und bespreche die Sache in aller Ruhe im Auto mit ihm.«

Donnerstag, 10.00 Uhr

Was gibt es so Dringendes?«, sagte Hans unwirsch, nahm unaufgefordert Platz und sah Ulrich direkt in die Augen, während Thorsten am Fenster stand und scheinbar gelangweilt auf die Straße unter ihm schaute. »Meinst du vielleicht, ich habe meine Zeit gestohlen? Ich habe um halb eins einen äußerst wichtigen Essenstermin. Und überhaupt, was sollte die Aktion heute Nacht mit Thorsten?«

»Eins nach dem andern. Keine Sorge, dauert auch nicht lange. Ich habe dich herbestellt, weil ich doch noch einiges mit dir zu besprechen habe. Es geht um dein Verhalten gestern.«

»Sag mal, bin ich hier im falschen Film? Bist du vielleicht

mein Vater?« Hans sprang auf. Sein Gesicht war vor Zorn rot angelaufen, als er Ulrich anfuhr: »Was war denn an meinem Verhalten so besonders? Ich musste eben erst mal verdauen, was du mir da vor den Latz geknallt hast, schließlich bringen wir nicht jeden Tag Menschen um.«

»Du hast niemanden umgebracht, du hast nicht einmal den Auftrag dazu erteilt. Außerdem erfordern außergewöhnliche Situationen bisweilen außergewöhnliche Maßnahmen. Es blieb uns keine Wahl, Zaubel war zu dicht an uns dran, und die Hendriks wusste, wo Maria ist. Leider hat sie ihr Geheimnis mit ins Grab genommen, aber wir werden bestimmt schon sehr bald erfahren, wo sich meine liebe kleine Maria aufhält.«

»Trotzdem häng ich mit drin, was mir aber inzwischen völlig egal ist. So, ist jetzt alles geklärt?«, sagte er noch lauter.

»Würdest du bitte deine Stimme dämpfen, ich bin nicht schwerhörig. Ich dachte anfangs auch, dass alles geklärt wäre, aber eine innere Stimme hat mir zugeflüstert, dass dem doch nicht so ist. Sie sagt mir, dass du ein bisschen schwächelst. Oder siehst du das anders?«

»He, drehst du jetzt völlig durch? Du kannst deiner beschissenen inneren Stimme mitteilen, dass sie sich gewaltig irrt. War's das?«

»Noch nicht ganz. Ich will jetzt und hier von dir noch einmal hören, wie groß deine Loyalität mir und der Organisation gegenüber ist. Als ich dich damals ins Boot geholt habe, habe ich dir etwas versprochen, und du hast mir eine Gegenleistung dafür zugesichert. Aber diese Gegenleistung hast du bis jetzt nur teilweise erbracht.«

»Was soll das?«, fragte Hans mit zusammengekniffenen Augen. »Könntest du vielleicht ein wenig deutlicher werden?«

»Thorsten wird dir die Details erklären. Ich habe ebenfalls einen Termin mit einem wichtigen Kunden, einem sehr wichtigen Kunden, wenn du verstehst«, sagte Ulrich süffisant lächelnd. »Thorsten, erzähl doch mal unserm Freund, was du über diese Kommissarin und die Michel rausgefunden hast.«

»Julia Durant. Arbeitet seit acht Jahren bei der Mordkommission, hat einige knifflige Fälle gelöst und gilt als absolut integer, soll aber andererseits auch ein bisschen bieder sein, kein Freund, unauffälliges Privatleben und so weiter. Ihr spektakulärster Erfolg war vor drei Jahren, als sie einen Staatsanwalt hochgehen ließ, aber das war mehr Zufall, weil der Idiot keinen Plan hatte …«

»Sie war das?«, fragte Hans überrascht.

»Wenn du den Fall kennst, umso besser. Was soll's, für meine Begriffe stellt sie keine Gefahr dar. Sollte es aber wider Erwarten doch hart auf hart kommen, werden die Fälle Zaubel und Hendriks unverzüglich dem BKA übergeben. Mehr brauch ich wohl nicht zu sagen.«

»Dein Optimismus in allen Ehren, aber was ist, wenn Maria doch Kontakt zu ihr aufnimmt, bevor wir sie haben? Was, wenn die Hendriks ihr von dieser Durant erzählt hat?«

Thorsten zuckte mit den Schultern und sagte: »In dem Augenblick ist Marias Lebensuhr praktisch abgelaufen. Doch sie wird nicht zur Durant rennen, denn sie muss ja auch damit rechnen, dass sie eventuell etwas mit dem Tod der Hendriks zu tun hat. Das heißt, ihre Angst vor den Bullen wird durch den Tod der Hendriks noch viel größer sein als ohnehin schon.«

»Aber irgendwer muss doch wissen, wo Maria sich aufhält, sonst hätte diese Hendriks nicht versucht bei den Bullen anzurufen.«

»Na und? Wahrscheinlich hat die Hendriks Maria versteckt«, erwiderte Thorsten ruhig. »Noch mal, wäre sie bei den Bullen gelandet, wüssten wir's längst. Glaubt mir, die hat so viel Schiss vor denen … Himmel noch mal, seht's einfach realistisch. Sie wird versuchen irgendwie nach Moldawien zurückzukommen, vielleicht gelingt's ihr, vielleicht auch nicht.« Und an Ulrich gewandt: »Und dort kann sie uns nicht schaden, und wir sollten sie dann auch in Ruhe lassen, selbst wenn du gestern gemeint hast, dass du sie zurückhaben willst. Wir dürfen den Bogen nicht überspannen. Die Polizei untersucht im Moment zwei Morde, und das muss fürs Erste reichen. Mach dir keine Gedanken, überlass einfach alles mir, ich kenn mich in dem Metier besser aus.«

»Stimmt«, erwiderte Ulrich lapidar, erhob sich, stellte sich vor den großen Spiegel, rückte seine Krawatte zurecht und betrachtete dabei noch einmal sein braungebranntes Gesicht. Er war zufrieden, nahm seinen Aktenkoffer und sagte: »Also gut, sollte Maria es zurück in ihre Heimat schaffen, unternehmen wir nichts. Und die Michel?«

»Ist letzte Nacht um kurz vor zwölf allein nach Hause gekommen und heute Morgen um halb acht zur Arbeit gefahren. Sie ist Psychologin mit eigener Praxis in der Myliusstraße und hat keine Verhaltensauffälligkeiten gezeigt. Es scheint, dass sie noch nichts vom Tod ihrer Freundin oder Bekannten weiß. Wir bleiben aber natürlich auch an ihr dran, bis wir absolut sichergehen können, dass sie tatsächlich nichts weiß. Ich gehe davon aus, dass die Hendriks gestern irgendwann mit ihr vom Handy aus telefoniert hat …«

»Kannst du nicht rauskriegen, wann das war?«, fragte Ulrich beiläufig.

»Was versprichst du dir davon?«

»Du hast Recht, lass es sein.«

»Okay. Maria ist jedenfalls nicht bei der Michel, und bei der Polizei ist sie bis jetzt auch nicht gelandet. Ergo wird sie wohl, wie schon angenommen, irgendwie versuchen sich nach Moldawien durchzuschlagen, jetzt, wo die Hendriks tot ist.«

»Na gut. Sehen wir uns nachher?«, fragte Ulrich.

»Ich kann heute nicht, ich habe eine Konferenz, die wahrscheinlich bis in die Nacht dauert«, antwortete Hans.

»Auch gut, dann eben bis morgen.«

Er machte die Tür hinter sich zu, verabschiedete sich von seiner Sekretärin, einer dezent-elegant gekleideten und sehr gepflegten Mittdreißigerin, die seit mehr als acht Jahren für ihn tätig war und ihren Chef beinahe vergötterte, auch wenn er sich ihr gegenüber eher distanziert verhielt, denn Geschäftliches und Privates pflegte er stets streng zu trennen. Und sie gehörte in die Kanzlei und damit zum offiziellen Geschäft.

»Ich werde heute nicht mehr reinkommen, meine beiden Freunde werden aber noch zehn Minuten in meinem Büro bleiben, weil sie etwas Dringendes zu besprechen haben. Sollte etwas Wichtiges sein, notieren Sie's bitte, ich bin jedoch bis um drei nicht zu erreichen.«

Nachdem Ulrich gegangen war, sagte Thorsten zu Hans: »So, zum Geschäft. Du hast gehört, was Ulrich gesagt hat, ich meine das mit der Gegenleistung. Ich will nicht lange um den heißen Brei rumreden. Es geht um einen großangelegten Deal mit Libyen, Wert hundertsiebzig Millionen Dollar …«

»Was für ein Deal? Und warum ausgerechnet mit Libyen?«

»Überleg ein bisschen, dann wird es dir schon einfallen«, entgegnete Thorsten kühl.

»Damit habt ihr mich endgültig in der Hand. Mein Gott …«

»Du kannst mich ruhig Thorsten nennen«, sagte er trocken. »Hör gut zu, ich erklär's nur einmal. Es besteht von gewissen Seiten aus großes Interesse, das Pulverfass Naher Osten weiter am Brennen zu erhalten. Die Israelis sind bereits eingeweiht, nur ein paar von unseren Oberen zicken noch rum, du kennst ja das Waffenembargo, und die Pressefritzen sind wie Hyänen, wenn die erfahren, dass die Waffen über Libyen nach Israel geliefert werden. Libyen ist einfach besser, die sind es gewohnt, Kanonenfutter zu sein. Und falls irgendwas rauskommen sollte, was ich jedoch stark bezweifle, denn ich gehe davon aus, dass du deine Hausaufgaben gut erledigst, werden sie ganz ordentlich dafür entschädigt. Um's kurz zu machen, unsere Kunden wollen unbedingt deutsche Ware haben und auch entsprechend dafür zahlen. Du bist dazu auserkoren, dass alles reibungslos über die Bühne geht. Die Unterlagen habe ich hier, schau sie dir in Ruhe an. Morgen um zweiundzwanzig Uhr wird uns ein gewisser Dr. Schwiers mit seinem Besuch beehren, der unser Mittelsmann in Nordafrika und im Nahen Osten ist. Was wir brauchen, ist deine Unterschrift und die von Staatssekretär Binder, der dank deiner Hilfe morgen auch anwesend sein wird …«

»Moment, Moment, ich kenne Binder, der ist absolut straight und würde niemals einem solchen Deal zustimmen. Wie soll ich das anstellen?«

»Ach komm, tu doch nicht so! Du bist doch schon lange genug in der Politik. Dir wird schon was einfallen. Streng doch ausnahmsweise dein Hirn ein bisschen an. Außerdem kennt keiner Binder besser als du. Ihr habt euch doch erst letzte Woche bei dir zu Hause getroffen …«

»Woher weißt du das?«, stieß Hans mit bleichem Gesicht hervor.

»Es gibt nichts, was wir nicht wissen. Noch mal zu Binder, er ist übrigens gar nicht so straight, wie er sich nach außen immer gibt. Du weißt ja, wie das ist – Fassade ist alles. Er steht nämlich auch auf junges, knackiges Fleisch, sehr junges, knackiges Fleisch. Nur weiß das kaum einer, offensichtlich nicht einmal du, und deshalb konnte bis jetzt auch keiner Kapital daraus schlagen. Genügen dir diese Informationen?«

»Heißt das, ich soll ihn in einen der Clubs locken?«, fragte Hans mit dicken Schweißperlen auf der Stirn.

»Nicht in irgendeinen, sondern in den Kunst- und Kulturverein«, antwortete Thorsten gelassen. »Der Deal geht in einem Monat über die Bühne, genauer gesagt am 7. Dezember. Du weißt schon, das ist der Tag, an dem die Japsen Pearl Harbor in Flammen aufgehen ließen. Wenn wir Binder erst einmal am Wickel haben, kann er nicht mehr zurück. Er wird dankbar sein, seine Unterschrift leisten zu dürfen, und dafür darf er auch jederzeit seinen kleinen Mann reinstecken, wo er will. Gratis, versteht sich. Wir verlassen uns auf dich, es ist deine Feuerprobe.«

»Und wie soll ich ihn in den Club locken? Ich meine, ich …«

»Das ist dein Problem, aber du bist doch sonst so kreativ. Du wirst das schon schaukeln. Und außerdem befinden sich bei den Unterlagen auch einige Fotos, die Binder in äußerst verfänglichen Situationen zeigen. Eine kleine Hilfe für dich, sollte er sich weigern zu kommen. Hier«, sagte Thorsten und zog die Fotos aus dem Ordner, »schau dir deinen ehrenwerten Herrn Binder an.«

Hans blickte schweigend auf die Bilder, legte sie auf den Tisch und schüttelte den Kopf. »Woher habt ihr die? Ich hatte keine Ahnung, dass Binder …«

»Diese Fotos reichen wohl aus, um ihn zu überzeugen, morgen den Termin im Club wahrzunehmen. Was glaubst du, was passieren würde, würden diese Fotos seiner lieben Gattin überreicht werden? Oder gar der Presse? Binder ist ein großes verlogenes Arschloch mit höchst perversen Neigungen.«

»Das heißt, ich soll ihn erpressen.«

»Nur, wenn er sich weigert zu kommen. Das wird er aber nicht, und du kannst froh sein, dass ich dir diese Steilvorlage gegeben habe. Er wird, so weit ich weiß, heute Abend bei der Konferenz ebenfalls anwesend sein.«

»Und um was für Waffen handelt es sich?«

»Hochmoderne Schnellfeuergewehre, vor allem aber ein paar Rohstoffe, die man eben so braucht. Steht alles in den Akten. Offiziell ist die Lieferung als Klimageräte deklariert. In einer heißen Stadt wie Tripolis braucht man schließlich hin und wieder ein bisschen Abkühlung.«

»Über Libyen nach Israel. Ihr macht auch vor nichts halt, was?«

»Du doch auch nicht«, entgegnete Thorsten mit einer Kälte, die Hans erschauern ließ. »Soll ich ins Detail gehen? Was, wenn irgendwer erfahren würde, was du so in deiner Freizeit treibst? Das Einzige, was dir bliebe, wäre, dir eine Kugel in den Kopf zu jagen.«

»Wenn ich hochgehe, geht ihr mit«, sagte Hans mit hochrotem Kopf.

»Bevor wir hochgehen, bist du tot, hörst du?!«, zischte Thorsten und beugte sich so weit nach vorn, dass Hans seinen Atem im Gesicht spürte. »Droh uns nie wieder, das können wir nämlich überhaupt nicht leiden. So, und jetzt zurück zum Geschäft. Du solltest nämlich eines wissen, mein Lieber – es wird in nicht allzu langer Zeit wieder ein kleines Feuer im Nahen Osten geben, und wir alle wollen doch, dass die Kräfteverhältnisse wenigstens einigermaßen ausgeglichen sind. Du weißt ja, wie die Amis sind, sie wollen Gegner, auch wenn die Iraner niemals echte Gegner sein können …«

»Ich versteh nicht ganz …«

»Soll ich's dir aufmalen? Libyen, Israel, Iran. Ein simpler Spielzug, quasi ein doppelter Doppelpass. Alles klar?«

»Und die Rohstoffe?«

»Brauchen die Israelis. Und nun nimm den Kram mit und sieh zu, dass Binder unterschreibt. Ich muss jetzt los, hab noch was vor, ein wichtiges Treffen in Belgrad. Bin aber morgen wieder zurück. Gehen wir.«

Hans erhob sich, verstaute die Unterlagen in seinem Aktenkoffer und verließ zusammen mit Thorsten die Kanzlei. Er hatte einen schalen Geschmack im Mund. Am liebsten hätte er seine Sachen gepackt und wäre untergetaucht, wo ihn niemand finden konnte. Aber die Organisation war zu mächtig und stark, als dass es auch nur einen Fleck auf diesem Planeten gab, an dem sie ihn und seine Familie nicht finden konnten. Ich darf jetzt keine Schwäche zeigen, sagte er sich, während er in die Tiefgarage ging und sich in seinen Mercedes setzte. Um siebzehn Uhr hatte er eine Sitzung, bei der auch Binder zugegen sein würde. Er würde ihn freundschaftlich bitten, den morgigen Abend mit ihm zu verbringen, in der Hoffnung, nicht zum Mittel der Erpressung greifen zu müssen. Er schüttelte den Kopf wegen Binder, diesen beliebten und allseits geachteten Politiker, der scheinbar stets seiner Linie treu geblieben war. Ausgerechnet er fühlte sich zu Mädchen hingezogen, die kaum älter als zehn waren. Aber ich bin ja auch nicht viel besser, dachte Hans resignierend und startete den Motor.

Donnerstag, 11.55 Uhr

Kanzlei Knoblauch und Hendriks. Julia Durant und Frank Hellmer fanden einen Parkplatz an der Börse und liefen etwa hundert Meter bis zu dem Haus, in dem sich die Kanzlei befand. Sie fuhren mit dem kleinen, für gerade einmal vier Personen zugelassenen Aufzug in den vierten Stock und klingelten. Eine junge Frau kam an die Tür, Hellmer zeigte seinen Ausweis und stellte Durant vor.

»Ja, bitte, was kann ich für Sie tun?«

»Wir würden gerne mit Ihnen und Herrn Knoblauch sprechen, Frau …«, sagte Hellmer.

»Zimmermann. Es tut mir leid, aber Herr Knoblauch hat einen Klienten, und es wird wohl noch eine gute halbe Stunde dauern, bis …«

»Es dauert keine halbe Stunde«, wurde sie von Hellmer in unmissverständlichem Ton unterbrochen. »Sagen Sie ihm bitte Bescheid, dass wir ihn dringend sprechen müssen. Der Klient wird sich ein paar Minuten gedulden müssen.«

»Wenn Sie meinen, aber …«

Hellmer und Durant drängten sich an ihr vorbei in das Vorzimmer, das gediegen, aber nicht modern eingerichtet war. Das Modernste war noch der PC, alles andere wirkte aufgrund der dunkelbraunen Farben antiquiert und überholt. Fast konnte man den Eindruck gewinnen, als hätten hier schon Generationen von Anwälten sich die Klinke in die Hand gegeben, das Inventar jedoch hatte die Zeit überlebt.

Regina Zimmermann klopfte zaghaft an die ebenfalls dunkle Holztür und öffnete sie, ohne eine Erwiderung abzuwarten.

»Dr. Knoblauch, hier sind zwei Beamte von der Polizei, die Sie dringend zu sprechen wünschen.«

»Sollen bitte warten, ich …«

Hellmer schob die junge Frau sanft beiseite und sagte: »Wir können leider nicht warten.« Er sah den älteren Mann an, der Hellmer leicht verärgert beäugte. »Sie haben doch sicherlich noch einen Moment Zeit. Dr. Knoblauch steht Ihnen gleich wieder zur Verfügung. Wenn Sie bitte so lange draußen Platz nehmen wollen.«

»Herr …«

»Hellmer, Mordkommission. Meine Kollegin, Frau Durant. Wir haben nur ein paar Fragen an Sie und sind auch gleich wieder weg.«

»Mordkommission?« Knoblauch zog die Stirn in Falten. »Hab ich etwas verbrochen?«, sagte er mit einem Lächeln, das auf Durant wie aufgesetzt wirkte, und bat seinen Klienten, bitte einen Moment draußen Platz zu nehmen.

»Das müssen Sie schon selbst wissen«, erwiderte Hellmer trocken. »Wir dürfen doch«, fuhr er fort und deutete auf zwei der drei Stühle. Knoblauch nickte nur, Hellmer und Durant nahmen Platz.

»Es geht um Frau Hendriks. Sie haben sich doch bestimmt schon gewundert, dass sie heute nicht in der Kanzlei erschienen ist …«

»Nein, hab ich nicht, da sie heute ab dreizehn Uhr für den Rest des Tages bei Gericht ist und normalerweise vorher nicht in die Kanzlei kommt. Weshalb fragen Sie nach ihr?«

»Wir haben nicht nach ihr gefragt«, sagte Durant und beobachtete jede Reaktion ihres Gegenübers, ein recht gutaussehender Mann Mitte bis Ende dreißig. Aber sie konnte sich auch täuschen, manche Männer sahen auch mit vierzig noch ziemlich jung aus.

»Also, was wollen Sie dann?«, fragte Knoblauch, lehnte sich zurück und trommelte mit den Fingern auf die Armlehnen. Sein Blick wanderte unruhig umher, was Durant unauffällig und doch aufmerksam registrierte.

»Frau Hendriks wurde gestern Opfer eines Gewaltverbrechens, besser gesagt, sie wurde umgebracht. Wann haben Sie Frau Hendriks zuletzt gesehen?«

Knoblauch schoss wie von der Tarantel gestochen nach vorn und sah Durant und Hellmer ungläubig an. »Augenblick, Augenblick, hab ich das richtig verstanden, Rita, ich meine Frau Hendriks, ist tot? Sagen Sie, dass das nicht wahr ist. Nicht Rita.«

»Es ist wahr. Wann haben Sie sie zuletzt gesehen?«

Er ließ sich wieder zurückfallen, trommelte erneut mit den Fingern auf die Armlehnen und stieß hervor: »Mein Gott, das ist nicht zu fassen, ausgerechnet Rita! Sie war eine so wunderbare Frau und …«

»Würden Sie bitte erst meine Frage beantworten.«

»O Entschuldigung, ich bin völlig durcheinander. Diese Nachricht ist wie ein Schlag in die Magengrube. Das war gestern am späten Nachmittag. Ich habe um kurz nach fünf die Kanzlei verlassen, weil ich noch einen Termin außer Haus hatte. Ich habe mich von ihr verabschiedet, und das war's auch schon. Mehr kann ich Ihnen leider nicht sagen. Sie war wirklich eine außergewöhnliche Frau.«

»Was meinen Sie mit außergewöhnlich?«

»Sie war eine erstklassige Anwältin und eine sehr gute Freundin. Und ein wunderbarer Mensch. Was möchten Sie sonst noch hören?«

»Zum Beispiel, wie lange Sie sich kennen.« Julia Durant benutzte bewusst die Gegenwartsform, um zu sehen, ob und wie Knoblauch darauf reagieren würde.

»Seit dem Studium. Später haben wir zusammen diese Kanzlei aufgemacht, das heißt, wir haben sie von einem andern Anwalt übernommen. Rita war für Familienrecht zuständig, ich bin, wie Sie sicherlich auf dem Schild gelesen haben, Anwalt für Wirtschaftsrecht.« Er senkte den Blick und hielt inne, das Trommeln der Finger auf die Armlehnen hörte auf. Nach einigen Sekunden fuhr er mit leiser Stimme fort: »Ich kann es immer noch nicht begreifen. Allein wenn ich mir vorstelle, dass Rita tot ist, dass sie nie mehr morgens lächelnd ins Büro kommen wird und wir nie mehr zusammen essen gehen oder einfach nur einen Kaffee trinken werden. Diese Welt ist kaputt, das ist einfach nicht zu fassen. Da wird jemand umgebracht, den man noch vor wenigen Stunden gesehen hat. Diese Welt ist krank.« Er hielt kurz inne und fügte hinzu: »Ritas Tod ist ein herber Verlust für uns alle.«

»Natürlich, vor allem, wenn man noch so jung ist und mitten im Leben steht. Könnten Sie sich vorstellen, wer ein Interesse an ihrem Tod gehabt haben könnte?«

»Du meine Güte, wir kannten uns zwar recht gut, aber ich wüsste nicht, dass sie Feinde hatte, außer vielleicht den üblichen Verdächtigen, wenn Sie verstehen.«

»Nein, nicht ganz.«

»Schauen Sie, als Anwalt schafft man sich permanent Feinde, weil man zwangsläufig Partei für eine Seite ergreift, völlig unabhängig von dem Bereich, in dem man tätig ist. Und glauben Sie mir eins, manchmal muss man für jemanden Partei ergreifen, obwohl man genau weiß, dass der Mandant einen von vorne bis hinten belügt. Nun ja, jedenfalls kann es durchaus passieren, dass einer von der Gegenpartei ausflippt, wie man so schön sagt.«

»Wirkte Frau Hendriks in letzter Zeit verändert? Hat sie sich in irgendeiner Weise auffällig verhalten?«

Knoblauch zuckte mit den Schultern und meinte schließlich nach einigem Überlegen: »Wenn Sie mich so fragen, ich konnte keine Veränderung an ihr feststellen. Nein, sie war eigentlich wie immer. Vielleicht ab und zu ein bisschen nervös, aber wer von uns ist das nicht. Gestern hatte sie auch nicht gerade ihren besten Tag. Na ja, der Stress. Ich bin im Moment auch ziemlich nervös, wie Sie vielleicht merken. Aber es geht ja nicht um mich.« Er schloss kurz die Augen, als würde er überlegen, schüttelte ein weiteres Mal den Kopf, als könnte er noch immer nicht glauben, was Durant und Hellmer ihm eben gesagt hatten, erhob sich, holte aus dem Schrank eine Flasche Cognac und ein Glas und schenkte sich ein. Während er den Beamten den Rücken zugewandt hatte, warfen diese sich einen Blick zu, wobei Hellmer leicht die Mundwinkel verzog, was bei ihm nichts anderes bedeutete als Ratlosigkeit. Nachdem Knoblauch sein Glas geleert hatte, sagte er: »Sie hat sich auch eine Menge zugemutet, aber das lag wohl daran, dass sie allein lebte und die Arbeit ihr ein und alles war. Sie hat sich wirklich sehr viel zugemutet. Es gab Tage, da ist sie nicht vor Mitternacht aus dem Büro gekommen, das hat sie mir selbst erzählt. Ich habe ihr einige Male gesagt, dass sie doch ein bisschen kürzer treten solle, aber nein … Ich glaube, ihr eigentliches Zuhause war hier und nicht ihre Wohnung. Das war Rita. Aber um auf Ihre Frage zurückzukommen, nein«, wiederholte er nachdrücklich, »ich habe keine Veränderung an ihr festgestellt. Tut mir leid, Ihnen nichts anderes sagen zu können.«

»Hat es in den vergangenen Tagen vielleicht irgendwelche ungewöhnlichen Vorkommnisse gegeben?«

»Was meinen Sie mit ungewöhnlich?«

»Anrufe, schriftliche Drohungen …«

»Ich verstehe noch immer nicht, worauf Sie hinauswollen.«

»Vergessen Sie die Frage, obwohl ich glaube, dass Sie mich sehr wohl verstanden haben. Hier«, sagte Durant und legte ihre Karte auf den Tisch, »sollte Ihnen doch noch etwas einfallen, das uns weiterhelfen könnte … Falls ich nicht im Büro bin, Sie können auch mit einem meiner Kollegen sprechen. Wiedersehen.«

»Wiedersehen«, sagte Knoblauch und begleitete die Beamten zur Tür, doch Durant und Hellmer blieben stehen, bevor sie das Vorzimmer betraten, um auch Frau Zimmermann noch zu befragen, Hellmers Hand lag auf der Türklinke. Durant warf ihm einen schnellen, aber vielsagenden Blick zu und drehte sich um.

»Ist noch was?« Knoblauch runzelte die Stirn.

Durant strich sich eine Haarsträhne aus dem Gesicht und

sagte mit unergründlichem Lächeln: »Sie haben gar nicht gefragt, wo und wie Frau Hendriks getötet wurde. Interessiert Sie das überhaupt nicht?«

»Natürlich interessiert es mich, aber … Entschuldigen Sie, aber ich bin wirklich sehr schockiert und … Wo und wie ist sie denn gestorben?« Knoblauch errötete, die Worte kamen nicht mehr so flüssig über seine Lippen, er schien zu schwitzen, was aber auch an der Wärme im Büro liegen konnte.

»Das Wo kann ich Ihnen beantworten – in ihrer Wohnung. Über das Wie darf ich Ihnen leider aus ermittlungstaktischen Gründen keine Auskünfte geben, nur so viel – sie ist einen sehr grausamen Tod gestorben, einen Tod, den keiner verdient hat.«

»Das tut mir sehr leid, wirklich. Wenn ich Ihnen irgendwie weiterhelfen kann, ich stehe Ihnen jederzeit zur Verfügung. Sie können mich auch gerne auf meinem Handy anrufen, hier«, er ging zu seinem Schreibtisch, holte seine Karte aus einem Lederetui und reichte sie Durant. »Entschuldigen Sie noch einmal, aber so eine Nachricht bekommt man nicht jeden Tag.«

»Schon gut.«

Durant machte die Tür auf und begab sich ins Vorzimmer, wo Knoblauchs Klient, ein kleingewachsener, dicker Mann, in einer Frauenzeitschrift blätterte und sie zur Seite legte, sobald die Kommissare herauskamen.

»Frau Zimmermann, könnte ich Sie kurz sprechen?«, sagte Knoblauch schnell.

»Da müssen Sie sich leider noch etwas gedulden, wir haben es eilig und hätten auch noch ein paar Fragen an Frau Zimmermann. Dauert auch nicht lange«, erklärte Durant mit charmantem Lächeln, das Knoblauch mit leicht verständnisloser Miene quittierte. »Wenn Sie uns jetzt bitte allein lassen würden. Danke.«

Er bat seinen Klienten wieder in sein Büro und machte die

Tür hinter sich zu. Nachdem sie allein waren, sagte Durant: »Frau Zimmermann, sind wir hier ungestört?«

»Selbstverständlich. Was ist denn los?«, fragte sie neugierig.

»Es geht um Frau Hendriks. Sie wurde gestern Abend Opfer eines Gewaltverbrechens.«

Von einer Sekunde zur andern schwand sämtliche Farbe aus ihrem Gesicht, und sie stammelte: »Was sagen Sie da? Frau Hendriks … Nein, oder? Wie ist es passiert, ich meine, warum?«

»Das würden wir auch gerne wissen. Wie lange arbeiten Sie schon hier?«

»Knapp sechs Jahre.« Sie holte wie in Trance ein Taschentuch aus dem Schreibtisch, fuhr sich damit über die Augen und putzte sich die Nase. »Ich kann das nicht begreifen, ich hab sie doch gestern noch gesehen. Sie kam gestern Morgen zu mir und hat mich um eine Zigarette gebeten, weil sie vergessen hatte, sich welche zu kaufen. Warum ist sie ermordet worden, warum ausgerechnet sie? Sie war doch immer so nett und freundlich.«

Durant ging auf die Frage nicht ein, sondern sagte: »Hatten Sie den Eindruck, dass sie in letzter Zeit anders war? Nervös, unruhig?«

»Höchstens gestern. Ich weiß nicht, aber sie schien mit ihren Gedanken nicht ganz bei der Sache zu sein.«

»Wie meinen Sie das, ›sie schien mit ihren Gedanken nicht ganz bei der Sache zu sein‹?«

»Na ja, irgendwie kam sie mir vor wie ein aufgescheuchtes Huhn, fahrig und irgendwie … Ich weiß nicht, wie ich das erklären soll. Sie war jedenfalls anders als sonst. Sie hat mich nach Terminen gefragt, die sie selbst in ihrem Kalender stehen hat, und sie hat sich Kaffee über die Bluse geschüttet, was ich noch nie zuvor bei ihr gesehen habe. Es waren halt Kleinigkeiten, doch ich habe mich natürlich nicht getraut, sie darauf anzusprechen, aber ich habe gemerkt, dass irgendwas nicht stimmt.«

»Und warum haben Sie sie nicht darauf angesprochen?«

»Sie müssen verstehen, es geht mich doch nichts an, wenn sie Probleme hat. Es hätte ja auch sein können, dass sie einfach nur einen schlechten Tag hatte. Aber jetzt, wo sie tot ist, denke ich, dass sie vielleicht Angst vor irgendetwas oder irgendjemandem hatte. Kann natürlich auch sein, dass ich mir das nur einbilde. Ich habe sie gemocht, ehrlich.«

»Hatte sie gestern irgendwelche Termine außer Haus?«

»Nein, sie hat nur einmal kurz die Kanzlei verlassen, um etwas essen zu gehen. Aber sie war sehr schnell wieder zurück. Gestern hatte sie drei Klienten und eine Menge Telefonate geführt. Das ist alles, was ich sagen kann.«

»Hat sie mit Ihnen jemals über persönliche Dinge gesprochen?«

»Nein, sie ist beziehungsweise war immer sehr reserviert, was nicht heißen soll, dass sie unfreundlich war, ganz im Gegenteil. Aber ich glaube, dass sie nicht sehr glücklich war, ich kann es aber nicht begründen, es ist nur ein Gefühl.«

»Wie lange waren Sie gestern im Büro?«

»Bis gegen sechs. Dann bin ich nach Hause gefahren und habe den Abend bei einem Glas Wein vor dem Fernseher verbracht.«

»So genau wollte ich es auch nicht wissen«, bemerkte Durant lächelnd. »War Frau Hendriks da noch im Büro?«

»Ja, obwohl es eigentlich gar nichts mehr zu tun gab. Sie hat normalerweise die Arbeit, die nicht unbedingt hier erledigt werden musste, mit nach Hause genommen, was Dr. Knoblauch übrigens auch macht.«

»Hat Frau Hendriks gestern am späten Nachmittag telefoniert?«

Regina Zimmermann antwortete nach einigem Überlegen kopfnickend: »Ja, sie hat telefoniert, das heißt, ich weiß nicht, ob … Sie hat sehr schnell wieder aufgelegt, wahrscheinlich hat sie keine Verbindung bekommen, ich kann das ja auf meinem Apparat sehen, wie lange der Hörer abgenommen ist.«

»Danke, Sie haben uns sehr geholfen.«

»Inwiefern?«

»Einfach so. Wir würden jetzt gerne noch einen Blick in Frau Hendriks' Büro werfen. Ist es offen?«

»Ja.«

Durant und Hellmer sahen sich im Büro um, auf der Fensterbank vier Grünpflanzen, ansonsten nichts Persönliches, kein Radio, kein Foto von einer Person, die ihr vielleicht nahegestanden haben könnte, lediglich ein überdimensionales Gemälde aus unzähligen Farben hing an der Wand, mit denen der Künstler sicherlich etwas ausdrücken wollte, doch was, das wusste vermutlich nur er selbst. Der Schreibtisch war aufgeräumt, der Fußboden gesaugt, alles war frisch geputzt, beinahe hygienisch rein, selbst der Aschenbecher erweckte nicht den Anschein, als ob er in der letzten Zeit benutzt worden wäre. Der leichte Geruch von Möbelpolitur hing noch in der Luft. Das ungewöhnlich grelle Licht der Novembersonne durchflutete den Raum. Hellmer nahm den Hörer ab und drückte die Wahlwiederholung.

»Schau mal hier«, sagte er und deutete auf das Display. »Deine Durchwahl. Sie hat versucht bei dir anzurufen.«

»Das weiß ich längst«, erwiderte sie leicht gereizt und zog eine Schreibtischschublade heraus, in der sich nichts als Akten befanden. Auch in den andern war nichts, das sie im Moment weiterbringen würde.

»Na ja, das heißt aber, dass sie danach mit niemandem sonst

mehr telefoniert hat. Sie hat wahrscheinlich auf deinen Rückruf gewartet.«

»Verdammt noch mal, das weiß ich auch! Warum musstet ihr auch diese blöde Feier für mich veranstalten?! Ich wollte keine, aber …«

»Jaja, gib uns ruhig die Schuld. Keiner von uns konnte doch ahnen, dass …«

»Sie hatte Angst, Frank. Die Hendriks muss tierische Angst gehabt haben. Hört sich jetzt vielleicht bescheuert an, aber sie hat sich an Zaubel gewandt, weil sie nicht wusste, mit wem sie sonst über Maria sprechen konnte, und der hat ihr meine Nummer gegeben. Er hat ihr wahrscheinlich gesagt, ruf die Durant an, die kenn ich und … Warum nur hat diese blöde Kuh Berger nicht gesagt, was sie auf dem Herzen hatte.«

»Vielleicht, weil Zaubel ihr geraten hat, nur mit dir zu sprechen.«

Durant holte tief Luft, zündete sich eine Zigarette an und stellte sich zu Hellmer. »Kann sein, er hatte jedenfalls nicht viel Vertrauen in die Polizei und unser Rechtssystem an sich … Warum ist das gestern alles so schief gelaufen? Ich feiere ausgelassen meinen Geburtstag, während ein paar Straßen weiter eine Frau bestialisch abgeschlachtet wird. Es hätte verhindert werden können.«

Hellmer legte beide Hände auf die Schultern seiner Kollegin und sagte eindringlich: »Vielleicht, aber auch nur vielleicht. Ich bezweifle, dass sie, selbst wenn sie dich erreicht hätte, dir gleich am Telefon alles erzählt hätte. Ich gehe eher davon aus, dass sie einen Termin ausmachen wollte, um sich mit dir zu treffen. Ich bin sicher, wer immer sie auf dem Gewissen hat, er wäre dir so oder so zuvorgekommen. Da verwette ich meinen Arsch drauf. Wir haben die Feier für dich vorbereitet, und selbst wenn du sie zurückgerufen hättest, gestern hättest du dich bestimmt nicht mehr mit ihr getroffen. Mensch, Julia, das war eben ein saudummer Zufall, und Berger trifft dabei keinerlei Schuld. Er hat dir, wie's eben so üblich ist, eine Nachricht auf den Schreibtisch gelegt, mehr konnte er nicht tun. He, der steckt das auch nicht so leicht weg, wie du vielleicht denkst.«

»Ist ja schon gut. Es hat gestern eben alles gegen sie gesprochen, und es lässt sich nun mal nicht mehr rückgängig machen. Sie war noch relativ jung, weiß Gott noch kein Alter zum Sterben. Gehen wir. Wir werden hier nichts finden, was uns weiterbringt.«

»Sollten wir nicht doch lieber das Büro versiegeln und später noch mal in Ruhe alles absuchen?«

»Was versprichst du dir davon?« Und im Flüsterton: »Sollte der Mörder freien Zugang zur Kanzlei haben, dann hat er mit Sicherheit längst alles verschwinden lassen, was auf seine Identität hindeutet. Es bringt nichts, glaub mir.«

»Wenn du es sagst. Frau Zimmermann, das Büro von Frau Hendriks bitte vorerst möglichst nicht betreten. Richten Sie das bitte auch Dr. Knoblauch aus. Ich schau morgen noch mal vorbei.«

»Kein Problem.«

»Wiedersehen, und sollte noch was sein, hier ist meine Karte. Ach, bevor ich's vergesse, eine Frage noch. Wie war das Verhältnis zwischen Dr. Knoblauch und Frau Hendriks?«

»Sehr gut. Sie waren befreundet, aber nicht, wie Sie vielleicht denken. Eben Freunde, die glaub ich keine Geheimnisse voreinander hatten. Erst gestern Morgen wieder hat sie ihn zu sich gebeten, weil sie etwas mit ihm zu besprechen hatte. Sie wissen ja, wie das unter Freunden ist, einer hat was auf dem Herzen, und der andere hört zu und gibt Ratschläge. Aber sonst war nie was zwischen ihnen.«

»Das wissen Sie so genau?«, fragte Durant.

»Dr. Knoblauch ist verheiratet und hat zwei Kinder, deshalb weiß ich es«, sagte sie schnell, wobei sie leicht errötete.

»War auch nur eine Frage.« Aber vielleicht hast du ja was mit ihm, kein Wunder, wie du aussiehst, dachte Durant, jung und attraktiv. Hoffentlich bereust du das nicht eines Tages, Kleines. »Wir wollen Sie jetzt nicht länger aufhalten. Wiedersehen.«

»Warten Sie, heute Morgen hat eine Freundin von Frau Hendriks eine Nachricht auf dem Anrufbeantworter hinterlassen …«

»Wie heißt diese Freundin?«, fragte Durant, der ein Stein vom Herzen fiel, denn sie meinte die Antwort bereits zu kennen.

»Frau Michel, Verena Michel. Sie ist Psychotherapeutin und war auch schon ein paar Mal hier. Soll ich ihr mitteilen, dass Frau Hendriks …«

»Nein, lassen Sie uns das übernehmen. Wo finden wir diese Frau Michel?«

»Warten Sie, ich gebe Ihnen die Adresse und die Telefonnummer.«

Regina Zimmermann reichte Durant den Zettel, diese warf einen Blick darauf und bedankte sich. Regina Zimmermann sah den Beamten nach, stand auf, ging zu Rita Hendriks' Bürotür und strich mit einer Hand darüber, als wollte sie sich auf diese Weise von ihrer ehemaligen Chefin verabschieden. Sie blieb einen Moment stehen und begab sich wieder zu ihrem Platz, als das Telefon klingelte.

»Ja, einen Moment, ich stelle durch.« Und nachdem Knoblauch abgehoben hatte: »Für Sie, ist dringend.«

»In Ordnung.«

Sie legte den Hörer wieder auf, lehnte sich zurück und versuchte einen klaren Kopf zu bekommen. Da waren zu viele

Gedanken auf einmal, die sie erst sortieren musste. Manche dachten, auch bei Rita Hendriks hatte sie das Gefühl gehabt, sie hätte eine Affäre mit Knoblauch, aber außer einem hier und da geführten belanglosen verbalen Geplänkel war nie etwas zwischen ihnen gewesen. Sie hatte einen Grundsatz, und der hieß, nie etwas mit verheirateten Männern anfangen, das bringt nur Unglück. Sie ließ den gestrigen Tag Revue passieren, den Vormittag, als Rita Hendriks sie fast flehentlich um eine Zigarette gebeten hatte. Was war mit ihr los gewesen? Und über was hatte sie mit Knoblauch gesprochen? Nur äußerst selten hatte sie die Tür zugemacht, wenn die beiden sich unterhalten hatten, da Regina Zimmermann ohnehin über alle Fälle Bescheid wusste. Sie wurde aus ihren Gedanken gerissen, als die Tür aufging und der kleine dicke Mann herauskam, einer jener Typen, der nichts unversucht ließ, das Finanzamt zu betrügen. Sie mochte ihn nicht, aber er war einer der besten Klienten von Knoblauch. Er verabschiedete sich wie immer mit einem geifernden Blick auf ihre Brust und einem »Bis bald und schönen Tag noch«.

»Ihnen ebenfalls«, sagte sie nur und wollte sich schon wieder ihrer Arbeit widmen, als Knoblauch aus seinem Büro kam.

»Was wollte die Polizei von Ihnen?«, fragte er und ließ seine Hände über einen Aktenordner gleiten.

»Nichts weiter. Sie haben mir Fragen gestellt, aber ich konnte ihnen nicht weiterhelfen. Mein Gott, ausgerechnet Frau Hendriks. Das muss doch auch für Sie sehr schlimm sein, oder?«

»Tja, es ist ein herber Verlust, aber das Leben ist manchmal grausam. Ich habe Rita sehr gemocht, wir waren Freunde. Wenn ich nur geahnt hätte …« Er hielt mitten im Satz inne, schaute auf die Uhr und fuhr fort: »Ich habe gleich einen Termin und werde heute nicht mehr in die Kanzlei kommen. Sie können, wenn Sie möchten, früher Schluss machen. Ich denke, nach dieser Nachricht brauchen auch Sie etwas Ruhe. Wenn Sie nur bitte die drei Termine noch kurz absagen würden, wäre ich Ihnen dankbar.«

»Danke. Und das mit den Terminen erledige ich gleich.«

»Keine Ursache. Vergessen Sie aber bitte nicht, die Rufumleitung einzuschalten, damit ich eingehende Gespräche auf meinem Handy entgegennehmen kann. Bis morgen dann, und erholen Sie sich gut.«

Regina Zimmermann sah ihrem Chef nach, bis die Tür hinter ihm ins Schloss gefallen war, lehnte sich zurück und zündete sich eine Zigarette an.

Donnerstag, 12.45 Uhr

Durant und Hellmer warteten schweigend im Treppenhaus auf den Aufzug, und als dieser mit einem Ruck hielt und die Tür aufging, fragte Durant: »Wie ist dein Eindruck von Knoblauch?«

»Keine Ahnung, ich kann's nicht sagen. Diese Rechtsverdreher sind mir sowieso suspekt. Ist wohl eine Berufskrankheit. Und deiner?«

»Schwer zu beschreiben. Er gab sich zwar betroffen, doch irgendwie kauf ich ihm das nicht ab, frag mich aber um Himmels willen nicht, warum. Angeblich war die Hendriks eine sehr gute Freundin und ein wunderbarer Mensch, doch wie er sich verhalten hat … Der ist irgendwie aalglatt. Und jetzt, nachdem wir mit der Zimmermann gesprochen haben, fühle ich mich darin bestätigt.«

»Und was meinst du damit konkret?«

»Es ist nichts Konkretes, höchstens seine Mimik, seine Gestik, seine Körperhaltung und so weiter. Und jetzt du.«

»Er hat von Anfang an in der Vergangenheit geredet. Das ist nicht normal, in der Regel vermischen sich Gegenwart und Vergangenheit noch, wenn man gerade erfährt, dass eine gute Freundin umgebracht wurde. Das hat mich ein bisschen gewundert. Aber das Wichtigste ist meiner Meinung nach, dass er …«

» … so ein gutes Verhältnis zur Hendriks hatte. Und sie hat gestern vermutlich ein vertrauliches Gespräch mit ihm geführt, weil sie völlig durch den Wind war. Was, wenn sie ihm von Maria erzählt hat? Die Zimmermann behauptet doch, dass die beiden keine Geheimnisse voreinander hatten.«

»Hab ich auch schon drüber nachgedacht, aber was will das heißen? Außerdem wissen wir nicht, ob sie mit ihm über Maria gesprochen hat. Trotzdem können wir ihn ja im Auge behalten.«

»Frank, er sagt, keine Veränderung an der Hendriks bemerkt zu haben, und die Zimmermann behauptet genau das Gegenteil. Wenn sie wirklich gestern wie ein aufgescheuchtes Huhn durch die Gegend gerannt ist, dann bestimmt schon am Morgen, denn da hat sie zum ersten Mal bei mir angerufen, und weil ich nicht im Büro war, hat sie es später noch zweimal vergeblich versucht. Das heißt, das mit Maria hat ihr mächtig unter den Nägeln gebrannt. Deshalb könnte ich mir schon vorstellen, dass sie mit Knoblauch darüber gesprochen hat. Aber wenn die Hendriks wirklich so durch den Wind war und sich auffälliger verhalten hat als gewöhnlich, warum verschweigt er es uns dann? Was stimmt hier nicht? Oder bilde ich mir da nur was ein?«

»Glaubst du etwa, dass er was mit ihrem Tod zu tun haben könnte?«

»Im Moment glaube ich noch gar nichts, denn wenn er was mit dem Tod der Hendriks zu tun hat, dann auch mit dem von Zaubel. Klingt nicht sehr plausibel, oder?«, sagte Durant zweifelnd, und ihr Blick unterstrich diesen Zweifel noch.

»Frag mich was Leichteres. Aber wenn wir den Gedanken weiterspinnen …«

»Lieber noch nicht. Ich weiß nämlich genau, wo dieser Gedanke dann hinführt. Außerdem wäre mir das ein bisschen Zufall zu viel. Die Michel ist die Freundin der Hendriks, die trifft sich mit Zaubel und spricht danach mit Knoblauch, der auch noch was mit den Morden zu tun haben soll. Das klingt ja wie in einem grottenschlechten Krimi …«

»Diese Welt ist ein grottenschlechter Krimi, das haben mich die vergangenen fast zwanzig Jahre gelehrt. Kein Schriftsteller oder Drehbuchautor kann sich in seiner Phantasie auch nur annähernd das ausdenken, was die Wirklichkeit hergibt. Das weißt du so gut wie ich.«

»Trotzdem, ich will mich nicht auf Knoblauch versteifen, und deshalb streichen wir ihn erst mal von der Liste. Es kann ja auch Gründe geben, weshalb ihm nicht aufgefallen ist, dass mit der Hendriks was nicht stimmte. Stress, Termindruck, private Probleme, was weiß ich.« Und nach einer kurzen Pause: »Ich frag mal Peter, was die so erreicht haben.«

Nach zwei Minuten steckte Durant ihr Handy wieder in die Tasche und sagte, als sie noch am Auto standen: »Peter und Doris sind im Büro, wollen aber nachher noch mal los, um sich in Zaubels Nachbarschaft umzuhören. Ich fürchte nur, der Weg wird umsonst sein. Was sollen sie schon viel Neues erfahren, wenn schon gestern niemand etwas bemerkt hat? Wir statten jetzt jedenfalls Frau Michel einen kurzen Besuch ab, pro forma, versteht sich. Es muss schließlich alles seine Ordnung haben.«

Donnerstag, 13.10 Uhr

Psychologische Praxis Verena Michel. Durant und Hellmer begaben sich in den ersten Stock, klingelten, kurz darauf hörten sie Schritte näher kommen, die Tür wurde geöffnet. Julia Durant legte den linken Zeigefinger auf die Lippen und sagte: »Frau Michel?«

»Ja?«

»Mein Name ist Durant, Kripo Frankfurt, das ist mein Kollege Herr Hellmer. Dürfen wir bitte kurz reinkommen?«

»Natürlich. Um was geht es denn?«

»Das möchten wir Ihnen gerne drin erklären.«

»Ich habe gerade eine Patientin.«

»Wir müssen aber leider jetzt mit Ihnen sprechen, tut mir leid.«

Sie betraten eine moderne, aufgeräumte Praxis, die etwas steril wirkte. Aber vielleicht ist es genau diese Umgebung, die für therapeutische Sitzungen besonders geeignet ist, dachte Durant.

Verena Michel ließ sich sofort auf das Spiel ein. Sie tat entsetzt, als ihr mitgeteilt wurde, dass ihre beste Freundin Rita Hendriks ermordet worden war, sie täuschte einen Weinkrampf vor und beantwortete alle Fragen, so gut es ging. Nach etwa zwanzig Minuten verabschiedeten sich die Beamten. Julia Durant beendete das Gespräch mit dem obligatorischen Satz: »Sollte noch etwas sein, hier ist meine Karte. Es tut mir leid, was mit Ihrer Freundin geschehen ist.«

»Und wir wollten über Weihnachten auf die Seychellen fliegen, Rita hat sich so darauf gefreut.«

»Fliegen Sie allein, es wird Sie auf andere Gedanken bringen. Alles Gute und danke für Ihre Hilfe.«

Wieder im Auto, sagte Durant: »Die Frau ist klasse. Sie hat sofort kapiert, um was es ging. Hut ab.«

Donnerstag, 13.50 Uhr

Kullmer und Seidel waren in Bergers Büro, als Durant und Hellmer hereinkamen.

»Wie war euer Vormittag?«, fragte sie und zog sich einen Stuhl heran, während Hellmer wieder einmal stehen blieb.

»Beschissen wäre geprahlt«, sagte Kullmer resignierend und setzte sich ebenfalls. »Doris und ich waren vorhin beim HR. Wir sind erst mal von Hinz zu Kunz geschickt worden, bis wir endlich in der richtigen Redaktion waren. Aber die werten Damen und Herren dort haben sich ziemlich bedeckt gehalten. Alles, was wir erfahren haben, ist, dass Zaubel fast ausschließlich im Alleingang gearbeitet hat. Soll heißen, er hat recherchiert, aber die andern erst an seinen Ergebnissen teilhaben lassen, wenn diese wirklich in trockenen Tüchern waren. Und er hat auch nur selten preisgegeben, an was er gerade dran war. Muss ein ziemlicher Geheimniskrämer gewesen sein. Jedenfalls war aus denen nicht viel rauszukriegen. Eine Dame hat uns jedoch an eine unabhängige Redaktion verwiesen, mit der Zaubel auch zusammengearbeitet hat. Aber auch dort weiß man angeblich nichts von seinem aktuellen Projekt. Wen immer wir gefragt haben, die waren verschlossen wie Austern. Ich habe natürlich meine Karte dort gelassen, aber ich fürchte, dieser Weg war umsonst. Wir suchen nachher noch mal in Zaubels Wohnung, ob wir nicht doch noch etwas Verwertbares finden, und befragen anschließend die Nachbarn. Und bei euch?«

»Gleich. Habt ihr gesagt, dass Zaubels Tod noch nicht bekannt gegeben werden soll?«, fragte Durant.

»Haben wir.«

»Gut. Maria hat mir einiges erzählt, zumindest das Wesentliche. Wenn ich solche Geschichten höre, krieg ich das große

Kotzen, vor allem, wenn du erfährst, was mit den Frauen geschieht. Was Maria jetzt dringend braucht, ist unser Schutz, denn ich habe das Gefühl, dass sie mir noch eine Menge verschwiegen hat, wissentlich oder unwissentlich bleibt dahingestellt. Außerdem können wir sie unmöglich jetzt schon wieder zu ihrer Familie nach Moldawien schicken, dort wäre sie im Moment nicht sicher.« Sie holte eine Zigarette aus ihrer Tasche und suchte nach dem Feuerzeug. Hellmer gab ihr Feuer. »Danke. Interessant wurde es in der Kanzlei, in der die Hendriks tätig war. Frank und ich haben mit ihrem Kompagnon gesprochen. Seine Aussage weicht etwas von der seiner Sekretärin ab, was das Verhalten der Hendriks gestern betrifft. Möglich, dass er uns etwas verheimlicht. Die Frage ist, ob die Hendriks ihm von Maria erzählt hat, und wenn ja, was er mit diesem Wissen angefangen hat. Wir werden ihn jedenfalls nicht aus dem Auge lassen, auch wenn ich selbst nicht ganz glauben mag, dass er in die Sache verwickelt ist. Anschließend haben wir Frau Michel besucht und ihr ein paar Fragen gestellt, haben dabei aber so getan, als würden wir sie zum ersten Mal sehen. Sie hat toll mitgespielt, das heißt, sollte jemand sie beschatten oder abhören, dann ist sie aus dem Schneider … So, und jetzt wieder zu Maria. Sie kann ja nicht bei Frank bleiben, also werden wir sie irgendwo anders unterbringen müssen. Natürlich müsste jemand bei ihr sein, denn allein will ich sie auf keinen Fall lassen …«

»Und wo soll sie untergebracht werden, und wer soll ihr Ihrer Meinung nach Gesellschaft leisten?«, wurde sie von Berger unterbrochen.

»Das Wo klär ich gleich, zu Ihrer zweiten Frage – mein Vater«, antwortete sie trocken.

»Das ist nicht Ihr Ernst, oder?«, sagte Berger und sah Durant an, als würde er an ihrem Verstand zweifeln.

»Doch, sogar mein voller Ernst. Was spricht dagegen? Er ist hier, er hat Zeit, und er würde diese Aufgabe bestimmt gerne übernehmen. Ich muss ihn nur noch fragen. Frank findet die Idee übrigens auch nicht schlecht.«

»Herr Hellmer?«, fragte Berger misstrauisch.

»Ich find's okay. Sollte jemand allerdings einen anderen Vorschlag haben, bitte, wir sind für alles offen.«

Kopfschütteln.

»Seht ihr. Vor allem wäre damit das Problem aus der Welt, wer auf die Kleine aufpasst. Und da Julias Vater Pfarrer ist …«

»Und Ihre Meinung dazu?«, fragte Berger Kullmer und Seidel.

»Super«, sagte Kullmer nur, und Seidel nickte zustimmend und warf ein: »Was Besseres könnte ihr doch gar nicht passieren. Wenn ich mir vorstelle, ich wäre allein in einem fremden Land und hätte das hinter mir, was sie erlebt hat, ich glaube, das Letzte, was ich wollte, wäre, dann allein gelassen zu werden. Und Julias Vater ist doch geradezu prädestiniert für diese Aufgabe …«

Berger lehnte sich zurück und hob die Hand. »Sie können mit Ihrem Schlussplädoyer aufhören, ich hab's ja kapiert.« Und mit Blick auf Durant, die still vor sich hin lächelnd dasaß: »Bei Ihnen ist man vor nichts sicher, immer wieder neue Überraschungen. Na ja, von mir aus. Aber verraten Sie mir doch bitte noch, wo Sie diese Maria unterbringen wollen und wer die Kosten übernimmt? Sie wissen, was ich meine.«

»Ich geh gleich rüber in mein Büro, um zu telefonieren, danach bekommen Sie die Info. Wenn's klappt, werden die Kosten sehr gering sein.«

»Also gut, dann hab auch ich noch ein paar Neuigkeiten für Sie. Die Erste kommt von der Rechtsmedizin, die Obduktionsergebnisse sind eingetroffen. Zaubel wurde demnach durch einen einzigen gezielten Stich ins Herz getötet, ansonsten keine weiteren wesentlichen Befunde. Die Hendriks hat's schwer erwischt, ihr Körper ist ein einziges Hämatom, auch ihr Unterkiefer war gebrochen, Tod durch Strangulieren, aber das wissen Sie ja schon. Insgesamt muss ihr Todeskampf mindestens zwanzig Minuten gedauert haben, eher eine halbe Stunde. So viel dazu. Jetzt zu Nachricht zwei, oder nein, raten Sie mal, wer von der Staatsanwaltschaft für die Ermittlungen zuständig ist?«

Schulterzucken, Ratlosigkeit, bis Durants Gesicht sich aufhellte, als sie Bergers vielsagenden Blick sah.

»Vermeer?«

»Ganz genau, Frau Dr. Vermeer. Ich gehe davon aus, dass auch Sie der Meinung sind, dass das ein Glücksgriff ist. Ich denke, vor ihr brauchen wir keine Geheimnisse zu haben, sondern können sie getrost in alles einweihen. Sie hat sich bisher stets äußerst kooperativ gezeigt und uns keine Knüppel zwischen die Beine geworfen, wie manche andere der werten Damen und Herren Staatsanwälte«, sagte er mit einem Anflug von Sarkasmus, den er nur sehr selten aufblitzen ließ. »Sie ist hart, aber fair und heult vor allem nicht mit den Wölfen. Ihre Meinung dazu?«

Durant atmete auf. »Ich hätte im Traum nicht damit gerechnet, dass ihr der Fall übertragen wird. Aber umso besser für uns. Insgeheim hab ich's mir gewünscht. Das heißt aber auch, dass es bis jetzt noch nicht an die entsprechenden Stellen vorgedrungen ist.«

»Was meinst du damit?«, fragte Kullmer.

»Wir alle wissen doch, dass sowohl bei der Staatsanwaltschaft als auch beim Richterkollegium Leute sitzen, die kräftig in dem Spiel mitmischen. Die lassen uns in aller Seelenruhe zwei Mordfälle bearbeiten und denken, wir würden nie dahintersteigen, was es wirklich mit den Morden auf sich hat. Das wiederum heißt, wir haben freie Hand, und keiner legt uns Steine in den Weg. Vorläufig zumindest.«

»Dr. Vermeer wird um drei hier sein, um sich über den aktuellen Stand der Ermittlungen zu informieren. Dabei werde ich ihr natürlich auch von Frau Volescu berichten. So viel dazu. Ich hab mir aber auch weitere Gedanken gemacht und bin zu dem Schluss gelangt, dass wir schlicht und ergreifend mit dieser Sache überfordert sind. Und bevor Sie jetzt irgendwelche Einwände erheben, lassen Sie mich folgendes dazu sagen: Erstens sind wir gerade mal zu fünft, mich eingeschlossen, aber wir sind nicht annähernd so gut mit den Gegebenheiten innerhalb des organisierten Verbrechens vertraut wie unsere Kollegen vom OK. Das heißt, Müller sollte ebenfalls mit einbezogen werden, wie schon vor drei Jahren. Er ist über jeden Zweifel erhaben. Seine Hilfe kann von unschätzbarem Wert für uns sein. Außerdem kennt er seine Leute und weiß, auf wen ebenfalls Verlass ist. Er hat aus der Vergangenheit gelernt und legt nicht gleich wieder für jeden in seiner Abteilung die Hand ins Feuer.«

»Augenblick«, warf Durant ein, »das mit Müller ist schön und gut, trotzdem würde ich noch ein wenig warten. Hören Sie doch erst, was Dr. Vermeer zu sagen hat. Ist nur ein Vorschlag.«

»Sie trauen auch keinem, oder?«

»Ich traue Müller, aber nicht unbedingt seinem Urteilsvermögen. Erst vor einem halben Jahr sind doch zwei seiner Leute der Korruption beschuldigt worden ...«

»Aber sie wurden nie überführt, geschweige denn angeklagt«, sagte Berger.

»Nein, weil ein ... Schutzengel ... bestimmte Unterlagen hat mitgehen lassen und vor allem ein paar unliebsame Zeugen mit einem Mal von nichts mehr gewusst haben wollten und einer sogar ganz verschwunden ist. Sei's drum, Sie kennen meine Meinung zu dieser Abteilung, und daran wird sich auch nichts ändern. Das hat nichts mit Müller zu tun, er ist okay, aber ich glaube, er hat den Überblick verloren. Was drängt uns denn? Wir sind nicht auf der Suche nach einem Serienkiller, sondern nach Mördern aus dem organisierten Milieu. Das heißt, wir stehen nicht unter Zeitdruck.«

»Aber es gilt auch, weitere Morde zu verhindern«, bemerkte Seidel. »Und wer sagt uns, dass Frau Michel sicher vor denen ist? Wer garantiert für ihre Sicherheit?«

»Die ist sicher«, antwortete Hellmer. »Die hat heute Morgen in der Kanzlei angerufen und auf dem Anrufbeantworter eine Nachricht hinterlassen, dass die Hendriks sie bitte zurückrufen soll. Ziemlich clever die Frau. Damit ist sie meiner Meinung nach fürs Erste aus der Schusslinie. Man wird sie in Ruhe lassen.«

»Gut, dann ist das auch geklärt. Möchte einer von Ihnen dabei sein, wenn Dr. Vermeer kommt?«

»Ich würde schon gerne«, meinte Durant, »andererseits denke ich, dass es besser wäre, wenn Sie mit ihr allein reden würden.« Mit einem Mal fasste sie sich an die Stirn und sah Hellmer an. »Wiederhol noch mal, was du eben gesagt hast.«

»Was meinst du?«

»Das mit der Michel und dem Anruf.«

»Ich weiß noch immer nicht, worauf du hinauswillst.«

»Wer wusste alles von dem Aufenthaltsort von Maria? Die Michel, die Hendriks und eventuell Zaubel. Aber Zaubel hat, sollte er es gewusst haben, ganz sicher mit keinem darüber geredet, der war, was so was anging, verschwiegen wie ein Grab. Und die Michel sowieso nicht, und die Hendriks hat sich gestern den ganzen Tag in der Kanzlei aufgehalten. Aber was hat sie dort gemacht?«

Durant sah Hellmer an, der ihren Blick erwiderte und sagte: »Sie hat unter vier Augen mit Knoblauch gesprochen, wenn du das meinst.«

»Ganz genau. Und …«

»Stopp. Aber es wäre doch auch möglich, dass sie mit jemandem telefoniert hat und sich von jemandem, den wir bis jetzt nicht kennen, noch zusätzlichen Rat eingeholt hat. Wir hatten doch vorhin das mit Knoblauch, und du hast selbst gesagt, dass es eigentlich Quatsch ist, ihn zu verdächtigen. Zumindest hast du's so ähnlich ausgedrückt, und ich finde auch, wir sollten nicht den Fehler machen, uns jetzt schon auf ihn einzuschießen.«

»Du hast ja Recht. Aber lassen wir doch mal alle Telefonate, die die Hendriks gestern geführt hat, überprüfen. Außerdem hat sie versucht mich zu erreichen. Trotzdem, sollte sie Knoblauch über Maria unterrichtet haben, dann könnte er derjenige sein, der irgendjemandem die Info hat zukommen lassen, dass allein die Hendriks weiß, wo Maria ist. Ihm hat sie's nicht verraten, und so wurde ihr ein Killer auf den Hals gehetzt, der es aus ihr rausprügeln sollte. Ansonsten wäre der Killer nämlich direkt zur Michel gefahren und hätte sich Maria dort geschnappt. Aber sie hat dichtgehalten.«

»Es sei denn, es gibt noch eine weitere Person, der sie sich anvertraut hat«, warf Seidel ein. »Was, wenn sie sich zum Beispiel zum Mittagessen noch mit jemandem verabredet hatte?«

»Kann ich mir nicht vorstellen, denn je mehr Personen davon wissen, desto höher die Wahrscheinlichkeit, dass die Sache auffliegt. Die Hendriks war Anwältin, und da gibt es einen Ehrenkodex. Sie hat mit Sicherheit nicht mit Gott und der Welt über Maria gesprochen.«

»Und was ist mit der Zimmermann?«, fragte Hellmer.

»Das glaubst du doch nicht im Ernst! Die hat vielleicht was

mit ihrem Chef, aber von Maria weiß sie nichts. Außerdem war ihre Bestürzung echt, ganz im Gegensatz zu Knoblauch. Ich kann mich auch irren. Ich hoffe, ich irre mich, denn wenn nicht, dann verfügt Knoblauch über Kontakte zu Personen, die alles andere als zimperlich sind. Und dann hat er ein gewaltiges Problem.«

»Hat er nicht«, sagte Hellmer trocken. »Wenn er, was ich aber bezweifle, in der Sache drinsteckt und wir ihn in die Enge treiben, weiß die Gegenseite sofort, dass wir nicht nur zwei sogenannte gewöhnliche Mordfälle bearbeiten. Wir können ihn unauffällig beschatten lassen, mehr aber auch nicht. Dabei kriegen wir vielleicht raus, mit wem er sich so trifft, wer seine Freunde sind und so weiter. Wir können ihn nicht mal unter Druck setzen, ohne dass *wir* uns verdächtig machen. Das sind leider die bitteren Fakten. Ganz schön blöd, was?«

»Verdammt! Wer steckt hinter dieser Organisation, und vor allem, wie groß ist sie? Ich glaube kaum, dass man Maria zurückhaben will, nur weil sie der Liebling von diesem Marco Martini ist oder wie immer der Kerl auch heißen mag, sondern weil sie über Informationen verfügt …«

»Tut sie nicht, oder vielleicht doch, nur sie selbst weiß es nicht. Wo setzen wir überhaupt den Hebel an? Je mehr wir uns die Köpfe zerbrechen, desto mehr drehen wir uns im Kreis. Alles, was wir bis jetzt haben, sind ein paar Decknamen und vage Beschreibungen einiger Personen. Maria kann ja nicht mal sagen, wo sie untergebracht war. Wie's im Haus aussieht, bringt uns nicht weiter, wir brauchen eine Beschreibung des Äußeren, in welchem Bereich es liegt … Und wir brauchen vor allem dringend Verstärkung.«

Kullmer wollte gerade etwas von sich geben, als sein Handy klingelte. Er meldete sich und sagte, nachdem er kurz dem Anrufer zugehört hatte: »Ja, einen Augenblick, ich komme runter.« Er wirkte ungewohnt ernst, erhob sich und meinte: »Ich geh mal schnell nach unten, jemanden abholen.«

Ohne eine Erwiderung abzuwarten, verließ er den Raum. Die andern sahen sich kurz fragend an, bevor Durant sagte: »Also gut, stellen wir eine Liste mit Kollegen zusammen, die wir für geeignet halten, mit uns zusammenzuarbeiten. Fangt ihr schon mal an, ich will kurz hören, wie's meinem Vater so geht.«

Sie ging in ihr Büro und machte die Tür hinter sich zu. Als sie wenig später zurückkam, stand ein sehr großgewachsener, asketisch wirkender älterer Herr neben Kullmer. Er hatte volles graues Haar und wache blaue Augen, mit denen er scheinbar alles um sich herum neugierig aufsaugte.

»Darf ich vorstellen, Herr Kaiser, ein Freund und Mitarbeiter von Herrn Zaubel. Nehmen Sie doch bitte Platz.«

»Nein danke, ich will auch gar nicht lange stören. Ich habe hier nur etwas, das für Sie vielleicht von Nutzen sein könnte.« Er holte etwas aus der Innentasche seiner Lederjacke und reichte es Kullmer.

»Was ist das?«, fragte er.

»Didi, ich meine Herr Zaubel, hat mir jedes Mal eine Kopie seiner aktuellen Recherchen gegeben, falls ihm etwas zustoßen sollte. Dieser Himmelhund hat sich ja auch immer an Themen rangewagt, die andere nicht mal mit der Beißzange angefasst hätten.« Er zuckte mit den Schultern und fuhr fort: »Na ja, dafür hat er schließlich auch etliche Preise bekommen, auch wenn das einigen Leuten ziemlich sauer aufgestoßen ist. Wissen Sie, Didi hatte eine Menge Feinde, aber er fürchtete sich vor nichts, schon gar nicht vor irgendwelchen Leuten.« Er deutete auf die CD. »Schauen Sie sich das einfach an. Das letzte Update ist von vorgestern, da haben wir uns das letzte Mal gesehen. Möglicherweise hilft Ihnen das weiter.«

»Warum haben Sie uns das nicht vorhin gegeben?«, fragte Kullmer.

»Weil ich sein einziger Freund war und in der Redaktion eine Menge Elefantenohren sitzen, wenn Sie verstehen. Ich hoffe, das hier hilft Ihnen bei der Suche nach seinem Mörder.«

»Woran hat er zuletzt gearbeitet?«

»An einem Buch über das organisierte Verbrechen, aber das Wesentliche sind die Randnotizen, die er sich gemacht hat, um sie irgendwann in den Text einzubauen. Sie brauchen nicht das ganze Buch zu lesen, um zu erfahren, um was es geht, es ist im Prinzip noch ein Fragment, es sind aber ein paar interessante Namen dabei. Er hat jedenfalls in den vergangenen Wochen und Monaten sehr tiefe Einblicke in die Szene erhalten, so viel kann ich jetzt schon verraten. Und ich gehe davon aus, nein, ich bin überzeugt, dass sein Tod damit zusammenhängt. Er wollte übrigens demnächst für mehrere Wochen nach Asien und weiter nach Südamerika reisen, um noch mehr Informationen einzuholen und sich mit ein paar Leuten zu treffen.«

»Was genau wollte er in Asien und Südamerika?«

»Sagte ich doch schon, weitere Informationen einholen. Er hat auch mir gegenüber nie viel über seine jeweiligen Projekte erwähnt, aber ich habe natürlich alles gelesen, was er bis jetzt geschrieben hat. Es ist übrigens das erste Mal, dass er mir Kopien seiner Aufzeichnungen gegeben hat, als hätte er geahnt, dass er sich diesmal übernimmt, wenn Sie verstehen.«

»Hat er mit Ihnen jemals über Details gesprochen?«

»Hat er, aber auf der CD ist mehr, als ich Ihnen hier und jetzt auf die Schnelle sagen könnte.«

»Und außer Ihnen weiß niemand von dieser Kopie und seinem Projekt?«

»Nein. Wie gesagt, es sollte ein Buch werden, aber das ist ganz heißer Stoff, so heiß, dass man sich die Finger verbrennen kann. Leider hat Didi sich nicht nur die Finger verbrannt. Sie brauchen die CD übrigens nur zu starten, sie ist mit keinem Zugriffscode versehen. Und bitte sagen Sie niemandem, woher Sie diese Informationen haben, ich möchte nämlich noch ein bisschen leben.«

»Sie waren nie hier«, versicherte ihm Kullmer und fügte hinzu: »Und sollte noch etwas sein, Sie können mich jederzeit anrufen oder herkommen. Was immer Sie uns sagen, es wird mit äußerster Diskretion behandelt.«

»Davon gehe ich aus. Wer von Ihnen ist Frau Durant?«, fragte er und sah die beiden Frauen an.

»Ich.«

»Sie sind das also. Didi hat viel von Ihnen gehalten, und das will was heißen. Er hat gesagt, Sie seien wie eine Löwin. Dann zeigen Sie's den verdammten Kerlen und beißen Sie ihnen das Genick durch. Und noch mal, ich war nie hier. Wiedersehen.« Er machte auf dem Absatz kehrt, und Kullmer begleitete ihn zum Aufzug.

»Wiedersehen«, sagte Durant leise, was Kaiser nicht mehr hörte.

»Eine Löwin, wow«, meinte Hellmer breit grinsend. »Dann schärf schon mal deine Beißerchen.«

»Idiot. Leg lieber die CD ein, ich will sehen, was drauf ist.«

»Immer piano, wir wollen doch alle wissen, was der Herr so getrieben hat.«

Kullmer kam zurück und sagte: »Da hat sich unser Ausflug heute Vormittag doch noch gelohnt. Aber der Typ hat natürlich Bammel, auch wenn er versucht hat sich's nicht anmerken zu lassen. Ich hab fast den Eindruck, als ob wir in ein Wespennest gestochen hätten.«

»Tja, soll passieren«, erwiderte Durant kurz angebunden und starrte gebannt auf den Monitor, während das Programm geladen wurde. Sie runzelte die Stirn. »Das ist ein Manuskript.«

»Wird's wohl sein, wenn es ein Buch werden sollte. Du meine Güte, das sind weit über zweihundert Seiten, und er war bestimmt noch nicht fertig damit. Wer von uns liest es?«, fragte Hellmer in die Runde.

»Ich mach das«, antwortete Berger. »Auch wenn ich vielleicht nicht so aussehe, aber ich kann sehr schnell lesen. Können Sie mir das auf die Festplatte speichern und wenn möglich auch gleich ausdrucken? Ich les das zu Hause und werde mir die wesentlichen Passagen markieren. Dieser Kaiser hat doch was von Randnotizen erwähnt.«

»Kein Problem«, sagte Hellmer, drückte drei Tasten und lehnte sich zurück. Und nach einer Minute: »Bingo, ist drauf. Und jetzt schauen wir mal, wo das Kleingedruckte steht. Aha, er hat das immer zwischen die einzelnen Absätze gepackt. Uups, was ist das denn?« Er überflog die folgenden Zeilen. »Mein Gott, der wusste ja offensichtlich mehr als die Polizei. Wie kann so was angehen? Hier, Namen, Orte, Treffpunkte, die ich aber nicht zuordnen kann. Das müssen wir in aller Ruhe auswerten. Na ja, unser Chef kriegt das schon hin. Tun Sie doch, oder?« Er sah Berger von der Seite an, der keine Miene verzog.

»Wie machst du das ohne Maus?«, wollte Seidel wissen.

»Kleine Tricks, die ich dir bei Gelegenheit beibringen kann«, antwortete Hellmer nicht ohne Stolz und druckte den Text aus. »So, und jetzt?«

»Dr. Vermeer müsste eigentlich jeden Moment hier sein«, bemerkte Berger mit Blick auf die Wanduhr.

Hellmer winkte ab und entgegnete: »Kein Thema, Julia und ich wollten uns sowieso in unser Büro zurückziehen.«

»Und wir machen uns auf den Weg zu Zaubels Haus. Ich erwarte aber nachher noch einen detaillierten Bericht von der Unterredung«, erklärte Kullmer und gab Seidel mit dem Kopf ein Zeichen. Sie zog sich ihre Jacke über und folgte ihrem Freund und Kollegen nach draußen.

»Wenn Sie uns brauchen, wir sind drüben«, sagte Durant zu Berger und verschwand mit Hellmer in ihrem Büro. Sie schloss die Tür, stellte sich ans Fenster, sah hinunter auf die Kreuzung Eschersheimer Landstraße/Adickesallee und schürzte die Lippen. Sie hörte, wie Hellmer sich eine Zigarette anzündete, drehte sich um, holte ebenfalls eine Zigarette aus ihrer Tasche und ließ sich von ihm Feuer geben.

»Ich glaube, Zaubel hat uns sein Vermächtnis hinterlassen. Ich sehe aber auch eine verdammt schwere Zeit auf uns zukommen. Es könnte gefährlich werden, sehr gefährlich sogar.«

Hellmer zuckte mit den Schultern. »Na und? Hat uns das jemals gestört?«

»Meinst du, die Vermeer spielt mit?«, fragte Durant, ohne auf die letzte Bemerkung von Hellmer einzugehen, denn zu viele Gedanken waren in ihrem Kopf. Sie stand wieder am Fenster und blickte auf den starken Verkehr unter sich. Ein Polizeiauto raste mit Blaulicht bei Rot über die Kreuzung, gefolgt von einem Notarztwagen.

»Wieso, du kennst sie doch viel besser als ich«, sagte Hellmer. »Außerdem hast du selbst von einem Glücksfall gesprochen. Es wird schon werden.«

»Dein Wort in Gottes Ohr. Aber wir kommen ohne Verstärkung nicht aus. Wenn ich nur wüsste, wen wir einbeziehen können.«

Hellmer stellte sich zu Durant. »Julia, jetzt sei doch nicht immer so misstrauisch und pessimistisch. He, wenn alle Bullen Schweine wären, dann wären wir auch welche. Was glaubst du, wie viele Kollegen alleine hier im Präsidium sich Tag für

Tag den Arsch aufreißen und das Gleiche Ehrgefühl und die gleiche Berufsauffassung haben wie du und ich?! Ich wette, mindestens die Hälfte, eher mehr. Aber du traust offensichtlich keinem über den Weg …«

»Blödsinn! Es ist nur …«

»Es ist nur was?«

»Keine Ahnung. Ein einfacher Mordfall, und ich hab keine Probleme mit Kollegen. Aber in dem Moment, wo's ums Organisierte geht, ich weiß nicht, das hat einfach 'ne andere Qualität. Da weiß ich eben nicht, wer auf welcher Seite steht.«

»Berger hat doch schon gesagt, dass die meisten von uns auf der richtigen Seite stehen.«

»Aber lass einen darunter sein, der es nicht tut. Was dann?«

»Auch das wird uns nicht umhauen, höchstens für einen Moment bremsen. Wir schaffen das, glaub mir.«

»Ich hoffe, du hast Recht. Ich fahr mal kurz nach Hause und schau nach meinem Vater, das bringt mich auf andere Gedanken. Ich steh im Augenblick ein bisschen neben mir.«

»Willst du dir seelischen Beistand holen?«

»Quatsch! Ich will ihn darauf vorbereiten, dass er ab heute Abend für eine Weile mit einer ausgesprochen hübschen jungen Dame zusammensein wird«, antwortete sie gequält lächelnd. »Also, dann bis nachher.« Sie drückte ihre Zigarette aus, hielt inne und griff zum Telefon. »Würdest du mich bitte für einen Moment allein lassen, ich hätt beinahe was ganz Wichtiges vergessen.« Ohne eine Erwiderung begab sich Hellmer in sein Büro.

Sie tippte eine Nummer ein, wartete, ließ es fünfmal klingeln, bis am andern Ende abgenommen wurde.

»Hi, ich bin's, Julia. Wie geht's denn so?«

»Julia! Du rufst um diese Uhrzeit an? Was hast du auf dem Herzen?«

»Kannst du Gedanken lesen?«

»Manchmal«, antwortete Susanne Tomlin, und Durant meinte sie lächeln zu sehen. »Also, was gibt's?«

»Um es kurz zu machen, du hast doch diese Wohnung in der Eysseneckstraße. Wohnt dort im Augenblick jemand?«

»Nein, warum?«

»Und du hast auch nicht vor, in den nächsten Tagen hochzukommen?«

»Also bitte, das wüsstest du längst.«

»Entschuldigung, ich bin nur ein bisschen durcheinander. Dann bitte ich dich jetzt um einen großen Gefallen. Wir bearbeiten einen sehr komplizierten Fall und müssen eine junge Frau anonym unterbringen. Dürften wir dafür deine Wohnung benutzen?«

»Kein Thema. Der Hausmeister hat einen Schlüsselsatz, falls mal irgendwas ist.«

»Du bist ein Engel. Ich bitte dich aber, mit niemandem, wirklich mit niemandem darüber zu reden.«

»Nur, wenn du zu Weihnachten oder über Neujahr zu mir kommst«, sagte Susanne Tomlin lachend. »Kleiner Scherz, du kannst dich auf mich verlassen. Ich werd gleich bei Herrn Künzer, dem Hausmeister, anrufen und ihm sagen, dass ihr vorbeikommt. Er wohnt im Erdgeschoss und ist im Prinzip immer zu erreichen. Wisst ihr schon ungefähr eine Uhrzeit?«

»Irgendwann zwischen sieben und acht. Mein Vater soll nämlich der Kleinen Gesellschaft leisten, er weiß aber noch nichts von seinem Glück. Also nochmals vielen, vielen Dank.«

»Wofür denn? Melde dich, sobald ihr in der Wohnung seid. Das Telefon ist übrigens angeschlossen.«

»Das werden wir nicht brauchen, denn mein Vater bekommt

ein Handy mit einer Prepaid-Karte, damit Anrufe nicht zurückverfolgt werden können. Wie gesagt, das läuft alles unter größter Geheimhaltungsstufe.«

»Dann viel Glück und bis nachher. Ich werde übrigens vom 10. bis 15. Dezember in Frankfurt sein. Solltet ihr dann noch die Wohnung brauchen, kein Problem, ich …«

»Dann kommst du zu mir, ist doch wohl klar, oder?«

»Wir kriegen das schon hin. Also, mach's gut, und ich drück dir die Daumen, dass alles glatt geht.«

»Du hast echt was gut bei mir. Ich ruf dich später noch mal an. Ciao. Ach ja, noch was, bitte erwähn gegenüber dem Hausmeister nicht, dass wir von der Polizei sind. Sag ihm einfach, eine Freundin wird vorübergehend mit ihrem Vater in deiner Wohnung sein.«

»Mach ich. Bis nachher.«

Julia Durant war erleichtert. Sie ging zu Hellmer und berichtete ihm von dem Telefonat.

»Deine Freundin in Südfrankreich! He, das hört sich richtig gut an. Da findet man Maria nie.«

»Und die Eysseneckstraße ist nur einen Katzensprung von hier.«

»Cool, auf die Idee wär ich nie gekommen. Kennst du die Wohnung?«

»Ich war einmal dort, als Susanne in Frankfurt war. Liegt aber schon eine Weile zurück …« Sie wollte noch etwas hinzufügen, als die Tür aufging. Berger.

»Frau Dr. Vermeer hätte Sie beide gerne bei der Unterredung dabei«, sagte er. »Kommen Sie.«

»Haben Sie schon …«

Berger machte nur eine Kopfbewegung und ging wieder zurück in sein Büro, gefolgt von Durant und Hellmer.

Dr. Claudia Vermeer erhob sich, als die beiden Kommissare das Zimmer betraten, und reichte erst Durant, dann Hellmer die Hand. Sie war eine Idee kleiner als Durant, hatte halblanges blondes Haar, einen vollen Mund und strahlend blaue Augen, hinter denen man niemals eine bisweilen unerbittliche Staatsanwältin vermutet hätte. Sie hatte eine helle, klare Stimme, und es gab viele, die in ihr die schönste Staatsanwältin Deutschlands sahen, die genauso gut als Model Karriere hätte machen können, das einzige Hindernis wäre ihre Körpergröße gewesen. Claudia Vermeer war ledig, ein Arbeitstier und hatte sich mit Leib und Seele ihrem Beruf verschrieben, worunter ihr Privatleben litt. Doch als sie sich einmal privat mit Julia Durant getroffen hatte, hatte sie gesagt, sie sei ja erst einunddreißig und der Zug noch nicht ganz abgefahren, und außerdem fühle sie sich momentan noch ganz wohl ohne Mann.

Nach der kurzen Begrüßung nahm sie wieder Platz. »Dann wollen wir mal. Alles, was Herr Berger mir in den letzten zwei Minuten mitgeteilt hat, ist, dass es sich bei den Fällen Zaubel und Hendriks nicht um in Anführungsstrichen normale Mordfälle handelt. Deshalb wollte ich auch, dass Sie bei dem Gespräch dabei sind. Um was geht es genau?« Obwohl Durant und Vermeer sich bereits seit geraumer Zeit duzten, so hatten sie doch abgemacht, sich in Gegenwart anderer zu siezen.

»Das ist ziemlich kompliziert«, begann Durant und lehnte sich zurück. »Aber ich will es so kurz und knapp wie möglich machen. Die Morde an Zaubel und Hendriks hängen unmittelbar zusammen.«

»Inwiefern?«, fragte Vermeer mit leicht gerunzelter Stirn, aber in ihrer typisch wortkargen Art, mit der sie verhinderte, dass andere ihre Emotionen sahen. Julia Durant aber kannte sie besser und wusste, dass sie in ihrem Innern sensibel und verletzlich war, vielleicht aber mit ein Grund für ihre herausragenden Fähigkeiten als Staatsanwältin, denn sie besaß Feingefühl und konnte sich gut in andere hineinversetzen.

»Die beiden haben sich erst vorgestern getroffen, weil Frau Hendriks etwas Dringendes auf dem Herzen hatte. Es geht um Menschenhandel.« Durant machte bewusst eine Pause, um die Reaktion von Claudia Vermeer abzuwarten.

»Und weiter?«

»Es gibt eine junge Frau aus Moldawien, der die Flucht aus einem Bordell gelungen ist, von dem wir nicht wissen, wo es sich befindet und wer der Betreiber ist. Sie selbst kann nämlich keine Angaben darüber machen, da sie wie eine Gefangene, oder sollte ich besser sagen Sklavin, gehalten wurde und sowohl der Betreiber als auch die Kunden sich grundsätzlich mit Decknamen angesprochen haben. Übrigens hat sie zusammen mit vierzehn anderen jungen Frauen dort gelebt, allesamt aus dem Ostblock. Unser Glück ist, dass sie perfekt Deutsch spricht und wir deshalb auf einen Dolmetscher verzichten können.«

»So, jetzt mal schön der Reihe nach«, sagte Vermeer und schlug die Beine übereinander. »Woher wissen Sie von dieser Prostituierten, und wo hält sie sich momentan auf?«

»Sie ist keine Prostituierte, denn sie hat nichts von dem, was sie getan hat, freiwillig gemacht. Sie war gerade mal siebzehn, als jemand zu ihr kam und ihr einen Job im Westen versprochen hat. Sie wäre aber niemals auf die Idee gekommen, dafür ihren Körper und vielleicht auch ihre Seele verkaufen zu müssen. Ihr wurden vier Jahre ihres Lebens gestohlen, und diese vier Jahre wird ihr kein Mensch auf dieser Welt zurückgeben können.«

Vermeer nickte. »Gut, dann sprechen wir nicht mehr von einer Prostituierten. Tut mir leid. Also noch mal: Woher wissen Sie von dieser jungen Frau, und wo befindet sie sich momentan?«

»Kann ich mich darauf verlassen, dass alles, was wir hier besprechen, auch vorerst unter uns bleibt?«, fragte Durant.

»Wenn Sie es so wünschen«, antwortete Vermeer mit entschlossener Stimme und diesem Funkeln in den Augen, das sie immer dann hatte, wenn es anfing in ihr zu brodeln, denn sie hatte in der Vergangenheit bewiesen, dass sie auf der Seite misshandelter und gedemütigter Frauen und Kinder stand und nicht wie manche ihrer Kollegen versuchte, gewisse Dinge schönzureden. »Misshandler«, Schläger und Pädophile hatten bei ihr einen schweren Stand, und sie hatte schon einige von ihnen hinter Schloss und Riegel gebracht.

»Bei ihrer Flucht ist sie bei einer Psychologin gelandet, die die beste Freundin von Frau Hendriks ist beziehungsweise war. Aber Maria, so heißt die junge Frau, hat verständlicherweise nicht gerade viel Vertrauen in die Polizei, weshalb Frau Michel, die Psychologin, Frau Hendriks eingeschaltet hat, die ja Anwältin ist oder war. Die wusste jedoch auch keinen Rat und hat sich deshalb für Dienstagabend mit Zaubel verabredet, der ihr meinen Namen als Ansprechpartnerin gab. Sie hat versucht mich zu erreichen, aber leider war ich gestern den ganzen Tag nicht im Büro.«

»Woher kannte Zaubel Ihren Namen?«

»Wir haben uns vor ein paar Jahren kennen gelernt, einige Male getroffen, telefoniert und so weiter. Die Leute, die die Hendriks und Zaubel auf dem Gewissen haben, gehen mit äußerster Brutalität vor. Entweder fürchten sie, dass Maria uns eine detaillierte Beschreibung einzelner Personen, die in dem Bordell verkehren, geben könnte, oder sie wollten einfach nur ein Exempel statuieren. Zaubel muss ihnen so oder so ein Dorn im Auge gewesen sein, denn er hat, so viel haben wir bis jetzt herausgefunden, an einem Buch über organisierte Kriminalität geschrieben, in den er mit Details nicht gespart hat, so weit wir das auf die Schnelle überblicken konnten. Ein Freund von ihm hat uns vorhin eine CD mit den letzten Updates gebracht. Und nun kommt der Knackpunkt. Ich gehe davon aus, dass diese Organisation zum einen nicht nur groß, sondern auch mächtig ist und ihre Leute überall sitzen hat, vermutlich auch hier. Deshalb auch Marias Angst vor der Polizei, was ich durchaus verstehen kann …«

»Moment«, wurde sie von Vermeer unterbrochen, »was wollen Sie damit sagen?«

»Kommen Sie, wir haben uns doch schon einmal darüber unterhalten. Nicht jeder, der behauptet, für das Recht einzutreten, tut das auch. Immer mehr von unseren Kollegen halten die Hand auf oder lassen sich kleine oder auch größere Gefälligkeiten mit Sachgeschenken belohnen. Das reicht bis ganz nach oben.«

Vermeer holte tief Luft und erwiderte mit einem kaum merklichen Lächeln: »Ich kann mich vage an unser Gespräch erinnern. Aber das ist kein Grund, alle über einen Kamm zu scheren.«

»Um Himmels willen, das würde ich nie tun«, wiegelte Durant ab. »Aber Sie und ich wissen, dass gerade im Bereich der organisierten Kriminalität sehr viel unter den Tisch gekehrt wird. Ermittlungsakten verschwinden auf unerklärliche Weise, Drogendealer, Waffenhändler und sogar Auftragskiller laufen frei herum und lachen sich ins Fäustchen, weil sie nach wie vor ungestört ihren Geschäften nachgehen können. Bei uns werden die Mittel gekürzt, während die Gangster immer weiter aufrüsten und uns technologisch mittlerweile ebenbürtig, wenn nicht sogar überlegen sind. Aber das nur am Rande. Jedenfalls sagt mir eine innere Stimme, dass wir speziell in diesem Fall sehr, sehr vorsichtig vorgehen müssen. Maria hat nämlich von einem Stammkunden erzählt, der sich einmal damit gebrüstet hat, jemanden für den Rest seines Lebens hinter Gitter gebracht zu haben. Und da kommt doch wohl nur ein Staatsanwalt oder ein Richter in Frage.«

»Und Sie meinen nicht, dass sie sich das aus den Fingern gesogen hat?«

»Nein«, entgegnete Durant energisch. »Warum sollte eine zwanzigjährige junge Frau das tun? Für sie ging und geht es noch immer um das nackte Überleben. Außerdem habe ich mit ihr gesprochen, und sie macht auf mich einen sehr glaubwürdigen Eindruck. Glauben Sie mir, sie hat die Hölle auf Erden erlebt, und in dem Haus sind immer noch Frauen, die ihrer Würde vollständig beraubt werden, die ihren Familien entrissen wurden und so weiter und so fort. Sie werden missbraucht, sie werden misshandelt, und sie werden allem Anschein nach auch manchmal getötet, denn wie diese Maria mir gesagt hat, verschwinden einige von ihnen ganz plötzlich. Andere wieder werden nach einer gewissen Zeit ausgetauscht, das heißt, sie werden in andere Bordelle verlegt. Es ist, wie es aussieht, ein höchst komplexes und gleichzeitig perfides System. Nicht einmal das Wort menschenverachtend trifft auch nur annähernd den Kern der Sache.«

»Und warum werden Ihrer Meinung nach einige der Frauen getötet?«, wollte Vermeer wissen, ohne dabei eine erkennbare Reaktion zu zeigen, auch wenn Durant spürte, wie sehr es in ihr arbeitete.

Durant zuckte mit den Schultern. »Keine Ahnung, das gilt es herauszufinden. Jedenfalls tauchen sie in keiner Statistik auf, wie auch, wenn sie offiziell gar nicht hier gemeldet sind. Sie kommen anonym her und sterben genauso anonym. Was dann mit ihnen geschieht, darüber können wir nur spekulieren.«

»Das hört sich ein bisschen sehr nach Science-Fiction oder Fantasy an …«

»Mag sein, aber nach meinen Erfahrungen halte ich nichts mehr für unmöglich«, sagte Durant schnell. »Wenn man jedes Jahr ungehindert tonnenweise Drogen und Tausende von Frauen nach Deutschland bringen kann …«

»Was sind denn Ihre Erfahrungen?«

»Darf ich etwas dazu sagen?«, meldete sich Hellmer zu Wort.

»Sicher.«

»Wir hatten vor gut drei Jahren einen Fall, der auch in den Bereich der organisierten Kriminalität fiel. Darin war übrigens einer Ihrer früheren Kollegen verwickelt. Wir haben damals zu Beginn auch nur in einem scheinbar simplen Mordfall ermittelt, bis wir merkten, dass es sich um OK handelte. Damals sind unter anderem unschuldige Kinder von einem Auftragskiller umgebracht worden … Und auch in diesem Fall sind es keine kleinen Gauner, mit denen wir es zu tun haben, das sind eiskalte Gangster, die auch vor Mord nicht zurückschrecken, wie wir inzwischen wissen. Und aus diesem Grund schlage ich vor, dass wir vorerst so tun, als würden wir weiterhin zwei völlig voneinander unabhängige Mordfälle bearbeiten. Andererseits ist uns klar, dass wir diesen Fall unmöglich mit unserer geringen personellen Kapazität lösen können. Ergo stellt sich die Frage, wen wir in die Ermittlungen mit einbeziehen.«

»K 60 bis 65«, sagte Vermeer. »Die sind normalerweise für so was zuständig.«

»Das wissen wir, aber wir wissen auch, dass gerade diese Abteilungen nicht ganz virenfrei sind, wenn Sie verstehen.«

»Und wie haben Sie sich das weitere Vorgehen vorgestellt? Sie werden ohne Hilfe nicht weiterkommen. Oder wollen Sie einen Alleingang à la Rambo starten?«, fragte sie nicht ohne einen leichten Spott in der Stimme.

»Nein, natürlich nicht. Wir benötigen sogar dringend Unterstützung, aber es müssen ausgewählte Leute sein, und zwar solche, die sich in der Vergangenheit als absolut zuverlässig erwiesen haben. Dazu müssen wir jedoch die Personalakte eines jeden Einzelnen kennen.«

»Unmöglich«, winkte Vermeer entschieden ab. »Lassen Sie mich etwas dazu sagen. Sie wollen die Morde aufklären, aber Sie wissen genau, dass Sie es allein nicht schaffen können. Richtig?«, wandte sie sich wieder an Durant, die nur mit den Schultern zuckte. »Die Frage stellt sich doch, wie soll es weitergehen? Warten Sie auf göttlichen Beistand oder eine himmlische Eingebung? Vergessen Sie's. Für die Morde sind Sie zuständig, für das andere die eben erwähnten Abteilungen. Ob Sie es wollen oder nicht, Sie werden zusammenarbeiten müssen ...«

»Geben Sie uns noch einen Tag«, bat Durant.

»Wofür? Was glauben Sie in einem Tag erreichen zu können?«

»Nur einen Tag. Ich möchte noch einmal allein mit Maria sprechen, vielleicht fällt ihr ja noch etwas ein.«

»Wo ist diese Maria jetzt?«

Durant druckste einen Moment herum, bis sie antwortete: »Bei Herrn Hellmer, aus Sicherheitsgründen. Aber wir werden sie noch heute an einen anderen Ort bringen.«

»Allein?«, fragte Vermeer misstrauisch.

»Nein, mein Vater wird bei ihr sein.« Hoffentlich, dachte sie.

»Das wird ja immer schöner. Entschuldigen Sie, aber ...«

»Nein, warten Sie«, sagte Durant. »Maria muss vorläufig aus der Schusslinie bleiben, aber wir können sie unmöglich allein lassen. Dieses Mädchen hat das Schlimmste durchgemacht, was ein Mensch durchmachen kann, sie braucht jemanden an ihrer Seite. Und da mein Vater Pfarrer ist und sich zufällig gerade in Frankfurt aufhält, wäre er in meinen Augen der geeignete Mann. Bei ihm wäre sie in sicheren Händen. Er ist schließlich immer noch als Seelsorger tätig.«

Nach kurzem Überlegen sagte Vermeer: »Also gut, Sie haben mein Einverständnis. Voraussetzung ist jedoch, dass ich weiß, wo diese Maria untergebracht ist und ich von Ihnen ständig auf dem Laufenden gehalten werde. Können wir so verbleiben?«

»Selbstverständlich«, antwortete Durant erleichtert. Sie wollte gerade noch etwas hinzufügen, als Vermeer wieder das Wort ergriff.

»Ich bestehe übrigens darauf, dass Herr Müller in die Ermittlungen einbezogen wird. Wenn Sie es ihm nicht sagen, werde ich das tun. Auch würde ich gerne so bald wie möglich mit Maria sprechen. Ich habe auch nichts dagegen, wenn Frau Durant bei dem Gespräch dabei ist. Ich versichere Ihnen, ich stehe voll und ganz auf Ihrer Seite, falls Sie irgendwelche Zweifel haben sollten.«

»Nein«, sagte Durant schnell, »ich bin sogar erleichtert, dass Sie die staatsanwaltlichen Ermittlungen leiten. Das macht es für uns einfacher, aber dass Sie das bitte nicht falsch verstehen. Ich hatte insgeheim gehofft, Sie würden die Ermittlungen leiten.«

»Danke für das Kompliment, ich werde mein Bestes tun, um Sie zu unterstützen. Ihnen sollte aber klar sein, wie gefährlich es ist, sich mit diesen Leuten anzulegen. Wie gesagt, ziehen Sie Herrn Müller hinzu, erklären Sie ihm die Lage, und beraten Sie sich mit ihm. Und sowie Sie Maria an diesem sicheren Ort haben, geben Sie mir Bescheid.« Vermeer schaute auf die Uhr, erhob sich und fuhr fort: »Ich muss Sie jetzt leider verlassen, ein wichtiger Termin wartet auf mich, ein Pressetermin, wo ich zusammen mit unserem Pressesprecher den Damen und Herren Journalisten erklären werde, dass der angesehene und renommierte Journalist Dietmar Zaubel ermordet wurde und in alle Richtungen ermittelt wird, wir aber noch keine heiße Spur haben. Recht so?«, fragte sie lächelnd.

»Sagen Sie ihnen doch, dass Zaubel allem Anschein nach von einem Drogensüchtigen umgebracht wurde.«

»Warum ausgerechnet ein Drogensüchtiger?«

»Taunusanlage, die Nähe zum Bahnhofsviertel«, antwortete Durant schulterzuckend.

Vermeer überlegte und sagte nach einer kurzen Pause: »Sie leiten alles in die Wege, was diese Maria betrifft, und dann sehen wir weiter. Es kann und darf nicht angehen, dass solche Verbrechen einfach so geschehen. Also dann, viel Erfolg und tschüs.«

»Tschüs.« Durant stand ebenfalls auf und begleitete Vermeer bis zum Aufzug. »Mein Gott, bin ich froh, dass du das machst«, sagte sie leise, während sie auf den Lift warteten.

»Schon gut. Lass uns doch die nächsten Tage mal essen gehen, mittags oder abends, dann können wir uns in aller Ruhe unterhalten. Am besten wäre schon morgen, ich brauch wirklich Informationen, um überhaupt tätig werden zu können. Kopf hoch, wir schaffen das. Allerdings nicht ohne Hilfe von anderer Stelle, das muss dir klar sein. Ich setz auf dich.« Der Aufzug hielt, die Tür ging beinahe lautlos auf. Vermeer stellte sich vor das magische Auge, das verhinderte, dass die Tür sich automatisch schloss, und meinte: »Du weißt, ich habe Beziehungen und kenne eine Menge einflussreicher und nicht korrupter Leute. Wenn wir es wirklich wollen und auch planvoll angehen, werden wir gewinnen. Morgen Mittag um eins beim Mexikaner hier vorne?«

»Einverstanden«, sagte Durant. Vermeer winkte ihr noch einmal zu, trat in den Aufzug, die Tür schloss sich.

Wieder im Büro, sagte Berger, der den Hörer gerade auf die

Einheit legte: »Müller kommt gleich rüber. Dr. Vermeer hat Recht, wir haben keine andere Wahl, als ihn mit einzubeziehen. Wir können es unmöglich allein schaffen, dazu fehlt uns einfach das nötige Know-how.«

»Das hab ich inzwischen auch eingesehen. Gehen wir's an.«

»Gut so. Ich hatte gehofft, dass Sie Ihre Meinung ändern würden.«

Donnerstag, 16.20 Uhr

Müller erschien keine fünf Minuten nach dem Telefonat in Bergers Büro. Er hatte seinen typisch mürrischen Gesichtsausdruck aufgesetzt, obwohl er im Grunde ein recht zugänglicher und offener Mensch war. Auch wenn er nur selten lachte, konnte man ihn nicht als humorlos bezeichnen. Er nahm Platz und sagte: »Was gibt's denn so Dringendes?«

Berger war entgegen seiner sonstigen Gewohnheit aufgestanden, hatte sich ein Glas Wasser eingeschenkt und stellte sich mit dem Rücken ans Fenster. Nachdem er einen Schluck genommen hatte, sagte er: »Was wir besprechen, bleibt vorerst in diesen vier Wänden. Die Einzigen, die bis jetzt davon Kenntnis haben, sind meine Mitarbeiter und Frau Dr. Vermeer, die eben hier war. Kann ich mich auf deine Verschwiegenheit verlassen?«

»Was soll der Quatsch?! Wie lange kennen wir uns jetzt schon? Dreißig Jahre? Und hab ich jemals irgendwas ausgeplaudert, wenn es ›geheim‹ war? Also raus mit der Sprache.«

»Es geht um zwei Morde …« In den folgenden Minuten erzählte Berger, was vorgefallen war, ohne von Müller unterbrochen zu werden, dessen Gesicht eine undurchdringliche Maske war. Nur ein paar Mal bewegte er leicht den Kopf, seine Haltung war angespannt. Nachdem Berger geendet hatte, fuhr sich Müller mit der rechten Hand über das stopplige Kinn (Durant hatte ihn nie anders als mit einem Dreitagebart gesehen), stand ebenfalls auf und nahm sich ein Glas Wasser, das er in einem Zug leerte. Anschließend blickte er seinen alten Freund lange und nachdenklich an.

»Das ist ein Hammer. Und wie habt ihr euch das weitere Vorgehen vorgestellt?«

»Das wollten wir eigentlich von dir wissen. Wir benötigen deine Hilfe.«

»Also gut, fassen wir zusammen, was wir bis jetzt haben. Zwei Tote, eine illegale Prostituierte, die nicht sagen kann, wo sie gefangen gehalten wurde, und eine CD, die dieser Zaubel hinterlassen hat. Das ist nicht gerade viel, oder wie würdest du das sehen? Oder Sie, Frau Durant und Herr Hellmer?«

»Du hast doch Erfahrung mit Menschenhandel«, sagte Berger und löste sich vom Fenster, um sich zu setzen. »Wie können wir an diese Typen rankommen?«

»Soll ich ganz ehrlich sein?«, entgegnete Müller und stellte sich direkt vor Berger. »Gar nicht.«

»Was soll das heißen, gar nicht?«, stieß Berger aufgebracht hervor und sah Müller verständnislos an. »Es muss doch eine Möglichkeit geben, herauszukriegen, wo sich dieser Nobelpuff befindet.«

»Natürlich gibt es Möglichkeiten, selbst in einer Stadt wie Frankfurt. Aber soll ich euch sagen, wie das gerade bei uns in den vergangenen Jahren abgelaufen ist? Wir haben verdammt oft in diesem Bereich ermittelt, Menschenhandel, Schleuserkriminalität, illegale Prostitution und so weiter und so fort, aber alles, was wir gefangen haben, waren die kleinen Fische, die natürlich keinen blassen Schimmer hatten, wer ihre Auftraggeber sind oder waren. Und wisst ihr auch, warum das so ist? Wenn nämlich einer von denen die Schnauze aufmacht, ist er im nächsten Moment ein toter Mann. Diese kleinen Typen haben einen riesigen Haufen Scheiße in der Hose, wenn wir sie in die Mangel nehmen. Keiner von denen traut sich, die Namen irgendwelcher Hintermänner preiszugeben. Also, was dann weiter passiert: Die kriegen in der Regel eine Bewährungsstrafe, manchmal verbunden mit einem saftigen Bußgeld, manch einer wandert auch für zwei oder drei Jahre in den Bau, was diesen Typen aber immer noch lieber ist, als das verdammte Maul aufzumachen und danach als Leiche im Main schwimmen zu gehen.«

Müller stieß die eingeatmete Luft hörbar aus, seine Kiefer mahlten aufeinander, sein Blick war alles andere als ermunternd.

»Eine andere Variante, eine, die mich noch viel mehr aufregt oder aufgeregt hat, denn inzwischen hab ich mich damit abgefunden: Wir stoßen sehr weit vor mit unseren Ermittlungen, aber mit einem Mal kommt eine Order von oben, dass das LKA, das BKA oder der Staatsschutz oder der Verfassungsschutz ab sofort zuständig ist. Wir werden aufgefordert oder besser gesagt gezwungen, alle Akten rauszurücken und sie der nun zuständigen Stelle zu übergeben. Was dann geschieht, wissen allein diejenigen, die die Order erteilt haben … Und wisst ihr auch, warum uns die großen Fälle entzogen werden?« Müller schüttelte den Kopf und sah Berger resigniert an, der darauf wartete, dass sein Freund fortfuhr. »Ihr wisst es genauso gut wie ich, aber ich sag's trotzdem noch einmal – weil unter den Leuten, gegen die wir ermitteln, immer welche sind, die so hohe Positionen in der Politik, Justiz und Wirtschaft einnehmen, dass gegen sie nicht ermittelt werden darf. Hört ihr, wir dürfen nicht ermitteln! Das ist die verdammte Scheiße in diesem gottverdammten Spiel, in dem wir immer öfter die Verlierer sind. In den letzten Jahren frag ich mich immer häufiger, wozu wir Bullen überhaupt noch da sind. Mir kommt's jedenfalls so vor, als würde man nur jemanden brauchen, dem man im Notfall den schwarzen Peter zuschieben kann, wenn etwas schiefläuft. Oder wir sind einfach nur die Komparsen in einem schmierigen Theaterstück, in dem ganz andere die Hauptrolle spielen. Ich hab die Schnauze voll, die meisten meiner Mitarbeiter auch, und wenn wir neue kriegen, die voller Enthusiasmus stecken und meinen, sie könnten die Welt verbessern, lassen wir sie einfach machen, sollen sie doch ihre eigenen Erfahrungen sammeln. Ich jedenfalls tu nur noch das Nötigste. Wisst ihr, ich war mal mit Leib und Seele Bulle, aber diese Zeiten sind lange vorbei. Ich hab keinen Bock mehr, mir den Arsch aufzureißen für nichts und wieder nichts. In fünf Jahren geh ich in Pension, und danach von mir aus die Sintflut. Hört sich gut an, was?«

»Nein, hört sich nicht gut an, denn wenn Sie wirklich einmal mit Leib und Seele Bulle waren, dann sollten Sie es auch noch die restlichen fünf Jahre sein«, widersprach Durant. »Aber egal, es ist Ihre Entscheidung. Nur, was mich noch interessieren würde, was geschieht dann weiter?«

»Was geschieht wann weiter?«, fragte Müller ungehalten zurück.

»Wenn so eine Order von oben kommt und die Fälle an das LKA oder BKA übergeben werden? Und was heißt eigentlich ›von oben‹? Wo ist oben?«

»Sehr gute Fragen, werte Kollegin. Zu eins: Wir erfahren es nie. Aber gegen die Leute, gegen die wir absolut wasserdichtes Material zusammengetragen hatten, so wasserdicht, dass sie für viele, viele Jahre in den Bau hätten wandern müssen, wurde bisher nie Anklage erhoben. Hört ihr, nicht eine einzige! Kleines Beispiel gefällig?«, stieß er höhnisch hervor. »Der allseits bekannte und höchst angesehene Bauunternehmer Felix Baumann wurde von uns nach einem Tipp über mehrere Monate hinweg beschattet. Wir haben gleich drei V-Leute in die Szene geschleust, die von verschiedenen Personen alles über seine Tätigkeiten innerhalb der ehrenwerten Gesellschaft herausgefunden haben. Wir sind mit dem Material, Bänder, Fotos von Treffen, die diesen ach so angesehenen Herrn mit andern Größen der Halbwelt, aber auch mit sogenannten unbescholtenen Bürgern zeigen, zur Staatsanwaltschaft gegangen und haben darum gebeten, ihn abhören zu dürfen. Der Herr Staatsanwalt hat gesagt, er werde das Material prüfen und uns innerhalb von zwei Tagen Bescheid geben. Tja, und dann standen mit einem Mal am nächsten Tag zwei Typen vom Verfassungsschutz bei uns auf der Matte und haben nur gemeint, für diesen Fall seien sie zuständig, sie hätten Baumann schon seit längerem im Visier. Ich hab gedacht, ich hör nicht richtig, denn wir hatten bis dato nichts, aber auch rein gar nichts davon mitbekommen, dass der Verfassungsschutz gegen Baumann ermittelt. Denn wäre es so gewesen, hätten wir längst von der Staatsanwaltschaft eine entsprechende Mitteilung erhalten und hätten gar nicht weiter zu ermitteln brauchen. Ich habe jedenfalls sofort den Oberstaatsanwalt angerufen und ihn höflich gefragt, warum auf einmal diese Typen bei uns auftauchen, woraufhin er nur gemeint hat, er wisse nichts davon, aber wenn der Verfassungsschutz den Fall übernehmen will, dann sollen wir ihnen die Akten komplett übergeben ... Zack, das war's, mehr hat er nicht gesagt, aber wir waren raus aus dem Spiel. Monatelange höchst gefährliche Arbeit für nichts und wieder nichts.« Er holte tief Luft und stieß sie wieder aus. »Gegen Baumann ist bis heute nichts unternommen worden, und wie ich aus sehr zuverlässiger Quelle erfahren habe, tätigt er seine Waffengeschäfte weiterhin ungehindert, wäscht jährlich Gelder in dreifacher Millionenhöhe und soll angeblich auch über beste Kontakte zu den Größten der Großen in der Drogenszene pflegen, Leute, die sich nie selbst die Finger schmutzig machen würden. Was er sonst noch treibt«, Müller zuckte mit den Schultern, »keine Ahnung, und es interessiert mich auch nicht mehr. Dieser Typ ist so ein gottverdammtes Arschloch, doch er darf weiterhin schalten und walten, wie es ihm gefällt. Aber das Beste kommt noch. Zwei unserer V-Leute sind, nur wenige Tage nachdem uns der Fall entzogen wurde, urplötzlich verstorben, junge Männer, die noch nicht mal dreißig waren. Der eine soll sich angeblich wegen Depressionen eine Kugel in den Kopf gejagt haben, der andere kam bei einem Verkehrsunfall ums Leben. Er sei zu schnell gefahren und habe die Kontrolle über sein Fahrzeug verloren, hieß es. Aber Untersuchungen wurden nie eingeleitet. Komisch, was? Das Fahrzeug wurde von der KTU untersucht, wo man angeblich nichts fand, was darauf hindeutete, dass an dem Wagen manipuliert wurde. Wer's glaubt! Zurückgeblieben sind eine Witwe und zwei kleine Kinder. Der dritte Mann wechselte zum BKA. Auch komisch, was? Und zu zwei: Von oben bedeutet von einem Staatsanwalt, einem Richter, einem aus dem Justizministerium oder gar dem Innenministerium. Kommt ganz auf den Fall an.«

»Wie heißt der Staatsanwalt?«, wollte Durant wissen.

»Ist das so wichtig?«

»Für mich schon, denn wir haben Frau Dr. Vermeer als Staatsanwältin, die sich als äußerst kooperativ zeigt und uns nahegelegt hat, Sie in die Ermittlungen mit einzubeziehen. Wenn sie sich etwas traut, dann …«

»Hören Sie, Frau Durant, Dr. Vermeer ist jung, dynamisch

und steckt noch voller Ideale. Ich habe keine mehr. Sie wird auch noch ihre bitteren Erfahrungen machen und merken, dass der Wind, der ihr entgegenweht, wenn sie das Fenster zu weit aufmacht, ganz schön eisig sein kann. Das hat nichts damit zu tun, dass ich sie nicht schätze, ganz im Gegenteil. Ich wünschte mir nur, dass es mehr von ihrer Sorte gäbe, vor allem bei jenen, die noch höhere Positionen einnehmen. Ich jedenfalls tu nur noch das Nötigste und die meisten meiner Mitarbeiter auch. Wir lassen wie gewohnt die Kleinen hochgehen, denn an die Großen kommen wir sowieso nicht ran.«

»Werner«, sagte Berger in beschwichtigendem Ton, »ich kann deine Aufregung verstehen, glaub mir …«

»Nein, kannst du nicht«, fuhr Müller ihn an. »Bei euch ist das doch ganz anders. Ihr kriegt einen Mord oder einen Totschlag auf den Tisch oder eine Vermisstenmeldung, und ihr könnt ganz normal ermitteln, ohne dass ihr auf Schritt und Tritt überwacht werdet und befürchten müsst, den Fall entzogen zu kriegen …«

»Das stimmt nicht«, widersprach Berger vehement. »Du erinnerst dich doch sicher noch an die Sache vor gut drei Jahren, als wir zusammen einen Fall bearbeitet haben? Wir haben die Kerle geschnappt, nicht zuletzt dank deiner Hilfe, aber auch, weil meine Leute sich über gewisse Regeln hinweggesetzt haben.«

»Willst du mir damit zu verstehen geben, dass wir diesen Fall gelöst haben? Ha, dass ich nicht lache. Gar nichts haben wir, und das weißt du ganz genau. Wir haben der Hydra einen Kopf abgeschlagen, aber gleichzeitig sind tausend nachgewachsen, was ich ganz leicht beweisen kann. Ich könnte dir sofort drei Staatsanwälte und zwei Richter nennen, gegen die wir Material haben, das so heiß ist, dass sie bei entsprechender Verwendung für viele, viele Jahre im Knast schmoren würden.

Andererseits wäre ich ein toter Mann, würde ich es verwenden. Würden wir das nämlich tun, fänden die irgendeinen Trick, um uns auszuschalten. Ihr wisst ja, wie das funktioniert. Mit einem Mal stehen ein paar Leute vom SEK zusammen mit ein paar anderen Beamten, die ich wahrscheinlich noch nie zuvor gesehen habe, vor der Tür, man findet in meiner Wohnung ein paar Bündel Geldscheine, dazu vielleicht noch zwanzig oder dreißig Gramm Heroin, und schon bin ich als unkündbarer Beamter kündbar. Ich verliere meine Pensionsansprüche, wandere eventuell sogar in den Bau, und glaub bloß nicht, dass sich irgendwer für mich einsetzen würde. Das ist so verdammt frustrierend! Die Gangster haben einen Freifahrtschein, während wir von denen kontrolliert werden anstatt andersrum.« Müller machte eine Pause, holte tief Luft und fuhr mit gedämpfter Stimme fort: »Ich sag's wirklich ungern, aber das Organisierte ist nicht in den Griff zu kriegen, ganz gleich, was wir auch anstellen. Vertickt einer ein paar Gramm Heroin, dürfen wir ihn einbuchten, handelt es sich aber um einen Großdealer, und damit meine ich einen richtigen Großdealer, der nicht in fünfzig oder hundert Gramm rechnet, sondern in fünfhundert oder tausend Kilo, mein Lieber, an den kommen wir nicht ran. Genauso wenig wie an die Waffen- oder Menschenhändler, weil dahinter nicht nur äußerst gut strukturierte Organisationen mit bestens ausgebildeten Leuten stehen, sondern vor allem, weil sie umfassenden Schutz von oben genießen, und das nicht nur hier in Deutschland. Das gilt für Geldwäscher, Drogenkuriere, Zigaretten- und Alkoholschmuggler und so weiter. Und klar, es gibt korrupte Beamte, bei uns, beim Zoll, bei der Staatsanwaltschaft, bei den Ordnungsämtern. Doch inzwischen weiß ich, dass viele nicht korrupt sind, weil sie korrupt sein wollen, sondern weil sie sich sagen: Wenn ich schon nicht gegen die Verbrecher ermitteln darf, warum soll ich dann das Geld von denen ausschlagen. Das ist der Zynismus in unserm Beruf, aber wenn du dir die Dekrete ansiehst, die unter anderem aus dem Finanz- oder Innenministerium kommen oder aus irgendwelchen windigen Staatskanzleien, kriegst du nur noch das große Kotzen. Es gibt nun mal Leute, die bewegen sich ganz ungehindert in einem rechtsfreien Raum, zu dem wir keinen Zutritt haben. Oder kennst du einen namhaften Politiker, der wegen zum Beispiel einer Spendenaffäre verurteilt wurde? Oder einen Baulöwen, der wegen Schmiergeldzahlungen in Millionenhöhe vor den Kadi gezerrt wurde? Mir fällt beim besten Willen keiner ein. Uns werden die Gelder seit Jahren schon gekürzt, während sich ein paar hochgestellte und nach außen integre Damen und Herren ein schönes Leben machen. Reicht dir das jetzt, oder willst du noch mehr hören?«

»Das meiste davon ist mir bekannt«, sagte Berger, der wieder zu seiner stoischen Ruhe gefunden zu haben schien. »Und trotzdem dürfen wir nicht aufhören zu kämpfen. Für mich gibt es keinen rechtsfreien Raum …«

»Mein Gott, verschließ doch nicht die Augen vor dieser ganzen Scheiße! Hinterziehst du zehn- oder zwanzigtausend Euro Steuern, kriegen sie dich sofort am Arsch. Handelt es sich aber um zehn Millionen …« Müller lachte höhnisch auf und schüttelte den Kopf. »Bei zehn Millionen ist es zwangsläufig ein Prominenter, ein Immobilienhai, ein Bankier oder was auch immer. Da wird geschmiert auf Teufel komm raus, und die Ersten, die die fette Kohle abkriegen, sind in der Regel die Herren, die über Recht und Unrecht entscheiden. Und die entscheiden auch, gegen wen ermittelt werden darf und gegen wen nicht. Klau ein Schaf, und du wirst gehängt. Klau eine Schafherde, und sie werden mit dir verhandeln. Kapier's einfach, weder du noch ich werden irgendwas ändern können, der Zug ist abgefahren.«

»Hast du jemals was genommen?«

»Du meinst, ob ich die Hand aufgehalten habe? Mir sind gerade in den letzten Jahren so oft eindeutige Angebote gemacht worden, aber glaub mir, ich hab sie alle ausgeschlagen. Mittlerweile fangen sogar die auf den unteren Ebenen an, mit den Geldscheinen zu wedeln. Aber du solltest genauso gut wissen, dass es manchmal bestimmte Kriterien gibt, wo man ein Angebot nicht ausschlagen kann. Zum Beispiel kostenlos beim Italiener zu essen oder sich einen Anzug maßschneidern zu lassen, um so einen kleinen Gauner zu schützen, der einem wenigstens ein paar heiße Tipps gibt.« Müller hob die Hand und fuhr fort: »Ich weiß, ich weiß, damit bin ich im Grunde genauso korrupt wie jene, die die Millionen einkassieren, und doch ist es eine andere Qualität, sag ich mir jedenfalls.«

»Mir und uns ist es doch egal, ob du kostenlos essen gehst oder wo du deine Anzüge herhast. Mir geht es um was ganz anderes. Wir beide sind fast gleich alt, aber meine Mitarbeiter zeigen mir jeden Tag aufs Neue, dass es sich lohnt, in diesem Job, der manchmal verdammt hart sein kann, Risiken einzugehen. Frau Durant, Herr Hellmer, Frau Seidel und Herr Kullmer haben mir das oft genug bewiesen. Wenn sie nicht wären, wer weiß, vielleicht hätte ich dann auch schon deine Einstellung und würde mich nur noch zurücklehnen und auf meine Pensionierung warten.« Er sah Müller lange und durchdringend an und fragte: »Also, wie schaut's aus, hilfst du uns, oder willst du lieber Dienst nach Vorschrift machen?«

Müller lächelte zum ersten Mal und seufzte auf. »Du bist ganz schön hartnäckig. Weißt du, anfangs habe ich mich gewundert und gedacht, irgendwas falsch gemacht zu haben, aber irgendwann beginnst du an diesem ganzen Scheißsystem zu zweifeln. Obwohl ich körperlich topfit bin, fühl ich mich alt und verbraucht, und ich hab ehrlich gesagt keinen Bock mehr, mich mit Typen anzulegen, gegen die ich sowieso keine Chance habe. Ich glaub, ich hab einfach nicht mehr die Kraft dazu. Tut mir leid.«

»Tut es nicht«, widersprach Berger ruhig. »Wenn es dir leid täte, würdest du uns zumindest unterstützen. Los, mach schon und gib dir einen Ruck.«

Müller überlegte und sah Berger unschlüssig an. »Lass mich eine Nacht drüber schlafen, oder besser noch, lass uns nach Feierabend ein Bier trinken gehen. Was hältst du davon?«

Berger kannte Müller. Wenn er mit ihm ein Bier trinken wollte, dann stand er kurz davor, seine Einstellung zu ändern.

»Gerne. Wann?«

»Sieben? Ich muss noch zwei Berichte schreiben. Kleinkram, damit wenigstens die Statistik stimmt.« Er seufzte auf und winkte ab. »Scheiß Statistik! Eh alles nur getürkt. Bis um sieben.«

»Bis nachher.«

»Nichts für ungut«, sagte Müller mit bedauerndem Blick auf Durant und Hellmer. »Ich hab wirklich einfach nur die Schnauze gestrichen voll.« Damit verließ er das Büro.

Nachdem die Tür geschlossen war, meinte Berger: »Er wird sich's anders überlegen. Sehen Sie, die vom OK sind nicht so übel, auch wenn es ein paar gibt, die die Hand aufhalten. Doch die kämpfen gegen Windmühlen. Das wusste ich schon, bevor Müller es gesagt hat, aber ich wollte, dass es aus seinem Mund kommt, damit Sie es auch glauben. Trotzdem werden wir gemeinsam diesen Kampf aufnehmen, und wenn wir verdammt noch mal der Hydra nur einen Kopf abschlagen, dann ist es das wert. Das Verbrechen werden wir nie in den Griff kriegen, aber wenn es keinen Gegner mehr hätte, was würde dann aus dieser Welt?«

»Ich hole meinen Vater ab und fahr mit ihm zum Italiener in

der Freßgass. Dort erzähl ich ihm von unserm Plan«, erklärte Durant und erhob sich. »Ach ja, irgendwer hat mal gesagt: Wer seinen Gegner besiegen will, muss ihn erst kennen lernen. Und ich will diese Drecksäcke kennen lernen, mit denen wir es zu tun haben. Und dann machen wir sie fertig.«

»Den Spruch merk ich mir«, meinte Hellmer.

»Schreib ihn dir auf, und pinn ihn an die Wand. Ich will meine Gegner immer kennen. Bis später. Wann genau ich mit meinem Vater bei euch vorbeikomme, kann ich noch nicht sagen, ich ruf kurz vorher an.«

Sie nahm ihre Jacke vom Haken und zog sie über. Ihr war kalt, Müllers Worte hatten sie ein paar Mal frösteln lassen und hallten noch immer seltsam in ihren Ohren. Sie holte die Autoschlüssel aus der Tasche, als die Tür aufflog. Kullmer und Seidel.

»Wir waren nur kurz in Zaubels Wohnung, da ist wohl nichts zu holen. Mir ist aber was eingefallen, was uns weiterhelfen könnte«, sagte Kullmer und ließ sich auf den Stuhl fallen. »Ich habe einen Freund, mit dem ich zusammen auf der Polizeischule war und der jetzt beim BKA ist. Ratet mal, was der dort macht?«

»Wir sind nicht zum Raten aufgelegt, Herr Kullmer«, sagte Berger sichtlich genervt.

»Er bekämpft die organisierte Kriminalität, zumindest versucht er es. Ich schlage vor, dass wir ihn einweihen.«

»BKA? Ist nicht dein Ernst, oder?«, entgegnete Durant entsetzt.

»Julia, BKA und BKA ist das Gleiche wie K 60 und K 60. Es gibt überall schwarze Schafe, doch ich verbürge mich für Gerd. Er ist ein grundehrlicher Typ und keiner von diesen blasierten Affen, wenn ihr versteht. Ich frag mich, warum mir das nicht schon eher eingefallen ist, aber na ja … Jedenfalls, wir stehen immer noch in sehr regem Kontakt, wir gehen hin und wieder einen trinken und …«

»Wir hatten eben ein sehr aufschlussreiches Gespräch mit Müller«, sagte Hellmer. »Er überlegt noch …«

»Na und?«, fuhr ihm Kullmer ins Wort, als wüsste er, was Hellmer als Nächstes sagen würde. »Das schließt doch nicht aus, dass wir Gerd mit einbeziehen. Je mehr wir sind, desto größer die Chance, diesen Saustall hochgehen zu lassen. Soll ich ihn jetzt anrufen oder nicht?«

»Wenn Sie ihm trauen«, meinte Berger, »bitte schön. Aber keine Details am Telefon. Sollte er bereit sein, möchte ich, dass er herkommt, ich will mir selbst ein Bild von ihm machen.«

»Kein Thema. Ich erledige das sofort, wenn Sie einverstanden sind.«

»Worauf warten Sie noch?«

Kullmer begab sich in sein Büro und schloss die Tür hinter sich. Durant, die schon auf dem Weg zu ihrem Vater sein wollte, wartete, bis Kullmer zurückkam, und trank in der Zwischenzeit einen Kaffee.

»Morgen um neun steht Gerd Bäumer hier auf der Matte. Aber keine Sorge, ich hab ihm nicht verraten, um was es sich handelt. Doch ich weiß, dass er uns nicht hängen lassen wird. Nicht Gerd.«

»Woher nehmen Sie Ihr Vertrauen in ihn?«, wollte Berger wissen.

»Weil er mir mal gesagt hat, dass auch er ständig gegen Windmühlen kämpft. Ich denke, das ist Argument genug.«

»Gut, dann machen Sie für heute Feierabend, zumindest hier im Büro«, sagte Berger zu seinen Mitarbeitern, »denn bevor wir nicht eine schlagkräftige Truppe zusammenhaben, können wir sowieso nichts tun. Ich schau mir schon mal den Ausdruck von Zaubels Text an, und nachher werde ich alles in meiner Macht Stehende tun, um Müller umzustimmen. Und sollte irgendwas sein, ich bin ausnahmsweise rund um die Uhr zu erreichen. Schönen Abend noch.« Und zu Julia Durant und Frank Hellmer: »Und passen Sie gut auf die Kleine auf.«

Donnerstag, 17.45 Uhr

Ihre Beine waren schwer, als sie die Treppe nach oben stieg. Sie steckte den Schlüssel ins Schloss, machte die Tür auf und blieb für einen Moment regungslos stehen. Ihr Vater saß im Sessel, in einer Hand die Pfeife, der milde Geruch des Tabaks hing in der Luft, in der andern ein Buch, das sich Julia Durant vor ein paar Tagen gekauft hatte, *Der Schatten des Windes*, ein Buch, das erst im Sommer erschienen und ihr von einer Buchhändlerin wärmstens empfohlen worden war. Er blickte auf, legte das Buch auf den Tisch und die Pfeife in den Aschenbecher und kam auf seine Tochter zu.

»Was ist denn hier passiert?«, entfuhr es ihr, als sie sich umschaute und die Tür mit dem Absatz zukickte.

»Was meinst du?«, fragte er und spielte den Ahnungslosen.

»Das hättest du nun wirklich nicht zu machen brauchen. Das sieht ja aus wie abgeleckt. Und auch noch Kerzenlicht.«

»Ich hatte Langeweile, und da dachte ich mir, warum soll ich dir nicht ein wenig unter die Arme greifen, jetzt, wo du so viel zu tun hast. Zu Hause mach ich auch alles allein.«

»Danke«, sagte sie und gab ihm einen Kuss auf die Wange. Sie stellte ihre Tasche neben den Sessel und sah sich ihre Wohnung an, die, so weit sie sich erinnern konnte, noch nie so geblitzt hatte, höchstens damals, als sie eingezogen war und noch keine Möbel drin standen. »Wie hast du das bloß alles so schnell geschafft?«

»Übung. Irgendwie muss ich mich ja fit halten. Na ja, und so schlimm sah's ja nun auch wieder nicht aus, höchstens ein bisschen unordentlich. Die Wäsche ist übrigens auch gewaschen und hängt über dem Trockner. Es hat mir Spaß gemacht, großes Ehrenwort.«

»Für mich ist so was immer eine Tortur. Bin gespannt, wie lange das hält.«

»Das allerdings liegt an dir. Ein Glas Wein gefällig?«, fragte er und deutete auf die Flasche und die beiden Gläser auf dem Tisch. »Ich habe uns auch eine Kleinigkeit gekocht, nichts Besonderes, nur Spaghetti Bolognese, aber immerhin nach meinem Spezialrezept.«

»Und ich wollte mit dir zu Garibaldi fahren«, sagte sie lachend, »aber mit deinen Spaghetti kommen die nie und nimmer mit. Wann können wir essen?«

»In einer Viertelstunde, das Wasser muss erst noch aufkochen, bevor ich die Spaghetti reintue.«

»Dann husch ich mal schnell ins Bad und mach mich frisch. Bis gleich.«

Als sie zurückkam, goss ihr Vater gerade die Spaghetti ab. Sie hatte kurz geduscht und sich umgezogen. Ein Blick auf die Uhr – sie überlegte, ob sie bei Hellmer anrufen und ihm sagen sollte, dass es vermutlich etwas später werden würde, aber sie wollte ihrem Vater auch nicht die Freude nehmen, mit ihr zu essen und ein Glas Wein zu trinken. Außerdem gab es Dringendes zu besprechen, und sie würde nicht mit der Tür ins Haus fallen, sondern ihm auf ihre ganz eigene, subtile Weise (sie wusste noch aus der Vergangenheit, als sie ein kleines Mädchen war, wie sie ihn mit scheinbar unendlicher Leichtigkeit um den Finger wickeln konnte) schonend beibringen, dass sein Aufenthalt in Frankfurt womöglich etwas länger dauern würde als geplant. Sie scheute sich nicht vor diesem Gespräch, aber dennoch würde sie es vorsichtig angehen.

Er füllte auf, schenkte den Wein ein, atmete das Bouquet ein, nahm einen Schluck und nickte. Dann prostete er seiner Tochter zu und sagte: »Auf dein Wohl, und dass du diesen Fall schnell lösen mögest. Gott mit dir. Und nun lass uns der Völlerei frönen.«

»Auf dein Wohl«, erwiderte sie und stieß mit ihrem Vater an.

»Schmeckt phantastisch«, sagte sie nach der ersten Gabel, »wie früher. Du hast es nicht verlernt.«

»So etwas verlernt man nicht, man verfeinert die Kunst der Haute Cuisine höchstens. Aber ich koche nicht mehr so viel, wofür auch, ich bin schließlich allein.«

»Ach ja, wirklich?«, fragte sie grinsend. »Gestern hatte ich irgendwie das Gefühl, als ob da …«

»Julia, allein und allein sind zwei Paar Schuhe. Und irgendwann kommt vielleicht auch für mich der Zeitpunkt, an dem ich mich entscheiden muss, ob ich allein bleiben möchte oder nicht. Und ja, es gibt eine Frau, mit der ich mich sehr gut verstehe. Aber noch ist nichts spruchreif.«

»Aber bevor ihr heiratet, sagst du mir hoffentlich Bescheid.«

»Du wirst die Erste sein, die es erfährt. Doch darüber wollen wir heute nicht reden. Wie war dein Tag?«

»Geht so«, sagte sie und trank von ihrem Wein, der ausgezeichnet schmeckte, und sie fragte sich, warum sie immer nur Bier trank und sich nicht wenigstens ab und zu ein Glas Roten gönnte. Andererseits, allein Wein zu trinken empfand sie in etwa so, als würde sie allein ins Kino gehen. Es machte einfach keinen Spaß, weshalb sie schon seit Jahren kein Kino mehr von innen gesehen hatte.

»Was heißt das genau?«

»Wir machen hoffentlich Fortschritte«, drückte sie sich vorsichtig aus. Sie nahm noch einen Bissen und fuhr fort: »Paps, hast du in den nächsten Tagen irgendwas Besonderes vor?«

»Nein. Aber deiner Frage entnehme ich, dass du etwas auf dem Herzen hast. Was ist es?«

»Ich brauche dich, das heißt, wir brauchen dich.« Sie sah ihren Vater kurz an, der an seinem Glas nippte.

Als sie nicht weitersprach, ließ er eine Weile vergehen, bis er sagte: »Soll ich jetzt vielleicht lange bohren, bis du mir verrätst, um was es geht?«

Julia Durant legte die Gabel zur Seite, beugte sich nach vorn und meinte flüsternd, als würde sie befürchten, jemand könnte mithören: »Also gut, es geht um diese Maria, das Mädchen aus Moldawien. Wir bringen sie noch heute an einen sicheren Ort, denn bei den Hellmers kann sie nicht bleiben. Wir haben auch schon eine Wohnung gefunden, das heißt, ich habe vorhin Susanne angerufen und sie gefragt, ob wir ihre Wohnung vorübergehend haben können.« Sie trank von ihrem Wein. Ihr Vater schenkte nach, als er sah, dass das Glas fast leer war.

»Und weiter?« Auch seine Stimme war sehr gedämpft.

»Wir brauchen jemanden, der sich um sie kümmert. Und da bist eben du mir eingefallen. Du kannst natürlich sagen, dass du es nicht machen willst oder kannst, wir finden dann schon eine andere Lösung …«

»Wann soll's losgehen?«

»Heißt das, du bist einverstanden?«

»Also wann?«

»Am besten so schnell wie möglich. Ich weiß ja nicht, wie lange wir den Hausmeister stören dürfen.«

»Ich bin dabei. Und ich bin sehr gespannt auf die junge Dame. Aber wir essen trotzdem noch zu Ende, oder?«, fragte er mit einem Augenzwinkern.

»Paps, du bist ein Held.«

»Das hast du ewig nicht gesagt, zuletzt bestimmt vor zwanzig Jahren«, entgegnete er schelmisch lächelnd, um gleich darauf mit ernster Miene fortzufahren: »Das heißt also, ich bin zum ersten Mal in die Polizeiarbeit eingebunden. Nun, man kann nie genug Erfahrungen sammeln, ganz gleich, wie alt man ist. Und um ehrlich zu sein, ich liebe Herausforderungen. Wird etwas Bestimmtes von mir erwartet?«

»Nein, du sollst wirklich nur bei ihr sein. Und wie ich dich kenne, wird sie sicher ganz schnell Vertrauen zu dir fassen. Vielleicht erzählt sie dir ja ein paar Dinge, die sie mir bis jetzt verschwiegen hat.«

»Was soll sie dir verschwiegen haben?«

»Finde es heraus, du bist ab sofort zumindest inoffiziell ein Teil des Teams. Es war eine einstimmige Entscheidung.«

»Dann lass uns den Tisch abräumen und fahren. Ich muss nur noch meine Tasche packen.«

»Ich räum den Tisch ab, und du packst deine Sachen«, sagte Julia Durant. »Irgendwie tut es mir leid, dass wir die Zeit nicht miteinander verbringen können …«

»Das, was wir jetzt tun, ist wichtiger. Ich bin gleich fertig.«

Durant stellte das Geschirr in die Spüle mit dem Vorsatz, es morgen abzuwaschen, vielleicht auch heute noch, sollte es nicht zu spät werden. Und sie nahm sich vor, in Zukunft ihre Wohnung in Schuss zu halten, nicht mehr die Sachen kreuz und quer in den Zimmern zu verteilen, denn eigentlich hasste sie Unordnung, überquellende Aschenbecher, sich in der Spüle stapelndes Geschirr, ein Bett, das nur alle zwei oder drei Monate bezogen wurde, und, und, und … Da muss erst mein Vater kommen, der fast siebzig ist, und der schafft es in einem Tag, alles wie neu aussehen zu lassen. Julia, du wirst nicht mehr so schlampig sein, versprochen, dachte sie.

Sie blies die Kerze aus, griff zum Handy – aus reiner Vorsicht – und rief bei Hellmer an. »Nur 'ne kurze Mitteilung, wir sind in etwa einer halben Stunde bei euch und …«

»Blödsinn, wir treffen uns vor dem Haus. Wann?«

»Acht?«

»Alles klar. Maria ist auch schon eingeweiht und startklar.«

»Du wusstest doch noch gar nicht, ob mein Vater mitmacht«, sagte Durant grinsend.

»Es reicht schon, dass ich dich und deine Überredungskünste kenne. Also, bis gleich.«

Sie legte auf, ihr Vater begab sich noch einmal ins Bad, und als er herauskam, sah er sich um, nahm seine Reisetasche und meinte: »Gehen wir.«

»Die Tasche nehm ich«, sagte Durant bestimmend.

»Ich habe schon schwerere Sachen getragen, und außerdem bin ich noch kein Tattergreis. Und jetzt komm endlich, wir wollen doch Herrn Hellmer nicht unnötig warten lassen.«

Donnerstag, 20.00 Uhr

Julia Durant und ihr Vater warteten etwa fünf Minuten im Auto, bis sie Hellmers BMW um die Ecke kommen sah. Es würde wieder eine klare und für die Jahreszeit recht milde und trockene Nacht werden. Es hatte seit dem Sommer nur sehr wenig geregnet, und der Wetterbericht prognostizierte für die kommenden Tage auch weiterhin verhältnismäßig viel Sonne und einen meist wolkenlosen Himmel. Sie stiegen aus, Maria sah Durants Vater mit leicht skeptischer Miene an, er reichte ihr die Hand und sagte mit freundlichem, offenem Lächeln: »Hallo, mein

Name ist Karl-Heinz Durant. Herr Hellmer hat Ihnen ja sicher bereits erklärt, dass wir für eine Weile zusammensein werden. Ich freue mich, Sie kennen zu lernen.«

»Ich freue mich auch«, erwiderte Maria höflich, die anfängliche Skepsis war bereits mit der Begrüßung verschwunden. Kein Wunder, dachte Durant, das ist eben mein Vater.

»Ich hol den Hausmeister«, sagte sie, ging zum Eingang, warf einen Blick auf die Namensschilder und klingelte bei Künzer. Er meldete sich durch die Sprechanlage und kam kurz darauf an die Haustür.

»Sie sind also die Freundin von Frau Tomlin. Sie hat mir Ihr Kommen schon angekündigt. Hier sind die Schlüssel, Sie kennen sich aus?«

»Zweiter Stock rechts, ich war schon mal hier. Welcher ist für die Haustür und welcher für die Wohnung?«

»Der rechteckige für die Haustür, der andere für die Wohnung.«

»Gute Nacht und danke für die Hilfe.«

»Keine Ursache. Und sollte irgendwas sein, ich bin fast jederzeit zu erreichen. Passen Sie nur auf, dass der Schlüssel nicht verloren geht, es ist der Einzige, den ich habe«, sagte er lachend.

»Keine Sorge.«

»Wie lange werden Sie bleiben?«, fragte er neugierig.

»Ich werde gar nicht bleiben. Ich bin zwar die Freundin von Frau Tomlin, aber es handelt um den älteren Herrn und die junge Dame dort hinten. Sie ist meine jüngere Schwester und der Herr unser Vater. Ich musste ihnen nur mit meinem Freund den Weg zeigen, weil sie sich in Frankfurt nicht auskennen«, log sie.

»Ach so. Wie gesagt, einen schönen Abend noch.«

Julia Durant atmete tief durch. Sie hasste es zu lügen, aber manchmal ließ es sich einfach nicht vermeiden. Wieder am Auto, sagte sie: »Die Schlüssel. Ich habe ihm erzählt, dass Maria meine Schwester ist und du unser Vater, nur damit ihr euch nicht verplappert.«

»Da hab ich also noch eine Tochter dazubekommen«, meinte ihr Vater schmunzelnd. »Dann müssen wir uns auch duzen. Du sagst ab sofort Papa zu mir, und ich sag Maria zu dir. Und das machen wir auch, wenn wir alleine sind, falls wir doch mal dem Hausmeister begegnen.«

»Ja.«

»Ihr solltet trotzdem die Wohnung möglichst nicht verlassen. Ich fahr gleich noch mal zu einer Tankstelle, um ein paar Lebensmittel und Getränke zu kaufen. Morgen wird der Kühlschrank dann richtig gefüllt. Habt ihr irgendwelche besonderen Wünsche?«

Durants Vater sah Maria an, die nur mit den Schultern zuckte. »Rauchen Sie?«, fragte er. »Entschuldigung, ich meine natürlich, rauchst du?«

»Ja.«

»Und welche Marke?«, wollte Durant wissen.

»Marlboro. Und wenn es Ihnen nichts ausmacht, auch noch eine Flasche Rotwein …«

»Maria, wir sind Schwestern«, sagte sie augenzwinkernd. »Wir gehen jetzt erst mal nach oben, und danach besorge ich die Lebensmittel und die Getränke.«

Hellmer machte den Kofferraum auf und holte einen großen Koffer und eine Reisetasche heraus.

»Was hast du denn alles dabei?«, fragte Durant erstaunt.

»Du kennst doch Nadine. Sie wollte, dass Maria was Gescheites zum Anziehen hat. Wir wissen ja nicht, wie lange die Aktion dauern wird. Gehen wir, ich hab nämlich keine Lust, hier lange auf der Straße rumzustehen.«

»Ein Handy für die beiden hast du nicht zufällig dabei, oder?«

»Nee, aber ich kann morgen eins mitbringen.«

»Danke.«

Sie begaben sich ins Haus und in den zweiten Stock. In der Wohnung war es kalt, fast noch kälter als draußen. Kein Wunder, dachte Durant, wenn Susanne fast nie hier ist. Sie drehte die Heizung auf, ging durch sämtliche Zimmer, die sehr geschmackvoll und gemütlich eingerichtet waren. Moderne Bilder hingen an den Wänden, was fehlte, waren Pflanzen, aber die hätten ohnehin nicht überlebt. Der Kühlschrank war ausgeschaltet, sie schaltete ihn ein.

»Wer wo schläft, das macht ihr unter euch aus. Platz genug ist jedenfalls. Ihr habt einen Fernseher, ihr könnt Musik hören, Bücher sind auch reichlich vorhanden, na ja, bis auf den Service fast wie in einem Luxushotel. Ich denke, ihr werdet euch wohl fühlen.«

»Deine Freundin hat einen erlesenen Geschmack«, bemerkte Durants Vater anerkennend. »Ich glaube, ich möchte sie gerne einmal kennen lernen.«

»Das kannst du, sie wird Mitte Dezember für ein paar Tage herkommen. So, ich verschwinde dann mal und bin gleich wieder zurück. Frank, willst du so lange hier bleiben oder fahren?«

»Ich mach mich ab. Alles Weitere überlass ich dir. Und Ihnen wünsche ich einen angenehmen Aufenthalt. Auch von meiner Seite danke für die Hilfe.«

»Keine Ursache«, sagte Durants Vater, während Maria auf Hellmer zuging und ihm einen Kuss auf die Wange gab, woraufhin er leicht errötete.

»Danke für alles. Und sagen Sie bitte auch Ihrer Frau noch einmal einen schönen Gruß von mir, sie ist so nett.«

»Ich werd's ausrichten. Alles Gute, es wird schon werden.

Sie dürfen nur nicht versuchen mit Ihren Eltern oder andern Verwandten Kontakt aufzunehmen.«

»Versprochen.«

Julia Durant und Hellmer gingen nach unten, wo Hellmer am Auto mit leichter Bitterkeit in der Stimme sagte: »Du hast einen tollen Vater. Ich wünschte, ich hätte jemals so einen gehabt.«

»Was meinst du damit?«, fragte sie, denn ihr wurde zum ersten Mal klar, dass sie eigentlich so gut wie nichts aus dem Leben ihres Kollegen und Freundes wusste, obwohl sie schon seit beinahe sechs Jahren zusammenarbeiteten. Sie wusste kaum etwas von dem Leben, das er vor seiner Heirat mit Nadine geführt hatte. Er hatte auch nie wirklich darüber geredet, aber sie hatte von seinen Problemen gehört. Nachdem seine Frau ihn verlassen hatte, hauste er in einer winzigen Zweizimmerwohnung und war auf dem besten Weg, zum Alkoholiker zu werden, wäre er nicht wie durch ein Wunder während ihrer Ermittlungen in einer Mordserie Nadine zum zweiten Mal begegnet. Sie war nicht nur eine attraktive, charismatische Frau, sondern dazu auch noch überaus vermögend, was jedoch weder sie noch er in irgendeiner Weise hervorkehrte. Nadine hatte einmal, während sie beide allein bei einem guten Essen und Wein den Abend in ihrem Haus in Hattersheim-Okriftel verbrachten, eher nebenbei erzählt, wie sie und ihr Mann sich zum ersten Mal begegnet waren, wie diese Affäre aber in die Brüche gegangen war, weil sie dem Druck seitens Hellmers damaliger Frau nicht standgehalten hatte, und dass sie es immer noch als ein Wunder betrachtete, von Frank Hellmer wiedergefunden worden zu sein. Man begegnet sich eben immer zweimal im Leben, hatte Nadine an jenem Abend gesagt, und wenn dies überhaupt auf jemanden im positiven Sinn zutraf, dann auf die beiden.

»Hast du überhaupt keinen Kontakt mehr zu ihm?«, fragte sie Hellmer.

»Er hat mir nie verziehen, dass ich meine erste Frau betrogen und meine Kinder im Stich gelassen habe, zumindest sieht er es so. Warum ich damals die Affäre mit Nadine angefangen habe, hat ihn nie interessiert, für ihn zählten nur die Fakten. Ich bin bestimmt kein Weiberheld, Nadine ist überhaupt erst die zweite Frau in meinem Leben. Ihn interessierte nicht, warum meine erste Ehe gescheitert war, ich war und bin der Buhmann, und damit basta. Der ist so was von erzkonservativ, spielt nach außen den weltoffenen Geschäftsmann, aber in der Familie regiert er mit eiserner Hand. Dem ist es scheißegal, was ich jetzt mache und was aus mir geworden ist. Er kennt ja nicht mal Nadine, geschweige denn Steffi.«

»Und es gibt keine Chance zur Versöhnung?«

»Nee, der Zug ist abgefahren. Ich hab ja auch nicht mal mehr Kontakt zu meinen Kindern, außer dass ich jeden Monat ordentlich für sie zahle. Der hat es geschafft, dass sie mir fremd geworden sind. Das kann ich ihm nicht verzeihen, tut mir leid. Was soll's, ist Schnee von gestern.«

»Dafür hast du jetzt eine tolle Frau. Wer weiß, wozu das alles gut war. Wenn ich zurückdenke, wie ihr, Nadine und du, wieder zusammengekommen seid, das war schon stark. Es hat wohl so sein müssen. Ohne sie wärst du heute vielleicht gar nicht mehr am Leben, du weißt schon, was ich meine.«

»Du kannst es ruhig aussprechen, ich hab gesoffen wie ein Loch. Tja, trotzdem tut's manchmal weh, wenn man weiß, da ist eine Familie, in der man groß geworden ist und die einen dann Knall auf Fall quasi aus dem Gedächtnis streicht. Aber vielleicht kann ich wieder eine Beziehung zu den Kindern aufbauen, wenn sie älter sind. Patrizia ist jetzt vierzehn, Daniel elf und Sophie neun. Ich würde so gerne wissen, was sie so in ihrer Freizeit machen, wie sie in der Schule sind … So, jetzt aber Schluss mit Gefühlsduseleien, ich will heim. Bis morgen.«

»Schlaf gut. He, erzählst du mir irgendwann mal die ganze Geschichte? Es interessiert mich einfach. Du kennst so ziemlich mein ganzes Leben, aber ich kenn von dir so gut wie nichts.«

»Sicher, irgendwann. Du kannst auch mal mit Nadine drüber reden. Sie weiß alles über mich, ich glaub, die kennt mich sogar besser als ich mich selbst. Ich zieh Leine.«

»Vergiss das Handy nicht«, rief sie ihm hinterher.

»Jaja.«

Julia Durant fuhr zur Tankstelle an der Ecke Adickesallee/Eckenheimer Landstraße, kaufte Brot, etwas Wurst und Käse, ein wenig Obst, Zigaretten, zwei Flaschen Rotwein und drei Flaschen Wasser und Orangensaft und brachte es ihrem Vater und Maria.

»Morgen mach ich einen Großeinkauf, und dann kriegt ihr auch ein Handy mit einer Prepaid-Karte. Und wenn ihr sonst noch irgendwas braucht, schreibt's am besten gleich auf, damit ihr's nicht vergesst.« Und zu Maria: »Es wird alles gut, das weiß ich. Sie müssen nur allmählich zur Ruhe kommen.«

»Du«, sagte Durants Vater.

»Was du?«, fragte Durant mit gerunzelter Stirn.

»Du sprichst mit deiner Schwester, hast du das schon vergessen?«

»Oh, sorry, Schwesterherz. Also, du musst allmählich zur Ruhe kommen. Ich heiße übrigens Julia. Kann ich euch jetzt allein lassen?«

»Ich weiß gar nicht, was du noch hier willst«, sagte ihr Vater mit diesem unvergleichlichen Lachen in den Augen, das einfach zu ihm gehörte wie seine Pfeife. »Maria und ich werden ganz bestimmt bestens zurechtkommen. Wir haben uns sicher eine Menge zu erzählen. Nicht wahr?«

Maria lächelte verschämt und nickte.

»Wenn das so ist, hab ich hier ja nichts mehr verloren. Wir sehen uns morgen im Laufe des Vormittags. Gute Nacht und schlaft gut.«

»Du auch«, sagte Maria leise.

»Ich werd's probieren.«

Auf der Fahrt nach Hause dachte sie an den zurückliegenden Tag und daran, dass Berger und Müller jetzt in irgendeiner Kneipe saßen und sich bei einem Bier über die weitere Zusammenarbeit unterhielten. Und sie war gespannt auf das Gespräch mit Kullmers Freund Bäumer, auch wenn ihr Verhältnis zum BKA genau wie zu Müllers Abteilung sehr zwiespältig war. Aber sie würde sich überraschen lassen. In erster Linie war sie jedoch froh, Maria erst einmal in Sicherheit gebracht zu haben. In Susanne Tomlins Wohnung würde man sie nie finden, denn keiner außer den Leuten in ihrer Abteilung wusste von dieser Aktion.

Zu Hause angekommen, merkte sie die Anstrengung der vergangenen Stunden körperlich. Ihre Beine schmerzten, in ihrer linken Schläfe spürte sie leichte Nadelstiche, die hoffentlich nicht schlimmer wurden. Sie hasste Kopfschmerzen und die meist damit einhergehende Übelkeit. Nachdem sie ihre Tasche auf einen Küchenstuhl gestellt hatte, holte sie sich eine Dose Bier aus dem Kühlschrank und trank in langen Schlucken. Zehn Minuten später hatte sie das Geschirr gespült und abgetrocknet und freute sich noch einmal über den Anblick der aufgeräumten Wohnung. Sie konnte sich gar nicht satt sehen. Ich habe eben doch den besten Vater der Welt, dachte sie, während sie ins Bad ging und sich Wasser einlaufen ließ. Sie schaltete den Fernseher ein, es gab nur selten Momente, in denen sie die absolute Stille ertrug. Nachdem sie sich die Haare gewaschen und gebadet hatte, fühlte sie sich besser. Die Stiche in ihrer Schläfe hatten aufgehört. Sie zog sich einen neuen Hausanzug an und legte sich auf die Couch. Das letzte Mal, dass sie auf die Uhr schaute, war um kurz vor halb elf. Sie wachte drei Stunden später auf, war zunächst etwas irritiert, ging ins Schlafzimmer, legte sich ins Bett, rollte sich auf die Seite und schlief sofort wieder ein.

Donnerstag, 19.15 Uhr

Hans saß seit dem späten Nachmittag in einem Meeting, das noch längst nicht zu Ende war. Er war kaum fähig, den Ausführungen der Damen und Herren zum Thema Wirtschaftsstandort Hessen zu folgen, zu sehr beschäftigte ihn der Gedanke, wie er Binder dazu bewegen konnte, morgen mit ihm in den Club zu kommen. Binder saß ihm schräg gegenüber, doch ihre Blicke trafen sich während der gesamten Diskussion nicht ein einziges Mal, obwohl Hans seinen alten Freund immer wieder unauffällig beobachtete und sich fragte, ob dieser von den meisten so geschätzte Politiker tatsächlich ein Pädophiler war. In der Pause um Viertel nach sieben nahm er seinen Aktenkoffer, ging zu Binder und bat ihn nach draußen ins Foyer.

»Was gibt's, mein Lieber?«, fragte Binder mit seinem typisch jovial-unverbindlichen Lächeln. »Ganz schön langweilig, was?«

»Ich hätte da was mit dir zu besprechen«, sagte Hans, ohne auf Binders letzte Bemerkung einzugehen. »Aber nicht hier, am besten morgen Abend in einem Club.«

»Morgen Abend ist unmöglich. Ich kann dir einen Termin für nächste Woche geben, vorher ist nichts drin.«

Hans fasste Binder bei der Schulter und zog ihn mit sich fort, wo sie keiner hören konnte.

»Es muss vorher drin sein«, sagte Hans leise, aber eindringlich.

»Das hört sich ja mächtig dringend an. Trotzdem, morgen Abend habe ich Gäste, und meine Frau steckt schon mitten in den Vorbereitungen. Und am Wochenende fahren wir weg.«

»Dann wirst du dir wegen deiner Gäste was einfallen lassen müssen. Was ich mit dir zu besprechen habe, ist mit Sicherheit wichtiger.«

Binder kniff die Augen zusammen und sagte: »Was soll das? Um was geht's hier eigentlich? So kenne ich dich gar nicht. Ich werde morgen Abend nirgendwo hinkommen. Wie gesagt, nächste Woche gerne, aber …«

Hans unterbrach ihn mit einer Handbewegung. »Es geht um ein unglaublich wichtiges Geschäft, bei dem wir dich brauchen. Und dieses Geschäft wird morgen Abend abgewickelt. Wir treffen uns um spätestens halb zehn vor unserem Stammlokal am Römer. Du wirst deinen Gästen sagen, dass du einen außerplanmäßigen Termin hast und leider die Party für eine kurze Zeit verlassen musst. Das wird jeder verstehen, selbst deine Frau.«

»Du hast nicht mehr alle Tassen im Schrank! Für wen hältst du dich eigentlich, dass du mir Vorschriften machst?!«

»Ich mache dir keine Vorschriften, ich bitte dich lediglich um einen Gefallen«, entgegnete Hans gelassen, der sich selbst über seine Ruhe wunderte, war er doch noch vor wenigen Minuten über die Maßen angespannt und nervös.

»Und ich werde dir diesen Gefallen nicht tun. Wer ist eigentlich wir?«

»Das erklär ich dir morgen, du wirst die Herrschaften kennen lernen. Das Wochenende mit deiner Familie gehört dann wieder dir.«

»Es reicht, hörst du! In diesem Ton redet keiner mit mir, auch du nicht …«

»Dann warte einen Augenblick, ich möchte dir etwas zeigen.« Hans öffnete seinen Aktenkoffer, holte die Unterlagen heraus, die er von Thorsten erhalten hatte, sah sich um, doch da war niemand, der sie beobachtete, alle waren zu sehr mit sich selbst beschäftigt oder in Gespräche vertieft, und entnahm dem Ordner ein paar Fotos. »Schau dir diese Fotos an, und dann sag mir noch mal, dass du morgen Abend keine Zeit hast.«

Binders Gesichtsfarbe veränderte sich schlagartig, er schluckte schwer und sagte im Flüsterton: »Woher hast du die?«

»Unwichtig. Die Frage ist, was bist du bereit zu tun, damit dieses Material nicht in die falschen Hände gelangt? Morgen Abend?«

»Das ist Erpressung«, zischte Binder.

»So würde ich das nicht nennen, höchstens eine nachdrückliche Aufforderung, meiner Bitte nachzukommen. Denk an die Fotos. Dafür könntest du für einige Zeit hinter Gittern landen, du würdest deinen Beamtenstatus verlieren, deine Pensions…«

»Halt's Maul!«, fuhr Binder Hans ins Wort und reichte ihm die Fotos zurück. »Ich weiß selber, was ich verlieren würde.« Er lächelte gequält. »Also gut, morgen Abend um halb zehn. Und wo werden wir hinfahren?«

»Das wirst du schon sehen. Es wird aber auf keinen Fall zu deinem Nachteil sein, das verspreche ich dir.«

»Ach ja?! Was erwartet mich denn in diesem Club?«

»Nichts, was dir schaden könnte, wenn du dich an unsere Anweisungen hältst. Diese Fotos sind wirklich schlimm, wer immer sie gemacht hat. Na ja, heutzutage ist man ja nirgendwo mehr vor diesen unsäglichen Paparazzi sicher.«

»Du kleines gottverdammtes Arschloch! Aber gut, ich sehe ein, dass ich keine andere Wahl habe. Doch wenn ich untergehe, gehst du mit, das verspreche ich dir.«

»Jetzt sei doch vernünftig, wir werden nicht untergehen. Und jetzt komm, lass uns das Meeting hinter uns bringen und danach noch etwas trinken. Ich habe nichts gegen dich persönlich, ich bin lediglich ein Mittelsmann, der in einer ähnlichen Situation steckt wie du. Ich hätte das niemals von mir aus gemacht.«

»Leck mich doch am Arsch, du verlogener Schweinehund! Geht's um deinen Aufstieg auf der Karriereleiter? Wie schnell willst du ganz oben ankommen? Oder kriechst du auf einer Schleimspur, die andere vor dir gelegt haben?«

»Das hat damit überhaupt nichts zu tun. Es tut mir leid, ich wollte das nicht, glaub mir, aber sie haben mir keine Wahl gelassen. Ich weiß, dass ich damit unsere Freundschaft kaputtgemacht habe, aber …«

»Das hast du allerdings prächtig geschafft. Morgen Abend werde ich zu deiner Verfügung stehen, und danach kannst du mich mal kreuzweise.«

Binder wandte sich abrupt ab und ging mit schnellen Schritten auf die Toilette, wo er sich eine Zigarette anzündete und hastig rauchte. Ihm war übel, alles drehte sich in seinem Kopf. Er warf die Kippe in die Toilettenschüssel, wusch sich die Hände und das Gesicht und begab sich zurück in den Sitzungssaal, ohne Hans auch nur noch eines Blickes zu würdigen. Dieser fühlte sich auf einmal gut, gut und mächtig und stark. Was ihm vorhin noch beinahe unmöglich erschien, hatte er geschafft. Er hatte die Feuerprobe, wie Thorsten es genannt hatte, bestanden. Und dennoch hatte er wieder diesen schalen Geschmack im Mund, und sosehr er auch versuchte das schlechte Gewissen zu unterdrücken, es gelang ihm nicht ganz.

Donnerstag, 21.25 Uhr

Karl-Heinz Durant und Maria packten ihre Taschen und Koffer aus und unterhielten sich dabei über ein paar eher unwichtige Dinge. Dennoch waren es kurze, aber intensive Minuten, in denen sie sich recht schnell näher kennen lernten. Beiden war klar, dass sie mehr als nur einen oder zwei Tage zusammensein würden und noch genügend Zeit hatten, tiefere Gespräche zu führen. Durants Vater wollte nicht gleich mit der Tür ins Haus fallen, um Maria nicht zu erschrecken, obwohl es ihn brennend interessierte, wer diese äußerlich so zerbrechlich wirkende junge Frau war, was sie bewegte, welches Schicksal sie genau hinter sich hatte, wie es in ihrem Land aussah, das er nur vom Hörensagen kannte, wer ihre Eltern waren, wie ihre Kindheit verlaufen war, was sie in den vergangenen Jahren erleiden musste, vor allem aber, wie sie sich im Moment fühlte.

»Wo möchtest du schlafen?«, fragte er, während er mit ihr durch die Wohnung ging und die einzelnen Zimmer inspizierte.

»Das ist mir egal.«

»Das soll es aber nicht. Ich möchte, dass du dich wie zu Hause fühlst, auch wenn ich selbst zum ersten Mal hier bin und auch so meine Probleme habe, in fremden Betten zu schlafen«, sagte er lachend. »Lieber im Schlafzimmer oder hier in diesem Gästezimmer?«

Sie standen in einem etwa zwanzig Quadratmeter großen Raum, der elegant und doch jugendlich eingerichtet war, mit einem Bett, einem Korbsessel, einem kleinen Tisch aus Kiefernholz, einem Kleiderschrank, einem Bücherregal und einer Fernseh-Hifi-Kombination. Die Halogenbirnen waren in die Holzdecke eingelassen, in der Ecke neben dem Tisch befand sich eine Standleuchte, neben dem Bett ein kleines Regal mit einer Nachttischlampe darauf. Der flauschige Teppichboden schimmerte im Kunstlicht in sanftem Blau. Eine Gemütlichkeit, der man sich kaum entziehen konnte.

»Möchtest du dieses Zimmer nehmen?«

»Gerne, wenn es dir nichts ausmacht«, sagte Maria, die ihren Blick lange durch das Zimmer schweifen ließ. Er merkte, wie sehr es ihr gefiel. »Wem gehört diese Wohnung eigentlich?«, wollte sie wissen.

»Einer Freundin von Julia. Aber sie lebt schon seit einigen Jahren in Südfrankreich und kommt nur noch sehr sporadisch nach Frankfurt.«

»Hat sie Kinder?«

»Ja, drei.«

»Das dachte ich mir, das hier gehört bestimmt einem Mädchen.«

»Das ist gut möglich, sie hat zwei Töchter. Aber die älteste ist schon über zwanzig und studiert in Paris.«

Maria sah Durants Vater kurz und mit leicht verklärtem Blick an und meinte: »Nach Paris würde ich auch gerne einmal reisen. Bei uns zu Hause haben wir oft davon gesprochen, wie es wohl im Westen sein mag. In Deutschland, Frankreich, Spanien und so weiter. Meine Großeltern waren vor vielen, vielen Jahren einmal in Paris und auch in andern Städten.« Doch bevor Durants Vater eine Frage stellen konnte, weshalb die Großeltern aus der ehemaligen Sowjetunion in den Westen reisen durften, sagte Maria schnell: »Ich schlafe hier, wenn es dir nichts ausmacht.«

»Ich habe ja gesagt, du darfst wählen. Komm, gehen wir ins Wohnzimmer und unterhalten uns ein bisschen, wenn du magst. Hast du Hunger?«

»Nein, ich habe bei Hellmers noch zu Abend gegessen, bevor ich herkam.«

»Dann mache ich uns eine Flasche Wein auf, und wir reden. Ich bin nämlich noch nicht müde. Es sei denn, du möchtest gerne schlafen.«

»Ich bin auch noch nicht müde«, erwiderte Maria und folgte Durants Vater ins Wohnzimmer. Sie stellte sich vor die Stereoanlage, schaltete das Radio ein, dämpfte die Lautstärke, leise Musik kam aus den Lautsprechern.

»Voilà«, sagte Durants Vater, der die Flasche entkorkte und die beiden Gläser zur Hälfte füllte. »Auf dein Wohl.« Er hob sein Glas und stieß mit Maria an. »Erzähl mir von deiner Heimat. Ich weiß, ich bin ein neugieriger Mensch, aber das bringt mein Beruf so mit sich.«

»Was bist du denn von Beruf?«, fragte Maria und trank einen Schluck.

»Hat Julia dir das nicht gesagt?«, fragte er verwundert zurück.

»Nein, sie hat mir überhaupt nichts über dich erzählt.«

»Ich bin Pfarrer, das heißt, ich war es bis vor wenigen Jahren. Jetzt bin ich nur noch ehrenamtlich in seelsorgerischer Funktion tätig.«

Maria schaute Durants Vater beinahe ungläubig an. »Du bist Pfarrer? Wirklich? Das hätte ich nicht gedacht.«

»Man sieht den wenigsten Menschen den Beruf an. Glaubst du an Gott?«

Maria zögerte einen Moment mit der Antwort, drehte das Glas zwischen ihren Fingern und sagte leise, ja, fast kaum hörbar: »Ja, ich glaube sogar ganz fest an Gott. Ich glaube, ohne seine Hilfe hätte ich das alles nicht überstanden. Er hat mich gerettet. Bei mir zu Hause glauben alle an Gott, ich meine in meiner Familie. Ich bin so erzogen worden, wir haben vor jeder Mahlzeit gebetet, und jeden Abend vor dem Schlafengehen haben wir uns hingekniet und ein Nachtgebet gesprochen. Das war so üblich, und ich bin sicher, dass sie das auch heute machen. Vielleicht haben auch ihre Gebete mich gerettet.«

Durants Vater unterbrach sie nicht. Er merkte, dass Maria dabei war, sich ihm zu öffnen, viel schneller, als er vermutet hätte. Dabei hatte er nur gesagt, er sei Pfarrer. Und er hätte nie gedacht, dass eine junge Frau aus Moldawien, wo noch zurzeit ihrer Geburt und frühen Kindheit der Kommunismus geherrscht hatte, mit dem Begriff Gott überhaupt etwas anfangen könnte. Und nun saß Maria ihm gegenüber, die Füße unter ihrem Po, den Blick versonnen auf das Glas gerichtet, und sagte ihm, dass sie aus einem religiösen Elternhaus stamme.

»Damals«, fuhr sie fort, ohne ihren Blick zu heben, »als dieser junge Mann zu mir kam und mir sagte, er habe eine Stelle als Aupairmädchen für mich in Deutschland, da habe ich zuerst gejubelt, doch irgendetwas in mir hat gesagt, geh nicht nach Deutschland. Aber ich habe nur gedacht, wenn ich in Deutschland bin, dann kann ich vielleicht meine Familie unterstützen, kann ihnen Geld schicken, damit sie sich etwas Warmes zum Anziehen kaufen können, denn die Winter bei uns sind sehr kalt und viele Menschen haben keine Heizung oder kein Geld, um sich Holz oder Kohle zu kaufen. Ich weiß noch, wie ich an diesem Abend gebetet habe, weil ich hören wollte, was Gott mir sagt, aber Er hat nichts gesagt. Da war nur dieses merkwürdige Gefühl, das so schlecht zu beschreiben ist.« Sie seufzte und trank einen weiteren Schluck. »Heute weiß ich, dass dieses Gefühl von Gott kam, dass das seine Antwort war, dass Er mich warnen wollte, aber ich habe diese

Warnung einfach ignoriert. Ich war ja auch noch so jung und dachte nur daran, dass meine Mama, wenn ich weg bin, für eine Person weniger Essen zu kochen braucht, aber ich kann ihnen helfen, denn ich würde ja in Zukunft genug haben.« Sie blickte auf und sah Durants Vater lange an. Ihre Augen hatten einen traurigen Ausdruck. Sie fuhr sich mit der Zunge über die Lippen. »Und dann ging alles so schnell. Ich hatte kaum Zeit zum Überlegen, nur zwei Tage später wurde ich abgeholt und mit ein paar anderen Mädchen und Frauen weggebracht. Nicht nach Deutschland, sondern nach Jugoslawien.«

»Was hat man dir gesagt, als du gemerkt hast, dass du in Jugoslawien bist und nicht in Deutschland?«

»Gar nichts. Sie haben uns wortlos aus dem Auto gezerrt und in ein Zimmer gesperrt. Nach einer Weile kamen drei Männer und haben uns gesagt, was wir ab sofort zu tun hätten.« Sie hielt erneut inne, trank ihr Glas leer und zündete sich eine Zigarette an, während sich Durants Vater eine Pfeife stopfte. Marias Hände zitterten. »Es war, als würde man mir sagen, dass ich gleich sterben müsste. Die andern acht Frauen haben geschrien, aber die Männer haben nur gelacht. Sie haben gelacht, wie nur Teufel lachen können. Bis einer einen Knüppel aus der Tasche zog und damit ein paar Mal kräftig gegen die Wand schlug. Mit einem Mal hörten alle auf zu schreien. Eine nach der andern wurde aus dem Zimmer geholt und zum Chef gebracht. Wir mussten uns ausziehen, während er und die andern Männer uns dabei zuschauten. Als ich mich geweigert habe, haben sie mich geschlagen, nicht wirklich fest, aber ich wusste, wenn ich dem Befehl nicht gehorchen würde, würden sie mich richtig schlagen.« Sie wandte den Kopf zur Seite, wischte sich mit einer Hand über die Augen und fuhr mit monotoner Stimme fort: »Jede von uns wurde von mehreren Männern vergewaltigt und geschlagen. Danach hat man uns gesagt, dass wir ab sofort in einem Bordell arbeiten müssten. Als ich gefragt habe, warum ich nicht nach Deutschland kann, wurde ich wieder nur ausgelacht, und der Chef hat gesagt: ›Deutschland, was willst du in Deutschland, in Jugoslawien ist es doch viel schöner, besseres Klima, nettere Menschen, alles ist in Jugoslawien besser.‹ Ich habe mir als Kind oft vorgestellt, wie es wohl in der Hölle aussehen mag, doch ich glaube, gegen das, was ich in Jugoslawien erlebt habe, ist die Hölle ein Paradies. Aber dann kam ein Mann aus Deutschland und hat gesagt, dass ich für ihn arbeiten soll. Obwohl ich schon einigermaßen gut Deutsch gesprochen habe, musste ich es perfekt lernen, ich hatte sogar einen eigenen Lehrer. Nach sechs Monaten wurde ich dann nach Frankfurt gebracht, wo ich diesen Mann wiedergesehen habe.«

»Du bist zwanzig Jahre alt, wie mir Julia erzählt hat?«

»Ja, ich werde im Januar einundzwanzig.«

»Was fühlst du jetzt, wenn du an die vergangenen vier Jahre zurückdenkst?«

Maria überlegte einen Moment, bevor sie antwortete: »Ich weiß es nicht. Ich weiß nur, dass es keinen Tag gegeben hat, an dem ich nicht gebetet habe, Gott möge mir einen Weg zeigen, wie ich aus diesem Gefängnis herauskommen kann. Ich konnte natürlich keine Kerzen aufstellen oder mich hinknien, aber ich habe mit Ihm gesprochen, und Er hat zugehört, das weiß ich.«

»Und Er hat dir schließlich einen Weg gezeigt. Und glaub mir eins, Er wird nicht zulassen, dass dir noch einmal etwas Böses widerfährt. Gott hat dich gerettet, weil du nicht aufgehört hast an ihn zu glauben.«

»Aber ich frage mich, warum Er zugelassen hat, dass ich das alles erleben musste. Seit vier Jahren habe ich keinen Kontakt mehr zu meiner Familie gehabt, ich weiß nicht, wie es meinen

Eltern und meinen Geschwistern geht, und ich wünsche mir nichts sehnlicher, als wieder bei ihnen zu sein. Glaubst du mir das?«

»Natürlich. Und du wirst deine Familie wiedersehen, das verspreche ich dir. Dafür wird Julia sorgen. Darf ich dich noch etwas anderes fragen?«

»Ja.«

»Was war das schlimmste Erlebnis in dieser Zeit?«

Maria überlegte und schüttelte den Kopf. »Es war alles schlimm, ich kann es nicht sagen. Aber irgendwann lässt man die Dinge nur noch über sich ergehen, man wird willenlos und tut, was die andern befehlen.«

»Und wer von den Menschen, wenn man sie überhaupt als solche bezeichnen kann, waren die schlimmsten?«

»Alexander und Marco.« Sie drückte die Zigarette aus und schenkte sich Wein nach.

»Wer sind Alexander und Marco?«

»Alexander ist der große Boss in Jugoslawien, vor ihm fürchten sich alle, und Marco ist der Boss hier in Frankfurt, vielleicht sogar in Deutschland. Sie sind beide so abgrundtief böse, für sie sind Menschen nur eine Ware wie Milch oder Brot. Wenn es ihnen nicht schmeckt, werfen sie es weg.«

»Was meinst du damit?«

»Sie töten oder lassen töten. Ich weiß, dass Alexander sehr brutal ist und auch selbst Menschen umbringt. Marco macht sich die Finger nicht schmutzig, er hat seine Leute dafür.«

»Woher weißt du das?«

»Die Frauen unterhalten sich darüber, und manche der Aufpasser sagen manchmal Dinge, die sie eigentlich nicht sagen dürften. Aber es ist die Wahrheit.«

»Wie geht es dir jetzt im Augenblick?«, wollte Durants Vater wissen, der schon viele Geschichten von menschlichem Leid gehört hatte, wobei diese ihm jedoch besonders naheging, ohne dass er hätte erklären können, warum. Vielleicht, weil Maria trotz des erlittenen Leids noch immer rein und unschuldig wirkte, weil er ihr nicht anmerkte oder sie sich nicht anmerken lassen wollte, wie zerschunden ihr Körper und ihre Seele waren, vielleicht aber vor allem, weil sie nie, auch nicht in den entwürdigendsten Phasen ihres jungen Lebens, den Glauben an Gott verloren hatte. Die meisten, mit denen er es in den mehr als drei Jahrzehnten als Pfarrer zu tun gehabt hatte, haderten selbst bei vergleichsweise geringfügigen Problemen oder Herausforderungen mit Gott, zweifelten an ihm oder verfluchten ihn sogar. Doch nichts von alldem spürte er bei dieser jungen Frau, in der er eher noch ein Mädchen sah, dem zwar ein Teil seines Lebens genommen worden war, das aber, dessen war er sich sicher, für das an ihm begangene Unrecht entschädigt werden würde, und wenn nicht von Menschen, dann von einer anderen, höheren Stelle. Deine Wege sind unergründlich, dachte er für einen kurzen Moment, aber wenn Du ihr bis hierher geholfen hast, dann mach den Weg frei, dass sie auch unbeschadet wieder nach Hause zu ihrer Familie kommt. Oder nein, ich will Dir nicht vorschreiben, was Du tun sollst, Du weißt am besten, was für Maria richtig ist.

Er sah sie an, sie erwiderte kurz seinen Blick, um gleich darauf erneut auf das Glas zu schauen. Er wollte ergründen, was in ihr vorging, wie und was sie fühlte, wie stark das Erlebte bei ihr nachhallte. Sie überlegte lange, trank einen Schluck und antwortete leise: »Wie es mir geht? Es ist alles irgendwie leer. Ich glaube, es muss noch viel Zeit vergehen, bevor ich sagen kann, wie es mir geht. Zwei Menschen sind wegen mir schon gestorben, dabei haben sie doch überhaupt nichts Unrechtes getan. Und ich würde zu gerne wissen, wie es Verena geht, ob sie überhaupt noch lebt und …«

»Wer ist Verena?«

»Die Frau, die mir geholfen hat. Wahrscheinlich werde ich sie niemals wiedersehen.«

»Es stimmt, zwei Menschen, die nichts Unrechtes getan haben, wurden sinnlos getötet. Aber du, hast du etwas Unrechtes getan?«

»Ich hätte damals nicht von Kagul weggehen dürfen, dann wäre das alles nicht passiert.«

»Das ist aber kein Unrecht, denn du wolltest ja deiner Familie helfen. Und außerdem, diese Männer, die getötet haben, haben mit Sicherheit auch schon andere auf dem Gewissen. Sie werden irgendwann ihre gerechte Strafe bekommen. Und ich bin sicher, dass es Verena gut geht, sonst hätte Julia mir schon längst etwas anderes gesagt. Aber am besten fragst du sie morgen selber. Fühlst du dich denn jetzt sicher?«

Maria zuckte mit den Schultern und antwortete: »In deiner Gegenwart fühle ich mich sicher. Und wenn Julia da ist, auch. Seit ich am Montag geflohen bin, habe ich lauter nette Menschen kennen gelernt, ganz anders als die, die …« Sie stockte und schüttelte den Kopf. »Ich möchte eigentlich jetzt nicht mehr darüber reden. Morgen vielleicht wieder.«

»Kann ich verstehen, wirklich«, sagte Durants Vater mitfühlend. »Ich bin ganz ehrlich, ich kann mir nicht vorstellen, was du durchgemacht hast, aber ich kann versuchen es zu verstehen. Ich möchte dir nur sagen, wann immer du etwas auf dem Herzen hast oder reden möchtest, bin ich für dich da. So, und was machen wir jetzt? Ein bisschen fernsehen?«

»Von mir aus. Wir durften ja nie fernsehen, wir durften uns nur Videos oder DVDs anschauen. Ich möchte so viel wissen, zum Beispiel, was in den vier Jahren in der Welt passiert ist, wer jetzt in Moldawien regiert … Ich möchte einfach so viel nachholen. Aber ich will auch, dass Marco und all die andern für das bestraft werden, was sie den Frauen angetan haben und immer noch antun.«

»Warum schreibst du nicht auf, was dich bewegt? Auch wenn es dir noch so wehtut, schreib auf, was du erlebt hast. Schreib auf, welche Menschen du in den vergangenen vier Jahren kennen gelernt hast, schreib auf, wie du dich gefühlt hast. Schreib aber auch auf, wie du dir deine Zukunft vorstellst, alle Wünsche und alle Träume, und du wirst sehen, vieles davon wird in Erfüllung gehen, wie zum Beispiel, dass du bald deine Eltern und Geschwister wiedersehen wirst. Gott wird dich niemals allein lassen, denn Er hat dich sehr, sehr lieb.«

»Das weiß ich. Danke, dass du bei mir bist.«

»Ich habe zu danken, eine so nette junge Frau kennen lernen zu dürfen. Komm, machen wir den Fernseher an und schauen mal, wie es in der Welt so aussieht. Gleich kommen die Nachrichten.«

Freitag, 8.00 Uhr

Polizeipräsidium. Lagebesprechung.

Julia Durant kam ins Büro, als Berger mit den andern Beamten bereits in ein Gespräch vertieft war. Sie hatte gut geschlafen und fühlte sich ausgeruht und begrüßte die Anwesenden mit einem beinahe fröhlichen »Guten Morgen. Gibt's was Neues?«.

»Guten Morgen, Frau Durant«, sagte Berger leicht irritiert wegen der unerwartet und selten guten Laune am frühen Morgen, war doch seine Kollegin eher ein Morgenmuffel, der erst im Laufe des Tages aufzutauen pflegte. »Was möchten Sie zuerst hören?«

»Nicht zu viel auf einmal«, antwortete sie und schenkte sich einen Becher Kaffee ein, den Doris Seidel aufgebrüht hatte, so wie sie es jeden Morgen seit ihrem Dienstantritt beim K 11 tat, wenn sie nicht gerade Bereitschaft oder frei hatte.

»Da Sie so gut gelaunt sind, hoffe ich, dass Ihnen auch das gefällt, was ich Ihnen mitzuteilen habe. Die Pressekonferenz gestern verlief sicherlich in Ihrem Sinn. Dr. Vermeer hat nur ein paar Details preisgegeben, unter anderem hat sie den Journalisten erklärt, dass der Mord an Zaubel aller Wahrscheinlichkeit nach von einem Junkie begangen wurde und die Ermittlungen auch in dieser Richtung geführt würden. Der Mord an Rita Hendriks hat die Damen und Herren weniger interessiert, dennoch sagte Dr. Vermeer, dass es sich mit an Sicherheit grenzender Wahrscheinlichkeit um einen Raubmord handelt. Das können Sie auch in den hiesigen Gazetten nachlesen, die sich jedoch auf kleine Meldungen beschränken. So viel dazu.

Mein Gespräch mit Müller war erfolgreich, er ist zu einer Zusammenarbeit bereit. Allerdings kann ich ihn auch verstehen, wenn er sagt, dass es beinahe unmöglich ist, einen größeren Ring von Menschenhändlern auffliegen zu lassen. Dennoch wird er alles tun, um uns zu unterstützen.« Berger machte eine kurze Pause, lehnte sich zurück und fuhr fort: »Jetzt zum Wesentlichen. Ich habe mir die Nacht um die Ohren geschlagen, um Zaubels Aufzeichnungen durchzugehen. Wie sein Freund und Kollege Herr Kaiser gestern schon erwähnt hat, hat Zaubel sich in der Tat sehr ausgiebig mit dem organisierten Verbrechen beschäftigt. Dabei hat er auch in einem Mordfall an zwei Kroaten vor knapp zwei Jahren recherchiert und ist zu dem Ergebnis gelangt, dass die beiden ganz offensichtlich neben ihrer normalen Beschäftigung als Busfahrer auch als Schleuser tätig waren. Seine Nachforschungen haben außerdem ergeben, dass der Betreiber des Busunternehmens eine sehr zwielichtige Gestalt zu sein scheint, der zwar im Hintergrund agiert, aber dennoch sehr aktiv im Bereich Menschenhandel sein soll, genauer gesagt im Bereich Schleuserkriminalität. Sie erinnern sich vielleicht noch an den Fall der beiden Männer, die kurz vor Weihnachten 2001 in ihrer Wohnung erschossen wurden. Alle damals geführten Ermittlungen verliefen im Sand …«

»Moment«, wurde er von Durant unterbrochen, »ich kenne den Fall. Die Akten wurden nach einem Jahr vorläufig geschlossen. So weit ich mich erinnern kann, wurde der Busunternehmer mehrfach vernommen, aber es gab nicht den geringsten Hinweis, dass er irgendetwas mit den Morden zu tun haben könnte.«

»Zaubel hatte Informationen, die genau das Gegenteil belegen. Er hat mehrere Zeugen auftreiben können, die ihm entsprechende Infos haben zukommen lassen. Aber das alles können Sie selber nachlesen.«

»Ich kapier's immer noch nicht«, sagte Durant, »denn wenn der Busunternehmer, verdammt, wie war gleich noch mal sein Name …«

»Nowak …«

»Genau. Wenn also dieser Nowak von unsern Leuten mehrfach vernommen wurde, wie kommt es dann, dass Zaubel über Infos verfügte, die unsere sogenannten Spezialisten nicht hatten? Wurde da etwas unter den Tisch gekehrt, oder wurde einfach nur geschlampt?«, fragte sie mit diesem Blick, der etwas Gefährliches hatte und für den sie bei den Kollegen berüchtigt war. Ein Blick, der selbst den härtesten Mann erschauern ließ.

Berger, der Durant lange genug kannte, zuckte nur mit den Schultern und meinte gelassen: »Keine Ahnung, aber wie ich Sie kenne, werden Sie's rauskriegen wollen. Bitte schön, ich werde Sie nicht daran hindern.«

»Nicht ich werde es rauskriegen, sondern wir! Es kann und darf nicht angehen, dass ein Journalist mehr weiß als wir. Und das ist normalerweise auch nicht üblich. Ich möchte wissen, wer damals alles an dem Fall dran war und vor allem, ob die Akten überhaupt noch vollständig existieren. Und ich will außerdem wissen, wer die Anweisung gegeben hat, dass der Fall vorläufig geschlossen wurde.«

»Frau Durant, was soll das bringen?«

»Das wissen Sie so gut wie ich – wenn man nicht will, dass ein bestimmter Fall weiter verfolgt wird, wird er ad acta gelegt«, sagte sie aufgebracht. »Und sollte sich bewahrheiten, dass zum Beispiel bewusst geschlampt wurde, dann aber hallo. Dann werden Köpfe rollen.« Sie kochte vor Wut, und jeder im Zimmer spürte das.

»Jetzt machen Sie's aber bitte mal halblang! Dr. Vermeer hatte wohl gar nicht so unrecht, wenn sie gestern von Rambo-Manieren sprach. Köpfe rollen erst, wenn gewisse Leute damit einverstanden sind. Vergessen Sie nie, dass Sie in Anführungsstrichen nur eine Hauptkommissarin sind und über Ihnen eine Menge anderer und wesentlich einflussreicherer Männer und Frauen sitzen. Ich garantiere Ihnen, Sie werden große Probleme bekommen, wenn Sie Kollegen unterstellen, nicht sauber gearbeitet zu haben. Sehr große Probleme sogar. Darum bitte ich Sie inständig, halten Sie sich zurück, es ist in Ihrem eigenen Interesse.«

»Aber ...«

»Nein, kein Aber, und jetzt kommen Sie mal wieder runter von Ihrer Palme! Wir werden alle gemeinsam den Fall bearbeiten, das heißt, wir werden die Vorgehensweisen absprechen, und ich werde diesmal keine Alleingänge dulden. Den Grund dafür werden Sie gleich erfahren. Ich habe nämlich in Zaubels Unterlagen noch weitere Informationen gefunden, gegen die das mit diesem Nowak Kikifatz ist.« Er beugte sich nach vorn und blätterte in dem vor ihm liegenden Manuskript, von dem er mehrere Seiten mit Büroklammern markiert hatte. Nachdem er die gesuchte Seite gefunden hatte, fuhr er fort: »So, hier haben wir's. Schon mal was von einem Alexander Kristovic gehört?«

Kopfschütteln.

»Ich kann mit dem Namen bis jetzt auch nichts anfangen. Aber dieser Herr, der im ehemaligen Jugoslawien, dem heutigen Serbien und Montenegro, sitzt, scheint ein ganz großes Kaliber innerhalb der OK zu sein. Zaubels Ausführungen zufolge ist er derjenige, der die Fäden in der Hand hält. Und wie es aussieht, ist er auch derjenige, der die großen, die ganz großen Entscheidungen trifft. Ich werde nachher mit Müller sprechen und ihn fragen, ob er von diesem Typen schon gehört hat.«

Berger holte tief Luft und blickte in die Runde. Als er nicht weitersprach, sagte Durant, die sich allmählich beruhigt hatte: »Das ist doch aber noch nicht alles, oder? Zaubel hat doch bestimmt auch vermerkt, was dieser Kristovic so alles treibt. Was ist am andern Ende der Fäden, die er in der Hand hält?«

»Nun, offiziell ist Kristovic …« Berger hielt inne, als es an der Tür klopfte. Er blickte auf die Uhr. »Oh, schon neun, das wird unser Besuch vom BKA sein. Ja, bitte!«

Die Tür ging auf und ein recht jugendlich wirkender Mann, etwa einsachtzig groß, mit vollem braunem Haar und großen braunen Augen trat ein. Auffällig waren die tiefen Falten zwischen Mund und Nase und die langen, schmalen Finger, die eher auf einen Künstler als einen Polizisten hindeuteten. Durant schätzte ihn auf Ende dreißig, Anfang vierzig, und ihr erster Eindruck war durchaus positiv.

»Guten Morgen«, sagte er mit ungewöhnlich sonorer Stimme und schloss die Tür hinter sich, »Gerd Bäumer aus Wiesbaden. Peter, Herr Kullmer, hat mich zu einem Gespräch hergebeten, ohne mir jedoch zu verraten, um was es geht. Hier bin ich«, sagte er mit sympathischem, offenem Lächeln.

»Hi, Gerd«, wurde er von Kullmer begrüßt, »darf ich dir gleich meine Kollegen vorstellen?« Er deutete auf die jeweilige Person und sagte: »Doris Seidel, wir beide arbeiten die meiste Zeit zusammen. Julia Durant und Frank Hellmer sowie unser Kommissariatsleiter Herr Berger. Nimm doch Platz, du kommst gerade zur richtigen Zeit.«

»Hallo, freut mich.« Er setzte sich, schlug die Beine übereinander und musterte die Beamten für einen kurzen Moment, um sich einen ersten Eindruck zu verschaffen. »Weshalb komme ich zur richtigen Zeit?«

»Darf ich es erklären?«, fragte Kullmer mit Blick auf Berger, der nur nickte.

»Okay, vorab eines: Kannst du uns garantieren, dass du alles, was du gleich hören wirst, erst einmal für dich behältst, das heißt, dass du mit niemandem, aber auch wirklich niemandem darüber sprichst? Nicht einmal mit den Leuten aus deiner Abteilung, auch wenn du ihnen noch so sehr vertraust?«

Bäumer zuckte mit den Schultern und sagte: »Wenn du unbedingt drauf bestehst, verspreche ich es.«

»Damit wäre das schon mal geklärt. Um's kurz zu machen, du bearbeitest doch Fälle, die mit organisiertem Verbrechen zu tun haben. Für was genau bist du da zuständig?«

»Das hängt davon ab, wo ich eingesetzt werde. In der Vergangenheit habe ich so ziemlich alles mitgemacht, was in den Bereich der OK fällt, Drogen, Waffen, Zigaretten, Schutzgeld … Warum interessiert dich das überhaupt?«

»Gleich. Zufällig auch Menschenhandel, illegale Prostitution, moderne Sklaverei?«

»Auch«, antwortete er, wobei er dieses »auch« sehr lang gedehnt aussprach und Kullmer mit kritischem Blick musterte.

»Sehr gut.« Kullmer erklärte Bäumer in den folgenden zehn Minuten in knappen und doch verständlichen Worten die Vorkommnisse der letzten Tage, Bäumer hörte aufmerksam und interessiert zu. Kurz bevor er endete, steckte er sich einen Kaugummi in den Mund und fuhr fort: »Tja, und gestern wurde uns eine CD überreicht, die aus dem Nachlass des ermordeten Zaubel stammt. Herr Berger hat sich letzte Nacht die Mühe gemacht und ein paar wesentliche Informationen, die darauf sind, zusammengestellt.«

»Von wem habt ihr die CD?«

»Ein Freund und Kollege von Zaubel hat sie uns übergeben. Er möchte allerdings aus der Sache völlig rausgehalten werden. Alles Weitere wird Herr Berger erklären.« Und an Berger gewandt: »Sie sind dran.«

Berger hatte sich nach vorn gebeugt, die Unterarme auf dem Schreibtisch, die Hände gefaltet, und sah Bäumer an. »Sie haben eben erwähnt, dass Sie auch mit Menschenhandel zu tun haben. Wie gut kennen Sie sich in dem Metier aus?«

»Ich würde sagen, kaum mehr oder weniger als Ihre Kollegen hier von der entsprechenden Abteilung. Ich werde hin und wieder in die Ermittlungen mit einbezogen, aber ich bin beileibe kein Spezialist. Mein Ressort liegt seit einem Jahr vornehmlich im Bereich illegaler Waffen- und Rohstoffhandel. Ich habe zuletzt vor etwa anderthalb Jahren in einem Fall von Menschenhandel ermittelt, davor auch schon einige Male, aber uns sind immer nur ein paar kleine Fische ins Netz gegangen, der große Schlag ist uns nie gelungen. Das ist ähnlich wie bei Drogen, Waffen und so weiter. Es sind immer nur die kleinen Fische, die wir fangen, auch wenn hin und wieder in der Presse die Rede davon ist, dass der Polizei ein großer Schlag gegen das organisierte Verbrechen gelungen sei. Sie kennen das ja wahrscheinlich, gebt dem Volk Futter, es wird es schon fressen.«

»Das hört sich aber nicht sonderlich optimistisch an«, warf Kullmer ein.

»Warum sollte ich lügen? Fakt ist, dass wir praktisch chancenlos einem Geflecht aus organisierter Kriminalität gegenüberstehen, das immer undurchdringlicher wird. Das System innerhalb der OK ist derart komplex, dass es unmöglich zu knacken ist. Das ist eine bittere Wahrheit, doch es ist die Wahrheit. Aber gut, was genau wollen oder erwarten Sie von mir?«

Berger, der zusammen mit seinen Kollegen ähnliche Worte bereits von Müller gehört hatte, presste kurz die Lippen aufeinander, bevor er fragte: »Sagt Ihnen der Name Alexander Kristovic etwas?«

Bäumers eben noch vorhandene Lockerheit wich schlagartig, er verengte die Augen zu Schlitzen und antwortete: »Was wissen Sie von ihm?«

»Ihrer Reaktion entnehme ich, dass Sie ihn kennen«, sagte Berger, ohne auf die Frage einzugehen. »Zaubel hat ihn als ziemlich üblen Burschen beschrieben, zumindest in den Passagen, die ich gelesen habe. Der scheint so ziemlich in allem seine Pfoten drin zu haben, was mit illegalen Geschäften zu tun hat. Laut Zaubels Unterlagen gilt er als äußerst gefährlich. Zaubel beschreibt ihn als den unumstrittenen Herrscher über eine *der* Schaltzentralen der OK in Europa. Offiziell ist Kristovic …«

»… Lieferant von Spirituosen, inoffiziell soll er einer der größten Drogen-, Waffen-, Zigaretten- und Menschenhändler sein. Seine Mittelsmänner und Kontaktpersonen sitzen in so ziemlich allen westeuropäischen Ländern wie Italien, der

Schweiz, Frankreich, Deutschland und so weiter. Über diese Kontakte laufen auch sämtliche großen Deals. Sein Geschäft boomt, sein Umsatz beträgt laut recht zuverlässigen Quellen jährlich zwischen vier- und fünfhundert Millionen Dollar, Tendenz steigend. Er soll sich mittlerweile sogar in mehrere namhafte Unternehmen über Strohmänner eingekauft haben, das heißt, er hat in großem Stil Geld gewaschen.«

»Das ist genau das, was auch Zaubel rausgefunden hat«, bemerkte Berger. »Aber …«

Bäumer hob die Hand. Er ließ sich keine Gefühlsregung anmerken, als er Berger unterbrach: »Dieser Herr Zaubel hat in der Tat sehr gut und intensiv recherchiert, er sollte post mortem noch für hervorragende journalistische Arbeit ausgezeichnet werden. Wie Sie sehen, sind dem BKA diese Fakten bekannt. Kristovic steht nämlich schon seit längerem auf der Liste der meistgesuchten Männer, aber es ist praktisch unmöglich, an ihn ranzukommen.« Bäumer machte eine kurze Pause, dann fuhr er fort: »Wenn Sie jedoch versuchen sollten ihn zu schnappen, kann ich Ihnen gleich sagen, vergessen Sie's. Einer wie Kristovic hat nicht nur eine exzellent ausgebildete Leibgarde, besser gesagt eine kleine Armee, er verfügt zudem über Kontakte zu hochrangigen Politikern und anderen einflussreichen Persönlichkeiten in fast allen Staaten, die von ihm mit Ware beliefert werden. Und das sind Leute, an die kommt keiner von uns auch nur näher als einen Kilometer ran, wenn überhaupt. Deshalb werden die Ermittlungen auch ständig behindert.«

»Von wem?«

»Das brauche ich Ihnen wohl nicht zu beantworten, oder? Nun noch mal meine Frage: Was wollen Sie von mir?«

»Deine Hilfe«, antwortete Kullmer an Bergers Stelle. »Wenn du noch mehr weißt als dieser Zaubel, dann raus damit. Und wenn wir schon Kristovic nicht am Arsch kriegen können, dann vielleicht wenigstens seine Leute hier in Deutschland.«

Bäumer überlegte einen Augenblick und sagte schließlich: »Also gut, ich gebe euch Informationen, die ich euch eigentlich nicht geben dürfte, und ich riskier auch meinen Arsch dabei, das sollte euch klar sein. Und den Namen Kristovic in den Mund zu nehmen kann schon den Tod bedeuten. Er zählt zweifellos zu den gefährlichsten Männern überhaupt. Und ich will euch auch erklären, warum das so ist. Er ist deswegen so gefährlich, weil er verdeckt arbeitet. Trotzdem scheut er den Gang in die Öffentlichkeit nicht, anders als viele andere seiner Sorte, die nur aus irgendwelchen Hochsicherheitsverstecken heraus agieren. Egal, was ihr auch versucht, glaubt mir, ihr werdet nicht an ihn rankommen. Es gibt nur sehr wenige Personen, denen er Zutritt zu seinem Allerheiligsten gewährt. Und diese Personen werden vorher auf Herz und Nieren geprüft. Ich betone es noch einmal, um Kristovic zu schnappen, müsste man schon eine ganze Armee nach Serbien schicken, aber selbst dann dürfte es beinahe unmöglich sein, ihn zu fassen, weil man ihm niemals wird nachweisen können, dass er illegale Geschäfte betreibt. Die lässt er sämtlich über Dritte abwickeln, das heißt, sein Name taucht niemals und nirgends offiziell auf. Er ist Geschäftsmann, aber eben nur für Spirituosen und andere legale Waren. Das BKA hat mit Europol, Scotland Yard und verschiedenen anderen internationalen Behörden zusammengearbeitet, aber alles, was wir an Erfolgen zu verzeichnen hatten, waren sechs tote Beamte und mehrere V-Männer und -Frauen, die von seinen Schergen hingerichtet wurden, ohne dass Kristovic auch nur einmal namentlich mit diesen Morden in Verbindung gebracht werden konnte. Es stimmt, er lebt wie die Made im Speck, das Problem ist nur, seine Verbindungen reichen in sämtliche politischen Spitzen hinein, nicht nur in Jugoslawien, was die Ermittlungsarbeit umso schwerer macht. Kleine Geschichte am Rande: Eine zwanzig Mann starke Einheit vom BKA und BND hat sich fast zwei Jahre lang mit ihm beschäftigt, man hat Kontakt zu einem sehr engagierten und vertrauenswürdigen V-Mann in Belgrad gehabt, dessen Tarnung aber aufzufliegen drohte. Also hat man beschlossen, mit vier Mann nach Belgrad zu fliegen und ihn dort rauszuholen. Es war ein bestimmter Zeit- und Treffpunkt ausgemacht, aber als die Beamten dort ankamen, erschien der V-Mann nicht zum Treffen. Noch am selben Abend haben sie erfahren, dass er einem Verbrechen zum Opfer gefallen war, und zwar ziemlich genau um die Zeit, als man sich mit ihm treffen wollte. Die gesamte Operation lief unter strengster Geheimhaltungsstufe ab. Die Frage ist nur, wer war beziehungsweise ist der Maulwurf? Man hat es bis heute nicht rausgefunden oder nicht rausfinden wollen. Jedenfalls wurde die Einheit von einem Tag auf den andern aufgelöst, die einzelnen Personen wurden mit andern Aufgaben betraut, und wer sich jetzt mit Kristovic und seinem Umfeld befasst, entzieht sich meiner Kenntnis. Obwohl er immer noch auf der Liste der Meistgesuchten steht, gehe ich stark davon aus, dass gar nicht mehr gegen ihn ermittelt wird. Deshalb rate ich euch, vergesst Kristovic und konzentriert euch lieber auf seine Leute in Frankfurt, denn hier hat er seine Deutschlandzentrale. Aber auch diese Leute sind brandgefährlich und nicht zu unterschätzen.«

»Moment«, wurde er von Kullmer unterbrochen, »heißt das, du kennst auch Namen von Personen, die hier für Kristovic arbeiten?«

»Tut mir leid, ich kenne keine Namen, weil ich zurzeit an etwas anderem arbeite.«

»Aber es handelt sich um Personen, die in der Öffentlichkeit stehen, oder?«

»Zumindest einige von ihnen, aber das ist gerade in der OK üblich.«

»Gerd, hör zu«, sagte Kullmer und rückte seinen Stuhl direkt neben den von Bäumer, »wir haben dieses zwanzigjährige Mädchen, dem die Flucht gelungen ist. Sie hat etwas geschafft, was vorher offensichtlich noch keine geschafft hat. Die Kleine hat eine mörderische Angst, aber sie ist bereit, uns zu helfen.«

»Und weiter? Was glaubst du wohl passiert, wenn sie vor Gericht erscheint und gegen bestimmte Personen aussagt? Glaubst du überhaupt daran, dass es ein Verfahren geben wird? Oder wird man diese Maria vorher kaltmachen? Überdenk diese Fragen, und dann reden wir noch mal. Ich möchte in diesem Zusammenhang nur an bestimmte Verfahren, in die hochrangige Persönlichkeiten wie Politiker oder hohe Beamte aus dem Justizbereich verwickelt waren, erinnern, wo die Täter entweder zu geradezu lächerlichen Geldstrafen verurteilt oder die Verfahren gar nicht erst eingeleitet wurden. Die Nutten aber wurden abgeschoben, obwohl sie ausgesagt hatten, dass sie vergewaltigt, misshandelt und zum Drogenkonsum genötigt wurden.«

»Moment mal«, unterbrach ihn Durant. »Das interessiert mich im Augenblick weniger, darüber können wir ein andermal sprechen. Ich will wissen, wer Zaubel und die Hendriks umgebracht hat. Ich will wissen, wer der große Zampano hier in Frankfurt ist. Ich will wissen, wer die großen Sauereien begeht und mit dem Leid unschuldiger Menschen ein Vermögen anhäuft. Ich werde jedenfalls nicht aufgeben, das rauszufinden. Aber Sie könnten uns eine große Hilfe sein.«

»Frau Durant, ob ich eine große Hilfe sein könnte, lassen wir mal dahingestellt. Aber gut, was genau erwarten Sie von mir?

Dass ich mit Ihnen zusammen die Büchse der Pandora öffne?« Er lachte trocken auf und fuhr fort: »Keine Chance. Alles, was auch nur im Entferntesten mit Kristovic zusammenhängt, ist für Sie und mich etliche Nummern zu groß. Ich betone es noch einmal, wenn Sie sich auf das Spiel einlassen, ist die Wahrscheinlichkeit, dass Sie verlieren, hunderttausend zu eins, wenn nicht höher.«

»Und wenn wir einen Plan hätten, wie wir vorgehen wollen?«, fragte sie beharrlich weiter.

»Glauben Sie etwa, das BKA, Europol und all die andern Organisationen hätten keine in ihren Augen erfolgversprechenden Pläne gehabt? Sicher hatten sie die, aber jeder dieser Pläne ist bis jetzt gescheitert. Und warum? Weil jeder dieser Pläne verraten wurde. Wenn Sie eine Mannschaft zusammenstellen können, der sie hundertprozentig vertrauen, wo auf jeden Einzelnen absolut Verlass ist, bin ich bereit, mitzumachen. Haben Sie eine solche Mannschaft?«

»Wir haben hier in diesem Raum fünf Leute, für die ich mich verbürge«, erklärte Durant mit fester Stimme. »Sie kenne ich erst seit ein paar Minuten, deshalb weiß ich nicht, inwieweit ich Ihnen vertrauen kann.«

Bäumer lächelte wieder wie ein junger Mann und sagte: »Wenn ich Ihnen garantieren würde, dass Sie mir vertrauen können, würde Ihnen das reichen?«

»Nein, würde es nicht. Ich brauche Beweise. Meine Kollegen kenne ich seit vielen Jahren und lege meine Hand für sie ins Feuer …«

»Das habe ich auch schon gemacht und mich gewaltig verbrannt.«

»Ich noch nicht«, entgegnete sie mit einem spöttischen Aufblitzen in den Augen. »Angenommen, wir hätten eine kleine, aber schlagkräftige Truppe, nicht vierzig, sondern sagen wir nur acht Leute. Meine Abteilung, Sie und noch jemand vom K 60 beziehungsweise K 65. Dazu noch eine Staatsanwältin, der ich ebenfalls mein Vertrauen schenke. Was würden Sie davon halten?«

Bäumer überlegte und sah dabei Durant an. »Acht Leute und niemand sonst?«

»Acht.«

»Wie heißt die Staatsanwältin?«

»Dr. Vermeer.«

»Sagt mir zwar nichts, aber ich würde sie gerne kennen lernen. Und wer vom K 60?«

»Müller und noch einer seiner Mitarbeiter, wer genau, werden wir noch erfahren«, antwortete Berger, »aber dieser Mitarbeiter soll laut Müller ziemlich große Erfahrung mit den Ost- und Südosteuropäern haben. Hat er mir zumindest gestern bei einem Bier versichert.«

»Das wären dann aber schon neun«, bemerkte Bäumer lakonisch.

»Dann eben neun. Vom BKA nur Sie, vom K 60 nur zwei. Damit wäre ein eventueller Verräter sehr schnell ausgemacht, das garantiere ich Ihnen. Also, wie sieht's aus? Oder haben Sie Schiss?«, fragte Durant.

Ohne auf diese spöttisch-provozierende Bemerkung einzugehen, erwiderte Bäumer: »Liebe Frau Durant, ich weiß nicht, wie es bei Ihnen privat ausschaut, aber ich habe eine Frau und zwei reizende Kinder, vier und sechs Jahre alt. Ich habe keine Angst um mein Leben, falls Sie das denken, aber meine Familie liegt mir doch sehr am Herzen. Haben Sie einen Mann und Kinder?«

»Nein, weder noch«, antwortete sie schnippisch, gekränkt durch die letzte Frage, wusste doch außer Bäumer jeder im Raum, wie sehr sie sich zumindest einen Mann an ihrer Seite wünschte. »Okay, das war's dann wohl. Vielen Dank für die Mühe, die Sie sich gemacht haben. Wir werden sicherlich auch so zurechtkommen.«

»Wieso, soll das heißen, dass ich doch nicht mitarbeiten soll?«, fragte er mit einem Funkeln in den Augen, das Durant als ironisch deutete.

»Haben Sie das nicht eben gesagt?«

»Ich habe lediglich gesagt, dass ich eine Frau und zwei Kinder habe, die ich über alles liebe. Mehr nicht. Aber bevor ich mich endgültig entscheide, will ich diese Dr. Vermeer und die beiden Beamten vom K 60 kennen lernen, um mir einen persönlichen Eindruck von ihnen zu verschaffen. Und sollte dieser Eindruck positiv ausfallen, werde ich die Sache überdenken. Ist das ein Wort?«

»Und wie lange würde dieses Überdenken dauern? Einen Tag, eine Woche, einen Monat?«

»Ich bin sehr spontan. Geben Sie mir einen Tag, ich möchte einfach drüber schlafen. Zufrieden?« Er lächelte wieder spöttisch. Ihm gefiel Julia Durant, die auf ihn einen durchsetzungsfähigen und sehr entschlossenen Eindruck machte. Sie war ihm von Anfang an sympathisch gewesen, und er mochte Frauen, an denen er sich reiben konnte, die nicht zu allem ja und amen sagten, sondern konkrete Ziele verfolgten. Allein wegen ihr würde er seine Zustimmung geben, aber noch wollte er sie ein wenig zappeln lassen.

»Ein Tag ist in Ordnung«, entgegnete sie nun ebenfalls lächelnd. Ihre aufkeimende Wut war schon wieder verraucht. »Aber wir haben nicht viel Zeit …«

»Worin liegt das Zeitproblem? Wenn wir eines vermeiden sollten, dann sind es übereilte Aktionen. Was immer wir machen, es muss bis ins letzte Detail durchdacht und geplant sein. Nur so können wir erfolgreich sein. Kleiner Erfahrungswert von jemandem, der seit beinahe fünfzehn Jahren im Bereich OK tätig ist. Bisher ist jeder Schnellschuss nach hinten losgegangen.«

»Das Zeitproblem ist Maria, mein Vater kann nicht ewig auf sie aufpassen. Und sie in die Obhut von jemand anderem zu geben, halte ich für nicht ratsam. Wenn wir jedoch eine Mannschaft von nur acht beziehungsweise neun Leuten zusammenhaben, sollten wir auch in der Lage sein, recht schnell einen Plan aufzustellen. Dazu ist es aber notwendig, dass wir alle verfügbaren Fakten über Kristovic und seine Verbindungsleute in Deutschland haben.«

»Sie bekommen alles Material, was ich auftreiben kann. Jedoch wird es schwierig werden, denn das meiste wird unter Verschluss gehalten. Aber ich werde schon einen Weg finden, um wenigstens an das Wesentliche ranzukommen. Versprechen kann ich allerdings nichts. Noch eine andere Frage. Wo ist diese Maria jetzt? Sie haben erwähnt, dass Ihr Vater bei ihr ist.«

»Sie sind an einem sicheren Ort untergebracht«, antwortete Durant.

»Wie sicher?«

»So sicher, dass keiner sie dort finden kann.«

»Hätten Sie etwas dagegen, wenn ich mit ihr spreche?«

»Erst, wenn wir Ihre Zusage haben.«

»Ist deine Kollegin immer so hartnäckig?« Bäumer sah Kullmer grinsend an.

»Heute hat sie sogar noch einen guten Tag. Du solltest sie mal erleben, wenn ...«

»Wenn was?!«, fragte Durant leicht gereizt. »Ja, ich bin hartnäckig, ich kann auch wahnsinnig stur sein, aber auf eines können Sie sich verlassen – ich bin verdammt zuverlässig. Und genau das erwarte ich von jedem, der an dieser Operation teilnimmt. Chef, können Sie mal versuchen Müller und seinen Mitarbeiter herzubestellen? Ich rufe derweil bei Dr. Vermeer an und werde sie fragen, ob sie ebenfalls herkommen kann. Wenn nicht, haben wir eben Pech gehabt, aber ich kenne Dr. Vermeer und auch ihre Einstellung zu Menschenhandel und illegaler Prostitution, und die unterscheidet sich in keinster Weise von meiner.«

Berger griff zum Telefon und sagte, als am andern Ende abgenommen wurde: »Morgen, ich bin's, Wolfgang. Hättest du einen Moment Zeit, mit deinem Kollegen rüberzukommen? … Alles klar, bis gleich.« Und zu Bäumer: »Sie haben's mitgekriegt, er wird in ein paar Minuten hier sein.«

Wenig später kam Julia Durant aus ihrem Büro zurück. »Ich hab mit ihr gesprochen, sie hat aber leider um elf einen Gerichtstermin, lässt jedoch ausrichten, dass sie sich gerne heute Nachmittag mit Ihnen treffen würde, sofern es Ihnen Recht ist. So gegen drei?«

Bäumer blickte auf seine Uhr und nickte. »Einverstanden. Verbleiben wir doch so, ich fahre zurück nach Wiesbaden, versuche schon mal, an gewisses Material heranzukommen und bin um drei wieder hier. Oder wo soll ich mich mit Frau Dr. Vermeer treffen?«

»Hier, da können wir gleich in der kompletten Runde einen Schlachtplan ausarbeiten«, sagte Durant. »Ich geb ihr kurz Bescheid.«

Sie hatte nach dem Telefonat den Hörer aufgelegt und wollte sich gerade eine Zigarette anstecken, als Müller mit einem finster dreinblickenden, mürrisch aussehenden Mann ins Büro kam. Ist das etwa der Mann, dem Müller sein Vertrauen schenkt?, dachte sie, ließ sich ihre Überraschung aber nicht anmerken. Sie kannte diesen Mann nur vom Sehen und auch da nur aus weiter Entfernung, wo sie sich kein Bild von ihm hatte machen können. Doch jetzt in etwa zwei Meter Abstand wirkte er sehr düster und unnahbar, was auch an seinen schwarzen, lockigen und sehr vollen Haaren und den buschigen Augenbrauen liegen konnte, die über der Nasenwurzel fast zusammenwuchsen, dem schmalen Mund und den tiefen Kerben in seinem Gesicht, die nicht verrieten, wie alt er war. Zudem war er groß und bullig, mit Händen wie Bratpfannen, und schon auf den ersten Blick merkte sie, dass sie es mit einem wortkargen, verschlossenen Mann zu tun hatte. Wie lange er schon beim K 60 arbeitete, wusste sie nicht, aber es konnte noch nicht lange sein, denn sonst wären sie sich bestimmt schon des Öfteren begegnet. Er war komplett in Schwarz gekleidet, Schuhe, Jeans, Pullover und Lederjacke.

»Hallo«, begrüßte Müller die Runde, während Kullmer aus dem Nebenzimmer noch zwei Stühle holte, »darf ich gleich vorstellen, falls Sie meinen Kollegen noch nicht kennen, Dragoslav Vukovic. Er ist erst seit knapp zwei Monaten in meiner Abteilung. Vorher war er in Düsseldorf beim LKA tätig. Herr Vukovic hat in der Vergangenheit Erfahrungen bei der Drogenfahndung gesammelt und wird uns gerne mit Rat und Tat zur Seite stehen.«

»Aber Drogenfahndung und Menschenhandel sind zwei verschiedene Paar Schuhe«, bemerkte Berger zweifelnd.

»Nicht ganz«, widersprach Müller und setzte sich, während Vukovic stehen blieb, »aber das wird euch mein Kollege gleich selbst erklären.«

»Ihrem Namen nach zu schließen stammen Sie aus dem ehemaligen Jugoslawien«, sagte Berger, dem deutlich anzumerken war, dass auch ihm Vukovic nicht ganz geheuer war.

»Ich bin dort geboren, lebe aber seit meiner frühesten Kindheit in Deutschland«, antwortete er mit tiefer Stimme, ohne eine Miene zu verziehen.

Berger stellte nacheinander seine Kollegen und Bäumer vor und sagte anschließend: »Damit wären wir so ziemlich vollzählig, die Einzige, die fehlt, ist Frau Dr. Vermeer, die jedoch heute Nachmittag gegen fünfzehn Uhr hier sein wird. Wir werden ihr dann vom weiteren Verlauf berichten. Wir hatten eben ein sehr ausführliches Gespräch mit unserem Kollegen vom BKA, der ebenfalls bereit ist, mit uns zu kooperieren. Ich betone es noch einmal, alles, was in diesen vier Wänden besprochen wird, darf unter keinen Umständen nach außen gelangen. Kann ich mich darauf verlassen?«, fragte er Müller und Vukovic.

»Sonst wären wir nicht hier«, antwortete Müller, der locker wie selten schien. »Außerdem habe ich einen guten Grund dafür, Herrn Vukovic ausgewählt zu haben. Ich selbst war mir bis heute Morgen nicht ganz sicher, wen ich nehmen sollte, aber irgendein kleiner Mann im Ohr hat mir zugeflüstert: Sprich mit ihm. Und dabei habe ich einiges erfahren, das für uns sehr hilfreich sein könnte. Habt ihr schon eine Strategie entwickelt?«

»So weit sind wir noch längst nicht«, sagte Bäumer. »Sollte es sich tatsächlich um einen größeren Menschenhändlerring handeln, ist zum einen äußerste Vorsicht geboten, und vor allem muss jeder Schritt genauestens durchdacht werden. Herr Vukovic, welche Erfahrungen haben Sie in diesem Bereich?«

»Ich kenne die meisten Vorgehensweisen der Menschenhändler, ich weiß, wie Schleuserbanden arbeiten und dass Menschen- und Drogenhandel oft Hand in Hand einhergehen.«

»Das kann sogar von Vorteil für uns sein«, murmelte Bäumer. »Warum sind Sie bereit, bei dieser Aktion mitzumachen? Sie wissen, dass es gefährlich werden kann.«

»Herr Müller hat mich darum gebeten«, war seine Antwort, doch sowohl Durant als auch Bäumer spürten, dass dies nur die halbe Wahrheit war.

»Haben Sie Verbindungen nach Ex-Jugoslawien?«, wollte Bäumer wissen.

»Ja.«

»Verwandtschaftliche oder andere?«

»Sowohl als auch.«

Warum hältst du dich so bedeckt?, dachte Durant, ohne es auszusprechen.

»Hören Sie, ich möchte nicht lauter Fragen stellen und Wischiwaschi-Antworten bekommen, dazu ist das hier zu ernst. Erzählen Sie doch bitte ein wenig von sich, damit wir uns ein Bild machen können.«

»Inwieweit kann ich Ihnen denn vertrauen?«, fragte Vukovic. Durant hatte das Gefühl, als würde er fürchten, etwas preiszugeben, das ihm später zum Nachteil gereichen könnte.

»Ich garantiere für jeden in diesem Raum«, mischte sich Durant ein, die Vukovic nicht unsympathisch fand, der jedoch einen überaus distanzierten und misstrauischen Eindruck machte.

»Hört sich gut an, nur habe ich so eine Aussage auch schon mal gemacht und hätte beinahe mein Leben danach verloren«, erwiderte er erneut ohne jede Regung. »Aber gut, ich nehme Sie beim Wort. Sollte jedoch das, was Sie vorhaben, in die Hosen gehen, wird dies das letzte Mal sein, dass ich bei etwas mitmache, wobei ich mein Leben riskiere.« Er lehnte sich gegen die Tür und fuhr fort: »Ich wurde in Jugoslawien geboren und bin mit drei Jahren nach Deutschland gekommen. Meine Kindheit und Jugend dürfte Sie nicht weiter interessieren, also überspringe ich das. Nach dem Abitur habe ich die Polizeischule besucht und bin nach sechs Jahren bei der Kripo Köln zum LKA in Düsseldorf gewechselt, wo ich fünf Jahre tätig war. Und nun bin ich hier in Frankfurt gelandet.«

»Wobei hätten Sie denn beinahe Ihr Leben verloren?«, wollte Durant wissen.

Zum ersten Mal meinte sie, den Anflug eines Lächelns auf seinen schmalen Lippen auszumachen, als er antwortete: »Es war eine streng geheime Mission, es ging um einen großen Drogenring, aber irgendwie sind wir aufgeflogen. Drei unserer besten Leute haben dabei ihr Leben verloren, zwei konnten gerade noch entkommen, ein Freund und Kollege von mir und ich. Wer immer uns verraten hat, er hat mindestens drei Menschen auf dem Gewissen. Wir sind praktisch in einen Hinterhalt gelockt worden.«

»Ihr Freund?«

»Sehen Sie, das ist die Frage, die ich mir die ganze Zeit stelle. Wem kann man trauen und wem nicht? Ich weiß nicht, wer uns ans Messer geliefert hat, aber der- oder diejenige muss über exzellente Kontakte verfügen und für zwei Seiten arbeiten. Ich weiß nicht, ob es mein Freund war oder jemand anders aus dem Stab. Das Ganze hat sich im Sommer abgespielt. Direkt danach hat man mich in Erholungsurlaub geschickt und gefragt, ob ich nicht Lust hätte, wieder ganz normal bei der Kripo zu arbeiten, in Frankfurt sei eine Stelle beim OK frei.«

»Wusstest du von der Geschichte?«, fragte Berger und sah seinen Freund Müller an.

»Nein, ich hatte bis vor einer Stunde keinen blassen Schimmer davon. Als ich von Herrn Vukovics Vorgesetztem gefragt wurde, ob ich einen fähigen Mann gebrauchen könne, und er mir Herrn Vukovic wärmstens empfohlen hat, habe ich zugesagt. Den eben geschilderten Vorfall hat er nicht erwähnt, ich habe davon, wie gesagt, erst vor gut einer Stunde erfahren. Daraufhin habe ich beschlossen, ihn in unsere Aktion mit einzubeziehen.«

»Ist Ihr Freund noch beim LKA?«, fragte Bäumer.

»Ja, aber in einer anderen Abteilung. Er ist sozusagen versetzt worden, und deshalb glaube ich eher nicht, dass er der

Verräter ist. Es kann natürlich auch sein, dass man ihn einfach schützen will. Ich weiß im Prinzip überhaupt nichts mehr. Die ganze Sache ist übrigens nie an die Öffentlichkeit gelangt, sonst hätten Sie sicherlich davon gehört.«

»Haben Sie noch Kontakt zu ihm?«

»Nein, seit ich Düsseldorf verlassen habe, habe ich nicht mehr mit ihm gesprochen.«

»Waren Sie während Ihrer Dienstzeit bei der Polizei auch in Jugoslawien, beruflich meine ich?«

»Ja, einige Male.«

»Sagt Ihnen der Name Alexander Kristovic etwas?«, fragte Bäumer.

Vukovic sah Bäumer aus seinen dunklen Augen an, die jetzt nach dieser Frage noch finsterer wirkten. Für einen Moment herrschte Stille. Er holte, nachdem er sah, dass Durant und Hellmer rauchten, eine Schachtel aus seiner Jackentasche und zündete sich ebenfalls eine Zigarette an. Er löste sich von der Tür und ging zum Fenster, schaute hinunter auf die Kreuzung Eschersheimer Landstraße/Adickesallee, nahm zwei lange Züge und blies den Rauch durch die Nase aus. Danach drehte er sich wieder um und sagte: »Wie kommen Sie auf Kristovic?«

»Sie kennen ihn?«, fragte Bäumer.

»Ja, ich kenne ihn«, antwortete Vukovic in einem Ton, der Durant aufhorchen ließ. »Was wollen Sie von ihm?«

»Am liebsten seinen Kopf, aber das wird wohl nicht machbar sein. Doch vielleicht kriegen wir ja ein paar seiner anderen Köpfe.«

»Sie haben Recht, seinen Kopf kriegen Sie nicht, egal, was Sie auch anstellen. Kristovic genießt so viel Protektion, keine Chance. Aber es gibt andere, die man unter Umständen kriegen könnte.«

»Was wissen Sie von Kristovic?«

»Was wissen Sie von ihm?«, lautete die Gegenfrage.

»Er ist eine der Größen schlechthin im organisierten Verbrechen. Wir haben auch schon Leute im Kampf gegen ihn verloren, zumindest vermute ich, dass er dahintersteckt«, erwiderte Bäumer. »Aber ich habe nur sehr spärliche Informationen, was seine Person betrifft. Vielleicht können Sie mir weiterhelfen.« Bäumer log bewusst, um Vukovic aus der Reserve zu locken, denn er verfügte sehr wohl über Informationen, wenn auch nicht sehr umfangreiche, wollte sie jedoch von seinem Gegenüber bestätigt oder erweitert bekommen.

Vukovic drückte seine Zigarette aus und zündete sich gleich eine neue an. »Kennen Sie seine Vergangenheit?«

Bäumer sah Vukovic fragend an und schüttelte den Kopf. »Welche Vergangenheit meinen Sie?«

»Sagen wir, was er so in der Zeit zwischen 1990 und 1996 getrieben hat.«

»Tut mir leid, darüber weiß ich nicht Bescheid.«

»Sehen Sie, das ist das Problem. Es gibt nämlich kaum jemanden, der die Vergangenheit des Alexander Kristovic kennt. Vielleicht eine Hand voll Leute, die ihm treu ergeben sind und es niemals wagen würden, sich gegen ihn zu stellen. Kristovic hieß damals noch Tomislav Krasnjic. Sein Spitzname war Koljac, der Enthaupter, weil er seinen Opfern gerne den Kopf abgeschlagen hat. Am meisten Freude hat es ihm bereitet, wenn sie ihn dabei angeschaut haben. Er war Elitesoldat und Befehlshaber einer der gefürchtetsten und brutalsten Einheiten unter Milošević. Auf sein Konto gehen Dutzende von Kriegsverbrechen, es heißt, er allein habe mehr als viertausend Menschen ermordet. Er hat gemordet, vergewaltigt, gefoltert, geplündert, er hat Männer, Frauen, Kinder, Alte umgebracht. Er gilt als unglaublich grausam, duldet keinerlei Widerspruch, aber er kann sich verstellen wie kaum ein anderer. Wenn Sie ihm begegnen, würden Sie hinter seiner freundlichen Fassade niemals einen eiskalten Killer vermuten, heißt es jedenfalls. Seine Leibgarde nennt man die Krvnici, das man so ähnlich wie Blutrünstige oder Bluthunde übersetzen könnte, wobei es für das Wort eigentlich keine richtige Übersetzung gibt. Ihre Recherchen sind sehr schlecht, wenn Ihnen das nicht bekannt ist«, bemerkte Vukovic.

»Da mögen Sie Recht haben. Aber fahren Sie fort«, sagte Bäumer, der sich unbeeindruckt gab, auch wenn es in ihm brodelte, denn diese wesentlichen Fakten waren ihm tatsächlich unbekannt.

»Als der Krieg zu Ende ging und Krasnjic merkte, dass sich Milošević nicht mehr lange würde halten können, weil der Druck vom Westen zu stark wurde, hat er sich abgesetzt und seinen Namen geändert, indem er einfach den Mädchennamen seiner Mutter annahm, die Alexandra Kristovic hieß. Und er hat ein paar kosmetische Operationen im Ausland an sich vornehmen lassen, um nicht als Kriegsverbrecher erkannt und enttarnt zu werden. Zu dem Zeitpunkt war er gerade mal Anfang dreißig. Sie sehen, er hat seine ›Karriere‹ sehr früh begonnen. Wie alt er jetzt ist, können Sie sich ausrechnen. Er hat einen Soldaten, der seine Statur hatte, eigenhändig umgebracht und ihm seinen Ring und seinen Ausweis zugesteckt, bevor er ihn zusammen mit einem Auto in die Luft gejagt hat. Damit war Krasnjic offiziell gestorben und einer der großen Kriegsverbrecher mit ihm. Durch den Krieg hat er eine Menge Geld verdient, nicht nur, weil Milošević ihn fürstlich entlohnt hatte, sondern auch durch die Plünderungen. Das ist Ihr Alexander Kristovic.«

»Woher haben Sie diese Informationen«, fragte Durant, »wenn doch angeblich nur eine Hand voll Leute von dessen neuer Identität wissen?«

»Ich hatte eine Bekannte beim BND, sie hat es mir erzählt.« Da war wieder ein seltsamer Unterton, der diesmal etwas Melancholisches, fast Trauriges hatte.

»Das heißt, der BND weiß von Kristovic und seiner falschen Identität?«, sagte Durant, die Mühe hatte, sich ihr Entsetzen über das Geschilderte nicht anmerken zu lassen.

»Was glauben Sie, was der BND alles weiß!«, stieß er bitter hervor. »Aber interessiert Sie überhaupt nicht, was mit meiner Bekannten geschehen ist? Ich werde es Ihnen sagen. Sie ist in ihrer Wohnung tot aufgefunden worden. Angeblich Selbstmord. Sie soll sich in der Badewanne die Pulsadern aufgeschnitten haben, aber das kann man jedem erzählen, nur mir nicht. Sie war eine lebenslustige junge Frau, die ganz sicherlich nicht vorhatte, sich umzubringen. Na ja, das nur am Rande. Kurz vor ihrem Tod hat sie mir gesagt, dass es ein paar Ungereimtheiten gibt, was Kristovic und seine deutschen Verbindungsleute angeht, aber sie wollte nicht deutlicher werden, sondern mir erst Bescheid geben, sobald sie wirklich klare Erkenntnisse hatte. Doch dazu kam es nicht mehr. Merkwürdig, oder?«

»Warum sind Sie an Kristovic so interessiert?«, fragte Durant. »Hat das persönliche Gründe?«

»Und wenn? Dürfte ich dann nicht mehr mitspielen?«, fragte er zurück, ohne eine besondere Regung zu zeigen.

»Was sind die Gründe?«

»Er hat viele meiner Freunde und Bekannten, vor allem aber Mitglieder meiner Familie auf dem Gewissen, sowohl direkt als auch indirekt, unter anderem meine Mutter und meine Schwester. Ich weiß genau, was er treibt, ich weiß auch, dass ich ihn nie zu Gesicht bekommen werde, aber ich will trotzdem mithelfen, seine Krvnici, die er hier für sich arbeiten lässt, für immer und ewig hinter Gitter zu bringen. Stellt das für Sie ein Problem dar?«

»Das hört sich nach einem persönlichen Rachefeldzug an«, sagte Durant.

»Nein, das ist kein Rachefeldzug, das ist höchstens eine zusätzliche Motivation, ihn zu bekämpfen. Vernichten werden wir ihn nicht, doch wir können ihm schweren Schaden zufügen.«

»Aber wenn der BND Kenntnis von Kristovics wahrer Identität hat, wieso wird dann nichts gegen ihn unternommen?«, wollte Hellmer wissen.

»Keine Ahnung, aber ich an Ihrer Stelle würde dort lieber nicht nachfragen, die mögen es nämlich gar nicht, wenn unangenehme Fragen gestellt werden. Meine Bekannte hat ihr Wissen mit ihrem Leben bezahlt. Dabei ist sie nur rein zufällig an diese vertraulichen Daten gelangt, weil jemand aus Versehen ein paar Originaldokumente im Kopierer liegen gelassen hatte und sie daraufhin intern und heimlich ein paar weitere Nachforschungen angestellt hat. Sie war übrigens nur eine einfache Mitarbeiterin in der Funktion einer Sachbearbeiterin in der Abteilung Balkanstaaten. Und nun ist sie tot.«

»Wie lange ist das her?«

»September vergangenen Jahres.«

»Hatten Sie sich vorher schon für Kristovic interessiert?«, erkundigte sich Berger.

»Nein. Ich kannte zwar seinen Namen, hätte ihn jedoch nie mit Krasnjic in Verbindung gebracht. Aber ich hatte Eva von Krasnjic erzählt und was diese Bestie für Verbrechen begangen hat, sonst hätte ihr der Name auch nichts gesagt. Und als Eva über diese Unterlagen gestolpert ist und mir erzählte, dass es sich bei Krasnjic und Kristovic um ein und dieselbe Person handelt, habe ich mich natürlich etwas näher mit ihm beschäftigt, auch wenn das nicht viel gebracht hat. Ich weiß lediglich, dass er jetzt eine führende Rolle im organisierten Verbrechen spielt. Ich weiß, das alles klingt nach einem unglaublichen Zufall, aber es ist die Wahrheit. Wie hätte ich ahnen können, dass ausgerechnet Eva über Dokumente stolpert, die mit Krasnjic zu tun haben? Es war wirklich ein Zufall.«

»Es gibt keine Zufälle«, murmelte Durant vor sich hin, was Vukovic aber gehört zu haben schien.

»Stimmt, es gibt keine Zufälle, nur Schicksal.«

»Und seine Leute hier in Deutschland?«, fragte Durant.

»Mehr als Decknamen werden Sie nicht rauskriegen. Einer der bekanntesten ist ein gewisser Marco Martini ...«

»Was sagen Sie da?« Durant sah ihn entgeistert an. »Marco Martini?«

»Kennen Sie ihn etwa?«

»Nein, ich kenne ihn nicht, aber wie Sie von Herrn Müller sicher längst wissen, haben wir eine Zeugin, die gezwungen wurde, für ihn als Prostituierte zu arbeiten.«

»Das mit der Zeugin wusste ich, aber dass sie mit diesem Typ zu tun hatte, war mir bis eben nicht bekannt. Allerdings soll sich hinter diesem Decknamen eine sehr einflussreiche Persönlichkeit verbergen. Es kursieren auch Gerüchte, wer das sein könnte, doch ich gebe nichts auf Gerüchte, so lange ich keinen Beweis habe.«

»Aber uns können Sie doch sagen, wer sich eventuell dahinter verbirgt, oder?«

»Mal heißt es, er sei ein sehr bekannter Anwalt, dann wieder soll es sich um einen Politiker handeln, dann wieder um einen Unternehmer. Aber das ist alles heiße Luft, und auf die geb ich nichts. Ganz ehrlich, ich habe nicht die geringste Ahnung, wer dieser Marco Martini wirklich ist.«

»Hat dir der Name Kristovic vor diesem Gespräch etwas gesagt?«, wollte Berger von Müller wissen.

»Sicher, aber was haben wir vom K 60 schon mit einem serbischen Kriminellen zu tun, der dazu noch irgendwo im ehemaligen Jugoslawien lebt? Wir dürfen gar nichts unternehmen, und das weißt du auch.«

Berger kratzte sich am Kinn und lehnte sich zurück. »Also, wenn ich das jetzt alles richtig verstanden habe, besitzt zumindest der BND gezielte Informationen über Kristovic, vielleicht aber auch noch andere Stellen. Doch es wird nichts gegen ihn unternommen und auch nicht gegen die, die hier für ihn arbeiten. Oder sehe ich das falsch?« Er schaute Bäumer fragend an.

»So habe ich es auch verstanden. Fragt sich nur, warum nichts unternommen wird.«

»Ich habe vergessen, etwas Wichtiges zu erwähnen«, wurden sie von Vukovic unterbrochen. »Kristovic, und das hat mir auch meine Bekannte berichtet, soll hinter der Ermordung von Zoran Djindjić stehen …«

»Wer ist das?«, wollte Durant wissen.

»Entschuldigung, aber ich dachte, das wäre allgemein bekannt. Zoran Djindjić war eigentlich der erste Politiker, der Jugoslawien zu einer Demokratie machen wollte, aber dazu kam er nicht, denn er wurde am 12. März dieses Jahres erschossen, das heißt, Kristovic hat den Auftrag erteilt, ihn zu liquidieren. Djindjić hätte aus Jugoslawien mit Sicherheit eine Demokratie gemacht, aber dann wäre Kristovic mit ziemlicher Wahrscheinlichkeit der Boden unter den Füßen weggezogen worden. Außerdem wäre unter Umständen seine falsche Identität aufgeflogen. Also musste Djindjić sterben, damit Kristovic ungehindert seine Geschäfte weiterführen konnte. Ich gehe auch davon aus, dass er die komplette Regierung in Serbien und Montenegro schmiert oder sogar der eigentliche Machthaber ist. Fakt ist, von allen Staaten des ehemaligen Jugoslawien geht es den Menschen dort am schlechtesten. Kroatien hat sich nach dem Krieg relativ schnell erholt, Bosnien-Herzegowina blüht ebenfalls auf, von Slowenien ganz zu schweigen. Serbien und Montenegro hingegen ist vergleichbar mit Russland, es gibt eine Elite aus Millionären und Milliardären und unendlich viel Armut. Deshalb werden Sie dort auch kaum einen Beamten finden, der nicht korrupt ist.«

»Woher wollen Sie das wissen?«

»Weil Kristovic das Sagen hat und nur solche Politiker in die Regierung kommen, die ihm wohlgesonnen sind«, entgegnete Vukovic ruhig. »Haben Sie damit jetzt alle Informationen, die Sie brauchen?«

»Warum haben Sie mir das nicht gesagt?«, fragte Müller kopfschüttelnd. »Sie arbeiten seit zwei Monaten in meiner Abteilung und behalten derart wichtige Infos für sich? Das begreife ich nicht.«

»Weil wir in den vergangenen zwei Monaten andere Fälle bearbeitet haben, die weder etwas mit Kristovic noch mit diesem Martini zu tun hatten. Tut mir leid, aber ich hatte keine Ahnung, dass Sie das interessieren könnte.«

»Und was machen wir jetzt?«, fragte Berger in die Runde.

»Wir arbeiten einen Plan aus«, sagte Durant. »Mir schwebt da auch schon was vor, aber halten Sie mich jetzt nicht für übergeschnappt. Es geht uns doch hauptsächlich darum, an diesen Marco Martini ranzukommen. Wie schaffen wir das, ohne dass er vorher Wind davon bekommt?«

»Wir wissen doch nicht mal, wie er aussieht«, wurde sie von Bäumer unterbrochen.

»Lassen Sie mich ausreden. Ich glaube, wir kommen nur an ihn ran, wenn wir uns in die Höhle des Löwen begeben.«

»Was meinen Sie damit?«, fragte Bäumer misstrauisch, der zu ahnen schien, was Durant vorhatte.

»Na ja, die Höhle des Löwen liegt nun mal im ehemaligen

Jugoslawien, und dort sollten wir hin, um eventuell zu erfahren, wer in Deutschland die Strippenzieher sind.«

»Frau Durant, entschuldigen Sie bitte, aber das ist wirklich ziemlich überzogen. Wie stellen Sie sich das vor? Meinen Sie etwa, dort unten werden Sie mit offenen Armen empfangen und brauchen bloß ein paar Mal nett zu lächeln und mit den Augen zu klimpern, und schon gibt man Ihnen alles, was Sie wollen?«, fragte Bäumer ironisch. »Vergessen Sie's.«

»Machen Sie einen andern Vorschlag«, sagte sie und zündete sich eine Zigarette an.

»Mein Gott, so schnell geht das nicht, das will alles akribisch durchdacht sein ...«

»Sehen Sie, das ist vielleicht genau der Fehler, dass wir immer alles so akribisch durchdenken. Mein Vorschlag, und jetzt lassen Sie mich bitte ausreden. Drei von uns fliegen nach Belgrad und nehmen Kontakt zu den entsprechenden Leuten auf. Ich gehe nämlich davon aus, dass entweder Sie oder Herr Vukovic Personen kennen, die uns die Tür aufmachen werden, V-Leute zum Beispiel. Aber nur einer von uns gibt sich als Interessent für Frischfleisch aus, was natürlich nicht ich sein werde. Das Geschäft wird jedoch nicht in sagen wir Belgrad unter Dach und Fach gebracht, sondern hier in Frankfurt, wo wir uns doch gerne mit dem zuständigen V-Mann treffen möchten. Und damit hätten wir den Einstieg geschafft und gelangen so womöglich an diesen ominösen Marco Martini.«

Bäumer schüttelte den Kopf und holte sich einen Kaffee. »Ich halte das für keine gute Idee. Erstens, wenn wir erst mal in Belgrad sind und die Falle schnappt zu, sind wir erledigt. Wir kommen da nicht mehr raus, das garantiere ich Ihnen. Und glauben Sie mir, ich kenne die Jugo-Mafia, die sind an Brutalität höchstens noch mit den Russen zu vergleichen. Denken Sie nur an den Dreifachmord in Sachsenhausen vor ein paar Jahren. Die fackeln nicht lange, die drohen auch höchstens einmal, genau wie die Russen. Sie werden mir da sicherlich zustimmen, Herr Vukovic.«

»Richtig. Ich hatte des Öfteren mit südosteuropäischen Mafiaorganisationen zu tun und kenne deren Vorgehensweise. Ich persönlich rate ebenfalls dringend davon ab, nach Belgrad zu reisen, denn Sie haben keine Ahnung, was Sie dort erwartet. Sie wissen nicht, mit wem sie es dort zu tun bekommen, Sie kennen weder die örtlichen Gegebenheiten noch die Mentalität, und vor allem wird keiner da sein, wenn Sie in Gefahr sind. Selbst ich würde nicht in einer derart brisanten Mission dorthin fahren, höchstens in Urlaub und auch dann nur an die Küste. So weit mir bekannt ist, werden alle Geschäfte, die Deutschland betreffen, auch hier vor Ort abgewickelt. Nur die engsten Geschäftspartner von Kristovic sind in Belgrad willkommen. Bei Neulingen ist man äußerst vorsichtig. Lassen Sie's sein, ist nur ein guter Rat von mir«, sagte Vukovic, der Durant aus seinen dunklen Augen ansah.

»Wenn wir aber schon dabei sind, ein Brainstorming zu machen«, meinte Bäumer, »hier mein Vorschlag: Es gibt einen Mann aus der Szene, den wir kontaktieren können. Er betreibt einen Swingerclub in Frankfurt-Sossenheim. Er soll angeblich über die nötigen Verbindungen verfügen. Aber der Mann ist nicht zu unterschätzen, der riecht, heißt es zumindest, einen Bullen auf tausend Kilometer Entfernung.«

»Und wieso habt ihr über ihn nicht schon den einen oder andern Puff hochgehen lassen? Oder wieso habt ihr ihn nicht schon mal so richtig in die Mangel genommen«, wollte Kullmer wütend wissen.

»Uns ist nicht bekannt, zu wem er Kontakt hat, aber ohne dass er es weiß, haben wir durch ihn schon zwei solcher Puffs hochgenommen. Die Hintermänner haben wir jedoch nie gekriegt. Die Gründe sind mir aber auch erst jetzt richtig klar geworden. Und wenn wir ihn in die Mangel nehmen, verlieren wir ihn vollständig. Außerdem hat er auch nur Kontakt zu Leuten auf der unteren Ebene. Solche Deals laufen über mehrere Stationen, man kann nicht einfach hingehen und mit einem reden und sagen, ich brauche Frauen, und schon sind sie da. Diese Typen sichern sich erst mal nach allen Seiten ab. So viel dazu. Von einem Marco Martini habe ich bis vorhin nie etwas gehört, aber wenn er tatsächlich so dick im Geschäft ist und seinen Sitz in Frankfurt hat, kommen wir diesmal vielleicht doch an ihn ran, weil wir nur so wenig Leute sind. Das würde uns den Umweg über Belgrad ersparen, wir wären nicht einer ungewissen Gefahr ausgeliefert, und vor allem könnten wir wesentlich einfacher operieren. Wer unbedingt Frischfleisch will, bekommt es auch, sonst würde es nicht so viele illegal betriebene Bordelle in Deutschland geben. Ich will Ihnen nur eine Zahl nennen. Jährlich kommen circa fünfhunderttausend Frauen aus dem Osten illegal in den Westen. Bisher waren die Hauptexportländer die baltischen Staaten Litauen, Lettland und Estland sowie Weißrussland, die Ukraine und Moldawien, dazu noch mit Abstrichen Rumänien und Bulgarien. Nächstes Jahr, wenn die Balten in die EU aufgenommen werden, wird sich möglicherweise dort einiges ändern, aber freiwillig prostituieren sich nur etwa zwanzig Prozent der Frauen. Die restlichen achtzig Prozent werden unter fadenscheinigen Versprechungen hergelockt, wie zum Beispiel, man könne ihnen eine Stelle als Aupairmädchen verschaffen oder als Köchin, als Haushaltshilfe, als Putzfrau, Zimmermädchen oder gar als Ehefrau. Hinzu kommt, dass legale Prostituierte nur wenig Gewinn abwerfen, während die illegalen wie Sklavinnen gehalten werden. Ihnen werden die Papiere abgenommen, sobald sie hier in Deutschland sind, sie dürfen das Haus nicht verlassen oder höchstens in Begleitung, sie werden rund um die Uhr bewacht, der Kontakt zur Außenwelt und zur Familie wird völlig gekappt, alles, was sie tun dürfen, ist das, was man ihnen befiehlt. Sie bekommen zu essen und zu trinken, aber Bargeld sieht keine von ihnen jemals. Das gilt übrigens auch für die zwanzig Prozent der Frauen, die freiwillig die Beine breit machen.«

»Versteh ich jetzt nicht ganz«, sagte Seidel stirnrunzelnd.

»Ganz einfach«, erklärte Bäumer, »wenn man diesen zwanzig Prozent Frauen zum Beispiel in Weißrussland sagt, dass sie als Prostituierte in Deutschland arbeiten und dabei eine Menge Geld verdienen können, sind sie einverstanden. Besser das, als weiter in Armut dahinvegetieren, denken sie sich. Nur, in dem Moment, in dem sie über die Grenze kommen, werden auch ihnen die Papiere abgenommen, und sie werden genauso behandelt wie die illegalen …«

»Aber in den Bordellen im Rotlichtviertel arbeiten doch genügend Russinnen und Ukrainerinnen, Thailänderinnen, Kolumbianerinnen und so weiter«, sagte Seidel.

»Die kommen ja auch nicht illegal her. Und von den Osteuropäerinnen haben viele deutsche Vorfahren und sind zum Teil sogar eingebürgert. Das kann man nicht vergleichen. Wenn wir dort eine Razzia vornehmen, können die alle Papiere vorweisen. Im Bahnhofsviertel findet man kaum mal eine Illegale.«

»Kommen wir wieder zum eigentlichen Thema. Was ist, wenn sie nicht mehr gebraucht werden?«, fragte Durant.

»Entweder bringt man sie zurück in die Heimat, wo sie gegen neue Frauen ausgetauscht werden, oder sie sterben hier. Es gibt nur diese beiden Möglichkeiten«, antwortete Vukovic an Bäumers Stelle.

»Dann stimmt das also, was Maria mir erzählt hat«, meinte Durant und zündete sich eine weitere Zigarette an. »Sie hat gesagt, dass einige Frauen einfach so verschwinden, von einem Tag auf den andern. Ich hab zuerst gedacht, das kann nicht sein, aber wenn Sie das auch behaupten …«

»Ich behaupte es nicht, ich weiß es«, wurde sie von Vukovic unterbrochen.

»Woher?«, wollte Müller wissen. »Ich meine, ich höre das heute zum ersten Mal. Und wie sterben diese Frauen? Und was macht man mit ihren Leichen?«

Vukovic lächelte still vor sich hin, um gleich darauf wieder ernst zu werden. Er fuhr sich mit der Zunge über die spröden Lippen und sagte: »Woher ich das weiß? Jemand hat es mir erzählt, und diesem Jemand glaube ich. Und diese Frauen bringen sich entweder aus lauter Verzweiflung um, oder sie sterben an einer Überdosis, denn es kommt nicht selten vor, dass sie mit Drogen voll gepumpt werden und irgendwann schlappmachen, oder sie werden einfach getötet, wenn sie zu lästig werden. Es hängt ganz von der Situation ab. Und ihre Leichen werden meist in Säure aufgelöst oder verbrannt.«

»Bitte?!«, entfuhr es Doris Seidel und Kullmer gleichzeitig. »Das funktioniert doch nicht, ohne dass irgendwer das mitbekommt. Außerdem würde man dann doch ständig irgendwo verkohlte Leichen finden«, sagte Seidel, die sichtlich aufgebracht und erschüttert war.

Vukovic fuhr ungerührt fort: »Ich könnte Ihnen jetzt aus dem Stand allein in Nordrhein-Westfalen drei Krematorien nennen, wo so etwas unter der Hand geschieht. Im Rhein-Main-Gebiet wird es nicht anders sein.«

»Wollen Sie damit andeuten, dass …«

»Frau Seidel, ich will damit sagen, dass so ziemlich jeder käuflich ist. Und glauben Sie bloß nicht, die Mitarbeiter von Krematorien wären davor gefeit, weil sie es als pietätlos oder gar kriminell empfinden würden. Die äschern täglich so viele

Leichen ein, da kommt es auf die eine oder andere auch nicht mehr an. Aber ein voller Geldbeutel ist doch was Angenehmes, oder sehen Sie das anders?«, fragte er zynisch.

»Ich mag das nicht glauben«, stieß sie hervor und lief nervös im Zimmer auf und ab.

»Es ist aber die Wahrheit. Und ich könnte Ihnen noch viel mehr erzählen, was Grausamkeiten angeht.« Er hielt inne und sah die Männer und Frauen um sich herum an.

»Fahren Sie fort«, sagte Berger. »Wenn wir schon dabei sind, wollen wir auch alles hören. Oder ist da jemand anderer Meinung?«

Kopfschütteln.

»Gut. Die Zahl, die Herr Bäumer genannt hat, fünfhunderttausend Frauen, die jährlich in den Westen geschleust werden, stimmt, allerdings ist die Zahl steigend, weil die Nachfrage entsprechend hoch ist. Hier bestimmt die Nachfrage das Angebot. Von diesen fünfhunderttausend kehren etwa die Hälfte in die Heimat zurück. Das geschieht meist so nach drei bis sechs Jahren, es kommt ganz darauf an, wie alt sie waren, als sie herkamen, und wie gut ihre körperliche Verfassung ist. Gerade in den nobleren Etablissements wird großer Wert auf den äußeren Zustand der Frauen gelegt. Die sehr erlauchte und vor allem betuchte Kundschaft erwartet für gutes Geld natürlich einen entsprechenden Service …«

»Woher haben Sie all diese Insiderinformationen?«, fragte Bäumer.

»Gleich, lassen Sie mich meine Ausführungen erst zu Ende bringen. Die Frauen sind meist zwischen sechzehn und maximal vierundzwanzig Jahre alt, haben in der Regel eine gute Schulbildung genossen, was ich nur bestätigen kann, denn ich habe Akademikerinnen kennen gelernt, Lehrerinnen, Schiffsbau- und Maschinenbauingenieurinnen und so weiter, die allesamt als Prostituierte hier gearbeitet haben. Und sie sind durch die Bank ausgesprochen attraktiv. Sie werden, sofern sie nicht nach ein paar ›Reitstunden‹ gefügig sind, zum Teil mit Alkohol und Drogen oder Medikamenten willenlos gemacht, vor allem aber auch mit Schlägen. Es dauert nicht lange, bis ihr Wille vollständig gebrochen ist und sie nur noch Befehle ausführen wie ein Roboter. Dass diese Belastung und diesen Druck keine Frau auf längere Zeit durchhält, müsste jedem von uns vollkommen klar sein. Und da hängt es von jedem Bordellbetreiber ab, inwieweit er noch einigermaßen menschlich handelt, wobei es eigentlich in diesem Metier den Begriff Menschlichkeit nicht gibt. Wie gesagt, manche dürfen wieder nach Hause, aber sie sind durchweg seelische und meist auch körperliche Wracks, andere sehen ihre Heimat nie wieder. Wie weit die Hemmschwelle gesunken ist, erleben wir auch am Beispiel Tschechien, wo man nur über die Grenze zu fahren braucht, und wenn ein Pädophiler ein Kind oder auch ein Baby haben möchte, er bekommt's. Hilfe von den tschechischen Behörden ist nicht zu erwarten, die kümmern sich einen feuchten Dreck drum, und hier bei uns reden die Politiker auch nur heiße Luft. Wir sind eben eine dekadente und degenerierte Gesellschaft, wo man schon für ein bisschen Geld alles bekommt, was man will. Traurig, aber wahr.«

Er machte eine kurze Pause und steckte sich eine Zigarette an. Durant, die seinen Ausführungen aufmerksam und interessiert gelauscht und ihn dabei aus dem Augenwinkel, aber doch sehr intensiv beobachtet und seine Haltung, Mimik und Gestik studiert hatte, revidierte ihre anfängliche Einschätzung Vukovics Person betreffend, der zwar kühl und reserviert wirkte, aber dies wohl nur als Fassade benutzte, um niemanden in sein Inneres schauen zu lassen. Seine Hände und auch seine Stimme hatten, während er sprach, ein paar Mal leicht gezittert, und manchmal schien er kurz davor, die Fassung zu verlieren. Er schien sehr mitgenommen von dem, was er wusste und berichtet hatte. Dieser Typ sieht so finster aus, aber in Wirklichkeit ist er ein richtig guter Kerl. So kann man sich täuschen, dachte sie.

Vukovic, der entweder nicht bemerkte oder nicht bemerken wollte, wie er beobachtet wurde, fuhr nach zwei Zügen fort: »Jetzt kommt aber das vielleicht Härteste, was man im Bereich Menschenhandel findet. Sie kennen wahrscheinlich aus dem Fernsehen oder aus der Zeitung Berichte über Kinder und Jugendliche in Rumänien oder einigen andern Ländern, die auf der Straße leben oder in der Kanalisation, ohne irgendeine Chance auf eine einigermaßen menschenwürdige Zukunft. Sie schnüffeln Nagellack oder inhalieren Klebstoff oder anderes Zeug, um das Hungergefühl zu unterdrücken, und viele von ihnen sind krank. Wie ich von meinem Informanten ebenfalls erfahren habe, werden regelmäßig solche sogenannten heimatlosen Kinder und Jugendliche herausgepickt, vor Ort medizinisch durchgecheckt, und wenn sie gesund sind, werden sie in den Westen gebracht. Sie wissen ja, in unserer Wohlstandsgesellschaft haben sich genügend Leute die Leber kaputtgesoffen oder brauchen eine Spenderniere oder ein Herz oder irgendwas anderes. In Deutschland ist es zum Beispiel ausgeschlossen, dass ein Alkoholiker auf legalem Weg eine Spenderleber erhält. Ganz gleich, wenn er das nötige Kleingeld auch hat, er kommt einfach nicht auf die Liste. Aber wer viel Geld hat, kriegt auch eine Leber oder eine Niere und so weiter. Die Kinder werden praktisch ausgeschlachtet wie Vieh. Ich könnte noch eine Menge mehr erzählen, aber ich denke, das reicht für jetzt, außer Sie haben noch Fragen.«

»Ja, noch mal, woher haben Sie dieses Insiderwissen?«, fragte Bäumer.

»Ich war mit dabei, als im März vergangenen Jahres einer dieser Nobelpuffs hochging, nachdem wir entsprechende Informationen erhalten haben …«

»Wir oder Sie?«

Vukovic lächelte vielsagend und antwortete: »Ich. Und die Aktion hat auch nur geklappt, weil ich nur fünf Personen eingeweiht habe und wir das SEK erst eine Stunde vor der Stürmung informiert haben. Mein Informant war ein ehemaliger Mitarbeiter des Bordells, der mir die entsprechenden Details genannt hat. Von ihm weiß ich das alles, und glauben Sie mir, ich hatte so etwas vorher auch noch nie gehört. Aus diesem Grund bin ich bereit, hier mitzumachen. Nicht unbedingt aus Rache gegen Kristovic, sondern weil hinter jeder dieser Frauen und jedem dieser Kinder ein Schicksal steht. Und vielleicht krieg ich so auch raus, wer meine Bekannte auf dem Gewissen hat. Dem BND traue ich jedenfalls nicht einen Millimeter weit, der steckt so tief in dubiosen Machenschaften drin, genau wie der Mossad und die anderen Nachrichten- oder Geheimdienste.«

Für einen Moment herrschte betroffenes Schweigen. Hellmer holte für sich und Durant einen Kaffee, Müller sah stumm Berger an, Bäumer rutschte unruhig auf seinem Stuhl hin und her.

Schließlich sagte Berger, indem er sich nach vorn beugte, die Hände gefaltet, und Vukovic ansah: »Ist das Ihre eigene Weltverschwörungstheorie?«

»Ich halte nichts von Theorien, Herr Berger, ich berufe mich grundsätzlich auf Fakten. Manch einer mag vielleicht von Weltverschwörung reden, ich kann Ihnen nur sagen, was ich persönlich weiß. Oder warum, glauben Sie, wurde Kristovic bis jetzt nicht gefasst? Oder seine Helfer und Helfershelfer? Weil man an die Leute nicht rankommt oder weil man nicht an sie rankommen will? Was ist wichtiger, die großen Geldquellen nicht versiegen zu lassen oder einen Sumpf auszuheben? Denken Sie mal drüber nach.«

»Warum weiß man so wenig von Kristovic?«

»Weil man nicht will, dass man etwas über ihn weiß. Dieser Zaubel hat sehr viel von ihm gewusst, und wenn er sein Buch veröffentlicht hätte und Kristovics Name wäre darin aufgetaucht, dann hätten mit einem Mal ein paar hunderttausend Menschen etwas mit seinem Namen anfangen können. Vielleicht musste Zaubel deswegen sterben, das mit Maria war nur nebensächlich. Glaube ich jedenfalls. Irgendwer muss spitzgekriegt haben, was Zaubel vorhatte, und vor allem, was er herausbekommen hatte. Das war sein Verhängnis. Und ich kann mir nicht vorstellen, dass Zaubel an Weltverschwörung gedacht hat, als er sein Buch geschrieben hat. Er hat nur gemerkt, dass es eine Macht gibt, gegen die man nicht ankommt.«

Berger atmete einmal tief durch. »Also gut, ich denke, das eben Gehörte sollte Ansporn genug sein, etwas zu unternehmen. Wir brauchen also jemanden, der sich als potentieller Käufer ausgibt. Derjenige benötigt natürlich eine andere Identität, sprich neue Papiere, eine dem Stand angemessene Bleibe und entsprechende Kontoauszüge sowie Bargeld. Er muss sicher auftreten und darf sich keine Blöße geben, das heißt, er muss auch in einer Stresssituation gelassen reagieren. Wenn sich derjenige mit dem Händler trifft, werden wir allerdings aus angemessener Entfernung zugegen sein.« Er nahm einen Schluck von seinem Kaffee und fragte: »Was halten Sie davon?«

»Und wer soll der potentielle Käufer sein?«, erkundigte sich Bäumer. »Oder bietet sich jemand freiwillig an?«

Die Beamten sahen sich an. Hellmer zuckte mit den Schultern und meinte: »Ich könnte das übernehmen, ich …«

»Nein«, fuhr ihm Durant schnell ins Wort, »du wirst nicht an vorderster Front mitspielen …«

»Aber …«

»Kein Aber! Kleine Erklärung am Rande: Frau Hellmer ist gerade zum zweiten Mal schwanger, und ich möchte und kann Herrn Hellmer unmöglich einer solchen Gefahr aussetzen. Tut mir leid, wenn ich da was ausgeplaudert habe …«

»Ich mach's«, meldete sich Kullmer zu Wort. »Ich wollte schon immer mal mit den Geldscheinen wedeln und ein dickes Konto haben«, sagte er mit breitem Grinsen. »Und außerdem kennt mich in der Szene niemand. Und wenn ich Angst hätte, würde ich das nicht machen.« Er schürzte die Lippen und fuhr nach kurzem Überlegen fort: »Aber die werden doch sicher auch das Haus sehen wollen, wo die Damen untergebracht werden. Wie schaut's denn damit aus?«

»Das ist das geringste Problem«, sagte Müller. »Es gibt einige leerstehende Häuser sowohl in Frankfurt als auch im Umland, die Sie vorzeigen können, das heißt, wir haben quasi Nutzungsrecht.«

»Wo denn zum Beispiel?«

»Kronberg, Königstein, Hofheim, Dreieich, mehr fällt mir jetzt auf die Schnelle nicht ein. Wo hätten Sie's denn am liebsten?«

»Was schlagen Sie vor? Sie sind der Fachmann.«

»Königstein. Das Haus dort kenne ich persönlich, es liegt nicht zu zentral, die Nachbarschaft ist ziemlich verstreut, da achtet keiner drauf, was der andere macht.«

»Nehmen wir Königstein.«

»Wenn Sie möchten, kann ich die Papiere schon mal auf Ihren Namen ausstellen lassen. Sie wären damit der rechtmäßige Eigentümer. Das Haus ist zwar renovierungsbedürftig, aber durchaus gut erhalten. Durch die Renovierung gewinnen Sie natürlich auch Zeit und können sagen, dass es reicht, wenn die Ware im Januar oder Februar geliefert wird.«

»Wie viel muss man denn für eine Frau normalerweise blechen?«, fragte Kullmer.

»Kommt drauf an, was Sie verlangen«, antwortete Vukovic. »Aber Sie müssen schon mit zehn- bis zwanzigtausend Euro rechnen, wobei es auch von der Anzahl der georderten Frauen abhängt, wie alt sie sind, wie sie aussehen ... Ich würde auf jeden Fall nicht unter zehn Frauen bestellen, man könnte sonst misstrauisch werden.«

»Das ist 'ne Menge Schotter. Verlangen die eine Vorauszahlung?«

»Vermutlich. Aber Sie werden sich erst mal in aller Ruhe informieren, und danach schauen wir weiter. Außerdem brauchen wir für die Aktion sowieso das Einverständnis von Frau Dr. Vermeer. Ohne sie läuft gar nichts.«

Kullmer überlegte einen kurzen Moment, warf Doris Seidel einen Blick zu und sagte: »Machen Sie die Papiere fertig, am besten auch so schnell wie möglich einen Ausweis, Führerschein sowie entsprechende Kontoauszüge. Was brauch ich noch?«

»Bargeld und zwei oder drei Kreditkarten. Sie sollten etwa tausend Euro in bar eingesteckt haben und auch die Kreditkarten vorzeigen können. Aber das lässt sich alles ganz schnell arrangieren. Dazu brauchen Sie eine lückenlose Vita, die wir Ihnen allerdings auch sehr schnell beschaffen können. Möglich ist auch, dass man sehen will, wie Sie wohnen. Deshalb schlage ich vor, dass Sie eines der sofort beziehbaren Häuser als ihren derzeitigen Wohnsitz wählen. Eins davon befindet sich in Kronberg, also nur einen Katzensprung von Königstein.«

»Auch wenn wir erst das Einverständnis von Frau Dr. Vermeer benötigen, würde ich es begrüßen, wenn schon heute Nachmittag alles bereitläge. Ist das machbar?«

Vukovic und Müller sahen sich kurz an und nickten.

»Sie haben sich das wirklich gut überlegt?«, fragte Müller noch einmal nach.

»Gehen wir's an«, antwortete Kullmer nur.

»Und wie heißen Sie ab sofort?«

»Lasst mich nachdenken.« Er schürzte die Lippen, neigte den Kopf zur Seite und meinte: »Voßmann, Peter Voßmann.«

»Nein, nicht Voßmann, sondern Peter Bernardi. Was es damit auf sich hat, erklär ich Ihnen später noch. Und was machen Sie beruflich? Diese Frage wird man Ihnen stellen?«

»Nichts. Ich lebe von Geerbtem und Gespartem, und das will ich sinnvoll anlegen«, entgegnete er grinsend, zog einen Kaugummi aus seiner Hemdtasche, wickelte ihn aus und steckte ihn in den Mund. Er warf Doris Seidel einen weiteren, diesmal etwas längeren Blick zu, die nervös war, jedoch versuchte sich dies nicht anmerken zu lassen. Seit zwei Jahren bearbeiteten sie gemeinsam Fälle, seit zwei Jahren verbanden sie und Kullmer mehr als nur berufliche Interessen, und irgendwann, das hatten sie erst vor wenigen Tagen besprochen, wollten sie eine gemeinsame Wohnung beziehen und vielleicht sogar heiraten. Sie hatte Angst um ihren Freund, das merkte Durant, Angst davor, dass er vielleicht einen Fehler machen könnte, Angst davor, ihn bei einem Einsatz zu verlieren, der auf den ersten Blick gar nicht so gefährlich schien, weil er so gut durchgeplant war. Aber es waren immer die Unwägbarkeiten, manchmal nur winzige Details, die in keinen Plan passten und alles zu einem Vabanquespiel werden ließen.

Doris Seidel warf Julia Durant einen eindeutigen Blick zu, woraufhin diese aufstand, zu ihr hinging und ihr ins Ohr flüsterte: »Es wird alles glatt gehen, das verspreche ich dir. Ich kann verstehen, wenn dir mulmig zumute ist, aber jeder von uns muss nun mal diesen verdammten Job machen, und Peter wird es schaffen. Er kennt seine Grenzen.«

»Ich weiß, trotzdem ist mir nicht wohl bei der Sache. Was ist, wenn doch was schief geht?«

»Wir reden nachher in aller Ruhe drüber.«

Kullmer, der von Seidels und Durants kurzer Konversation nichts mitbekommen hatte, sagte: »Okay, dann besprechen wir das heute Nachmittag mit unserer Frau Staatsanwältin. Sie wird einverstanden sein, da bin ich sicher. Sonst noch irgendwas?«

»Ich denke, das reicht fürs Erste«, meinte Berger. »Sie alle haben sicherlich noch eine Menge zu tun, und es sind gerade mal gut vier Stunden, bis wir uns wieder hier treffen. Und sollte Ihnen noch etwas Wichtiges einfallen, notieren Sie's bitte. Denn bevor wir Herrn Kullmer endgültig ins Rennen schicken, muss die Taktik stimmen. Irgendwelche Fragen? ... Gut, dann bis nachher.« Er hob die Hand und fügte noch hinzu: »Herr Vukovic, Sie haben uns vorhin von Ihrer Bekannten erzählt. Wie eng war die Beziehung zwischen Ihnen?«

Vukovic setzte wieder seine finstere Miene auf und antwortete: »Warum interessiert Sie das?«

»Neugierde.«

»Sie war eine Bekannte, nicht mehr und nicht weniger. Wir sehen uns.«

Berger wartete, bis Bäumer, Müller und Vukovic das Büro verlassen hatten, und sagte zu seinen Mitarbeitern mit einem besorgten Gesichtsausdruck, den er in all den Jahren, seit Durant ihn kannte, nur sehr selten gezeigt hatte, die Augenbrauen hochgezogen, die Stirn in Falten, der Blick überaus ernst: »Wollen Sie das wirklich durchziehen?«

Kullmer stützte sich auf dem Tisch ab, sah Berger in die Augen und sagte mit entschlossener Miene, die all seine Gefühle ausdrückte: »Wenn nur ein Bruchteil von dem stimmt, was Vukovic erzählt hat, dann will ich das durchziehen. Mir ist klar, dass wir nicht alles zerschlagen können, aber mir reicht es schon, wenn ich einen von diesen gottverdammten Puffs hochgehen lassen darf und die Frauen ihre Freiheit wiederkriegen. Es wird mir ein Reichsparteitag sein, wenn das klappt. Aber ich kann nicht dafür garantieren, dass ich irgendeinen von diesen Typen dort mit Samthandschuhen anfassen werde, ganz gleich, welchen Rang und Namen er hat.«

»Ich kenne Ihre Einstellung, dennoch muss ich Sie darauf hinweisen, dass Sie sich an die Regeln halten müssen …«

»Welche gottverdammten Regeln?! Wir Bullen müssen uns immer an irgendwelche Regeln halten«, stieß er lauter als gewollt hervor und gestikulierte dabei wild mit den Armen, »aber diese Dreckschweine dürfen tun und lassen, was sie wollen?! Wir werden in der Luft zerrissen, wenn wir einem Kindsmörder auch nur verbal drohen, unser Polizeivize wird von den Medien und Menschenrechtlern aufs Heftigste kritisiert, weil er die Anweisung gegeben hat, aus dem verdammten Mistkerl auch unter möglicher Androhung von Gewalt rauszubekommen, wo der Junge ist, und der lacht uns nur aus, genau wie sein Anwalt. Wir dürfen unsern Arsch hinhalten, wenn's gefährlich wird, aber wenn's um Menschenleben geht und wir wenigstens die Vermutung haben, ein potentieller Täter könnte uns sagen, wo die vermisste Person sich aufhält, dürfen wir nicht mal verbal was unternehmen. Schön brav nach Handbuch fragen, nicht zu laut werden und bloß die Hände in den Hosentaschen behalten. Das kotzt mich einfach nur an! Einen von diesen Menschenrechtlern möchte ich sehen, wenn sein Kind entführt oder gar bestialisch ermordet wird, ob er dann immer noch sagt, der arme Täter, seine

Kindheit war ja so beschissen oder wir haben ja bis jetzt keine Ahnung, was ihn überhaupt zu dieser Tat getrieben hat. Keiner von denen würde so was sagen, die würden am Ende, wenn's um Leben und Tod geht, sogar darum betteln, dass man die Wahrheit aus dem Kerl rausprügelt. Scheiße, Mann, ich red mich hier um Kopf und Kragen! … Wissen Sie, wenn ich einem von denen die Fresse zerschlage oder die Eier zerquetsche, mir wird keiner was nachweisen können. Stimmt doch, oder?«

»Herr Kullmer, das können wir nicht machen …«

»Ich sprech nicht von uns, sondern von mir. Ich sag Ihnen was, ich bin einfach nur geladen von dem, was ich eben gehört habe. Aber ich kann noch klar denken, auch wenn ich kurz vorm Explodieren bin, wenn ich mir vorstelle, dass da draußen Typen rumlaufen, die die große Kohle scheffeln, einen auf Biedermann machen und Kinder und Frauen missbrauchen und misshandeln und sogar umbringen. Wir haben es in den letzten Jahren auch schon mit Serienmördern zu tun gehabt, aber so einer wie dieser Marco Martini oder wie immer diese Sau heißen mag ist für mich keinen Deut besser, im Gegenteil. Das Einzige ist, dass er es eleganter anstellt, sonst wäre er längst aufgeflogen. Und er muss eine unglaubliche Rückendeckung haben, und den Schilderungen von Bäumer und Vukovic zufolge bin ich überzeugt, dass diese Rückendeckung von ganz, ganz oben kommt. Ich würde am liebsten gleich loslegen und mal so richtig aufräumen.«

Hellmer legte einen Arm um die Schulter seines Kollegen und sagte: »Ich kann dich verstehen, mir geht's genauso, in mir ist auch nur noch Wut. Ich stell mir nur vor, irgendeiner von diesen Hurensöhnen würde meinen Töchtern oder meinem Sohn so was antun. Weißt du jetzt, was ich meine?«

Kullmer schaute Hellmer grimmig an, schnaubte wie ein

wütender Stier, es fehlte nur noch, dass er mit den Füßen scharrte, löste sich aus der Umarmung und sagte mit deutlich gedämpfterer Stimme: »In was für einer Scheißwelt leben wir eigentlich? Wir haben alles, was wir zum Leben brauchen, und die, die nichts haben, denen nimmt man auch noch den letzten Rest, nämlich ihre Würde. Das ist irgendwie nicht mehr meine Welt. Ich bin heilfroh, dass ich nicht jeden Tag mit diesem verfluchten Dreck zu tun habe, sonst wäre ich vermutlich längst durchgedreht.«

»Wärst du nicht. Aber es ist schon ganz gut, dass du beim K 11 bist«, sagte Durant, die Kullmer nur sehr selten so emotional erlebt hatte. Er hatte sich insgesamt stark verändert, seit er mit Doris Seidel zusammen war, er war ruhiger und ausgeglichener geworden, auch wenn wie eben das Temperament doch mal mit ihm durchging, vor allem aber hatte diese Liebe mehr Ordnung in sein Leben gebracht, er war im Gegensatz zu früher zuverlässiger, kollegialer und zu einem echten Freund geworden, auf den jederzeit Verlass war.

»Dieser Vukovic ist übrigens gar nicht so übel, wie er aussieht«, meinte Kullmer, der sich allmählich beruhigte. »Als der mit Müller zur Tür reinkam, hab ich zuerst gedacht ...«

»Ich auch«, sagte Hellmer. »Mein erster Gedanke war: Dem möchte ich nachts nicht allein im Wald begegnen. Aber er ist in Ordnung, sonst hätte er nicht so frei von der Leber weg geplaudert.«

»Ich glaube, der hat erst mal die Lage sondiert, bevor er gesprächig wurde. Ich meine, nach den Erfahrungen, die er gemacht hat, kann ich ihm diese Vorsicht nicht verdenken«, warf Seidel ein.

»Er ist der richtige Mann für uns«, sagte Durant und zündete sich noch eine Zigarette an, die wievielte an diesem noch jungen Tag wusste sie nicht, »er kennt die Strukturen, er kann meiner Meinung nach auch das Risiko einigermaßen abschätzen, und er hat Erfahrung.«

»Aber wenn er an bestimmte Personen nur rankommen will, um Rache zu üben«, meldete sich Berger zu Wort, »kann er uns eher schaden als nützen. Wir sollten zumindest nicht ganz ausschließen, dass er so etwas vorhat.«

»Glaub ich nicht. Er hat uns praktisch sein Wort gegeben, dass er keinen Rachefeldzug starten wird. Und er macht auf mich nicht den Eindruck, als würde er sein Wort brechen«, versuchte Durant die Bedenken ihres Chefs zu zerstreuen.

»Er hat seine Bekannte verloren«, entgegnete Berger und lehnte sich zurück, die Arme hinter dem Kopf verschränkt, »und wir haben keine Ahnung, wie eng die Beziehung zwischen den beiden war, weil er mit der Sprache nicht rausrücken wollte.«

»Es war eine enge Beziehung«, sagte Durant trocken, »ich nehme an, die beiden waren liiert, sonst hätte er nicht so reserviert reagiert. Ihr Tod muss ihn sehr hart getroffen haben.«

»Spricht da wieder Ihre Intuition?«

»Vielleicht. Ich muss mich auf den Weg machen und meinem Vater und Maria noch ein paar Sachen vorbeibringen. Frank, hast du an das Handy gedacht?«

»Klar doch«, antwortete er und zog es aus seiner Jackentasche. »Da ist 'ne Prepaid-Karte mit 'nem Guthaben von fünfzig Euro drin, kleine Spende von Nadine. Die Nummer klebt hinten drauf.«

»Klasse. Tja, dann verschwinde ich mal. Bevor ich's vergesse, wir sollten, damit alles auch nach außen hin seine Ordnung hat, eine Soko bilden. Die Beamten, die dafür eingeteilt werden, beschäftigen sich ausschließlich mit den Mordfällen Zaubel und Hendriks, ohne dass diese Fälle offiziell in irgendeinem Zusammenhang stehen. Sie sind der Leiter dieser Soko, das heißt, Sie müssen gleich zwei Sachen auf einmal koordinieren.«

»Danke, dass Sie für mich mitdenken, Frau Durant, aber ich habe dafür schon alles in die Wege geleitet«, sagte Berger. »Ich bin jederzeit ansprechbar und stehe Ihnen auch gerne mit Rat und Tat zur Seite, doch die Ermittlungen selbst führen Sie zusammen mit Ihren Kollegen. Allerdings warten wir erst die Entscheidung von Frau Dr. Vermeer ab. So, und jetzt verschwinden Sie endlich alle aus meinem Büro, ich will wenigstens für ein paar Minuten meine Ruhe haben.«

»Ist das ein Rausschmiss?«, fragte Durant grinsend.

»Erraten. Ach ja, noch was – sollte Dr. Vermeer ihr Einverständnis geben, wovon ich einfach mal ausgehe, verhänge ich eine Urlaubssperre auf unbefristete Zeit. Auch die Wochenenden werden gestrichen, es wird Nachtschichten geben, und es kann sein, dass Sie Überstunden bis zum Umfallen schieben müssen, aber letztlich war das alles Ihre einhellige Entscheidung. Ich werde das übrigens auch Müller und Vukovic mitteilen. Aber um Sie zu beruhigen, was für Sie gilt, gilt auch für mich, auch wenn meine Frau das gar nicht gerne hören wird. Wir ziehen das jetzt durch, ohne Wenn und Aber.«

Kullmer rollte mit den Augen und sah Seidel beinahe entschuldigend an. »Scheißjob! Lausige Bezahlung, und dann auch noch Kürzung der Freizeit. Ich hätte doch Finanzbeamter werden sollen«, sagte er grinsend, um sofort ernst fortzufahren: »Wir kriegen die Schweine, und wenn ich dafür ein halbes Jahr fünfundzwanzig Stunden am Tag schuften muss. Komm, Doris, wir schmieden schon mal einen Schlachtplan.«

»Nachdem ich bei meinem Vater war, mach ich noch einen Abstecher in die Kanzlei Knoblauch. Ich bin um Punkt drei wieder hier. Und was machst du in der Zwischenzeit?«, fragte sie Hellmer.

»Ich arbeite am Schlachtplan mit, sofern es Peter und Doris nichts ausmacht. Bis später.«

Julia Durant zog ihre Jacke über, verließ das Büro und begab sich zu ihrem Wagen. Die vergangenen Stunden hatten an ihren Nerven gezerrt, das merkte sie erst jetzt. Sie hatte Dinge gehört, die sie zwar schon kannte, doch irgendwie war es in den letzten Jahren in Vergessenheit geraten, dafür nun umso stärker wieder in ihr Bewusstsein gerückt worden. Nein, das war auch nicht ihre Welt.

Freitag, 10.15 Uhr

Hans Simoneit hatte sich in sein Arbeitszimmer zurückgezogen und nahm den Hörer vom Telefon. Er tippte eine Handynummer ein, und als sich am andern Ende jemand mit »Hallo« meldete, sagte er: »Ich bin's. Ich wollte nur schnell Bescheid geben, dass heute Abend alles klargeht. Binder kommt.«

»Ich habe nichts anderes erwartet«, erwiderte Thorsten. »Hast du die Unterlagen genau studiert?«

»Hab ich. Binder wird unterschreiben, auch wenn er noch nicht weiß, was auf ihn zukommt. Wir sehen uns. Bist du noch in Belgrad?«

»Auf dem Weg zum Flughafen. Bis nachher.«

Er legte auf, lächelte sinnierend vor sich hin, stellte sich ans Fenster und sah hinaus auf den herbstlichen Garten. Der Rasen war bedeckt von gelbem und braunem Laub, das der Gärtner, der zweimal die Woche kam, am Nachmittag zusammenkehren und entsorgen würde. Nach fünf Minuten drehte er sich um, warf einen Blick auf den Schreibtisch, der aufgeräumt wie immer war – nur selten erledigte Hans hier seine Arbeit –, nahm seinen Aktenkoffer, ging ins Erdgeschoss, wo seine Frau Kirsten war, und sagte: »Ich muss weg, Liebling, ein wichtiger Termin. Es kann sehr spät werden. Aber möglicherweise komm ich auch zwischendurch noch mal kurz nach Hause.«

»Viel Spaß.« Sie sah ihm in die Augen, den Mund leicht spöttisch verzogen. Sie war eine Idee größer als er, sehr schlank und gepflegt, trug eine helle Jeans, einen flauschigen Norwegerpullover und braune, elegante Hausschuhe. Sie hatte das halblange, leicht naturgewellte braune Haar hinten zusammengebunden, was sie noch etwas jugendlicher wirken ließ, als sie ohnehin schon aussah. Sie war sechsundvierzig – die meisten, die sie sahen, schätzten sie jedoch nicht älter als Mitte dreißig –, ihr Gesicht war beinahe faltenlos, und viele fragten sich, ob sie schon fremde Hilfe für ihr Aussehen in Anspruch genommen hatte. Dabei war alles echt an ihr, das Jugendliche war ihr in die Wiege gelegt worden, selbst ihre Mutter, die mittlerweile Mitte sechzig war, sah aus wie eine Fünfzigjährige. Kirsten Simoneit schwamm jeden Morgen nach dem Aufstehen eine Viertelstunde im hauseigenen Pool, ließ einmal in der Woche die Kosmetikerin kommen und ihre Hände und Füße maniküren und pediküren, ernährte sich fast ausschließlich vegetarisch, machte nur Ausnahmen, wenn es sich nicht vermeiden ließ, und kümmerte sich liebevoll um die Kinder, die eigenen und jene, die sie betreute, die durch die Hölle gegangen waren, die Missbrauch und Misshandlungen erlebt hatten. Sie hatte mittlerweile über zwanzig ehrenamtliche Mitarbeiter und Mitarbeiterinnen und viele Spender, die zum Teil großzügig das Projekt finanziell unterstützten.

»Den werde ich bestimmt nicht haben«, erwiderte Hans und gab ihr einen Kuss auf die Wange (auf die Lippen hatte er sie zuletzt vor Ewigkeiten geküsst). Sie wandte den Kopf zur Seite und sich schnell ab von ihm. »Was ist los?«, fragte er verwirrt, obwohl er schon lange auf diesen Moment gewartet hatte, auf den Moment, dass sie ihm jene unangenehmen Fragen stellen würde, die er nicht hören wollte. Oder vielleicht sogar die Frage schlechthin, wo er sich denn fast Abend für Abend rumtreibe. Er spürte instinktiv, dass jetzt der Zeitpunkt gekommen war, Stellung zu beziehen, was ihre Ehe und sein heimliches Privatleben betraf.

»Nichts, was soll schon sein? Ich möchte nur nicht mehr von dir angefasst werden, das ist alles. Und jetzt wünsche ich dir einen schönen Tag und eine noch schönere Nacht.«

»He, was soll das? Was hab ich dir getan?«

»Nichts, rein gar nichts. Aber wenn du meinst, mir mit deinen dahingehauchten Abschiedsküsschen und deinen kleinen, aber feinen Geschenken irgendeinen Gefallen zu tun, dann täuschst du dich. Du hast dich verändert, du bist nicht mehr der Mann, den ich irgendwann einmal kennen und lieben gelernt habe. Du hast dich so verändert, dass ich gar nicht mehr glauben kann, mich jemals in dich verliebt zu haben.«

»Spinnst du jetzt? Was ist denn in dich gefahren?«

»Muss ich dir das wirklich erklären? Ich werde mich von dir trennen und möchte dich bitten, dass du dir eine deinem Stand entsprechende Bleibe suchst.« Allein wie sie dieses »Stand« betonte, ließ Hans frösteln. Noch vor zwei Stunden hatten sie gemeinsam gefrühstückt, sich wie jeden Morgen über Nichtigkeiten unterhalten, die Zeitung gelesen und leise Radio gehört. Nichts von dem, was sie jetzt sagte, hatte er auch nur ansatzweise gespürt oder vorausahnen können.

»Kirsten, hör zu, red mit mir, aber servier mich nicht so ab«, sagte er, stellte seinen Koffer auf den Boden und wollte seine Frau umarmen, doch sie entzog sich ihm.

»Du willst reden?«, fragte sie mit beißendem Spott. »Das ist ja was ganz Neues. Ich denke, du musst weg. Ist doch bestimmt ein enorm wichtiger Termin, du hast ja nur noch enorm wichtige Termine …«

»Der kann warten«, sagte Hans mit Schweiß auf der Stirn. »Du bist mir wichtiger.«

Sie lachte höhnisch auf und schüttelte den Kopf. »Ich bin dir wichtiger! Was für ein Satz aus deinem Mund. Merkst du eigentlich gar nicht, wie lächerlich du dich machst?! Ich dir wichtiger? Seit wann? Und warum hast du solche Angst vor der Trennung? Komm, rück schon raus mit der Sprache, ich habe Zeit, im Gegensatz zu dir, der du ja immer auf dem Sprung bist.«

»Es tut mir leid, wenn ich dich verletzt habe, aber ich … ich …«

»Na, fehlen dir etwa die Worte? Du stotterst doch sonst nicht so rum. Aber gut, wenn du unbedingt willst, dann reden wir. Doch ich fange an, und dann will ich von dir Erklärungen. Und glaub bloß nicht, dass ich mich mit irgendwelchen Phrasen zufrieden gebe, die kannst du dir für deine politischen ›Freunde‹ aufheben. Setzen wir uns doch.« Sie nahm auf dem Sofa Platz und wartete, bis Hans sich ebenfalls gesetzt hatte. Er war nicht mehr in der Lage, ihr in die Augen zu sehen, als sie begann: »Wir sind jetzt seit zweiundzwanzig Jahren verheiratet, wir haben drei wunderbare Kinder, aber ich denke, die Zeit ist gekommen, dass wir einen Schlussstrich ziehen. Und zwar einen endgültigen. Du bist kaum noch zu Hause, aber du erwartest von mir, dass ich immer hier bin. Du sonnst dich in deinem Erfolg und erwartest, dass ich immer schön lächle, wenn wir irgendwo eingeladen sind. Kannst du dich erinnern, wann wir das letzte Mal miteinander geschlafen haben? Wie lange liegt das zurück, drei Jahre, vier Jahre, oder war es, als Paul gezeugt wurde? Das wären dann immerhin gut sieben Jahre. Und glaub mir eins, ich hatte in der Zwischenzeit *nie* einen Geliebten, nicht einmal einen Freund. Aber in der letzten Zeit ist mir klar geworden, dass ich mit meinen sechsundvierzig Jahren noch lange nicht zum alten Eisen gehöre, dass es Männer gibt, die mich attraktiv finden, auch wenn du vielleicht meinst, ich sei eine alte Schachtel und nicht mehr wert, angerührt zu werden …«

»Das stimmt nicht, ich …«

»Lass mich ausreden, du bist gleich dran. Ich habe keine Lust mehr, das Hausmütterchen zu spielen, ich habe keine Lust mehr, mit dir an einem Tisch zu sitzen und morgens über Dinge zu sprechen, die mich nicht im Geringsten interessieren. Früher habe ich mich dafür interessiert, aber inzwischen kann ich es nicht mehr hören. Wann hast du das letzte Mal gefragt, wie mein Projekt vorankommt?« Sie wartete einen Moment, lächelte süffisant und schüttelte den Kopf. »Siehst du, du weißt es nicht einmal, denn es hat dich nie wirklich interessiert. Du warst immer derjenige, der im Mittelpunkt stand, und du hast erwartet, dass ich alles, aber auch wirklich alles dafür aufgebe. Aber soll ich dir was sagen, ich werde ab sofort meinen eigenen Weg gehen, ich werde *meiner* Berufung folgen, und dabei ist es mir egal, was du darüber denkst. Ich habe keine Lust mehr, fast jeden Abend allein hier zu verbringen, und wenn du doch einmal da bist, verziehst du dich in dein Arbeitszimmer, um ja nicht mit mir zusammensein zu müssen.« Sie hielt inne, sah Hans mit durchdringendem Blick an und fuhr fort: »Mir ist es egal, ob du Karriere machst, mir ist es egal, ob du eines Tages irgendein Minister bist, ich werde jedenfalls dann nicht mehr bei dir sein. Das heißt, du wirst dir jemand anders zum Repräsentieren suchen müssen. Mach's doch wie unser Kanzler, er ist zum vierten Mal verheiratet, und es hat seinem Image in keinster Weise geschadet. Such dir eine andere, eine Jüngere, das ist es doch, was ihr Männer in der Midlife-Crisis braucht, junges, knackiges Fleisch, durch das ihr meint eure vergangene Jugend kompensieren zu können. Aber dieses junge, knackige Fleisch wird auch älter, nur nicht so schnell wie du. Du wirst eines Tages im Bett liegen, und die Junge neben dir wird dich auslachen, weil du keinen mehr hochkriegst. Und dann?«

»Du bist unfair und schlägst unter die Gürtellinie. Ich war dir zeit meines Lebens treu, und …«

»Ich bin noch längst nicht fertig. Und manchmal muss man unter die Gürtellinie schlagen, um sich durchzusetzen, das müsstest du als Politiker doch am besten wissen. Und erzähl mir um Himmels willen nicht, dass du in den letzten Jahren treu gewesen bist, sag das bitte nicht noch einmal, sonst übergeb ich mich gleich. Wo treibst du dich fast jede Nacht rum? Wo bist du gewesen, wenn du morgens um eins oder zwei oder noch später nach Hause kommst? Und nun mach mir bloß nicht weis, dass du bei einer Sitzung warst oder mit irgendjemandem noch irgendwas zu besprechen hattest. Und dein lieber Freund Ulrich, von all den andern Männern ganz zu schweigen, wurde auch mit dir zusammen gesichtet, natürlich mit dem entsprechenden Begleitschutz, wie es sich für einen wie ihn gehört. Wir haben keine Leibwächter, keine Polizei, die uns und vor allem unsere Kinder beschützt. Warum eigentlich nicht? Er hat doch keine Familie. Macht er sich solche Sorgen um seine eigene Person? Oder leidet er unter Paranoia? Na ja, wenn ich ihn manchmal so reden höre, könnte es schon sein, dass er nicht ganz richtig tickt. Seine verbalen Ausfälle, auch wenn diese sehr eloquent vorgebracht werden, kann ich nicht mehr ertragen. Und wer sind die ganzen andern Männer? Welche aus deiner Partei? Ich habe sie jedenfalls noch nie kennen gelernt.« Sie holte tief Luft und sagte mit herausforderndem Blick: »So, jetzt bist du an der Reihe. Ich warte auf deine Erklärungen.«

»Du kannst diese Männer nicht kennen, weil sie parteilos sind«, sagte Hans, der verwundert und entsetzt zugleich war, schnell, doch mit tonloser Stimme. Und er fragte sich, woher sie das alles wusste.

Sie lachte erneut höhnisch auf. »Warum lügst du? Das Einzige, was du nie konntest, war lügen. Ich habe es dir immer angemerkt, und wenn es nur bei Kleinigkeiten war. Du kannst vielleicht den andern was vormachen, mir nicht. Du weißt, ich spüre die kleinsten Schwingungen. Aber du brauchst meine Frage natürlich nicht zu beantworten, wenn du nicht willst. Ich werde deine Sachen zusammenpacken lassen, du hast genau eine Woche Zeit, dir was Neues zu suchen, was dir bei deinen exzellenten Beziehungen sicherlich nicht schwerfallen dürfte.«

»Du willst also alles hinschmeißen, zweiundzwanzig Jahre, einfach so«, sagte Hans kopfschüttelnd. »Ich werde hier nicht ausziehen, um nichts in der Welt. Du kannst mich nicht rausschmeißen.«

»Ha, ich kann dich nicht rausschmeißen?! Mach dich nicht lächerlich! Wem gehört dieses Haus, dir oder mir? Und wer hat dir den Rücken gestärkt, als du in die Politik gegangen bist? Und wem gehört die Fabrik, dir oder mir? Wer hat dich damals zum Geschäftsführer ernannt, als du gerade mit der Uni fertig warst? Das war mein Vater, oder ist dir das entfallen?! Mein Gott, er hat damals so große Stücke auf dich gehalten, er hat gesagt, du wärst derjenige, der die Fabrik so weiterführen könnte, wie es in seinem Sinne war. Du hast ihn getäuscht, so wie du mich getäuscht hast. Ganze neun Jahre hast du es als Geschäftsführer ausgehalten, dann musste es auf einmal die Politik sein. Ich dachte, gut, warum nicht, ich hatte

Vertrauen zu dir, und am Anfang lief ja auch alles ziemlich glatt. Wir hatten zwei Kinder, das Pech war nur, dass Paul noch kam, sonst hätte ich dich vermutlich schon längst über alle Berge gejagt. Nun, das ist ein anderes Thema. Zum Glück ist der jetzige Geschäftsführer ein sehr fähiger Mann, ich würde sogar sagen, noch viel fähiger als du. Und jetzt sag ich dir noch was – ich werde die Fabrik verkaufen, der Vertrag liegt bereits bei meinem Anwalt, er braucht nur noch von beiden Seiten unterschrieben zu werden.«

»Wie bitte, du willst die Fabrik verkaufen? Drehst du jetzt völlig durch?! Das kannst du nicht machen. Das ist ein uralter Familienbesitz, fast zweihundert Jahre alt. So was verkauft man doch nicht.«

»Warum nicht, sie gehört schließlich ganz allein mir. Mein Vater hat sie mir testamentarisch vermacht, und ich bin selbst bei einer Scheidung nicht verpflichtet, dir auch nur einen Cent zu zahlen. Du hättest dich damals, als du den Geschäftsführerposten hingeschmissen hast, vertraglich besser absichern sollen, aber das war schon immer eine Schwäche von dir, deine mangelnde Weitsicht, übrigens eine schlechte Voraussetzung für einen Politiker, der ganz hoch hinauswill. Und vergiss nicht, wir haben Gütertrennung, darauf hat glücklicherweise mein Vater bestanden. Und ich bin ihm heute zutiefst dankbar dafür.«

»Du willst mich fertig machen. Verdammt noch mal, warum?!«, schrie er.

»Weil du mich in den letzten Jahren fertig gemacht hast«, erwiderte sie gelassen, obgleich sie ihn am liebsten ebenfalls angeschrien hätte, nein, am liebsten hätte sie ihm rechts und links eine runtergehauen, so zornig und enttäuscht war sie. Doch sie behielt die Kontrolle. »Ich habe mich immer und immer wieder gefragt, was ich dir getan habe, dass du mich wie ein Stück

Dreck behandelst. Ich habe es lange Zeit nicht rausgefunden …«

Als hätte er die letzten Worte nicht gehört, sagte er in gemäßigterem Ton: »Was kann ich tun, um dir zu beweisen, dass ich dich immer noch liebe? Sag es mir.«

»Nichts, rein gar nichts. Ich habe meine Entscheidung getroffen, und dabei bleibt es auch. Aber willst du gar nicht wissen, was ich rausgefunden habe?«

Hans sah seine Frau fragend an, hoffend, seine schlimmsten Befürchtungen würden sich nicht bewahrheiten, aber ohne ein Wort zu sagen.

Kirsten Simoneit schürzte die Lippen, lächelte wieder, diesmal noch eine Spur süffisanter, und sagte: »Du hurst rum. Ich habe mir erlaubt, einen Privatdetektiv auf dich anzusetzen, ich wollte Gewissheit haben, ob ich mit meiner Vermutung richtig liege, und siehe da, ich hatte Recht. Mindestens zweimal in der Woche gehst du abends in den Kunst- und Kulturverein e.V., aber was ist dieser Kunst- und Kulturverein, zu dem nur Männer Zutritt haben? Ein Puff für reiche Geldsäcke wie dich? Macht es dir Spaß, es mit Huren zu treiben? Benutzt du wenigstens ein Kondom? Ich meine, ein Politiker, der Aids hat, hat keine Perspektiven.« Sie sah ihn herausfordernd an, aus dem süffisanten Lächeln war ein maliziöses geworden.

Hans schluckte schwer. Er hatte mit allem gerechnet, aber nicht damit, dass seine eigene Frau, die nie Fragen gestellt hatte, die offensichtlich zufrieden mit ihrem Leben war, die sich für ihre wohltätige Arbeit aufopferte und nie murrte, ihm einen Privatdetektiv hinterherschickte. Er überlegte krampfhaft, wie er aus dieser verfahrenen Situation herauskommen konnte, stand auf, goss sich einen Cognac ein und sagte mit leiser Stimme: »Also schön, ich werde dir die

Wahrheit sagen, aber dafür musst du mir versprechen, mich nicht zu verlassen …«

»Ich verspreche dir überhaupt nichts, damit das klar ist. Aber gut, erzähl mir *deine* Wahrheit, und dann werde ich sehen, ob sie mit der übereinstimmt, die der Detektiv herausgefunden hat. Ich höre.«

»Weiß außer dir und diesem Detektiv irgendjemand anders davon?«

»Warum interessiert dich das?«

»Weil es verdammt noch mal wichtig ist! Weiß noch jemand außer euch davon? Bitte, sag's mir, ich flehe dich an!«

»Oh, du flehst mich an, das ist ja ein ganz neuer Zug an dir. Aber um dich zu beruhigen, bis jetzt wissen es nur der Detektiv und ich. Zufrieden?«

»Lass du mich jetzt bitte ausreden. Ich habe Fehler gemacht, schwere Fehler, die ich zutiefst bereue. Ich kann dir jetzt nicht alles erklären, aber ich bitte dich, mir nur noch dieses eine Mal zu vertrauen. Bitte. Ich möchte weder dich noch die Kinder verlieren.«

»Was willst du damit sagen?«, fragte sie mit zusammengekniffenen Augen. Sie meinte mit einem Mal Verzweiflung aus den Worten ihres Mannes zu hören.

»Es geht um Leben und Tod. Ich habe mich da auf etwas eingelassen, das ich nicht mehr kontrollieren kann, und das ist nicht gelogen.«

»Du hast Angst? Wovor oder besser gesagt, vor wem?«

»Nicht jetzt, bitte. Aber wenn wir jetzt einen Fehler machen, kann es sein, dass man uns tötet. Ich bereue zutiefst, was ich getan habe, und würde alles dafür geben, es rückgängig machen zu können, aber das ist nicht mehr möglich. Das ist auch ein Grund für mein Verhalten in der letzten Zeit.« Das war eine glatte Lüge, aber Hans wusste, wenn er seiner Frau die ganze

Wahrheit sagte, wenn er ihr beichtete, in welche Machenschaften er verstrickt war, würde sie sich endgültig von ihm abwenden und nur noch mit Verachtung auf ihn herabblicken, ihn vielleicht sogar bespucken.

»Hans, ich will alles hören, und dann entscheide ich, was zu tun ist. Du bist offensichtlich nicht mehr ganz bei Sinnen …«

»Ich bin so klar im Kopf wie schon lange nicht mehr«, erwiderte er, sein Lachen klang verzweifelt. »Du hast ja überhaupt keine Ahnung, in was für ein Wespennest du da gestochen hast. Sie werden dich, die Kinder und mich umbringen, wenn sie erfahren, dass du etwas weißt. Wie heißt dieser Detektiv?«

»Kein Kommentar. Erst will ich von dir alles hören«, entgegnete sie hart.

»Das geht nicht. Nur bitte, lass uns vorläufig so weiterleben wie bisher, das ist die einzige Chance für uns alle. Ich kann nur so viel sagen, ich schäme mich und werde alles tun, um euch zu schützen.«

»Das reicht mir nicht. Mein Gott, du kennst mich offenbar noch immer nicht. Was glaubst du eigentlich, wer oder was ich bin? Ein Gegenstand wie die Ringe und Ketten, die du mir schenkst? Ich pfeif auf dieses ganze Zeug, es bedeutet mir nichts, aber auch rein gar nichts. So, und jetzt raus mit der Sprache, auf was hast du dich eingelassen und in was bist du hineingeraten?«

»Zwing mich bitte nicht, es dir zu sagen, du würdest mich verfluchen. Aber ich verfluche mich selber schon die ganze Zeit, ich kann nicht mehr richtig schlafen, denn diese Leute sind zu allem fähig. Und glaub mir, wenn ich sage zu allem, dann meine ich das auch so. Für sie zählt ein Menschenleben nichts, aber auch rein gar nichts. Diese Organisation ist so mächtig, gegen die kommt keiner an.« Er sah seine Frau an.

Am liebsten hätte er sie in den Arm genommen, aber ihre Haltung mit den über der Brust verschränkten Armen, den Blick starr auf ihn gerichtet, verriet, dass sie dies nicht zugelassen hätte. Sie war eine schöne Frau, stolz und schön und aufrichtig, Dinge und Eigenschaften, die er in den letzten Jahren nicht mehr gesehen hatte, weil sein Blick in eine andere Richtung gegangen und vernebelt gewesen war, weil die Gier nach dem Neuen, Unbekannten immer stärker wurde und er darüber vergaß, was wirklich in seinem Leben zählte. Diese Frau, die jetzt in etwa zwei Meter Entfernung dasaß und ihn anblickte, hatte all die Zeit über geschwiegen, hatte ihm nie Vorwürfe gemacht, nie Fragen gestellt, und nun war diese Frau dabei, ihr Leben neu zu gestalten, und darin war für ihn, so hatte sie ihm deutlich zu verstehen gegeben, kein Platz mehr. Sie hatte drei Kinder ausgetragen und geboren und brachte ihnen alle Liebe entgegen, zu der sie fähig war. Und sie hatte ihn geliebt und er alles kaputtgemacht. In ihm war auf einmal eine unendliche Leere, ein Vakuum, das er nicht zu füllen vermochte. Alles drehte sich um ihn, er war zu keinem klaren Gedanken fähig. Er fürchtete sich davor, ihr die Wahrheit zu beichten, er fürchtete sich vor ihrer Reaktion, vor dem, was sie sagen würde. Aber es war zu spät, alles war zu spät, er war gefangen in einem Teufelskreis, und nun war auch seine Frau eine Gefangene. Er hatte keine andere Wahl, er musste ihr alles beichten, auch wenn er dadurch sein eigenes Leben ruinierte. Was hatte er schon noch zu verlieren?

»Ich werde dich zu gar nichts zwingen, aber ich kann aufstehen und schon mal anfangen, deine Sachen zu packen. Das mit der Organisation, wer immer auch dahinterstecken mag, geht mich nichts an.«

Hans zitterte, doch als sie aufstehen wollte, hob er die Hand. »Bleib sitzen, bitte. Also gut, ich sag's, aber du musst mir versprechen, es unbedingt für dich zu behalten. Ich will dich nicht verlieren, denn ich liebe dich noch immer, auch wenn du es nicht glauben magst. Ich habe verdammt viel Mist gebaut, und es tut mir alles so wahnsinnig leid.«

»Jetzt hör doch auf rumzuschwafeln, und sag endlich, was los ist«, fuhr sie ihn ungehalten an.

»Es stimmt, was dein Detektiv herausgefunden hat, der Kunst- und Kulturverein ist ein Bordell. Aber das ist eine lange Geschichte. Damals, als ich in die Partei eingetreten bin, hätte ich niemals gedacht, jemals so hoch aufzusteigen und gleichzeitig so tief zu sinken. Ich könnte mich heute noch ohrfeigen, jemals Politiker geworden zu sein. Aber das Rad der Zeit lässt sich leider nicht zurückdrehen. Es dreht sich immer nur in eine Richtung, es bleibt nie stehen, immer nur drehen, drehen, drehen, ich komme mir vor wie ein Hamster.«

Er hielt inne, schenkte sich Cognac nach und trank das Glas in einem Zug leer. Er hatte eine Hand in der Hosentasche, kniff die Augen zusammen und schleuderte das Glas mit voller Wucht gegen die Wand, wo es in viele tausend Stücke zerschellte. Kirsten Simoneit sah ihn erschrocken an, ohne etwas zu sagen.

»Entschuldigung, ich wollte dich nicht erschrecken. Nun, jedenfalls ahnte ich, als ich in die Partei eingetreten bin, nicht, wie sich mein gottverdammtes Leben damit verändern würde. Erinnerst du dich noch, wie schnell ich ins Innenministerium gekommen bin? Es hat gerade mal zwei Jahre gedauert, für einen Neuen, der alles von der Pike auf lernen musste, geradezu sensationell. Und heute?« Er schüttelte den Kopf und wischte sich mit einer Hand den Schweiß von der Stirn. »Heute werde ich schon als einer der künftigen Kanzlerkandidaten gehandelt, obwohl ich nur Landtagsvize bin. Aber ich erfahre eine besondere Behandlung, und das nur, weil ich gut reden kann, ansonsten bin ich eine Niete. Ich habe so gut wie keine Ahnung, wie Politik funktioniert, denn ich fälle keine Entscheidungen, ich gebe sie höchstens bekannt. Natürlich schreiben die Zeitungen über mich, Hans Simoneit, der große Macher, der Visionär, der Mann, der Deutschland aus der Krise führen kann. Mein Gott, die haben ja keine Ahnung, was sich hinter den Kulissen wirklich abspielt. Alles nur Lug und Trug, Lüge und Verrat, Kumpanei, Vetternwirtschaft und Kuhhandel, keine Spur von Ehrlichkeit mehr … Ja, ich habe mich da reinziehen lassen, und ich hasse mich dafür, aber das bringt mir jetzt auch nichts mehr.«

»Kannst du nicht endlich mal auf den Punkt kommen?«

»Natürlich, entschuldige. Weißt du noch, wer mir damals geholfen hat, so schnell nach oben zu kommen?«

»Nein, woher soll ich das wissen?«

»Es war ein Mann, der wohl sofort gespürt haben muss, wie leicht er mich haben kann. Klingelt's jetzt?«

»Nein, wenn du bitte etwas deutlicher werden könntest.«

»Mein Gott, überleg doch mal, so viele gibt's doch nicht!«

»Ulrich?«, fragte Kirsten Simoneit zweifelnd.

»Genau der. Dieser Saukerl hat so unglaubliche Beziehungen.« Er hielt inne, sah kurz seine Frau an und fuhr fort: »Jedenfalls habe ich es ihm zu verdanken, dass meine Karriere so rasant voranging. Ich stieg höher und höher, und immer war es Ulrich, der mich dahin brachte, wo ich hinwollte, wobei ich viel zu spät begriff, dass er ganz eigene Interessen damit verband, denn *er* wollte, dass ich Karriere mache, und ich Idiot kapierte nicht, dass er ein ganz perfides Spiel spielte, bei dem nur er allein gewinnen würde. Ich wollte hoch hinaus, aber ich hätte es nie geschafft, wenn er es nicht gewollt hätte. Es ist sein Spiel und nicht meins. Seine Integrität ist nichts als Fassade, er klopft dir auf die Schulter, immer und immer wieder, und du merkst nicht, wie das Messer in seiner andern Hand immer länger wird.«

»Aber Ulrich ist doch einer deiner besten Freunde und ebenfalls Bordellbesucher«, entgegnete sie erstaunlich gelassen.

»Jetzt hör doch mal mit diesem elenden Puff auf! Ich war damals auch der Überzeugung, Ulrich wäre mein bester Freund. Inzwischen bin ich eines Besseren belehrt worden. Vor etwa drei Jahren hat er mir ein Haus gezeigt und mich gefragt, ob ich es haben möchte, er würde es mir gerne überschreiben. Ich habe ja gesagt, ohne zu ahnen, was dieses Ja bedeutet. Ich bin der Eigentümer, aber er hat mir von Anfang an gesagt, dass ich mit niemandem darüber sprechen dürfe, nicht einmal mit dir. Es sei ein Geschenk für meine Freundschaft und meine gute Arbeit, und ich hätte es mir redlich verdient. Nur ein paar Tage nach meiner Unterschrift zogen dort Frauen ein, von denen nur die wenigsten unsere Sprache wirklich beherrschten, das heißt, Deutsch sprachen sie alle, die einen besser, die andern weniger gut. Ich habe ihn gefragt, was das soll, woraufhin er geantwortet hat, dass wir ein Haus für eine ganz besondere Kundschaft daraus machen. Und er hat gelacht und gesagt, dass er mich doch von diesem Vorhaben unterrichtet habe. Hatte er aber nicht, daran könnte ich mich erinnern. Nun gut, die Frauen waren da, und die Kunden ließen nicht lange auf sich warten. Allesamt Personen, die in der Öffentlichkeit stehen oder ein hohes Amt ausüben oder eben Geld und Macht haben.«

»Du hast dir das Haus schenken lassen, und dann sind Huren dort eingezogen? Hab ich das richtig verstanden?«

»Ja, verdammt noch mal! Tschuldigung. Jedenfalls, anfangs fand ich das gar nicht so schlimm, auch wenn du mich dafür am liebsten umbringen würdest, aber die Zeiten haben sich geändert, Männer gehen zu Huren, und wenn diese Damen auch noch besonders gut aussehen, legt man gerne noch ein paar

Scheine extra drauf. Aber es ging Ulrich nie um das Geld der Kunden, das sie für die Huren blechen, das sind für ihn Peanuts, es ging ihm darum, dass er jeden, aber auch jeden, dem einmal Einlass gewährt wurde, praktisch in der Hand hatte. Man spricht sich nur mit Decknamen an, Ulrich zum Beispiel heißt Marco Martini, man wickelt höchst vertrauliche Geschäfte ab und so weiter. Und bis vor ein paar Tagen war ich sicher, irgendwann würde dieser Spuk ein Ende haben, spätestens, wenn ich ganz oben bin. Aber dort werde ich nie hinkommen, wenn Ulrich es nicht will.« Er stockte, holte ein neues Glas aus dem Schrank und füllte es mit Cognac. »Du hast sicherlich von den beiden Morden gehört oder gelesen, die am Mittwoch verübt wurden ...«

»Ja«, antwortete sie, wobei ihre ohnehin schon angespannte Haltung noch steifer wurde.

»Ulrich hat sie in Auftrag gegeben, und weißt du auch, warum? Nur weil einer seiner Huren die Flucht gelungen ist. Es würde jetzt zu weit führen, dir alles zu erzählen, aber als ich davon erfahren habe, vorgestern Abend, da wurde mir zum ersten Mal so richtig bewusst, in was für einem Sumpf ich gelandet bin. Ich habe Ulrich deutlich zu verstehen gegeben, dass ich mit Mord nichts zu tun haben will, aber er hat nur gesagt, wir sitzen alle in einem Boot, und wenn es untergeht, gehen wir alle unter. Und dann hat er hinzugefügt, dass wir nicht untergehen werden, weil er am Ruder sitzt und alles unter Kontrolle hat. Ich habe ihm gesagt, wir können doch das Haus verkaufen, worauf er nur entgegnet hat, das komme überhaupt nicht in Frage, und außerdem sei ich zwar als Eigentümer eingetragen, aber er könne mir das Haus jederzeit wieder wegnehmen, was er aber nicht tun werde. Und da begriff ich endgültig, dass er mich in der Hand hat. Er kann mich zerquetschen wie eine Wanze, genau wie diese Hendriks und diesen Journalisten. Er und sein bester Freund haben mir ganz unverhohlen gedroht, und glaub mir, die machen ihre Drohung wahr, wenn ich nicht spure.«

»Woher kommen die Frauen?«

»Weißrussland, Ukraine, Moldawien, Estland, Lettland, Litauen … Sie sind alle illegal hier.«

»Und du hast mit ihnen geschlafen«, sagte sie lakonisch.

»Kirsten, das ist unwichtig! Ich habe mich blenden lassen und werde nun dafür bestraft. Ich habe Fehler gemacht, denn ich habe dem Teufel den kleinen Finger gereicht, und er hat die ganze Hand genommen und sie bis jetzt nicht losgelassen. Ich weiß nicht mehr, was ich tun soll, ich weiß nur, ich muss euch vor diesen Bestien schützen. Mein Leben ist mir dabei egal, das ist die Wahrheit. Allein deshalb dürfen wir uns nicht trennen, zumindest jetzt nicht. Ulrich würde den Braten sofort riechen. Alles, was er tut, tut er aus reiner Berechnung. Er handelt mit Menschen, mit Drogen, mit Waffen und allem möglichen anderen Zeug, er wäscht jedes Jahr Gelder in dreistelliger Millionenhöhe, er hat ein riesiges Vermögen angehäuft, aber in der Öffentlichkeit steht er als der Saubermann schlechthin da, denn keiner würde es wagen, seine Stimme gegen ihn zu erheben. Er predigt Moral und Anstand, verdammt den Sittenverfall, den Niedergang ethischer und moralischer Werte, prangert Korruption an und so weiter, aber in Wahrheit ist er verkommen bis ins Mark. Du kennst doch auch diesen Film mit Al Pacino, ich komm nicht auf den Titel, er spielt jedenfalls den Teufel …«

»*Im Auftrag des Teufels*«, sagte Kirsten Simoneit.

»Kann sein. Ulrich ist Al Pacino, nur mit dem Unterschied, dass das hier keine Fiktion ist, sondern bittere Realität. Aber Ulrichs wichtigstes Merkmal ist sein ungeheurer Einfluss. Ich weiß erst jetzt, dass ich eigentlich gar nichts von seinen Machenschaften weiß, denn er arbeitet so unglaublich geschickt, er ist ein Stratege par excellence. Und ich stehe in seiner Schuld, das hat er mir eiskalt ins Gesicht gesagt. Wenn man ihn als Freund hat, braucht man keine Feinde mehr – auf niemanden trifft dieses Sprichwort mehr zu. Das ist alles, was ich im Augenblick zu sagen habe.«

Für einige Sekunden herrschte angespannte Stille, man hätte eine Stecknadel fallen hören können, ja, es schien sogar, als hätten Kirsten und Hans aufgehört zu atmen.

»Wenn ich dich richtig verstanden habe, ist Ulrich ein Menschenhändler und Mörder und wer weiß was noch alles. Ist das wirklich wahr?«

»Ja. Aber das hätte ich damals doch nicht ahnen können! Dass er ein gerissener Hund ist, das wusste ich schon, aber ein Verbrecher … Nein, niemals.«

»Und wie soll es jetzt weitergehen?«, fragte Kirsten Simoneit nach einer Weile. Sie war aufgewühlt von dem Gehörten und versuchte dennoch nach außen Ruhe zu zeigen.

»Keine Ahnung«, antwortete Hans schulterzuckend. »Ich bin genau wie Ulrich ein Verbrecher, ein Menschenhändler, ein Mörder … Scheiße, große gottverdammte Scheiße! Ich bin ratlos, ich weiß nur, dass ich den Schaden, den ich angerichtet habe, nie wieder werde gutmachen können. Wie gesagt, das Rad der Zeit lässt sich leider nicht zurückdrehen. Nur in einem bin ich ganz sicher, ich möchte dich nicht verlieren, um nichts in der Welt.«

»Wie kann ich weiter mit jemandem zusammenleben, der so viel Schuld auf sich geladen hat? Hans, es tut mir leid, aber das geht nicht, ich würde daran zerbrechen.«

»Willst du lieber sterben?«, fragte er mit eindringlicher Stimme. »Willst du das wirklich?«

»Ganz ehrlich? Lieber würde ich sterben, als so zu leben. Es gibt doch sicher Möglichkeiten, Ulrich auszutricksen, *du* hast die Möglichkeiten. Er ist doch kein Übermensch.«

Hans lachte höhnisch auf und schüttelte den Kopf. »Du kennst ihn wirklich nicht. Er *ist* ein Übermensch. Ihn trickst man nicht aus, der ist mit allen Wassern gewaschen, und er hat eine Armee von Bodyguards und gekauften Bullen, die ihn beschützt. Das Haus und das Gelände wird wie ein Hochsicherheitstrakt mit modernsten Geräten überwacht, da kommt keiner rein, den man nicht reinlassen will. Da sitzt permanent jemand vor den Monitoren. Na ja, jedenfalls hat er mich mit dem Haus in der Hand, doch er hat auch zig andere Leute in der Hand, die sich ihm ebenfalls nicht entziehen können, und keiner würde es wagen, sich gegen ihn zu stellen. Aber vielleicht kommt ja der Tag, an dem dieser elende Spuk endlich vorüber ist. Ich fürchte jedoch, dass ich danach für lange Zeit von der Bildfläche verschwinden werde, aber wenigstens seid ihr, du und die Kinder, dann frei. Ich habe sogar schon überlegt, ihn umzubringen, aber dazu bin ich viel zu feige.«

»Und wenn du zur Polizei gehst und ihnen alles erzählst?«

»Kirsten«, sagte er mit eindringlicher Stimme, »bei uns gehen Staatsanwälte, Richter, Politiker und andere Juristen ein und aus. Glaubst du im Ernst, die Polizei würde auch nur einen Finger krumm machen, um mir zu helfen? Wenn wir außer Ulrich überhaupt noch Feinde haben, dann sitzen die bei der Justiz. Da hackt keine Krähe der andern ein Auge aus, denn zu viele von denen stehen auf Ulrichs Lohnliste. Das ist das Schlimme an der Sache. Wie ich es auch drehe und wende, ich habe keine Chance. Und bitte glaub mir, ich wollte das nicht. Sicher, ich war total happy, so schnell so anerkannt zu werden, aber jetzt hasse ich mich dafür, so blind gewesen zu sein. Ulrich kann so verdammt überzeugend sein, und ich habe nicht hinter seine Fassade blicken können, dazu ist er viel zu gerissen. Er ist einer der größten Gangster, die in diesem Land rumlaufen, er hebt den moralischen Zeigefinger, egal, ob er Reden schwingt oder seine Kolumnen schreibt, und alle glauben ihm und merken dabei nicht, was für ein verlogener Schweinehund er ist. Alle, aber wirklich alle fallen irgendwann auf ihn rein.«

»Ich nicht, und das weißt du auch. Ich habe ihn nie gemocht, und das habe ich dir ganz am Anfang auch gesagt, aber du wolltest ja partout nicht auf mich hören. Soll ich dir verraten, was ich gesehen habe, als ich ihm beim ersten Treffen in die Augen geschaut habe? Ich habe genau das in ihm gesehen, was du eben über ihn gesagt hast – den leibhaftigen Teufel. Vielleicht erinnerst du dich noch an meine Worte von damals. Ich habe zwar nicht vom Teufel gesprochen, aber ich habe sehr deutlich ausgedrückt, was ich von Ulrich halte.« Und nach einer kurzen Pause fragte sie sarkastisch: »Und wer außer dem Gesetz geht noch in diesen Puff?«

»Unternehmer, Bankiers, Ärzte, Künstler, eben alles, was Rang und Namen hat. Nicht der Hausarzt um die Ecke, es sind schon welche aus der Elite. Ulrich gibt sich eben nicht mit Kleinkram zufrieden.«

»Und was will er zum Beispiel von Bankern und Ärzten?«

»Kannst du dir das nicht denken?«

»Nein, wahrscheinlich bin ich zu blöd, um das alles zu begreifen. Ich bin eben nur eine Frau«, sagte sie ironisch.

»Geldwäsche, Geldanlage. Heutzutage geht so was wahnsinnig schnell. Man transferiert innerhalb von wenigen Minuten Millionen von Dollar über mehrere Konten im Ausland, so dass am Ende kaum noch nachvollziehbar ist, welche Wege diese Gelder genommen haben. Anschließend lässt man sie für eine Weile ruhen, bis man damit Immobilien kauft oder Kunst oder irgendwas anderes, oder man kauft sich in Unternehmen ein. Danach ist das Geld blütenweiß.«

»Und die Ärzte?«

»Keine Ahnung, was er von denen will«, antwortete Hans, ohne seine Frau dabei anzusehen.

»Hans, du lügst schon wieder. Also?«

Er überlegte, ob er es ihr sagen sollte. Schließlich überwand er sich, setzte sich aber zu ihr auf die Couch.

»Sie kümmern sich um die Huren, wenn eine von ihnen krank ist …«

»Blödsinn! Wenn eine krank wird, holt man *einen* Arzt und fertig. Aber du hast von Ärzten gesprochen, im Plural.«

»Mein Gott, das sind Dimensionen, die ich mir nicht mal in meinen schlimmsten Alpträumen ausgemalt hätte. Hast du schon mal was von Organhandel gehört? Einige von ihnen führen solche Operationen durch.«

»Was für Operationen?«

»Transplantationen. Herzen, Nieren und so weiter und so fort. Läuft alles unter der Hand.«

»Und wo kommen diese Organe her?«

»Das weiß ich wirklich nicht, darüber hat Ulrich nie gesprochen. Er trennt grundsätzlich zwischen den einzelnen Bereichen. Ich habe auch nie nachgefragt, ehrlich, denn ich wollte es nie wissen. Aber ich kann's mir vorstellen. Nur allein die Vorstellung, wo diese Organe herkommen könnten, jagt mir Schauer über den Rücken.«

»Wie kommt es, dass du auf einmal so mitfühlend bist? Du tanzt jahrelang nach Ulrichs Pfeife, und es hat dir offensichtlich nichts ausgemacht, und jetzt plötzlich kriegst du Skrupel? Warum?«

»Das hab ich doch schon gesagt!«, rief er verzweifelt und fuhr sich mit beiden Händen durch das lichte Haar. »Wahrscheinlich hab ich das alles gar nicht richtig begriffen oder wollte es nicht begreifen, weil …«

»Weil du im Club von lauter schönen und willigen Frauen umgeben warst? Ist das der Grund?«, fragte sie zynisch, beinahe gehässig.

»Ja, kann sein. Aber es war die Sache mit den beiden Morden, die mich wach werden ließ, und die Erpressung von Ulrich. Da habe ich auf einmal gemerkt, dass ich nur eine Marionette für ihn bin. Eine von vielen. Und die Frauen sind sicher schön, aber nicht unbedingt willig, dazu werden sie erst gemacht. Oder glaubst du ernsthaft, dass diese Frauen freiwillig hier sind?! Nein, meine Liebe, keine von denen ist freiwillig hier. Sie werden eingesperrt, sie bekommen kein Geld, und wenn eine von ihnen nicht spurt, wird sie gemaßregelt. Details möchte ich dir ersparen. Ulrich schickt einen von den Aufpassern zu ihr, sie bekommt eine Lektion und …«

»Was hast du alles gemacht, außer das mit den Huren?«

»Nichts, ich schwöre es.«

»Das glaube ich dir nicht. Nur wenn du mir die volle Wahrheit sagst, werde ich mir überlegen, ob ich bleibe. Kokst du auch, damit du für die jungen Damen so richtig in Form bist?«

»Hör doch auf damit. Aber mir wurde gestern der Auftrag gegeben, Binder für heute Abend in den Club zu bestellen. Ich wurde gezwungen, ihn zu erpressen. Sie haben mir Fotos in die Hand gedrückt, die Binder mit kleinen Mädchen zeigen, sechs, sieben, acht Jahre alt …«

»Wiederhol das noch mal. Binder soll mit Kindern … Das ist nicht wahr, oder?«, sagte Kirsten Simoneit entsetzt.

»Ich habe die Fotos gesehen und wollte es auch nicht glauben. Wie immer die das rausgefunden haben, aber als ich sie ihm gestern gezeigt habe, mein Gott, der ist von einer Sekunde zur andern kalkweiß geworden. Hätte mir jemand gestern Morgen noch gesagt, er sei ein Pädophiler, ich hätte demjenigen nur den Vogel gezeigt. Aber er steht nun mal auf kleine

Mädchen, und sie wollen, dass er seine Unterschrift unter ein bestimmtes Dokument setzt. Sie haben ihn zwar jetzt schon am Wickel, nach der Unterschrift aber erst richtig. Seine pädophilen Neigungen allein würden ihn höchstens sein Amt und möglicherweise auch seinen Ruf kosten, man würde ihn in die Pampa versetzen, mehr aber auch nicht. Vermutlich würde das nicht mal in der Presse erwähnt, weil bei uns das meiste geheimgehalten wird. Nachdem er jedoch die Unterschrift geleistet hat, wird er ein weiteres bedeutendes Mitglied in der ehrenwerten Gesellschaft sein, und darauf kommt es ihnen an. Und du weißt, dass Binder sehr eng mit verschiedenen Ministern verbandelt ist, auch wenn er nicht deren Partei angehört. Und so wird unser Land allmählich von Verbrechern regiert, die nach und nach weitere Verbrecher rekrutieren, weil ihnen keine andere Wahl bleibt …«

»Aber es sind doch nicht alle Verbrecher …«

»Nein«, unterbrach er sie mit ernster Miene, »natürlich nicht, *noch* nicht. Aber wenn das so weitergeht.« Er zuckte mit den Schultern, warf einen Blick auf die Cognacflasche und fuhr fort: »Am liebsten würde ich mich sinnlos besaufen, nur noch saufen, saufen, saufen, um nicht mehr nachdenken zu müssen.«

»Aber genau das musst du, nachdenken. Denn du steckst mittendrin in einem riesigen Schlamassel.«

»Ja, du hast Recht. Ich rede, als wäre ich ein Außenstehender, dabei stecke ich mittendrin und bin keinen Deut besser als Ulrich und all die andern. Ich hätte nie für möglich gehalten, dass ich eines Tages so tief sinken würde, aber ich kann es nicht mehr ändern. Seit vorgestern zermartere ich mir das Hirn, wie ich unbeschadet aus der Sache rauskomme, aber mir fällt nichts ein. Das ist so ein raffiniertes Netzwerk, wenn du da einmal drin bist, bleibst du auch drin. Ich kenne jedenfalls keinen, der da wieder rausgekommen wäre. Lebend. Wenn die nicht mal vor einer kleinen unbedeutenden Anwältin und einem Journalisten Halt machen!«

»Das hört sich trotzdem so an, als hätten alle Politiker Dreck am Stecken«, bemerkte Kirsten lapidar.

»Quatsch, nicht alle, aber es werden immer mehr. Ich sag doch, jeder hat irgendwo eine Leiche im Keller liegen, und Ulrich und seine Leute finden die. Das sind die reinsten Bluthunde. Und es sind nicht nur Parteifreunde von mir darunter, sie kommen aus allen Parteien. Das Wichtige ist, dass sie gierig sind nach Macht und Ansehen und natürlich Geld und dass sie jede noch so große Sauerei mitmachen. Nimm nur Geheimbünde wie zum Beispiel den Andenpakt, das ist im Kleinformat das, was in den USA Skulls and Bones ist …«

»Das hört sich ganz stark nach Mafiamethoden an …«

»Das hört sich nicht nur so an, das ist die bittere Realität. Unser Land wird nach mafiosen Strukturen regiert, und das Volk merkt es nicht einmal.«

Ohne auf die letzten Bemerkungen einzugehen, sagte Kirsten: »Wie mächtig ist Ulrich wirklich?«

»Ich weiß lediglich, dass er über internationale Kontakte verfügt, aber frag mich nicht nach Details, denn er hat mich nur in ganz, ganz wenige seiner Geschäfte eingeweiht. Er ist eben ungeheuer vorsichtig.«

»Verrat mir eins: Warum musstest du damals ausgerechnet in die Politik gehen? Warst du unzufrieden in der Fabrik, oder was war es? Mein Vater hat so unglaublich viel auf dich gehalten, und ich auch.«

Hans sah seine Frau ratlos an, zuckte wieder mit den Schultern und schüttelte den Kopf. »Ganz ehrlich? Ich war so naiv zu glauben, ich könnte die Welt verbessern. Ich war voller Ideen, ich hatte Pläne, und ich war der festen Überzeugung, tatsächlich etwas bewegen zu können. Und dann kam Ulrich. Du kennst ihn ja, er hat mich förmlich eingewickelt und mir gesagt, ich sei der richtige Mann zur richtigen Zeit am richtigen Ort. Und ich Idiot hab das auch noch geglaubt. Dabei bin ich wirklich nur ein Vollidiot, der auf tolle Versprechungen reingefallen ist. Im Nachhinein betrachtet waren es eiskalt kalkulierte, teuflische Versprechen. Genau wie die, die man den Mädchen und Frauen in ihren Heimatländern macht, bevor sie in den Club kommen. Er lockt jeden mit seinen tollen Versprechungen, und wenn man ihm glaubt, und das tun die meisten, ist man rettungslos verloren. Auch wenn du mir das nicht abkaufst, aber ich wollte dir nicht wehtun, nur irgendwann kam der Punkt, an dem ich dir nicht mehr in die Augen sehen konnte. Und ich kann verstehen, wenn du jetzt nichts mehr mit mir zu tun haben willst.« Und nach einer kurzen Pause: »Und jetzt, Kirsten, sag mir bitte, wie der Privatdetektiv heißt. Ich will nicht, dass er auch noch ein Opfer von Ulrich wird. Ich muss mit ihm sprechen.«

»Nein, das wirst du schön bleiben lassen, ich werde das übernehmen. Nur eins noch – ich will Ulrich nie wieder in diesem Haus sehen. Wie du das anstellst, ist deine Sache, aber er wird nie wieder seinen Fuß über unsere Schwelle setzen. Wie es mit uns weitergeht, kann ich noch nicht sagen. Gib mir Zeit, ich habe eine Menge zu verdauen und muss über vieles nachdenken.«

»Es tut mir leid, was ich dir und den Kindern angetan habe, aber wir müssen vorläufig weiter mitspielen, Ulrich würde sonst sofort misstrauisch werden. Außerdem, wann war er in der letzten Zeit schon mal hier. Ich möchte da raus, glaub mir, aber das schaffe ich nicht allein. Meinst du, du könntest mir helfen? Meinst du, es könnte wieder annähernd so werden wie früher – du weißt doch noch, als wir uns geschworen haben, dass einer die Last des andern trägt?«, fragte er mit gequältem Lächeln.

»Nein, nicht einmal annähernd, dazu hast du viel zu viel Porzellan zerschlagen. Aber ich werde nachdenken, und diesmal überlässt du das Denken mir. Wir finden einen Weg, nur wie es danach weitergeht«, sie schüttelte den Kopf, »das kann ich beim besten Willen nicht sagen. Und jetzt beantworte mir noch eine Frage, dann kannst du zu deinem wichtigen Termin gehen. Hast du dich jemals in eine der Frauen verliebt?«

Hans hob die rechte Hand zum Schwur und sagte: »Nein, das schwöre ich bei allem, was mir heilig ist, und das ist immer noch eine ganze Menge, aber das habe ich erst in den vergangenen zwei Tagen erkannt.«

Er nahm seinen Aktenkoffer, drehte sich um und begab sich zur Tür, wandte dann noch mal den Kopf und sagte: »Ob du's mir jetzt glaubst oder nicht, es gab in meinem Leben immer nur eine Frau, die ich geliebt habe, und das warst du. Und das wird auch so bleiben.«

Kirsten Simoneit erwiderte nichts darauf, sah ihm nur nach, bis sie das Zuschnappen der Haustür hörte. Sie war innerlich wie versteinert, nicht fähig, einen klaren Gedanken zu fassen. Alles in ihr war in Aufruhr, das Gehörte hatte sie erschüttert. Sie hatte gedacht, ihr Mann wäre nur zu Huren gegangen, doch was sie erfahren hatte, hatte ihr Weltbild ins Wanken gebracht. Sie saß noch lange da und versuchte sich zu konzentrieren. Er tat ihr leid, obwohl er ihr selbst so viel Leid zugefügt hatte, doch je länger sie nachdachte, desto bewusster wurde ihr, wie verzweifelt er war, sonst hätte er ihr nicht all das gebeichtet. Und mit einem Mal überkam sie ein beklemmendes Gefühl, er könnte sich etwas antun. Sie griff zum Telefon und tippte seine Handynummer ein.

»Ich bin's. Ich wollte nur hören, wie es dir geht«, sagte sie.

»Ich bin noch gar nicht losgefahren«, antwortete er mit schwerer Stimme. »Ich kann nicht.«

»Was? Wo bist du?«

»Ich sitze im Auto und denke nach.«

»In der Garage?«

»Hm.«

Sie legte auf und rannte in die Garage. Er hatte die Hände auf dem Lenkrad liegen, den Kopf zwischen den Armen. Sie machte die Tür auf und sagte: »Was tust du hier?«

Er hob den Kopf, sein Gesicht war tränenüberströmt. Er zitterte am ganzen Körper und schluchzte, wobei ihm der Speichel aus den Mundwinkeln rann: »Ich kann nicht mehr, und ich will auch nicht mehr. Hörst du, ich will nicht mehr! Das Leben hat so keinen Sinn mehr!«

»Steig aus und komm rein«, sagte sie leise. »Wo wolltest du hin?«

»Das ist unwichtig.«

»Wenn ich dir helfen soll, verlange ich, dass du mir alles sagst. Mit wem wolltest du dich treffen?«

»Es ist alles in diesem Koffer, schau's dir an.«

Sie fasste ihn am Arm und half ihm aus dem Auto. Dann nahm sie den Koffer an sich und öffnete ihn, als sie wieder im Haus waren. Hans ließ sich in einen der Sessel fallen und vergrub das Gesicht wieder in den Händen. Kirsten Simoneit sah sich die Unterlagen an und sagte: »Du willst den Club verpachten. Warum?«

Er putzte sich die Nase und wischte die Tränen weg, bevor er mit schleppender Stimme antwortete: »Nur zur Sicherheit, falls der Laden doch irgendwann hochgeht. Dann bin ich wenigstens einigermaßen aus dem Schneider.«

»Ich denke, die Polizei ist auf eurer Seite.«

»Heutzutage kann man nie wissen. Zaubel hätte es beinahe

auch geschafft, uns zu enttarnen. Aber ich werde es doch nicht machen. Du kannst das alles zerreißen und in den Müll werfen.« Er erhob sich mühsam wie ein alter Mann und griff zur Cognacflasche, doch seine Frau entriss sie ihm.

»Damit ist jetzt Schluss! Du musst einen klaren Kopf behalten. Du wirst heute Abend in den Club fahren und so tun, als wäre nichts gewesen. Du wirst auftreten wie immer. Binder ist nicht so wichtig. Wenn er wirklich pädophil ist, kann er von mir aus den Bach runtergehen, auf einen mehr oder weniger kommt's jetzt auch nicht mehr an. Wenn du dir auch nur eine winzige Chance erhalten willst, dass ich bei dir bleibe, wirst du ab sofort *meine* Anweisungen befolgen, ist das klar?«, sagte sie kalt und keinen Widerspruch duldend.

»Hast du überhaupt eine Ahnung, auf was du dich da einlässt?«

»Ich denke schon. Ich bin eine Frau und will meine Kinder schützen. Das ist alles, was für mich zählt. Und diese Kinder sind auch deine Kinder, vergiss das nie! Und jetzt mach dich frisch, du stinkst nach Schnaps, und danach ruhst du dich aus, damit du heute Abend fit bist. Hast du das kapiert?!«

Ohne eine Erwiderung zu geben, schlurfte er mit müden und schweren Schritten in den ersten Stock, machte die Badezimmertür hinter sich zu und zog sich aus. Er war wacklig auf den Beinen – der Alkohol und die Nervosität. Er stellte sich eine halbe Stunde unter die Dusche und fühlte sich anschließend ein klein wenig besser. Aber nur ein klein wenig, zu viele Gedanken kreisten in seinem Kopf, Gedanken, die ihn beinahe um den Verstand brachten, Gedanken voller Furcht, Unsicherheit und Zweifel. Fühlte er sich gestern nach dem Gespräch mit Binder noch stark und überlegen, so war es jetzt genau das Gegenteil, er fühlte sich allein gelassen, klein und unendlich schwach. Und er hatte zum ersten Mal Angst vor seiner Frau, die er so noch nie erlebt hatte. Bisher war sie ihm stets zur Seite gestanden, diesen Eindruck hatte er zumindest, doch auf einmal war das alles nur noch Makulatur. Kalt und beinahe schon erbarmungslos zeigte sie sich ihm gegenüber, entschlossen und nicht bereit, sich in ein Schicksal zu ergeben, das andere ihr auferlegten. Er ließ sich aufs Bett fallen und starrte an die Decke. Jeder Versuch einzuschlafen schlug fehl. Als seine Frau nach einer ihm endlos erscheinenden Zeit ins Schlafzimmer kam, fragte sie: »Und, besser?«

»Ich hoffe und bete, dass alles gut geht. Ich bete zu Gott, dass er uns irgendwie hilft.«

»Darauf kannst du lange warten, dazu hast du zu viel Mist gebaut. Aber ich werde dir helfen, doch nicht wegen dir, sondern aus reinem Eigennutz. So, und jetzt werde ich was zu essen machen, die Kinder kommen gleich aus der Schule. Und lass dir bitte nichts anmerken, sei einfach so wie immer. Sei da und doch nicht da, du weißt schon, was ich meine«, sagte sie kühl, fügte aber gleich darauf hinzu: »Tut mir leid, doch das alles war ein bisschen viel für mich.«

Sie begab sich wieder nach unten, holte entgegen ihrer Gewohnheit zwei Fertigpackungen Spaghetti aus dem Vorratsschrank (normalerweise hätte sie ein richtiges Essen zubereitet), setzte Wasser auf, gab etwas Salz dazu und wartete, bis das Wasser kochte. In der Zwischenzeit dachte sie nach. Dieser Vormittag hatte ihr Leben verändert, und sie wusste noch nicht, wie sie damit umzugehen hatte. Sie hoffte nur, Hans würde keinen Fehler begehen. Und sie wunderte sich über sich selbst, über ihren Auftritt ihrem Mann gegenüber. Sie wurde in ihren Gedanken unterbrochen, als es klingelte. Sie ging zur Tür und öffnete sie. Paul stand draußen, den viel zu großen Schulranzen auf den kleinen schmalen Schultern. Nein, dachte sie, nachdem sie ihn mit einem Kuss begrüßt hatte und er an ihr vorbei ins Haus trabte, mit seinem typisch wiegenden Gang, der ein wenig an John Wayne erinnerte, ich werde nicht zulassen, dass man dir oder deinen beiden Schwestern etwas antut.

Nachdem Paul gegessen hatte, ging er auf sein Zimmer, während seine Mutter die Wohnzimmertür hinter sich schloss und den Telefonhörer nahm. Ihr war auf einmal eine Idee gekommen, wie sie sich, den Kindern und auch ihrem Mann helfen konnte. Es war nur ein Strohhalm, aber den wollte sie ergreifen. Sie wählte eine Nummer und wollte nach dem zehnten oder zwölften Freizeichen wieder auflegen, als sie die Stimme des Mannes hörte, von dem sie sich Hilfe erhoffte.

»Hallo, hier ist Kirsten. Du, ich müsste ganz dringend mit dir sprechen, aber nicht am Telefon. Kann ich vielleicht gleich zu dir kommen? … Prima, ich bin in spätestens einer halben Stunde da. Bis gleich.«

Sie ging zu Hans, der vor sich hin dämmerte, und sagte: »Ich muss weg und werde in etwa zwei Stunden wieder zurück sein. Kümmere dich um Paul, und sag den Mädchen, dass sie sich das Essen in der Mikrowelle warm machen sollen.«

»Wo gehst du hin?«

»Ein dringender Termin, den du sowieso nicht mitbekommen hättest, wenn du nicht zu Hause wärst«, antwortete sie nur und verließ das Zimmer, ohne eine Erwiderung ihres Mannes abzuwarten. Er erhob sich vom Bett, ihm war ein wenig schwindlig und übel, zog sich wieder an und begab sich zu Paul.

Freitag, 11.40 Uhr

Julia Durant war zu einem Supermarkt gefahren und hatte für ihren Vater und Maria genügend Lebensmittel für das Wochenende eingekauft. Sie hielt sich nur kurz in der

Wohnung auf. Der Fernseher lief, Maria hatte sauber gemacht, während ihr Vater in der Küche stand und ein Mittagessen zubereitete.

»Ich sehe, ihr habt euch schon gemütlich eingerichtet«, sagte sie und stellte die Tüten in der Küche ab. »Habt ihr gut geschlafen?«

»Ja«, antwortete er, »wir haben sogar ziemlich lange geschlafen, denn wir sind erst so gegen drei ins Bett.«

»Könnt ihr beide bitte kurz zuhören, ich muss nämlich gleich weiter.«

Sie erklärte im Schnelldurchgang, was am Vormittag im Präsidium gewesen war und dass man versuchen werde an diesen Marco Martini ranzukommen. Als sie fertig war, sagte Maria mit besorgtem Blick: »Bitte, pass auf, Marco ist gefährlich. Ihr dürft ihn nicht unterschätzen.«

»Keine Sorge, uns ist klar, auf was wir uns einlassen. Aber wir haben sehr fähige Leute, die uns unterstützen. Hier ist das versprochene Handy, damit seid ihr jederzeit erreichbar und könnt auch mich rund um die Uhr anrufen. Wenn's weiter nichts gibt, mach ich mich gleich wieder auf den Weg.«

»Du wirst das schon hinkriegen«, meinte ihr Vater und nahm seine Tochter in den Arm. »Vergiss nicht, was ich dir gesagt habe. Du bist hier in Frankfurt, weil du hier gebraucht wirst. Und da ist immer einer, der dich beschützt.«

»Ich weiß. Macht's gut, und sollte irgendwas sein, einfach anrufen. Ich schau morgen wieder vorbei. Tschüs.«

Maria kam, umarmte Julia Durant und sagte: »Ich danke dir für alles, was du für mich tust, nicht nur für mich, sondern auch für die andern Frauen. Ich wünsche dir viel Glück. Hier«, sie nahm ihre Kette mit einem kleinen silbernen Kreuz vom Hals und reichte sie Durant, »sie hat mir immer Glück gebracht. Sie soll auch dich beschützen.«

»Das muss doch nicht sein, es ist …«

»Bitte, nimm sie. Und ich werde immer an dich denken.«

»In Ordnung.« Durant wollte sie in die Tasche stecken, doch Maria schüttelte den Kopf.

»Du musst sie um den Hals tragen und gleichzeitig daran glauben, dass Gott dir hilft. Warte, ich leg sie dir um.«

»Ich weiß das sehr zu schätzen. Wir sehen uns spätestens morgen. Ciao.«

Sie verließ die Wohnung von Susanne Tomlin, warf von der Straße aus noch einen Blick nach oben, wo ihr Vater am Fenster stand und ihr zuwinkte. Sie winkte zurück, setzte sich in ihren Corsa, startete den Motor und fuhr los. Ihr Ziel war die Kanzlei Knoblauch und Hendriks, die jetzt nur noch Kanzlei Knoblauch hieß.

Freitag, 12.15 Uhr

Es klingelte, Regina Zimmermann drückte einen Knopf und sagte: »Ja, bitte?«

»Durant, Kripo Frankfurt.«

Die Tür wurde geöffnet, Julia Durant betrat das Vorzimmer, warf noch einmal einen Blick auf die beiden Männer, die gewollt auffällig und in lässiger und doch drohender Haltung am Aufzug standen und Durant kritisch musterten, die sie dafür mit einem Lächeln bedachte, und begrüßte Regina Zimmermann. Eine Zigarette glimmte im Aschenbecher vor sich hin.

»Hallo, da bin ich noch einmal. Ich hab noch ein paar Fragen.«

»Haben Sie schon einen Hinweis, wer Frau Hendriks umgebracht haben könnte?« Regina Zimmermann deutete auf einen Stuhl vor ihrem Schreibtisch.

»Nein, bis jetzt nicht. Ich habe auch schon mit Frau Michel gesprochen, die, wie Sie sich denken können, mehr als erschüttert ist. Ist Ihr Chef zu sprechen?«

»Ich glaube, im Moment wäre es nicht so angebracht, ihn zu stören, er hat hohen Besuch, Dr. Leonhardt.«

»*Der* Dr. Leonhardt? Deshalb die Herren in den dunklen Anzügen vor der Tür«, sagte Durant. »Arbeiten Sie etwa mit Leonhardt zusammen?«

»Nein, Zusammenarbeit kann man das nicht nennen, aber als es mit der Kanzlei noch nicht so gut lief, hat er Dr. Knoblauch ein bisschen unter die Arme gegriffen. Nun ja, er kann sich's leisten. Und dadurch sind die beiden so was wie Freunde geworden. Er ist wohl gekommen, um sein Beileid auszusprechen, schließlich kannte er auch Frau Hendriks ziemlich gut.«

Die Zigarette war verglüht, Regina Zimmermann zündete sich eine neue an, inhalierte, verzog den Mund ein wenig, beugte sich weit nach vorn, deutete mit dem Kopf auf Knoblauchs Büro und flüsterte: »Kennen Sie ihn denn?«

»Nicht persönlich, warum?«

»Nur so.«

»Das klingt, als würden Sie ihn nicht besonders mögen«, sagte Durant lächelnd.

»Ganz ehrlich, er ist ein arroganter, selbstherrlicher Schnösel.« Sie sah Durant entschuldigend an und fuhr noch leiser fort: »Ich hoffe, ich hab mir jetzt nicht den Mund verbrannt.«

»Keine Sorge, das bleibt unter uns. Haben Sie noch einmal über Frau Hendriks nachgedacht, ich meine, ist Ihnen noch irgendetwas eingefallen, was mir weiterhelfen könnte, ihren Mörder zu finden?«

Regina Zimmermann lehnte sich wieder zurück und schüttelte den Kopf. »Nein, tut mir leid, ich kann wirklich nur das wiederholen, was ich gestern schon gesagt habe. Es ist nicht nur mir ein Rätsel, wer ihr das angetan haben könnte, auch Dr. Knoblauch findet keine Antwort. Ich bin heute Morgen noch einmal die gesamte Klientenkartei durchgegangen, aber da ist keiner drunter, dem ich so etwas zutrauen würde. Ich wünschte, ich könnte Ihnen helfen, aber mir fällt einfach nichts mehr ein.«

»Schon gut. Kann ich hier warten, bis Dr. Knoblauch frei ist?«

»Kein Problem. Möchten Sie etwas trinken? Einen Kaffee vielleicht?«

»Dazu sag ich nicht nein. Ich würde mich auch gerne noch einmal in Frau Hendriks' Büro umschauen.«

»Bitte. Und ich schwöre, ich habe es seit gestern nicht betreten.«

»Sie brauchen nicht zu schwören, ich glaub es Ihnen auch so.«

Julia Durant ging in das Büro, das noch genauso aussah wie gestern. Nichts, aber auch gar nichts hatte sich verändert. Sie würde auch nicht suchen, was sie ohnehin nicht finden würde, denn wer immer die Hendriks auf dem Gewissen hatte, hatte sämtliche Spuren, die auf ihn hindeuteten, mit Sicherheit mehr als sorgfältig verwischt. Nach wenigen Minuten begab sie sich wieder nach draußen.

Auf dem Schreibtisch stand ein Becher mit dampfendem Kaffee. Erst jetzt merkte sie, dass sie seit dem Frühstück nichts gegessen hatte, schaute auf die Uhr und freute sich schon auf das Mittagessen mit Claudia Vermeer beim Mexikaner. Sie nippte an dem Kaffee und hatte den Becher noch in der Hand, als Knoblauchs Tür aufging und Leonhardt, gefolgt von Knoblauch, herauskam. Durant stellte den Becher auf den Tisch und sah Leonhardt direkt an, der ihren Blick, ohne eine Regung zu zeigen, erwiderte.

»Die Polizei«, sagte Knoblauch mit einem Lachen, als wären er und Durant beste Freunde: »Darf ich vorstellen, Hauptkommissarin Julia Durant, sie bearbeitet den Mord an Frau Hendriks, Dr. Leonhardt, den Sie vielleicht bereits kennen …«

»Nein, wir sind uns noch nie begegnet, tut mir leid.«

»Aber aus dem Fernsehen …«

»Ich komme selten zum Fernsehen«, erwiderte sie und sah Leonhardt an, der in etwa ihre Größe hatte.

»Frau Durant«, sagte Leonhardt und reichte ihr die Hand, ohne eine Miene zu verziehen, »angenehm, Sie kennen zu lernen. Sie setzen doch hoffentlich alle Hebel in Bewegung, um dieses abscheuliche Verbrechen aufzuklären. Frau Hendriks war eine fähige Anwältin und ein ausgesprochen wertvoller Mensch.« Dabei hob er die linke Augenbraue ein wenig. Seine dunklen Augen schienen sie zu durchbohren.

»Wir tun, was wir können«, entgegnete sie und zog ihre Hand bereits nach einer Sekunde wieder zurück. »Wie gut kannten Sie denn Frau Hendriks?«

»Wie gut kennt man überhaupt einen Menschen? Es gibt Ehepaare, die selbst nach zwanzig Ehejahren kaum etwas vom andern wissen.«

»Das ist aber keine Antwort auf meine Frage, Dr. Leonhardt.«

»Wenn Sie mich bitte entschuldigen wollen, ich habe einen äußerst wichtigen Termin und fürchte, dass ich Ihnen in keinster Weise bei der Suche nach dem Mörder behilflich sein kann. Dennoch will ich Ihre Frage nicht unbeantwortet lassen. Ich kannte Frau Hendriks durch ihre Tätigkeit als Anwältin, aber über ihr Privatleben können Ihnen andere Personen sicher wesentlich mehr Auskünfte geben als ich. Ich wusste bis eben nicht einmal, wo sie gewohnt hat.«

Ohne eine Erwiderung abzuwarten, ging er grußlos aus der Kanzlei und ließ die Tür hinter sich ins Schloss fallen.

Ekelhafter Schleimbeutel, dachte Durant nur und wandte sich Knoblauch zu. »Kann ich unter vier Augen mit Ihnen sprechen?«

»Wenn es nicht zu lange dauert.« Er bat sie in sein Büro, machte die Tür hinter sich zu und deutete auf einen Stuhl.

Durant blieb jedoch stehen und sagte: »Meine Zeit ist ebenfalls begrenzt. Ich bin auch nur gekommen, um Sie zu fragen, ob Ihnen doch noch irgendetwas eingefallen ist, das uns weiterhelfen könnte.«

»Da muss ich Sie leider enttäuschen, aber ich habe Ihnen gestern bereits alles gesagt, was ich weiß. Dr. Leonhardt war eben nur hier, um sein Beileid auszudrücken.«

»Ich wusste gar nicht, dass Sie derart bekannte Freunde haben«, bemerkte Durant.

»Ich dachte, Sie kennen Dr. Leonhardt nicht«, entgegnete Knoblauch lächelnd.

»Wenn er im Fernsehen auftritt, muss er wohl einigermaßen bekannt sein.«

»Das stimmt allerdings. Dr. Leonhardt ist aber nicht mein Freund, wir sind nur hin und wieder beruflich miteinander verbunden. Um ganz ehrlich zu sein, er hat Frau Hendriks und mir damals ein paar Klienten überlassen, die es uns ermöglicht haben, die üblichen Startschwierigkeiten zu überwinden. Ich habe ihn mehr zufällig kennen gelernt.«

»Und was tun Sie im Gegenzug für ihn?«, fragte Durant wie beiläufig.

»Ich verstehe Ihre Frage nicht.«

»Es heißt doch immer, eine Hand wäscht die andere.«

»Ich weiß zwar noch immer nicht, worauf Sie hinauswollen, aber Dr. Leonhardt ist auf Gefälligkeiten nicht angewiesen. Er ist ein überaus großzügiger und hilfsbereiter Mensch, auch wenn manche das anders sehen. Ich kann jedenfalls nur Positives über ihn berichten.«

»War auch nur 'ne Frage. So, ich will Sie nicht länger aufhalten. Schönes Wochenende.«

»Ihnen auch.«

»Daraus wird nichts, ich muss arbeiten. Trotzdem danke.«

Sie verabschiedete sich von Regina Zimmermann, fuhr mit dem Aufzug nach unten und lief mit schnellen Schritten zu ihrem Auto. Sie wollte Claudia Vermeer nicht warten lassen, und außerdem hatte sie einen Bärenhunger.

Freitag, 13.00 Uhr

Claudia Vermeer saß bereits an einem Ecktisch, als Julia Durant das Restaurant betrat.

»Bist du schon lange da?«, fragte sie und nahm ihr gegenüber Platz.

»Auch erst seit eben. Du wirkst so abgehetzt.«

»Es war einfach nur ein anstrengender Vormittag. Hast du schon gewählt?«

»Nein. Aber ich nehme mein übliches Chili con Carne und ein Glas Wasser. Und du?«

»Das Gleiche.« Sie blickte sich um, das Restaurant war gut gefüllt, der Geräuschpegel hoch. Der Kellner kam, sie gaben die Bestellung auf, Julia Durant beugte sich nach vorn, die Ellbogen auf den Tisch gestützt, und fragte: »Können wir hier ungestört sprechen?«

»Ich sehe jedenfalls kein bekanntes Gesicht«, antwortete Claudia Vermeer.

»Ich hatte gerade eine Begegnung der besonderen Art. Rat

mal, wer mir über den Weg gelaufen ist, als ich in der Kanzlei Knoblauch und Hendriks war? Leonhardt, *der* Leonhardt. Merkwürdig, oder?«

»Hast du mit ihm gesprochen?«

»Nur blablabla. Er ist ein blablablablasierter Typ … Ich frag mich trotzdem immer noch, was der dort gemacht hat. Angeblich hat er sein Beileid ausgesprochen, weil er die Hendriks kannte. Und angeblich hat er Knoblauch und der Hendriks damals aus den Startlöchern geholfen, als sie ihre Kanzlei gegründet haben.«

Vermeer zuckte mit den Schultern und sagte: »Was ist daran ungewöhnlich?«

»Keine Ahnung. Leonhardt und Knoblauch, das passt irgendwie nicht. Die beiden spielen doch in völlig unterschiedlichen Ligen. Und die Hendriks war nur eine Anwältin für Familienrecht.«

»Und weiter?«

»Ich wollt's dir nur mitteilen.«

»Leonhardt spielt in der Tat in einer andern Liga, aber solltest du denken, dass er …«

»Quatsch, ich hab mich nur gewundert«, wiegelte Durant ab, schloss für einen Moment die Augen und fuhr sich durchs Haar. »Wahrscheinlich seh ich schon Gespenster.«

»Wie war denn eure Besprechung heute Morgen? Ich wäre gerne vorbereitet, wenn ich nachher komme«, sagte Vermeer, lehnte sich zurück, als der Kellner das Wasser brachte, wartete, bis er wieder gegangen war, nahm das Glas und trank einen Schluck.

Julia Durant berichtete in Kurzfassung von dem Vorhaben, bei dem Kullmer die Hauptrolle spielen sollte. Währenddessen wurde das Essen serviert. Vermeer hörte aufmerksam zu und sagte, nachdem Durant geendet hatte: »Und ich soll euch mein

Okay dazu geben. Ihr seid euch darüber im Klaren, auf was ihr euch da einlasst?«

»Claudia, wenn wir nichts unternehmen, wer dann? Das LKA, das BKA? Vergiss es, von denen können wir keine Hilfe erwarten. Und wenn nur ein Bruchteil von dem stimmt, was Bäumer und Vukovic erzählt haben, dann will ich außer Bäumer auch keinen sonst vom BKA dabeihaben. Wir brauchen dein Okay.«

»Und wenn Kullmer dabei draufgeht? Hast du darüber schon mal nachgedacht? Er ist unerfahren, was diesen Bereich betrifft, und die kleinste Unachtsamkeit kann ihn das Leben kosten. Ich muss das wirklich in Ruhe überdenken.«

»Bitte, sag einfach ja, alle andern machen schließlich auch mit, und Kullmer wird keinen Schritt tun, ohne dass wir nicht darüber informiert sind. Mein Wort darauf.«

Claudia Vermeer überlegte, schob ihren leeren Teller zur Seite und bestellte sich ein Glas Rotwein, was sie normalerweise tagsüber nie tat. Sie trank gerne ein oder zwei Gläser abends zu Hause oder mit Freunden, aber sie war innerlich angespannt und aufgewühlt wie selten zuvor. Sie war gefordert, eine Entscheidung zu treffen, ohne genügend Zeit zu haben, diese ausgiebig zu überdenken. Sie war keine Freundin spontaner Entscheidungen. Erst schaute sie Julia Durant an, dann aus dem Fenster auf die Eschersheimer Landstraße, doch ihr Blick ging ins Leere.

»Du bist unsicher, stimmt's? Das brauchst du aber nicht zu sein. Ich garantiere dir, wir gehen kein unnötiges Risiko ein.«

»Julia, wenn diese Leute wirklich so gefährlich sind, wenn hochrangige Politiker mitmischen, bist du dir im Klaren, was das bedeuten kann?«

»Bin ich. Aber andererseits denke ich mir, wir können nur gewinnen, zu verlieren haben wir nichts.«

»Falsch. Noch mal zum Mitschreiben – ein Fehler von Kullmer, das braucht nur ein falsches Wort zu sein, und er ist ein toter Mann …«

»Er wird keinen Fehler machen«, wurde sie von Durant unterbrochen. »Außerdem, jeder Kampf gegen das organisierte Verbrechen ist mit Risiken verbunden. Aber wir beschränken diese Risiken auf ein Minimum, weil nur eine ganz kleine Gruppe von Leuten eingeweiht ist. Und ich habe sowohl Bäumer als auch Vukovic kennen gelernt, die beide ihre einschlägigen Erfahrungen gesammelt haben und die trotz aller Rückschläge in der Vergangenheit bereit sind, mitzumachen. Komm, lass dich nicht lange bitten, sag ja.«

»Du machst es mir schwer. Weißt du, dass es mich meinen Job kosten kann, wenn ich mein Einverständnis gebe und die Sache aus dem Ruder läuft? Sie werden nicht dich, nicht deinen Chef oder irgendeinen andern zur Rechenschaft ziehen, sondern mich ganz allein. Und noch was: Wenn alles gut geht und zum Beispiel jemand aus dem Innenministerium oder irgendeinem anderen Ministerium seine Finger im Spiel hat, kann ich fristlos gekündigt werden, ohne Angabe von Gründen. Selbst wenn der Präsident des BKA gegen so jemanden ermitteln würde, er wäre seinen Job los, auch ohne Angabe von Gründen. Gegen die da oben hast du keine Chance, und die werden auch mit allen Mitteln verhindern, dass auch nur ein Sterbenswörtchen an die Presse gelangt. Davor habe *ich* Angst.«

»Wie bitte?«, sagte Durant ungläubig. »Heißt das, wenn etwa der Innenminister in verbrecherische Aktivitäten verwickelt ist, darf polizeilich nicht gegen ihn ermittelt werden?«

»Das ist ein Gesetz von 1996. Genauso würde es mir ergehen, würde ich gegen den Generalstaatsanwalt ermitteln. Die Höhergestellten bestimmen nun mal die Regeln. Das ist das Spiel, und glaub mir, es gefällt mir überhaupt nicht.«

»Dann haben Bäumer und Vukovic gar nicht so unrecht, wenn sie behaupten, Politik und OK arbeiten Hand in Hand. Denn wenn solche Gesetze erlassen werden, stellen sich die da oben doch nur einen Freifahrschein aus, oder sehe ich das falsch?«

»Genauso ist es. Ganz gleich, ob es sich um einen korrupten Politiker handelt oder einen, der auf Kinder steht oder in irgendwelche anderen kriminellen Aktivitäten verwickelt ist, sie kommen meist unbeschadet aus der Sache raus. Kannst du meine Bedenken jetzt verstehen?«

Julia Durant schloss erneut für Sekunden die Augen und stellte sich die Situation vor, wie sie mit ihren Kollegen ein illegal betriebenes Bordell hochgehen ließ und unter den Gästen befände sich ein bekannter Politiker. Natürlich konnte sie Claudia Vermeer verstehen, und dennoch wollte sie sich nicht so einfach geschlagen geben.

»Und was ist mit andern, zum Beispiel Ärzten, Unternehmern, Anwälten? Haben die auch einen Freifahrschein?«, fragte sie leise und doch eindringlich.

Claudia Vermeer ließ sich mit der Antwort Zeit, trank einen Schluck von ihrem Wein und sah Durant fast traurig an. »Was glaubst du, warum es in den letzten Jahren kaum einen Prozess gab, in dem ein hohes Tier wegen Misshandlung, Missbrauch, Pädophilie oder anderer schwerer Delikte angeklagt war? Die Erfahrung lehrt, dass sich, wer Geld und die entsprechenden Verbindungen hat, alles erlauben darf. Ich habe Kollegen, die wollten zigmal gegen bestimmte Personen ermitteln, sind aber jedes Mal gestoppt worden. Ich habe bei mir Akten liegen, da stehen Sachen drin, dafür würde jeder Normalsterbliche für viele Jahre im Gefängnis schmoren, für manches sogar lebenslänglich, aber die Gesetze gelten immer mehr nur für die sogenannten Normalbürger.« Sie atmete tief durch. »Lass uns zahlen und rausgehen, ich brauch ein bisschen frische Luft.«

Julia Durant winkte den Kellner heran, bat um die Rechnung, dieser kehrte nach zwei Minuten zurück, sie zahlte mit ihrer Kreditkarte. Claudia Vermeer war in Gedanken versunken und bekam nicht mit, wie Durant die Rechnung beglich. Erst als diese sagte: »Gehen wir eine Runde spazieren«, blickte sie erschrocken auf und meinte: »Entschuldigung, ich war wohl ein bisschen weggetreten. Was ist mit der Rechnung?«

»Das nächste Mal bist du an der Reihe.«

Sie liefen eine Weile schweigend nebeneinander her, bis Durant sagte: »Wenn du nicht mitziehst, kann ich das verstehen. Wir würden dann aber trotzdem versuchen das allein …«

»Red nicht so einen Blödsinn. Mir steht dieses ganze System bis hier oben. Und wenn sie mich feuern, arbeite ich eben als ganz normale Anwältin. Wir sind ein derart korrupter Staat, aber das ist mir erst in den letzten Minuten mal wieder so richtig bewusst geworden. Irgendwann zeig ich dir ein paar von den Akten, du wirst nicht glauben, was du da liest.«

»Wieso haben sie dir die nicht weggenommen?«

»Haben sie, aber ich hab mir vorher Kopien gezogen. Allein damit könnte ich einige Leute erpressen, aber dann wäre ich keinen Deut besser als die. Deshalb lass ich's auch sein. Außerdem möchte ich noch ein bisschen was vom Leben haben. Wann wollt ihr eure Aktion starten?«

»Heute.«

Vermeer sah Durant ungläubig an. »Was? Heute schon?«

»Das Wochenende steht vor der Tür, und ich halte den Freitagabend für einen ausgesprochen günstigen Zeitpunkt. Je länger wir warten, desto schwieriger dürfte es für uns werden. Also, bist du dabei?«

»Was hab ich schon zu verlieren außer meine Karriere, meine Pensionsansprüche, meinen geregelten Tagesablauf, mein recht gutes Gehalt … Ich bin dabei.«

Durant atmete erleichtert auf. »Aber nachher im Präsidium weißt du offiziell von nichts. Berger mag es nicht, wenn ich Alleingänge unternehme. Und du machst dir bitte nicht zu viele Sorgen, wir werden das Kind schon schaukeln.«

»Ich hoffe es inständig. Eine Frage noch. Wenn ihr genügend Informationen zusammenhabt und vielleicht sogar diesen Marco Martini hochgehen lasst, wie wollt ihr das anstellen?«

»SEK. Aber die Truppe wird erst eine Stunde vor der Razzia zusammengetrommelt, wir sagen, wo es hingeht, ändern aber wenige Minuten vorher die Fahrtrichtung. Damit vermeiden wir, dass eventuell undichte Stellen innerhalb des SEK eine Warnung rausschicken. Du siehst, wir denken an alles. Na ja, das ist mir eben so eingefallen, aber Berger wird damit einverstanden sein.«

»Zaubel, was glaubst du, weshalb er umgebracht wurde? Wegen dieser Maria?«

Durant schüttelte den Kopf. »Eher nicht. Ich vermute, dass er insgesamt zu viel wusste und deshalb einigen Leuten ein Dorn im Auge war. Das mit Maria mag sicher damit zusammenhängen, aber ich bin fast sicher, dass er längst auf der Abschussliste stand. Er ist nicht gefoltert worden wie die Hendriks. Die müssen gewusst haben, woran er gearbeitet hat, und sobald sein Buch erschienen wäre, wären auch etliche Köpfe gerollt.« Sie fasste sich an die Stirn und sah Vermeer an: »Mensch, dass ich da nicht gleich draufgekommen bin – wir müssen keine Anklage erheben, das heißt, du musst das nicht tun, das überlassen wir den Medien. An dem Tag, an dem wir mit dem SEK einen Laden hochgehen lassen, werden wir eine ganze Meute von Pressefritzen zum Ort des Geschehens bestellen. Damit bist du aus dem Schneider.«

»Das sagst du so einfach, denn du vergisst, dass man mich trotzdem zur Rechenschaft ziehen kann, schließlich habe ich meine Zustimmung gegeben. Hört sich aber dennoch ganz gut an. Irgendwie finden wir einen Weg, wie wir heil da rauskommen. In einer halben Stunde bin ich bei euch, ich muss noch mal alles überdenken.«

»Aber du machst keinen Rückzieher mehr, oder?«

»Quatsch. Wenn ich dir sage, dass ich dabei bin, dann bin ich auch dabei. Bis gleich.«

Durant stieg in ihren Corsa und fuhr die wenigen Meter zum Präsidium. Das Gespräch hatte sie noch nachdenklicher gemacht, als sie ohnehin schon war, und sie fragte sich, ob es überhaupt sinnvoll war, gegen einen Machtapparat anzukämpfen, der in sich so verwoben war, dass die Chance, auch bloß einen Teilerfolg zu erzielen, mehr als nur gering war. Nein, dachte Durant, als sie mit dem Aufzug nach oben fuhr und über den langen Gang lief, ich werde mich nicht unterkriegen lassen. Papa, du hast gesagt, ich sei hier, weil ich hier gebraucht werde. Ich hoffe, du hast Recht. Um kurz nach halb drei kam sie ins Büro, wo bereits alle auf sie warteten, selbst Bäumer war schon wieder aus Wiesbaden zurück.

»Hab ich was verpasst?«, fragte sie und sah in die Runde.

»Nein, wir haben nur schon mal ein paar Dinge besprochen. Fehlt eigentlich nur noch Dr. Vermeer. Ich bezweifle jedoch, dass sie ihre Zustimmung gibt, sie kann es sich eigentlich gar nicht leisten«, sagte Berger.

»Nicht so pessimistisch«, entgegnete Durant, die innerlich grinsen musste, wusste sie doch schon viel mehr als die Versammelten. Vukovic stand am Fenster und rauchte. Sie stellte sich zu ihm und zündete sich ebenfalls eine Zigarette an. »Darf ich Sie was fragen?«, sagte sie leise, dass die andern es nicht hören konnten.

»Tun Sie sich keinen Zwang an.«

»Diese Eva, sie war mehr als nur eine Bekannte von Ihnen. Hab ich Recht?«

»Und wenn? Sie ist tot, und durch Ihre Fragen wird sie auch nicht wieder lebendig.«

»Das stimmt …«

»Aber um Ihre Neugier zu befriedigen, wir hatten vor, zusammenzuziehen und zu heiraten. Sie hatte ihre Koffer schon fast gepackt, als man sie umbrachte.«

»Das tut mir leid.«

»Braucht es nicht, Sie kannten sie ja nicht einmal.«

»Haben Sie ein Bild von ihr?«

»Frau Durant, vielleicht habe ich irgendwann einmal Lust, darüber zu reden oder Ihnen auch ein Bild von ihr zu zeigen, aber ganz bestimmt nicht jetzt. Wir haben harte Tage, vielleicht sogar Wochen vor uns. Ich will ihre Mörder haben oder zumindest wissen, wer sie ermordet hat. Kümmern Sie sich lieber um Herrn Kullmer, er braucht Ihre Hilfe. Ich will nicht, dass ihm auch noch etwas passiert.«

»Entschuldigen Sie, ich wollte Ihnen nicht zu nahe treten.«

Sie drehte sich um und begab sich zu den andern. Es herrschte eine angespannte Atmosphäre.

»Und, alles bereit?«

»Die Papiere sind so weit fertig«, sagte Hellmer, »Schau dir die Unterlagen selbst an, sieht nicht nur perfekt aus, es ist perfekt.«

Und nach einer Weile mit einem anerkennenden Nicken: »Wie habt ihr das so schnell hingekriegt?«

»Kleines Geheimnis der so oft gescholtenen Abteilung K 60«, bemerkte Müller trocken und mit kaum merklichem

Lächeln. »Das Schwierigste war der Ausweis, die Unterlagen über die Häuser hatten wir schon da, und wie das mit den Kontoauszügen und Kreditkarten funktioniert, brauch ich Ihnen wohl nicht zu erklären. Wir mussten dafür natürlich noch drei weitere Personen hinzuziehen, sonst hätte es niemals geklappt …«

»Wer sind diese Personen?«, fragte Durant.

»Frau Durant, wann fangen Sie eigentlich endlich mal damit an, außer Ihnen selbst auch noch andern zu trauen? Ist das denn so schwer?«

»Entschuldigung, war nicht so gemeint.«

»Wenn's nach mir ginge, könnte Herr Kullmer alias Bernardi eigentlich schon loslegen. Aber wir warten ja noch auf Frau Dr. Vermeer.«

»Die werden mich doch sicher überprüfen. Sind die Papiere wirklich wasserdicht?«, fragte Kullmer.

»Angst?«, fragte Müller zurück.

»Nein, nur Vorsicht.«

»Die können prüfen, soviel sie wollen, die werden keine Ungereimtheit finden, es sei denn, Sie machen einen Fehler.«

»Alles klar.«

Claudia Vermeer erschien pünktlich um drei. Sie begrüßte die Anwesenden, von denen sie Bäumer und Vukovic noch nicht kannte, und sagte: »Meine Damen, meine Herren, von mir aus kann's losgehen. Frau Durant hat es vorhin am Telefon ein wenig spannend gemacht, deshalb möchte ich gerne so schnell wie möglich über den neuesten Stand der Entwicklung informiert werden.« Nach diesen Worten warf sie Durant einen kurzen Blick zu, die sich innerlich amüsierte, sich dies aber nicht anmerken ließ. Allein durch diese Einführung wusste sie, dass Vermeer ihre Meinung nicht geändert hatte und ihnen zur Seite stehen würde. Claudia Vermeer hörte den Ausführungen von Berger, Bäumer, Vukovic und Müller zu, während Durant und ihre Kollegen sich im Hintergrund hielten, stellte Fragen, deren Antworten sie längst von Durant kannte, und sagte schließlich nach einer guten Stunde und einigem gespielten Überlegen: »Einverstanden. Da Sie ohnehin schon alles in die Wege geleitet haben, wäre es unfair, würde ich jetzt einen Rückzieher machen und sagen, wir dürfen diese Aktion nicht durchziehen. Ihnen ist aber klar, dass wir alle, wirklich alle an einem Strang ziehen, dass, wenn Köpfe rollen, das nicht allein meiner sein wird, und ich betone noch einmal, es wird eine sehr heikle Mission werden, vor allem für Herrn Kullmer. Deshalb, und das gilt speziell für Sie, Herr Kullmer, tun Sie mir um Himmels willen einen Gefallen – keine unnötigen Risiken. Oder sollte ich Sie vielleicht ab sofort besser Bernardi nennen? Sei's drum, wir ziehen das jetzt durch und können nur hoffen, dass uns das Glück hold ist. Ich bin übrigens wie jeder von Ihnen während der ganzen Zeit rund um die Uhr zu erreichen. Und sollte es gelingen, an diesen Martini ranzukommen, schlagen wir zu, wie Frau Durant das bereits geschildert hat. Auf jeden Fall werden ein paar ausgewählte Medienvertreter dabei sein. Noch Fragen?« Allgemeines Kopfschütteln. »Nun, dann ist wohl alles gesagt, gehen wir's an. Auf ein gutes Gelingen.« Und an Kullmer gewandt: »Ihnen wünsche ich ganz besonders viel Glück, Sie werden es brauchen.«

»Danke, aber ich schaff das schon. Ich hab schließlich tolle Kollegen.«

Auch wenn er den Coolen spielte, sein Gesichtsausdruck verriet doch seine Unbehaglichkeit. Durant konnte es ihm nicht verdenken, sie selber hätte sich an seiner Stelle sehr unwohl gefühlt. Nachdem Vermeer gegangen war, sagte sie zu ihm: »Dir ist nicht ganz wohl in deiner Haut. Wäre es mir auch nicht, aber …«

»Ist schon okay, ich hab mir das selbst ausgesucht und zieh das auch durch. Mach dir keine Sorgen um mich, ich werde vorsichtig sein. Diesmal packen wir die Schweine bei den Eiern.«

Vukovic und Bäumer gesellten sich zu ihnen. Vukovic meinte, indem er Kullmer auf die Schulter klopfte: »Viel Glück, alter Freund, auf mich kannst du jedenfalls zählen. Ich werde mich immer in deiner Nähe aufhalten, ohne dass du es merkst. Wenn's brenzlig wird, bin ich zur Stelle.« Es war das erste Mal, dass Vukovic einen aus dem K 11 duzte. Überhaupt schien er ein äußerst distanzierter Mann zu sein, introvertiert und kaum zu Gefühlsregungen fähig. Durant fragte sich, was hinter seiner hohen Stirn vorging, ob er vielleicht ahnte oder sogar wusste, wer sich hinter diesem ominösen Marco Martini verbarg, es aber nicht aussprach, weil es sich womöglich um eine Persönlichkeit handelte, der man niemals zutrauen würde, in solch perfide Machenschaften verwickelt zu sein. Sie vermochte einfach nicht hinter seine Fassade zu blicken, weder seine Augen noch seine Mimik oder Gestik verrieten, was er dachte und fühlte. Nur am Vormittag, als er von seiner Bekannten sprach, meinte sie so etwas wie eine Gefühlsregung aufblitzen zu sehen. Aber wenn er zusicherte, sich stets in Kullmers Nähe aufzuhalten, dann glaubte sie ihm das bedingungslos.

»Danke, alter Freund«, erwiderte Kullmer grinsend, »das gibt mir doch schon eine ganze Menge mehr Sicherheit. Ich heiße übrigens Peter«, sagte er und reichte Vukovic die Hand.

Der nahm sie und sagte mit einem recht schmalen Lächeln: »Dragoslav, aber meine Freunde nennen mich einfach nur Drago.«

»Alles klar, Drago. Mit dir im Rücken fühle ich mich schon viel wohler.«

»Ich werde auch auf dich aufpassen«, sagte Bäumer ernst. »Zwei sind besser als einer.«

»Na, noch jemand, der mein Kindermädchen spielen will?«, fragte Kullmer mit noch breiterem Grinsen als eben schon.

»Ich«, antwortete Durant.

»Ich sowieso«, erklärte Seidel. »Ich werde wie ein Schießhund auf dich aufpassen.«

»Na ja, ich doch auch, oder meinst du, ich lasse einen alten Kumpel im Stich?«, sagte Hellmer und nahm Kullmer in den Arm.

»Ich denke, du darfst nicht mitmachen.«

»Was ich darf und was nicht, das bestimme immer noch ich, damit das klar ist. Observation und Beschattung gehört nicht in die Gefahrenstufe 10.«

»Okay, ich danke euch. Wie heißt es doch so schön, ich weiß, ich weiß, ich verwende jetzt wieder ein Klischee, aber es heißt doch, einer für alle, alle für einen. So kommt's mir im Augenblick vor.«

»Und jetzt, Herr Kullmer«, sagte Müller, »fahren wir zu Ihrem neuen Domizil in Kronberg, wo Sie sich alles genauestens einprägen müssen. Anschließend klappern wir noch die andern Häuser ab, und heute Abend begeben Sie sich in den Swingerclub. Ab dann geht's erst richtig los. Ach ja, ehe ich's vergesse«, fügte er hinzu und holte einen Schlüssel aus seiner Tasche, »hier, Ihre Wagenschlüssel. Ein 5er BMW mit allem Schnickschnack. Fahrzeugpapiere und Führerschein sind in der Sonnenblende. Aber bevor wir uns aus dem Staub machen, geh ich noch mal kurz in mein Büro und verabschiede mich ins Wochenende. Ansonsten ist ja alles geregelt. Ihre hoffentlich unsichtbaren Begleiter werden immer in Ihrer Nähe sein. Und Sie werden nichts Unüberlegtes tun, vor allem nichts, was vorher nicht abgesprochen wurde. Ich hoffe, ich kann mich drauf verlassen.«

»Darauf können Sie einen …« Kullmer grinste breit und zwinkerte Seidel zu. »Wer spielt denn heute meine Beschützer?«

»Frank und ich«, meldete sich Durant sofort. »Morgen, falls morgen überhaupt was stattfindet, Herr Bäumer und Herr Vukovic, und dann sind Herr Müller und Doris dran. Ist das in Ordnung?«

Zustimmendes Nicken.

»Dann ist ja alles geklärt. Bin gleich wieder zurück«, sagte Müller und verließ den Raum.

Freitag, 13.30 Uhr

Kirsten Simoneit war in die Stresemannallee gefahren, die nur wenige Minuten von ihrem Haus entfernt war. Zu jenem Freund, mit dem sie gerade eben noch telefoniert hatte. Ein Freund, wie er im Buche stand, einer, der sich engagierte, der selten Fragen stellte, dafür anpackte. Wenn ihr überhaupt einer helfen konnte, dann er. Ihr ging es weniger um ihren Mann, er hatte sich in etwas hineingeritten, und wenn sie nicht um das Leben ihrer Kinder gefürchtet hätte, hätte sie sich überlegt, ob sie ihm in dieser schwierigen Situation beistehen würde. Sie stieg, nachdem ihr die Haustür geöffnet worden war, die zwei Stockwerke nach oben, wo sie von Bernd Wessling empfangen wurde. Er hatte sehr lichtes graues Haar, einen grauen Schnauzbart und blaugraue Augen. Er trug eine ausgeleierte Jeans und ein Karohemd und hatte Hausschuhe an.

»Hallo, Kirsten, komm rein in meine gute Stube«, sagte

Bernd Wessling, wobei seine Augen freundlich aufblitzten. »Ist aber nicht besonders aufgeräumt. Macht dir hoffentlich nichts aus.«

»Es gibt wirklich Wichtigeres im Augenblick«, erwiderte sie und begab sich direkt ins Wohnzimmer. Sie kannte die Wohnung, war schon oft hier gewesen, wenn sie ihre Treffen in kleiner Runde abgehalten hatten, denn jedes Mal, wenn sie etwas planten, wählten sie dafür die Wohnung oder das Haus eines der Mitglieder.

»Kann ich dir was zu trinken anbieten? Ich hab aber nur Wasser oder Kaffee.«

»Einen Kaffee, wenn's dir nichts ausmacht«, antwortete sie und nahm Platz. Es war eine schöne, geräumige und gemütliche Wohnung, die Bernd seit dem Tod seiner Frau vor drei Jahren allein bewohnte. Er war sechsundsechzig, sah etwas jünger aus und hasste nichts mehr als Stillstand. Seit drei Jahren in Pension, widmete er sich nun mit aller Kraft dem Projekt, das Kirsten ins Leben gerufen hatte, und fand darin, ohne dass er es jemals wirklich ausgedrückt hatte, seine Befriedigung, vor allem, wenn er Fortschritte sah. Und wenn es nur ein kleines Mädchen war, das allmählich wieder zu lachen begann, obgleich die Wunden, die seiner Seele zugefügt worden waren, für den Rest seines Lebens tiefe Narben hinterlassen würden. Aber er hatte einmal gesagt, er könnte es nicht ertragen, tatenlos zuzusehen, denn da hätte er das Gefühl, sich indirekt mitschuldig am Leid dieser Kinder zu machen.

»Ich hab schon welchen aufgebrüht, bin gleich zurück. Du kannst ja schon mal die Tassen aus dem Schrank holen, du weißt ja, wo sie stehen.«

Er schenkte den Kaffee ein, setzte sich Kirsten Simoneit gegenüber und musterte sie mit kritischem Blick.

»Was hast du auf dem Herzen? Du hast dich vorhin nicht besonders gut angehört, wenn ich das so sagen darf. Was ist passiert?«

»Es geht um Hans«, sagte sie geradeheraus. »Er ist da in was reingeschlittert und weiß nicht mehr, wie er rauskommen kann.«

»Hans?«, sagte er, den Kopf leicht zur Seite geneigt. »Komm, raus mit der Sprache, was ist los?«

Kirsten Simoneit druckste einen Moment herum, nippte an ihrem Kaffee, der noch immer recht heiß war, und meinte: »Er hat mir eine Geschichte erzählt, die … Mein Gott, wenn mir einer vor einem halben Jahr noch gesagt hätte, dass ausgerechnet er … Ich …«

»Kirsten, bitte, wie lange kennen wir uns jetzt schon? Vertrau mir einfach. Ich schwöre dir, nichts von dem, was du mir sagst, dringt nach außen, wenn du es nicht willst. In was ist er reingeschlittert?«

In der folgenden Stunde berichtete sie von dem Gespräch mit ihrem Mann. Bernd hörte aufmerksam zu, ohne sie zu unterbrechen, nickte nur ein paar Mal, zeigte aber ansonsten keine besonderen Regungen, außer dass er hin und wieder die rechte Augenbraue leicht hob.

Als sie geendet hatte, ließ er ein paar Sekunden verstreichen, bevor er sagte: »Und du kommst zu mir, weil ich früher Polizist war. Und du denkst, ich könnte dir oder besser gesagt Hans helfen. Weißt du, was das Perfide an dieser Geschichte ist? Wir engagieren uns seit Jahren für Missbrauchsopfer, wir kämpfen gegen Pädophile und treten für missbrauchte Frauen ein, und jetzt ist dein eigener Mann selbst in diesen Kreisen vertreten. Eigentlich müsste es mich wütend machen, aber ich habe in den vergangenen Jahrzehnten so unglaublich viel erlebt …«

»Glaubst du vielleicht, in mir ist keine Wut?«, wurde er von Kirsten unterbrochen. »Ich könnte ihm den Hals umdrehen, ich möchte ihn am liebsten aus dem Haus jagen und nie mehr wiedersehen. Aber das kann ich nicht, so lange er in den Klauen dieser Organisation steckt, vor allem in den Klauen von diesem Mistkerl. Hast du nicht einen Rat, was ich machen kann? Du hast doch noch immer exzellente Kontakte.«

Bernd holte tief Luft, kaute auf der Unterlippe und meinte nach einer Weile: »Sicher habe ich noch Kontakte, die Frage ist nur, inwieweit diese zuverlässig sind. Aber ich werde dir einen Gefallen tun, und den tu ich allein dir und den Kindern zuliebe und nicht Hans, damit wir uns da ganz klar verstehen. Was immer er auch getan hat, er hat riesengroßen Bockmist verzapft, und ich werde einen Teufel tun, auch nur einen Funken Mitleid mit ihm zu haben. Er ist ein erwachsener Mann und weiß, was er tut, auch wenn du behauptest, er sei da unwissentlich reingeraten. Aber gut, ich werde jemanden kontaktieren, mit dem ich lange zusammengearbeitet habe, bis … Na ja, ich werde ihm die Sache schildern, ohne Namen zu nennen, das heißt, ich werde dich und Hans nicht erwähnen. Wenn er jedoch bereit sein sollte, etwas zu unternehmen, dann musst du dich wohl oder übel mit ihm treffen. Wie es dann allerdings mit Hans weitergeht«, Bernd hob die Hand und verzog den Mund, »das wissen allein die Götter.«

»Du sprichst die ganze Zeit nur von Hans«, sagte Kirsten Simoneit, »was ist mit der Organisation und vor allem mit diesem Satan und seinen Gehilfen? Gibt es denn keine Mittel und Wege, die zu zerschlagen?«

Bernd seufzte auf und antwortete: »Machen wir uns nichts vor, wenn diese Organisation wirklich so stark und einflussreich ist, sehe ich nur eine äußerst geringe Chance, sie zu zerschlagen. Natürlich kann man es versuchen, aber die Mühlen der Justiz arbeiten gerade in solchen Fällen sehr, sehr langsam. Und wenn Politiker und andere hohe Herren wie dein Mann in solchen Organisationen drinstecken, kommen diese Mühlen auch bisweilen zum völligen Stillstand. Trotzdem werde ich meinen ehemaligen Kollegen anrufen und ihn um ein Gespräch unter vier Augen bitten. Danach gebe ich dir Bescheid. Ist das ein Wort?«

»Danke, ich wusste, ich würde mich auf dich verlassen können.«

»Dank mir erst, wenn ich etwas erreicht habe. Es tut mir leid um dich, ehrlich. Angenommen, das alles geht einigermaßen glimpflich aus, was wirst du in Zukunft tun?«

»Was meinst du?«

»Wirst du dich von Hans trennen?«

»Das weiß ich noch nicht. Wahrscheinlich aber ja. Wie kann ich mit einem Mann weiter zusammenleben, der mich über Jahre hinweg belogen und betrogen hat? Er hat den Hals nicht voll genug gekriegt, und jetzt kommt mit einem Mal das große Flattern. Und soll ich dir was sagen – ich gönne ihm diese Angst. Er soll solche verfluchte Angst haben, dass er nicht mehr klar denken kann. Vielleicht kommt er dann endlich zur Besinnung.«

»Hast du noch Gefühle für ihn?«, fragte Bernd, doch die Frage klang nicht so, als würde er sich Hoffnungen machen, eines Tages an die Stelle von Hans Simoneit zu treten. Das hatte er auch nicht vor. Er hatte seine Frau nach fast vierzig Jahren Ehe verloren und war lediglich ein sehr guter Freund von Kirsten Simoneit, was sie auch wusste. Sie hatte keine Freundin, sondern einen Freund, mit dem sie über alles reden konnte, der ihr zuhörte, ohne Vorwürfe zu machen, der sich mit aller ihm zur Verfügung stehenden Kraft in die ehrenamtliche Arbeit kniete, der durch seine frühere Tätigkeit bei der Kriminalpolizei geprägt und erfahren war und sich dennoch Menschlichkeit bewahrt hatte. Wenn sie ihn beobachtete, wie er mit Missbrauchsopfern umging, kam es schon vor, dass sie sentimental wurde, denn er war ein Polizist, der noch Mitgefühl zeigte und vor allem völlig selbstlos handelte.

Kirsten Simoneit schüttelte den Kopf. »Nein, die Gefühle hab ich schon vor langem über Bord geworfen. Und trotzdem kann ich ihn nicht so einfach hängen lassen. Aber wenn das alles vorbei ist, werde ich einen Schlussstrich ziehen, wie immer der auch aussehen mag.«

»Versteh mich jetzt bitte nicht falsch, ich will auch nicht wie ein Vater auftreten, aber du bist noch vergleichsweise jung und könntest noch eine Menge erleben. Ich möchte nicht, dass du eines Tages als verbitterte alte Frau endest und zurückblickst und dich fragst, ob das alles gewesen sein soll. Das möchte ich nicht mit ansehen müssen.«

»Das werde ich nicht, versprochen. Ich werde Hans noch dieses eine Mal helfen, und danach muss er alleine klarkommen. Beruhigt?«

»Wie heißt denn dieser Privatdetektiv?«

Zum ersten Mal, seit sie bei Bernd war, huschte so etwas wie ein Lächeln über ihre Lippen. »Es gibt keinen Detektiv. Tut mir leid, wenn ich dich angelogen habe. Ich habe Hans selbst beschattet. Irgendwann wurde mir seine ständige Abwesenheit suspekt, also habe ich eines Abends, genauer gesagt vorige Woche, vor seinem Büro gewartet, bis er herauskam, und bin ihm unauffällig gefolgt. Er hatte mich angerufen und wieder einmal gemeint, es würde später werden, wie spät genau konnte er natürlich nicht sagen, aber ich wusste, er würde nicht vor Mitternacht nach Hause kommen. Und da habe ich diesen Entschluss gefasst.«

Bernd schüttelte den Kopf und erwiderte mit mahnender Stimme und ebensolchem Blick: »Das war ganz schön riskant.

Stell dir nur vor, man hätte dich gesehen. Ich mag mir gar nicht ausmalen, was dir hätte passieren können.«

»Mich hat keiner gesehen, garantiert nicht.«

Bernd schaute auf die Uhr und sagte: »Mal sehen, ob ich meinen früheren Kollegen noch erreichen kann. Sowie ich etwas Näheres weiß, geb ich dir sofort Bescheid. Hans weiß aber nicht, dass du hier bist, oder?«

»Um Gottes willen, ich hab ihm gesagt, ich hätte einen dringenden Termin. Außerdem hat er heute Vormittag ziemlich viel getrunken und wahrscheinlich gar nicht richtig mitgekriegt, was ich gesagt habe. Ich geh dann mal wieder und werde auf deinen Anruf warten.« Sie umarmte ihn und gab ihm einen Kuss auf die Wange. »Weißt du«, fuhr sie fort und sah ihm in die Augen, »wäre ich zwanzig Jahre älter oder du entsprechend jünger, vielleicht wären wir uns irgendwann über den Weg gelaufen und …«

»Kirsten, bitte, das bringt nichts. Ich mag dich, aber ich habe vor einer halben Ewigkeit meine Frau kennen gelernt, und das wird sie auch immer bleiben – meine Frau. Da ist kein Platz mehr für eine andere.«

»So hab ich das doch gar nicht gemeint«, wiegelte Kirsten ab, »es ist nur, ich betrachte meine beschissene Ehe …«

»Regina hat einmal gesagt, selbst wenn man ganz unten ist, gibt es immer einen Weg raus. Und du wirst rauskommen. Ob Hans es schafft, weiß ich nicht, er ist labil. Aber du bist stark, sehr stark sogar. Und das, was du jetzt tust, würden nur ganz wenige Frauen für ihren Mann machen. Aber ich hab dich unheimlich gern, ich hab mir immer eine Tochter wie dich gewünscht«, sagte er, wobei sein Blick auf einmal sentimental wurde. »Doch es hat nicht sollen sein. Ich denke aber, sie wäre vielleicht so geworden wie du, zumindest so ähnlich.«

»Denkst du oft an sie?«

»Sie war meine kleine Prinzessin. Wer immer das Schwein ist, das sie umgebracht hat, ich hoffe, er wird eines Tages in der Hölle schmoren. Sie hatte das ganze Leben vor sich, vielleicht wäre ich heute schon Opa, wer weiß. Sie war fünfzehn, ganze fünfzehn Jahre alt. Missbraucht und bestialisch ermordet, ich kann das noch immer nicht fassen. Als ich sie damals identifizieren musste, da dachte ich, ich müsste selber sterben. Aber wenn so etwas passiert, dann ist keiner da, der dir helfen kann, nicht einmal die Kollegen, auch wenn sie rührend um mich und Regina bemüht waren … Na ja, das ist eine halbe Ewigkeit her, und du siehst, ich lebe immer noch. Ich habe mich nicht unterkriegen lassen, und das wirst du auch nicht, okay?«

»Sehe ich so aus?«, fragte sie lächelnd.

»Nein, ganz im Gegenteil. Tu mir nur einen Gefallen, mach so was wie letzte Woche nie wieder. Überlass die Dinge mir, hast du das verstanden?«

»Verstanden.«

Bernd Wessling begleitete Kirsten Simoneit zur Tür. »Danke für deine Freundschaft, sie bedeutet mir sehr viel«, sagte sie.

»Mir auch. Ich melde mich so schnell wie möglich. Mach's gut und halt die Ohren steif, und mach dir vor allen Dingen nicht allzu viele Sorgen.«

Er schloss die Tür, überlegte einen Moment und griff zum Telefon. Er tippte eine Nummer ein und sagte, nachdem sich eine ihm bekannte Stimme meldete: »Hallo, ich bin's, Bernd. Ist Werner zu sprechen? … In einem Meeting. Wie lange wird das ungefähr dauern? … Hm, dann probier ich's einfach nachher noch mal. Oder nein, sag ihm, er möge mich bitte so schnell wie möglich zurückrufen, es ist ziemlich dringend. Vergisst du's auch nicht? … Jaja, ich weiß, war 'ne blöde Frage. Danke und mach's gut.«

Er legte auf und schenkte sich noch eine Tasse Kaffee ein.

Dann ließ er das Gespräch mit Kirsten Simoneit noch einmal Revue passieren und wusste, dass da ein schier übermächtiger Gegner war, gegen den die Polizei machtlos war. Aber so lange er im Dienst war, hatte er nie aufgegeben, für das Recht zu kämpfen, er hatte Niederlagen einstecken müssen, aber er hatte auch Erfolge verbuchen können. Und manchmal waren es Erfolge, mit denen selbst er nicht gerechnet hatte. Das war die einzige Hoffnung, die ihn auch diesmal antrieb.

Freitag, 16.10 Uhr

Büro von Werner Müller.

Der Mitarbeiter, der den Anruf von Bernd Wessling entgegengenommen hatte, blickte kurz auf und sagte: »Bernd hat vorhin angerufen und bittet dich um Rückruf. Er sagt, es sei dringend.«

»Wie dringend?«

»›Ziemlich‹ hat er gesagt, und wenn der was Dringendes will …«

»Jetzt nicht, ich muss noch mal weg. Ich ruf ihn entweder heute Abend oder morgen an.«

»Wo musst du denn hin?«

»Ich mach für heute Schluss, hab noch einen Zahnarzttermin und muss auch noch was einkaufen«, schwindelte er. »Liegt sonst irgendwas Besonderes an?«

»Nee, außer die Sache mit den beiden Lettinnen. Soll ich das übernehmen?«

»Wäre mir ganz Recht. Aber geh nicht zu hart mit ihnen um, du weißt schon, was ich meine.«

»Sorry, von mir aus könnten sie auch hier bleiben, wenn ich mir das ganze andere Gesocks anguck, was sonst hier rumläuft … Tut mir selber leid, dass ich ihnen mitteilen muss, dass sie nächste Woche abgeschoben werden. Aber da führt kein Weg dran vorbei.«

»Trotzdem, erklär ihnen in aller Ruhe den Sachverhalt, und wenn nächstes Jahr die EU-Erweiterung kommt, steht es ihnen frei, ihrem Gewerbe auch hier nachzugehen. Aber noch gilt dieses Recht nicht für sie. Wir sehen uns am Montag. Schönes Wochenende.«

»Ebenfalls, und viel Spaß beim Zahnarzt.«

»Haha.«

Bernd, dachte Müller, als er zurück zu Bergers Büro ging, hab 'ne ganze Weile nichts von ihm gehört. Ist bestimmt ein halbes Jahr her. Na ja, so wichtig wird's schon nicht sein.

Freitag, 16.45 Uhr

Das Haus in Kronberg, das eher ein Anwesen war und in dem Kullmer für eine Weile wohnen sollte, lag inmitten eines weitläufigen Parks mit unzähligen Bäumen und Büschen, umgeben von einer hohen Mauer, um die sich dichtes Efeu rankte und die das Gebäude vor neugierigen Blicken schützte. Dazu Alarmanlagen vom Tor bis zum Haus, vor allem Bewegungsmelder und zahlreiche Videokameras, wovon einige so versteckt angebracht waren, dass nur ein sehr geübtes Auge sie erkennen konnte.

»Wow, das ist ja fast ein Palast. Wem hat das vorher gehört?«, wollte Kullmer wissen und schnalzte mit der Zunge, als sie durch das Tor traten und auf das Haus zugingen.

»Einem Bauunternehmer, der allein hier gelebt hat und keine Angehörigen hatte. Sein Name war Konrad Bernardi, und Sie sind sein verschollener Bruder. Er ist vor gut vier Monaten völlig unerwartet im Alter von vierundvierzig Jahren verstorben, hat aber dieses Haus und auch die andern, die ab sofort Ihnen ›gehören‹, testamentarisch unter anderem den Städten Kronberg und Königstein zur Nutzung vermacht. Was immer die Stadtväter in Zukunft damit anstellen, wir haben ein Abkommen mit den hiesigen Behörden getroffen, dass wir ein begrenztes Nutzungsrecht haben. Lassen Sie uns aber nicht so viel reden, schauen Sie sich um, die Zeit drängt ein bisschen. Es ist jedenfalls alles vorhanden, vom Großbildfernseher über die Hifi-Anlage bis zum Schwimmbad und dem Whirlpool im Keller. Das Telefon ist übrigens freigeschaltet, hier ist die Nummer. Merken Sie sich die gut.«

Kullmer verschaffte sich einen Eindruck vom Innern, lief jedes einzelne Zimmer ab, ließ alles auf sich wirken und sagte nach einer halben Stunde: »Alles klar, ich bin so weit. Die werden ja nicht gleich heute das Haus sehen wollen, in dem ich residiere.«

»Vermutlich nicht, aber es ist nicht ausgeschlossen. Bei diesen Typen weiß man nie.«

Um kurz nach sieben hatten sie ihre Rundfahrt beendet, und Kullmer ging in seine Wohnung, wo er von Doris Seidel bereits sehnlichst und mit besorgtem Blick erwartet wurde. Er nahm sie in den Arm, und sie schmiegte sich an ihn.

»Du brauchst keine Angst zu haben, heiliges Indianerehrenwort«, versuchte er sie zu beruhigen.

»Das sagst du so leicht. Und wenn ich doch welche hab, wer nimmt mir die? Du bist nicht da.«

»Schatz, ich bin immer da, und wenn es nur in Gedanken ist. Außerdem können wir telefonieren. Und ich verspreche dir, wenn diese Mission beendet ist, nehmen wir uns eine Auszeit und fahren irgendwohin, und du darfst das Ziel bestimmen.«

»Egal, wohin?«

»Egal, wohin. Und spätestens übermorgen passt du ja auf mich auf. Es ist alles halb so wild.«

Er aß zwei belegte Brote und trank ein Glas Cola, duschte, rasierte sich und packte einen Koffer mit Kleidungsstücken, die er in den nächsten Tagen oder Wochen brauchen würde. Er zog sich einen Anzug an, um so seriöser zu wirken, sprühte etwas Eau de toilette auf den Hals und verabschiedete sich von Doris Seidel.

»Es wird alles gut«, betonte er noch einmal und strich ihr zärtlich übers Gesicht, um sie zu beruhigen.

»Jaja«, entgegnete sie stockend, »ich weiß, alles wird gut. Pass auf dich auf.«

»Ich pass immer auf mich auf. So, und jetzt ruf ich Julia an, ich brauch schließlich Deckung.«

Freitag, 21.15 Uhr

Peter Kullmer setzte sich in den ihm zur Verfügung gestellten BMW, den er sich von seinem Gehalt nie hätte leisten können, und fuhr zu dem Swingerclub in Sossenheim, einem unmittelbar am östlichen Ende des Höchster Stadtparks gelegenen unscheinbaren Haus, das von außen wirkte, als würde darin eine ganz normale Familie wohnen. Nur wenige Meter entfernt befand sich nahe der stark frequentierten Straße eine alte kleine Kapelle, die jedoch nur noch zur Zierde dort stand. Er parkte auf einem in der Nähe befindlichen Parkplatz, auf dem in der wärmeren Jahreszeit regelmäßig das fahrende Volk seine Karusselle, Los- und Schießbuden aufstellte, und sah zur Ecke Alt-Sossenheim/ Am Kapellenberg hin, wo Durant und Hellmer sich in angemessener Distanz aufhalten wollten. Nach längerem Hinschauen erkannte er auch den dunkelblauen Opel Vectra, der jetzt mit der Dunkelheit verschmolz, und begab sich zu dem Haus. Er fragte sich gerade, ob dies auch die richtige Adresse war, als ein etwas älteres, distinguiert aussehendes Ehepaar die Straße herunterkam, ihm einen Blick zuwarf und der Mann seinen Finger auf den Klingelknopf legte. Die Tür wurde von einer Frau geöffnet, die die beiden offensichtlich näher kannte.

»Hallo, geht schon mal rein. Ist aber noch nicht viel los.« Und an Kullmer gewandt: »Und Sie?« Die Frau war höchstens einssechzig, braungebrannt, mit kurzen schwarzen Haaren, sie trug ein enganliegendes Minikleid, das keine ihrer reichlich vorhandenen Rundungen verdeckte. Sie hatte eine sehr gute Figur. Kullmer schätzte sie Mitte bis Ende vierzig, vielleicht war sie auch schon fünfzig. Ihre grünen Augen sahen ihn erwartungsvoll an.

»Tja, ich habe gehört, dass ... Nun, wie soll ich es sagen ...«

»Kommen Sie erst mal rein«, sagte sie freundlich und machte die Tür frei, und nachdem Kullmer eingetreten war, auch gleich wieder hinter sich zu. »Sie haben gehört, dass das ein Swingerclub ist, und Sie haben richtig gehört. Das macht hundertfünfzig Euro, wenn Sie hier bleiben möchten.«

Kullmer setzte ein leicht gequältes Lächeln auf und meinte: »Das ist wirklich das erste Mal, dass ich ...«

»Für jeden unserer Gäste war es irgendwann das erste Mal. Keine Hemmungen, wir beißen nicht, außer Sie stehen drauf«, fügte sie lächelnd hinzu. »Kleiner Scherz. Möchten Sie nun bleiben oder nicht?«

»Schon«, antwortete Kullmer, holte das Geld aus seinem Portemonnaie und reichte die Scheine der Frau.

»Gut. Ich möchte Ihnen dann auch gleich ein paar Dinge erklären. Wir sind hier grundsätzlich per du. Ich bin Cora, und du?«

»Peter. Peter Bernardi.«

»Dein Nachname interessiert hier keinen. Dort vorne ist die Bar, wo man sich in der Regel auch miteinander bekannt macht. Dazu haben wir, wie es sich für einen solchen Club gehört, natürlich auch die entsprechenden Räumlichkeiten, wohin du dich mit wem auch immer zurückziehen kannst. Ganz wichtig, es besteht absolute Kondompflicht. Jeder, der etwas anderes will oder sich über diese Regel hinwegsetzt, wird sofort rausgeschmissen, um das gleich von vornherein klarzustellen. Und natürlich ist auch Sauberkeit allerobserstes Gebot. Ansonsten ist alles erlaubt, was der andere auch mag. Das war's schon mit der Einführung. Wenn du Fragen hast, kannst du dich jederzeit an mich wenden.«

Kullmer überlegte, wie er es anstellen konnte, mit dem Inhaber in Kontakt zu treten. Er hoffte, die Gelegenheit würde sich bald ergeben. Doch kaum hatte er den Gedanken zu Ende gebracht, kam ein mittelgroßer, ebenfalls braungebrannter, bulliger Mann auf ihn zu.

»Ah, ein neues Gesicht in unserem Heiligtum. Willkommen. Ich heiße Willy, mir gehört der Laden. Meine Frau hast du ja schon kennen gelernt. Was darf ich dir zu trinken anbieten?«

»Ein Bier.«

»Du wirkst etwas verkrampft, bist wohl zum ersten Mal in so 'nem Club?«

»Sieht man mir das etwa an?«

»Erfahrung. Du wirst sehen, alles eine Frage der Gewohnheit. Einmal hier, immer hier.«

Er stellte das Bier vor Kullmer und wollte sich bereits wieder abwenden, als Kullmer sich nach vorn über den Tresen beugte und flüsterte: »Kann ich dich einen Moment unter vier Augen sprechen? Dauert nur ein paar Sekunden.«

Willy sah Kullmer misstrauisch an. Das Joviale war aus seinem Gesicht verschwunden, als ahnte er, dass sein Kunde nicht in den Club gekommen war, um sich zu vergnügen. Menschenkenntnis.

»Worum geht's?«

»Ich hab nur 'ne Frage.«

Willys Haltung entspannte sich, und er gab Kullmer mit dem Kopf ein Zeichen, ihm in einen Nebenraum zu folgen. Er machte die Tür hinter sich zu und sagte: »Also, was hast du auf dem Herzen?«

»Es geht um was Geschäftliches. Ich will auch nicht lange um den heißen Brei rumreden … Ich brauche Frauen …«

»Die kannst du hier zur Genüge haben. So, wie du aussiehst, werden sie dir zu Füßen liegen und auch noch woanders«, sagte Willy, der Kullmer kritisch beäugte.

»Schon möglich, aber ich hab keine Ahnung, wo ich mich hinwenden kann. Hast du zufällig Connections zu bestimmten Leuten, mit denen ich einen solchen Deal machen kann«, entgegnete Kullmer ungerührt.

»Ich weiß noch immer nicht, was du willst. Ich betreibe nur einen Swingerclub und keine Partnervermittlung.«

»Ich suche keine Partnerin. Wenn du mir nicht helfen kannst, auch gut, dann bin ich gleich wieder verschwunden, und du hast mich nie gesehen, okay?«

Willy musterte Kullmer noch kritischer als eben schon und sagte nach einigem Überlegen: »Was suchst du?«

»Hab ich doch schon gesagt – Frauen. Aus dem Osten, wenn du verstehst.«

»Wofür?«

»Ich will'n Club aufmachen für 'ne bestimmte Klientel.«

»Wo?«

»Königstein. Das Haus ist groß genug, muss nur noch ein bisschen umgebaut werden, nur ein paar Kleinigkeiten, Möbel, Dekoration und so weiter. Soll 'ne kleine Geldanlage für mich werden«, sagte Kullmer und setzte eine coole Miene auf.

»Aha. Und ich nehme an, du suchst nicht unbedingt nach Frauen, die eine Aufenthalts- und Arbeitsgenehmigung haben, oder?«

»Sonst wäre ich nicht hier.«

»Weißt du, was ich jetzt machen könnte? Ich könnte zum Telefon greifen und die Bullen rufen. Die freuen sich immer über solche Typen wie dich …«

»He, stopp!«, sagte Kullmer und hob abwehrend die Hände. »Ich hab dir nur 'ne Frage gestellt, mehr nicht. Aber gut, alles klar, hab schon verstanden, ich war nie hier. Dann muss ich mich eben woanders umgucken.«

Kullmer drehte sich um und ging zur Tür, als Willys Stimme ihn zurückhielt.

»Wo willst du denn so schnell hin, wir haben doch noch gar nicht richtig geredet. Legst du immer gleich jedes Wort auf die Goldwaage?«

Kullmer kam zögernd zurück. Willy sah ihn an, als versuchte er in Kullmers Gesicht zu lesen, mit wem er es zu tun hatte, doch der setzte eine undurchdringliche Miene auf.

»Wie kommst du überhaupt darauf, dass ich dir weiterhelfen könnte? Jetzt sag nicht, einfach so, das nehm ich dir nämlich nicht ab. Also?«

»Ich such schon seit ein paar Tagen nach einer Adresse, und in einer Bar in der Moselstraße hat mir einer gesagt, ich soll dich mal fragen.«

»Wer?«

»Woher soll ich das wissen, der Typ hat sich mir nicht

vorgestellt. Du weißt doch selber, dass Namen Schall und Rauch sind. Er hat nur gemeint, dass ich ihn Paolo nennen soll.«

»Paolo?«, fragte Willy mit zusammengekniffenen Augen und einem seltsamen Unterton, als würde er diesen Namen kennen, dabei hatte Kullmer ihn sich gerade ausgedacht.

»Ja. Kennst du ihn?«

Willy schüttelte den Kopf. »Nein, nie gehört, aber das muss nichts heißen. Du hast schon Recht, Namen sind Schall und Rauch. Trotzdem, so ohne weiteres läuft das nicht. Leg alle Sachen, die du dabeihast, auf den Tisch und zieh dein Sakko und deine Hose aus und mach dein Hemd auf.«

»Warum?«

»Stell nicht so blöde Fragen, sondern tu, was ich dir sage. Ich hab nämlich keine Lust, meine kostbare Zeit mit 'nem Bullen zu vertrödeln.«

»Wieso mit 'nem Bullen? Seh ich vielleicht aus wie einer?«, fragte Kullmer mit hochgezogenen Brauen. »Hör zu, ich lass dir meine Karte hier, da steht meine Handynummer drauf. Ich bin jederzeit zu erreichen.«

»Klamotten runter oder verpiss dich und lass dich nie wieder hier blicken!«, herrschte Willy ihn an.

»Okay, okay, keine Panik.« Kullmer zog sich bis auf die Unterhose aus, legte seine Brieftasche und sein Portemonnaie auf den Tisch, Willy durchsuchte die Sachen.

»Deine Uhr«, forderte er und streckte die Hand aus. Kullmer reichte sie ihm, er betrachtete sie von allen Seiten und gab sie ihm zurück.

»Kannst dich wieder anziehen. Scheinst ja 'ne Menge Kohle zu haben. Kommen wir zum Geschäftlichen. Du willst also Frauen. Und du willst in Königstein einen Club aufmachen.«

»Na ja«, entgegnete Kullmer lässig und beinahe regungslos, »du brauchst jedenfalls keine Angst zu haben, dass ich dir Konkurrenz machen will …«

»Sehe ich so aus, als ob ich Angst vor Konkurrenz hätte? Außerdem ist das hier ein Swingerclub und kein Puff.«

»Ich will aber nur Frauen aus dem Osten, am besten aus Weißrussland, Ukraine, Lettland …«

»Ich weiß selber, wo die besten Frauen herkommen.«

»Eben, ich will nur allerbeste Ware. Ich bin auch bereit, entsprechend dafür zu zahlen. Kannst du mir nun einen solchen Kontakt vermitteln oder nicht?«

»Vielleicht, vielleicht auch nicht. Ich betreibe nur einen Swingerclub, das solltest du nie vergessen, kapiert?! Aber ich werde dir den Gefallen tun und mich mal für dich umhören. Vielleicht kann ich was für dich tun.«

»Und wann kann ich mit einer Antwort rechnen?«

»Du hast's wohl verdammt eilig, was? Wie gesagt, ich muss mich erst umhören. Garantien gibt's keine. Wir sollten jetzt aber besser wieder rausgehen, und ich schlage vor, dass du dich ein Weilchen hier vergnügst. So zwei Stunden. Was hältst du davon?«

»Von mir aus. Aber ich bin eigentlich nicht zum Vögeln hergekommen.«

»Keiner, der herkommt, wird gezwungen zu vögeln. Vielen reicht es schon, wenn sie einfach nur zusehen dürfen. Das geilt sie auf und auch die, die's treiben. Das ist wie in einer Live-Peepshow, nur mit dem Unterschied, dass du hier oft Sachen siehst, die du in einer Peepshow nie zu sehen bekommst. Manchmal ist das ein richtiger Rudelbums. Aber was erzähl ich dir da, schau dich um und mach, was dir gefällt. Sitz von mir aus auch nur an der Bar und unterhalt dich mit den Leuten. Trotzdem wette ich mit dir, nachher hast du 'ne Latte, dass du gar nicht mehr anders kannst, als mitzumachen. Wenn dir nicht schon vorher einer abgeht«, sagte er grinsend.

»Schau mer mal.«

»Eine Frage noch. Wo genau soll denn dein Club sein?«

»Wie oft soll ich das noch wiederholen …«

»Die Straße mein ich.«

»Limburger Straße, gleich beim Katholischen Gemeindezentrum«, antwortete Kullmer grinsend.

»Sagt mir was. Kannst übrigens schon mal vorgehen, ich hab hier noch was Wichtiges zu erledigen.«

Kullmer begab sich wieder nach draußen und machte die Tür hinter sich zu. Er konnte sich denken, was Willy zu erledigen hatte. Sein Herzschlag beschleunigte sich, für einen Moment überkam ihn ein mulmiges Gefühl. Das Spiel geht also los, dachte er auf dem Weg zur Bar.

Willy blieb einen Augenblick stehen, wartete, überlegte und nahm dann sein ganz spezielles Handy aus der Schublade, das er nur benutzte, wenn er bestimmte Personen anrief. Er gab die Pin ein und wählte eine Nummer. Am anderen Ende wurde abgenommen. Willy sagte: »Ich hab hier jemanden, der für euch interessant sein könnte.«

»Was will er?«

»Frauen.«

»Ist er sauber?«

»Wenn der ein Bulle ist, mach ich sofort meinen Club dicht. Aber am besten unterhaltet ihr euch selber mit ihm.«

»Ich schick zwei Mann vorbei, die sollen sich ihn ansehen, danach treffe ich meine Entscheidung. Wie lang ist er noch da?«

»Noch mindestens zwei Stunden.«

»In einer halben Stunde sind Charly und Nadja bei dir. Aber ich will nicht, dass sie umsonst kommen.«

»Er sitzt an der Bar. Warte mal kurz.« Willy öffnete die Tür einen Spalt und sah Kullmer an der Bar sitzen, ein Bier vor sich. Er unterhielt sich angeregt mit einer noch sehr jungen Dame, einer Stammkundin, die ihren nymphomanen Trieb hier auslebte und scheinbar ein neues Opfer gefunden hatte.

»Der läuft euch nicht davon, im Moment trinkt er ein Bier. Könnte sogar sein, dass ihr ihn beim Vögeln stört.«

»Bis gleich«, sagte der andere nur und legte auf. Willy ging zurück zur Bar, sah Kullmer an und nickte vielsagend. Kullmer hatte verstanden.

Freitag, 20.40 Uhr

Kirsten Simoneit ging zu ihrem Mann in den ersten Stock, der sich im Schlafzimmer umzog. Er hatte ihr den Rücken zugewandt und tat, als nähme er keine Notiz von ihr, während sie ihn kritisch betrachtete. Seit sie bei Bernd gewesen war, hatten sie kein Wort miteinander gewechselt. Hans hatte seinen Rausch ausgeschlafen, während sie sich um die Kinder kümmerte, obwohl sie sich seit dem Vormittag hundeelend fühlte.

»Bist du fit?«, fragte sie in die Stille hinein.

»Hm.«

»Schau mich an«, forderte sie ihn auf, woraufhin er langsam den Kopf umdrehte.

»Was ist?«

»Weißt du, ich könnte genauso gut die Kinder nehmen und irgendwo hingehen, wo keiner uns finden würde, das Geld dafür hätte ich. Aber ich werde dir dieses eine Mal noch helfen, und wenn das alles vorüber ist, unterhalten wir uns noch mal in aller Ruhe.«

»Worüber denn, es hat doch sowieso keinen Sinn mehr.«

»Was hat keinen Sinn mehr?«, fragte sie leise und dennoch mit einer gewissen Schärfe.

»Das mit uns. Es ist ehrenvoll von dir, mir helfen zu wollen, aber ich habe mir die Scheiße eingebrockt, jetzt muss ich sie auch alleine auslöffeln. Du …«

»Dazu ist es zu spät, Hans. Du hast mir viel zu viel erzählt, als dass du noch irgendetwas alleine machen könntest. Denk dran, noch bin ich deine Frau, und vor allem, ich habe das Geld. Du hast nur das, was du als Landtagsabgeordneter verdienst, und das ist nicht die Welt. Du wirst nichts unternehmen, ohne mich vorher zu informieren, hast du das verstanden?«

»Warum machst du mich so runter? Siehst du nicht, dass ich am Ende bin?«

Kirsten Simoneit rollte mit den Augen. »Du und dein Selbstmitleid! Du hättest vorher überlegen sollen, auf was du dich einlässt. Du hast mich und deine Kinder in eine Sache hineingezogen, und ich werde einen Teufel tun und dich das jetzt allein durchziehen lassen, merk dir das. Benimm dich wie immer, wenn du in deinen Club gehst, lass dir nicht anmerken, dass du kurz vor dem Umfallen bist.«

»So kenne ich dich gar nicht …«

»Ich habe auch nie für möglich gehalten, dich einmal von einer Seite kennen zu lernen, die ich nie sehen wollte. Hast du alles, was du brauchst? Ich nehme an, Kondome gibt's bei euch gratis«, konnte sie sich nicht verkneifen, spöttisch hinzuzufügen.

Hans erwiderte nichts darauf, er sah seine Frau nicht einmal an, denn er konnte ihr nicht in die Augen schauen.

»Was ist mit dem Privatdetektiv?«, wollte er stattdessen wissen.

»Was soll mit ihm sein?«

»Er schwebt in Lebensgefahr, wenn die irgendwas rauskriegen. Nenn mir seinen Namen, und ich schwöre dir bei allem, was mir heilig ist, ich werde ihn schützen, so gut ich kann.«

»Du jemanden schützen?!«, entgegnete sie höhnisch auflachend. »Mach dich nicht lächerlich! Du kannst ja nicht mal dich selber schützen. Aber um dich zu beruhigen, es gibt keinen Detektiv. Die Einzige, die Detektiv gespielt hat, bin ich.«

»Du?«, fragte er ungläubig.

»Jaja, du hast schon richtig gehört. Irgendwann bin ich misstrauisch geworden, deine permanente Abwesenheit von zu Hause, dabei haben doch auch Politiker ihre Freizeit, und die meisten von ihnen haben auch Familie, außer sie sind schwul. Es hat zwar lange gedauert, bis ich den Mut gefasst habe, dich zu beschatten, aber irgendwann habe ich es nicht mehr ausgehalten. Und jetzt verschwinde, und nachher erwarte ich von dir einen detaillierten Bericht.«

»Du willst aufbleiben, bis …«

»Ich werde aufbleiben. Und versuch gar nicht erst mich anzulügen, du bist nämlich ein miserabler Schauspieler.«

»Kirsten, bitte, ich …«

»Ich meine es verdammt ernst, glaub mir. Du hast Recht, du musst die Suppe auslöffeln, aber so lange deine Familie in Gefahr ist, wirst du nur noch tun, was *ich* dir sage. Wenn nicht, wirst du es bitter bereuen.«

»Es tut mir leid, es tut mir so unendlich leid.«

»Du brauchst dich nicht andauernd zu wiederholen, und hör bitte vor allem mit diesem Gejammer auf. Spiel einfach weiter wie immer. Viel Erfolg.«

Hans Simoneit nahm seinen Aktenkoffer, besah sich noch einmal im Spiegel, warf seiner Frau einen kurzen Blick zu (am liebsten hätte er sie in den Arm genommen und sie geküsst, aber ihre Haltung verriet pure Abwehr) und verließ grußlos das Haus. Er fuhr aus der Garage, und Kirsten Simoneit sah ihm nach, bis die Rücklichter nicht mehr zu erkennen waren.

Sie griff zum Telefon und rief ihren Freund Bernd an. Er sagte, er habe noch nichts von seinem ehemaligen Kollegen gehört, werde sich aber sofort melden, sobald er mit ihm gesprochen habe. Er könne sie auch mitten in der Nacht anrufen, meinte Kirsten, sie werde ohnehin keinen Schlaf finden. Sie legte auf und setzte sich ins Wohnzimmer, machte den Fernseher an, stellte den Ton aus und tat eine CD in den CD-Player. Brahms. Die Mädchen waren auf ihren Zimmern, Paul schlief schon seit einer halben Stunde. Sie dachte über die vergangenen zweiundzwanzig Jahre nach. Alle möglichen Bilder stiegen in ihr hoch, wie sie Hans kennen und lieben gelernt hatte, wie die Kinder geboren wurden, die gemeinsamen Urlaube … Während sie nachdachte und fast die Hälfte ihres Lebens Revue passieren ließ, entlud sich mit einem Mal all das, was in den letzten Stunden auf sie eingeströmt war, in einem übermächtigen Gefühlsausbruch. Sie vergrub das Gesicht in den Händen und weinte und weinte und weinte. Mit einem Mal erschien ihr alles so unendlich sinnlos. Der einzige Sinn, den sie noch in ihrem Leben sah, waren die Kinder. Und nur wegen ihnen würde sie ausharren, und wenn es bis zu einem bitteren Ende war.

Freitag, 21.20 Uhr

Als Müller zu Hause ankam, wurde er von seiner Frau erwartet, die ihm ausrichtete, dass Bernd angerufen habe. Er zog seine Jacke aus und fragte sich, was sein langjähriger Weggefährte von ihm wollen konnte. Auch wenn sie in den letzten fünf Jahren vor Bernds Pensionierung in getrennten Abteilungen gearbeitet hatten, hatten sie sich nie aus den Augen verloren. Müller nahm das Telefon, suchte die Nummer heraus und tippte sie ein.

»Hallo, ich bin's, Werner. Du hast ein paar Mal versucht mich zu erreichen. Was gibt's denn?«

»Nicht am Telefon. Können wir uns so bald wie möglich treffen, bei mir, bei dir oder in einer Kneipe?«

»Das ist schwierig, wir ermitteln gerade in einer ziemlich heiklen Sache …«

»Werner, ich würde dich nicht bitten, wenn es nicht wirklich dringend wäre. Du bist noch im Polizeidienst, ich nicht mehr. Gib mir eine halbe Stunde, hör einfach nur, was ich dir zu sagen habe. Bitte.«

Müller machte ein missmutiges Gesicht, was Bernd nicht sehen konnte, und sagte: »Also gut, wenn es wirklich so dringend ist, dann komm zu mir. Am besten gleich.«

»Danke. Ich bin in etwa zwanzig Minuten bei dir.«

Müller legte auf, schüttelte den Kopf und dachte: Der hat sich aber komisch angehört. Er ging zu seiner Frau, die ihm in der Zwischenzeit etwas zu essen gemacht hatte, setzte sich aufs Sofa, schenkte sich ein Glas Bier ein und aß das Schnitzel und den Kartoffelbrei. »Schmeckt sehr gut«, murmelte er, auch wenn er mit den Gedanken weit weg war. Als er mit dem Essen fertig war und sich das zweite Glas einschenkte, klingelte es. Bernd Wessling.

Sie umarmten sich wie immer, wenn sie sich sahen, und gingen in das Zimmer, das ehemals Müllers Tochter, die seit mehr als zehn Jahren in den USA lebte, bewohnt hatte und jetzt als Gästezimmer diente. Er machte die Tür hinter sich zu und deutete auf einen Sessel.

»Erst mal danke, dass du …«

»Schon gut«, winkte Müller ab und nahm ebenfalls Platz. »Schieß los, was hast du auf dem Herzen?«

In den folgenden Minuten berichtete Bernd von Kirsten Simoneits Besuch bei ihm, ohne jedoch ihren Namen zu nennen. Müller war schon nach den ersten Worten wie elektrisiert, sagte aber nichts, sondern ließ Bernd erzählen. Alles in ihm war angespannt, er meinte seinen Ohren nicht trauen zu können.

»So, das war's. Und jetzt sag mir, was man da tun kann, ohne dass zu viele Leute davon Wind bekommen.«

Müller war mitten in Bernds Ausführungen aufgestanden und hatte sich ans Fenster gestellt, die Hände in den Hosentaschen vergraben.

»Von wem hast du diese Informationen?«, fragte er, nachdem Bernd geendet hatte.

»Das kann ich dir nicht sagen, ich habe der Person versprochen, ihren Namen nicht zu erwähnen.«

Müller fuhr sich mit der Zunge über die spröden Lippen, drehte sich um und sah Bernd an. »Ich muss unbedingt mit dem- oder derjenigen sprechen …«

»Das geht nicht, das …«

Müller unterbrach ihn mit einer Handbewegung. »Mir ist völlig wurscht, was du wem versprochen hast. Ich verrate dir jetzt ein Dienstgeheimnis und verlass mich drauf, dass du es nicht weiterträgst …«

»Wie lange kennen wir uns schon?«, fragte Bernd mit durchdringendem Blick.

»Ich hoffe, lange genug. Pass auf, wenn das, was du mir eben gesagt hast, auch nur ansatzweise stimmt, dann hat es direkt mit unseren derzeitigen Ermittlungen zu tun. Wir haben seit heute Abend einen Mann vom K 11 undercover losgeschickt, um Kontakt zu einem Menschenhändlerring aufzunehmen. Ob ihm das gelingt«, Müller zuckte mit den Schultern, »die Chancen stehen fifty-fifty. Aber vieles von dem, was du weißt, wissen wir inzwischen auch, nur haben uns bisher Namen gefehlt. Hast du welche für mich?«

Bernd holte tief Luft und nickte. »Sie hat einen Namen genannt, aber dieser Mann ist nicht zu unterschätzen, nicht nur aufgrund seiner exponierten Position in der Öffentlichkeit, sondern vor allem, weil er über Kontakte nach ganz oben verfügt, von denen unsereins nur träumen kann.«

»Warum spuckst du's nicht endlich aus? Wir kennen bislang nur seinen Decknamen, Marco Martini. Oder täusche ich mich da?«

Bernd schüttelte den Kopf.

»Wir sprechen also von ein und derselben Person. Aber du kennst doch sicherlich auch seinen richtigen Namen.«

»Was wirst du tun, wenn ich ihn dir nenne?«

»Vorläufig überhaupt nichts, mein Wort drauf.«

»Ulrich Leonhardt.«

Müllers Gesicht verdüsterte sich, er kniff die Augen zusammen.

»Ist das wahr?«

»Leider. Ulrich Leonhardt ist Marco Martini.«

»Ausgerechnet dieser Schleimbeutel. Hast du sonst noch irgendwelche Namen für mich?«

»Nein, Ehrenwort. Aber er hat das Sagen, und wenn ich das richtig sehe, nicht nur in Frankfurt, sondern in Deutschland. Meine Vermutung ist, dass er die Szene fast komplett kontrolliert und die andern Organisationen wie die Russen, die Albaner, die Chinesen und so weiter auch nach seiner Pfeife tanzen. Ich gehe davon aus, dass innerhalb der OK eine Art Globalisierungsprozess stattgefunden hat, von dem die wenigsten etwas mitbekommen haben. Oder weißt du da mehr?«

»Ich weiß zwar nicht mehr als du, aber es stimmt schon, dieser Globalisierungsprozess hat stattgefunden und findet immer noch statt, weshalb wir kaum größere Erfolge vorweisen können. Wir kriegen eventuell die auf der unteren Ebene, aber je höher die Rangordnung, desto schwieriger wird's, das heißt, es wird praktisch unmöglich. Die Zeiten haben sich geändert, und wir stehen diesem Prozess machtlos gegenüber. Jetzt frag ich mich nur, was passiert, wenn unser Mann in diesen Laden reinkommt und Kontakt zu diesem Typ aufnimmt. Ich müsste ihn eigentlich warnen ...«

»Warum? Hältst du ihn für überfordert, wenn er Leonhardt gegenübersteht? Wie sieht seine Aufgabe aus?«

»Er soll sich als Interessent für Frischfleisch ausgeben. Wir haben ihm eine Bombenidentität verpasst, mit allem Drum und Dran. Dabei sollte er an die Hintermänner gelangen, damit wir sie bei passender Gelegenheit schnappen können. Aber jetzt scheint das alles noch viel gefährlicher zu sein als angenommen. Am liebsten würde ich die Aktion abbrechen.«

»Nein, macht weiter. Allerdings würde ich ihm sagen, mit wem er es eventuell zu tun bekommt.«

»Wir können gar nicht mehr abbrechen, der ist schon unterwegs«, entgegnete Müller und setzte sich wieder. »Wenn wir den Laden hochgehen lassen, was werden wir dort finden? Ein paar Damen, die illegal hier sind und von uns befreit werden, ein paar Herren aus den besten Kreisen, aber sonst? Außerdem wird man uns den Fall sofort aus den Händen reißen, so dass wir gar nicht mehr ermitteln dürfen.«

»Aber ihr habt doch eine Zeugin, dieses Mädchen, das abgehauen ist. Und ich habe meiner Informantin gesagt, dass sie mit dir sprechen muss, nachdem ich es getan habe. Sollte ihr Mann aussagen, könnt ihr gewinnen.«

»Und wenn man ihn vorher mundtot macht? Und seine Familie gleich dazu?«

»Risiko. Aber sie ist sich dieses Risikos durchaus bewusst.«

»Wie viele Kinder haben die?«

»Drei.«

»Sie müssen an einem sicheren Ort untergebracht werden, sag ihr das.«

»Nein, du wirst es ihr sagen, solltest du es für angemessen halten. Ich habe meine Aufgabe erfüllt. Ich werde sie anrufen und ihr dringend ans Herz legen, mit dir zu reden. Wann hast du Zeit für sie?«

»Sofort.«

»Okay«, sagte Bernd, holte sein Handy aus der Brusttasche seines Hemds und tippte ihre Nummer ein. »Bernd hier. Ich sitze gerade bei einem ehemaligen Kollegen, der sich gerne mit dir unterhalten würde … Wann? Am besten gleich … Hm, ich werd ihn fragen, Moment …« Er wandte sich Müller zu: »Ob es dir um halb elf beim Italiener Ecke Mörfelder/Schweizer passt?«

»Sicher.«

»Halb elf … Nein, hab ich nicht, das kannst du nachher selber machen. Bis dann und Kopf hoch. Moment, wie erkennt ihr euch? … Alles klar.«

Bernd steckte sein Handy wieder ein und sah Müller an. Der fragte: »Was kann sie nachher selber machen?«

»Dir ihren Namen verraten. Das war's, ich mach mich vom Acker. Sie hat übrigens eine Rose auf dem Tisch liegen, daran erkennst du sie. Und nun viel Erfolg, Alter.«

»Das musst ausgerechnet du sagen«, meinte Müller grinsend, um gleich darauf wieder ernst zu werden. »Wenn mir das einer vor einer Stunde gesagt hätte, ich … Das ist ja schon fast ein perverser Zufall. Bis vor kurzem kannte ich diesen Marco

Martini gar nicht, dann stellen wir so schnell wie noch nie zuvor eine Soko zusammen, und dann kommst auch noch du und …«

»Kein Zufall. Sie wüsste nichts davon, und ich natürlich auch nicht, wenn diese Maria nicht geflohen wäre und es die Morde an der Hendriks und an Zaubel nicht gegeben hätte. Der Mann von der Frau, mit der du gleich sprechen wirst, hat danach verdammt kalte Füße gekriegt, und die gönn ich ihm von Herzen. Abfrieren sollen sie ihm, dem verdammten Drecksack. Andererseits, wenn er wirklich kooperiert, kann euch ein ganz großer Schlag gelingen. Es liegt jetzt ganz an euch, wie ihr taktiert. Seid vorsichtig. Wie viele Leute sind eigentlich eingeweiht?«

»Neun. Ziemlich wenig, oder?«

»Wenn es gute Leute sind, nicht.«

»Das sind sie. Ich zieh mir nur schnell meine Jacke über und komm mit dir. Ich will die Dame nicht unnötig warten lassen.« Und unten zu seiner Frau: »Tut mir leid, aber die Arbeit ruft schon wieder.« Er gab ihr einen Kuss und sah sie liebevoll an. »Ich hoffe, es wird nicht zu spät.«

Draußen sagte Bernd: »Du und Marlies, ihr versteht euch immer noch blendend, was?«

»Sie ist der Glücksfall meines Lebens. Seit fünfunddreißig Jahren. Wenigstens in der Beziehung hat es das Leben gut mit mir gemeint.«

»Es ist das Wichtigste überhaupt. Tust du mir einen Gefallen? Hältst du mich ein bisschen auf dem Laufenden, auch wenn ich nicht mehr im Dienst bin?«

»Mach ich. Und danke für die Infos. Tschüs.«

Auf der Fahrt zu dem Lokal überlegte Müller, ob er Durant und Hellmer von dem eben geführten Gespräch unterrichten sollte, beschloss jedoch, erst einmal abzuwarten, was die ihm noch unbekannte Frau erzählen würde. Um kurz vor halb elf parkte er seinen Wagen etwa hundert Meter von dem Italiener entfernt auf der Mörfelder Landstraße.

Freitag, 22.00 Uhr

Hans Simoneit erschien pünktlich zur ausgemachten Zeit mit Staatssekretär Binder im Club, wo beide von Ulrich und Thorsten sowie einem Mann empfangen wurden, der sich nur mit einem »Hallo« vorstellte. Du bist also Dr. Schwiers, dachte Hans, als er den fülligen, großgewachsenen Mann mit der Halbglatze begrüßte. Hans schätzte ihn nicht älter als vierzig. Er hatte einen weichen, unangenehmen Händedruck, Hände, die kaum zu greifen waren, wie ein Fisch, der einem immer wieder entglitt. Vom ersten Moment an hatte Hans eine starke Antipathie gegen Schwiers. Seine vorhin noch vorhandene Nervosität war mit einem Mal wie weggeblasen, er war ruhig, seine Gedanken waren klar. Als er mit Binder im Auto gesessen hatte, war kein Wort gefallen, außer dass Binder ihn gefragt hatte, wohin sie fuhren, worauf Hans ihm nicht geantwortet hatte.

»Was soll ich hier?«, fragte Binder, überrascht, Ulrich, den er bereits kannte, zu sehen.

»Das werden wir Ihnen gleich erklären«, antwortete Ulrich. »Aber vorab ein paar Regeln, die Sie nie vergessen sollten. Regel Nummer eins: Wir sprechen uns hier grundsätzlich nicht mit unserem richtigen Namen an. Ich heiße Marco, das ist Rufus«, und auf Schwiers deutend, »Horeb. Und der Mann, der Sie hergebracht hat, wird hier nur und ausschließlich Pietro genannt. Jetzt brauchen wir noch einen Namen für Sie. Was halten Sie von Caligula? Der Name ist noch nicht vergeben und würde irgendwie passen.«

»Was wollen Sie von mir?«

»Regel Nummer zwei: Wir gehen hier nicht so förmlich miteinander um. Schau dich um, lauter nette Menschen, eine große Familie, und in einer Familie ist man nicht per Sie, zumindest nicht in Deutschland. Und Regel Nummer drei: Was immer du hier siehst und sehen wirst, du wirst es niemandem erzählen, denn wir sind die Ersten, die davon erfahren. So, und nun gehen wir alle fünf ins Büro, um ein paar Details zu klären. Danach kannst du dich so richtig austoben, ich habe sogar extra für dich frisches Fleisch besorgt. Du stehst ja auf ganz besonders frisches und zartes Fleisch, am besten etwas blutig. Wenn du uns bitte folgen würdest.«

»Aber …«

»Kein Aber. Bitte«, sagte Ulrich und deutete auf einen Sessel neben dem Schreibtisch, »mach's dir bequem. Was möchtest du trinken? Whiskey, Cognac, Wodka? Oder irgendwas anderes? Aber so weit ich weiß, bist du passionierter Whiskeytrinker, am liebsten Irish Malt, wenn ich recht informiert bin.«

Binder schluckte schwer. Er sah die Männer um sich herum an, das Unbehagen stand ihm in die Augen geschrieben. Er war unfähig, etwas zu sagen.

»Hier, trink das, feinster Irish Malt, es wird dir gut tun.« Ulrich hielt ihm das Glas hin, Binder nahm es und leerte es in einem Zug.

»Kommen wir zum Geschäft, Caligula.« Er zog eine Schublade heraus, entnahm ihr einen dünnen Ordner, schlug ihn auf und sagte: »Das sind ein paar Papiere, für die wir deine Unterschrift benötigen. Du kannst dir natürlich vorher alles in Ruhe durchlesen, damit du auch weißt, was du unterschreibst.« Er schob die Unterlagen über den Tisch, Binder nahm sie mit leicht zitternden Händen und las die wenigen Seiten.

»Warum soll ich das unterschreiben? Damit könnt ihr mich fertig machen.«

»Keiner will dich fertig machen, und keiner wird von deiner Unterschrift erfahren, wenn du dich den Regeln entsprechend verhältst. Deine Unterschrift ist nur eine Sicherheit. Horeb ist für die korrekte Abwicklung zuständig. Der Transport der ›Klimaanlagen‹ läuft über eine ganz normale Spedition, der Zoll ist bereits informiert, das heißt, es wird keine Kontrolle in Deutschland geben, dafür hat Rufus schon gesorgt.«

»Und warum …«

»Du kannst dir jede weitere Frage ersparen, unterschreib einfach. Damit bist du ab sofort ein Mitglied in diesem erlauchten Kreis.«

»Und was muss ich dafür in Zukunft tun?«

»Im Moment noch gar nichts. Aber sollten wir dich für irgendetwas brauchen, wirst du es rechtzeitig erfahren. Und denk immer an die Fotos, die wir von dir haben. Und noch was: Keine Tricks, das schätzen wir gar nicht, und dazu zählt unter anderem, dass du niemals mit irgendjemandem über dieses Haus sprichst, ich betone es nur noch einmal, damit du es auch nicht vergisst. Und nun bitte ich um deine werte Signatur. Danach bist du entlassen und kannst ganz deinem Vergnügen frönen. Und bevor ich's vergesse, ich erwarte von dir, dass du mindestens einmal im Monat herkommst, nur zur Sicherheit. Du bist natürlich auch sonst jederzeit herzlich willkommen, wir haben dreihundertfünfundsechzig Tage im Jahr geöffnet und können dir jeden Wunsch erfüllen. Alles Weitere wird dir Rufus erklären, ich muss mich noch kurz um andere Gäste kümmern. Pietro, kommst du bitte mit, Rufus, Horeb und Caligula haben noch ein paar Details zu bereden.«

Ulrich stand auf und verließ den Raum zusammen mit Hans. Draußen sagte er leise: »Gute Arbeit. Ich wusste, ich würde mich auf dich verlassen können.«

»Was habt ihr jetzt mit Binder vor?«

Ulrich sah Hans beinahe mitleidig an und entgegnete: »Wie lange bist du Mitglied bei uns?«

»Das weißt du doch selber.«

»Sicher. Aber wann solltest du zum ersten Mal eine Leistung erbringen? Nur Vergnügen allein läuft nicht, irgendwann wird auch eine Gegenleistung eingefordert. Du zum Beispiel hast uns eben Binder gebracht, das war eine kleine Anzahlung. Und merk dir eins: Ich sage nie, was ich mit wem vorhabe. Wenn du mich jetzt bitte entschuldigen würdest, ich habe zu tun.«

Ohne eine Antwort abzuwarten, drehte sich Ulrich um und mischte sich unter die Gäste, unterhielt sich kurz mit zweien von ihnen, um sich gleich darauf zu verabschieden. Er hatte morgen Vormittag einen wichtigen Pressetermin und wollte ausgeruht sein, weil er für direkt danach einen Flug nach Hamburg gebucht hatte, um seine Freundin Julie Bernaux zu besuchen. Auf dem Weg zur Tür kam ihm Thorsten nach und flüsterte ihm etwas ins Ohr. Ulrich sah ihn ratlos an.

»Bernardi? Sagt mir nichts.«

»Nach ersten Informationen verfügt er über ein beträchtliches Vermögen, er wird aber gerade überprüft, und sollte er clean sein, werde ich mich morgen Nachmittag mit ihm treffen.«

»Tu das. Aber du weißt, im Augenblick ist äußerste Vorsicht geboten. Obwohl, du wirst das schon regeln. Kannst mir ja am Sonntagabend alles berichten.«

Hans nahm auf dem roten Ledersofa Platz, Swetlana, die seit zwei Jahren für ihn reserviert war, kam zu ihm.

»Hi, Süße«, sagte Hans und streichelte ihr übers Gesicht. Sie hatte pechschwarze Haare und blaue Augen und natürlich braune Haut. »Wie geht's dir?«

»Gut. Was machen wir?«

»Ich möchte mich am liebsten im Whirlpool entspannen.«

Hans nahm Swetlana bei der Hand und ging mit ihr in das Untergeschoss. Der Whirlpool war erstaunlicherweise leer. Hans und Swetlana zogen sich aus und stiegen in das warme Wasser. Als Swetlana ihre Finger über seinen Körper gleiten ließ, dachte Hans an seine Frau und seine Kinder. Er hasste sein Leben, auch wenn er es sich nicht anmerken lassen durfte. Und es war zum ersten Mal, seit er in den Club kam, dass er nicht fähig war, mit einer der Frauen zu schlafen.

Freitag, 22.25 Uhr

Swingerclub Sossenheim.

Kullmer saß an der Bar und hielt sich an seinem zweiten Bier fest, während eine vielleicht vierzigjährige Frau auf ihn einredete. Die junge Dame, die mit ihm schlafen wollte, war enttäuscht abgezogen und hatte sich einen andern gesucht, um ihren Trieb zu befriedigen. Diese hier war wesentlich penetranter. Sie wollte unbedingt, dass er mit ihr und ihrem Mann auf ein Zimmer ging, wobei sie betonte, dass ihr Mann nur zuschaue.

»Ich bin heute auch erst mal zum Zuschauen hier, und sonst will ich nichts«, sagte Kullmer nach einer Weile entnervt. Die hohe, piepsige Stimme schmerzte in seinen Ohren, und immer wieder wischte er ihre Hand von seinen Schenkeln, aber sie ließ nicht locker. Sie war der biedere Hausfrauentyp. Niemals würde man ihr tagsüber ansehen, was sie nachts am liebsten trieb, bieder, unscheinbar, verheiratet, vermutlich Kinder, bestimmt sogar, das sagte ihm seine Menschenkenntnis. Zurechtgemacht sah sie ganz passabel aus, auch wenn sie etwa sechs oder sieben Kilo zuviel auf den Rippen, vor allem aber am Bauch hatte. Ihre Lippen waren schmal und grell geschminkt, was wahrscheinlich viele Männer anmachte, aber Kullmer war gegen solche Frauen immun. Ihr Leben drehte sich, genau wie das ihres Mannes, um Sex, alles andere war nebensächlich. Bevor er Doris Seidel kennen lernte, hatte er auch einige Freundinnen gehabt, aber erst seit er mit ihr zusammen war, wusste er, was wirklich im Leben zählte. Vor Doris hätte er es sich nicht vorstellen können, es länger als ein paar Wochen mit einer Frau auszuhalten, jetzt sah er andere kaum einmal mehr an.

»Jetzt komm schon«, mischte sich nun auch der Mann, ein Schwergewicht mit einem gewaltigen Bierbauch, ein. »Wenn du willst, leg ich auch ein paar Scheine drauf.«

Kullmer wandte den Kopf und sagte leise, doch scharf: »Tut mir einen Gefallen und lasst mich in Ruhe, ich hab keinen Bock auf einen Dreier oder was immer ihr auch vorhabt. Und du bist einfach nicht mein Typ«, sagte er zu der Frau, die sich mit Rosi vorgestellt hatte. »Sorry, ist nicht gegen dich persönlich gerichtet, aber ihr müsst euch schon jemand anders suchen, sind doch genug Männer hier.«

»Du bist zum ersten Mal in einem solchen Club, oder?«, fragte Rosi.

»Und wenn? So, und jetzt lasst mich bitte allein, okay?!«, sagte er keinen Widerspruch duldend und mit einem Blick, der das scheinbar ewig anzügliche Lächeln in Rosis Gesicht gefrieren ließ. Auch ihr Mann sah das und zog seine Frau fort.

Kullmer war erleichtert. Cora, die hinter der Bar stand und einen Cocktail mixte, schaute ihn sichtlich amüsiert an.

»Bist du immer so?«, fragte sie leise, so dass keiner der anderen Gäste es mitbekam.

»Wie bin ich denn?«

»Du wirkst nervös.«

»Das täuscht, aber um ehrlich zu sein, ich such mir meine Gesellschaft gerne selber aus.«

»Keiner zwingt dich zu irgendwas. Wenn du das nächste Mal kommst, bist du garantiert lockerer. Noch'n Bier?«

Er trank sein Glas leer und nickte. Cora schenkte das Bier ein und stellte es mit einem unergründlichen Lächeln vor Kullmer. Es klingelte, was bei der Musik kaum zu hören war, und gleichzeitig leuchtete eine rote Lampe über der Zwischentür auf. Cora kam hinter dem Tresen hervor und ließ ein noch recht junges Paar (Kullmer glaubte nicht, dass sie die dreißig schon überschritten hatten) eintreten. Sie unterhielt sich kurz mit ihnen an der Tür, ohne dass der Mann bezahlen musste. Sie warfen Kullmer einen Blick zu, was er aus dem Augenwinkel registrierte. Willy, der während der letzten Minuten in ein Gespräch mit einer Frau vertieft war, schaute auf und machte eine eindeutige Bewegung mit dem Kopf. Das Paar kam näher, Willy begrüßte sie ebenfalls und tippte Kullmer auf die Schulter.

»Darf ich dir jemanden vorstellen? Das ist Nadja, die messerscharfe Nadja, wie sie sich selbst gerne nennt. Und dieser nette junge Herr ist Charly. Wie wäre es, wenn ihr euch mal bekannt machen würdet?«

Kullmer drehte sich um und reichte erst Nadja, dann Charly die Hand. »Angenehm, Peter.« Beide hatten einen festen Händedruck.

»Was kann ich euch zu trinken anbieten? Das Übliche?«

»Gin Tonic«, sagte Nadja mit leicht slawischem Akzent (könnte Russisch sein, dachte Kullmer), »mit viel Gin. Und für Charly wie immer einen O-Saft.«

Willy füllte die Gläser und meinte: »Hier vorne ist es etwas unruhig, wollen wir nicht rüber in mein Büro gehen?«

Das ist also der Moment, dachte Kullmer, der Mühe hatte, seine allmählich aufkommende Nervosität zu unterdrücken, und rutschte von seinem Barhocker. Nadja war mittelgroß und sehr schlank und hatte kurze blonde Haare und kleine feste Brüste, was unter ihrem hautengen weißen Lederanzug unschwer zu erkennen war. Sie wirkte trotz ihrer äußerlichen Zerbrechlichkeit durchtrainiert. Charly, der Kullmer noch um einige Zentimeter überragte, hatte Schultern wie ein Bodybuilder und einen entsprechenden Brustkorb. Den Rest konnte er nicht sehen, da er einen dunklen Anzug trug, der auf der linken Seite leicht ausgebeult war. Du hast also eine Waffe bei dir, dachte Kullmer, der jedoch tat, als hätte er es nicht bemerkt.

Im Büro sagte Willy: »Kommen wir gleich zur Sache. Charly und Nadja sind hier, um mit dir zu reden. Ich rate dir nur eins, tisch ihnen keine Lügengeschichten auf, das mögen die gar nicht. Ich verzieh mich wieder nach draußen.«

Nadja setzte sich auf den Tisch, die schlanken Beine übereinandergeschlagen, die Hände auf der Tischplatte abgestützt, und sah Kullmer an. »Du suchst also Frauen«, sagte sie mit sanfter Stimme. »Warum? Und woher wusstest du, wo du suchen sollst?«

»Das hab ich Willy schon erzählt …«

»Erzähl's noch mal«, forderte sie ihn auf.

»Ich hab mich in mehreren Bars umgehört, bis mir jemand Willys Adresse gab. Und nein, ich kannte seinen Namen bis dahin nicht und war mir auch nicht sicher, ob ich ausgerechnet hier fündig werden würde. Diese Bude sieht ja von außen eher aus wie das Heim einer Spießbürgerfamilie.«

»Weißt du, wie viele Spießbürger jeden Tag in diesen Laden kommen? Den meisten von denen da draußen würdest du nie anmerken, welches Tier in ihnen schlummert. Und hast du schon mal einen Swingerclub gesehen, wo außen in großen

Lettern *Swingerclub* draufsteht? Aber lassen wir das, sag uns lieber, warum wir ausgerechnet dir vertrauen sollen? Du könntest auch ein Bulle sein.«

»Findet raus, ob ich ein Bulle bin«, erwiderte Kullmer trocken. »Soll ich mich noch mal nackt ausziehen? Das hat nämlich vorhin schon Willy von mir verlangt. Wie kommt ihr überhaupt alle drauf, dass ich ein Bulle sein könnte? Seid ihr paranoid, oder was? Ich will mit denen genauso wenig zu tun haben wie ihr.«

Nadja nippte an ihrem Gin Tonic und sagte: »Wir werden es rausfinden, und wenn du sauber bist, hast du nichts zu befürchten und wir kommen ins Geschäft. Wo wohnst du?«

»In Kronberg, aber das wisst ihr doch sicherlich längst.«

»Und warum willst du ausgerechnet einen Puff aufmachen? Kennst du dich überhaupt in diesem Metier aus?«

»Nein, ich kenne mich nicht darin aus. Aber ich gehöre nun mal zu den Leuten, die immer wieder was Neues ausprobieren wollen, und bis jetzt hat es auch immer geklappt. Außerdem suche ich nach einer lukrativen Geldquelle.«

»Aber bevor du Geld damit verdienst, musst du erst investieren. Und die Frauen, die du suchst, sind nicht billig zu haben. An welche Stückzahl hast du denn gedacht?«

»Zehn bis fünfzehn.«

»Da musst du mit zwei- bis dreihunderttausend rechnen, in bar.«

»Jetzt sofort?«, fragte Kullmer erstaunt.

»Nein, nicht sofort, oder hast du immer so viel Geld bei dir?«, fragte sie spöttisch lächelnd zurück. »Die Hälfte bei Bestellung, die andere Hälfte bei Lieferung. Das ist so üblich und gibt jedem eine gewisse Sicherheit. Aber Charly und ich sind nur hier, um dich zu jemandem zu bringen. Du wirst bereits erwartet.«

»Um diese Zeit?«

»Für gute Geschäfte ist es nie zu spät. Also, fahren wir.«

»Von mir aus. Ich fahre hinter euch her.«

Nadja schüttelte den Kopf. »Nein, so läuft das nicht, mein Lieber. Du fährst bei uns mit, und zwar im Kofferraum. Kleine Sicherheitsmaßnahme.«

»Muss das sein, ich hasse es, eingesperrt zu sein.«

»Du kannst es auch bleiben lassen, aber dann kommen wir nicht ins Geschäft. Wenn wir dich kennen würden, wäre alles ganz easy, aber so ... Nein, nur zu unsern Bedingungen. Die Fahrt dauert auch nicht lange, maximal zehn Minuten. Du wirst das schon überleben, so, wie du aussiehst.«

Charly hatte die ganze Zeit nur daneben gestanden und kein Wort gesagt.

»Okay, wenn's unbedingt sein muss, bringen wir's hinter uns«, meinte Kullmer und erhob sich. »Werde ich nachher auch wenigstens wieder hierher zurückgebracht?«

»Natürlich, wir sind schließlich ein Dienstleistungsunternehmen«, antwortete Nadja charmant lächelnd und stellte sich vor Kullmer. »Können wir?«

Freitag, 23.10 Uhr

Ich frier mir hier noch den Arsch ab«, sagte Durant zu Hellmer. »Wie lange will Peter eigentlich noch da drin bleiben? Der macht doch hoffentlich keinen Blödsinn?«

»Was meinst du denn damit?«

»Er war noch nie ein Kostverächter ...«

»Julia, bitte, seit er mit Doris zusammen ist, gibt es keine andern Frauen mehr für ihn. Und außerdem wird dein süßer Hintern gleich warm werden, da vorne kommt er nämlich, und zwar in Begleitung … Wo wollen die denn hin? … Uups, die gehen aber auf Nummer sicher«, sagte Hellmer, als er sah, wie Kullmer in den Kofferraum stieg und sich ein Mann über ihn beugte. Was er tat, konnte er jedoch nicht erkennen, da das Fahrzeug rückwärts eingeparkt war. »Wo fahren die hin?«

»Keine Ahnung, und um diese Uhrzeit merken die sofort, wenn wir ihnen folgen. Und jetzt?«, fragte Durant besorgt, die sich während der langen Wartezeit die Nummernschilder einiger Autos notiert hatte, deren Insassen nach Kullmer den Club betreten hatten, und die sie überprüfen ließ, ohne jedoch einen Halter darunter zu finden, der aktenkundig war.

»Wir werden einen angemessenen Abstand einhalten, und sollte ich doch das Gefühl haben, dass sie uns bemerken, biege ich ab oder halte an.«

»Aber dann ist Peter ganz allein auf sich gestellt«, sagte Durant und sah Hellmer von der Seite an.

»Das ist das Risiko. Wie hätten wir ahnen können, dass sie ihn in den Kofferraum verfrachten?! Mein Gott, ich weiß doch auch nicht, was die beste Lösung ist.«

»Fahr ihnen nach, aber halte um Himmels willen genügend Abstand ein. Das Letzte, was ich will, ist, Peter in Gefahr zu bringen. Hoffentlich läuft uns das alles nicht aus dem Ruder.«

»Jetzt mal nicht gleich den Teufel an die Wand, sie werden ihm schon nichts tun. Woher sollen sie denn wissen, dass er einer von uns ist? … Duck dich, sie fahren los.«

Hellmer wartete, bis der Mercedes etwa hundert Meter vor ihnen war, und startete den Motor. Ein Golf fuhr an ihnen vorbei, sie reihten sich hinter ihm ein. Die Ampel an der Kreuzung, wo es rechts zum Dunantring ging, stand auf Rot. Hellmer und Durant sprachen kein Wort. Der Golf zwischen dem Mercedes und ihnen nahm dieselbe Strecke. Hellmer atmete erleichtert auf. Sie kamen am Höchster Friedhof vorbei, doch an der Ecke Sossenheimer Weg/Gotenstraße bog der Fahrer des Golf rechts ab, während der Mercedes geradeaus fuhr. Nach weiteren zwei Minuten sagte Hellmer: »Das war's. Wo immer die hinfahren, ich kann nicht länger dranbleiben. Ich halt hier an.«

»Wo geht's da hinten gleich noch mal hin?«, fragte Durant, als würde sie ahnen, wohin Kullmer gebracht wurde. Ihr Ton ließ Hellmer aufhorchen.

Er überlegte, sah seine Kollegin an und meinte: »Moment mal, wo hat dieser Nowak gleich noch mal sein Busunternehmen? Du weißt schon, der Typ, bei dem die beiden Kroaten angestellt waren. In der Silostraße, wenn ich mich recht erinnere. Wollen wir da mal einen Abstecher hinmachen?«

»Genau das denk ich auch. Ich hab doch die ganze Zeit geahnt, dass Nowak kein Unschuldslamm ist ...«

»Nicht so schnell, ist nur eine Vermutung von mir. Aber sollte sie sich bewahrheiten, dann hat er eventuell auch Kontakt zu diesem Martini oder wie immer dieses Arschloch heißt.«

»Nowak könnte der Verbindungsmann sein oder der Schleuser«, murmelte Durant vor sich hin. »Warum sind wir da nicht eher draufgekommen? Busunternehmer ...«

Hellmer griff zum Telefon und rief Berger an, obwohl es mitten in der Nacht war. »Wir brauchen die Adresse von Nowak, dem Busunternehmer. Möglich, dass er doch in der Sache drinsteckt ... Nein, wir haben Peter leider aus den Augen verloren, aber das erklär ich Ihnen morgen ... Nein, aber die wissen offensichtlich ganz genau, was sie tun ... Ja, ich warte ... Silostraße, hab ich doch richtig in Erinnerung gehabt ... Ich hab's mir gemerkt. Soll ich mich nachher noch mal bei Ihnen melden? ... Okay, mach ich. Ciao.« Er drückte auf aus und fuhr sich nachdenklich mit der Zunge über die Lippen.

Hellmer startete den Motor wieder. Durant fragte: »Was hat Berger gesagt?«

»Nichts weiter, wir sollen ihn nur auf dem Laufenden halten.«

»Sonst nichts?«

»Nein.«

Sie fuhren zu der von Berger genannten Adresse und hielten etwa fünfzig Meter entfernt an der Ballsporthalle. Hellmer stieg aus und sagte zu Durant: »Bleib du hier, ich will nur mal einen kurzen Blick auf das Gelände werfen.«

»Und wenn die eine Videoüberwachung haben?«

»Ich bleib nicht stehen, ich bin einfach nur ein Spaziergänger«, bemerkte Hellmer mit einem Augenzwinkern.

Nach fünf Minuten kehrte er mit einem triumphierenden Gesichtsausdruck zurück. »Der Mercedes steht da, und ganz hinten ist auch ein Wohnhaus. Julia, das Spiel hat erst jetzt richtig angefangen.«

Freitag, 22.30 Uhr

Etwas mehr als die Hälfte der Tische waren besetzt, als Müller das Restaurant betrat. Er erkannte Kirsten Simoneit sofort, eine gelbe Rose lag quer vor ihr auf dem Tisch, ein Glas Rotwein stand daneben. Er ging schnurstracks auf sie zu, reichte ihr die Hand und nahm Platz.

»Müller. Bernd hat Ihnen sicherlich von mir erzählt. Darf ich jetzt fragen, mit wem ich es zu tun habe?«

»Nein, ich möchte Ihnen erst erklären, um was es geht.«

»Ihr Freund, der auch mein Freund ist, hat dies bereits getan. Und bitte, sprechen Sie leise.«

»Dennoch möchte ich es noch einmal tun, wenn es Ihre Zeit erlaubt.«

Müller hörte sich von ihr noch einmal an, was er zum größten Teil bereits von Bernd erfahren hatte, und antwortete, nachdem sie geendet und ihn gefragt hatte, ob er alles verstanden habe: »Das habe ich. Ich frage mich nur, wie ich Ihnen helfen kann, wenn ich bis jetzt nicht einmal Ihren Namen kenne.«

Sie beugte sich weit nach vorn und sagte noch leiser als zuvor: »Können Sie mir eine Garantie geben, dass mein Mann einigermaßen unbeschadet aus der Sache rauskommt?«

»Tut mir leid, Garantien kann ich keine geben. Aber ich werde selbstverständlich mein Bestes tun. Sie müssen verstehen, ich bin lediglich ein Kripobeamter, und über mir stehen noch viel einflussreichere Leute. Doch ich mache Ihnen einen Vorschlag. Sie sprechen mit Ihrem Mann und bitten ihn, sich unverzüglich mit uns in Verbindung zu setzen …«

»Was soll das bringen?«

»Ich vertraue Ihnen jetzt etwas an, was ich normalerweise nicht tun dürfte, aber wenn Sie mit Bernd so gut befreundet sind, gehe ich davon aus, dass Sie mein Vertrauen nicht missbrauchen. Kann ich mich darauf verlassen?«

»Ich schwöre es Ihnen«, antwortete sie entschlossen.

»Gut, dann nennen Sie mir zuerst Ihren Namen.«

»Simoneit, Kirsten Simoneit«, sagte sie und sah Müller dabei forschend an.

»Moment, sind Sie etwa die Frau von Hans Simoneit?«

»Erraten. Mein Mann ist Hans Simoneit, Landtagsabgeordneter und -vize. Manche handeln ihn sogar schon als künftigen Kanzlerkandidaten.«

Müller schüttelte den Kopf. »Ich fürchte, diesen Traum wird er begraben müssen. Er hat sich strafbar gemacht, auch wenn er politische Immunität besitzt. Aber Menschenhandel und das Führen eines illegalen Bordells mit Sexsklavinnen ist ein sehr schwerwiegendes Verbrechen, das in der Regel mit hohen Strafen belegt wird.«

»Meinen Sie, ich wüsste das nicht?! Er war blauäugig. Hans ist im Grunde seines Herzens ein gutmütiger Mensch, er hat einfach auf die falschen Freunde gesetzt. Glauben Sie mir, er ist da in etwas reingerutscht, das er nie gewollt hat.«

»Aber das interessiert zum Beispiel die Medien herzlich wenig, ganz im Gegenteil. Wenn sie erfahren, was Ihr Mann gemacht hat, werden sie sich wie die Hyänen auf ihn stürzen. Aber falls er Glück hat, kommt er mit einem blauen Auge davon, wenn etwa seine Immunität nicht aufgehoben wird, und das war in den vergangenen Jahren bei kaum einem Politiker der Fall, eigentlich kann ich mich an keinen erinnern.«

»Wollen Sie mich damit trösten?«, fragte Kirsten Simoneit mit hochgezogenen Brauen.

»Nein, denn das, was auf Ihren Mann zukommt, wird hart werden, sehr hart sogar.«

»Aber er hat sich bisher doch nichts zuschulden kommen lassen …«

»Und? Auch ein Ladendieb, der bisher ein einwandfreies Leben geführt hat, wird bestraft, wenn er erwischt wird. Doch wie gesagt, vielleicht hat Ihr Mann Glück, falls seine Partei ihn nicht wie eine heiße Kartoffel fallen lässt.«

»Müssen die Medien überhaupt etwas davon erfahren?«

»Frau Simoneit, haben Sie eigentlich eine Ahnung, wie viele Frauen jedes Jahr illegal allein nach Deutschland kommen? Und wie viele von ihnen mit falschen Versprechungen hergelockt werden, um hier auf das Übelste ausgebeutet zu werden? Dreißig-, vierzig-, fünfzigtausend, die genaue Zahl kennt keiner. Sie werden missbraucht, misshandelt, gedemütigt, zu Dingen gezwungen, die sie nie freiwillig tun würden, manche von ihnen werden auch umgebracht. Ich muss Ihnen das leider sagen, aber für mich ist das eines der schlimmsten Verbrechen überhaupt, neben kaltblütigem Mord und Kindesmissbrauch und -mord. Ich arbeite seit weit über dreißig Jahren bei der Kripo, und ich habe viel Leid und Elend mit ansehen müssen, gerade, was solche Frauen angeht. Doch ich werde Ihnen sagen, was wir machen. Wir haben eine sehr kleine Sonderkommission gebildet und versuchen seit heute einen unserer Männer in die Organisation zu schleusen …«

»Ist das nicht gefährlich?«

»Natürlich ist es das, aber welche Wahl haben wir schon? Sollte unser Mann es schaffen, Kontakt zu Leonhardt und seinen Leuten aufzunehmen, werden wir, sobald sich die Gelegenheit dazu ergibt, das Haus stürmen und alle dort Anwesenden festnehmen. Und Ihr Mann muss unbedingt im Haus sein, wenn die Aktion stattfindet …«

»Warum das?«

»Weil wir nur so für sein und Ihr Leben garantieren können. Wenn er wie all die andern festgenommen wird, fällt kein Verdacht auf ihn.«

»Das kann kein Zufall sein«, sagte Kirsten Simoneit leise, dass Müller es kaum verstand, und nahm einen Schluck von ihrem Rotwein. »Ich erfahre heute von meinem Mann, was er getan hat, und Sie wollen sich in die Höhle des Löwen begeben.«

»Ich hätte auch nicht für möglich gehalten, dass uns auf einmal noch eine Tür aufgemacht wird, dazu noch eine so große. Aber wenn eine unserer Kommissarinnen nicht so aufmerksam gewesen wäre und eine Verbindung zwischen den Morden an Zaubel und Hendriks hergestellt hätte, wüssten wir noch immer nichts von dieser Sache. Ich hätte es erst jetzt von Ihnen erfahren.«

»Und mein Mann hat es mir auch nur gebeichtet, weil diese

Maria geflohen ist und kurz darauf die beiden Morde geschehen sind und er mit Mord nichts zu tun haben will. Es hat wohl alles so sein müssen.«

»Richten Sie ihm aus, dass er mit uns reden muss. Das heißt, entweder mit mir oder mit Frau Durant, das ist die von mir bereits erwähnte Kommissarin. Ich hätte da aber noch eine andere Frage. Sagt Ihnen der Name Alexander Kristovic etwas?«

Kirsten Simoneit schüttelte den Kopf. »Nein, nie gehört. Wer ist das?«

»Unwichtig. Und Ihr Mann hat auch keine anderen Namen genannt?«

»Nein.«

»Gut, verbleiben wir folgendermaßen: Sie berichten Ihrem Mann von unserer Unterhaltung und dass er sich unbedingt entweder an mich oder Frau Durant wenden soll. Wenn möglich noch am Wochenende. Ich weiß, dass Ihr Mann das noch überdenken muss, aber allzu viel Zeit sollte er sich nicht lassen. Hier ist sowohl meine Handynummer als auch die von Frau Durant. Sie ist übrigens eine sehr kooperative und vor allem fähige Polizistin, die schon eine Menge in Frankfurt bewegt hat.« Er schob seine Karte, auf der er auch die Nummer von Durant notiert hatte, über den Tisch. Kirsten Simoneit steckte sie in ihre Handtasche.

»Ich werde es ihm ausrichten, versprechen kann ich jedoch nichts. Hört sich blöd an, aber er hat die Hosen gestrichen voll. Danke für alles.«

Kirsten Simoneit beglich die Rechnung und verabschiedete sich von Müller, der sie zum Auto begleitete.

»Viel Glück«, sagte er, »ich hoffe, dass alles glatt geht. Drücken Sie uns die Daumen«

»Sicher. Ihnen auch viel Glück und vor allem Erfolg«, erwiderte sie und stieg ein, ließ den Motor an und wendete. Müller nahm sein Handy aus der Tasche und wählte die Nummer von Durant. Es war zwei Minuten nach Mitternacht. Er erstattete kurz Bericht und fuhr anschließend zu dem Club, von dem Kirsten Simoneit ihm erzählt hatte. In gemäßigtem Tempo fuhr er an dem Haus vorbei, hinter dessen Mauern mehrere Frauen gefangen gehalten wurden. Morgen bei Tageslicht würde er Seidel und Hellmer dorthin schicken, um unauffällig aus dem Auto heraus ein paar Fotos von dem Anwesen zu schießen. Jetzt mitten in der Nacht sah er nur leichten Lichtschein hinter einigen Fenstern.

Freitag, 23.25 Uhr

Kullmer wurde aus dem Kofferraum geholt und von Charly und Nadja ins Haus geführt. Kurz darauf wurde ihm die Augenbinde abgenommen. Er befand sich in einem großen Raum, eingerichtet mit erlesenen Teppichen, antiken Möbeln und einem wuchtigen dunklen Schreibtisch, hinter dem ein fetter Mann von etwa sechzig Jahren saß. Er hatte ein Glas Whiskey vor und eine Flasche neben sich stehen, in der linken Hand hielt er eine Zigarre. Neben dem Schreibtisch lag ein Dobermann, der kurz seinen Kopf hob und den Fremden aufmerksam musterte. Ohne ein Wort zu sagen, deutete der Fette mit dem öligen Gesicht auf einen mit grünem Leder gepolsterten Stuhl vor dem Schreibtisch. Kullmer nahm Platz, während Charly und Nadja rechts und links von ihm stehen blieben.

»Du willst also Frauen«, sagte er mit ungewohnt heller Stimme, die gar nicht zu seinem Äußeren passte. »Du wirst verstehen, dass ich mir erst einmal ein Bild von dir machen muss, um zu sehen, ob ich überhaupt mit dir ins Geschäft kommen will, Herr Peter Bernardi.«

»Sie gehen wohl immer auf Nummer sicher, was?«, erwiderte Kullmer mit einem aufgesetzten Grinsen.

»Du kannst mich ruhig duzen. Du meinst das mit der Augenbinde?« Der Fette zuckte mit den Schultern und paffte an seiner Zigarre. »Ach weißt du, das sind reine Vorsichtsmaßnahmen. Charly und Nadja werden dich nachher genauso wieder zurückbringen, wie sie dich hergebracht haben. Aber kommen wir doch zum Geschäft, es ist schon spät, und ich würde mich gerne so bald wie möglich zurückziehen. Um wie viele Frauen geht es?«

»Erst mal zehn bis fünfzehn.«

»Und wann brauchst du die?«

»Anfang Januar. Ich möchte noch einiges im Haus verändern, es soll schließlich nicht wie ein ordinärer Puff aussehen«, sagte er grinsend, worauf auch der Fette die Lippen zu einem kaum merklichen Lächeln verzog.

»Kann ich verstehen. Nun, um eins gleich vorab zu klären, ich handle nicht mit Frauen, ich bringe sie nur sicher nach Deutschland. Ich habe mir jedoch nach Willys Anruf gleich die Mühe gemacht, deine Angaben zu überprüfen.« Er blickte Kullmer süffisant lächelnd an. »Du scheinst tatsächlich sauber zu sein. Und ich habe, während Nadja und Charly dich im Club abgeholt haben, auch bereits mit jemandem gesprochen, der dich gerne treffen möchte. Wann und wo erfährst du eine halbe Stunde vor dem Treffen. Ich würde dir raten, dich ab morgen Nachmittag siebzehn Uhr in der Frankfurter Innenstadt, in der Nähe der Hauptwache, aufzuhalten. Er wird dich auf deinem Handy anrufen. Wie ist deine Nummer?«

Kullmer gab sie ihm und sagte: »Und soll ich dann auch gleich Geld mitbringen?«

»Nein, nein, so schnell schießen die Preußen nicht. Das wird erst einmal ein Vorgespräch, danach wird entschieden, ob das Geschäft zustande kommt oder nicht, denn wir werden bis dahin noch ein paar weitere Dinge deine Person betreffend überprüfen. Sollte jedoch alles glatt gehen, wird dir die Ware von meinem Unternehmen frei Haus geliefert. Noch Fragen?«

»Nein.«

»Dann wünsche ich dir noch einen schönen Abend. Und komm gut nach Hause.« Er gab Charly ein Handzeichen, dieser legte Kullmer wieder die Augenbinde an, führte ihn zusammen mit Nadja zurück zum Auto und ließ ihn in den Kofferraum steigen. Nach etwa zehn Minuten langten sie auf dem Parkplatz in unmittelbarer Nähe des Swingerclubs an. Nachdem Nadja ihn befreit hatte, sagte sie: »Du gehst jetzt, ohne dich umzudrehen, wieder zum Club. Sobald wir weggefahren sind, kannst du machen, was du willst, reingehen oder heimfahren. Kapiert?«

»Aber …«

Kullmer verspürte mit einem Mal einen heftigen Schlag in die Nierengegend, der ihn in die Knie gehen ließ und ihm für Sekunden die Luft raubte.

»Kein Aber. So lange das Geschäft nicht in trockenen Tüchern ist, wirst du genau das tun, was man dir sagt. Pass gut auf dich auf, ich steh nämlich auf Typen wie dich, ehrlich, und es würde mir in der Seele wehtun, wenn dir etwas zustoßen sollte. Und wenn alles unter Dach und Fach ist, können wir ja mal eine Nummer schieben. Wie schon gesagt, ich steh auf Typen wie dich.«

Kullmer erwiderte nichts darauf. Er holte ein paar Mal tief Luft. Nadja hatte kräftig zugeschlagen, viel kräftiger, als er es dieser zierlichen Person zugetraut hätte. Er hatte überhaupt nicht damit gerechnet, geschlagen zu werden, schon gar nicht von ihr. Wie hatte Willy noch so treffend gesagt – die messerscharfe Nadja. »Gottverdammte Arschlöcher! Auf was hab ich mich da bloß eingelassen?!«, stieß Kullmer hervor, als er sich langsam erhob. Er wartete einen Moment. Ihm war, als hätte sie ihm tatsächlich ein Messer in den Rücken gestoßen, aber es war wohl nur ein kunstvoll ausgeführter Schlag, einer der Sorte, wie ihn nur Profis beherrschen, Profis, mit denen sich anzulegen den Tod bedeuten konnte. Charly, ein muskelbepackter Bär, der sicher über gewaltige Kräfte verfügte, wirkte eher behäbig und war sicher leicht auszurechnen, während Nadja allem Anschein nach eine ausgebildete Nahkämpferin war, denn er kannte nicht viele Personen, schon gar nicht Frauen, die so hart und gezielt zuschlagen konnten. Wahrscheinlich war sie eine Meisterin in verschiedenen asiatischen Kampfsportarten, ein Lamm, wenn sie einem gegenübersaß und man alles tat, was sie verlangte, eine tödliche Schlange, wenn man ihr nicht bedingungslos gehorchte.

Er ging zu seinem Wagen und schaute, bevor er einstieg, nach, ob sich jemand daran zu schaffen gemacht hatte, doch er konnte keine verdächtigen Spuren erkennen. Er öffnete das Schloss mit der Funkfernbedienung, setzte sich hinein und startete den Motor, um nach Kronberg zu fahren, wo er die Nacht verbringen würde, die erste Nacht seit langem ohne Doris. In seinem neuen Domizil angekommen, holte er das zweite Handy aus einem Versteck im Kofferraum, schaltete es ein, begab sich zur Rückseite des Hauses und rief Doris an, um ihr zu sagen, dass es ihm gut gehe. Die Schmerzen, die er noch immer in der rechten Seite hatte, erwähnte er nicht. Er hatte das Gespräch kaum beendet, als das Handy klingelte. Julia Durant.

Samstag, 0.25 Uhr

Hi, Peter«, sagte sie, »wie geht's dir?«

»Habt ihr die beiden gesehen?«, fragte er zurück, ohne eine Antwort zu geben.

»Aber sicher doch. Wir wissen sogar, wo sie dich hingebracht haben.«

»Echt? Wohin? Ich hab keinen Schimmer, wo ich war, die haben mir die Augen verbunden.«

»Sagt dir der Name Nowak etwas?«

»Logisch. Sag bloß, ich war bei dem.«

»Ganz genau. Damit könnte ich mit meiner Vermutung richtig liegen, dass er doch etwas mit dem Mord an den beiden Kroaten vor zwei Jahren zu tun hatte. Was ist Nowak für ein Typ?«

»Fett, aufgeblasen und fühlt sich wahnsinnig sicher. Der hat mich sogar schon überprüfen lassen. Und die kleine Blonde ist eine tickende Zeitbombe. Als ich nicht sofort ihrem Befehl gefolgt bin, hat sie mir eins in die Nieren gegeben, mein lieber Mann, das werde ich noch in ein paar Tagen merken.«

»Wir haben's gesehen, konnten aber leider nicht einschreiten. Warum hat sie das gemacht?«

»Keine Ahnung, wahrscheinlich braucht sie das ab und zu. Ist aber jetzt nicht so wichtig, viel wichtiger ist, dass ich mich heute Nachmittag ab fünf in der Innenstadt aufhalten soll, jemand will sich mit mir treffen. Nowak ist übrigens nur der Schleuser und nicht der Händler. Über ihm stehen noch einige viel mächtiger Leute. Und jetzt machen wir am besten Schluss, ich …«

»Stopp, nicht so schnell. Müller hat mich eben angerufen, die Sache fängt an für uns zu laufen.« In kurzen Worten gab sie

Kullmer die neuesten Informationen und sagte abschließend: »Du machst aber trotzdem weiter, oder?«

»Was soll die blöde Frage? Natürlich mach ich weiter, jetzt erst recht, schließlich will ich irgendwann der kleinen Blonden eins in die Fresse hauen, auch wenn sie ’ne Frau ist. Wer ist morgen mit dem Beschatten dran?«

»Bäumer und Vukovic. Aber ich werde mich vielleicht auch in deiner Nähe aufhalten, vorausgesetzt, es kommt nichts dazwischen. Heute Nacht bleiben Frank und ich jedenfalls in deiner Nähe.«

»Was ist mit deinem Vater und Maria?«

»Denen geht’s gut, hab vorhin kurz mit ihnen telefoniert. Dann schlaf mal schön.«

»Ich werd’s versuchen. Ich meld mich morgen wieder. Ciao.«

Er ging ins Bad, duschte und sah beim Abtrocknen im Spiegel die große rote Stelle in Höhe der rechten Niere. Bei passender Gelegenheit würde er es dieser Nadja heimzahlen, wie auch immer. Er putzte die Zähne und legte sich danach ins Bett. Als er auch nach einer Stunde noch nicht eingeschlafen war, stand er wieder auf, begab sich zur Bar, die er am Nachmittag bei der Besichtigung des Hauses entdeckt hatte, und genehmigte sich einen doppelten Whiskey. Er schüttelte sich, Whiskey gehörte nicht unbedingt zu seinen Lieblingsgetränken, aber die Wirkung trat schnell ein, schließlich hatte er seit dem frühen Abend nichts mehr gegessen. Mit wem werde ich mich morgen treffen?, fragte er sich. Bist du auch nur so ein kleiner Fisch wie Nowak oder doch der Mann, hinter dem wir her sind? Kullmer stellte sich ans Fenster und starrte hinaus in die Dunkelheit. Er schaute auf die Uhr, kurz vor zwei. Ich will schlafen, dachte er, nur noch schlafen. Er legte sich wieder hin, rollte sich auf die Seite und fühlte unter sein Kopfkissen, wo seine Pistole lag. Für alle Fälle. Er hoffte, sie nicht benutzen zu müssen.

Samstag, 0.50 Uhr

Hans Simoneit und Binder befanden sich auf der Rückfahrt. Sie wechselten ein paar Worte, die Feindseligkeit, die Binder noch vor wenigen Stunden Hans entgegengebracht hatte, war verflogen. Nach seiner Unterschrift unter das Dokument war er in einen schalldichten Raum geführt worden, in dem zwei sechs- und siebenjährige Mädchen saßen, klein, zierlich, unschuldig. Große Augen, die ihn ängstlich anschauten. Er kannte diese Blicke, die an ihm abprallten wie Wasser an einem Ölmantel.

Ihm machte das Weinen und Schreien nichts aus, er hatte es schon zu oft gehört, im Gegenteil, es verschaffte ihm von Mal zu Mal mehr ein Hochgefühl, das ihn nur noch stärker erregte. Gefühle oder gar Mitgefühl hatte er längst über Bord geworfen. Er empfand keine Liebe, weder für andere noch für sich selbst. Ihm ging es um das Ausleben seiner animalischen Triebe, sonst nichts. Für ihn, selbst Vater von vier Kindern, zwei Jungs und zwei Mädchen, die aber schon aus dem Gröbsten heraus waren, waren kleine Mädchen etwas ganz Besonderes. Seit einigen Jahren fühlte er sich zu ihnen hingezogen, hatte über geheime Kontakte immer mehr solcher Mädchen kennen gelernt, Mädchen, die von überallher kamen und von denen die meisten eine Sprache sprachen, die er nicht kannte. Aber er wollte sich ja auch nicht mit ihnen unterhalten. Worüber sollte sich ein Mann wie er auch mit Kindern unterhalten?! Sie waren für ihn wie ein Spielzeug, das er benutzte und danach wegwarf und sich ein neues suchte.

»Und, habe ich dir zu viel versprochen?«, fragte Hans auf dem Weg zurück zu dem Parkplatz, wo Binder seinen Wagen abgestellt hatte.

»Ein gut geführter Club, sehr angenehme Atmosphäre«, erwiderte Binder lapidar und sah aus dem Seitenfenster. »Was muss ich in Zukunft noch alles tun?«

»Keine Sorge, man wird dich nicht überfordern. Wie Marco schon betonte, wir sind eine große Familie. Groß und mächtig. Und ab sofort gehörst du dazu.«

Hans wunderte sich über die Sicherheit, die er Binder gegenüber an den Tag legte, aber Binder war der Einzige Mensch, dem er sich momentan überlegen fühlte. Im Grunde war ihm hundeelend zumute, vor allem, wenn er daran dachte, in wenigen Minuten seiner Frau gegenüberzustehen und erneut mit ihren Fragen gelöchert zu werden. Fragen, auf die er zwar Antworten hatte, diese aber eigentlich für sich behalten wollte.

»Was macht ihr denn noch so außer Waffendeals?«

»Was glaubst du, was für Mädchen du vorhin gefickt hast? Bestimmt keine hier aus der Nachbarschaft. Wo stammen sie deiner Meinung nach her?«

»Weiß nicht, Osteuropa?«, entgegnete Binder emotionslos und offenbar mit den Gedanken weit weg. Vielleicht ließ er aber auch nur noch einmal den für ihn sicher schönen Abend Revue passieren, in der Hoffnung, dass noch viele solcher Abende folgen würden.

»Ein bisschen genauer.«

»Rumänien?«

»Warm. Ukraine. So, da sind wir. Ich hoffe, du hast die Zeit genossen. Bis bald.« Hans war entsetzt über die Kälte, die Binder an den Tag legte, dass ihn das Schicksal der kleinen Mädchen überhaupt nicht zu berühren schien. Kinder waren für Hans immer tabu gewesen, er hätte sich nie an ihnen vergriffen. Die jüngste der Frauen, mit der er je geschlafen hatte, seit der Club eröffnet worden war, war achtzehn gewesen. Achtzehn, er sah sie noch vor sich, die großen dunklen Augen, die ihn hilfesuchend ansahen, fast flehend, ihr doch zu helfen, wieder in die Heimat zurückzudürfen. Doch statt ihr zu helfen, hatte er mit ihr geschlafen, hatte er in seiner Geilheit alle Hemmungen über Bord geworfen und nicht das Leid gesehen, das er ihr zugefügt hatte. Sie war noch Jungfrau gewesen, Ulrich hatte sie ihm zum Geburtstag geschenkt. Danach blieb sie noch genau zwei Tage im Club, bis sie plötzlich weg war. Wo, das wusste er nicht, Ulrich und auch Thorsten hatten es ihm nicht verraten.

Binder stieg aus und beugte sich noch einmal nach unten. »He, das gestern war nicht so gemeint, es war nur die erste Aufregung. Bist du oft im Club?«

Hans hätte ihm am liebsten in die verlogene Fresse gehauen, diesem elenden Kinderschänder, Staatssekretär, Dr. jur. und Dr. phil. sowie Ehrendoktor an einer amerikanischen und einer japanischen Universität. Er sprach fünf Sprachen perfekt, darunter Japanisch, er hatte alles erreicht, aber es hatte ihm offensichtlich nicht genügt. Seit über drei Jahren kannte er ihn, waren sie Freunde geworden, hatten tiefschürfende philosophische Gespräche geführt, waren zweimal auf seiner Almhütte in der Nähe von Berchtesgaden gewesen, einmal, um dort Silvester zu feiern, doch dies gehörte der Vergangenheit an. Nie wieder würde er Binder in sein Haus einladen. Aber auch Binder würde in Zukunft ganz sicher auf Derartiges verzichten.

»Zwei-, dreimal die Woche, kommt drauf an. Mach's gut.«

Hans Simoneit brauchte kaum eine Viertelstunde bis zu seinem Haus. Das Gitter zur Einfahrt öffnete sich wie von Geisterhand, genau wie das Garagentor. Im Wohnzimmer brannte noch Licht, seine Frau hatte ja gesagt, sie bleibe auf, bis er komme. Es war der erste Abend seit Jahren, an dem er kaum etwas getrunken, nicht gekokst und auch nicht mit einer andern Frau geschlafen hatte, obwohl Swetlana ihm immer jeden Wunsch von den Augen ablas, vielleicht, weil er zu den wenigen gehörte, die ihr keine Schmerzen zufügten. Er ging von der Garage direkt ins Haus, zog seine Schuhe und sein Sakko aus, lockerte die Krawatte und machte den obersten Knopf seines Hemds auf. Seine Frau Kirsten saß auf der Couch, der Fernseher lief, der Ton war abgeschaltet. Auf dem Tisch standen ein Glas Rotwein und ein Schälchen mit Salzgebäck.

»Hallo«, begrüßte er sie, ohne sie direkt anzusehen.

»Ich habe dich gar nicht so früh erwartet«, sagte sie und nahm das Glas in die Hand. »Wie war's?«

»Was willst du denn wissen? Ob ich mit Swetlana …«

»Oh, ist das der Name deiner Lieblingshure?«, fragte sie spöttisch.

»Ich habe nicht mit ihr geschlafen, ich konnte nicht.«

»Und warum? Hat dein kleiner Mann nicht mitgemacht, oder war es mit einem Mal dein schlechtes Gewissen?«

»Kirsten, hör bitte auf damit, ich fühl mich zum Kotzen.«

»Ich auch, aber ich lass mich nicht hängen. Setz dich und hör mir zu, ich will nämlich irgendwann auch mal ins Bett.«

Hans kam ihrer Aufforderung nach, nicht ohne sich vorher noch ein Glas geholt und etwas Rotwein eingeschenkt zu haben.

»Ist es dir immer noch ernst auszusteigen?«, fragte sie und durchbohrte ihn förmlich mit ihrem Blick.

»Natürlich, aber wie soll das gehen?«, sagte er und zuckte mit den Schultern.

»Indem ich dir helfe beziehungsweise schon geholfen habe. Solltest du jedoch einen Rückzieher machen, garantiere ich dir, dass du alles verlieren wirst, wirklich alles. Dann landest du in der Gosse, wo du meiner Meinung nach schon jetzt hingehörst. Du und Ulrich und Binder und all die andern. Aber lassen wir das. Ich habe heute mit zwei Personen gesprochen, eine von ihnen ist ein leitender Ermittler in der Abteilung organisierte Kriminalität, Menschenhandel und Prostitution. Es gibt eine Möglichkeit, dass du einigermaßen unbeschadet aus der Sache rauskommst. Allerdings fordert er dich auf, dich entweder mit ihm oder einer gewissen Frau Durant von der Mordkommission in Verbindung zu setzen …«

Hans zuckte zusammen und sah seine Frau entgeistert an. »Was hast du da gesagt, Durant? Julia Durant?«

»Kennst du die Dame etwa auch?«

»Nein, Ulrich hat von ihr gesprochen. Sie leitet angeblich die Ermittlungen in den Mordfällen Zaubel und Hendriks. Wenn ich mit jemandem spreche, dann mit ihr.«

»Viel Zeit hast du nicht mehr dafür. Der Beamte, mit dem ich vorhin gesprochen habe, meint, dass du dich möglichst noch am Wochenende bei ihr melden sollst. Die Telefonnummer hab ich hier.« Sie legte die Karte, die Müller ihr gegeben hatte, auf den Tisch. Hans Simoneit nahm sie und schüttelte den Kopf.

»Mein Gott, ich soll mit der Polizei reden, ausgerechnet ich! Wer garantiert mir denn, dass das nicht eine Falle ist? Kannst du mir das garantieren?«

»Es gibt für nichts eine hundertprozentige Garantie, aber es ist deine einzige und vermutlich auch letzte Chance. Dein Club …«

»Es ist nicht *mein* Club!«, schrie Hans verzweifelt.

»Sei verdammt noch mal leise, die Kinder schlafen, oder sollen die mitkriegen, was du in letzter Zeit angestellt hast? Reiß dich zusammen, sonst kannst du deinen Kram alleine machen! Dein Club, auch wenn du das nicht gerne hörst, wird irgendwann in den nächsten Tagen hochgehen, die Vorbereitungen seitens der Polizei laufen bereits auf Hochtouren …«

Hans Simoneit sah seine Frau erneut entsetzt an. »Warum hast du das gemacht? Ich bin erledigt, mein Gott, ich bin erledigt. Die machen mich fertig, wenn die rauskriegen, dass ich mit der Polizei geredet habe. Warum? Warum um alles in der Welt hast du das getan?! Du hast doch überhaupt keine Ahnung, in welche Gefahr du uns alle gebracht hast.«

»Falsch, du hast uns in Gefahr gebracht. Aber um dich zu beruhigen, der Beamte, mit dem ich vorhin gesprochen habe, ist ein guter Freund von Bernd, die beiden haben jahrelang zusammengearbeitet. Die Polizei hat sogar schon einen Mann undercover losgeschickt, um Kontakt zu den entscheidenden Leuten aufzunehmen. Beruhigt dich das ein wenig?«

»Nein, aber mir bleibt wohl keine Wahl. Wie kommt es, dass sie den Club schon im Visier haben?«

»Keine Ahnung«, log Kirsten Simoneit und sah ihrem Mann direkt in die Augen, »das hat er mir nicht gesagt.«

»Jetzt lügst du.« Hans lachte kurz und trocken auf und fasste sich an die Stirn. »Bernd, du warst heute Nachmittag bei Bernd und hast ihm von der ganzen Sache erzählt. Ich Idiot, ich hätte es wissen müssen, ein ehemaliger Bulle, der sich für missbrauchte Kinder und Frauen einsetzt. Na ja, was soll's, ziehen wir's durch, auch wenn wir alle dabei draufgehen.«

»Jetzt hör mir bitte einmal ganz genau zu«, sagte Kirsten zu ihrem Mann und beugte sich nach vorn, »die Polizei hatte die Aktion bereits gestartet, *bevor* ich mich mit Herrn Müller getroffen habe. Und glaub mir, ich habe eine sehr gute Menschenkenntnis, auch wenn sie bei dir versagt hat, aber Müller steht auf der richtigen Seite. Er hat nicht mehr lange bis zu seiner Pensionierung, und so, wie er aussieht und sich gibt, ist er nicht korrupt.«

»Also gut, er ist nicht korrupt. Hat er dir auch gesagt, was mit mir passiert, wenn der Club hochgeht?«

»Ja, zumindest andeutungsweise. Deine politische Karriere wird vorerst beendet sein, aber das war dir doch ohnehin schon klar. Du wirst rechtzeitig erfahren, wann der Club gestürmt wird, und du wirst zu diesem Zeitpunkt dort sein, dann fällt nämlich kein Verdacht auf dich, dass du irgendwas verraten haben könntest. Damit hast du wenigstens deine und auch unsere Haut gerettet. Und vielleicht kommst du dann auch wieder allmählich zur Besinnung.«

Hans Simoneit stand auf und tigerte im Wohnzimmer auf und ab, die Hände in den Hosentaschen, den Kopf gesenkt. »Ich rufe diese Kommissarin an und vereinbare ein Treffen mit ihr. Sie darf aber nicht zu uns kommen.«

»Wo ihr euch trefft, ist mir völlig egal. Nur tu mir bitte einen Gefallen – halt durch. Eine Frage noch. Hast du den Namen Alexander Kristovic schon mal gehört?«

»Woher kennst du den?«

»Also ja. Wer ist das?«

»Ein Jugoslawe, lebt in Belgrad oder in der Nähe von Belgrad. Ulrich kennt ihn ziemlich gut, aber ich hatte nie was mit ihm zu tun. Ich weiß nicht mal, wie er aussieht und was er macht.«

»Hätte ja sein können. Müller hat mich vorhin nach ihm gefragt.«

»Wirst du mich verlassen, wenn das alles vorbei ist?«, fragte er unvermittelt.

»Ich weiß nicht, was ich tun werde, ich weiß es wirklich nicht. Aber wenn mir einer vor fünf Jahren prophezeit hätte, wie die Politik dich verändert, ich hätte denjenigen nur ausgelacht. Du bist nicht mehr der Mann, den ich geheiratet habe, das ist die traurige Erkenntnis, die ich gewonnen habe und mit der ich fertig werden muss. Ich ganz allein.« Sie erhob sich ebenfalls und sagte: »Ich geh schlafen. Gute Nacht.«

»Nacht. Kirsten, ich …«

Sie hatte ihm bereits den Rücken zugewandt und winkte ab. Sie wusste, was er sagen, sie aber nicht hören wollte.

Hans blieb noch eine Weile im Wohnzimmer und versuchte den Wirrwarr in seinem Kopf zu beseitigen. In was für einem Sumpf bin ich da gelandet, dachte er, in was für einem verfluchten Sumpf? Und er dachte an Binder und daran, was er kleinen Mädchen antat. Wie viele es wohl bis jetzt gewesen sein mögen? Zehn, hundert oder mehr? Es muss ein Ende haben, es muss verdammt noch mal ein Ende haben. Ich werde diese Durant anrufen und mich mit ihr treffen. Nur bitte, Kirsten, bleib bei mir, ich werde alles tun, damit ich das Vergangene wieder gutmachen kann. Alles, wirklich alles.

Samstag, 9.55 Uhr

Julia Durant hatte eine kurze Nacht hinter sich, kaum drei Stunden Schlaf, bevor sie sich entschloss, um acht Uhr aufzustehen, anstatt sich im Bett herumzuwälzen und noch lange über das nachzudenken, was Müller ihr mitgeteilt hatte. Ulrich Leonhardt war also der Mann im Hintergrund, der Strippenzieher. Und sein Besuch in der Kanzlei Knoblauch kam auch nicht von ungefähr, denn sie war sich sicher, dass Knoblauch seine Kollegin und Freundin an Leonhardt verraten hatte. Ihr erstes Gefühl hatte sie also nicht getrogen.

Sie ließ sich Badewasser ein, aß, während das Wasser langsam lief, eine Schale mit Cornflakes und trank dazu einen Becher Kaffee. Ein Blick durch die Wohnung, die noch immer so sauber und aufgeräumt war wie vorgestern, als sie nach Hause gekommen war und gedacht hatte, sich in der Tür geirrt zu haben.

Sie stellte das Wasser ab, steckte sich eine Zigarette an und sah aus dem Fenster. Es würde wieder ein schöner Tag werden, blauer Himmel, Sonnenschein und für die Jahreszeit recht milde Temperaturen. Während sie rauchte, dachte sie an Kullmer, ihren Vater und Maria. Nach dem Baden würde sie ihrem Vater und Maria einen Besuch abstatten, um zu sehen, wie es ihnen ging, ob sie noch etwas brauchten, schließlich war Wochenende.

Im Bad zog sie sich aus, schaute in den Spiegel und musste lächeln, als sie die Kette um ihren Hals sah, die Maria ihr umgelegt hatte. Sie hatte selten einen jungen Menschen kennen gelernt, der so aufrichtig und ernsthaft war wie Maria. Sie würde ihr die Kette zurückgeben, sobald die Mission beendet war und Maria wieder in ihre Heimat fuhr, zurück zu ihren Eltern, Großeltern und Geschwistern. Eine Heimat, die sie seit einer halben Ewigkeit nicht gesehen hatte, von der sie nicht wusste, wie es heute dort ausschaute, ob die Lebensverhältnisse sich gebessert hatten, aber das schien ihr egal zu sein, so lange sie wieder bei ihrer Familie sein durfte. Ein Fünftel ihres Lebens war ihr geraubt worden, hatten perverse, geldgierige Männer sie wie eine Gefangene gehalten, als Sexsklavin missbraucht und misshandelt, gedemütigt und erniedrigt. Eine junge Frau, die nie vergessen würde, was ihr Schreckliches widerfahren war, die aber selbst in den dunkelsten Stunden ihres Lebens eines nie verloren hatte – ihren Glauben an Gott und die Hoffnung, dass sich alles zum Guten wenden würde. Und wenn sie überhaupt bei einem Menschen Sicherheit und Geborgenheit fand, dann bei Julia Durants Vater.

Um kurz nach neun verließ sie die Wohnung, schloss zweimal ab, nahm die *Rundschau* aus dem Briefkasten, überquerte die Straße und ging zu ihrem Corsa. Bevor sie losfuhr, rief sie ihren Vater an, um zu sagen, dass sie in etwa einer Viertelstunde bei ihm und Maria sein werde, und zu fragen, ob sie noch etwas mitbringen solle. Er meinte, es wäre schön, wenn sie zwei Schnitzel, ein Pfund mageren Rinderbraten, einen Beutel Kartoffeln und Zwiebeln kaufen könne, und wenn möglich auch noch ein paar Gewürze, sie wisse schon, welche er immer nehme, er würde gerne heute und am Sonntag etwas kochen.

Als sie in die Wohnung kam, war Maria gerade dabei, das Geschirr zu spülen, während Durants Vater das Wohnzimmer gesaugt hatte, bevor es klingelte und er seine Tochter mit einer Umarmung in Empfang nahm.

»Hier, deine Bestellung. Ich hab auch gleich noch ein paar andere Kleinigkeiten geholt, ihr kommt ja hier gar nicht raus. Geht's euch gut?«

»Maria, geht's uns gut?«

»Ja«, antwortete sie, trocknete sich die Hände ab und begrüßte Durant ebenfalls mit einer Umarmung.

Julia Durant berichtete kurz von den Ereignissen des vergangenen Tages und Abends und sagte: »Wenn alles nach Plan verläuft, könnte es sein, dass wir schon in wenigen Tagen zuschlagen. Und dann, Maria, ist es nur noch eine Frage der Zeit, bis du wieder in deiner Heimat bist. Freust du dich darauf? Entschuldigung, das war wirklich eine saudumme Frage.«

»Ich habe Zeit«, erwiderte Maria, zündete sich eine Zigarette an und setzte sich. »Was sind ein paar Tage oder Wochen gegen vier Jahre? Außerdem bin ich gerne mit *unserem* Vater zusammen«, fügte sie lächelnd hinzu. »Und wenn ich wieder zu Hause bin, höre ich auch mit dem Rauchen auf, jetzt kann ich es noch nicht«, sagte sie mit entschuldigendem Blick.

»Ach, weißt du«, entgegnete Durant und zündete sich ebenfalls eine an, »ich versuche mir schon seit Jahren das Rauchen abzugewöhnen, manchmal sind es nur vier oder fünf am Tag, manchmal auch eine ganze Schachtel. Es kommt immer drauf an, was ich gerade mache, ob ich gut oder schlecht drauf bin. Stimmt doch, Paps, oder?«

»Warum hast du eigentlich keinen Mann?«, wollte Maria wissen.

»Ach komm, jetzt erzählt mir nicht, ihr hättet noch nicht darüber gesprochen«, antwortete Durant und sah ihren Vater gespielt vorwurfsvoll an.

»Haben wir nicht, Ehrenwort«, sagte er und legte die Hand auf die linke Brust.

»Na ja, ich glaub's mal, ausnahmsweise. Frag ihn, er kann dir die Antwort darauf geben, er weiß schließlich alles über mich. Da habt ihr dann gleich ein Gesprächsthema für eine ganze Woche.«

»Ich frag ja nur, ich meine, du siehst gut aus, und du bist nett …«

»Lassen wir das Thema für den Moment. Ein andermal, einverstanden? Oder sprich mit unserm alten Herrn, ich erlaube ihm, meine Geheimnisse preiszugeben.« Sie wollte noch etwas hinzufügen, als ihr Handy klingelte. Auf dem Display war eine Nummer, die sie nicht kannte.

»Ja?«

»Frau Durant?«, fragte eine männliche Stimme.

»Ja, mit wem spreche ich?«

»Simoneit. Meine Frau hat gestern Abend mit Herrn Müller gesprochen, und er hat ihr Ihre Nummer gegeben. Können wir uns irgendwo treffen? Sie wissen ja, um was es geht, oder?«

»Sicher.«

»Wo sind Sie gerade?«

»Unterwegs«, antwortete Durant ausweichend. »Mein Vorschlag: der Parkplatz von McDonald's in Frankfurt-Griesheim, Mainzer Landstraße, direkt neben der Aral-Tankstelle. Ich bin relativ sicher, dass wir dort ziemlich ungestört sind. Schaffen Sie es, in einer halben Stunde ...«

»Nein, nicht jetzt«, wurde sie von Simoneit schnell unterbrochen, »lieber, wenn es dunkel ist, sagen wir um sieben. Tut mir leid, aber ich fühle mich sicherer, wenn mich keiner sehen kann.«

»Wie erkenne ich Sie?«

»Ich sitze in einem Audi A3 in Metallicgrün, das ist der Wagen meiner Frau. Und Sie?«

»Ein dunkelblauer Corsa. Dann bis um sieben.«

Durant steckte ihr Handy wieder in die Tasche und sagte, wobei sie Maria anschaute: »Ich treffe mich heute Abend mit jemandem, den du bestimmt kennst. Er will auch aussteigen.«

»Ehrlich? Wer?«

»Hans Simoneit, aber der Name wird dir nicht viel sagen, du kennst ja nur die Decknamen.«

»Wie sieht er aus?«

»Keine Ahnung, ich sehe ihn heute zum ersten Mal. Ich werde dir aber erzählen, um wen es sich handelt. Ich lass euch dann mal wieder allein, ihr braucht mich ja nicht unbedingt. Bis morgen, wenn nichts dazwischenkommt.«

Samstag, 10.45 Uhr

Durant fuhr ins Präsidium, wo Berger in ein Gespräch mit Müller vertieft war.

»Nehmen Sie Platz«, sagte Berger, »Herr Müller und ich

plaudern nur ein bisschen über die Erkenntnisse des gestrigen Abends.«

»Da komm ich ja gerade richtig. Hat Peter sich schon gemeldet?«

»Bei mir nicht, aber bei Frau Seidel. Es geht ihm gut, die Nacht war ruhig. Er wird sich gegen Abend mit wem auch immer treffen, vielleicht sogar mit Leonhardt. Wir sind gerade dabei, das weitere Vorgehen zu besprechen. Schon was von Simoneit gehört?«

»Vor ein paar Minuten. Ich bin um sieben mit ihm auf dem Parkplatz von McDonald's in Griesheim verabredet. Mal sehen, was der gute Mann zu berichten hat.«

»Seine Frau ist ziemlich am Boden«, meldete sich Müller zu Wort, »auch wenn sie nach außen die Starke spielt. Die hat bis gestern nicht den blassesten Schimmer gehabt, in was ihr werter Gatte verstrickt ist, und wüsste es noch immer nicht, wenn sie ihn nicht direkt darauf angesprochen hätte. Wussten Sie, dass Simoneit eine ziemlich exponierte Position in der Landespolitik einnimmt? Er ist jedenfalls ein Karrieremensch. Aber das soll er Ihnen alles selbst erklären. Ich habe ihr jedoch dringlichst geraten, dass er, wenn wir die Razzia durchführen, anwesend ist, damit kein Verdacht auf ihn fällt.«

»Gut so. Zu Leonhardt: ich habe ihn nie gemocht, auch wenn ich nie etwas mit ihm zu tun hatte. Doch als ich bei Knoblauch war, war auch Leonhardt gerade dort. Deshalb bin ich überzeugt, dass Knoblauch die Hendriks verraten hat, aber das kriegen wir auch noch raus.«

»Was ist mit diesem Nowak?«

»Tja«, sagte Durant, »das frage ich mich auch. Angeblich wurde er doch vor zwei Jahren nach den Morden an den beiden Kroaten mehrfach vernommen ...«

Müller unterbrach sie schnell. »Frau Durant, ich weiß genau, worauf Sie hinauswollen, aber es gab damals wirklich nicht den geringsten Beweis gegen ihn. Wir und auch Ihre Kollegen wussten ja nicht einmal, wo wir ansetzen sollten. Es gab keinen einzigen Hinweis darauf, dass er einen Großteil seines Geldes mit Schleuseraktivitäten verdient. Nur, wir können auch jetzt noch nichts gegen ihn unternehmen, denn damit würden wir nicht nur Herrn Kullmer in größte Gefahr bringen, unsere gesamte Aktion wäre zum Scheitern verurteilt.«

»Aber es gab doch einen Verdacht gegen ihn, oder?«

»Schon, doch der war zu vage, so vage, dass wir nicht einmal einen richterlichen Durchsuchungsbeschluss erwirken konnten. Ich verspreche Ihnen aber, dass wir ihn hochnehmen, nachdem wir diese Räuberhöhle ausgeräuchert haben. Zufrieden?«

Ohne auf die Frage zu antworten, sagte Durant: »Ab wann übernehmen Bäumer und Vukovic?«

»Sie stehen bereits in Wartestellung. Die Frage ist jedoch, wo Kullmer sich mit unserem Unbekannten treffen wird. Aber das werden wir spätestens in ein paar Stunden wissen. Im Moment können wir nur abwarten.«

»Eine Frage – was wird aus Maria, wenn das alles vorbei ist? Ich möchte, dass sie so schnell wie möglich wieder zu ihrer Familie heimkehren kann. Und ich würde ihr am liebsten ersparen, ihren Peinigern noch einmal von Angesicht zu Angesicht gegenüberstehen zu müssen, allein schon aus Sicherheitsgründen.«

»Das wird sich aber nicht vermeiden lassen«, bemerkte Berger stirnrunzelnd. »Oder sehen Sie darin eine Gefahr für das Leben der jungen Dame?«

»Allerdings. Wegen ihr sind zwei Menschen ermordet worden, falls Sie das vergessen haben sollten.« Sie schüttelte den Kopf und erhob sich. »Nein, wir sprechen ein andermal drüber.

Ich verzieh mich für eine Weile in mein Büro und wühl mich durch ein paar Akten.«

»Noch kurz zu Ihrer Information, Frau Seidel und Herr Hellmer sind zusammen unterwegs, Fotos von dem Haus und dem Drumherum machen. Natürlich unauffällig. Wir sollten die Fotos dieser Maria zeigen, ob es sich um das Haus handelt, in dem sie festgehalten wurde.«

»Sehr gut«, sagte Durant, wirkte dabei aber etwas abwesend und kaute nervös auf der Unterlippe.

»Was ist los mit Ihnen?«, fragte Berger.

»Was soll schon los sein?«, erwiderte sie und verschwand schnell in ihr Büro. Dort lehnte sie sich gegen die Tür und dachte: Ich werde verhindern, dass Maria eine öffentliche Aussage macht, und wenn ich sie persönlich vorher außer Landes bringe. Maria war ihr ans Herz gewachsen, warum, das konnte sie selbst nicht sagen, vielleicht war es ihre natürliche Art, ihre Freundlichkeit, ihre Liebenswürdigkeit. Dabei kannte sie sie erst seit ein paar Tagen. Nein, keine Gegenüberstellung.

Sie arbeitete zwei Stunden, schrieb drei Berichte, ohne dass der Aktenberg merklich geschrumpft war. Ob ich das bis zum Jahresende schaffe, fragte sie sich und nahm sich vor, noch vor Weihnachten ein Wochenende zu opfern, um diesen ganzen Kram vom Tisch zu kriegen.

Gegen dreizehn Uhr erschienen Hellmer und Seidel mit den Fotos, von denen die meisten gestochen scharf waren und das Haus von drei Seiten zeigten.

»Das ist also die Hütte«, sagte Durant. »Ich leg sie gleich Maria vor.«

Um halb zwei verabschiedete sie sich von Berger und den andern, fuhr noch einmal zu Maria und zeigte ihr die Fotos. Ihr Gesicht wechselte schlagartig von einer Sekunde zur andern die Farbe. Sie zündete sich mit fahrigen Fingern eine Zigarette an und sagte: »Das ist das Haus. Ich werde es nie vergessen. Warte, hier oben, das war mein Zimmer.« Dann sah sie Durant an. »Hättest du gedacht, dass das ein Bordell ist?«

»Nein, aber keins der illegalen Bordelle erkennt man von außen, weil sie so gut getarnt sind. So wie man die wenigsten Verbrecher an ihrem Aussehen erkennt. Du hast es bald hinter dir, versprochen. Ich hab noch zu tun«, sagte sie, steckte die Fotos wieder ein, fuhr in die Stadt und streifte durch Kaufhäuser, ohne etwas zu kaufen. Sie setzte sich in ein Café, bestellte ein Stück Käsekuchen und ein Kännchen Kaffee und rauchte eine Zigarette. Sie war nervös, ohne sagen zu können, warum. Um zehn vor sechs klingelte ihr Handy. Bäumer. Kullmer hatte sich eben bei ihm gemeldet und ihm mitgeteilt, wann er wo hinkommen sollte.

Samstag, 17.45 Uhr

Kullmer hielt sich wie verabredet in der Innenstadt auf. Seit über einer Stunde lief er die Zeile zwischen Kaufhof und Karstadt hoch und runter und befand sich in der Parfümerieabteilung von Karstadt, als der erwartete Anruf kam.

»Ja?«, meldete er sich.

»Herr Bernardi?«, fragte eine männliche Stimme.

»Ja.«

»Seien Sie in exakt zwanzig Minuten in der Cafeteria vom Kaufhof.«

»Und wie erkenne ich Sie?«, fragte Kullmer.

»Ich kenne Sie«, sagte der Anrufer und legte auf.

Mir bleibt nicht viel Zeit, dachte er, begab sich ins Untergeschoss zu den Toiletten, wobei er sich unauffällig vergewisserte, dass ihm niemand folgte, und rief Bäumer an.

»Cafeteria Kaufhof, fünf nach sechs«, sagte er nur und löschte gleich darauf die eingetippte Nummer wieder. Er hatte einen trockenen Hals, wickelte einen Kaugummi aus und steckte ihn in den Mund. Woher kannte der Anrufer ihn? Hatte man ihn doch beobachtet, ohne dass er es gemerkt hatte? Oder hatte man ein Foto von ihm gemacht, gestern, als er bei Nowak war?

Er lief mit ausgreifenden Schritten zum Kaufhof, fuhr in den fünften Stock, wo sich die Cafeteria befand, und setzte sich um Punkt sechs an einen freien Tisch. Ein junges Ehepaar mit einem Kind kam und fragte, ob sie sich zu ihm setzen dürften. Er antwortete, dass es ihm leid tue, aber er erwarte jemanden, woraufhin das Paar enttäuscht davonzog.

Zur ausgemachten Uhrzeit erschien ein Mann in Jeans und einer braunen Lederjacke, der etwa in Kullmers Alter war, bewegte sich zielstrebig auf seinen Tisch zu und setzte sich.

»Schön, Sie zu sehen«, sagte der Mann. »Wollen Sie etwas trinken oder essen?«

»Eine Cola.«

»Ich nehme einen Kaffee, wenn Sie mir den bitte mitbringen würden.«

Wenige Minuten später sagte der Mann, der sich noch immer nicht vorgestellt hatte: »Von meiner Seite aus ist alles klar. Allerdings halte ich diesen Ort für unangemessen, um über Geschäftliches zu sprechen. Zu viele Ohren und zu viel Lärm. Trinken Sie aus, wir fahren woanders hin.«

»Und wohin?«

»Haben Sie etwa Angst? Das brauchen Sie nicht, wir sind immer an neuen Partnern interessiert. Kommen Sie. Wo steht Ihr Wagen?«

»Parkhaus Hauptwache. War ganz schön schwierig, um diese Zeit einen Parkplatz zu finden.«

»Das ist es samstags immer. Wir sollten uns beeilen, ich stehe direkt vor dem Kaufhof im Halteverbot, und die sind hier ziemlich schnell mit dem Abschleppen.«

Kullmer erhob sich und folgte dem Mann nach unten. Vor dem Ausgang der Cafeteria erblickte er in einiger Entfernung Vukovic, von Bäumer jedoch keine Spur.

Sie stiegen in einen 3er BMW. Der Unbekannte sagte freundlich und doch keinen Widerspruch duldend: »Setzen Sie bitte diese Brille auf.«

Kullmer betrachtete sie kurz, sie war auch an den Seiten geschlossen und hatte eine gewisse Ähnlichkeit mit einer Taucherbrille. »Damit kann ich ja gar nichts sehen.«

»Das ist auch der Sinn der Sache.«

Sie fuhren knapp eine Viertelstunde, bis das Tempo verlangsamt wurde und sie kurz darauf in der Garage stoppten.

»Da sind wir. Behalten Sie bitte die Brille auf, bis ich Ihnen sage, dass Sie sie abnehmen können.«

»Wollen Sie mir nicht Ihren Namen verraten?«, fragte Kullmer.

»Nennen Sie mich Rufus, das reicht. Kommen Sie, geben Sie mir Ihre Hand, im Haus ist es gemütlicher. Vorsicht, sechs Stufen, schön langsam gehen, wir wollen doch nicht, dass Sie sich verletzen.«

Rufus führte Kullmer durch einen Gang, der mit Teppichboden ausgelegt war. Er hörte ein paar Stimmen, die jedoch nicht aus unmittelbarer Nähe kamen, eine Tür wurde geöffnet und gleich wieder zugemacht.

»So«, sagte Rufus, »Sie können die Brille abnehmen.« Er deutete auf einen Stuhl. »Bitte.« Kullmer nahm Platz. Rufus fragte: »Einen Whiskey oder irgendwas anderes?«

»Einen Whiskey, aber nur einen kleinen.« Er sah sich um und nahm die Eindrücke in sich auf, wobei er auf jedes Detail achtete.

Rufus schenkte sich ein Glas Orangensaft und Kullmer Whiskey ein und stellte beide Gläser auf den Tisch.

»Einen kurzen Moment noch, bin gleich wieder zurück.«

Er ging nach draußen und fragte Carlos: »Ist uns jemand gefolgt?«

»Nein.«

»Ganz sicher?«

»Hundertpro.«

Rufus kam zurück und sagte: »Entschuldigung, ich musste nur einen meiner Mitarbeiter etwas fragen. Hier sind wir übrigens vollkommen ungestört. Gleich eins vorab, was immer hier besprochen wird …«

»Das brauchen Sie mir nicht zu erklären. Ich will etwas von Ihnen, und Sie bekommen dafür entsprechend Geld. Und niemand wird davon erfahren, außer Sie und ich. Richtig?«

»Das hoffe ich doch sehr. Ich habe mir erlaubt, ein paar Erkundigungen über Sie einzuholen, sicher ist sicher. Es scheint so weit alles in Ordnung zu sein. Es würde mich jedoch interessieren, was Sie beruflich machen.«

»Nichts«, antwortete Kullmer schulterzuckend. »Ich habe lange Zeit im Ausland gelebt, und als mein Bruder Konrad verstorben ist, habe ich sein Erbe angetreten, was nicht unbeträchtlich ist. Sie können natürlich auch gerne Erkundigungen über ihn einholen.«

»Und wovon haben Sie im Ausland gelebt?«, wollte Rufus alias Thorsten Hohleitner wissen.

»Geschäfte«, sagte Kullmer mit leichtem Grinsen.

»Hören Sie, ich möchte gerne wissen, mit wem ich es genau zu tun habe. Deshalb bitte ich Sie, meine Fragen etwas detaillierter zu beantworten. Wir sind nicht zum Spaß hier.«

»Verzeihung. Ich habe offensichtlich ganz gut gearbeitet, sonst hätten Sie's rausgefunden. Ich habe eine ganze Weile in

Mittel- und Südamerika gelebt und mir dort geholt, was andere zu viel hatten. Die meisten Menschen dort sind schweinearm, aber es gibt auch viel zu viele von diesen superreichen Kotzbrocken, die meinen, sich hinter riesigen Mauern verstecken zu können und unantastbar zu sein. Sie glauben gar nicht, wie blöd manche von denen sind. Eine Mauer hat mich noch nie daran gehindert, jemanden auszunehmen.«

»Sie haben gestohlen?«

»Sagen wir's so, es hat die Leute nicht unbedingt zu armen Krüppeln gemacht. Und gestohlen habe ich auch nie etwas, ich habe sie *überredet*, mir etwas abzugeben. Aber nachdem mein Bruder völlig unerwartet verstorben ist, bin ich natürlich sofort nach Deutschland zurückgekehrt. Und jetzt möchte ich eben andere Geschäfte tätigen.«

»Sie sprechen Spanisch?«

»So lala. Ich habe mich meistens auf Englisch verständigt, ich hab mich als Amerikaner ausgegeben.«

Rufus schien diese Antwort zu genügen, denn er sagte: »Ihnen ist aber klar, dass das, was Sie vorhaben, illegal ist und mit hohen Strafen belegt wird?«

»Illegaler als das, was Sie machen oder ich bisher gemacht habe?«, fragte Kullmer ungerührt zurück.

»Ich sehe, wir sprechen eine Sprache. Also gut, kommen wir zum Geschäft. Sie sagen, Sie wollen zehn bis fünfzehn Frauen. Und Sie wollen Frauen aus dem Ostblock. Warum nicht welche aus Südamerika?«

»Zu lange Transportwege, und außerdem sind die nicht ganz einfach zu handhaben. Und wirklich schöne Frauen habe ich in Südamerika nur wenige kennen gelernt, höchstens in den besseren Kreisen, aber an die kommt man nicht ran. Ich will auch keine Asiatinnen, mir wurde gesagt, in der Ukraine, Weißrussland und so weiter würde es die beste

Ware geben. Oder bin ich da falschen Informationen aufgesessen?«

»Nicht unbedingt. Zu den Konditionen – zwanzigtausend pro Frau bei Abnahme von zehn Stück, siebzehntausend bei fünfzehn. Überlegen Sie, welche Menge Sie ordern möchten, und rufen Sie mich an. Hier, meine Handynummer. Haben Sie auch einen Festnetzanschluss?«

Kullmer lächelte und meinte: »Nein. Ich will von Anfang an auf Nummer sicher gehen. Außerdem habe ich, seit es Mobilfunk gibt, meine Geschäfte nie mehr übers Festnetz getätigt. Aber kann ich Ihnen nicht gleich sagen, wann ich wie viele haben möchte?«

»Bitte.«

»Fünfzehn. Ich werde das Haus in Königstein noch ein wenig umbauen lassen, ich denke, Anfang bis Mitte Januar dürfte alles fertig sein. Wie regeln wir das Finanzielle?«

»Bar. Die Hälfte bei Bestellung, der Rest bei Lieferung.« Rufus lehnte sich zurück und fuhr fort: »Wie sieht es eigentlich mit Kindern aus?«

»Ich bin ledig, und ob ich Kinder habe«, Kullmer zuckte mit den Schultern und grinste wieder, »keine Ahnung.«

»Das meine ich nicht. Die Kundschaft, die Sie haben werden, wird nicht nur Frauen haben wollen, wenn Sie verstehen«, sagte Rufus lächelnd und beobachtete dabei sein Gegenüber.

Kullmer kratzte sich am Kinn und meinte: »Ach so, daran hab ich gar nicht gedacht. Sie meinen Stoff, oder?«

»Den bekommen Sie auch über uns, ich spreche jedoch von etwas anderem.«

»Und was? Entschuldigung, aber …«

»Sie sind tatsächlich neu. Nun gut, Sie werden auch Kinder brauchen. Ich finde das schrecklich, aber der Wunsch unserer

Kunden ist uns Befehl. Sie dürfen eines auf gar keinen Fall – Emotionen zeigen. Sie betreiben ein Geschäft, und das funktioniert nur so lange reibungslos, so lange Ihre Kunden zufrieden sind.«

Kullmer verzog den Mund und sagte: »Sie sind der Profi. Was kostet das, und was muss ich dabei beachten?«

»Zehntausend. Und zu beachten gibt es gar nichts, außer dass Sie Ihrem Personal zu essen und zu trinken geben und es mit Kleidung versorgen. Und natürlich müssen die hygienischen Verhältnisse stimmen. Außerdem erwarten Ihre Kunden für gutes Geld entsprechenden Service, das heißt, Sie müssen ihnen auch etwas bieten wie etwa eine Sauna, einen Whirlpool, wenn möglich ein kleines Schwimmbad …«

»Das geht schon klar. Trotzdem bin ich jetzt ein wenig durcheinander. Wie oft werden in der Regel die Frauen und die Kinder ausgetauscht?«

»Kommt drauf an, aber meist alle zwei bis drei Jahre. Und Sie müssen dafür sorgen, dass Ihr Haus absolut ausbruchssicher ist. Das heißt, Sie brauchen zwei bis vier Aufpasser, eine Sicherheitsanlage auf höchstem technischem Niveau, und vor allem darf in der Nachbarschaft keiner mitbekommen, was in Ihrem Haus getrieben wird.«

In den folgenden Minuten erklärte Rufus zahlreiche Details, die Kullmer zwar schon kannte, er gab sich jedoch unwissend. Schließlich sagte er: »Wann soll ich Ihnen das Geld für die Anzahlung geben?«

»In dem Moment, wo die Bestellung rausgeht.«

»Eine Frage noch. Wie komme ich an meine Kunden? Ich kenne nicht sehr viele Leute hier, ich war zu lange im Ausland.«

»Ich denke, da kann ich Ihnen behilflich sein. Sie werden schon bald so viele Kunden haben, dass Sie noch einen weiteren Club eröffnen müssen. Und bevor ich's vergesse, wenn Sie die Ware von uns beziehen, gehören Sie dazu.«

»Was meinen Sie damit?«, fragte Kullmer.

»Wir beliefern grundsätzlich nur Personen, die sich unserer *Kette* anschließen. Das ist so ähnlich wie eine Hotelkette, wenn Sie verstehen. Wir empfehlen Sie weiter, und Sie tun uns dafür den einen oder andern Gefallen. Was das sein wird, erfahren Sie immer rechtzeitig. Wenn Sie mich jetzt bitte entschuldigen wollen, ich habe noch zu tun. Einer meiner Mitarbeiter wird Sie wieder in die Stadt bringen. Hier ist meine Handynummer, rufen Sie mich an, sobald Sie bereit sind. Wenn Sie jedoch in etwa zwei Monaten eröffnen möchten, sollten wir das Geschäft so schnell wie möglich unter Dach und Fach bringen. Am besten wäre es, wenn wir uns morgen wieder hier treffen würden, Sie werden am Parkhaus Hauptwache abgeholt. Ich bin nämlich ab Dienstag für eine Woche nicht erreichbar. Es passt Ihnen doch morgen, oder?«

»Schon. Um welche Uhrzeit?«

»Zwanzig Uhr?«

»Einverstanden.«

»Hat mich gefreut, Sie kennen gelernt zu haben. Wenn Sie nun bitte die Brille wieder aufsetzen würden. Ach ja, und bringen Sie etwas Zeit mit, Sie werden es nicht bereuen.«

Kullmer folgte der Aufforderung, Rufus ging zur Tür und sagte: »Carlos, bring bitte Herrn Bernardi zum Parkhaus Hauptwache.«

»Eine Frage noch«, sagte Kullmer. »Diese Nadja, ist die immer so brutal?«

Er sah Rufus' Grinsen nicht, als dieser antwortete: »Nicht immer, aber immer öfter. Sie ist doch hoffentlich nicht zu hart mit Ihnen umgesprungen?«

»Geht so, tut jedenfalls noch immer weh.«

»Ich entschuldige mich für ihr Verhalten, wird nicht wieder vorkommen. Nadja ist etwas ganz Besonderes, finden Sie nicht?«

»Wenn sie nicht zuschlägt, wahrscheinlich schon.«

»Sie ist jedenfalls die Einzige Frau, die meinen vollen Respekt genießt. Und sollten Sie sich irgendwelche Hoffnungen machen, Nadja ist nicht zu haben. Deshalb mein guter Rat, Finger weg von ihr. Ich weiß nämlich, dass sie Männer gerne heiß macht.«

»Mich nicht. Bis morgen.«

Als Rufus alias Thorsten wieder allein war, griff er zum Telefon und rief Ulrich an, der sich zurzeit in Hamburg bei seiner Freundin Julie Bernaux aufhielt. »Wir haben einen neuen Kunden, du weißt schon, diesen Bernardi ... Ja, genau der. Er wird morgen Abend hier sein, da kannst du dir selber ein Bild von ihm machen. Seine Überprüfung hat keine Ungereimtheiten ergeben. Er ist in dem Metier noch ein bisschen grün hinter den Ohren, aber wir werden ihm schon zeigen, wo's langgeht ... Ja, sicher, bis morgen.«

Samstag, 18.05 Uhr

Vukovic und Bäumer hielten sich in Sichtweite zur Cafeteria auf, allerdings nicht zusammen, sondern in einem Abstand von etwa zehn Metern voneinander. Sie beobachteten unauffällig die Rolltreppe und jeden, der in die Cafeteria ging. Mit einem Mal zuckte Bäumer zusammen, drehte sich um und verschwand blitzschnell hinter einer Säule. Sein Herzschlag beschleunigte sich, er meinte das Blut in seinen Schläfen rauschen zu hören. Nach einem kurzen Moment des Verschnaufens gab er Vukovic ein Zeichen, der sich langsam auf ihn zubewegte und so tat, als würde er jemanden suchen.

»Was ist los?«, fragte Vukovic, die wulstigen Augenbrauen zusammengezogen, ohne Bäumer anzuschauen.

»Hast du den Typ gesehen, der vor etwa einer Minute da reingegangen ist, der mit der braunen Lederjacke?«, flüsterte er.

»Sag bloß, du kennst den?«

»Allerdings. Aber das erklär ich dir später. Wir können jetzt nichts machen, nur von hier verschwinden, und zwar schnell.«

»Aber …«

»Kein Aber«, quetschte Bäumer durch die Zähne. »Hauen wir ab, ich hab keine Ahnung, ob der noch jemanden zur Verstärkung mitgebracht hat, der mich vielleicht auch kennt. Peter ist jetzt ganz allein auf sich gestellt, er muss es ohne uns durchziehen, wir können ihn im Moment nicht beschützen. Ich hoffe nur inständig, er macht keinen Fehler. Du nimmst den Aufzug, ich die Rolltreppe. Wir treffen uns in zehn Minuten am Wagen, dort erklär ich dir alles.«

Vukovic saß bereits im Auto, als Bäumer völlig außer Atem einstieg.

»Jetzt raus mit der Sprache, wer ist das?«

»Der Kerl heißt Thorsten Hohleitner, ich hab früher mit ihm zusammengearbeitet.« Sein Herzschlag beruhigte sich allmählich, er schloss für wenige Sekunden die Augen.

»Und? Das ist doch nicht alles, oder?«, sagte Vukovic, während er den Wagen aus der Parklücke lenkte.

»Nein«, antwortete Bäumer zögernd und sah Vukovic von der Seite an. »Er ist mittlerweile beim BND gelandet.«

Der Verkehr bewegte sich nur langsam vorwärts, die Ampel sprang von Gelb auf Rot, Vukovic trat kräftiger als gewollt auf die Bremse. »Was? BND? Du verarschst mich nicht, oder?«

»He, dreh jetzt bloß nicht durch. Ich kann mir genau vorstellen, was in deinem Kopf vorgeht, aber …«

»Stimmt, da geht was vor, doch erst will ich von dir hören, was los ist. Und keine Panik, ich hab mich in der Gewalt. Und jetzt erzähl mir mehr von ihm.«

»Wir waren gut sechs Jahre in derselben Abteilung beim BKA, bevor er '96 vom BND abgeworben wurde. Das Scheißproblem ist, dass wir immer noch gut befreundet sind. Wir sehen uns des Öfteren, telefonieren, er schaut ab und an bei uns vorbei. Erst letztens war er wieder bei mir zu Hause. Na ja, der typische Kontakt eben, den man unter Freunden pflegt. Letztes Jahr waren wir sogar zusammen eine Woche in Schottland zum Angeln. Doch das ist Schnee von gestern und interessiert dich bestimmt auch gar nicht. Aber da macht auf einmal alles so unglaublich viel Sinn. Ich meine, dass der BND nicht immer ganz sauber arbeitet, das wissen wir beide. Du hast ja deine ganz eigenen Erfahrungen mit denen gemacht. Aber dass ausgerechnet Thorsten, der immer so von seiner Arbeit geschwärmt hat … Ich kann das einfach nicht begreifen, es will nicht in meinen Kopf. Wenn ich's mir recht überlege, wusste er immer genau, was wir vorhatten. Deshalb sind so viele unserer Aktionen und Missionen gescheitert. Diese verdammte Ratte! Wenn ich jemandem vertraut hätte, dann ihm. Kannst du das verstehen?« Er winkte ab und fuhr fort: »Nein, kannst du wahrscheinlich nicht, ich kann's ja selber nicht begreifen. Ich hab mit einem elenden Verräter Sachen besprochen, die unter die höchste Geheimhaltungsstufe gefallen sind.«

»Hoffentlich nicht über das hier«, bemerkte Vukovic gelassen.

»Quatsch, ich meine, zum Glück nicht …«

»Aber du hättest es, wenn du ihn gestern oder heute gesehen hättest, stimmt's?«

»He, tu mir einen Gefallen und verhör mich nicht. Jeder von uns hat schon Scheiße gebaut und aufs falsche Pferd gesetzt, du auch. Oder bist du etwa ein Heiliger?«

»Nicht so aggressiv, hab's doch gar nicht so gemeint«, wiegelte Vukovic ab.

»Ich bin aber aggressiv, okay?! Doch wenn du's genau wissen willst, ich hab seit einigen Wochen nicht mehr mit ihm gesprochen. Aber allein wenn ich mir vorstelle, nein, das darf ich gar nicht. Ich krieg's große Kotzen.« Bäumer lachte kehlig auf. »Ich hab einer Giftnatter vertraut. Mein Gott, ich bete inständig, dass Peter kein Fehler unterläuft, und das könnte schon ein falsches Wort zur falschen Zeit sein. Hohleitner würde den Braten sofort riechen.«

»Warum hast du überhaupt Dienstinterna mit ihm besprochen?«

»Das war ja nicht nur ich, es gibt mehrere Kollegen bei uns, die mit Hohleitner per du sind, unter anderem zwei unserer Abteilungsleiter. Die wollten ihn damals unbedingt behalten, aber offensichtlich hat ihn die Aufgabe beim BND mehr gereizt. Unter Kollegen tauscht man eben hin und wieder Interna aus, oder behältst du alles für dich?«

»In welcher Abteilung beim BND ist er?«

»Osteuropa«, antwortete Bäumer leise. »Das Letzte, was ich mitgekriegt habe, war, dass er im Zuge der EU-Erweiterung viel unterwegs ist. Er hat mir aber auch mal gesagt, dass er häufig im ehemaligen Jugoslawien ist, allerdings nie, was er dort macht. Eigentlich hat er mir nie wirklich was über seine Arbeit erzählt.« Bäumer schüttelte den Kopf und fuhr fort: »Je mehr ich drüber nachdenke, desto klarer wird das Bild.«

»Hab ich eigentlich erwähnt, in welcher Abteilung Eva war?«, fragte Vukovic beherrscht, ja, mit beinahe stoischer Ruhe.

»Ich kann's mir denken. Deswegen hab ich ja auch gesagt, du sollst nicht durchdrehen. Da glaubst du, einen Menschen zu kennen, und dann dieser Hammer. Ich krieg's nicht in meinen Kopf, ich krieg's einfach nicht rein.«

»Wenn das alles stimmt, dann hat er mit ihrem Tod zu tun. Und das wird er mir büßen, das schwöre ich dir«, sagte Vukovic entschlossen.

»Aber nicht heute. Außerdem, was bringt es dir? Genugtuung?«

»Willst du mir jetzt eine Moralpredigt halten?«

»Hör zu, ich will dir weder eine Moralpredigt halten, noch will ich dir sagen, was du tun oder lassen sollst. Ich bitte dich lediglich darum, ihn mir zu überlassen, sobald wir ihn haben. Ich kenne ihn und weiß, wie ich mit ihm umzugehen habe. Ich werde ihn so durch die Mangel drehen, dass er nicht mehr weiß, wo vorn und hinten ist.«

»Vergiss es! Sollte er Eva auf dem Gewissen haben, gehört er mir. Und damit basta!«

»Willst du etwa deine Karriere wegen diesem Arschloch aufs Spiel setzen? Du hörst dich nämlich im Augenblick so an.«

»Ach weißt du, ich habe fast alles verloren, was ein Mensch überhaupt nur verlieren kann. Meine Karriere bedeutet mir so viel wie ein Stück gebrauchtes Klopapier.«

»Mag sein. Aber dieser Mistkerl hat meine Freundschaft mit Füßen getreten, und ich Idiot hab's nicht mal gemerkt. Lass uns irgendwo anhalten und was trinken, ich brauch jetzt was.«

»Wir sind im Dienst.«

»Ich pfeif auf den gottverdammten Dienst und diese verfluchten Regeln! Ich brauch nur was zur Beruhigung, damit ich wieder klarer denken kann.«

»Wie lange kennt ihr euch schon?«, wollte Vukovic wissen.

»Vierzehn, fünfzehn Jahre, keine Ahnung. Hohleitner! Ich kann's nicht fassen. Wenn der hinter Peters wahre Identität kommt, macht er ihn auf der Stelle kalt. Weißt du, als du von Eva und dem BND gesprochen hast, musste ich unwillkürlich an Hohleitner denken, doch eine Verbindung zwischen ihm und Evas Tod hätte ich nie gezogen. Vielleicht hat er ja auch gar nichts damit zu tun …«

»Träum weiter. Aber das werden wir ganz leicht rauskriegen.«

»Wenn wir Peter nur irgendwie warnen könnten.«

»Zu spät. Das Einzige, was wir machen können, ist, den Laden so schnell wie möglich hochgehen zu lassen. Am besten morgen, denn je mehr Zeit vergeht, desto gefährlicher wird's für Peter.«

»Ich hätte für Hohleitner meine Hand ins Feuer gelegt …«

»Das hab ich mir schon lange abgewöhnt. Meinst du, dein Freund Hohleitner ist der Boss und nicht Leonhardt?«

»Woher soll ich das denn wissen?!« Bäumer schüttelte den Kopf und meinte danach etwas versöhnlicher: »Nein, eher unwahrscheinlich. Seit wann holt der Boss einen ihm Unbekannten persönlich ab? Nee, da muss noch jemand über Hohleitner stehen, und das wird aller Wahrscheinlichkeit nach Leonhardt sein. Leonhardt hat aufgrund seiner exponierten Position Kontakte ohne Ende, aber Hohleitner ist, glaub ich zumindest, für das Organisatorische zuständig. Deshalb auch seine häufigen Aufenthalte im Osten. Er muss dort eine Menge einflussreicher Leute sitzen haben, pflegt vielleicht sogar engeren Kontakt zu Kristovic. Würde mich jedenfalls nicht wundern, denn der BND hat, und das wissen wir beide, in der Vergangenheit häufig am Gesetz vorbei gearbeitet.«

»Also, ich fahr jetzt in keine Kneipe, sondern ins Präsidium. Wir müssen unbedingt die andern über das informieren, was da im Moment abgeht. Wenn ich dich aber vorher irgendwo absetzen soll …«

»Blödsinn! Gib Gas.«

Samstag, 19.00 Uhr

Parkplatz McDonald's, Frankfurt-Griesheim.

Julia Durant war zehn Minuten vor der ausgemachten Zeit dort, rauchte zwei Zigaretten, das Radio spielte leise. Sie dachte über das vorhin geführte Telefonat mit Bäumer nach, als sie den beschriebenen Audi A3 auf den Parkplatz einbiegen sah. Sie stieg aus und gab Simoneit ein Zeichen, sein Auto direkt neben ihrem zu parken.

Er ließ das Seitenfenster herunter und fragte: »Frau Durant?«

»Ja. In Ihrem oder in meinem Wagen?«

»Setzen Sie sich zu mir.«

Nachdem Durant eingestiegen war, sagte Simoneit, ohne sie anzuschauen: »Hier bin ich. Bringen wir's schnell hinter uns. Stellen Sie mir Ihre Fragen, ich werde versuchen sie so präzise wie möglich zu beantworten. Sie haben auch kein Aufnahmegerät dabei?«

»Hätte ich eins dabeihaben sollen?«

»Nein.«

»Gut, fangen wir an. Sie wollen also aussteigen, wenn ich das richtig verstanden habe. Warum dieser plötzliche Entschluss?«

»Weil es um Mord geht und ich damit nichts zu tun haben will. Frau Durant, es tut mir leid, was ich getan habe, glauben Sie mir bitte.«

»Herr Simoneit, was immer Sie getan haben, das müssen Sie schon mit sich selbst ausmachen. Ich bin auch nicht hier, um mit Ihnen über Recht und Unrecht zu philosophieren, es geht mir einzig und allein um Fakten. Wer außer Ihnen sind die Drahtzieher?«

»Ich gehöre nicht zu den Drahtziehern, um das gleich klarzustellen. Was immer auch passiert ist, ich habe es nicht gewollt, aber ich habe mitgemacht. Dr. Leonhardt und Herr Hohleitner sind die Drahtzieher, ich war die ganzen Jahre über nur ein Mitläufer, der von ihnen benutzt wurde.«

Durant hätte Simoneit am liebsten ins Gesicht geschrien, dass ihm das relativ spät einfalle und dass er bestimmt niemals zugegeben hätte, Mädchen und Frauen für das Ausleben seiner Triebe zu missbrauchen, wären nicht die beiden Morde passiert und hätte seine Frau ihn nicht zur Rede gestellt und ihm ein Ultimatum gesetzt. Doch sie blieb besonnen und sagte, nicht ohne sich einen ironischen Unterton verkneifen zu können: »Aber warum kommen Sie erst jetzt damit? Warum nicht schon vor ein oder zwei Jahren oder wann immer Sie gemerkt haben, dass Sie etwas Ungesetzliches tun?«

»Diese Frage habe ich mir seit gestern etliche Male gestellt. Ich weiß es nicht. Ich habe keine Antwort darauf.«

Ich schon, dachte Durant, sprach es jedoch nicht aus. »Aber Sie haben die ganze Zeit über gewusst, dass Sie etwas Ungesetzliches tun. Ist Ihnen eigentlich klar, was Sie den Frauen angetan haben?«

Simoneit, der sich zu Beginn des Gesprächs äußerst nervös gezeigt hatte, antwortete relativ gelassen und doch nicht emotionslos: »Im Nachhinein betrachtet, ja. Nur bitte glauben Sie mir, ich habe nie einer von ihnen wehgetan. O mein Gott!«, stieß er hervor und schloss die Augen. »Ich hatte mir vorgenommen, mich nicht zu rechtfertigen, und jetzt tu ich's doch. Es gibt keine Rechtfertigung für mein Handeln, und ja, ich habe den Frauen wehgetan, jeder, der dorthin kommt, tut das, denn keine von den Frauen ist freiwillig hier, aber das ist Ihnen ja längst bekannt. Kommen wir also zum Wesentlichen. Leonhardt ist der Chef, doch mir gehört der Laden, seit verdammten drei Jahren gehört mir dieses verfluchte Haus.« Er holte tief Luft und stieß sie mit einem Seufzer der Verzweiflung wieder aus. »Hört sich verrückt an, ist aber so.«

»Ich weiß bereits darüber Bescheid. Was macht Leonhardt so gefährlich?«

Simoneit lachte auf und sah zum ersten Mal Durant an. »Alles. Er ist eine Maschine, ein Roboter, er kennt keine Gefühle, er benutzt Menschen, um seine eigenen Ziele zu verfolgen, und er schreckt auch vor Mord nicht zurück, was ich leider erst diese Woche erfahren habe. Wie viele Menschen er schon umbringen ließ«, Simoneit zuckte mit den Schultern, »das weiß wohl nur er selber. Doch wie schon betont, dies soll keine Rechtfertigung für mein Handeln sein. Ich habe mich von ihm verleiten lassen, Dinge zu tun, die ich vor ein paar Jahren noch nicht einmal geträumt hätte, und ich werde selbstverständlich alle Konsequenzen dafür tragen. Wichtig ist, dass meine Familie außen vor bleibt. Können Sie mir das zusichern?«

»Wir werden unser Bestes tun«, antwortete Durant ausweichend, denn eine Garantie konnte und wollte sie ihm nicht geben. »Seit wann kennen Sie Leonhardt?«

»Ich habe ihn kennen gelernt, kurz nachdem ich in die Politik gegangen bin. Er muss gemerkt haben, wie leicht ich zu manipulieren bin, und deshalb hat er wohl auch mich für einen Teil seiner Pläne auserwählt. Ihm habe ich es zu verdanken, heute eine führende Rolle in der hessischen Politik einzunehmen, ohne ihn wäre ich, wenn überhaupt, nur ein kleines unscheinbares Licht, würde vielleicht irgendwo im Stadtrat vor mich hin gammeln und … Na ja, lassen wir das. Das Problem ist, ich habe zu spät herausgefunden, was Leonhardt wirklich mit mir vorhatte, ich habe vor allem viel zu spät gemerkt, dass dieser Dreckskerl allen nur was vorspielt.«

Als Simoneit nicht weitersprach, fragte Durant: »Was hatte oder hat er denn mit Ihnen vor?«

»Die meisten Politiker brauchen Jahre, viele sogar Jahrzehnte, bis sie ganz oben stehen, das heißt, bis sie einen wichtigen Posten einnehmen und bedeutende Entscheidungen treffen dürfen. Ich hingegen bin nach oben durchgereicht worden, und das nur, weil ich ein einziges Talent habe – ich kann gut reden. Und dazu kommt natürlich noch meine Manipulierbarkeit. Damit war ich für Leonhardt das gefundene Fressen. Noch vor vier Jahren kannte mich kaum ein Mensch, heute steht fast jeden Tag in irgendeiner Zeitung etwas über mich. Leonhardt kam damals und hat gesagt, wenn ich will, kann er mir jede Tür öffnen. Der Tragweite dieser Aussage war ich mir zu dem Zeitpunkt nicht im Geringsten bewusst. Mein Gott, ich fühlte mich geschmeichelt, geehrt, dachte nur, jetzt gehörst du endlich zu dem Kreis, zu dem du immer gehören wolltest. Und Leonhardt ist ein verdammt guter Schauspieler, der könnte in viele Rollen schlüpfen und für jede einen Oscar bekommen. Nun, heute, viel zu spät, weiß ich, was er damit gemeint hat, als er sagte, er könne mir jede Tür öffnen. Aber ich bin weiß Gott nicht der Einzige, er hat unzählige Politiker und andere Entscheider in der Hand, und er hat sie sich alle auf die gleiche Weise geschnappt, nämlich indem er ihnen etwas vorgegaukelt hat, auf das sie alle reingefallen sind. Oder er hat sie einfach eiskalt erpresst. Aber auch das weiß ich erst seit dieser Woche. Er verspricht etwas, aber er verlangt auch eine Gegenleistung.«

»Und was war Ihre Gegenleistung?«

»Es fing mit dem Haus an. Er hat es mir geschenkt, besser gesagt, überschrieben. Ab diesem Moment gab es für mich kein Entrinnen mehr. Seltsamerweise hat er in der Folgezeit nichts weiter von mir verlangt, aber am Donnerstag wurde mir der Auftrag gegeben, Staatssekretär Binder in den Club zu bringen.« Simoneit lachte verächtlich auf. »Es gibt da ein paar sehr pikante Fotos, die ihn mit kleinen Mädchen zeigen, und wenn ich klein sage, dann meine ich auch klein. Binder und ich sind sehr gut befreundet, das heißt, wir waren es. Hätte mir einer vor ein paar Tagen gesagt, dass Binder pädophil ist, ich hätte demjenigen nur den Vogel gezeigt. Man kann eben in die Menschen nicht reinschauen.«

»Das heißt, er wurde erpresst?«

»Ja, was sonst?! Natürlich kam er in den Club, hat seine Unterschrift unter ein höchst brisantes Dokument gesetzt, und anschließend durfte er zwei kleine Mädchen …« Simoneit fuhr sich mit der Zunge über die Lippen und fuhr fort: »So läuft das, Leonhardt gibt den Auftrag, nach Leichen im Keller von auserkorenen Personen zu suchen, und glauben Sie mir, man findet immer eine. Und wenn es nur ein paar Schwarzgelder sind, die jemand in die eigene Tasche gesteckt hat. Ich habe das schon meiner Frau gesagt, Leonhardt kann jeden groß machen oder zerstören. Für ihn gibt es nichts anderes. Aber für die breite Masse gilt er als absolut integer, und seine Medienpräsenz ist ja wohl unumstritten. Tja, er versteht es eben, sich in Szene zu setzen, und er bestimmt, wann er die Szene betritt und wann nicht.«

»Sie haben vorhin den Namen Hohleitner erwähnt. Erzählen Sie mir etwas über ihn.«

»Er arbeitet für den BND, aber im Prinzip hauptsächlich für Leonhardt. Oder nein, eigentlich arbeitet er für beide gleichermaßen. Er leiert unzählige Geschäfte an, kümmert sich zum Teil um die Logistik, aber ganz ehrlich, über Hohleitner weiß ich so gut wie nichts. Fast noch weniger als über Leonhardt. Ich habe keine Ahnung, wo er wohnt, ob er eine Freundin oder Frau hat, ich weiß nicht einmal, wie alt er ist. Ich schätze ihn so Mitte bis Ende dreißig. Er verhält sich mir gegenüber stets sehr reserviert. Aber er ist eiskalt, darin gleicht er Leonhardt, keine Gefühlsregung, keine Emotionen, nichts dergleichen.«

»Sie wissen also nicht, ob er in Frankfurt oder woanders wohnt?«

»Doch, er wohnt in Frankfurt, ich hab da mal was aufgeschnappt, dass er eine Wohnung in der Innenstadt hat. Adresse hab ich jedoch keine.«

»Ist Leonhardt der Alleinherrscher, oder ist er Bestandteil eines Netzwerks?«

Simoneit lachte erneut höhnisch auf und antwortete: »Beides. Er herrscht über sein Imperium, das aber verschmolzen ist mit andern Imperien. So lässt sich das meiste Geld verdienen. Die Geschäftsbereiche umfassen Drogen-, Waffen- und Menschenhandel, Geldwäsche in großem Stil, Korruption, tja, und Mord. Was sonst noch alles abläuft, darüber bin ich nicht informiert.«

»Kooperiert er mit Alexander Kristovic?«

Simoneit wandte den Kopf und sah Durant an. »Meine Frau hat mich das heute Nacht schon gefragt. Ja, Leonhardt und Kristovic pflegen eine enge Geschäftsbeziehung. Über ihn laufen viele Transfers.«

»Was meinen Sie mit Transfers?«

»Kristovic ist im ehemaligen Jugoslawien das, was Leonhardt in Deutschland ist. Mehr kann ich Ihnen nicht über ihn berichten, ich kenne ihn nicht, ich weiß nicht, wie er aussieht, lediglich sein Name ist einige Male gefallen.«

»Aber Sie haben das Wort Transfers benutzt.«

»Viele der Geschäfte, die mit dem Osten zu tun haben, laufen erst mal über Kristovic. Ich weiß zum Beispiel, dass uns alle Frauen, die bisher in den Club kamen, aus Jugoslawien geschickt wurden. Sie werden in Weißrussland, der Ukraine und so weiter angeheuert, dann nach Jugoslawien beziehungsweise dem heutigen Serbien und Montenegro gebracht, dort entsprechend instruiert, und schließlich kommen sie nach Deutschland. Ähnlich wird es sich auch mit Drogen und Waffen verhalten. Aber bitte, das ist nur eine Vermutung von mir, beweisen kann ich es nicht, denn ich war nie dabei, wenn ein Geschäft abgeschlossen wurde.«

»Schon gut. Und der Name Knoblauch, sagt der Ihnen etwas?«

»Wie kommen Sie ausgerechnet auf ihn?«

»Beantworten Sie nur meine Frage.«

»Er besucht hin und wieder den Club, meistens aber geht er in einen andern, der eigentlich ebenfalls Leonhardt gehört, auch wenn Knoblauch als Eigentümer eingetragen ist. Die normalen Tagesgeschäfte führt jedoch jemand, den ich nicht kenne.«

»Wo ist dieser andere Club?«

»In Bad Homburg, wo Knoblauch auch wohnt.«

»Die Adresse?«

Simoneit nannte sie ihr, sie schrieb mit.

»Damit hätten wir schon das nächste Rätsel gelöst«, sagte Durant mit vieldeutigem Lächeln.

»Was für ein Rätsel?«

»Wer für den Mord an Frau Hendriks und Herrn Zaubel mitverantwortlich ist.«

»Knoblauch?«, fragte Simoneit mit ungläubigem Blick.
»Es gibt niemanden sonst, der in Frage käme.«
»Knoblauch, dieses kleine stinkende Mistvieh! Ich hab diesen Kerl nie gemocht, er und Leonhardt sind so was wie Zwillingsbrüder im Geiste. Und beide sind Wirtschaftsanwälte, da können Sie sich in etwa vorstellen, was die neben ihrer normalen Anwaltstätigkeit noch so machen.«
»Wie viele dieser Bordelle betreibt beziehungsweise gehören Leonhardt?«
»Da bin ich überfragt. Fünf, zehn, zwanzig«, er zuckte mit den Schultern, »keine Ahnung. Ich weiß nur noch von einem dritten in Gießen, aber ich habe die Adresse nicht, ich wüsste auch nicht, wie ich die auf die Schnelle beschaffen könnte.«
»Nicht nötig. Was sagt Ihnen der Name Nowak?«
»Wer soll das sein?«
»Ich dachte, Sie könnten mir das sagen.«
»Tut mir leid, nie gehört.«
»Nun gut, dann hat man Sie tatsächlich in viele Dinge nicht eingeweiht.«
Durants Handy klingelte, sie zog es aus ihrer Tasche und meldete sich. Berger.
»Sind Sie noch in Griesheim?«
»Ja.«
»Nur kurz zu Ihrer Information, wir werden die Razzia morgen Abend um zweiundzwanzig Uhr zwanzig durchführen. Richten Sie das Herrn Simoneit aus. Melden Sie sich bitte noch einmal, wenn Sie fertig sind.«
»Moment, es gibt noch ein zweites Haus in Bad Homburg, das wir gleich mit einbeziehen sollten. Ich hab das eben erfahren. Ich geb Ihnen die Adresse … Okay, ich melde mich nachher.«
Berger legte auf, sie behielt das Handy in der Hand.

»Das war mein Chef. Morgen Abend um Punkt zweiundzwanzig Uhr zwanzig werden wir Razzien in beiden Häusern durchführen. Herr Simoneit, ich muss es Ihnen sagen, aber die nächsten Tage und Wochen werden sehr schwer für Sie werden. Wären Sie bereit, vor Gericht gegen Leonhardt und Hohleitner auszusagen?«

Simoneit schüttelte den Kopf und erwiderte: »Frau Durant, was glauben Sie, was dann passieren würde? Selbst wenn man die gesamte Polizei von Frankfurt zur Bewachung meiner Familie abstellen würde, es würde nichts nützen. Nein, ich werde definitiv keine Aussage machen. Ich nehme die Schuld allein auf mich, ich werde mein Mandat niederlegen und gegebenenfalls meine Immunität selbst aufheben. Ich bin bereit, ins Gefängnis zu gehen, aber ich werde weder gegen Leonhardt noch gegen Hohleitner oder irgendjemand anderen aussagen. Das ist mein letztes Wort. Sie müssen sich schon etwas anderes einfallen lassen, um die beiden aus dem Verkehr zu ziehen, nur, es wird Ihnen nicht gelingen, denn ich bezweifle, dass es jemals zu einem Prozess kommen wird. Leonhardt ist gegen alle Eventualitäten gerüstet, und Hohleitner, was wollen Sie gegen ihn ausrichten? Er wird ein Gast sein wie alle andern auch, die Sie morgen festnehmen, aber Sie werden ihm nicht nachweisen können, dass er ein Krimineller ist. Es sei denn, Sie haben hieb- und stichfeste Beweise gegen die zwei in der Hand, von denen Sie mir bis jetzt nichts gesagt haben. Was Sie bei der Razzia jedoch finden werden, ist ein Dokument, das mich als Betreiber eines illegal geführten Bordells ausweist.«

»Maria hat Sie übrigens wiedererkannt«, bemerkte Durant wie nebenbei, doch Simoneit, der den Kopf wandte und sie ungläubig anblickte, merkte nicht, dass Durant ihn anlog.

»Was? Sagen Sie bloß, Maria ist bei Ihnen?«

»Nein, nicht bei mir, aber in Sicherheit. Wegen ihr wurden

doch Frau Hendriks und Herr Zaubel getötet, oder irre ich mich da?«

»Hat es Maria tatsächlich zu Ihnen geschafft. Geht es ihr gut?«

»Sie wird noch lange brauchen, um die vergangenen vier Jahre zu verarbeiten, aber sie ist in körperlich guter Verfassung.«

»Das freut mich. Ehrlich. Sie ist die Erste, die es geschafft hat, da rauszukommen. Für Leonhardt war sie etwas Besonderes, Einzigartiges, nicht einmal ich durfte … Na ja, ein paar andere schon, aber im Prinzip war sie für ihn reserviert. Ich hatte schon die Befürchtung, man hätte Maria gefunden und auch getötet.«

»Maria lebt noch, aber zwei andere, ebenfalls unschuldige Menschen mussten sterben. Sie mussten doch wegen Maria sterben? Oder gab es noch andere Gründe?«

»Unter anderem wegen Maria. Leonhardt hätte Zaubel auch so umbringen lassen, er war ihm schon lange ein Dorn im Auge. Aber auch das war mir bis vor kurzem nicht bekannt. Passen Sie bloß auf Maria auf.«

»Das tun wir. Noch einmal zu morgen Abend. Sie müssen sich um diese Zeit unbedingt im Haus aufhalten, damit kein Verdacht auf Sie fällt. Sie wissen, was ich meine. Ebenfalls anwesend wird ein Kollege von mir sein, der vorhin ein Treffen mit Hohleitner hatte …«

»Das verstehe ich nicht«, sagte Simoneit mit gerunzelter Stirn.

»Mein Kollege hat sich als interessierter Käufer von Frischfleisch ausgegeben. Sie werden ihn morgen kennen lernen.«

»Hohleitner lässt doch jeden überprüfen, wie …«

»Herr Simoneit, die Polizei ist nicht ganz so dumm, wie Sie vielleicht meinen. Wir beherrschen auch einige Tricks.

Meine letzte Frage: Wissen Sie, ob Leonhardt morgen dort sein wird?«

»Heute ist er in Hamburg bei seiner Lebensgefährtin. Ich würde zu gern ihr Gesicht sehen, wenn sie erfährt, was ihr Liebster so alles getrieben hat«, sagte Simoneit lächelnd, auch wenn ihm zum Heulen zumute war. »So weit ich aber weiß, wird er morgen im Club sein, er ist sonntags fast immer da.«

»Wer ist seine Lebensgefährtin?«

»Ich kenne sie nicht persönlich, ich weiß lediglich, dass sie eine französische Journalistin ist. Wird die Presse von der Razzia Wind bekommen?«

»Möglich. Sie kennen doch die Pressefritzen, alles, was nach Sensation riecht, kriegen die sofort raus. Aber noch einmal zu Ihnen. Halten Sie sich bitte genau an meine Anweisungen. Sie werden mit niemandem außer Ihrer Frau darüber sprechen. Sie werden morgen ganz normal in den Club gehen, und Sie müssen sich geben wie immer. Um zwanzig nach zehn stürmen wir das Haus, es wird alles sehr schnell gehen. Jeder, der sich zu diesem Zeitpunkt im Haus aufhält, wird festgenommen, auch mein Kollege. Wir werden seine wahre Identität vorläufig nicht preisgeben, so dass auch er geschützt ist. Danach wird jeder von Ihnen separat verhört. Was Sie in diesem Verhör sagen, bleibt ganz Ihnen überlassen. Wenn Sie nicht gegen Leonhardt und Hohleitner aussagen möchten, respektiere ich das, allein schon wegen Ihrer Familie. Haben Sie noch Fragen?«

»Werde ich ins Gefängnis müssen?«

»Darauf kann ich Ihnen leider keine Antwort geben, ich bin kein Richter. Vielleicht kommen Sie mit einer Bewährungsstrafe davon, vielleicht passiert Ihnen auch gar nichts, Sie haben schließlich eine verantwortungsvolle politische Position inne«, sagte Durant nicht ohne Sarkasmus, auch wenn Simoneit ihr gar nicht mehr so unsympathisch war, wie sie ihn sich anfangs vorgestellt hatte. Sie war mit dem Gedanken losgefahren, einem blasierten, überheblichen Bürokraten zu begegnen, doch was sie traf, war ein (so hoffte sie zumindest) aufrichtiger und sichtlich verzweifelter Mann, der nichts lieber wollte, als wieder in ein normales bürgerliches Leben zurückzukehren. Doch noch immer beschäftigte sie die Frage, ob er diesen Wunsch auch verspürt hätte, wären die Morde nicht passiert und wäre seine Frau ihm nicht auf die Schliche gekommen und hätte sie ihn nicht zur Rede gestellt. Vermutlich nicht, dachte Durant, du hättest weiter den ehrenwerten Politiker gespielt und wie so viele Männer mehr mit dem Schwanz als mit dem Kopf gedacht. Aber dafür könnt ihr Männer wohl nichts, das liegt wohl in eurer Natur.

»Ob Sie es glauben oder nicht, ich bin froh, wenn dieser ganze Spuk endlich vorüber ist. Ich wollte nie mit Verbrechern zu tun haben, aber manchmal kann man sich seine Freunde nicht aussuchen. Sie sind einfach da, und man hat keine Chance, ihnen zu entkommen. Ich schäme mich für das, was ich getan habe, und ich bereue es zutiefst. Und das nicht, weil ich mich selbst bemitleide, nein, sondern weil ich damals nicht auf meine innere Stimme gehört habe. Ich hätte nie in die Politik gehen dürfen, ein kleiner Mann in meinem Ohr hat mich gewarnt. Ich habe aber nicht auf ihn gehört, ich dachte, ich schaff das schon. Und jetzt bin ich fürchterlich auf die Schnauze gefallen.« Er hielt inne und fuhr sich mit einer Hand über die Augen. Dann sagte er: »Ich werde morgen wie ausgemacht dort sein. Auf Wiedersehen und danke.«

»Danken Sie nicht mir, sondern Ihrer Frau. Ohne sie hätte es sehr schlimm für Sie alle ausgehen können. Und denken Sie dran, es gibt kein Zurück mehr. Wir sehen uns.«

Durant stieg aus, schaute auf die Uhr, fünf vor acht, und zündete sich eine Zigarette an, während Simoneit aus der Parklücke fuhr. Sie blieb an ihren Corsa gelehnt stehen und ließ das geführte Gespräch Revue passieren. Nach einer Weile ließ sie die Kippe fallen, drückte sie mit der Schuhspitze aus, rief Berger an und teilte ihm mit, dass sie in etwa einer halben Stunde im Präsidium sein werde. Er möge bitte alle Beteiligten einschließlich Dr. Vermeer informieren, dass sie sich um einundzwanzig Uhr in Bergers Büro einfinden sollen, um den Plan für den morgigen Einsatz zu besprechen.

Sie holte sich schnell einen Big Mäc, eine große Portion Pommes rot und einen Milchshake, auch wenn ihr im Augenblick mehr der Sinn nach einem kühlen Bier stand, aß im Auto, packte nach dem Essen den Becher und die Pommes-Schale in die Tüte und warf sie in den Abfallkorb. Das wird eine lange Nacht, dachte sie und startete den Motor. Ich könnte mir auch was Schöneres vorstellen.

Samstag, 21.00 Uhr

Polizeipräsidium. Lagebesprechung.

Außer Kullmer, der sich zwischenzeitlich bei Doris Seidel gemeldet und berichtet hatte, dass es ihm gut gehe, waren alle andern Beamten sowie Dr. Claudia Vermeer in Bergers Büro versammelt.

In den folgenden zwei Stunden wurde der morgige Tag und vor allem der Abend ausführlich durchgeplant. Das Einzige, was man noch benötigte, war die richterliche Genehmigung für die Razzien. Dr. Vermeer sagte, sie werde diese Genehmigung von Richter Schultheiss erhalten, sie habe bereits am Freitagabend ein längeres Gespräch unter vier Augen mit ihm geführt und ihm die Sachlage geschildert. Sie solle zu ihm kommen, wenn die Soko so weit sei, den Schlag gegen das Gesindel des organisierten Verbrechens, wie er es genannt hatte, das dieses Land kaputtmache, zu führen.

Das SEK, das aus insgesamt fünfzig Mann bestehen sollte, je zwanzig für Frankfurt und Bad Homburg sowie zehn für Nowaks Gelände, würde drei Stunden vor dem Einsatz informiert, die Örtlichkeiten den jeweiligen Einsatzleitern aber erst eine halbe Stunde vor der Aktion mitgeteilt. »Und sehen Sie zu, dass ein paar Presseleute davon Wind bekommen. Wie Sie das machen, überlasse ich Ihnen. Rotten Sie dieses Pack aus.« Das war Schultheiss, wie auch Durant ihn kannte. Für ihn gab es keine Rechtsbeugung, jeder wurde von ihm gleich behandelt, geringe Strafen für geringe Delikte, hohe Strafen für schwere.

Alle waren sich einig, dass es sehr schwer, wenn nicht gar unmöglich werden würde, Leonhardt und Hohleitner etwas nachzuweisen, denn Beweise, dass die beiden in verbrecherische Aktivitäten verwickelt waren, gab es bisher nicht. Die Hoffnung bestand darin, belastendes Material zu finden. Der einzige Verlierer, der bereits jetzt feststand, war Simoneit.

Als sich die Runde kurz nach elf allmählich auflöste, sagte Durant leise zu Bäumer: »Das mit Ihrem Freund tut mir leid …«

»Freund? Seit heute ist er ganz bestimmt nicht mehr mein Freund. So kann man sich in jemandem täuschen. Da fragt man sich doch allen Ernstes, wem man überhaupt noch trauen kann.«

»Können Sie jetzt verstehen, warum ich anfangs so misstrauisch war? Ich habe meine entsprechenden Erfahrungen gesammelt und möchte auch nicht noch einmal auf die Schnauze fliegen. Aber die Leute, mit denen wir jetzt zusammenarbeiten, sind okay. Glauben Sie mir, Kullmer würde das alles nicht auf sich nehmen, wenn er auch nur den geringsten Zweifel an einem von uns hätte. Er hat schon in der Vergangenheit einen unglaublichen Instinkt bewiesen …«

»Das dachte ich bis vor wenigen Stunden auch, ich meine, dass ich diesen Instinkt hätte, aber … Wissen Sie …«

»Hören wir doch mal auf mit diesem blöden Sie. Wir wollen doch nicht als Fremde in den Krieg ziehen. Ich heiße Julia«, sagte sie lächelnd und streckte ihm die Hand entgegen, Bäumer nahm sie und erwiderte: »Gerd. Ist es eigentlich unser Job, der uns so kalt werden lässt? Manchmal frag ich mich, ob ich noch der Gerd Bäumer bin, der ich vor zwanzig Jahren war. Damals bin ich voller Enthusiasmus zur Polizei gegangen. Ich dachte, ich könnte etwas verändern oder zumindest bewirken, aber ich hab immer wieder eins reingekriegt. Da wird man ganz schön hart.«

»Es ist der Job. Manche Leute halten mich für arrogant und unnahbar, und ich hab mich auch immer wieder gefragt, warum das so ist. Eine Antwort hab ich nicht gefunden. Trotzdem werden wir gebraucht. Hast du bei Hohleitner nie etwas bemerkt?«

»Nein, das ist es ja. Ich dachte, ich würde ihn nach so vielen Jahren kennen. Aber nichts dergleichen. Er hat mir und auch meiner Frau die ganze Zeit nur etwas vorgespielt. Hast du etwas dagegen, wenn ich ihn mir morgen Abend vornehme?«

»Frag Berger oder Müller, die haben das Sagen. Von mir aus schon, aber versprich mir, dass du nichts Unüberlegtes tust, ansonsten wirst du Hohleitner nicht einmal zu Gesicht bekommen.«

»Versprochen«, sagte Bäumer und hob die Hand wie zum Schwur.

Vukovic hatte sich zu ihnen gestellt und meinte: »Ich wollte eigentlich Hohleitner …«

»Ich hab dir vorhin schon im Auto gesagt, dass *ich* ihn mir vorknöpfe, und dabei bleibt's. Sorry, aber er gehört mir.«

Vukovic klopfte Bäumer kräftig auf die Schulter und sagte mit einem seltenen Anflug von Humor: »War bloß ein Spaß. Immer schön cool bleiben, okay? Nur, falls er etwas mit Evas Tod zu tun hat, direkt oder indirekt, werde ich ihn mir bei passender Gelegenheit krallen, und dann gnade ihm Gott. Denn ich wette, dass er noch morgen Abend wieder hier rausspaziert, ganz gleich, wie hart du ihn auch rannimmst. Denk an meine Worte. Und jetzt fahr ich heim, schlafen. Solltet ihr übrigens auch machen.«

Durant nahm ihre Tasche, verabschiedete sich von den noch Anwesenden und fuhr nach Hause. Vukovic hatte Recht, sie musste morgen fit sein.

Sonntag, 17.00 Uhr

Bergers Büro. Lagebesprechung.

Die Beamten besprachen ein letztes Mal ausführlich jedes Detail der in gut fünf Stunden beginnenden Razzien. Noch waren die Einsatzleiter der SEKs nicht informiert worden, um auch die letzte Möglichkeit auszuschließen, dass Leonhardt oder Hohleitner oder wer auch immer von einem Maulwurf gewarnt werden könnte. Außerdem hätte dies Kullmer in unnötige Gefahr gebracht, der zwar eingeweiht war, aber bei dem letzten Telefonat vor wenigen Minuten sehr ruhig und gelassen gewirkt hatte. Dr. Vermeer hatte am frühen Nachmittag von Richter Schultheiss den Durchsuchungsbeschluss in dreifacher Ausfertigung abgeholt, auch wenn Bad Homburg nicht in den Zuständigkeitsbereich der Frankfurter Kripo fiel, doch dies war im Augenblick das geringste Problem.

Je weiter die Zeit voranschritt, desto ungeduldiger wurden

Julia Durant und ihre Mitstreiter. Selbst Claudia Vermeer ließ sich davon anstecken und bat ihre Freundin um eine Zigarette (normalerweise rauchte sie höchstens einmal eine in Gesellschaft), um die Nervosität in den Griff zu bekommen.

Am Mittag war Durant noch einmal bei ihrem Vater und Maria gewesen, hatte mit ihnen zusammen gegessen und ihnen von dem Vorhaben am Abend erzählt. Sie hatte sich mit Maria über Simoneit unterhalten, den diese nur unter dem Decknamen Pietro kannte. Maria ließ sich nicht gehässig über ihn aus, eher im Gegenteil. Sie sagte, dass Simoneit zu den wenigen gehöre, der die Frauen und Mädchen anständig behandle.

Gegen fünfzehn Uhr fuhr Durant ins nahe gelegene Präsidium, wo sie sich lange und ausführlich mit Berger, Hellmer und Seidel unterhielt, wobei Doris Seidel von allen am nervösesten war, kein Wunder, würde sich Kullmer doch schon in Kürze in der Höhle des Löwen aufhalten. Kurz nach sechzehn Uhr stießen Müller und Vukovic dazu, gegen siebzehn Uhr schließlich noch Bäumer und Claudia Vermeer.

Um neunzehn Uhr dreißig rief Müller die Einsatzleiter des SEK an und bat sie in sein Büro. Dort erklärte er ihnen, dass um Punkt einundzwanzig Uhr fünfundvierzig fünfzig Männer des Spezialeinsatzkommandos bereit sein sollten, allerdings sei der Einsatz derart geheim, dass die Zielobjekte erst dann bekannt gegeben würden.

Zur gleichen Zeit informierten Durant und Hellmer telefonisch mehrere Journalisten, um ihnen zu sagen, sie sollten sich gegen halb zehn vor dem Haupteingang des Präsidiums einfinden und dort warten, bis man ihnen ein Zeichen gebe. Sie verlangten von den Reportern lediglich, im Vorfeld mit niemandem, auch nicht mit ihren Vorgesetzten darüber zu sprechen.

Um einundzwanzig Uhr fünfundvierzig gab Müller den Einsatzleitern die jeweiligen Adressen und sagte: »Wir schlagen zeitgleich um exakt zweiundzwanzig Uhr zwanzig zu. Alle Personen werden vorläufig festgenommen. Bei Widerstand ist Gewaltanwendung erlaubt, Frauen ausgenommen. Ab sofort herrscht absolutes Funkverbot, bis ich um zweiundzwanzig Uhr zwanzig den Startschuss gebe. Auf gutes Gelingen!«

Alle Beamten außer Vukovic und Hellmer, die das SEK nach Bad Homburg begleiteten, fuhren in drei Zivilfahrzeugen zu der alten Villa in der Nähe des Museumsufers. Sie parkten zusammen mit den Einsatzwagen des SEK fünf Minuten in zwei Seitenstraßen, bis Müller über Funk das Kommando gab.

Sonntag, 20.00 Uhr

Parkhaus Hauptwache.

Kullmer wurde vor dem Eingang von einem bulligen blonden Mann angesprochen und gebeten, in seinen Wagen einzusteigen. Er musste wieder die undurchsichtige Brille aufsetzen. Während der Fahrt wurde kein Wort gewechselt. Der Blonde hatte eine CD von Metallica eingelegt und die Lautstärke hochgedreht, dass Kullmer fast die Ohren platzten.

Um Viertel nach acht durfte er die Brille wieder abnehmen und stand Hohleitner und einem andern Mann gegenüber.

»Hallo. Darf ich vorstellen, Marco. Er entscheidet letztlich, ob wir ins Geschäft kommen oder nicht. Marco, das ist Herr Bernardi, von dem ich dir bereits erzählt habe.«

»Freut mich«, sagte Leonhardt und reichte Kullmer die Hand. »Setzen Sie sich. Carlos, wenn du uns bitte allein lassen würdest. Sorg dafür, dass draußen alles sauber bleibt.« Und an Kullmer gewandt: »Was darf ich Ihnen zu trinken anbieten? Whiskey, Wodka, Cognac?«

»Whiskey.«

»Bitte schön.« Hohleitner stellte je ein Glas vor Leonhardt und Kullmer, während er selbst wie gestern schon mit einem Glas Orangensaft vorlieb nahm.

»Wissen Sie, Herr Bernardi, ich vertraue Rufus voll und ganz und denke, dass wir uns nicht mehr lange mit Formalitäten herumärgern sollten. Ich wollte mir einfach nur einen persönlichen Eindruck von Ihnen verschaffen. Cheers«, sagte er, hob sein Glas und leerte es in einem Zug.

»Wenn das so ist, freut es mich natürlich umso mehr«, erwiderte Kullmer und trank ebenfalls. »Was brauchen Sie jetzt noch von mir?«

»Im Moment gar nichts«, antwortete Leonhardt und sah Kullmer durchdringend an. »Sie treffen sich in den nächsten Tagen mit Rufus, wann und wo, wird er Ihnen noch mitteilen, und übergeben ihm hundertfünfzigtausend Euro in einem Koffer, ab dann läuft alles von allein.«

»Augenblick«, sagte Kullmer mit gequältem Lächeln, »ich gebe Ihnen so viel Geld, und was bekomme ich dafür? Ich meine, hundertfünfzigtausend sind kein Pappenstiel.«

»Herr Bernardi«, sagte Leonhardt und beugte sich nach vorn, die Hände gefaltet, »sehen wir so aus, als würden wir gute Kunden übers Ohr hauen? Hören Sie, Rufus wird Sie gleich nach draußen begleiten, ich meine damit dorthin, wo das Vergnügen stattfindet, und dann sagen Sie mir noch einmal, dass Sie uns nicht vertrauen. Ich lade Sie ein, sich eine unserer netten jungen Damen auszusuchen und mit ihr zu machen, was Ihnen gefällt. Und ich garantiere Ihnen, sie wird Ihnen jeden Wunsch von den Augen ablesen. Unser Prinzip lautet, jeden Kunden so zufrieden zu stellen, dass er immer wiederkommen will. Ist das ein Wort?«

Kullmer überlegte krampfhaft, wie er sich dieser Einladung entziehen könnte, doch ihm fiel nichts ein. Er dachte an Doris, aber gleichzeitig auch daran, dass er einen Auftrag zu erfüllen hatte. Hoffentlich erfährt sie nie etwas davon.

»Ich freue mich auf die Geschäftsbeziehung mit Ihnen.«

»Ganz meinerseits. Ich wünsche Ihnen einen wunderschönen Abend in meinem Haus. Ach ja, es ist Usus, dass wir uns alle mit Decknamen anreden. Wie möchten Sie genannt werden?«

Kullmer lachte auf und sagte: »Ich dachte, Rufus und Marco wären Ihre richtigen Namen.«

»Anonymität ist oberstes Gebot, das gilt auch in Zukunft für Ihren Club, von dem ich mir bei der Einweihung ein Bild machen werde. Rufus wird Ihnen bei der Akquisition von Kunden behilflich sein und Sie in einem Crashkurs in die Materie einführen. So, und nun führen Sie Ihren kleinen Mann ein bisschen spazieren, Paolo. Ist Ihnen der Name recht?«

»Paolo klingt gut. Also, wenn's das schon war, ich bin bereit.«

»Übrigens, Paolo, wir sind ab sofort per du. Du wirst von Rufus hören. Viel Spaß noch.«

Kullmer wurde von Hohleitner in eine Art Eingangshalle geführt. Der Boden war aus Marmor, in der Mitte war ein kleiner Brunnen mit einem kitschigen Löwenkopf, aus dessen Maul Wasser sprudelte. Er sah drei Männer in Anzügen, von denen er zum Glück niemanden kannte, und drei leicht bekleidete Frauen. Leise Musik spielte, die Fenster waren, so weit er das erkennen konnte, blickdicht verhängt.

»Drei Damen sind zurzeit frei, Tatjana, das ist die Schwarzhaarige dort hinten, Natascha, die Brünette an der Bar, und Iwana, die mit den langen blonden Haaren. Such dir eine aus.«

»Die sehen alle drei umwerfend aus«, sagte Kullmer leise und meinte es auch so.

»Und genau solche Frauen wirst auch du bekommen«, flüsterte Hohleitner. »Das macht doch gleich Appetit auf mehr, oder?«

Kullmer erwiderte nichts darauf, sondern sagte nur: »Ich setz mich einen Augenblick an die Bar und entscheide mich dann. Ist das okay?«

»Der Abend gehört dir. Wenn du nachher gehen willst, sag einfach Carlos oder Mischa Bescheid, das sind die beiden an der Eingangstür. Einer von ihnen wird dich wieder zu deinem Auto bringen.«

Kullmer schaute auf die Uhr, zwanzig vor neun. Noch über anderthalb Stunden, dachte er. Ich kann unmöglich so lange an der Bar sitzen bleiben, ohne dass die Verdacht schöpfen. Verdammte Scheiße, aber diese Iwana sieht wirklich grandios aus. Er ging zu ihr und setzte sich neben sie.

»Was möchtest du trinken?«, fragte er und betrachtete sie noch etwas genauer. Er schätzte ihre Größe auf einssiebzig, sie war sehr schlank, doch mit einem vollen, festen Busen, der nur unvollständig von einem durchsichtigen schwarzen BH bedeckt war. Darüber trug sie eine hauchdünne schwarze Bluse, die aber mehr zur Zierde diente, denn sie stand weit offen.

»Du bist neu hier?«, sagte sie lächelnd und streichelte ihm über die Hand.

»Erraten. Also, was trinken wir? Champagner?«

»Gerne«, antwortete sie mit leicht rauchiger Stimme.

Kullmer bestellte zwei Gläser, Iwana zündete sich eine Zigarette an und sah ihm in die Augen.

»Wollen wir auf mein Zimmer gehen oder lieber in den Whirlpool? Du musst es nur sagen.«

»Trinken wir erst ein Glas, dann bestell ich uns noch eins, und danach entscheiden wir, was wir machen.«

»Wie du willst.«

Sie unterhielten sich. Iwana erzählte ihm, dass sie aus der Ukraine stamme und seit fast zwei Jahren in Deutschland sei. Er erfuhr außerdem, dass sie erst einundzwanzig war, halb so alt wie er. Irgendwann fragte sie ihn, warum er andauernd auf die Uhr schaue, woraufhin Kullmer meinte, das sei eine dumme Angewohnheit von ihm.

Um zehn nach neun folgte er Iwana ins Untergeschoss. Sie nahm ihn bei der Hand, die warm und sanft war. Außer ihnen hielt sich niemand im Whirlpool auf. Iwana zog sich aus und sagte: »Komm, oder willst du deinen Anzug anbehalten?«

Kullmer dachte, ich habe keine Wahl, und entkleidete sich. Er stieg nach Iwana in das warme Wasser. Die Gläser hatten sie auf den Beckenrand gestellt.

»Du bist sehr hübsch«, meinte er anerkennend.

»Danke«, erwiderte sie nur, drückte auf einen Knopf, und das Wasser schoss aus den Düsen und fing an zu sprudeln wie ein Geysir. Iwana kraulte seine Brust, ließ ihre Hand allmählich immer tiefer gleiten und fragte: »Gefällt dir das?«

»Ja.« Er schloss die Augen und dachte: O mein Gott, was tu ich hier bloß? Doris, bitte, verzeih mir, aber was hätte ich machen sollen? Julia hat gesagt, dass die hier überall versteckt Kameras angebracht haben, und es würde doch auffallen, wenn ich mich zieren würde.

Mit einem Mal sagte Iwana, nachdem sie ihr Glas geleert hatte: »Du bist sehr erregt, wir gehen besser in mein Zimmer.«

»Noch einen Augenblick«, entgegnete Kullmer, doch Iwana war bereits aufgestanden, nahm ihn bei der Hand und zog ihn einfach hoch.

»Oben ist es noch viel schöner, du wirst es sehen.« Sie nahm zwei Handtücher und reichte eines davon Kullmer. »Ich trockne dich ab und du mich.«

»Du bist wirklich wunderschön«, hauchte er ihr ins Ohr.

»Du hast auch einen sehr schönen, starken Körper. Nimm deine Sachen, wir gehen nach oben.«

»Nackt?«

»Das stört hier keinen.«

Ein weiterer Blick auf die Uhr, zwanzig vor zehn. Ihr Zimmer lag im ersten Stock. Es war beinahe luxuriös eingerichtet, Teppichboden, in dem man fast bis zu den Knöcheln versank, ein überbreites Bett, eine richtige Lustwiese, wie Kullmer feststellte, die Möbel bestanden aus edelsten Hölzern, es gab einen Fernseher, eine Hifi-Anlage und auf zwei Nachtschränken frische Blumen und je eine Flasche Cognac und ein Glas.

»Leg dich hin«, sagte Iwana, »und lass dich von mir verwöhnen. Ich mache alles, was du willst.«

Ohne etwas zu entgegnen, legte sich Kullmer in die Mitte des Bettes auf den Rücken. Sie streifte ihm ein Kondom über und sah ihn dabei an. Ihre langen Haare kitzelten auf seiner Brust und seinem Bauch, als sie sich über ihn beugte. Die Zeiger der Uhr bewegten sich unendlich langsam vorwärts. Andererseits genoss er das Zusammensein mit dieser jungen Frau, die anscheinend genau wusste, was ihm gefiel. Und sie tat, als würde auch ihr gefallen, was sie machte, aber so wie all die andern Mädchen und Frauen in diesem Haus war auch sie nur eine Gefangene, eine Sklavin, dazu abgerichtet, geile Männer zu befriedigen. Entwurzelt und ihres Lebens und ihrer Seele beraubt. Doch nicht mehr lange, dachte er, nicht mehr lange.

Sonntag, 22.20 Uhr

Müller saß vorne beim Einsatzleiter des SEK, und als die Zeiger der Uhr auf zweiundzwanzig Uhr zwanzig sprangen, nahm er das Funkgerät und sagte: »Es wird geräuchert!«

Die in Schwarz gekleideten Männer, ausgestattet mit Helmen und Schutzwesten, die Gewehre senkrecht an sich gedrückt, stürmten aus den Fahrzeugen und rannten auf die Zielgebäude zu. Die Ein- und Ausgänge wurden von allen Seiten gesichert, Tore und Zugangstüren in Sekundenschnelle aufgebrochen. Durant, Seidel, Müller und Bäumer bildeten die Nachhut, die Pistolen gezogen und entsichert. Mit dem Kommando fiel die beinahe unerträgliche Anspannung von ihnen ab.

»Alles auf den Boden«, schrie einer der Männer vom SEK, »das ist eine Razzia.« In Windeseile verteilten sich die Männer auf die Stockwerke, wurden die Türen aufgetreten, Männer und Frauen warfen sich zu Boden, die meisten von ihnen nackt, einige der Frauen schrien, ein Mann wimmerte nur vor sich hin, das blanke Entsetzen im Gesicht.

Um zweiundzwanzig Uhr achtzehn setzte sich Kullmer auf, warf Iwana ein paar Kleidungsstücke zu und zog sich an. Er legte einen Finger auf den Mund und bedeutete ihr damit, ruhig zu sein.

»Es wird alles gut«, flüsterte er. Sie sah ihn verständnislos an. »Mach schon, zieh dich an. Willst du zurück in deine Heimat?«

»Ja.«

»Du darfst wieder zurück, großes Ehrenwort. Und bitte tu mir einen Gefallen, sag nicht, dass wir miteinander geschlafen haben.«

Iwana verstand sofort und zog sich ebenfalls etwas über. Sie war kaum fertig, als sie den Lärm hörten, der von unten kam, die Befehle, die Schreie.

»Wer bist du?«, fragte sie so leise, dass Kullmer, der die Tür aufmachte, es kaum verstand.

»Später. Vertrau mir einfach. Und mach es so wie ich.« Er verschränkte die Hände hinter dem Kopf.

Nur wenige Sekunden später stand ein Mann mit dem Gewehr im Anschlag in der Tür und herrschte sie an: »Hinlegen und keinen Mucks.« Und in sein Funkgerät am Anzug: »Erster Stock, Zimmer 2, alles gesichert.«

Nur sechs Minuten nach der Stürmung befanden sich sämtliche Personen, die sich im Haus aufhielten, in der Halle, unter ihnen Ulrich Leonhardt, Thorsten Hohleitner und Hans Simoneit. Auch Binder war dabei. Er hatte nicht einmal mehr die Zeit gehabt, sich eine Unterhose anzuziehen. Sein bleicher Körper mit den mageren Beinen, den blau schimmernden Krampfadern und dem leichten Bierbauch wirkte beinahe grotesk. Durant zählte zwanzig Männer, fünfzehn Frauen und zwei Mädchen, die höchstens sechs oder sieben Jahre alt waren. Sie wusste von Simoneit, wer diese verschüchterten kleinen Wesen missbraucht hatte, würde es aber nicht hier und vor allen andern aussprechen.

Durant und Bäumer bewegten sich auf Leonhardt und Hohleitner zu. Sie stellte sich so dicht vor Leonhardt, dass er ihren Atem spüren konnte, und sagte spöttisch: »Herr Martini, was für eine Überraschung, Sie hier zu sehen. Ich bitte um Verzeihung, natürlich heißen Sie Leonhardt. Sind wir uns nicht erst vorgestern in der Kanzlei Knoblauch und Hendriks begegnet?« Dabei betonte sie den Namen Hendriks besonders.

»Was soll dieser Zirkus hier?«, fuhr Leonhardt sie an. »Das ist eine geschlossene Gesellschaft!«

»Jetzt nicht mehr. Das sieht mir doch alles sehr nach einem Puff aus, der aber bedauerlicherweise nicht angemeldet ist. Sie kommen erst mal alle schön mit aufs Präsidium, dort werden Sie uns einige Fragen beantworten, und dann sehen wir weiter.« Und an die Männer vom SEK: »Handschellen für jeden Mann, dann gleich ab mit ihnen, die Frauen bleiben noch hier.« Sie sah sich um und erblickte Simoneit, ging zu ihm und meinte: »Ihr Gesicht kenne ich doch. Sie sind irgendwas in der

Politik, genau wie dieser nackte Knabe dort drüben.« Ohne eine Antwort abzuwarten, drehte sie sich wieder um.

»Hören Sie, Frau Kommissarin«, stieß Leonhardt wütend hervor, nachdem ihm Handschellen angelegt worden waren, »ich bin nur ein Gast hier, sonst nichts.«

»Jaja, schon recht. Abführen.«

Bäumer hatte sich indes vor Hohleitner gestellt und sagte in gefährlich ruhigem Ton: »Na, alter Freund, hast du dich schön amüsiert? Ich wusste gar nicht, dass du dich mit Huren umgibst.«

»Das verstehst du nicht, Alter, ich werd's dir nachher in aller Ruhe erklären.«

»Na, darauf bin ich aber gespannt.«

Bäumer gab die Anweisung, sämtliche Räume nach Akten und Videomaterial zu durchsuchen und es ebenfalls mitzunehmen. Er sagte, die Verhafteten sollten schon aufs Präsidium gebracht werden, er werde später nachkommen, nachdem auch der letzte Winkel inspiziert und alle Türen mit einem Polizeisiegel versehen waren.

Kullmer warf Durant im Vorbeigehen einen kurzen Blick zu. Beide taten, als würden sie sich nicht kennen. Iwana ging neben ihm und hielt sich an seinem Arm fest, bis sie von einem Beamten fortgezogen und zurück zu den andern Frauen geführt wurde.

Die Journalisten, die angehalten worden waren, draußen zu warten, schossen zahlreiche Fotos von den Festgenommenen, die zwar versuchten ihre Gesichter zu verbergen, doch einigen Fotografen gelang dennoch der große Schuss.

Durant begab sich zu den beiden kleinen Mädchen, die sie ängstlich anschauten, und ging in die Hocke, um auf gleicher Höhe mit ihnen zu sein.

»Könnt ihr mich verstehen?«, fragte sie.

Keine Antwort.

»Ihr sprecht kein Deutsch?«

»Nein«, meldete sich Swetlana zu Wort. »Sie kommen aus Weißrussland. Sie sind erst seit ein paar Tagen hier.«

»Und wer sind Sie?«

»Swetlana Tschechowa, ich komme auch aus Weißrussland.«

»Sagen Sie den Mädchen bitte, wer wir sind und dass wir sie wieder nach Hause bringen werden. Und fragen Sie sie auch nach ihren Namen.«

Swetlana beugte sich nach unten und sprach mit sanfter Stimme zu den Mädchen, deren Gesichter sich für einen kurzen Moment aufhellten, um gleich darauf wieder ernst zu werden.

»Sie heißen Ludmilla und Alexa.«

»Fragen Sie sie bitte auch, welcher Mann mit ihnen allein sein wollte. Ob sie ihn beschreiben können, denn wenn sie ihn nachher sehen werden, wird er angezogen sein. Das Letzte sagen Sie ihnen aber bitte nicht.«

Nachdem sie ein paar Worte mit den völlig verschüchterten Mädchen gewechselt und sie anschließend wie eine Mutter an sich gedrückt hatte, sagte Swetlana: »Der nackte Mann mit der weißen Haut.«

»Kennen Sie ihn?«

»Ich weiß nur, dass er neu hier ist. Ich habe ihn am Freitag zum ersten Mal gesehen.«

»Swetlana, ich frage Sie jetzt stellvertretend für alle andern: Sind Sie freiwillig in Deutschland?«

»Nein. Keine von uns ist freiwillig hier. Ich danke Ihnen, dass Sie uns gefunden haben«, sagte sie erstaunlich ruhig und gefasst.

»Danken Sie nicht mir, danken Sie Maria.«

»Maria?! Sie lebt noch?«

»Sie lebt. Aber es ist eine Menge passiert. Ich schlage vor, dass Sie sich alle etwas Vernünftiges anziehen, sofern Sie etwas Derartiges haben, und dann kommen Sie mit aufs Präsidium, wo man Ihnen noch einige Fragen stellen wird. Doch vorher möchte ich noch wissen, wer von Ihnen die deutsche Sprache beherrscht und wer einen Dolmetscher braucht.«

»Wir sprechen alle Deutsch, manche besser, manche weniger gut«, erklärte Swetlana. »Jede von uns musste die Sprache lernen, bevor wir herkamen.«

»Umso besser. Dann stelle ich Ihnen allen gleich hier eine Frage: Wer ist der Chef in diesem Haus?«

»Marco, Marco Martini«, antwortete Swetlana. »Und Rufus ist der zweite Chef.«

Durant blickte die andern Frauen an, und alle nickten zur Bestätigung. Jede der noch sehr jungen Frauen hatte Tränen in den Augen, zwei von ihnen ließen ihren Gefühlen freien Lauf, sanken zu Boden und weinten hemmungslos vor Freude und Erleichterung. Durant meinte, sie würden sich gleich alle auf sie stürzen, um sie zu umarmen. Sie kam sich vor wie eine Befreierin und hatte Mühe, sich unter Kontrolle zu halten und nicht mitzuheulen.

»Sind Sie hier zu Dingen gezwungen worden, die Sie nicht machen wollten?«

Die rassige schwarzhaarige Tatjana trat nach vorn und antwortete stellvertretend für die andern in einem Deutsch, das fast so perfekt war wie das von Maria: »Wenn wir nicht gehorcht haben oder wenn wir einen Fehler gemacht haben, hat Marco befohlen, uns zu bestrafen. Außerdem mussten wir, wenn ein Gast das wünschte, Kokain nehmen, und wenn wir es nicht taten, wurden wir auch geschlagen. Das werden Ihnen alle bestätigen können. Und natürlich mussten wir jeden

Wunsch erfüllen, den ein Gast hatte, und manche Gäste haben sehr ausgefallene Wünsche. Marco und Rufus haben uns oft gedroht, uns töten zu lassen, wenn wir nicht gehorchen. Das ist die Wahrheit.«

»Ich glaube Ihnen. Trotzdem sollten wir jetzt ins Präsidium fahren, Sie haben uns aber schon sehr geholfen. Wenn Sie sich bitte etwas anziehen würden.«

Seidel stellte sich zu Durant und sagte leise: »Diese Blonde da mit der Megafigur, hast du gesehen, wie die sich an Peter geklammert hat?«

»Na und?«

»Er war bestimmt eine ganze Weile allein mit ihr.«

»Doris, Peter liebt dich, vergiss das nicht. Aber wenn du willst, frag ich die Kleine, ob sie und Peter …«

»Nein, nicht.«

»Doch, damit die liebe Seele Ruh hat.« Durant folgte Iwana auf ihr Zimmer und sagte: »Wie ist Ihr Name?«

»Iwana.«

»Nur eine Frage. Haben Sie vorhin mit dem Mann geschlafen, ich meine den Mann, an dem Sie sich festgehalten haben?«

Iwana wagte kaum Durant anzusehen. Sie wandte den Blick ab und antwortete: »Nein, er wollte nicht. Wir haben nur getrunken und uns unterhalten.«

»Ehrlich?«, fragte Durant langgezogen und mit einem Schmunzeln.

Iwana lächelte beinahe verschämt und zuckte mit den Schultern.

»Okay. Hören Sie, da unten steht seine Freundin, die beiden wollen irgendwann heiraten. Ich werde ihr sagen, dass zwischen Ihnen nichts gewesen ist, und sollte sie Sie fragen, dann sagen Sie ihr dasselbe wie mir. Mein Kollege hatte einen Auftrag zu erfüllen, verstehen Sie? Ohne ihn wären Sie heute nicht frei.«

»Ja.«

»Alles klar, sind Sie bereit?«

»Ja«, antwortete sie erleichtert und atmete tief durch. »Wann darf ich wieder nach Hause?«

»Bestimmt schon in ein paar Tagen. Wir wollen Sie wirklich nicht länger als nötig hier festhalten.«

»Ich freue mich, ich kann das noch gar nicht begreifen. Freiheit!« Sie jubelte nicht, keine der Frauen jubelte, dazu war alles zu schnell gegangen, und sie hatten noch gar keine Zeit zu begreifen, was diese Razzia für sie bedeutete, was es hieß, bald wieder zu ihren Familien zurückkehren zu dürfen.

Wieder unten, sagte Durant zu Seidel: »Die haben nicht. Zufrieden?«

»Die kann viel erzählen.«

»He, wenn du Peters Einsatz jetzt mit Schmollen honorierst, bekommst du's gewaltig mit mir zu tun, hast du mich verstanden? Sie haben nicht miteinander geschlafen, sie haben nur was getrunken und sich unterhalten.«

»Und über was unterhält ›Mann‹ sich mit so einem Rasseweib?«

»Du kannst mich mal! Reiß dich um Himmels willen zusammen, sonst platzt mir der Kragen. Wir haben wahrhaft Wichtigeres zu tun, als …« Sie winkte ab und ließ Seidel einfach stehen, begab sich zu Bäumer, besprach sich noch einmal kurz mit ihm, bevor sie zusammen mit Seidel durch das Haus ging und alles in sich aufnahm, auch wenn sie später eine Menge Fotos sehen würde, doch Fotos waren nicht zu vergleichen mit persönlichen Eindrücken. Zugegeben, es war sehr sauber und alles abgestimmt auf die Klientel, und doch war es ein Gefängnis. Bis eben. Zumindest in diesem Haus würden nie wieder

Frauen gefangen gehalten werden. Nach einer Viertelstunde gab sie Seidel das Zeichen zum Aufbruch. Bäumer und Müller waren bereits losgefahren.

»Tut mir leid wegen vorhin«, sagte Seidel im Auto. »Ich hab halt nur dieses Superweib gesehen und gedacht, da kann doch kein Mann widerstehen.«

»Peter schon, und jetzt ist endlich Schluss damit. Mensch, ich hab überhaupt nicht gewusst, was für eine eifersüchtige Zicke du sein kannst. Guck doch mal in den Spiegel. Du bist hübsch, du bist attraktiv, und du bist für Peter die Traumfrau. Was willst du eigentlich mehr? Er trägt dich auf Händen. Ich wünschte, ich hätte mal so einen Mann!«

»Ich kann doch auch nichts dafür. Ich bin blöd, ich weiß.«

»Da hast du wohl ein wahres Wort gesprochen. Aber denk dran, wir haben eine verdammt lange Nacht vor uns, und jeder von uns muss einen klaren Kopf behalten. Wenn du Peter verhören willst, musst du leider warten, bis ihr beide allein seid.«

»Ich werde ihn nicht darauf ansprechen, ich schwöre es.«

Wer's glaubt, dachte Durant. Irgendwie konnte sie Kullmer verstehen, natürlich auch seine Freundin, aber diese Iwana war schon eine Frau, nach der sich so ziemlich jeder Mann umdrehen und auch gerne mal an ihr naschen würde. Doch schon bald, vielleicht bereits in einer Woche würde Iwana wieder zu Hause sein, weit, weit weg von Frankfurt. Und das war auch gut so.

Sonntag, 23.30 Uhr

Julia Durant und Doris Seidel kamen in Bergers Büro, wo sich die Kollegen bereits über die Befragungsstrategie unterhielten, wobei beschlossen worden war, noch vier

Beamte vom Kriminaldauerdienst und der Bereitschaft vom K 60 hinzuzuziehen und sie in einem Crashkurs, den Berger geben würde, mit dem Fall vertraut zu machen. Julia Durant zündete sich eine Zigarette an und sagte: »Bevor ihr jetzt lange rumdiskutiert, zwei Fragen. Wurden alle Festgenommenen über ihre Rechte aufgeklärt? Und wurde bei den Razzien Rauschgift, explizit Schnee sichergestellt?«

»Beide Fragen kann ich mit Ja beantworten«, sagte Müller. »Aber das mit dem Schnee wird uns nicht viel weiterhelfen, es waren kaum hundert Gramm bei Leonhardt, ein klein wenig mehr bei Knoblauch.«

»Das ist tatsächlich nicht sehr viel. Gut, als Erstes machen wir eine Gegenüberstellung.« Sie hob die Hand, um Einwänden entgegenzuwirken, und fuhr gleich darauf fort: »Ich weiß, ich weiß, das ist gegen alle normalen Verfahrensweisen, aber wir haben im Prinzip weder gegen Leonhardt noch gegen Hohleitner etwas in der Hand, außer dass sie dort waren. Wenn aber alle Frauen unabhängig voneinander auf die beiden deuten und auch ihre Decknamen nennen, haben wir schon mehr Trümpfe in der Hand. Ich habe außerdem schon einige Informationen gesammelt, zum Beispiel sagen alle Frauen einhellig aus, dass Leonhardt alias Marco Martini und Hohleitner alias Rufus die Chefs sind. Deshalb schlage ich vor, dass wir erst Leonhardt zusammen mit Binder und vier Beamten zur Gegenüberstellung holen, anschließend Hohleitner und Simoneit.«

»Warum Binder?«, wollte Berger wissen.

»Weil er ein verkommener Kinderficker ist«, antwortete sie trocken. »Entschuldigung, aber ein anderes Wort fällt mir nicht ein. Ich habe die beiden Mädchen gesehen, vorhin, als Sie alle schon weg waren … Solche Schweine wie Binder gehören meiner Meinung nach für immer weggesperrt.«

»Das wird aber nicht passieren«, sagte Vermeer nur. »Binder ist ein zu hohes Tier in der Politik, der wird nicht mal für einen Tag in den Bau wandern. Er wird alles abstreiten, und beweisen können wir ihm gar nichts.«

»Was habt ihr an Material sichergestellt?«, wechselte Durant das Thema. »Videobänder, Akten?«

»Bis jetzt nur vier Videobänder aus den beiden Häusern und ein paar Akten, die jedoch noch gesichtet werden müssen«, sagte Bäumer. »Aber noch ist die Durchsuchung nicht abgeschlossen.«

In dem Moment kam ein Beamter in Bergers Büro und berichtete, dass man bei der Hausdurchsuchung hier in Frankfurt den Beweis dafür sichergestellt habe, dass Leonhardt der Eigentümer des Hauses ist, nämlich eine Auszeichnung vom Bundespräsidenten, eine kleine Goldstatue mit Leonhardts Namen drauf eingraviert.

Um zwei Minuten nach Mitternacht wurden Leonhardt und Binder aus den Arrestzellen geholt und unter den insgesamt sechs Männern von den befreiten Frauen, die hinter einer von innen undurchsichtigen Glasscheibe von den Verhafteten getrennt waren, eindeutig identifiziert. Ebenso Hohleitner und Simoneit und auch sonst alle anderen bei der Razzia festgenommenen Männer. Aus dem Bad Homburger Bordell wurden Knoblauch und sechzehn weitere Männer identifiziert. Lediglich Nowak, Nadja und Charly wurden von keiner der Frauen erkannt, weshalb sie nur wenig später wieder auf freien Fuß gesetzt wurden.

Um kurz vor eins holte sich Durant einen Kaffee und sagte: »Ich möchte als Erstes mit Leonhardt sprechen, allein.«

»Sie wollen das übernehmen? Trauen Sie sich das wirklich zu?«, fragte Müller zweifelnd.

»Leonhardt gehört mir, wer die andern übernimmt, ist mir schnuppe.«

»Ich mache Hohleitner«, sagte Bäumer.

»Knoblauch«, meldete sich Hellmer.

»Binder ist meine Kragenweite«, meinte Kullmer.

»Nein«, mischte sich Berger ein »das werden Sie schön sein lassen. Keiner von den Burschen darf wissen, dass Sie zu uns gehören. Fahren Sie nach Hause und schlafen Sie sich aus. Und morgen will ich Sie auch nicht hier sehen, verstanden?«

»Aber ...«

»Hauen Sie ab, bevor Sie noch von jemandem gesehen werden. Worauf warten Sie noch, wir kommen auch ohne Sie zurecht«, sagte Berger mit diesem Gesichtsausdruck, den Kullmer nur zu sehr verstand – ein kaum merkliches Lächeln, das nichts anderes bedeutete als: Gute Arbeit, Herr Kullmer.

»Na gut, wenn ich hier nicht mehr gebraucht werde, ich bin sowieso hundemüde. Ciao, bella«, sagte er leise zu Seidel und gab ihr einen Kuss auf die Wange. Ihr Blick sprach Bände. Eifersucht.

»Man bringe mir Leonhardt«, sagte Durant, ging in ihr Büro und wartete.

Keine fünf Minuten später wurde Leonhardt von einem Wachbeamten vorgeführt.

»Nehmen Sie Platz.«

»Ich bleibe lieber stehen«, erwiderte Leonhardt mit überheblicher Stimme und ebensolchem Blick.

»Wenn ich Ihnen sage, dass Sie sich hinsetzen sollen, dann tun Sie das bitte auch. Also, wenn ich bitten darf, ich habe keine Lust aufzuschauen!«, herrschte sie ihn an.

»Warum so aggressiv? Verlernt man bei der Polizei die Umgangsformen, oder haben Sie nie welche gehabt?«

»Herr Leonhardt ...«

»Dr. Leonhardt, wenn schon.«

»Also gut, noch mal von vorne«, Durant stützte sich mit den Händen auf dem Schreibtisch ab, »Dr. Leonhardt …«

»Ich unterbreche Sie nur ungern, doch ich würde gerne meinen Anwalt anrufen.«

»Das lässt sich einrichten, aber erst, wenn wir hier fertig sind. Sie sind doch selbst Anwalt und müssten sich demzufolge auch mit den Gepflogenheiten bei der Polizei auskennen.«

»Welches Verbrechens werde ich überhaupt beschuldigt?«

»Da Sie über Ihre Rechte bereits informiert wurden, kann ich mir das ja ersparen. Zu Ihrer Information, ich werde unser Gespräch auf Band aufzeichnen.« Sie drückte die Aufnahmetaste.

»Tun Sie sich keinen Zwang an, Frau Durant. Also, was wirft man mir vor?«

»Betreiben eines Bordells ohne Lizenz, Menschenhandel, sexuelle Nötigung, Misshandlung, Vergewaltigung, moderne Sklaverei, Rauschgiftbesitz und -konsum sowie Nötigung zum Rauschgiftkonsum und last, but not least Mord respektive Anstiftung zum Mord. Ich denke, das sollte fürs Erste reichen. Möchten Sie sich dazu äußern, Dr. Leonhardt, oder sollte ich besser Marco Martini sagen?«

Leonhardt lehnte sich zurück, die Beine übereinandergeschlagen, und sah Durant aus seinen fast schwarzen Augen an, die Mundwinkel abfällig nach unten gezogen. »Diese Vorwürfe sind geradezu absurd. Wie ich Ihnen bereits vorhin sagte, war ich nur Gast. Und dass diese Damen sich illegal in Deutschland aufhalten, war mir nicht bekannt. Und mich auch noch als Mörder zu bezeichnen ist eine schamlose Diffamierung, die ich so nicht hinnehmen werde.«

»Seltsam, bei der Gegenüberstellung wurden Sie von allen

Frauen als der Chef des Bordells erkannt. Können so viele Frauen irren?«

»Frau Durant, Sie sind doch schon lange genug bei der Polizei und sollten wissen, wie so was funktioniert. Das ist das typische Gruppenverhalten, aber wahrscheinlich kennen Sie sich in Psychologie nicht sonderlich gut aus, oder Sie haben in Ihren diversen Seminaren nicht aufgepasst. Eine sagt etwas, und die andern schließen sich dieser Meinung an. Das ist wie bei den Lemmingen, einer gibt die Richtung vor, die andern folgen blind. Oder aber es wurde ihnen im Vorfeld suggeriert, was ich Ihnen allerdings nicht unterstellen möchte. Nein, ich bin weder der Betreiber noch der Chef des Bordells, ich habe mich lediglich des Öfteren dort aufgehalten und entspannt. Ich habe jedoch nie eine der Damen belästigt oder gar zu etwas genötigt. Wer so etwas behauptet, lügt.«

»Wenn Sie häufig Gast dort waren …«

»Ich habe nicht gesagt häufig, sondern des Öfteren, das ist ein großer Unterschied.«

»Trotzdem können Sie mir sicherlich sagen, wem dieser Laden gehört.«

»Nein.«

»Sie wollen mir allen Ernstes weismachen, dass Sie nicht wissen, wem der Puff gehört, den Sie seit Jahren besuchen?«

»Wer sagt, dass ich seit Jahren dort hingehe? Ich bin vor ein paar Monaten zum ersten Mal dort hingegangen«, antwortete er überheblich lächelnd. »Ich wurde eingeladen, um Details habe ich mich nicht gekümmert. Wem was gehört, interessiert mich nicht.«

»Und Sie haben auch nie eine der Frauen geschlagen oder dazu aufgefordert, Kokain zu nehmen?«

»Nein, warum sollte ich, ich nehme so was ja selber nicht. Und jetzt hören Sie mir gut zu, Frau Durant. Diese Aktion vorhin wird für Sie und Ihre Kollegen ein Nachspiel haben. Das einzige, was ich mir habe zuschulden kommen lassen, ist, dass ich hin und wieder mit Frauen sexuellen Kontakt hatte, von denen ich nicht wusste, dass sie sich illegal in Deutschland aufhalten. Wäre mir das Schicksal dieser Frauen bekannt gewesen, hätte ich dieses Haus selbstverständlich nie betreten. Mich wie einen Schwerverbrecher zu behandeln grenzt an die Willkürmethoden eines Polizeistaates, von dem ich bis vorhin sicher war, dass er einer unseligen braunen deutschen Vergangenheit angehört. Außerdem werde ich Anzeige wegen Freiheitsberaubung erstatten.«

»Das ist Ihr gutes Recht. Es ist aber auch das Recht der Frauen, eine derartige Anzeige gegen Sie und Herrn Hohleitner zu erstatten …«

»Ich bin deutscher Staatsbürger und genieße einen außerordentlich guten Ruf. Wem wird man wohl eher glauben, mir oder ein paar Prostituierten, die meinen, im Westen würden goldene Äpfel an den Bäumen wachsen? Fragen Sie doch mal nach, warum die Damen hier sind. Die Antworten würden mich interessieren.«

Durant lehnte sich zurück und schaute Leonhardt in die Augen, um zu sehen, wie er auf das, was sie als Nächstes sagen würde, reagierte. »Wissen Sie, Sie mögen ein guter Rhetoriker sein, aber es gibt zu viele Beweise, die gegen Sie sprechen.«

»Ach kommen Sie, hören Sie doch mit diesem Quatsch auf! Es gibt keine Beweise, nicht einen einzigen, der es Ihnen gestatten würde, mich hier festzuhalten.«

»Wenn Sie meinen. Es gibt da aber eine weitere junge Dame, die Sie nicht nur sehr exakt beschrieben hat, sondern auch Details aus Ihrem Bordell genannt hat, die uns bis Mittwoch Abend nicht bekannt waren. Ich habe diese junge Dame auch erst am Mittwoch Abend kennen gelernt, nicht lange nachdem

Frau Hendriks und Herr Zaubel umgebracht wurden.« Sie hielt inne. Leonhardts Haltung wurde für einen Moment steif, seine Mundwinkel zuckten, er fuhr sich mit der Zunge über die Unterlippe.

»Interessiert Sie gar nicht, von wem ich spreche? Oder ahnen Sie es schon?«

»Nein, ich habe nicht einmal eine Ahnung. Aber vielleicht verraten Sie es mir.«

»Dann werde ich Ihnen ein wenig auf die Sprünge helfen. Ihr Name ist Maria Volescu, der Liebling von Marco Martini alias Ulrich Leonhardt. Dr. Ulrich Leonhardt, Rechtsanwalt, Journalist und so weiter und so fort. Bis Mittwoch war uns der Name Marco Martini völlig unbekannt, erst durch Maria erfuhren wir zum ersten Mal davon. Das war etwa drei Stunden nach dem Mord an Frau Hendriks, die in einer Kanzlei mit Dr. Knoblauch tätig war.«

»Ich kenne keine Maria Volescu.«

Ohne darauf einzugehen, fuhr Durant fort: »Zwei Morde an einem Abend, an zwei völlig unterschiedlichen Orten, mit unterschiedlichen Vorgehensweisen, und doch haben beide Morde etwas miteinander zu tun. Denn Frau Hendriks und Herr Zaubel waren befreundet, und Frau Hendriks hat Herrn Zaubel von Marias Flucht erzählt und dem Martyrium, das sie durchgemacht hat. Sie hat beschrieben, wie ihr die Flucht gelungen ist, wie sie Carlos und Mischa, ihre beiden Aufpasser, die wir ja heute Abend auch festgenommen haben, ausgetrickst hat. Sie hat jemanden gefunden, der ihr geholfen hat, aber ich werde Ihnen nicht verraten, wer das ist, denn Maria ist bereits seit Donnerstag an einem sicheren Ort untergebracht. Sie hat genau beschrieben, wie das Haus, in dem sie gefangen gehalten wurde, von innen aussieht. Was sagen Sie jetzt?«

»Ausgemachter Blödsinn.« Leonhardt gab sich gelassen, doch in ihm arbeitete es, was Durant nicht entging. Seine Selbstsicherheit war nicht mehr so stark wie zu Beginn der Vernehmung, das meinte Durant jedenfalls zu spüren. Du musst jetzt am Ball bleiben, ihn unter Druck setzen, so unter Druck setzen, dass er einen Fehler macht.

»Wissen Sie, was Ihnen zum Verhängnis wurde? Sie hätten Frau Hendriks nicht umbringen dürfen.«

»Frau Durant, passen Sie gut auf, was Sie sagen, der Schuss könnte sonst nach hinten losgehen. Ich habe niemanden umgebracht.«

»O nein, natürlich haben Sie Hendriks und Zaubel nicht eigenhändig umgebracht, Sie würden sich nie die Hände schmutzig machen, dafür haben Sie Ihre devoten Diener. Wir hätten auch nie einen Zusammenhang zwischen den beiden Morden hergestellt, wären da nicht ein paar Ungereimtheiten gewesen, die wir aber erst einmal sortieren mussten. So wussten zum Beispiel außer Ihnen nur vier Personen von Marias Flucht – eine Bekannte von Frau Hendriks, Frau Hendriks selbst, Herr Zaubel und Dr. Knoblauch, langjähriger Freund und Kollege von Frau Hendriks, dem sie sich am Mittwochmorgen ebenfalls anvertraut hatte. Ihr Todesurteil war, mit Knoblauch zu sprechen, aber wie hätte sie auch ahnen können, dass ausgerechnet einer ihrer alten Weggefährten ihr das Grab schaufeln würde?! Vermutlich hat sie dabei auch den Namen Zaubel erwähnt …«

»Hören Sie auf mit diesem lächerlichen Ammenmärchen! Erstens kenne ich keine Maria, und zweitens verbindet mich mit Dr. Knoblauch einzig und allein eine freundschaftliche und geschäftliche Beziehung. Sie schustern sich da etwas zurecht, womit Sie vor Gericht kläglich scheitern werden. Ich wiederhole es noch einmal, ich habe mit den Morden nicht das Geringste zu tun, genauso wenig wie irgend jemand sonst, den ich kenne! Haben Sie das verstanden?«

»Ich bin aber noch nicht fertig. Die Frage, die sich uns stellte, war: Warum musste Zaubel sterben? Nur weil Frau Hendriks mit ihm Kontakt aufgenommen hatte? Nein, das wäre zu simpel gewesen. Die Antwort erhielten wir nicht lange danach. Uns wurde eine CD zugespielt, die Kopie eines Buches, an dem der von vielen gefürchtete Journalist Zaubel gearbeitet hatte. Seltsamerweise erwähnt er in diesem Buch unter anderem den Namen Marco Martini (Berger hatte nichts davon gesagt, dass Zaubel etwas über Martini alias Leonhardt geschrieben hatte, doch sie wollte es darauf ankommen lassen). Musste er sterben, weil er Ihnen zu gefährlich wurde? Oder vielleicht, weil er etwas über Ihre Verbindung mit Alexander Kristovic herausgefunden hatte, dem Taipan des organisierten Verbrechens in Südosteuropa? Da fällt mir ein, dass auch Maria das Wort Taipan benutzt hat, als sie von Ihnen sprach, denn Sie sollen sich gerne so nennen.«

»Wie heißt dieser Mann? Kristo…«

»Dr. Leonhardt, wir können das Spiel jetzt noch eine ganze Weile spielen, aber ich weiß es, und Sie wissen es auch, wer hinter den Morden an Rita Hendriks und Dietmar Zaubel steckt. Und glauben Sie mir, ich werde es Ihnen nachweisen, ich werde die Indizienkette so zusammensetzen, dass sie genau um Ihren Hals passt. Ich kannte Zaubel übrigens auch recht gut, sonst hätte er Frau Hendriks nicht an mich verwiesen, und vielleicht würde sie heute noch leben, wäre ich am Mittwoch im Büro gewesen.«

»Wollen Sie mir drohen?«

»Nein, ich drohe nicht, ich handle. In meiner Abteilung geht es nämlich zu wie im Wilden Westen – erst schießen, dann fragen«, entgegnete sie ironisch.

»Was, glauben Sie, wird der Richter sagen, wenn er diese Aussage von Ihnen auf dem Band hört?«, fragte Leonhardt maliziös lächelnd.

Julia Durant sah auf den Rekorder und erwiderte nach einem Blick auf das Aufnahmegerät: »Oh, zu dumm, jetzt hab ich doch tatsächlich vergessen, das Mikrofon einzuschalten. Da müssen wir doch glatt noch mal von vorne anfangen, Herr Martini. Ich weiß nicht, wann Sie wieder auf freiem Fuß sein werden, doch ich garantiere Ihnen, ich werde Sie immer im Auge behalten. Ach ja, da wäre auch noch die Goldstatue vom Bundespräsidenten mit ihrem Namen drauf. Wie ist die wohl in diesen Puff gekommen? Und machen Sie sich darauf gefasst, dass morgen einiges über Sie in den Zeitungen stehen wird, und das werden keine netten Berichte sein wie in der Vergangenheit, nein, es werden viele schmutzige Dinge sein. Wir haben die Journalisten schließlich nicht umsonst zur Fete eingeladen. Ich meine, Sie sind ja selbst vom Fach. Diese Geier sind so scharf auf eine fette Story wie Sie auf Frauen, die Sie missbrauchen und ausnutzen können, von Ihren anderen dreckigen Geschäften ganz zu schweigen. Übrigens, die Idee mit Kunst- und Kulturverein e.V. war nicht übel. So konnten Sie eine Menge der Kosten von der Steuer absetzen. Ich wünschte, mir würde so was mal einfallen. Nun ja, man kann nicht alles haben.« Sie beugte sich nach vorn, holte aus einer Schublade eine Schachtel Zigaretten und zündete sich eine an. Ohne dass Leonhardt es bemerkte, drückte sie die Aufnahmetaste des Diktiergeräts und ließ die Schublade halb offen.

»Was wissen Sie schon von Geschäften? Sie glauben wohl mich fertig gemacht zu haben. Aber Sie werden nie etwas gegen mich in der Hand haben. Und außerdem sollte Ihnen bekannt sein, dass auch eine schlechte Presse eine gute Presse sein kann, es kommt nur drauf an, wie man manipuliert. Suchen Sie schön weiter die Mörder von Hendriks und Zaubel, Sie werden sie nicht finden.«

»Ach ja? Was macht Sie da so sicher?«

»Weil Sie dazu meine Hilfe brauchen würden, doch ich habe keine Lust, Ihnen zu helfen, nicht nach dem, was heute vorgefallen ist.«

»Und wenn ich ganz lieb wäre?«, fragte sie süffisant lächelnd.

»Frau Durant, geben Sie sich keine Mühe, gegen den Taipan Marco Martini kommen Sie nicht an. Und wenn ich will, zertrete ich Sie wie eine Kakerlake. Darf ich jetzt meinen Anwalt anrufen, oder kann ich auch so gehen?«

»Gleich dürfen Sie telefonieren, nur noch eine Frage …«

»Sie hören sich an wie dieser Columbo im Fernsehen – nur noch eine Frage.«

»Wer hat Frau Hendriks auf dem Gewissen – Carlos oder Mischa?«

»Geben Sie sich keine Mühe.«

»Werde ich auch nicht mehr machen, ich bekomm's auch so raus. Ach ja, das mit dem Anwalt hab ich mir überlegt. Wir haben das Recht, Sie achtundvierzig Stunden in Gewahrsam zu nehmen, ohne dass Sie einen Anwalt zu Rate ziehen dürfen. Ich lasse Sie wieder in Ihre Zelle bringen, Herr Leonhardt.«

Leonhardt sprang auf und schlug mit der Faust auf den Schreibtisch. »Das werden Sie mir büßen, das schwöre ich Ihnen. Ich an Ihrer Stelle würde in Zukunft sehr gut auf mich aufpassen.«

Durant holte das Aufnahmegerät aus der Schublade, schaltete es aus und hielt es wedelnd hoch. »Sie haben mir gedroht«, sagte sie kalt lächelnd. »Irgendwas hat mir zugeflüstert, dass so was noch von Ihnen kommt. Ergo hab ich es heimlich aufgenommen. Sollte also mir oder einem meiner Kollegen etwas zustoßen, dieses Band würde Sie für den Rest Ihres Lebens hinter Gitter bringen, wo Abschaum wie Sie für meine Begriffe schon jetzt hingehört.«

Durant hielt inne, ihre Blicke trafen sich. Sie sah ihn an, bis Leonhardt sich wieder setzte. Seine Kiefer mahlten aufeinander, doch dann gewann er seine Sicherheit zurück und sagte: »Gratuliere, Sie sind cleverer, als ich dachte. Mein Kompliment.«

»Darauf verzichte ich gerne. Ich kann es einfach nicht begreifen, Sie haben alles, wovon andere Menschen nur träumen, Sie sind angesehen, haben Geld, aber Sie sind nichts als ein mieser, verkommener Verbrecher. Wie können Sie noch in den Spiegel schauen, ohne zu kotzen, wenn Sie sich darin sehen?!«

Leonhardt erwiderte nichts darauf. Er hatte seine Fassung längst wiedergewonnen und sah Durant beinahe mitleidig an, mitleidig, wäre da nicht dieses unsäglich zynische, fast dämonische Lächeln gewesen, ein Lächeln, mit dem er ihr signalisierte: Du hast keine Chance gegen mich, sosehr du dich auch anstrengst. Ganz gleich, welche Beweise du auch gegen mich vorbringst, sie werden dir nichts nützen, denn ich bin unendlich viel mächtiger als du, ich bin ein Taipan. Und Durant tat etwas, was sie niemals tun wollte, aber sie fühlte sich so ohnmächtig und hilflos Leonhardt gegenüber. Der Einzige, der ihr helfen könnte, wäre Simoneit, doch sie wollte ihn nicht unter Druck und damit auch noch sein Leben aufs Spiel setzen, er hatte ohnehin schon eine Menge riskiert.

»Ich weiß, dass das Haus Ihnen gehört, so wie Ihnen viele Häuser gehören, in denen verbrecherische Aktivitäten stattfinden. Ich weiß, dass Sie die Morde an Hendriks und Zaubel in Auftrag gegeben haben, ich weiß, dass Sie der Kopf einer riesigen und mächtigen Verbrecherorganisation in Deutschland sind. Ich weiß, dass Sie Menschen wie Vieh handeln, behandeln und benutzen. Diese Frauen, nicht nur Frauen aus den Armenhäusern des Ostens, kommen, weil sie von Ihnen und Ihren Helfern und Helfershelfern unter falschen Versprechungen, nein, das Wort trifft es nicht, ich wollte sagen, mit teuflischen Versprechen hergelockt werden. Ich weiß, dass Sie in Drogen- und Waffengeschäfte verwickelt sind, ich weiß aber auch von Ihren Kontakten zu den höchsten Stellen in unserer Regierung und andern Politikern, zwei von diesen Mistkerlen haben wir ja vorhin festgenommen. Ich weiß von Ihrer freundschaftlichen Beziehung zu Alexander Kristovic, vermutlich ist es die einzige Freundschaft, die Sie überhaupt pflegen. Sie glauben gar nicht, was ich alles über Sie weiß, viel mehr, als Sie vor ein paar Stunden noch gedacht hätten. Und seien Sie versichert, Sie werden keinen Schritt mehr gehen, ohne beobachtet zu werden, auch wenn Sie sich mit noch so vielen Bodyguards und gekauften Polizisten umgeben. Und wenn es nur ein paar Journalisten sind, die wie die Trüffelschweine so lange im Dreck wühlen, bis sie etwas finden, womit sie Sie noch ein bisschen mehr bloßstellen können. Und denken Sie dran, auch Sie werden älter und irgendwann sterben, und dann hoffe ich, dass Sie dorthin kommen, wo Sie längst hingehören – in die Hölle.«

»Sie sind ein gläubiger Mensch?«, sagte Leonhardt unerwartet und wieder mit diesem Lächeln, in das Durant am liebsten geschlagen hätte.

»Sparen Sie sich Ihren Zynismus. Und ich rate Ihnen eins – unterschätzen Sie mich nicht. Das haben schon andere vor Ihnen getan und bitter bereut«, erwiderte Durant, erhob sich, ging zur Tür und bedeutete dem Beamten, Leonhardt wieder in die Arrestzelle zu führen.

Beim Hinausgehen warf er ihr einen eisigen, stechenden Blick zu, der sie frösteln ließ. Gleichzeitig hatte er wieder dieses Lächeln auf den Lippen und sagte: »Wissen Sie eigentlich, was ein Taipan ist? Ein Taipan ist eine australische Giftschlange, die giftigste der Welt. Das Gift eines einzigen Bisses reicht aus, um zweihundertfünfzigtausend Mäuse zu töten. Ich wünsche Ihnen eine gute Nacht.«

Wie hatte Maria gesagt – Leonhardt ist ein Teufel. Eben hatte Durant das Gefühl gehabt, ihm in die Augen zu sehen.

Sie hatte schon vorher gewusst, dass sie sich an Leonhardt die Zähne ausbeißen würde. Erst war es nur ein Gefühl gewesen, das aber mit jeder Stunde mehr zur Gewissheit wurde, vor allem nach dem Gespräch mit Simoneit, das sie noch lange beschäftigt hatte. Leonhardt hatte sich nicht aus der Reserve locken lassen, zumindest nicht so, wie sie insgeheim gehofft hatte. Ein Blick auf die Uhr, dreizehn Minuten vor zwei. Sie schenkte sich ein Glas Cola ein, um wach zu bleiben, und begab sich nach draußen auf den Flur, wo sie Hellmer begegnete, der an die Wand gelehnt dastand und sie aus kleinen Augen anschaute.

»Und?«, fragte sie mit müder Stimme.

»Ich bin noch an Knoblauch dran, ein Wachmann ist bei ihm und passt auf, dass er keine Dummheiten macht. Ich brauch nur einen Augenblick frische Luft. Und bei dir?«

»Es ist einfach scheiße gelaufen. Wir werden ihm nie nachweisen können, dass er die Morde in Auftrag gegeben hat, von seinen andern Geschäften ganz zu schweigen. Ich hab ihn wieder in die Zelle bringen lassen, er bleibt mindestens bis morgen Abend dort.«

»Du bist verrückt. Mit welcher Begründung?«

»Nötigung, Rauschgiftkonsum, Verdacht auf Menschenhandel. Noch haben wir die Rückendeckung von Richter Schultheiss und Dr. Vermeer. Wie kommst du denn mit Knoblauch voran?«

»Der mauert noch. Er behauptet, nicht der Betreiber

des Puffs zu sein. Aber irgendwie knack ich ihn schon noch.«

»Noch mal zu Leonhardt. Wir sollten ganz schnell eine Sichtung des Materials vornehmen, bevor er verschwindet. Zum Glück haben wir diese Goldstatue. Ich habe nämlich das dumpfe Gefühl, dass wir schon bald hohen Besuch bekommen werden. Hast du schon was von Bäumer gehört?«

»Nee, scheint wohl noch mit Hohleitner beschäftigt zu sein. Ich kümmere mich jetzt weiter um meinen Kandidaten. Bis dann.«

Hellmer wollte gerade wieder in sein Büro gehen, als Doris Seidel aus der Tür trat. Ihr Gesichtsausdruck verhieß nichts Gutes. Sie hielt ein Blatt in der Hand und kam mit schnellen Schritten auf Durant und Hellmer zu.

»Hier, ein Fax aus Pullach«, sagte sie nur und reichte das Blatt Durant. Sie las es zusammen mit Hellmer und stieß einen derben Fluch aus.

»Das war's wohl«, war ihr Kommentar.

»Undercover?«, sagte Hellmer fassungslos. »Die wollen uns wohl verarschen, oder? Der Typ ist ein Schwerverbrecher, und die wollen uns weismachen, dass er in geheimer Mission unterwegs war?! Was soll dieser Scheiß? Sind wir hier die Deppen der Nation, oder was?«

»Sag ich doch die ganze Zeit. Ich warte jetzt nur noch drauf, dass eine Order von oben kommt, dass der komplette Fall an das LKA oder BKA übergeben wird. Und was dann passiert, können wir uns ausmalen. Am Ende kriegen wir noch eins auf den Deckel.« Durant schüttelte den Kopf. »Bäumer hat's gewusst, Vukovic, Müller und Vermeer auch, nur ich in meiner Naivität hab gedacht, diesmal kriegen wir's gebacken. Was soll's, ist nicht mehr zu ändern.«

»Julia«, sagte Hellmer, »nicht den Kopf in den Sand stecken. Du hast dein Bestes gegeben.«

»Wir alle haben unser Bestes gegeben, aber wir sind eben nur kleine Bullen, gut genug für die Drecksarbeit. Dieses Land ist nicht mehr mein Land, aber nenn mir ein Land, wo's besser ist. Binder fickt kleine Mädchen und kommt ungeschoren davon, von Leonhardt und Hohleitner ganz zu schweigen.«

»Noch wissen wir nicht, ob sie ungeschoren davonkommen …«

»Mach dir doch nichts vor. Ab welcher Position genießt man eigentlich solchen Schutz? Polizeipräsident, oder muss es noch höher sein? Oder hat es was mit Geld zu tun?« Sie ließ die Schultern hängen und zuckte mit den Mundwinkeln. »Ich schau nachher noch mal vorbei.«

Montag, 2.10 Uhr

Simoneit sah Durant entgeistert an. »Was sagen Sie da? Ich bin *nicht* der Eigentümer? Das begreif ich nicht, Leonhardt hat mir das Haus quasi geschenkt.« Und nach einem Moment des Überlegens: »Was bedeutet das jetzt für mich?«

»Das ist Ihre Entscheidung. Am besten sagen Sie das Gleiche aus wie Leonhardt. Ich kann Ihnen leider keinen andern Rat geben. Wenn Sie jedoch hier bezeugen, der Eigentümer zu sein …«

»Ich verstehe schon«, sagte Simoneit resignierend, doch mit einem Mal fasste er sich an die Stirn und sah Durant an. »Mein Gott, jetzt dämmert's mir allmählich. Er hat am Mittwoch gesagt, er könne es mir jederzeit wieder wegnehmen. Ha, es hat mir nie gehört, er hat mich nur in dem Glauben gelassen. Dieser verdammte gerissene Hund!« Er kaute auf der Unterlippe und schien für Sekunden weit weg zu sein. Schließlich sagte er mit entschlossener Miene: »Ich mache eine Aussage und bitte Sie, diese zu Protokoll zu nehmen …«

»Moment, überlegen Sie genau, was Sie tun. Ich habe Leonhardt eben von seiner schlimmsten Seite kennen gelernt, Sie haben Recht, mit ihm ist wirklich nicht zu spaßen. Denken Sie an Ihre Familie.«

»Keine Sorge, das tu ich. Woher soll ich denn wissen, was Leonhardt ausgesagt hat? Dürfte ich kurz mit meiner Frau telefonieren?«

»Bitte.«

»Sie können ruhig mithören.« Simoneit tippte die Nummer von zu Hause ein, am andern Ende wurde bereits nach dem zweiten Läuten abgenommen, Durant stellte den Lautsprecher an.

»Kirsten, ich bin's. Ich wollte dir nur sagen, dass ich dich liebe und jetzt eine Aussage machen werde, die uns aber alle in Schwierigkeiten bringen kann. Ich hoffe es nicht, aber ich kann und möchte nicht länger nach Ulrichs Pfeife tanzen … Ja, ich werde alles, was ich Frau Durant gestern schon erzählt habe, noch einmal zu Protokoll geben … Nein, deshalb ruf ich ja an, um dich zu fragen, ob du deine Zustimmung gibst … Ich liebe dich wirklich, ich hoffe, du glaubst mir.« Er legte auf, bevor sie etwas antworten konnte, und meinte: »Können wir beginnen?«

»Sie haben eine wunderbare Frau, wissen Sie das eigentlich?«

Simoneit schien geradezu erleichtert, als er sagte: »Ich weiß, aber ich war blind. Kommen wir zur Sache. Alles, was ich jetzt sage, möchte ich auch von einem Anwalt notariell beglaubigt haben und bei ihm hinterlegen. Ich werde Leonhardt entweder heute oder morgen persönlich mitteilen, dass ich aussteige, und für den Fall, dass mir oder meiner Familie etwas passiert,

Sie wissen schon, was ich meine, wird dieses Schriftstück ihn ins Gefängnis bringen.«

In der folgenden halben Stunde berichtete Simoneit, ohne von Durant unterbrochen zu werden, noch einmal von Leonhardts und Hohleitners Machenschaften, so weit ihm diese bekannt waren, und er erwähnte auch Binders abartige Neigungen. Im Grunde sagte er nichts anderes als schon am Samstagabend, als er mit Durant im Auto gesessen hatte, fügte lediglich ein paar weitere Details hinzu, die jedoch so erschütternd waren, dass Durant es kaum glauben mochte. Als er mit seinen Ausführungen fertig war, sagte er erleichtert: »So, und nun lassen wir diese Aussage von einem Anwalt Ihrer Wahl beglaubigen. Es muss jemand sein, der nicht von Leonhardt gekauft ist, jemand, dem *Sie* Vertrauen schenken.«

»Das erledigen wir gleich nachher, mein Wort darauf«, erwiderte Durant. »Haben Sie noch etwas hinzuzufügen?«

»Nein, ich denke, es ist alles gesagt.«

»Dann lasse ich Sie in Ihre Zelle zurückbringen, nur zu Ihrer eigenen Sicherheit. Sobald wir das Notarielle geregelt haben, können Sie nach Hause gehen. Vielen Dank und viel Glück.«

»Ich will keinen Dank, ich war das meiner Familie und auch Ihnen schuldig. Ich habe Ihnen zu danken und wünsche Ihnen viel Glück, Sie werden es brauchen.«

Nachdem Simoneit das Büro verlassen hatte, nahm Durant das Band aus dem Rekorder und steckte es in ihre Handtasche, Intuition, eine innere Stimme, wer weiß. Sie lehnte sich zurück und zündete sich gerade eine Zigarette an, als die Tür aufging und Bäumer hereinkam. Er wirkte sehr erschöpft und setzte sich. »Wir haben verloren, es sei denn, du hast ein Wunder vollbracht.«

»Ich hab's schon vernommen. Wie ist es denn mit Hohleitner gelaufen?«

»Ganz ehrlich? Er hat mich eiskalt auflaufen lassen. Ich wisse doch überhaupt nichts und solle mich besser aus Dingen raushalten, von denen ich keine Ahnung hätte. Wenn er wolle, könne er mich zertreten wie eine Kakerlake, das hat er mir jedenfalls ins Ohr geflüstert. Es ist natürlich nicht auf Band.«

»Er hat das wirklich gesagt, das mit der Kakerlake?«

»Ja.«

»Leonhardt auch, er hat sogar dieselben Worte benutzt. Wo ist Hohleitner jetzt?«

»Keine Ahnung, auf jeden Fall nicht mehr im Präsidium. Wir mussten ihn laufen lassen, auf Anweisung des BND. Und gerade eben sind vier unserer lieben Kollegen angetanzt, zwei vom LKA und zwei vom BKA, und unterhalten sich mit Berger, Müller und Vermeer. Generalstaatsanwalt Blumenthal sowie Oberstaatsanwalt Mürner sind übrigens auch dabei. Möchte zu gerne wissen, wie die so schnell Wind von der Sache bekommen haben. Na ja, manchmal mahlen die Mühlen eben sehr schnell. Ich weiß genau, was da jetzt abläuft, ich kenne nämlich das Spiel, ich hab's schon einige Male in ähnlicher Weise miterlebt.« Er warf einen Blick auf seine Armbanduhr und fuhr fort: »In spätestens einer halben Stunde sind alle wieder auf freiem Fuß, die Frauen ausgenommen. Soll ich dir auch sagen, was mit den Frauen passiert?«

»Verrat's mir.«

»Sie werden in Abschiebehaft kommen, es wird ihnen möglicherweise ein Prozess wegen illegaler Prostitution gemacht, danach werden sie in ihre Heimatländer abgeschoben, aber Leonhardt und Hohleitner, vor allem Leonhardt, werden weiter schalten und walten dürfen, wie sie wollen.« Er seufzte auf und schüttelte den Kopf. »Wir haben die Arschkarte gezogen, wir haben auf ganzer Linie verloren.«

»Eigentlich haben wir's doch vorher schon gewusst, und trotzdem haben wir's versucht. Und, haut uns das um?«

»Nein, ist aber trotzdem frustrierend. Da versuchst du eine Schlangengrube auszuheben, und was ist das Ergebnis? Die Schlangen werden unversehrt wieder in ihre Grube zurückgebracht.«

Durant grinste nur und sagte: »Leonhardt hat sich selbst den Beinamen Taipan verliehen, womit ich bisher nicht viel anfangen konnte. Ich habe ihn vorhin darauf angesprochen, und bevor er wieder in die Zelle geführt wurde, hat er mir gesagt, dass der Taipan die giftigste Schlange der Welt ist. Und plötzlich habe ich mich an einen Fall vor vier oder fünf Jahren erinnert, als jemand mit Schlangengift umgebracht wurde, ich meine, es war Taipangift. Leonhardt verhöhnt uns, und wir sind machtlos. *Er* hat die Macht, und wer die Macht hat, hat das Recht auf seiner Seite. Das ist mir erst heute so richtig bewusst geworden. Aber nicht jeder, der das Recht vertritt, hat auch Macht, eigentlich die wenigsten von uns. Oder siehst du das anders?«

Bäumer schüttelte den Kopf. »Nein, aber den Spruch muss ich mir merken. Wie war das noch mal – wer die Macht hat, hat das Recht auf seiner Seite. Von wem stammt der?«

»Von mir.«

»Treffender könnte man es nicht ausdrücken. Was machen wir jetzt?«

»Ich werd mal bei Berger reinplatzen. Woher soll ich denn wissen, dass er so hohen Besuch hat?«, sagte sie zynisch.

»Na dann, viel Spaß. Kann ich hier warten, ich will nicht unbedingt meinen Kollegen aus Wiesbaden in die Arme laufen?«

»Mach's dir gemütlich. Cola steht hier, Wasser unter meinem Schreibtisch. Bis gleich.«

Sie öffnete die Zwischentür einen Spalt, hörte Stimmen und huschte rasch in Bergers Büro. Bis auf Berger, der direkt gegenüber der Tür saß, drehten alle den Kopf. Einer der Beamten, den Durant nicht kannte, sagte in hartem, unerbittlichem Ton: »Das ist eine vertrauliche Unterredung, wenn Sie den Raum bitte verlassen würden.«

»Nein, ich werde den Raum nicht verlassen«, erwiderte sie ebenso hart und sah den Beamten entschlossen an. »Ich kenne Sie zwar nicht, aber Ihr Ton gefällt mir nicht. Lassen Sie mich raten, Sie sind vom BKA, stimmt's?«

»Frau …«

»Hauptkommissarin Durant, leitende Ermittlerin beim K 11. Ich denke, ich habe das Recht zu erfahren, um was es hier geht.«

»Frau Durant, ob leitende Ermittlerin oder nicht, Sie …«

»Ich möchte, dass Frau Durant hier bleibt«, mischte sich Berger ein. »Sie war von Anfang an dabei und hat auch wesentlich zum Erfolg der Aktion beigetragen.«

»Wie Sie wünschen«, sagte der Beamte, der sich nicht vorgestellt hatte, nach einem Blick zu Blumenthal, der nur nickte, pikiert. »Wir haben sowieso das Wesentliche besprochen …«

»Ach ja? Was ist denn das Wesentliche? Lassen Sie mich raten – Leonhardt und seine Hurenböcke werden auf freien Fuß gesetzt. Der Fall wird an Sie abgegeben, was bedeutet, dass wir raus sind. Verbessern Sie mich, sollte ich falsch liegen.«

»Nein, Sie liegen vollkommen richtig. Da hochrangige Persönlichkeiten aus dem politischen Leben involviert sind, ist naturgemäß das BKA beziehungsweise das Innenministerium zuständig. Es tut mir leid, aber ich habe die Gesetze nicht gemacht.«

»Das würde ich Ihnen auch nie unterstellen, dazu bedarf es Leute anderen Kalibers …«

»Frau Durant, bitte«, sagte Berger mahnend.

»Entschuldigung, ist mir so rausgerutscht. Aber wissen Sie,

was mich so ankotzt? Da werden Frauen aus dem Ostblock unter falschem Vorwand hergelockt, um letztlich zur Prostitution gezwungen zu werden. Staatssekretär Binder gibt sich nicht mal mit Frauen zufrieden, er braucht besonders junges Fleisch, kleine Mädchen, die noch gar nicht wissen, wie ihnen geschieht, und die für den Rest ihres Lebens dieses Trauma mit sich rumschleppen müssen. Ein toller Politiker, und ein noch tolleres Vorbild! Morde werden von Leonhardt in Auftrag gegeben, aber der Fall wird uns aus den Händen gerissen, weil wir ja offensichtlich nicht kompetent oder fähig genug sind, das alleine zu handhaben …«

»Jetzt machen Sie's aber mal halblang! Welche Beweise haben Sie denn gegen Leonhardt und Binder? So weit wir bis jetzt erfahren haben, existieren keine, und somit gibt es auch keine Rechtfertigung, diese Männer länger in Haft zu behalten. Sollten sich im Zuge unserer weiteren Ermittlungen jedoch Verdachtsmomente gegen die von Ihnen Beschuldigten ergeben, werden wir selbstverständlich entsprechende Schritte einleiten. Zufrieden?«

»Lächerlich! Warum stehen Sie mitten in der Nacht hier auf der Matte? Von wem haben Sie die Informationen? Lassen Sie mich raten – Hohleitner? Und ich sage Ihnen noch was ins Gesicht – in dem Moment, in dem Sie den Fall übernehmen, wird nichts mehr unternommen. Wir werden von Ihnen eventuell mit ein paar Infos gefüttert, aber wer sagt uns, dass die nicht getürkt sind? …«

»Sie …«

»Lassen Sie mich ausreden! Die Leute, die wir festgenommen haben, sind Schwerverbrecher, aber Sie stolzieren hier mit einer Arroganz rein, dass mir schlecht wird. Wir haben Mörder, Frauen- und Kinderschänder festgesetzt! Wir haben die Aussagen aller Frauen, die übereinstimmend bestätigen, was ihnen angetan wurde. Sie brauchen jetzt gar nichts zu sagen, diese Frauen sind in Ihren Augen ja sowieso nur Huren. Aber sie sind nicht freiwillig hier, sie sind Huren, weil sie gezwungen wurden, ihren Körper zu verkaufen, wobei sie selbst nicht einen Cent gesehen haben. Einer dieser jungen Frauen ist letzten Montag die Flucht aus Leonhardts Puff gelungen. Sie hat mir die ganze Geschichte in allen Einzelheiten erzählt, und diese Geschichte hat mir die Tränen in die Augen getrieben. Und wenn Sie jetzt wissen wollen, wo diese junge Frau ist, sorry, das werde ich Ihnen nicht verraten. Aber ich garantiere Ihnen, sie wird sicher in ihre Heimat zurückkehren, damit sie diesem Bastard nicht noch einmal in die Augen sehen muss. Und mit Bastard meine ich Leonhardt, den sie exakt beschrieben hat, sie hat die Räumlichkeiten beschrieben und was sie alles durchgemacht hat. Sie wird in ein paar Wochen einundzwanzig, wird aber seit vier Jahren gezwungen, ihren Körper und ihre Seele zu verkaufen. Und nur weil sie geflohen ist, mussten zwei Menschen sterben, denn sie war Leonhardts auserkorener Liebling, sein Eigentum, und einem Leonhardt nimmt man das Eigentum nicht ungestraft weg. Und jetzt sagen Sie mir, was Sie gegen Leonhardt unternehmen werden? Wird er einen Prozess bekommen, und wird die Öffentlichkeit davon erfahren, dass der Moralapostel Leonhardt in Wahrheit ein skrupelloser Gangster ist? Oder wird man, weil er ja so angesehen ist, Milde walten lassen? Und was passiert mit den Frauen? Sie werden doch sicherlich vor Gericht gestellt, schließlich halten sie sich illegal in Deutschland auf …«

»Wenn ich Ihren Redefluss unterbrechen darf«, sagte Generalstaatsanwalt Blumenthal. »Ich kann Ihre Bedenken durchaus nachvollziehen, doch die Gesetze sprechen nun mal eine eindeutige Sprache. Wer sich illegal in Deutschland aufhält und hier arbeitet, macht sich strafbar, so steht es geschrieben. Sie haben gute Arbeit geleistet, aber Sie sind dennoch mit sofortiger Wirkung von diesem Fall entbunden.«

»Dürfte ich bitte kurz mit Ihnen unter vier Augen sprechen?«, sagte Durant zu Blumenthal. »Nur eine Minute.«

Blumenthal zog die wulstigen Augenbrauen hoch, überlegte, ob er sich dazu herablassen sollte, dieser Bitte zu entsprechen, und antwortete schließlich: »Aber wirklich nur kurz.«

»Gehen wir in mein Büro.« Blumenthal folgte ihr. Als sie dort waren, sagte sie zu Bäumer: »Würdest du uns bitte alleine lassen?«

Bäumer verließ den Raum.

»Das ist eine Riesenschweinerei, was hier abläuft. Doch ich sehe ein, dass ich mich einer höheren Macht beugen muss, damit das Recht gebeugt werden kann. Aber Sie erinnern sich doch bestimmt noch an den Fall vor drei Jahren, als ich Ihre Haut gerettet habe, oder?«

Blumenthal sah Durant kühl und abweisend an. »Was wollen Sie damit andeuten?«

»Sie haben mir damals gesagt, wenn Sie mir mal einen Gefallen tun können, dann …«

»Machen Sie's kurz. Was wollen Sie?«, unterbrach er sie barsch.

»Kein Prozess gegen die Frauen, keine übliche Abschiebung mit vorheriger Abschiebehaft, sondern eine sofortige Rückfahrt in die jeweiligen Heimatländer, ungefähr so, als wären sie nur Touristinnen gewesen. Meinen Sie, Sie können mir wenigstens diese kleine Gefälligkeit erweisen?«

»Sie sind ein harter Brocken. Aber gut, ich gebe Ihnen jetzt und hier mein Wort, dass die Frauen mit offiziellen Papieren ausgestattet in ihre Heimat zurückkehren dürfen. Es wird keinen Prozess geben und somit auch keine Abschiebehaft mit folgender Abschiebung. Genügt Ihnen mein Wort, oder brauchen Sie es auch noch schriftlich?«

»Ich wünsche mir, dass wenigstens Sie mich nicht enttäuschen. Danke. Doch noch viel mehr würde ich mir wünschen, dass gegen Leonhardt und Hohleitner vorgegangen würde, aber das ist wohl Wunschdenken.«

»Fahren Sie nach Hause, Sie sehen sehr erschöpft aus. Ich wünschte, ich könnte mehr für Sie tun, und das meine ich aus vollem Herzen. Melden Sie sich bei mir heute Nachmittag um vier.«

Blumenthal machte kehrt und verschwand wieder in Bergers Büro. Ich wünschte, ich könnte mehr für Sie tun, und das meine ich aus vollem Herzen – diesen dummen Spruch hättest du dir auch sparen können. Du bist doch ein Rad in einem riesigen Getriebe, sonst würdest du was unternehmen, auch wenn dein Vorgesetzter der Justizminister ist. Aber ihr da oben haltet zusammen wie die Kletten. Ein geistig Zurückgebliebener wird wegen Mordes zu lebenslänglich verurteilt, obwohl es nicht die geringsten Beweise gibt, doch Mörder wie Leonhardt kommen ungeschoren davon.

Sie zündete sich eine Zigarette an, öffnete die Tür, sah Bäumer auf dem schier endlos langen Flur stehen und gab ihm ein Zeichen, wieder hereinzukommen.

»Und?«, fragte er nur.

»Diese blasierten Affen da drüben. Die ganze Arbeit umsonst. Aber ich habe wenigstens Blumenthal zu einem Zugeständnis überreden können.«

»Und das wäre?«

»Die Frauen kommen nicht in Abschiebehaft, ihnen wird nicht der Prozess gemacht, sie werden mit gültigen Papieren ganz normal in die Heimat fahren.«

»Wie hast du das denn geschafft?«

»Blumenthal war mir noch was schuldig. Ohne mich würde er heute im Knast sitzen und Schrauben sortieren. Ist 'ne lange Geschichte. So, Schluss für heute, ich statte den Damen noch einen Besuch ab und fahr dann nach Hause. Und nach mir die Sintflut. Mach's gut, vielleicht sehen wir uns ja mal wieder. Ich hoffe nur, du kriegst keine Schwierigkeiten mit deinem Vorgesetzten.«

»Das lass mal meine Sorge sein. Wenn nicht anders, wechsle ich eben zum BND«, erwiderte Bäumer lapidar. »Schlaf gut.«

Montag, 9.45 Uhr

Julia Durant hatte kaum drei Stunden geschlafen, und dementsprechend fühlte sie sich auch. Ihr Kopf schmerzte, dazu kam eine leichte Übelkeit. Die vergangenen Tage und Nächte des Dauerstresses, in denen ihre Nerven zum Teil zum Zerreißen gespannt waren, hatten ihre Spuren hinterlassen. Als sie nach dem Aufstehen in den Spiegel geschaut hatte, hatte sie geglaubt eine alte Frau vor sich zu sehen, dunkle Ränder unter den Augen, ihre selbst im Winter nie ganz weiße Haut grau und fahl, die Falten um die Nase schienen noch tiefer geworden zu sein. Sie hatte geduscht, die Haare gewaschen und sich geschminkt, was diesmal ein wenig länger dauerte als sonst, aber schließlich war sie einigermaßen zufrieden mit ihrem Äußeren. Ihr Magen rumorte. Sie aß nur zwei Bananen, trank ein Glas Cola, nahm dazu eine Tablette gegen die Kopfschmerzen, die hoffentlich nicht in einer üblen Migräne enden würden, und fuhr um zwanzig nach neun zum Präsidium.

Außer Berger waren nur noch Hellmer und Seidel anwesend, von denen keiner besonders frisch aussah. Es herrschte eine gedrückte Stimmung.

»Hallo«, begrüßte sie ihre Kollegen, »ihr seht nicht gerade sehr glücklich aus.«

»Haha, ich hab schon über bessere Witze gelacht«, entgegnete Hellmer, der am Fenster stand und rauchte.

»Es sollte auch kein Witz sein. Mir geht's mindestens genauso beschissen wie euch. War noch was, nachdem ich gegangen bin?«, fragte sie und setzte sich.

»Sie haben sich ziemlich unbeliebt gemacht, aber das werden Sie wohl selbst wissen«, sagte Berger. »Trotzdem, ich muss zugeben, Ihr Auftritt war allererste Sahne, auch wenn's nichts gebracht hat. Ich hätte mich so was nicht getraut.«

»Was haben die werten Herren denn gesagt?«

»Sie haben Ihnen ein paar Eigenschaften zugeordnet wie arrogant, unsensibel, impertinent, unfähig, um nur einige zu nennen.«

»Die können mich mal kreuzweise. Wo sind Leonhardt und seine Kumpane?«

Berger zuckte mit den Schultern. »Wahrscheinlich zu Hause. Sie wurden auf freien Fuß gesetzt.«

»Und die Frauen?«

»Sind noch hier. Sagen Sie mal, wie haben Sie Blumenthal überredet, dass die Frauen einfach so abreisen dürfen? Mit Ihrem Charme?«

»Hat Bäumer Ihnen das nicht erzählt?«

»Nein, ich hab ihn nicht mehr zu Gesicht bekommen.«

Sie steckte sich eine Zigarette an und sagte: »Ich hab Blumenthal lediglich daran erinnert, dass er ohne meine Hilfe heute kein Generalstaatsanwalt mehr wäre.«

»Sie haben ihn erpresst?«, fragte Berger verwundert und erschrocken zugleich.

»Quatsch! Ich habe ihn nur gebeten, seine Schuld zu begleichen. Ich soll ihn um vier anrufen, dann werde ich wohl erfahren, wie das genau mit den Frauen weitergeht. Aber wehe, er hält sich nicht an sein Versprechen. Ich schwöre, ich zerquetsch ihm höchstpersönlich die …«

»Er wird sich daran halten, er hat es mir vorhin noch einmal unter vier Augen versichert, bevor er gegangen ist. Und ich soll Ihnen ausrichten, dass er Sie für eine äußerst fähige Polizistin hält.«

»Ich denke, ich bin unfähig?«

»Das haben die andern gesagt, vor allem dieser ekelhafte Schnösel, mit dem Sie sich angelegt haben. Mein Gott, was für eine Show Sie da abgeliefert haben! Dennoch müssen wir den Tatsachen ins Auge blicken, der Kampf ist verloren, der Gegner hat gesiegt.«

»Steht schon was in der Zeitung?«

»*Bild*, Seite drei. Mehrere Fotos von Leonhardt, Binder, Simoneit, wobei Leonhardt und Binder besonders gut getroffen sind. Hier, sehen Sie selbst. Dazu ein ziemlich heftiger Artikel, den Leonhardt bestimmt nicht gerne lesen wird. Das ist das einzig Positive an dem Ganzen.« Berger schob die Zeitung über den Tisch. Durant las schmunzelnd.

»Das ist gut, das ist sogar sehr gut. Ich hab's ihm prophezeit, die Reporter werden sich wie die Hyänen auf ihn stürzen. Und das gönn ich dieser Schweinebacke von Herzen.«

»Haben Sie gar keine Angst vor ihm?«

»Nein, denn er kann es sich nicht leisten, mich anzugreifen. Hier«, sagte sie, zog die Kassette ihres Aufnahmegeräts aus der Tasche und hielt sie hoch, »damit hab ich ihn in der Hand. Er hat mir unverhohlen gedroht, aber er weiß, dass ich diese Drohung aufgenommen habe. Sein Gesicht hättet ihr sehen sollen. Der kann es sich nicht leisten, irgendwas gegen uns zu unternehmen. Und ich habe noch was, eine Aussage von Simoneit. Als ich ihm gesagt habe, dass er gar nicht der Eigentümer des Bordells ist, war der völlig perplex. Und dann hat er etwas gemacht, was ich ihm nie zugetraut hätte. Er hat mich gebeten, seine Aussage zu Protokoll zu nehmen, das heißt, ich hab sie auf Band aufgenommen, die Kassette hab ich auch dabei, und er möchte diese Aussage schriftlich bei einem Rechtsanwalt meiner Wahl hinterlegen, für den Fall, dass ihm oder seiner Familie etwas zustößt. Er wird heute noch mit Leonhardt Kontakt aufnehmen und ihm mitteilen, dass er aussteigt. Ich weiß auch schon, welchen Anwalt ich aufsuchen werde. Gleichzeitig behalten wir für alle Fälle eine Kopie davon bei uns.«

»Das war mutig von ihm«, sagte Hellmer. »Hätt ich ihm auch nicht zugetraut. Warum hat er das gemacht, er hätte doch alles so weiterlaufen lassen können wie bisher?«

»Manche Menschen kommen eben zur Einsicht, die einen früher, die andern später, wieder andere nie. Er liebt seine Frau und seine Kinder, das wird wohl der Hauptgrund sein. Ist auch egal, ich mach mich auf den Weg zu Dr. Bernecker …«

»Bernecker? Sie geben sich aber auch nicht gerade mit Kleinkram zufrieden«, bemerkte Berger trocken.

»Wenn wir es schon mit Raubtieren zu tun haben, dann brauchen wir auch entsprechende Unterstützung. Jedenfalls, ich hau ab, und danach fahr ich zu meinem Vater und Maria. Werde ich heute hier noch gebraucht?«

»Ruhen Sie sich aus, nehmen Sie von mir aus ein paar Tage frei, ich werde es auch nicht auf Ihrem Urlaubszettel vermerken. Das Gleiche gilt für Herrn Hellmer und Frau Seidel.«

»Und wie wollen Sie das gegenüber den andern Kollegen begründen?«

»Lassen Sie das mal meine Sorge sein. Und jetzt verschwinden Sie.«

»Ja, sofort. Was ist mit Müller und Vukovic? Vor allem Vukovic interessiert mich. Ich hoffe nämlich, er macht keine Dummheiten, jetzt, wo Hohleitner wieder frei ist.«

»Hab sie noch nicht gesehen. Und wenn er Dummheiten macht, ist das nicht unser Problem«, meinte Hellmer grinsend.

»Stimmt auch wieder. Ciao, ich verzieh mich«, sagte Durant und ging nach draußen. Auf dem Weg zum Auto dachte sie: Ich krieg meinen Aktenberg doch noch vor Weihnachten abgearbeitet. Von unterwegs rief sie Dr. Jürgen Bernecker an (sie hatte Glück, er war nicht, wie von ihr schon befürchtet, bei Gericht, sondern noch bis Mittag in seiner Kanzlei), einen gewieften Anwalt für Straf- und Ausländerrecht, einen der besten Anwälte nicht nur in Frankfurt, zu dem sie einen recht guten Draht hatte, weil er sich trotz seines Berufs noch eine gewisse Menschlichkeit bewahrt hatte. Sie hielt sich eine knappe Stunde bei ihm auf. Er versprach, von Simoneits Aussage noch heute eine Abschrift anfertigen und sie von Simoneit unterschreiben zu lassen. Dann werde er diese sofort beglaubigen und verschließen und für Durant eine Kopie ausdrucken lassen.

Durant bedankte sich bei ihm und bat ihn, ihr die Rechnung nicht zu schicken, sie werde sie persönlich in den nächsten Tagen zusammen mit der Kopie abholen. Anschließend fuhr sie zu ihrem Vater und Maria, deren Gesellschaft ihr gut tat und wo sie sich bis zum späten Abend aufhielt.

Um sechzehn Uhr rief sie wie verabredet bei Blumenthal an, der ihr mitteilte, dass die Papiere für die Frauen am Mittwoch abholbereit seien, ebenso die Zug- beziehungsweise Flugtickets in die jeweiligen Länder. Blumenthal hatte also sein Versprechen gehalten, jetzt waren sie quitt. Maria war mehr als erleichtert zu hören, dass sie schon in wenigen Tagen nach

Moldawien zurückkehren würde. Sie konnte ihre Freude kaum zügeln, ihre Freudentränen steckten auch Durant an, und eine ganze Weile lagen sie sich in den Armen.

Es war fast Mitternacht, als Julia Durant zu Hause ankam, sich ein Bad einließ, eine Dose Bier aus dem Kühlschrank holte und sie genüsslich trank. Sie war nicht müde, doch sie wusste aus Erfahrung, dass die Anstrengung der letzten Woche erst morgen oder übermorgen Wirkung zeigen würde. Aber darüber wollte sie jetzt nicht nachdenken, am liebsten hätte sie die Gedanken ausgeschaltet. Sie legte eine CD von Guns n'Roses ein und stellte die Lautstärke hoch, in der Hoffnung, die Nachbarn würden es nicht hören. Und wenn – egal.

Montag, 21.00 Uhr

Hans Simoneit hatte Leonhardt angerufen und ihn um ein Gespräch unter vier Augen gebeten. Doch Leonhardt lehnte es ab, sich mit Simoneit zu treffen.

»Hast du etwa nicht die Zeitung gelesen?«, fragte Leonhardt unwirsch am Telefon. »Ich werde mich für eine Weile aus der Öffentlichkeit zurückziehen, das heißt, ich bin vorläufig nicht erreichbar, auch nicht für dich.«

»Das ist deine Entscheidung«, entgegnete Simoneit ungerührt. »Ich wollte dir sowieso nur mitteilen, dass ich aussteige. Und bevor du jetzt etwas sagst, ich habe alles erzählt, ich habe es aufschreiben und von einem Anwalt beglaubigen lassen und bei ihm hinterlegt. Nur für den Fall, dass mir oder jemandem aus meiner Familie etwas zustoßen sollte. Richte das bitte auch Thorsten aus, solltest du ihn sehen oder mit ihm sprechen. Ich werde im Übrigen auch mein Mandat niederlegen und mich aus der Politik zurückziehen.«

»Du bist verrückt, aber gut, du musst wissen, was du tust. Was du dir damit alles verbaust, ist dir hoffentlich klar. Und keine Angst, du kleiner schmieriger Möchtegerngroßkotz, niemand wird dir oder deiner Familie etwas tun. Aber tu mir einen Gefallen, bitte mich nie wieder um etwas. So, und jetzt leb wohl in deiner kleinen jämmerlichen Welt, denn da gehörst du hin. Du hättest es bis an die Spitze schaffen können, doch manche Leute besitzen eben nicht das nötige Durchhaltevermögen. Ich hingegen werde wiederkommen, in ein paar Wochen ist Gras über die Sache gewachsen, und kein Schwein wird mehr darüber sprechen. Sonst noch was?«

»Nein.«

»Dann ist ja gut.«

Leonhardt legte einfach auf. Simoneit saß fast bis in die Morgenstunden mit seiner Frau zusammen. Sie sprachen über die vergangenen Jahre, und er hoffte, sie würde ihm eines Tages verzeihen. Doch wie sie sich verhalten hatte, längst nicht mehr so abweisend und kalt wie noch vor ein paar Tagen, ließ ihn zuversichtlich in die Zukunft blicken. Die Hoffnung stirbt zuletzt, dachte er, bevor er zu Bett ging.

10. November – 17. November 2003

In den folgenden Tagen berichteten vornehmlich die Printmedien ausführlich über die Razzien in den Bordellen, wobei besonderes Augenmerk auf die Berichterstattung über Leonhardt gelegt wurde. Doch bereits nach einer Woche verebbten die Berichte. Zuletzt wurde sein Name am 17. November in einem kurzen Artikel erwähnt, danach tauchte der Name Leonhardt nicht mehr auf. Die Gründe dafür konnte man nur erahnen. War es mangelndes Interesse der Öffentlichkeit oder ungenügender Informationsfluss seitens der ermittelnden Behörden, sofern es diesen überhaupt gab, oder war es die Person Leonhardt an sich, die sich schließlich nicht eines schweren Verbrechens schuldig gemacht, sondern lediglich ein nur allzu menschliches Verhalten gezeigt hatte? Schließlich gehen Tag für Tag etwa eine Million Männer in Deutschland zu Prostituierten, geben jährlich Milliarden Euro dafür aus, unzählige Männer und Frauen konsumieren regelmäßig Kokain oder andere Drogen, warum also sollte Leonhardt dieser Fehltritt nicht gestattet sein, zeigte doch gerade dies seine menschliche und damit fehlbare Seite. Und dass er zu seinem Fehler stand, bewies er mit seinem vorläufigen Rückzug aus dem öffentlichen Leben, und jeder rechnete damit, dass mindestens ein, wenn nicht gar zwei Jahre vergehen würden, bis er sich wieder der Öffentlichkeit präsentierte. Nur Julia Durant und ihre Kollegen und etliche andere Insider wussten, dass Leonhardts Reue eine kühl kalkulierte Strategie war, eine Taktik, mit der er all jene, die ihm nicht so wohlgesonnen waren oder an seiner Integrität zweifelten, in Sicherheit wog, um irgendwann wie Phönix aus der Asche wieder aufzutauchen. Leonhardt, darüber waren sich alle in Julia Durants Abteilung einig, würde sich nicht ändern, dazu steckte er zu tief im Sumpf des Verbrechens, denn dort lag sein Kapital. Die Frage war nicht, ob er wieder auftauchen würde, sondern wann. Durant schloss darüber mit Hellmer und Kullmer eine Wette ab. Hellmer sagte, in einem Jahr, Kullmer meinte, Leonhardt würde bestimmt anderthalb Jahre von der Bildfläche verschwunden sein, während Durant zwanzig Euro darauf setzte, dass er in spätestens einem halben Jahr wieder präsent sein würde. Wer wohl Recht hatte?

Donnerstag, 13. November 2003, 7.45 Uhr

Maria hatte sich am 13. November von Julia Durant und ihrem Vater verabschiedet. Es war ein tränenreicher Abschied, bevor sie in das Flugzeug stieg, das sie nach Bukarest bringen und von wo sie weiter mit dem Zug nach Kagul fahren würde. Sie hatte eine Menge Gepäck, Durants Vater war mit ihr am Mittwoch einkaufen gewesen, Kleidung und andere Dinge, die in Moldawien nicht oder nur schwer zu haben waren. Auf dem Flughafen wollte Durant ihr die Kette wiedergeben, den Glücksbringer, doch Maria wehrte ab: »Nein, ich möchte, dass du sie behältst. Vielleicht denkst du ja ab und zu mal an mich. Ich werde dir jedenfalls schreiben und würde mich freuen, auch von dir zu hören, und natürlich auch von dir. Es war schön, dass du bei mir warst und mir so viel von Gott erzählt hast«, sagte sie zu Durants Vater, der sichtlich gerührt war, als er Maria umarmte, als wäre sie seine Tochter. Er streichelte ihr übers Haar und sah sie lange an.

»Pass gut auf dich auf, und wenn irgendwas ist, ich werde immer für dich da sein.«

»Ich weiß. Und vielleicht haben meine Eltern ja inzwischen Telefon. Danke für alles, auch für die Sachen, meine Familie wird sich sehr darüber freuen. Und wenn ihr wollt, dann kommt mich besuchen, ihr seid jederzeit herzlich willkommen. Und bitte grüßt Frau Michel von mir, ohne sie wäre ich jetzt bestimmt tot oder wieder bei Marco.« Und nach einem Moment: »Ich würde so gerne ein paar Blumen auf das Grab von Frau Hendriks legen. Es tut mir so leid, dass sie wegen mir sterben musste.«

»Das wird alles erledigt. Und ich werde dich auf jeden

Fall besuchen«, erwiderte Durants Vater. »Und das sag ich nicht nur so. Spätestens im Frühjahr stehe ich bei dir vor der Tür.«

»Ich war auch noch nie in Moldawien. Und außerdem müssen wir uns ja vergewissern, dass es dir auch gut geht. Und jetzt hau endlich ab, sonst hör ich gar nicht mehr auf zu heulen. Und melde dich, sobald du angekommen bist, irgendwo wird's ja ein Telefon geben. Und grüß deine Eltern und Geschwister unbekannterweise von uns«, sagte Durant.

Maria winkte, bis sie nicht mehr zu sehen war. Durant und ihr Vater begaben sich zum Auto und fuhren zurück in Susanne Tomlins Wohnung, wo Durants Vater aufräumen wollte, um später mit seiner Tochter in deren Wohnung zu fahren.

»Maria ist eine ganz besondere junge Frau«, sagte er mit belegter Stimme. »Sehr besonders.«

»Das finde ich auch«, bemerkte Durant. »Wir besuchen sie zu Ostern, ja?«

»Ganz bestimmt sogar.«

Maria rief am Freitagmorgen von ihrem Elternhaus aus an und berichtete, dass sie gut angekommen sei. Ihre Stimme war klar und gut zu verstehen, als sie von der Freude erzählte, wieder zu Hause zu sein. Ihre Eltern und Geschwister hatten die Hoffnung schon aufgegeben, sie jemals lebend wiederzusehen. Sie betonte noch einmal, dass Julia Durant und ihr Vater herzlich eingeladen waren, besonders ihre Familie wollte die Menschen kennen lernen, die ihr so geholfen hatten. Am Sonntag nachmittag stieg Durants Vater in den Zug nach München und sagte zum Abschied: »Das waren aufregende Tage, aber es waren auch schöne Tage, ob du es glaubst oder nicht. Wir telefonieren.«

Dienstag, 2. Dezember 2003, 17.33 Uhr

In den nächsten fast drei Wochen zog bei Julia Durant und ihren Kollegen wieder der ganz normale Alltag ein. Es waren keine spektakulären Fälle, die sie zu bearbeiten hatten, eher das Übliche, eine vermisste Frau, ein alter Mann, der in seiner Wohnung erwürgt aufgefunden wurde. Routine, die bis zum 2. Dezember währte. Es war ein Anruf, der am späten Nachmittag des 2. Dezember, genauer gesagt um siebzehn Uhr dreiunddreißig, bei Kullmer einging, der allein in seinem Büro saß, weil Doris Seidel seit dem Wochenende mit einer schweren Erkältung im Bett lag. Er hob ab, meldete sich, seine Gesichtsfarbe wechselte von einer Sekunde zur andern von Solariumbraun in ein fast unnatürliches Weiß. Er stammelte nur ein paar Worte, die Durant und Hellmer durch die geöffnete Zwischentür im Nebenraum mitbekamen. Sie sahen sich bloß an und gingen zu Kullmer, der den Hörer, obwohl das Gespräch bereits beendet war, immer noch in der Hand hielt. Sein Blick war leer, seine Mundwinkel zuckten verdächtig.

»Was ist passiert?«, fragte Hellmer besorgt.

Keine Antwort, das blanke Entsetzen stand Kullmer ins Gesicht geschrieben.

»He, Alter, was ist los?« Hellmer ging um den Schreibtisch herum und legte eine Hand auf Kullmers Schulter, der wie versteinert dasaß.

»Gerd ist tot.«

»Bitte was? Wie …«

»Er wurde erstochen, nur ein paar Meter von seiner Wohnung entfernt. Das war eben Manuela, sie ist völlig aufgelöst. Wusstet ihr, dass Gerd heute Geburtstag hat?«

»Nein«, antwortete Durant mit belegter Stimme, die genauso geschockt war wie ihre beiden Kollegen.

»Er ist gerade mal vierzig geworden, er ist nur einen Monat jünger als du«, murmelte Kullmer vor sich hin, Tränen flossen ihm übers Gesicht, ein Anblick, der selbst Durant erschütterte.

»Ist die Polizei schon vor Ort?«

»Keine Ahnung, ich hab sie nicht gefragt, aber wahrscheinlich schon. Ich muss da hin, Gerd war mein Freund. Ich muss wissen, was da passiert ist.«

»Ich komme mit«, sagte Durant keinen Widerspruch duldend, »ich lass dich jetzt nicht alleine fahren.«

»Von mir aus.«

»Adresse?«

»Ich zeig dir, wo du langfahren musst. Das ist kein Zufall, das kann kein Zufall sein. Ich hab doch gestern Abend noch mit ihm telefoniert. Er hat Doris und mich zu seiner Geburtstagsfeier am kommenden Samstag eingeladen, es sollte eine richtig fette Feier werden. Frank, sagst du bitte Doris Bescheid, dass ich später nach Hause komme?«, bat Kullmer.

»Sicher. Soll ich ihr auch sagen, warum?«

»Erzähl ihr, was passiert ist, oder mach, was du für richtig hältst.«

Während der Fahrt sagte er: »Warum Gerd? Und warum ausgerechnet an seinem Geburtstag? Das kann kein Zufall sein.«

»An was denkst du?«

»Nichts weiter. Ich will erst von Manuela hören, was sich abgespielt hat.« Mit einem Mal sah er Durant von der Seite an, holte sein Handy aus der Jackentasche und wählte die Nummer von zu Hause. Sein Herzschlag beschleunigte sich, als auch nach dem x-ten Klingeln nicht abgenommen wurde, und er wollte bereits die Aus-Taste drücken, als sich Doris Seidel meldete.

»Ich bin's«, sagte Kullmer erleichtert. »Frank hat dich bestimmt schon angerufen und …«

»Ich weiß Bescheid, und es tut mir so leid, dass …«

»Nicht lange reden. Hör mir jetzt gut zu. Sollte es klingeln, nicht an die Tür gehen, unter gar keinen Umständen. Entsichere deine Pistole, und behalte sie immer im Auge. Versprichst du mir das?«

»Ja, aber …«

»Kein Aber! Tu einfach, was ich sage. Schließ ab und lass den Schlüssel stecken, und leg die Sicherungskette vor. Sowie ich vor dem Haus stehe, ruf ich an, dass ich da bin, dann kannst du mir aufmachen. Ciao, und ich liebe dich.«

Er steckte das Handy wieder ein und schaute aus dem Seitenfenster.

»Warum glaubst du, dass du in Gefahr bist?«, fragte Durant.

»Einfach ein Gefühl«, antwortete Kullmer ausweichend.

»Soso, einfach ein Gefühl. Dann werde ich dir mal sagen, was dein Gefühl ist. Du denkst, dass …«

»Ich denke überhaupt nichts, okay!«, fuhr Kullmer sie ungewollt scharf an. »Biebrich runter, auf die linke Spur und dann erst mal geradeaus. Wir sind in fünf Minuten da.«

Vor dem Haus standen zwei Polizeiautos, ein Notarztwagen sowie ein Zivilfahrzeug der Kripo. Die Bäumers lebten in einer reinen Wohnsiedlung, bestehend aus Ein- und Zweifamilienhäusern, eine Siedlung, in dem sich der Mittelstand niedergelassen hatte. Kein üppiger Luxus, aber ruhig und ein wenig abseits der Hektik. Kullmer und Durant wiesen sich aus, doch der Beamte vor der Tür wollte sie dennoch nicht einlassen. Kullmer sagte in eisigem Ton: »Herr Bäumer war mein Freund, und Frau Bäumer hat mich vor einer halben Stunde angerufen.

Wenn Sie uns jetzt nicht sofort durchlassen, wird's hier gleich mächtig Ärger geben.«

Er schob den uniformierten Beamten einfach beiseite und ging durch die halboffene Tür in das hell erleuchtete Haus. Manuela Bäumer saß zitternd mit verheultem Gesicht auf dem Sofa, zwei Kollegen von der Kripo Wiesbaden saßen ihr gegenüber und versuchten ihr ein paar Fragen zu stellen. Kullmer lief direkt auf Manuela zu. Sie blickte auf, er nahm neben ihr Platz. Selbst so verheult war sie noch hübsch, neunundzwanzig Jahre alt und bereits Witwe.

»Wer sind Sie, wenn ich fragen darf?«, wollte einer der Männer wissen und sah Kullmer und Durant leicht verärgert an.

»Hauptkommissar Kullmer vom K 11 in Frankfurt. Das ist meine Kollegin Hauptkommissarin Durant. Herr Bäumer war ein sehr guter Freund von mir, Frau Bäumer hat mich vor einer halben Stunde angerufen.«

»Trotzdem möchte ich Sie bitten, uns mit Frau Bäumer allein zu lassen, wir haben noch einige Fragen.«

»Gehen Sie und kommen Sie von mir aus morgen wieder«, sagte sie kaum vernehmlich und wischte sich über die Augen. »Ich kann Ihnen nicht mehr sagen, als ich schon gesagt habe. Ich weiß nicht, wer meinen Mann umgebracht hat, ich weiß nicht, ob er Feinde hatte, ich weiß nur, dass er heute Geburtstag hat. Und jetzt gehen Sie! Bitte!«

»Sie haben's gehört«, sagte Kullmer. Und an Manuela Bäumer gewandt: »Wo sind die Kinder?«

»Oben, meine Schwiegermutter kümmert sich um sie.«

»Also gut, wir schauen morgen noch mal vorbei. Versuchen Sie zu schlafen«, meinte einer der beiden Beamten und gab seinem Kollegen und auch dem Notarzt, der gerade seinen Koffer verschloss, dem er ein Beruhigungsmittel für Manuela Bäumer entnommen hatte, das Zeichen zum Aufbruch. Durant begleitete sie zum Ausgang und machte die Tür zu. Sie nahm in einem Sessel Platz, Kullmer legte einen Arm um Manuela und sagte: »Möchtest du mir erzählen, was passiert ist, oder sollen wir lieber auch wieder gehen?«

Sie lächelte gequält und meinte: »Nein. Wenn ich das gewollt hätte, hätte ich dich nicht angerufen. Danke, dass du gleich gekommen bist. Gerd ist um kurz vor fünf joggen gegangen, du weißt ja, er ist jeden Morgen und jeden Abend mindestens eine halbe Stunde durch den Park gelaufen.« Sie atmete stoßweise, schluchzte auf, das Geschehene, der Schock saßen tief, zu tief, um einen klaren Gedanken zuzulassen. »Dann kam ein Mann und hat gesagt, dass er Gerd auf dem Weg gefunden hat, mitten im Park.«

»Er kam zuerst zu dir und hat nicht die Polizei informiert?«

»Ja.«

»Kennst du den Mann?«

»Nein, ich habe ihn noch nie zuvor gesehen.«

»Wenn du ihn aber noch nie zuvor gesehen hast, woher wusste er dann, dass Gerd hier wohnt? Hatte Gerd einen Ausweis dabei?«

»Keine Ahnung, nein, warum sollte er einen Ausweis dabeihaben? Er hatte doch nur seinen Jogginganzug an.«

»Haben dir die Beamten diese Fragen auch gestellt?«

»Ja.«

»Und was haben sie gesagt?«

»Nichts weiter, sie haben alles aufgeschrieben.«

»Wo kommen sie her, Kripo oder BKA?«

»Peter, ich weiß es nicht, das ist alles so furchtbar, ich kann nicht mehr klar denken. Ich glaub, die waren von der Mordkommission. Was soll jetzt bloß werden?«, fragte sie und sah Kullmer hilfesuchend an, als könnte er ihr einen Rat geben. »Gerd wird nie wieder hier sein, ich …« Sie wurde von einem

Weinkrampf durchgeschüttelt. Kullmer nahm sie noch fester in den Arm und wartete, bis sie sich etwas beruhigt hatte. Er gab Durant mit dem Kopf ein Zeichen, ihn mit Manuela allein zu lassen.

Sie erhob sich und verließ das gemütlich eingerichtete Wohnzimmer und ging nach draußen, wo noch zwei Streifenbeamte in ihrem Fahrzeug saßen, klopfte an die Scheibe, die heruntergelassen wurde, hielt ihren Ausweis hoch und sagte: »Durant, Kripo Frankfurt. Können Sie mir erklären oder zeigen, wo Herr Bäumer gefunden wurde?«

»Gehen Sie etwa fünfzig Meter geradeaus, überqueren Sie die Straße, dann kommt ein Weg, der direkt in den Park führt. Sie können es nicht verfehlen, die Spurensicherung müsste noch vor Ort sein.«

»Danke.«

Durant bog in den Weg ein und sah schon von weitem die Scheinwerfer der Spurensicherung sowie die Absperrung. Einige Schaulustige hatten sich versammelt, die jedoch von zwei Beamten aufgefordert wurden weiterzugehen. Auf dem Boden war mit Kreide die Lage eingezeichnet, in der Bäumer gefunden worden war. Durant wies sich ein weiteres Mal aus und fragte einen der Männer von der Spurensicherung: »Wie wurde er gefunden, auf dem Bauch oder auf dem Rücken liegend?«

»Bauch«, antwortete der Angesprochene wortkarg.

»Wurde Herr Bäumer von vorne oder von hinten erstochen?«

»Vorne.«

»Hören Sie, mein Kollege ist gerade bei der Witwe, und ich selbst kannte Herrn Bäumer auch sehr gut, wir haben sogar an einem Fall zusammengearbeitet. Sagen Sie mir bitte nur, wie er erstochen wurde.«

»Also gut, ein übler Stich in den Bauch, vermutlich ein Kampfmesser, zweischneidig. Rein und hochgezogen, wenn Sie sich das vorstellen können. Wer immer das gemacht hat, er hat ihm die Gedärme aufgeschlitzt.«

»Haben Sie ihn noch gesehen?«

»Allerdings, das Zeug ist vorne rausgequollen.«

»Danke für die Auskunft.«

Durant blieb noch einen Moment stehen und beobachtete die Männer bei ihrer Arbeit, zündete sich eine Zigarette an und ging gemächlich zurück zur Straße. Es war kalt geworden, doch der große Regen blieb noch aus. Auch heute war der Himmel wieder sternenklar.

Kullmer fragte Manuela Bäumer, nachdem Durant gegangen war: »Kannst du den Mann beschreiben?«

»Welchen Mann?«

»Der dir gesagt hat, dass Gerd tot ist.«

»Ich weiß nicht, wie er ausgesehen hat.«

»Bitte versuch dich zu erinnern, es ist ganz wichtig. Tu's Gerd zuliebe.«

Manuela Bäumer sah Kullmer an, runzelte die Stirn und sagte: »Warum willst du das wissen? Meinst du etwa …«

»Ich meine gar nichts. Wie hat er ausgesehen? War er groß oder eher klein, schlank, normal oder dick, welche Haarfarbe hatte er …«

»Er war ungefähr so groß wie du oder wie Gerd. Und er war auch eher schlank, aber genau kann ich das nicht sagen. Er trug einen langen dunklen Mantel.«

»Und die Haarfarbe?«

»Weiß nicht, er hatte einen schwarzen Hut auf, ja, und er trug eine dunkle Hornbrille und einen Schnauzbart.«

»Na, das ist doch schon was. Und du hast den Mann wirklich noch nie zuvor gesehen?«

Manuela Bäumer schüttelte den Kopf. »Nein, an so einen könnte ich mich erinnern. Obwohl, irgendwie kam er mir auch wieder bekannt vor, frag mich aber nicht, warum.«

»Seine Stimme vielleicht?«

»Kann sein. Ach was, Blödsinn, ich kenne den Mann nicht. Aber woher wusste er, wo wir wohnen?«

»Das ist genau die Frage, die ich mir auch stelle. Also, halten wir fest: Ungefähr so groß wie ich, schlank, dunkler Mantel, dunkler Hut, dunkle Hornbrille, Schnauzer. Du kennst ihn nicht, aber trotzdem hattest du das Gefühl, ihn doch zu kennen. Ich weiß, das ist ein Widerspruch in sich selbst, aber vielleicht kennst du ihn, wenn ich dir einen Namen nenne. Thorsten Hohleitner?«

Sie schüttelte den Kopf. »Nein.«

»Aber du hast seine Stimme noch im Ohr, Stimmen vergisst man nicht.«

»Möglich. Moment«, Manuela Bäumer sah Kullmer aus großen Augen an und schüttelte den Kopf, »du verdächtigst doch nicht etwa Thorsten, dass er … Mein Gott, nein, das ist unmöglich! Außerdem hätte ich ihn doch erkannt. Und welchen Grund sollte er gehabt haben …«

»Wenn ich dich kurz unterbrechen darf, aber hat Gerd mit dir über die Sache in Frankfurt gesprochen? Ist knapp einen Monat her.«

»Nein, Gerd hat mit mir nie über Berufliches gesprochen. Ich wollte es auch gar nicht wissen, denn da war immer diese Angst, dass er irgendwann das Haus verlässt und nicht wieder heimkommt. Aber dass es beim Joggen passieren würde … Was war denn vor einem Monat?«

»Ein andermal. Kann ich noch etwas für dich tun?«

Sie schüttelte den Kopf. »Es war lieb, dass du vorbeigekommen bist, aber ich habe ja zum Glück noch meine Eltern und auch meine Schwiegereltern, die werden sich in nächster Zeit um mich und die Kinder kümmern. Ich hoffe, das Loch, in das ich falle, ist nicht zu tief.«

»Wenn was ist, du kannst mich jederzeit anrufen, ich bin für dich da. Und ich verspreche dir, ich werde den Kerl finden, der Gerd auf dem Gewissen hat.«

»Das hört sich gerade so an, als würdest *du* ihn kennen.«

»Vielleicht. Tu mir nur einen Gefallen, erwähne das nicht der Polizei und auch nicht Gerds Kollegen und Freunden beim BKA gegenüber. Versprichst du's mir?«

»Natürlich.«

»Halt durch, ich melde mich bei dir.«

Kullmer stand auf und verließ das Haus. Er sah Durant an den Wagen gelehnt stehen.

»Fertig?«, fragte sie.

»Fahren wir«, sagte er nur und stieg ein.

»Und, was hast du rausgekriegt?«

»Sie ist völlig mit den Nerven runter. Das böse Erwachen wird erst in den nächsten Tagen kommen, sie kann noch gar nicht realisieren, was da wirklich passiert ist. In ihrer Haut möchte ich nicht stecken.«

»Hat sie noch was über den unbekannten Fremden gesagt?«

»Nein, und ihre Beschreibung passt auf jeden, nur nicht auf Hohleitner. Ich hab mich da wohl in etwas verrannt, oder ich seh Gespenster.«

»Ich war am Tatort. Gerd wurde mit einem Stich in den Bauch ermordet. Den Schilderungen nach zu urteilen war da ein Profi am Werk«, meinte sie trocken.

»Ach ja? Gerd hatte eben einen gefährlichen Job. Keine Ahnung, woran er gerade gearbeitet hat.«

»Hm. Und was wirst du jetzt tun?«

»Wieso, was soll ich schon tun? Du setzt mich im Präsidium ab, dann fahr ich nach Hause.«

»Und du machst auch keine Dummheiten?«

»Ich weiß nicht, worauf du hinauswillst.«

»Ich kenne dich viel zu gut, als dass …«

»Als dass was? Okay, okay, okay, ich bin überzeugt, dass es Hohleitner war. Zufrieden? Diese verfluchte Drecksau hat über drei Wochen gewartet, bis er zugeschlagen hat. Der hat seinen ehemaligen Kollegen und Freund erbarmungslos abgestochen. Abgestochen wie ein Schwein im Schlachthof. Er weiß, wie man unauffällig tötet, so was lernt man beim BND. Er hat sich verkleidet und auch noch die Kaltblütigkeit besessen, Manuela die Todesnachricht zu überbringen. So was macht kein normaler Killer. Hohleitner spielt mit uns, aber ich schwöre dir, ich kriege ihn, bevor er noch einen von uns umbringt. Ich habe ihm gegenübergesessen, der ist kalt bis ins Mark. Und als Ersten hat er sich Gerd geholt. Mein Gott, hätte ich Gerd damals bloß nicht mit da reingezogen!«

»Jetzt schraub mal die Emotionen runter und überleg genau, was du tun willst. Wenn er wirklich so gerissen ist, weißt du nie, wann du ihm begegnest. Denk dran, er wird dir immer einen Schritt voraus sein.«

»Lass mich das allein durchziehen, bitte. Er ist auch hinter mir her, denn ich habe ihn reingelegt, das weiß er inzwischen. Und er weiß auch, dass Gerd und ich Freunde sind oder waren. Er hat Leonhardt gegenüber was gutzumachen und ist es sich selbst auch schuldig.«

»Wir brauchen dich in der Abteilung.«

»Und ich habe erst Ruhe, wenn er aus dem Weg ist. Ich schaff das schon.«

»Ich glaube dir, dass du es schaffst, aber nur, wenn du dich in ihn hineinversetzt. Versuch seine Gedanken nachzuvollziehen.

Was wird er als Nächstes vorhaben? Wo hält er sich auf? Was weiß er über dich beziehungsweise uns? Kannst du das?«

»Sicher.«

»Hast du denn überhaupt einen Schimmer, wo und wie du ihn finden könntest?«

»Ja, liebste Julia, aber ich werde es dir nicht verraten.«

»Nimm dich bloß in Acht. Du bist im Augenblick total geladen, und damit ist dein Urteils- und Denkvermögen ganz wesentlich getrübt. Wut und Rache sind schlechte Ratgeber.«

»Ob du's mir abkaufst oder nicht, ich war noch nie so klar im Kopf wie jetzt. Ich krieg diese Ratte.«

»Wenn du meinst, du lässt dich ja sowieso nicht von mir davon abbringen.«

Kullmer entgegnete nichts darauf, bis zum Präsidium schwiegen sie. Er stieg aus, Durant sagte, sie fahre nach Hause. Kullmer begab sich in sein Büro – alle andern waren längst nach Hause gegangen –, schaltete den Computer an und tippte ein paar Daten ein. Nach einer Viertelstunde hatte er die benötigten Informationen. So, mein Lieber, dachte er, let's rock 'n' roll.

Mittwoch, 8.30 Uhr

Nur Hellmer und Berger waren im Büro, als Julia Durant hereinkam. Sie hatte eine unruhige Nacht hinter sich, war von einem Alptraum in den nächsten geschleudert worden und fühlte sich gerädert wie selten. Der gestrige Tag hatte sichtliche Spuren hinterlassen.

»Ist Peter nicht da?«, fragte sie.

»Er hat sich ebenfalls krankgemeldet«, antwortete Berger. »Hat sich wohl bei Frau Seidel angesteckt. Aber was anderes:

Was ist mit Herrn Bäumer passiert? Ich meine, ich weiß, dass er einem Killer in die Arme gelaufen ist …«

»Im wahrsten Sinn des Wortes«, wurde er von Durant unterbrochen. »Er war joggen und wurde erstochen. Vom Täter fehlt jede Spur, kein Motiv, nichts«, schwindelte sie.

»Und was sagt Peter?«, fragte Hellmer.

»Er ist geschockt, was denkst du denn. Themawechsel – was liegt an? Irgendwas Besonderes?«

»Gehen Sie rüber und arbeiten Sie Ihren Aktenberg ab. Bei Alarm schrei ich ganz laut.«

Durant begab sich in ihr Büro, Hellmer folgte ihr und machte die Tür hinter sich zu.

»Raus mit der Sprache, was war gestern noch los?«

»Peter ist sich zu hundert Prozent sicher, dass es Hohleitner war. Und ich ehrlich gesagt auch. Aber sag das bloß nicht Berger. Ich weiß offiziell von nichts.«

»Heißt das, Peter ist gar nicht krank, sondern hinter Hohleitner her?«

»Schon möglich. Und du brauchst gar nicht zu versuchen ihn davon abzuhalten, denn er glaubt, dass er der Nächste auf der Liste ist. Falls Hohleitner unser Mann ist, gibt es nur zwei Personen, die er aus dem Weg räumen will – Gerd und Peter. Den einen hat er schon beseitigt, und Peter hat ihn gelinkt, so was gefällt einem wie Hohleitner nicht. Der hat längst rausgefunden, dass Peter kein interessierter Käufer von Frischfleisch ist, sondern ein Bulle. Ich hab ehrlich gesagt Angst um ihn, Angst, dass ihm etwas zustößt, aber auch, dass er eine Dummheit begeht.«

»O Mann«, stieß Hellmer hervor, »dieser verdammte Himmelhund! Aber so war der schon immer, entweder ganz oder gar nicht. Können wir ihm nicht doch irgendwie helfen oder ihn gar stoppen?«

»Schlag dir das aus dem Kopf. Peter will das ganz allein durchziehen. Mein Gefühl sagt mir, dass wir ihm vertrauen können. Er denkt nicht nur an Bäumer, er denkt auch an Doris.«

»Mag schon sein. Trotzdem, was, wenn er dabei draufgeht?«

»Risiko. Sein Risiko. Er hat diesen Plan gefasst und wird ihn durchführen. Und einer wird dabei auf der Strecke bleiben, Hohleitner oder Peter. Ich hoffe, Peter ist in ein paar Tagen wieder hier.«

»Dein Wort in Gottes Ohr. Doris steht bestimmt Todesängste aus, ich weiß nämlich, wie Nadine auf so was reagieren würde. Nun ja, ich mach mich über meinen Aktenkram her.«

Mittwoch, 9.20 Uhr

Kullmer, der die ganze Nacht kein Auge zugemacht hatte, war bereits um halb sechs nach Höchst in die Silostraße gefahren und parkte gegenüber der Zufahrt zum Busunternehmen Nowak. Er wartete, bis auch der letzte Bus das riesige Gelände verlassen hatte. Ein paar Mal sah er Nowak auf dem Hof, wie er sich mit seinen Fahrern unterhielt oder ihnen Anweisungen gab. Ab neun Uhr befand sich außer einem Fiat Spider und einem dunkelgrünen Mercedes, in dessen Kofferraum er schon einmal transportiert worden war, kein weiteres Fahrzeug mehr auf dem Gelände. Kullmer nahm den Aktenkoffer, stieg aus und bewegte sich mit schnellen Schritten auf das Gebäude zu, in das er Nowak zuletzt hatte verschwinden sehen. Er öffnete die Metalltür. Hinter einem weißen Tresen saß eine junge Frau, die den Kopf hob, als die Tür aufging.

»Guten Tag«, sagte sie freundlich lächelnd »kann ich Ihnen helfen?«

»Nein, eigentlich nicht, ich möchte zu Herrn Nowak, es ist privat.«

»Herr Nowak ist im Büro gleich nebenan. Wenn Sie einen Moment warten, sag ich ihm schnell Bescheid, Herr …«

»Das ist nicht nötig, er erwartet mich bereits.« Er hob einfach die Tresenklappe an und ging mit einem aufmunternden Lächeln an der verdutzten Frau vorbei, betrachtete sie kurz, sie war hübsch und machte einen sympathischen Eindruck, öffnete die Tür und schloss sie schnell wieder hinter sich. Nowak befand sich allein im Büro. Er telefonierte und schaute erschrocken auf, als er Kullmer erblickte. Beinahe wäre ihm die Zigarre aus dem Mund gefallen.

»Hallo, da bin ich wieder. Na, überrascht, mich zu sehen?«, fragte er grinsend.

»Ich muss leider Schluss machen, ich melde mich wieder«, sagte Nowak und legte schnell den Hörer auf. »Was wollen Sie hier?«

»Mich ein wenig mit Ihnen unterhalten. Und die Hände bleiben schön auf dem Tisch, sonst gibt's was auf die schwabbligen Pfoten. Wir haben eine Geschäftsbeziehung angefangen, aber nicht beendet, und so was mag ich überhaupt nicht. Was hältst du davon, wenn wir ein bisschen in dein gemütliches Häuschen gehen und uns dort unterhalten?«

Nowak sah Kullmer ängstlich und zugleich forschend an und erhob sich langsam. »Hören Sie, wenn …«

»Halt's Maul und beweg deinen fetten Arsch vorwärts. Und draußen wirst du ein Gesicht machen wie immer. Kapiert?! Und damit wir uns richtig verstehen, in meiner Jackentasche ist etwas, womit ich dir ein schönes großes Loch in die Wampe stanzen kann. Und jetzt raus hier.«

»Frau Ehrlich, ich bin für eine Weile drüben und möchte auch nicht gestört werden, das ist ein sehr wichtiges Gespräch. Notieren Sie alle Anrufe, die für mich persönlich sind, und sagen Sie, dass ich später zurückrufe.«

Draußen meinte Kullmer: »Na also, lief doch schon ganz gut. Wo ist dein Köter?«

»Im Haus.«

»Wenn er Zicken macht, leg ich ihn um, nur um das klarzustellen.«

»Ich sperr ihn ins Bad.«

»Wo sind Nadja und Charly?«

»Weiß nicht.«

Nowak schloss die Haustür auf, der Dobermann sprang an ihm hoch und knurrte im nächsten Moment Kullmer an. »Komm, mein Guter, du gehst jetzt ein bisschen ins Bad, Herrchen holt dich bald wieder raus.«

»Noch mal – wo sind Nadja und Charly?«

»Ich sagte doch schon, ich weiß es nicht.«

»Wenn du mich anlügst, bist du tot. Und glaub mir, ich mach keinen Spaß.« Sie gingen in das riesige Wohnzimmer, das Kullmer bereits kannte. Er deutete auf die Couch. »Hock dich da hin, so hab ich dich und die Tür im Auge.« Er selbst setzte sich auf den Schreibtisch, den Aktenkoffer stellte er neben sich. »Okay, Nowak, ich hab nicht viel Zeit, deshalb erwarte ich von dir klare und präzise Antworten. Wo finde ich Hohleitner?«

Nowak schluckte schwer, er fing an zu schwitzen. »Woher soll ich das denn wissen? Ich kenne überhaupt keinen Hohleitner.«

»Oh, natürlich nicht, wie konnte ich das vergessen. Ich meine selbstverständlich Rufus. Wo?«

»Keine Ahnung, ich hab schon eine Ewigkeit nichts mehr

von ihm gehört, seit dieser Razzia, bei der du doch auch festgenommen wurdest.«

»Ich kann mich nicht erinnern, dich gesehen zu haben. Aber gut, ich stell die Frage noch einmal, und wenn du dann wieder lügst, fehlt dir die rechte Kniescheibe«, sagte Kullmer, zog die Pistole aus der Tasche und richtete sie auf Nowaks rechtes Bein. »Wo finde ich Rufus?«

»Machen Sie keinen Scheiß, Mann!«, schrie Nowak mit sich überschlagender Stimme. »Ich hab nur seine Telefonnummer, aber er wird nicht zu erreichen sein, ich …«

»Ruf ihn an und sag ihm, dass du ihn unbedingt persönlich sprechen musst. Dir wird schon irgendein Grund einfallen.«

»Rufus ist viel unterwegs, ich …«

»Wo ist dein persönliches Telefonbuch?« Und als Nowak nicht antwortete: »Wo, verdammt noch mal?!«

»In der linken oberen Schreibtischschublade.«

Kullmer holte es heraus, blätterte darin und fand unter Rufus sechs Rufnummern, sämtlich Mobilfunknummern.

»Du hast also schon eine Ewigkeit nichts mehr von ihm gehört, sagst du. Wollen wir doch mal schauen.« Kullmer zog ein Blatt Papier aus der Hosentasche, entfaltete es und legte es auf den Schreibtisch. »Du hast schon ein merkwürdiges Zeitverständnis. Vorgestern um einundzwanzig Uhr vierundvierzig hast du mit ihm telefoniert, steht zumindest hier auf meiner Liste. Gesprächsdauer sechs Minuten, zwölf Sekunden, und zwar mit der letzten der unter Rufus eingetragenen Nummern.« Kullmer grinste Nowak breit an. »Das heißt, ich habe eine Kniescheibe gewonnen.«

»Halt, halt, es tut mir leid, ich hab das vergessen, ich …«

»Mein Gott, du schwitzt ja wie eine Sau! Na ja, kein Wunder bei dem Fett. So, und jetzt reden wir Tacheles. Worüber habt ihr euch unterhalten? Und tu *dir* einen Gefallen – lüg mich nicht noch einmal an.«

»Mein Gott, der macht mich kalt, wenn der das erfährt!«

»Nicht unbedingt, vorausgesetzt, ich krieg ihn vorher. Sonst leg ich dich eben um. Also, um was ging's?«

»Das Übliche. Um einen Transport am Sonntagabend«, sagte Nowak leise.

»Und wo finde ich Hohleitner?«

»Keine Ahnung. Sie können sich nicht mit ihm anlegen! Ich bin jetzt schon tot!«

»Mach dir nicht in die Hosen. Wie viele solcher Transporte macht ihr eigentlich so im Monat? Zehn, zwanzig?«

»Kommt ganz drauf an, aber mehr als zehn sind's nicht.«

»Und ist Hohleitner jedes Mal bei der Übergabe dabei?«

»Meistens. Er ist misstrauisch und will die Ware überprüfen, weil er auch gleich das Geld einkassiert.«

»Wohin wird die Ware am Sonntag geliefert?«

»Hofheim. Was wollen Sie eigentlich von Hohleitner?«

»Er hat einen meiner besten Freunde umgebracht, und das find ich überhaupt nicht nett. Wusstest du, dass er ein eiskalter Killer ist? Er schlitzt Menschen auf, und bei dir würde es ihm bestimmt ganz besonders viel Spaß bereiten. Meinem Freund sind die Gedärme rausgequollen, wirklich schrecklich so ein Anblick. Na, wusstest du's?«

»Nein«, antwortete er mit einem verdächtigen Vibrato in der Stimme.

»Also ja, sonst hättest du nicht so mächtig Schiss vor ihm. Kann ich irgendwie auch verstehen. Ich hab aber keinen Schiss vor ihm.« Kullmer hielt inne und sah Nowak an, dem die Angst deutlich ins Gesicht geschrieben stand. »Wie läuft das normalerweise ab? Telefoniert ihr kurz vorher noch mal miteinander, oder habt ihr das vorgestern schon alles geregelt?«

»Ich ruf ihn immer eine Stunde vor Eintreffen des Transports an. Wollen Sie ihn umbringen?«

»Vielleicht, aber das soll nicht dein Problem sein. Sag mir doch einfach, wo ich ihn jetzt antreffen könnte? Du hast doch bestimmt auch eine Adresse?«

»Keine Ahnung, ich schwöre es. Ich war noch nie bei ihm, er kommt immer hierher.«

»Oh, das ist ja interessant. Wollte er zufällig heute vorbeischauen?«

»Ziemlich unwahrscheinlich.«

»Was nun – ja oder nein?«

»Ich weiß es nicht, ehrlich. Der taucht ab und zu mal hier auf.«

»Ohne Anmeldung?«

»Nein, er ruft vorher an.«

»Seit wann arbeitest du für ihn?«

»Sechs Jahre.«

»Und ist er an dich rangetreten, oder hast du diese Schweinereien schon vorher gemacht?«

»Wieso, Sie wollten doch selber Weiber haben! Als ob Sie besser wären als ich!«

»Stimmt auch wieder, ich bin nicht besser, zumindest im Augenblick nicht. Das Einzige, was ich hasse, ist Mord. Damit will ich nichts zu tun haben. Und wenn es dann auch noch einen meiner besten Freunde trifft, hört der Spaß endgültig auf. Ich bin nicht so harmlos, wie ich aussehe, ganz im Gegenteil. Übrigens, was mich interessieren würde, wer hat eigentlich deine beiden ehemaligen Mitarbeiter damals umbringen lassen? Du weißt schon, Zlatko und Goran.«

»Ich weiß nicht, wovon Sie sprechen.«

»Hab ich mich nicht deutlich genug ausgedrückt? Keine Lügen, Fettbacke! Also, wer?«

»Woher wissen Sie überhaupt davon?«, fragte Nowak mit zusammengekniffenen Augen.

»Tja, da wirst du mit einem Mal neugierig«, entgegnete Kullmer gelassen. »Ich werd's dir vielleicht noch verraten, aber nicht jetzt. Wer hat den Auftrag gegeben?«

»Mein Gott, Goran, dieses verdammte Arschloch, wollte unbedingt aussteigen. Ich hab's versucht ihm auszureden, aber der Kerl war stur wie ein Maulesel.«

»Und da hast du ihn einfach so beseitigen lassen …«

»Nein, so war das nicht!«, schrie Nowak mit hochrotem Kopf. »Ich hab Hohleitner angerufen und ihm das gesagt. Er hat nur gemeint, er würde jemanden hinschicken, um das zu klären. Das ist die Wahrheit. Später hab ich dann erfahren, dass er die zwei abknallen ließ.«

»Soll ich dir das wirklich glauben? Ich glaube eher, dass du jemanden hingeschickt hast, um Hohleitner deine Loyalität zu beweisen.« Kullmer zielte auf das rechte Knie von Nowak, den Finger am Abzug, ein Auge geschlossen, als würde er gleich abdrücken. »War's so?«

»He, Mann, beruhig dich wieder! Es stimmt, ich hab Hohleitner angerufen, aber er hat mir befohlen, jemanden hinzuschicken. Ich wollte das nicht, ehrlich. Ich hab versucht es ihm auszureden, das ist die Wahrheit. Ich habe nie jemanden umbringen wollen, aber Hohleitner hat mir gedroht. Was hätte ich denn machen sollen?«

»Ich kann mich nicht erinnern, dir erlaubt zu haben, mich zu duzen. Und wie oft du schon ›ehrlich‹ und ›das ist die Wahrheit‹ gesagt hast …« Kullmer schüttelte den Kopf. »Fassen wir zusammen, dieser Goran wollte aussteigen, und dafür mussten gleich beide dran glauben. Richtig?«

Nowak nickte, betonte jedoch: »Es war Hohleitners Idee und nicht meine. Scheiße, Mann, es war nicht nur seine Idee, er hat's mir befohlen. Haben Sie eigentlich eine Vorstellung davon, wie gefährlich der Typ ist? Wer nicht spurt, wird umgelegt. Ja, ich weiß, er ist ein Killer, und er hat Beziehungen, davon können wir nur träumen. Und ja, ich habe verdammt noch mal Angst vor ihm. Können Sie das nicht verstehen?«

»Doch, kann ich, aber das macht meinen Freund nicht wieder lebendig. Zu was anderem – für wen arbeiten Nadja und Charly, für dich oder für Hohleitner?«

»Für uns beide.«

»Und wo sind sie im Augenblick?«

»Keine Ahnung.«

»Hör zu, ich will nie wieder ›keine Ahnung‹ von dir hören, sondern ich erwarte klare Antworten auf meine Fragen. Wo sind sie?«

»Mann, das haben Sie mich doch vorhin schon gefragt. Vielleicht zu Hause, vielleicht auch irgendwo anders.«

»Wo wohnen sie?«

Nowak sah Kullmer mit panischem Blick an. Er krampfte die Hände zusammen, ohne auf die Frage zu antworten.

»Doch nicht etwa hier in deinem Haus?«

»Nein, aber gleich dort vorne in der Neubausiedlung.«

»Siehst du sie heute noch?«

»Nein, erst morgen.«

»Haben sie einen Schlüssel für das Haus?«

»Nein.«

»Okay, ruf sie an und bitte sie ganz höflich, ihren Arsch herzubewegen.«

»Hören Sie, die ersten Busse kommen in einer halben Stunde zurück, ich …«

»Das erledigt deine Sekretärin. Weiß sie eigentlich, was du so nebenbei treibst?«

»Natürlich nicht.«

»Ruf an und sag, dass du etwas mit ihnen zu besprechen hast. Du bist doch so was wie ihr Chef. Wie ist die Nummer?«

Nowak diktierte, Kullmer tippte sie ein und wartete, bis am andern Ende abgenommen wurde und sich eine weibliche Stimme mit einem knappen »Ja?« meldete. Er reichte Nowak den Hörer. »Hi, Nadja, ich bin's. Wo bist du gerade? … Aha. Könnt ihr so in einer halben Stunde hier sein, ich hätte was mit euch zu bereden … Nein, hat nichts mit Glashütten zu tun, sondern wegen Sonntag in Hofheim. Aber nicht am Telefon. Ist ziemlich dringend … In zwanzig Minuten schon? Wunderbar. Bis gleich.«

»Na also, läuft doch wie geschmiert. Dann warten wir doch einfach. Möchtest du etwas trinken oder eine Zigarre?«

»Leck mich!«

»Dann eben nicht.«

Kullmer setzte sich. Er schaute immer wieder auf die Uhr, die Zeit verrann in kaum erträglicher Langsamkeit. Alles in ihm war zum Zerreißen gespannt. Da war zum einen ein nicht zu leugnender Respekt vor Charly und vor allem vor Nadja, der lebenden Waffe, und zum andern die Ungewissheit, ob er von ihr, der Geliebten Hohleitners, wie dieser ihm unmissverständlich zu verstehen gegeben hatte, erfahren würde, wo Hohleitner sich versteckte.

Eine gute Viertelstunde war vergangen, Nowak schnaufte wie ein Walross, eine antike Standuhr tickte in monotonem Takt. Kullmer wollte die Stille gerade mit einer Frage durchbrechen, als es klingelte. Er legte einen Finger auf den Mund und sagte leise, doch drohend: »Ein falsches Wort von dir, und es gibt ein Blutbad. Und jetzt mach schön brav die Tür auf und lass die beiden eintreten. Sei einfach so wie immer. Und denk dran, ich ziele genau auf dein Herz.«

Nowak erhob sich schwerfällig und schleppte sich zur Tür.

Kullmer folgte ihm und stellte sich so, dass er von den Eintretenden nicht gleich bemerkt werden konnte. Es waren Nadja und Charly. Nadja sagte: »Alles klar? Warum schwitzt du so?«

»Mir geht's heute nicht besonders, ich hatte eben ein ziemlich unerfreuliches Gespräch.«

Kullmer nutzte den Überraschungseffekt, sprang aus dem Wohnzimmer, die Pistole auf Nadjas Kopf gerichtet, die ihn ansah, als würde sie jeden Tag ein paar Mal in die Mündung einer Waffe blicken.

»So sieht man sich wieder. Willkommen, Nadja und Charly. Und jetzt schön brav hier herein. Und keine falschen Bewegungen, ich bin ein exzellenter Schütze.«

»Tut, was er sagt.« Nowak sah Nadja an, sie lächelte, doch ihr Blick war eisig wie der Winter in Sibirien. Kullmer hielt etwa zwei Meter Abstand. Er wusste, er durfte Nadja nicht unterschätzen.

»Was willst du denn hier?«, fragte sie emotionslos und ging wie befohlen ins Wohnzimmer. Charly und Nowak folgten ihr.

»Das wirst du gleich erfahren. Die Hände hinter den Kopf, die Beine gespreizt.« Und zu Nowak: »Zurück auf die Couch.«

»Damit kommst du nicht durch.« Nadja sah Kullmer in die Augen, der ihren Blick zwar erwiderte, auf ihre Bemerkung jedoch nicht einging.

»So, und nun zieht ihr beide euch schön langsam aus. Charly, dein Jackett, wirf es neben die Wand, in meine Richtung.« Charly, der allem Anschein nach wesentlich mehr Respekt vor Kullmer hatte als Nadja, zog das Jackett vorsichtig aus und warf es von sich. »Und jetzt das Hemd, die Schuhe und die Hose, und nicht hektisch werden, mein Finger ist nämlich ziemlich nervös … Und jetzt den Rest.«

»Aber …« Es war das erste Wort, das Kullmer aus Charlys Mund bisher gehört hatte.

»Du genierst dich doch nicht etwa? Los!« Charly folgte der Aufforderung, bis er vollkommen nackt mitten im Zimmer stand, ein schwerfälliger Muskelprotz, der ganz gewiss kräftig zuschlagen konnte, aber irgendwie auch gutmütig wirkte.

»Ich auch?«, fragte Nadja spöttisch lächelnd.

»Ich bitte darum.«

»Und jetzt?«, fragte sie, als auch sie nackt neben Charly stand, die Hände wieder hinter dem Kopf.

»Ihr setzt euch auf den Boden, im Schneidersitz, die Hände schön brav weiter hinter dem Kopf.« Kullmer holte aus der Innentasche seiner Lederjacke einen Schalldämpfer und schraubte ihn auf die Mündung, ohne Nadja und Charly aus den Augen zu lassen.

»Das ist wirklich nett, dass ihr vorbeigekommen seid. Eigentlich will ich von euch gar nichts weiter, im Prinzip nur eine Auskunft. Ich suche nämlich jemanden, den vor allen Dingen du, Nadja, besonders gut kennst. Rufus alias Thorsten Hohleitner. Würdest du mir freundlicherweise verraten, wo ich ihn finden kann?«

»Vergiss es«, sagte Nadja.

»Du weißt, wo er sich aufhält, du bist nämlich so etwas wie seine Geliebte oder Mätresse. Das hat er mir verraten, als ich bei ihm war. Ergo wirst du auch wissen, wo er wohnt. Ich brauche nur seine Adresse, und schon bin ich weg. Euer Leben oder seins, überleg es dir.«

»Fick dich ins Knie!«

»Nadja, bitte, der bringt uns noch alle um! Jetzt sag ihm doch endlich, wo Hohleitner ist!«, schrie Nowak sie an.

»Halt's Maul, du Waschlappen«, sagte sie verächtlich.

»Der bringt uns alle um!«

»Dein Boss hat Recht, wenn du es mir nicht sagst, bleibt mir leider nichts anderes übrig. Ich meine, ich finde Hohleitner so oder so, schneller würde es aber gehen, wenn du mir ein wenig behilflich wärst.«

»Was ist, wenn ich es dir verrate? Du lässt uns doch sowieso nicht am Leben, oder?«

»Ich krümme euch kein Haar, mein Wort darauf. Ich will ausschließlich Hohleitner.« Er machte eine Pause und sah zu Nowak und Charly, die regungslos dasaßen. Von ihnen ging keine Gefahr aus. Dann blickte er wieder Nadja an. Er fuhr sich mit der Zunge über die Lippen und runzelte die Stirn. »Ist er so gut im Bett, dass du dafür sterben würdest? Ist es das wert?«, sagte er sanft, den Kopf leicht zur Seite geneigt. »Du kannst mir nicht erzählen, dass du abhängig von ihm bist, dazu bist du viel zu eigenständig und intelligent.«

Nadja überlegte, kaute auf der Unterlippe und sah Kullmer lange und prüfend an, als versuchte sie zu lesen, was in seinem Kopf vorging, doch seine Miene war undurchdringlich. Ihre anfängliche Sicherheit schwand zusehends. »Du lässt uns am Leben?«

»Versprochen ist versprochen.«

»Ich sag's dir vielleicht, wenn du mir verrätst, warum du ausgerechnet ihn haben willst und nicht Marco.«

»Er hat gestern einen meiner besten Freunde umgebracht. Nein, umgebracht trifft es nicht, er hat ihn bestialisch aufgeschlitzt. Mein Freund hatte eine junge hübsche Frau, fast so hübsch wie du, und er hatte zwei reizende kleine Kinder. Er hat Hohleitner nie etwas getan, das weiß ich, er hat ihm nur ein paar Fragen gestellt, und allein dafür musste er sterben. Reicht dir das?«

Nadja hob die rechte Augenbraue ein wenig und sah Kullmer zweifelnd an.

»Nanu, war dir etwa nicht bekannt, dass dein Freund ein skrupelloser Killer ist? Ich meine, du gehst auch nicht gerade zimperlich mit den Leuten um, ich hab's am eigenen Leib gespürt, aber ich glaube nicht, dass du eine Mörderin bist, da müsste ich mich schon schwer täuschen.«

»Wer bist du wirklich? Du heißt doch nicht Bernardi, oder?«

»Merkwürdig, dass Hohleitner nicht mit dir über mich oder meinen Freund gesprochen hat, schließlich teilt ihr das Bett miteinander. Na ja, das zeigt mir nur, dass sein Vertrauen in dich nicht sonderlich groß ist. Er benutzt dich nur für seine Zwecke, und du merkst es nicht einmal. Hat er dir jemals gesagt, was er beruflich macht?«

Nadjas Blick verriet ihre wachsende Unsicherheit.

»Hat er oder hat er nicht?«

»Er hat gesagt, er sei Immobilienmakler.«

Kullmer lachte auf. »Immobilienmakler! Dein Thorsten ist so wenig Immobilienmakler, wie ich der Kaiser von China bin. Die einzigen Immobilien, die er handelt, sind Bordelle, meine Liebe … Hohleitner ist Agent beim BND, ganz offiziell.«

»Was ist BND?«, fragte sie, und es klang, als wüsste sie tatsächlich nichts mit der Abkürzung anzufangen.

»Bundesnachrichtendienst. Das ist in Deutschland das, was die CIA in den USA und der Mossad in Israel sind und früher der KGB in der UdSSR war. Kapierst du jetzt endlich, mit wem du dich da eingelassen hast? Und nein, ich heiße nicht Bernardi, aber ich weiß, dass ich ebenfalls auf Hohleitners Todesliste stehe. Wie viele noch da draufstehen, kann ich nicht sagen. Es könnte aber sein, dass auch du bald dazugehörst, vielleicht gehörst du ja sogar schon dazu … Gib mir seine Adresse, ich will nur ihn.«

»Woher soll ich wissen, dass du die Wahrheit sagst?«

»Weil ich sonst nicht hier wäre.«

Nadja überlegte einen Moment, schließlich sagte sie: »Wolfsgangstraße 54. An der Klingel steht E. Müller.«

»Danke. Hattest du zufällig vor, dich heute mit ihm zu treffen?«

»Ja, heute Abend.«

»Und wo?«

»Im Hardrock Café um halb zehn, wir treffen uns meistens dort. Danach wollten wir zu ihm gehen.«

»Was wird er tun, wenn du nicht kommst?«

»Mich anrufen und fragen, wo ich stecke.«

»Telefoniert ihr oft?«

»Nein. Wir treffen uns und ficken. Das ist alles.«

Kullmer holte aus seinem Aktenkoffer drei Plastikhandfesseln und sagte zu Nowak: »Leg sie Charly und Nadja an, richtig fest zuziehen, es darf ruhig ein bisschen wehtun.«

Nowak hievte sich hoch, nahm eine der Fesseln, ging zu Charly, der automatisch die Arme hinter dem Rücken verschränkte. Das Ratschen war deutlich zu vernehmen. Anschließend machte er das Gleiche mit Nadja.

Bevor Kullmer zuletzt Nowak fesselte, sagte er: »Du wirst jetzt deine Sekretärin anrufen und ihr mitteilen, dass du für den Rest des Tages nicht zu sprechen bist. Dir wird schon was Passendes einfallen. Wie ist die Nummer?«

Nowak nannte sie ihm, Kullmer tippte sie ein, wartete, bis sich Frau Ehrlich meldete, und reichte Nowak den Hörer. Dieser sagte ihr, dass er eine unvorhergesehene geschäftliche Verabredung habe. Nach dem Telefonat legte Kullmer Nowak die Fesseln an.

»Gibt es hier einen Keller?«

Nowak ging wie ein Roboter voran, Charly und Nadja folgten ihm.

»Nicht so schnell. Sind da unten auch Stühle?«

»Nur Klappstühle«, antwortete Nowak.

»Die reichen auch.«

Sie kamen in einen ausgebauten fensterlosen Raum, in dem sich neben mehreren Kisten und Kartons ein Sofa und ein Sessel und an der Wand mehrere Klappstühle befanden. Kullmer stellte drei davon aneinander und sagte mit müder Stimme: »Setzt euch. Ich werde euch jetzt festbinden und die Augen und den Mund zukleben. Irgendwann heute Abend lasse ich euch wieder frei. Aber dann wird es keinen Hohleitner mehr geben, mit dem ihr Geschäfte machen könnt.«

Nachdem er seine Arbeit verrichtet hatte, löschte er das Licht und schloss die Tür von außen ab, begab sich wieder ins Erdgeschoss, nahm Charlys Waffe und die Haustürschlüssel an sich und ging nach draußen. Er atmete tief durch, die letzten zwei Stunden hatten ihn eine Menge Kraft gekostet. Er fuhr über die A 66 Richtung Innenstadt bis zur Kreuzung Adickesallee/Eschersheimer Landstraße, bog rechts ab und parkte in der Nähe der Fürstenbergschule. Er blieb noch einen Moment sitzen, bevor er ausstieg und sich zu Fuß auf den Weg zur Wolfsgangstraße, die nur ein paar Schritte entfernt war, machte. Nach zehn Minuten hatte er die Hausnummer gefunden, wo Hohleitner angeblich wohnte. Er warf einen Blick auf die Klingelschilder und fand den Namen, den Nadja ihm genannt hatte – E. Müller. Sie hatte ihn also nicht angelogen. Du oder ich, dachte Kullmer nur, ging zurück zu seinem Wagen und überlegte. Sein Handy riss ihn aus seinen Gedanken. Doris Seidel.

»Komm nach Hause, bitte!«, flehte sie. »Ich dreh hier fast durch vor Angst, ich würde am liebsten Julia anrufen und …«

»Das lässt du bitte schön bleiben, Doris. Selbst wenn ich wollte, ich kann nicht mehr zurück. Ich bin ganz dicht an ihm dran.«

»Wo bist du jetzt?«

»Tut mir leid, das kann ich dir nicht sagen. Aber ich verspreche dir, ich werde mich nicht unnötig in Gefahr begeben.«

»Du bist wahnsinnig! Weißt du eigentlich, wie sehr ich dich liebe?! Weißt du das?!«

»Ja, ich dich doch auch. Ich tu's für uns beide. Und bitte, kein Wort zu den andern, das übernehme ich persönlich. Sollten Julia oder Berger nach mir fragen, ich bin beim Arzt. Es könnte sein, dass es etwas später wird, aber ich komme ganz bestimmt nach Hause. Ich schwöre es. Ich schalte jetzt das Handy aus. Bis nachher.«

Er drückte lange auf die Aus-Taste, bis das Display dunkel war. Dann fuhr er in die Wolfsgangstraße, parkte etwa dreißig Meter vor dem Haus, in dem Hohleitner unter falschem Namen wohnte, und behielt es vom Auto aus im Auge. Er war müde, ein paar Mal war er kurz davor einzunicken, schreckte aber jedes Mal wieder hoch. Als es zu dämmern begann, sah er im ersten Stock Licht angehen und einen Schatten hinter dem Fenster. Und dann dauerte es noch weitere unendlich lange vier Stunden, bis Kullmer ihn aus dem Haus kommen und zu seinem Wagen gehen sah. Er folgte ihm in angemessenem Abstand bis zum Hardrock Café, fuhr an ihm vorbei, drehte noch eine Runde und stellte sein Auto im Parkhaus Börse ab. Nachdem er fünf Minuten gewartet hatte, stieg er aus und ging die wenigen Meter zu dem Lokal. Hohleitner saß mit dem Rücken zur Tür an der Bar und unterhielt sich mit einer jungen Bedienung. Ein Blick auf die Uhr, er holte das Handy aus der Tasche und wählte eine Nummer.

Mittwoch, 21.35 Uhr

Kullmer betrat das Lokal, ging schnurstracks auf den Tresen zu und sagte: »Ist hier noch frei?«

»Bitte«, antwortete Hohleitner, ohne den Fragenden anzusehen. In der Linken hielt er das Handy, mit den Fingern der Rechten trommelte er ungeduldig auf den Tresen.

»Sie wird nicht kommen«, sagte Kullmer leise. »Dafür bin ich jetzt hier, um dir Gesellschaft zu leisten. Aber ich rate dir, nichts Unbedachtes zu tun, ich hätte keine Skrupel, dich gleich hier umzulegen. Mein Finger wartet nur darauf, sich bewegen zu können. Ach ja, schöne Grüße von Gerd.«

»Was soll das?«, fragte Hohleitner und spielte den Ahnungslosen.

»Das weißt du genau. Bezahl deine Rechnung, wir beide haben was zu bereden, aber nicht hier drin, ist mir einfach zu laut.«

»Wo ist Nadja?«

»Gut verschnürt an einem sicheren Ort. Zusammen mit Charly und Nowak.«

»Damit kommst du nicht durch«, sagte Hohleitner überlegen lächelnd, legte einen Zehneuroschein auf den Tresen, rutschte vom Barhocker und fragte: »Und jetzt?«

»Geh einfach ein paar Schritte vor mir. Rechts und ins Parkhaus. Und denk dran, ich drück sofort ab, wenn du irgendwas versuchst. Wir nehmen die Treppe, ich stehe auf dem ersten Deck.« Er schaute sich um, sie waren allein, dann betätigte er die Funkfernbedienung und sagte: »Zieh deine Jacke aus und leg sie auf den Beifahrersitz. Die Schuhe ebenfalls, die Hosenbeine bis zum Knie aufkrempeln.«

Hohleitner überlegte, wie er Kullmer überlisten konnte, doch er stand zum einen zu weit entfernt, zum andern sah er die Entschlossenheit in seinen Augen.

»Gut so. Und nun in den Kofferraum. Ich hoffe, du leidest nicht unter Klaustrophobie. Ich hab so was auch schon mal machen müssen, aber das weißt du ja.«

»Wo fahren wir hin?«

»Das wirst du schon sehen. Du hast doch nicht etwa die Hosen voll? Rein da!«

»Das wirst du bereuen. Du bist praktisch schon jetzt ein toter Mann«, zischte er und kletterte in den Kofferraum.

»Mit dem Gesicht zur Rückbank, die Hände auf den Rücken!« Kullmer legte ihm blitzschnell die Plastikfesseln an und verklebte ihm den Mund. Er verschloss den Kofferraum, begab sich zum Kassenautomaten und fuhr aus dem Parkhaus. Während der Fahrt rief er Doris Seidel an und sagte ihr, sie solle sich keine Sorgen mehr machen, er werde gegen Mitternacht zu Hause sein. Anschließend wählte er die Nummer von Julia Durant, sprach kurz mit ihr und legte das Handy zufrieden auf den Beifahrersitz.

Mittwoch, 22.25 Uhr

Warum hast du Gerd umgebracht?«, fragte Kullmer.

»Wovon redest du?«

»Du hast einen entscheidenden Fehler gemacht, du hättest nicht zu Manuela gehen dürfen. Sie hat dich erkannt, trotz deiner Verkleidung«, log Kullmer.

»Ach ja, und wieso hat sie mich dann nicht angezeigt?«

»Weil ich ihr davon abgeraten habe. Man hätte dir nichts nachweisen können. Wie lange hättest du gewartet, bis du mich umgelegt hättest? Noch einen Tag, noch eine Woche oder einen Monat? Sorry, aber ich habe noch nicht vor, in die Grube zu steigen.«

»Willst du mich umbringen?«, fragte Hohleitner gelassen.

»Wie fühlt man sich eigentlich, wenn man einen ehemals guten Freund abgeschlachtet hat? Ist das ein geiles Gefühl? Ist es geil zu wissen, dass da jetzt eine Frau und zwei kleine

Kinder sind, die keinen Ehemann und Vater mehr haben? Was geht in deinem kranken Hirn vor? Du hast ihn doch nur umgebracht, weil er euren verdammten Puff mit hat hochgehen lassen. Er hat mir übrigens nie erzählt, was ihr bei deiner Vernehmung besprochen habt. Hat er dir so sehr auf die Füße getreten?«

»Er hat mir Fragen gestellt, und ich habe sie beantwortet. Außerdem gibt es ein offizielles Fax von meiner Dienststelle, laut dem ich undercover ermittelt habe. Dagegen ist jedes andere Papier wertlos.«

»Deine verdammte Dienststelle kann mich mal!«

»Ich schlage dir ein Geschäft vor«, sagte Hohleitner lächelnd. »Wir suchen immer fähige Leute wie dich. Du hast diesen gewissen Killerinstinkt, so etwas kann man nicht lernen, damit wird man geboren …«

»Keiner wird zum Killer geboren, das ist krankhaft und pervers.«

»Okay, dann eben nicht. Aber du könntest eine Wahnsinnskohle bei uns verdienen, dagegen sind das, was Nowak kriegt, Peanuts. Ich könnte dich mit den einflussreichsten Leuten zusammenbringen, Leonhardt braucht ständig Männer deines Kalibers. Überleg's dir.«

»Hast du diesen Vorschlag auch Gerd gemacht?«

»Vielleicht.«

»Aber er hätte abgelehnt, das wusstest du genau. Gerd war sauber und wäre es auch immer geblieben. Er war zufrieden mit seinem Leben, du hättest ihm noch so viel bieten können, er hätte nein gesagt. Genau wie ich. Nicht jeder ist käuflich, das scheinst du vergessen zu haben. Du hast ihm niemals diesen Vorschlag gemacht, dazu warst du viel zu wütend auf ihn.« Kullmer hielt inne, betrachtete seine Waffe und fuhr fort: »Willst du noch etwas sagen?«

»Bring mich um, oder steig ins Geschäft ein. Du kannst zum Mörder oder reich werden. Aber wenn du mich umbringst, wirst du nie verstehen, wie die hohe Politik funktioniert. Ich weiß es und Leonhardt erst recht. Es ist einzig und allein ein Spiel um Macht und Geld.«

»Das war die falsche Antwort. Hättest du gesagt, dass du dich freiwillig der Polizei stellen wirst, um den Mord an Gerd zu gestehen, hätte ich dich am Leben gelassen. Wie die Scheißpolitik funktioniert, weiß ich längst. Wärst du zu einem Geständnis bereit?«

Hohleitner überlegte und antwortete schließlich: »Einverstanden. Mach mich los, und gib mir ein Blatt Papier, ich werde hier und jetzt ein schriftliches Geständnis ablegen. Zufrieden?«

»Beantworte mir erst noch eine Frage. Was fasziniert dich so am Töten?«

»Das hat nichts mit Faszination zu tun, das musst du rein geschäftsmäßig sehen. Mit Emotionen kommst du bei uns nicht weit. Ich hatte einen phantastischen Ausbilder, ein Mitarbeiter des ehemaligen rumänischen Geheimdienstes Securitate. Er hat mir gezeigt, wie's geht, und ob du's glaubst oder nicht, es ist viel einfacher, als man denkt. Man muss nur den inneren Schweinehund überwinden.«

»Und was macht dieser Mensch jetzt?«

»Er ist bei einem Einsatz ums Leben gekommen. Was ganz Blödes. Eine Frau war auf der Suche nach dem Mörder ihrer Eltern, die in den Folterkammern der Securitate umgekommen sind. Er hat natürlich nicht damit gerechnet, dass ihn eine Frau nach so langer Zeit in Deutschland finden würde. Jedenfalls ist er mit seinem Auto in die Luft geflogen. Danach hat sie sich das Leben genommen, sonst hätte ich das für sie erledigt.«

»Hat Leonhardt dir eigentlich nicht ausgerichtet, dass du die Finger von uns lassen sollst?«

»Leonhardt ist im Moment mit anderen Sachen beschäftigt. Du wirst verstehen, dass er sich erst mal zurückziehen musste. Aber er wird wiederkommen, verlass dich drauf.«

»Ich hab doch noch eine Frage, und die bitte ich dich ganz ehrlich zu beantworten. Hättest du mich umgebracht?«

»Du hast mich aufs Kreuz gelegt, das mögen weder ich noch die Organisation. Aber du bist mir leider zuvorgekommen, das Kompliment muss ich dir machen. Jetzt bringst eben du mich um.«

»Nicht, wenn du ein schriftliches Geständnis ablegst.«

Hohleitner sah Kullmer zweifelnd an. »Das meinst du nicht im Ernst, oder?«

»Es ist mein voller Ernst. Mir fehlt nämlich komischerweise dieser Killerinstinkt. Es sei denn, du begehst eine Dummheit.«

»Einverstanden, mach mich los, und du bekommst, was du brauchst«, sagte Hohleitner mit einem hintergründigen Lächeln, das Kullmer trotz seiner Müdigkeit und Erschöpfung sehr wohl zu deuten wusste.

»Okay.« Er löste die Fesseln, Hohleitner bewegte sich auf den Schreibtisch zu, blieb mit dem Rücken zu Kullmer davor stehen, nahm ein Blatt Papier und einen Kugelschreiber und schrieb ein paar Wörter, drehte sich aber ansatzlos und blitzschnell um, stieß einen Schrei aus, machte mit dem linken Bein eine ausholende Bewegung und sprang mit dem rechten ab, doch Kullmer stand zu weit weg. Hohleitner ließ sich daraufhin fallen und rollte sich ein paar Mal um die eigene Achse. Kullmer wich zurück, und bevor sein Gegner ihn mit einem gezielten Tritt treffen und womöglich außer Gefecht setzen konnte, drückte er zweimal kurz nacheinander ab. Eine Kugel traf Hohleitner in die rechte Schulter, die andere in den

Oberschenkel. Er lag mit vor Schmerz verzerrtem Gesicht da und stieß hervor: »Du bist cleverer, als ich gedacht habe. Bring's endlich hinter dich.«

»Was soll ich hinter mich bringen?«, sagte Kullmer und blickte auf Hohleitner. »Hier, eigentlich brauche ich kein schriftliches Geständnis, es ist alles auf Band.« Er holte das kleine Aufnahmegerät aus seiner Hosentasche und hielt es ihm vors Gesicht. »Diese Idee habe ich von meiner Kollegin, die in ein paar Sekunden hier sein wird. Sie wartet schon draußen. Und natürlich wirst du auch ärztlich versorgt, schließlich sollst du fit sein, wenn du vor Gericht erscheinst. Und diesmal wird dir kein Vorgesetzter helfen, diesmal werden sie dich wie eine heiße Kartoffel fallen lassen.«

Kullmer öffnete die Haustür, Durant, Hellmer und Vukovic kamen herein und sahen den Verletzten auf dem Boden liegen. Durant rief einen Notarztwagen.

»Gut gemacht«, sagte sie und klopfte Kullmer auf die Schulter. »Ich hatte wirklich die Befürchtung, du könntest eine Dummheit begehen. Wo sind die andern?«

»Im Keller. Wenn ihr euch bitte drum kümmern würdet. Hier, nimm das Band an dich.«

Vukovic stellte sich breitbeinig über Hohleitner und sagte: »Hast du meine Freundin umgebracht?«

»Von wem sprichst du?«

»Eva Kessler, Mitarbeiterin beim BND. Sie war nur eine kleine Sachbearbeiterin.«

»Sagt mir nichts. Ich bin auch nicht der Einzige, der unangenehme Aufträge erledigt.«

»Du lügst ...«

»Lass ihn«, mischte sich Hellmer ein und legte eine Hand beschwichtigend auf Vukovics Schulter. »Warum sollte er jetzt noch lügen? Er weiß, dass er verloren hat.«

Durant begab sich in den Keller zu Nadja, Charly und Nowak. Sie befreite erst Nadja, dann Charly und Nowak und sagte: »Durant, Mordkommission. Meine Kollegen sind oben. Wenn Sie bitte auch kommen würden.«

»Sind Sie wahnsinnig?!«, schrie Nowak, als er Hohleitner und den mit Blut getränkten Teppich sah. »Warum mussten Sie das ausgerechnet hier machen?«

»Überleg mal gut, vielleicht fällt's dir ein«, antwortete Kullmer.

»Hi, Nadja«, sagte Hohleitner mit schwerer Stimme. »Du bist eben doch nur eine kleine Hure.«

Die noch immer nackte Nadja schaute ihm ins Gesicht und spuckte auf ihn, ohne etwas zu erwidern.

Kullmer sagte, während er ihr die Kleidungsstücke reichte: »Glaubst du mir jetzt, dass er auch dich umgebracht hätte?«

»Was wird aus uns?«, wollte sie wissen.

»Nichts, schließlich habt ihr mir geholfen, ihn zu finden. Aber mit Schleusertätigkeiten ist ab sofort Schluss. Es gibt auch anständige Arbeit, mit der man Geld verdienen kann. Meine Kollegen und ich werden jedenfalls ein Auge auf euch haben. Und ich erwarte eine vollständige Liste aller Häuser, in denen Frauen gefangen gehalten werden. Und sollten diese Häuser leer sein, wenn wir sie hochnehmen, wandert ihr ins Gefängnis. So, das war's von meiner Seite. Ich bin müde und will nur noch nach Hause. Ach ja, Hohleitners Wohnungsschlüssel«, sagte er und reichte ihn Hellmer.

»Das war verdammt gute Arbeit«, sagte Durant anerkennend. »Ich habe gehofft und gebetet, du würdest ihn nicht umbringen. Du wärst deines Lebens nicht mehr froh geworden.«

»Inzwischen müsstest du mich doch kennen und wissen, dass ich kein Killer bin. Ich fürchte nur, man wird auch diesen Fall unter den Tisch kehren. Leonhardt oder Binder oder wer immer werden schon dafür sorgen. Tschüs, ich bin für heute fertig.«

Als er nach Hause kam, fiel ihm Doris Seidel um den Hals. Er sank auf die Knie, legte seinen Kopf an ihren Bauch, schlang seine Arme um sie und weinte.

Noch in derselben Nacht wurde in Hohleitners Wohnung umfangreiches Material sichergestellt, das ihm vor Gericht endgültig das Genick brechen würde. Aber es befand sich auch Material darunter, das einige hochrangige und einflussreiche Persönlichkeiten aus allen Bereichen des politischen, wirtschaftlichen und kulturellen Lebens in große Schwierigkeiten gebracht hätte, wäre es an die Öffentlichkeit gelangt. Durant überreichte es Staatsanwältin Vermeer, die sich daraufhin mit Richter Schultheiss in Verbindung setzte.

Hohleitner wurde im Krankenhaus ärztlich versorgt, seine Wunden waren nicht lebensbedrohlich. Er blieb noch einige Tage im Krankenhaus, streng bewacht von jeweils vier Polizeibeamten, die sich alle sechs Stunden abwechselten. Vom Krankenhaus wurde er direkt in das Untersuchungsgefängnis nach Weiterstadt verbracht, wo er auf seinen Prozess wartete. Diesmal wartete er vergeblich auf ein Fax vom BND, auch das BKA und Blumenthal hielten sich im Hintergrund, genau wie all jene, mit denen er in der Vergangenheit Geschäfte getätigt hatte. Einen Fehler hatte man ihm verziehen, jenen, auf Bernardi alias Kullmer hereingefallen zu sein. Doch in diesem Geschäft verzeiht man grundsätzlich nur einen Fehler. Der Prozess gegen Hohleitner wurde für Anfang Februar festgesetzt, den Vorsitz sollte eine Richterin haben, die bisher ausschließlich Jugendstrafsachen verhandelt hatte.

Kullmer wurde wegen seines eigenmächtigen Vorgehens von Berger gerügt, gleichzeitig aber auch für seine strategisch hervorragende Leistung gelobt, vor allem jedoch dafür, Hohleitner am Leben gelassen zu haben.

Am frühen Morgen des 5. Dezember fuhr Julia Durant zu ihrem Vater in die kleine Stadt in der Nähe von München. Sie brauchte dieses verlängerte Wochenende, um endlich einmal abschalten zu können. Wie immer, wenn sie ihn besuchte, redeten sie viel über Gott und die Welt, sie kochten zusammen, gingen spazieren, und während einem dieser Spaziergänge sagte sie: »Ich bin wirklich gespannt, wann wir wieder etwas von Leonhardt sehen oder hören werden. Der ist so intelligent, er hat sich jetzt erst mal zurückgezogen und wartet ab, um irgendwann, wenn keiner damit rechnet, wieder aufzutauchen.«

»Ich muss dir leider widersprechen, was Leonhardts Intelligenz angeht«, entgegnete ihr Vater. »Leonhardt ist nicht intelligent, höchstens nach den von irgendwelchen Wissenschaftlern und Psychologen aufgestellten Tabellen.«

Als er nicht weitersprach, sagte sie: »Was meinst du damit? Der redet doch jeden in Grund und Boden, der ist schlauer als wir alle zusammen, du natürlich ausgenommen«, fügte sie lächelnd hinzu.

»Weißt du, Intelligenz hat nichts mit in der Schule erlerntem Wissen zu tun, davon gibt es Millionen von Menschen. Der eine lernt mehr und schneller, der andere weniger und langsamer. Aber sagt das etwas über die Qualität eines Menschen aus? Intelligenz ist nichts anderes als richtig angewandtes Wissen. Und mit richtig meine ich Wissen, das ich zum Nutzen der Allgemeinheit einsetze. In der Kirche habe ich einige hochintelligente Männer und Frauen kennen gelernt, die vorgaben, an Gott zu glauben, aber im Alltagsleben kläglich versagt haben. Sie haben Geschäftspartner übers Ohr gehauen, haben gelogen und betrogen und Dinge gemacht, die einfach nicht Recht waren. Hat das etwas mit Intelligenz zu tun? Nein, das ist der Intellekt, das kalte, selbstsüchtige Denken und Handeln. Andererseits bin ich auf Menschen getroffen, die eher schlicht waren, keine Intelligenzgrößen im herkömmlichen Sinn, aber sie hatten ein Herz für andere. Sie haben mit dem Auge der Liebe gesehen, haben gegeben, statt immer nur zu nehmen. Von diesen Leonhardts gibt es viele. Sie sind raffgierig, heuchlerisch und verlogen, und das ist es auch, was diese Welt oftmals so unlebenswert macht. Wir stehen am Abgrund, du brauchst nur hinzuschauen, wie die Menschen miteinander umgehen …«

»Ist das jetzt wieder der Pfarrer in dir?«, fragte sie schmunzelnd.

»Ich werde bis zu meinem Tod Pfarrer sein«, antwortete er ernst, »aber ich bin in meinem tiefsten Innern überzeugt, dass wahre Intelligenz ihren Ursprung im Herzen und nicht im Kopf hat. Weißt du, die größte Prüfung für den Menschen ist der Mensch selbst. Manche bestehen sie, andere fallen durch. Manche helfen, wo Hilfe vonnöten ist, andere schauen einfach weg. Das ist in allen Schichten so, bei den Reichen wie bei den Armen. Und es wird auch immer so sein. Leider.«

»Also ist Leonhardt in deinen Augen nicht intelligent, sondern intellektuell? Hab ich das richtig verstanden?«

»Er ist intelligent im weltlichen Sinn, im göttlichen ist er es nicht, denn er missbraucht andere für seine Zwecke. Sein Verstand hat das Herz ausgeschaltet. Er mag wohltätig sein, doch diese Wohltätigkeit ist stets an Bedingungen geknüpft. Er vertuscht damit auch sein wahres Ich, aber darin ist er beileibe nicht allein.«

»Kann so ein Mensch sich ändern?«, fragte sie.

»Jeder kann sich ändern, aber dazu muss er seine Fehler einsehen, sie wieder gutmachen, sofern dies überhaupt möglich ist, und vor allem, er darf sie nicht wieder begehen.«

»Traust du Leonhardt so etwas zu?«

»Ich mag mir kein Urteil darüber erlauben, denn ich kenne ihn nicht. Wenn ich an den Saulus aus der Bibel denke, der erst mit Blindheit geschlagen werden musste, um zum Paulus zu werden … Wie gesagt, jeder kann sich ändern, er muss nur bereit dazu sein.«

»Warten wir's ab«, meinte sie. Dann gingen sie eine Weile schweigend nebeneinander her.

»Bleibt es dabei, dass wir über Ostern zu Maria fahren?«, fragte er auf dem Rückweg.

»Aber hallo, ist ganz fett in meinem Kalender vermerkt. Sie scheint sich wirklich gut wiedereingelebt zu haben. Sie hat mir bis jetzt vier Briefe geschickt, ich hab leider erst zweimal geantwortet.«

»Ich habe auch vier Briefe erhalten und sie auch alle beantwortet. Sie ist eine erstaunliche junge Frau. Wenn sie ihren Glauben nicht behalten hätte, wer weiß, was aus ihr geworden wäre …«

»Meinst du wirklich, dass …«

»Ihr Glaube hat die Berge vor ihr versetzt, weil sie den festen Willen hatte und auch alles dafür tat, um aus ihrem Gefängnis zu fliehen. Ich freue mich darauf, sie wiederzusehen, sie ist mir richtig ans Herz gewachsen.«

Julia Durant blieb bis zum Montag, erschien aber erst am Mittwoch wieder im Büro. Die Wogen der vergangenen Wochen hatten sich geglättet, der Alltagstrott hatte sie wieder, und zum ersten Mal seit einer halben Ewigkeit war sie froh über diesen Trott.

Epilog

Der Prozess gegen Hohleitner begann wie geplant am 4. Februar. Er fand unter Ausschluss der Öffentlichkeit statt, selbst Pressevertreter waren nicht zugelassen. Nach nur fünf Verhandlungstagen wurde das Urteil von der Vorsitzenden Richterin verlesen – acht Jahre wegen Totschlags, da eine Tötungsabsicht nicht nachgewiesen werden konnte. Dieses Urteil war ein Schlag ins Gesicht nicht nur für Bäumers Witwe, sondern auch für Durant und ihre Kollegen. Viele der in Hohleitners Wohnung beschlagnahmten Unterlagen waren auf seltsame Weise nicht mehr auffindbar, darunter sein Notiz- und sein persönliches Telefonbuch. Ebenso war der Autopsiebericht verschwunden, auf eine Exhumierung von Bäumers Leiche wurde verzichtet. Beim K 11 war man sich einig, dass Hohleitner immer noch einiges in der Hinterhand hatte, womit er bestimmten Personen großen Schaden zufügen konnte.

»Acht Jahre«, sagte Kullmer, »das bedeutet, bei guter Führung kann er schon nach vier oder fünf Jahren wieder draußen sein. Und dann?«

»Hast du Angst vor seiner Rache?«, fragte Durant.

»Nein, aber das alles war doch ein abgekartetes Spiel. Erst die Richterin, die noch nie zuvor einen solchen Fall bearbeitet hat, dann das ganze Zeug, das auf mysteriöse Weise verschwunden ist, ein Staatsanwalt und ein Verteidiger, die sich gegenseitig die Bälle zugespielt haben … O Mann, was für eine Farce!«

»Mach dir keinen Kopf, wir wissen doch, dass die da oben wie die Kletten zusammenhalten.«

Leonhardt tauchte entgegen aller Erwartungen bereits im März wieder auf, als Gast einer Talkshow im dritten Programm, wo er jedoch nicht zu den Vorgängen im November, zu den Anschuldigungen, die man gegen ihn erhob, befragt wurde. Er sagte, er werde zu gegebener Zeit Stellung dazu beziehen. Danach sah und hörte man vorerst nichts weiter von ihm.

Julia Durant hatte dadurch vierzig Euro gewonnen, denn sie hatte prophezeit, es würde längstens ein halbes Jahr vergehen, bis er wieder in der Öffentlichkeit erscheinen würde.

Im April äußerte er sich in einem Exklusivinterview für ein Wirtschaftsmagazin in ein paar Sätzen über sein Fehlverhalten, wobei er kurz und knapp beteuerte, wie leid es ihm tue, seinem selbst gesetzten moralischen Anspruch nicht gerecht geworden zu sein, doch er werde alles tun, um diesen in Zukunft zu erfüllen, schließlich sei kein Mensch vollkommen. Mit diesem geschickten und zeitlich klug gewählten Schachzug hatte sich Leonhardt wieder in den Mittelpunkt gerückt.

Julia Durant wusste, dass er sich nicht geändert hatte. Er war immer noch der unberechenbare Taktiker und Stratege, der er immer war und als den sie selbst ihn kennen gelernt hatte.

Seine Freundin und Lebensgefährtin Julie Bernaux war nach der Razzia für mehrere Wochen in Frankreich untergetaucht, um dann doch zu dem Mann zurückzukehren, den sie einst liebte. Schließlich aber trennte sie sich von ihm, um eine neue Aufgabe in einem andern Land anzunehmen.

Weder gegen Leonhardt noch gegen Binder oder Simoneit oder irgendeine andere der bei der Razzia festgenommenen Personen wurde ein Verfahren eingeleitet, sämtliche Ermittlungsakten wurden unter Verschluss gehalten, nur ein paar wenige Auserwählte durften sie einsehen. Allerdings sickerte durch, dass eine der größten Zeitungen Deutschlands eine Kopie mit allen Namen hatte. Was man jedoch damit anstellen würde …

In einem Gespräch sagte Hellmer zu Durant: »Leben wir eigentlich in einer Bananenrepublik?«

»Wie meinst du das?«

»Na ja, wenn du ein Auto klaust, wirst du verknackt. Aber Leonhardt und Konsorten kommen einfach so davon. Das ist für mich eine demokratische Diktatur. Wir Idioten dürfen unsere Regierung wählen, aber die bewegen sich in einem rechtsfreien Raum. Da wird Belastungsmaterial unterschlagen oder verschwindet einfach, nur weil einer Leonhardt oder Binder heißt. Ich kapier's nicht.«

»Das ist nun mal unser Land«, erwiderte sie weise lächelnd. »Aber zeig mir eins, wo's besser ist, ich zieh sofort dorthin.«

Vom 7. bis zum 15. April fuhren Durant und ihr Vater nach Moldawien, um Maria und ihre Familie in der kleinen Stadt Kagul im südwestlichen Teil des Landes zu besuchen. Sie kamen in eine ihnen fremde Welt, mit überwiegend freundlichen und hilfsbereiten Menschen, von denen die meisten kaum das Nötigste zum Leben hatten. Die Häuser zum großen Teil verfallen, die Straßen voll tiefer Schlaglöcher, eine Stadt, wie Durant sie noch nie zuvor gesehen hatte. Und doch zählten diese acht Tage zu den schönsten und eindrucksvollsten, die sie bisher erlebt hatte. Bevor sie wieder nach Deutschland flogen, sagte Durants Vater: »Maria, ich lade dich und deine Familie ein, mich zu besuchen. Und bevor du jetzt irgendwas sagst, ich werde die Busfahrt bezahlen. Und in meinem Haus ist genügend Platz für alle.«

Auf dem Rückflug meinte Durant, mit einem Seitenblick, zu ihrem Vater: »Warum bloß werde ich das Gefühl nicht los, dass Maria für dich wie eine Tochter ist?«

»Wir sind doch alle Kinder Gottes, wir sind Geschwister, nur die wenigsten erkennen das«, antwortete er.

»Ach so.«

Nun, es gibt noch etwas Erwähnenswertes, eine Kleinigkeit am Rande, die möglicherweise das Leben von Julia Durant verändern könnte. Sie hatte von Hellmer zum Geburtstag, jenem unseligen Tag, an dem Rita Hendriks und Dietmar Zaubel Opfer schwerer Verbrechen wurden, eine Premierenkarte für eine Komödie bekommen. Zusammen mit Frank und Nadine besuchte sie diese Premiere am 12. Dezember. Im Anschluss fand noch eine Feier für geladene Gäste statt, darunter Julia Durant und die Hellmers, denn Nadine kannte den Intendanten persönlich seit vielen Jahren. Er war nicht sehr groß, hatte volles graues Haar und blaue Augen, die jedes Mal freundlich aufblitzten, wenn er Julia Durant ansah.

»Darf ich vorstellen«, sagte Nadine, »das ist meine Freundin Julia Durant, Julia, Georg Meister.«

Sie reichten sich die Hände. »Das war eine wunderbare Aufführung, Herr Meister.«

»Danke, aber nennen Sie mich doch bitte Georg.«

»Julia«, entgegnete sie verschämt und hatte das Gefühl, rot anzulaufen.

Sie unterhielten sich eine Weile, bis er sich andern Gästen widmete, doch als er sah, dass Frank, Nadine und Julia sich zum Aufbruch bereitmachten, kam er zu ihnen, nahm Durant beiseite und sagte mit gedämpfter Stimme: »Es hat mich sehr gefreut, Ihre Bekanntschaft gemacht zu haben. Dürfte ich Sie eventuell einmal zum Essen einladen? Ganz zwanglos, versteht sich. Ich kenne da ein Restaurant, das Ihnen bestimmt gefallen wird.«

»Ja«, antwortete sie beinahe mechanisch. »Gerne.«

»Gut. Sagen wir am Montag um zwanzig Uhr? Da haben wir keine Vorstellung. Ich hole Sie selbstverständlich ab.«

Sie gab ihm ihre Adresse und verabschiedete sich von ihm. Draußen sagte Nadine mit einem verschmitzten Lächeln: »Er ist nett, oder?«

»Hm.«

»Und er ist alleinstehend, das heißt, er ist geschieden.«

»Hm.«

»Komm, wir bringen Julia nach Hause, es war ein anstrengender Abend«, meinte Hellmer.

»Es war ein schöner Abend«, entgegnete Durant. Ein sehr schöner Abend, dachte sie. Der Mann gefällt mir. Wirklich nett.